「十三五」国家重点图书出版规划项目
「中国近代日记文献叙录、整理与研究」
（项目编号：18ZDA259）阶段性研究成果

中国近现代稀见史料丛刊【第七辑】

张剑 徐雁平 彭国忠 主编

耆龄日记

耆龄 著

裘陈江 整理

本辑执行主编 张剑

凤凰出版社

图书在版编目（CIP）数据

耆龄日记 / 耆龄著 ; 裘陈江整理. -- 南京 : 凤凰出版社, 2020.9
（中国近现代稀见史料丛刊. 第七辑）
ISBN 978-7-5506-3248-6

Ⅰ. ①耆… Ⅱ. ①耆… ②裘… Ⅲ. ①日记一作品集一中国一近代 Ⅳ. ①I265

中国版本图书馆CIP数据核字(2020)第150964号

书名	耆龄日记
著者	耆　龄　著　裘陈江　整理
责任编辑	徐珊珊
装帧设计	姜　嵩
出版发行	凤凰出版社(原江苏古籍出版社) 发行部电话025-83223462
出版社地址	江苏省南京市中央路165号,邮编:210009
出版社网址	http://www.fhcbs.com
照排	南京凯建文化发展有限公司
印刷	苏州市越洋印刷有限公司 江苏省苏州市吴中区南官渡路20号,邮编:215104
开本	880毫米×1230毫米　1/32
印张	12.875
字数	335千字
版次	2020年9月第1版
印次	2020年9月第1次印刷
标准书号	ISBN 978-7-5506-3248-6
定价	108.00元

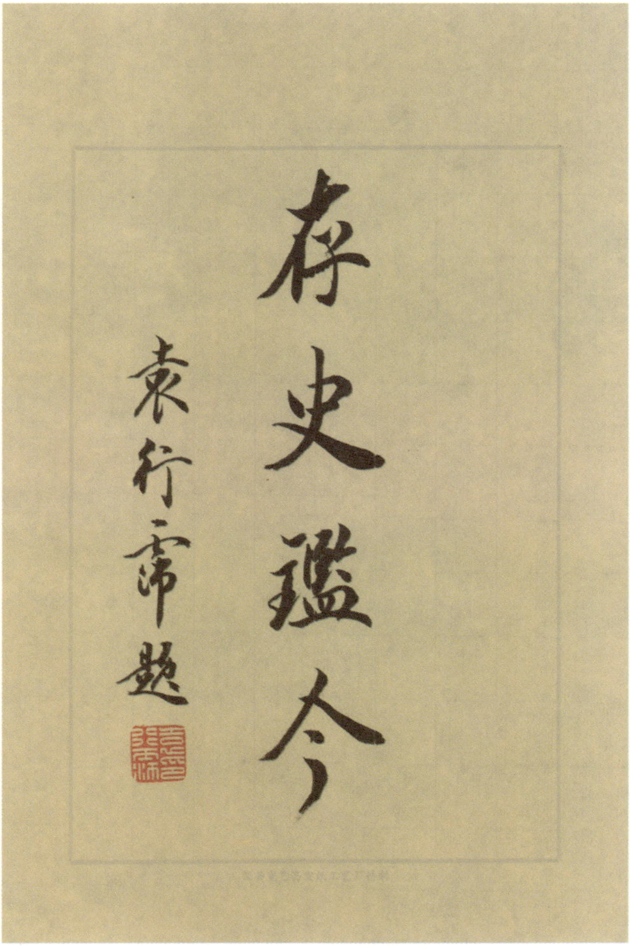

袁行霈先生题辞

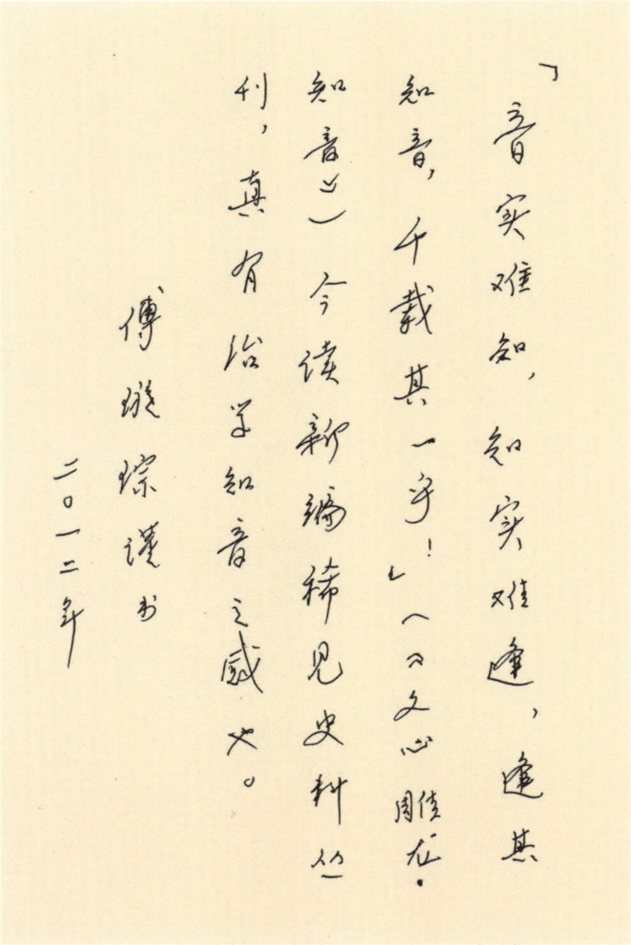

「音实难知，知实难逢，逢其知音，千载其一乎！」（《文心雕龙·知音》）今读新编稀见史料丛刊，真有治学知音之感也。

傅璇琮谨书

二〇一二年

傅璇琮先生题辞

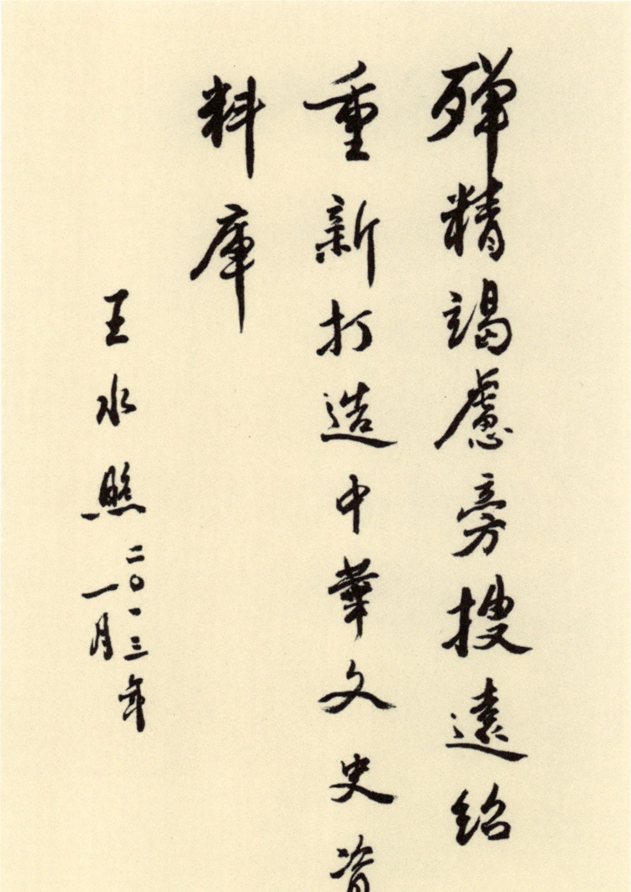

王水照先生题辞

耆龄（1871–1931）立像

耆龄、惠均父子

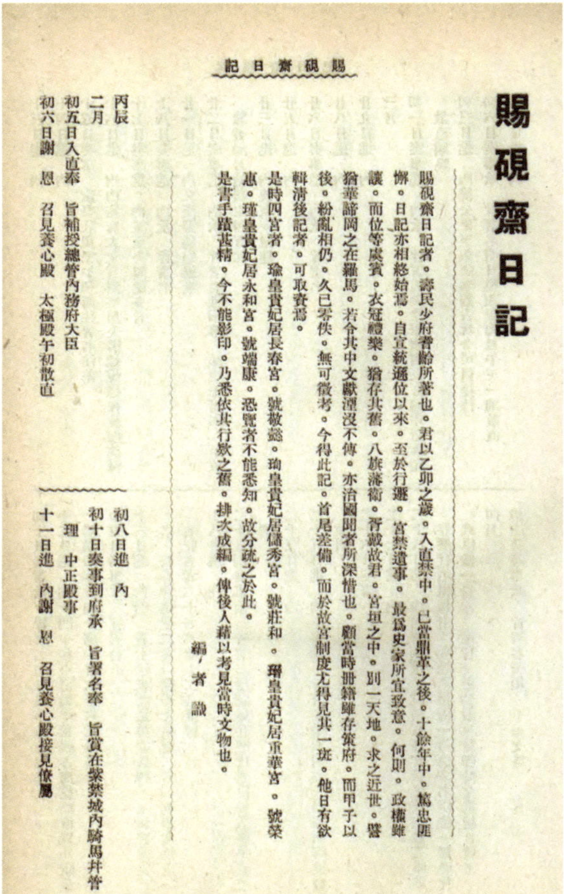

賜硯齋日記

賜硯齋日記者。壽民少府耆齡所著也。君以乙卯之歲。入直禁中。已當鼎革之後。十餘年中。篤忠匪懈。日記亦相終始焉。自宣統遜位以來。至於行遯。宮禁遺事。最爲史家所宜致意。何則。政權雖讓。而位等虞賓。衣冠禮樂。猶存其舊。八旗藩衛。胥戴故君。宮垣之中。別一天地。求之近世。譬猶華諦岡之在羅馬。若令其中文獻湮沒不傳。亦治國聞者所深惜也。顧當時冊籍雖存策府。而甲子以後。紛亂相仍。久已零佚。無可徵考。今得此記。首尾差備。而於故宮制度尤得見其一斑。他日有欲輯清後記者。可取資焉。

是時四宮者。瑜皇貴妃居長春宮。號敬懿。珣皇貴妃居儲秀宮。號莊和。瑨皇貴妃居重華宮。號榮惠。瑾皇貴妃居永和宮。號端康。恐覽者不能悉知。故分疏之於此。

是書手蹟甚精。今不能影印。乃悉依其行款之舊。排次成編。俾後人藉以考見當時文物也。

編者識

丙辰

二月

初五日入直奉　旨補授總管內務府大臣

初六日謝　恩　召見養心殿　太極殿午初散直

初八日進　內

初十日奏事到府承　旨署名奉　旨賞在紫禁城內騎馬幷管理　中正殿事

十一日進　內謝　恩　召見養心殿接見僚屬

《賜硯斋日记》首页

耆龄所书对联

“期门执戟”印记

“耆龄”印记

“少保之印”印记

“武夫”印记

“渔阳旧将”印记

“长乐谢枚如先生门下
私淑弟子耆龄”印记

《中国近现代稀见史料丛刊》总序

在世界所有的文明中，中华文明也许可说是“唯一从古代存留至今的文明”（罗素《中国问题》）。她绵延不绝、永葆生机的秘诀何在？袁行霈先生做过很好的总结：“和平、和谐、包容、开明、革新、开放，就是回顾中华文明史所得到的主要启示。凡是大体上处于这种状况的时候，文明就繁荣发展，而当与之背离的时候，文明就会减慢发展的速度甚至停滞不前。”（《中华文明的历史启示》，《北京大学学报》2007年第1期）

但我们也要清醒看到，数千年的中华文明带给我们的并不全是积极遗产，其长时段积累而成的生活方式与价值观具有强大的稳定性，使她在应对挑战时所做的必要革新与转变，相比他者往往显得迟缓和沉重。即使是面对佛教这种柔性的文化进入，也是历经数百年之久才使之彻底完成中国化，成为中华文明的一部分；更不用说遭逢“数千年来未有之变局”、“数千年未有之强敌”（李鸿章《筹议海防折》），“数千年未有之巨劫奇变”（陈寅恪《王观堂先生挽词序》）的中国近现代。晚清至今虽历一百六十余年，但是，足以应对当今世界全方位挑战的新型中华文明还没能最终形成，变动和融合仍在进行。1998年6月17日，美国三位前总统（布什、卡特、福特）和二十四位前国务卿、前财政部长、前国防部长、前国家安全顾问致信国会称：“中国注定要在21世纪中成为一个伟大的经济和政治强国。”（徐中约著《中国近代史》上册第六版英文版序，香港中文大学2002年版）即便如此，我们也不能盲目乐观，认为中华文明已经转型成功，相反，中华文明今天面对的挑战更为复杂和严峻。新型的中华文明到底会怎样呈现，又怎样具体表现或作用于政治、经济、文化等层面，人们还在不断探索。这个问题，我们这一代恐怕无法给出答案。但我们坚信，在历史上曾经灿烂辉煌的中华文明必将凤凰浴火，涅槃重生。这既是数千年已经存在的中华文明发展史告诉我们的经验事实，也是所有为中国文化所化之人应有的信念和责任。

不过，对于近现代这一涉及当代中国合法性的重要历史阶段，我们了解得还过于粗线条。她所遗存下来的史料范围广阔，内容复杂，且有数量庞大且富有价值的稀见史料未被发掘和利用，这不仅会影响到我们对这段历史的全面了解和规律性认识，也会影响到今天中国新型文明和现代化建设对它的科学借鉴。有一则印度谚语如是说："骑在树枝上锯树枝的时候，千万不要锯自己骑着的那一根。"那么，就让我们用自己的专业知识与能力，为承载和养育我们的中华文明做一点有益的事情——这是我们编纂这套《中国近现代稀见史料丛刊》的初衷。

书名中的"近现代"，主要指 1840—1949 年这一时段，但上限并非以一标志性的事件一刀切割，可以适当向前延展，然与所指较为宽泛的包含整个清朝的"近代中国"、"晚期中华帝国"又有所区分。将近现代连为一体，并有意淡化起始的界限，是想表达一种历史的整体观。我们观看社会发展变革的波澜，当然要回看波澜如何生，风从何处来；也要看波澜如何扩散，或为涟漪，或为浪涛。个人的生活记录，与大历史相比，更多地显现出生活的连续。变局中的个体，经历的可能是渐变。《丛刊》期望通过整合多种稀见史料，以个体陈述的方式，从生活、文化、风习、人情等多个层面，重现具有连续性的近现代中国社会。

书名中的"稀见"，只是相对而言。因为随着时代与科技的进步，越来越多的珍本秘籍经影印或数字化方式处理后，真身虽仍"稀见"，化身却成为"可见"。但是，高昂的定价、难辨的字迹、未经标点的文本，仍使其处于专业研究的小众阅读状态。况且尚有大量未被影印或数字化的文献，或流传较少，或未被整合，也造成阅读和利用的不便。因此，《丛刊》侧重选择未被纳入电子数据库的文献，尤欢迎整理那些辨识困难、断句费力、裒合不易或是其他具有难度和挑战性的文献，也欢迎整理那些确有价值但被人们习见思维与眼光所遮蔽的文献，在我们看来，这些文献都可属于“稀见”。

书名中的“史料”，不局限于严格意义上的历史学范畴，举凡日记、书信、奏牍、笔记、诗文集、诗话、词话乃至序跋汇编等，只要是某方面能够反映时代政治、经济、文化特色以及人物生平、思想、性情的文献，都在考虑之列。我们的目的，是想以切实的工作，促进处于秘藏、边缘、零散等状态的史料转化为新型的文献，通过一辑、二辑、三辑……这样的累积性整理，自然地呈现出一种规模与气象，与其他已经整理出版的文献相互关联，形成一个丰茂的文献群，从而揭示在宏大的中国近现代叙事背后，还有很多未被打量过的局部、日常与细节；在主流周边或更远处，还有富于变化的细小溪流；甚至在主流中，还有漩涡，在边缘，还有静止之水。近现代中国是大变革、大痛苦的时代，身处变局中的个体接物处事的伸屈、所思所想的起落，藉纸墨得以留存，这是一个时代的个人记录。此中有文学、文化、生活；也时有动乱、战争、革命。我们整理史料，是提供一种俯首细看的方式，或者一种贴近近现代社会和文化的文本。当然，对这些个人印记明显的史料，也要客观地看待其价值，需要与其他史料联系和比照阅读，减少因个人视角、立场或叙述体裁带来的偏差。

知识皆有其价值和魅力，知识分子也应具有价值关怀和理想追求。清人舒位诗云“名士十年无赖贼”（《金谷园故址》），我们警惕袖手空谈，傲慢指点江山；鲁迅先生诗云“我以我血荐轩辕”（《自题小像》），我们愿意埋头苦干，逐步趋近理想。我们没有奢望这套《丛刊》产生宏大的效果，只是盼望所做的一切，能融合于前贤时彦所做的贡献之中，共同为中华文明的成功转型，适当“缩短和减轻分娩的痛苦”（马克思《资本论》第一卷第一版序言）。

《丛刊》的编纂，得到了诸多前辈、时贤和出版社的大力扶植。袁行霈先生、傅璇琮先生、王水照先生题辞勖勉，周勋初先生来信鼓励，凤凰出版社姜小青总编辑赋予信任，刘跃进先生还慷慨同意将其列入“中华文学史史料学会”重大规划项目，学界其他友好也多有不同形式的帮助……这些，都增添了我们做好这套《丛刊》的信心。必须一提的是，《丛刊》原拟主编四人（张剑、张晖、徐雁平、彭国忠），每位主编负责一辑，周而复始，滚动发展，原计划由张晖负责第四辑，但他尚未正式投入工作即于 2013 年 3 月 15 日赍志而殁，令人抱恨终天，我们将以兢兢业业的工作表达对他的怀念。

《丛刊》的基本整理方式为简体横排和标点（鼓励必要的校释），以期更广泛地传播知识、更好地服务社会。希望我们的工作，得到更多朋友的理解和支持。

2013 年 4 月 15 日

目　录

耆龄家世生平考证

（代前言）

一、耆龄之死

笔者最早知道耆龄这个人物，是在阅读《世载堂杂忆》关于1928年清东陵盗案的记载时，知其与宝熙、陈毅等遗老负责了当时的善后工作[①]。而在几年前整理《胡嗣瑗日记》时，因为胡氏在1931年4月30日明确记录了耆龄去世的时间[②]，以及耆氏病故经过、清帝褒扬赠谥等情况，故对其人产生了兴趣。在爬梳史料考证耆龄生平事迹时，又得悉其尚有篇幅可观的《赐砚斋日记》存世（抗战期间连载于瞿兑之主编的《中和月刊》[③]），此为整理《耆龄日记》的缘起。

在胡嗣瑗1931年3月初的日记中，由于耆龄当时与载涛一同负责小朝廷在北平留守的办事处，故留下了业务上往来的记录[④]。而后便提到耆龄得病的消息，3月21日，耆龄之子惠均因计划于天津设立"湖社"召徒学画，来拜访胡氏，见面时提到其父"病有起色"[⑤]。可惜不久传来的却是耆龄病重的噩耗，4月9日胡嗣瑗回北平办事，与陈敬弟见面，陈氏称已拜访过耆龄而未得见面，"据仆人言，右手、

① 刘禺生撰，钱实甫点校：《世载堂杂忆》，中华书局，1960年，第233页。

② 胡嗣瑗著，裘陈江整理：《胡嗣瑗日记》，凤凰出版社，2017年，第28页。

③ 关于该刊的介绍，可参考于静《林辰藏沦陷区期刊——〈中和〉月刊》，《鲁迅研究月刊》2007年第5期。但文中将《中和月刊》终刊时间搞错，认为只到第5卷，实则还有第6卷第1至4期（其中3、4两期合刊）。

④ 《胡嗣瑗日记》，第6页。

⑤ 同上，第12页。

右足全无知觉，说话吃力，偶能吐一二字而已”[①]，可见是中风严重的症状。当12日胡氏将北平情况报告在天津的溥仪时，也颇以耆龄病状为念[②]。到了30日，胡嗣瑗在张园接到北平来电，耆龄已于当日午刻病故，胡氏马上与陈宝琛取得联系，二人为此同感悲咤[③]。此后便是商讨耆龄的身后大事，5月1日，胡氏将噩耗奏闻后，溥仪便派皇室成员祭奠、赏赐陀罗经被。翌日，耆龄遗折递到，传谕加恩予谥，并赏治丧银一千元。耆龄的谥号后来定为“勤恪”，应是对其工作勤勉谨慎的褒扬。而这份遗折，秦国经在《逊清皇室秘闻》一书曾节录过主体内容，其中耆龄自道其病情云：“自交春以后，昼夜泄利，旋患风痹，木贼土衰，饮食不进。展转床褥，医药俱穷，望清跸而长辞，知生机之已尽。”[④]所提“风痹”之症，也正与胡嗣瑗所记中风症状相吻合。该折由耆氏口授，其子惠均缮写呈上。

此后又有一个插曲，便是这笔赏赐的治丧银，由于当时小朝廷经费已颇为拮据，故难以一时到位。而在5月11日，胡嗣瑗接到商衍瀛的来信，则又提及耆龄身后的萧条景况，称其家属仅存百余元，无力办理丧葬。因此胡氏也对赏款迟迟未能下发而担忧彷徨，幸好由于其职务便利，一有机会便可为耆龄的治丧银请命。直至6月9日，终于这笔赏款得以下发，翌日胡嗣瑗便致函惠均告知此事，并随同寄去一千元，由此也可见遗老之间的惺惺相惜。此外，胡氏还为耆龄撰写挽联称“气类益凋零，更闻有诏悲亡鉴；艰危积忧愤，竟使吞声到盖棺”[⑤]，除了兔死狐悲、物伤其类这一层意思之外，似乎还另有为其鸣不平的意味。

---

① 《胡嗣瑗日记》，第17页。

② 同上，第19页。

③ 同上，第28页。

④ 秦国经著：《逊清皇室秘闻》，故宫出版社，2014年，第228页。

⑤ 《胡嗣瑗日记》，第35页。

二、家世亲属

关于耆龄的基本生平,由于在清代出现过多个同名之人,因此各处文献的记载中颇为混乱。叫作"耆龄"的官员,如较早而名气最大的便是字九峰者,举人出身,曾参与剿灭太平天国,与中兴名臣多有交往,后又担任广东巡抚、闽浙总督等职。因此在1991年《读书》第12期上刊登有署名"远志"的《这"耆龄"不是那"耆龄"》短文,其中辨析了《中国历代藏书家辞典》将二人混淆的乱象[①]。实则"耆龄"远不止此二人,据笔者所见,如在《清代官员履历档案全编》中曾录有一份光绪二十五年(1899)五月二十八日的名叫"耆龄"的任官履历,全文称:"奴才耆龄,镶黄旗汉军崇英佐领下举人,年三十一岁,中式光绪壬辰科进士,改庶吉士,散馆引见,奉旨着以部属用,钦此。签掣户部,呈请改归知县原班铨选,今签掣安徽颍州府颍上县知县缺,敬缮履历恭呈御览,谨奏。"[②]但是从年纪来看,此档中之耆龄1899年时为三十一岁,故应是生于同治七年(1868)。而据耆龄日记可知,八月初五日是其生日,当1921年9月6日即该年八月初五时,其自记是五十一岁生辰,因此其应生于同治十年八月初五日(1871年9月19日),可见二者虽极为接近但不相符合。而此外之耆龄更有数人,不一一赘述。在揭示耆龄的生卒年之后,其字号则又是一大麻烦,现有记载也较为混乱。笔者据耆氏留存的日记、书信等可靠史料查证:耆龄,字寿民,号思巽、无闷居士、支离道人等[③],室名有濩斋(亦作蠖

---

① 远志:《这"耆龄"不是那"耆龄"》,《读书》1991年第12期。

② 秦国经主编:《清代官员履历档案全编》第28册,华东师范大学出版社,1997年,第376页。

③ 字号主要依据《冒广生友朋书札》收录的30封耆龄致冒广生书信的落款。上海博物馆图书馆编:《冒广生友朋书札》,上海书画出版社,2009年,第89—100页。

斋)、学易斋、见山楼、居易堂、赐砚斋、惜阴堂等[①]。

而关于耆氏的家世,其家族出自满洲伊尔根觉罗,日记中回顾祖上的荣耀时,又称“曾祖清恪公以尚书弘德殿行走”,“先考弼德公官至一品”。其曾祖何人尚待查实,其父亲的身份则据耆龄友人陈诗的《江介隽谈录·耆思巽侍郎诗》记载可知:“长白耆思巽侍郎龄,乃诚果泉中丞冢嗣,崇尚儒术,笃嗜风雅。”[②]“诚果泉中丞”即诚勋,在翁同龢、那桐、荣庆等晚清重臣的日记中都可以找到其与日记主人交往的记录,据《清代官员履历档案全编》中所见诚勋光绪十八年的详细履历可知,时为四十五岁,故应是生于1848年,隶属满洲正红旗,因此耆龄的旗别也可以确定,非为镶黄旗等。诚勋的早年经历,在其履历中记载十分详细:初“由一品荫生于同治三年七月恩赏六部郎中”,“六年四月签分兵部”,后因办事得力迭经议功保举。到光绪“五年十月,复因办理工程出力保奏,奉旨以知府在任遇缺即选,俟得缺后赏加盐运使衔。八年二月,京察一等,记名以道府用,六月奉旨补放坐粮厅监督,十一月全漕告竣保奏,奉旨俟补道员后赏加二品顶戴”。“十二年四月,奉旨补授山东督粮道,八月奉旨调补直隶大顺广道。十三年五月,奉旨调补奉锦山海道兼按察使衔。十七年三月,丁本生母忧,六月回旗,八月由本旗带领引见,奉旨仍回原衙门行走,九月到部,十一月由吏部带领引见,奉旨着外用。本年三月服满,本月二十一日奉旨补授江西广饶九南道”[③]。可见其一路升迁极为顺利,毫无

---

① 所有室号均可见于此部日记,多为其藏书之所。如“赐砚斋”即为本日记之原名;“濩斋”则见于耆龄留下的书画作品及友朋陈宝琛等所作唱和诗词;“居易堂”有溥仪钦赐匾额为证;“见山楼”见于冒广生、陈诗、曾习经等为其《见山楼藏书图》题赠的诗词等。“惜阴堂”为耆龄书房,见惠伊深著:《禁城夕阳》上册,新世界出版社,2004年,插图说明。

② 《国风报》1910年第1卷第33期。整理本见王培军、庄际虹校辑:《校辑近代诗话九种》,上海古籍出版社,2013年,第63—64页。

③ 《清代官员履历档案全编》第5册,第383—384页。

坎坷。至少到光绪二十四年七月十八日仍在此任上,并获得时任江西巡抚德寿保荐,有《奏为保荐九江道诚勋等道府以备录用事》折。此后的经历据笔者检索可知,从光绪二十五年开始又担任浙江宁绍台道,兼管浙海关。光绪二十六年十二月累迁至江苏按察使,二十七年七月廿日升迁为浙江布政使,二十八年十二月廿四日升为安徽巡抚,已经官至封疆大吏[①]。到三十二年二月初九日离任,改任江宁将军,留下的巡抚一职即由后来为革命党徐锡麟所刺杀的恩铭接任。该年十月初二日又调任广州将军[②],又是短暂几个月后,于光绪三十三年正月廿日,调任察哈尔都统[③]。宣统元年(1909)八月廿四日,调任热河都统[④]。最后直到宣统三年二月廿二日,又调任广州将军,但并未履任,而是担任了弼德院顾问大臣[⑤],于 1915 年去世,故耆龄称其为"弼德公",以上便是诚勋一生的任官经历。由于诚勋担任封疆期间,已是清末新政时期,故主持参与了安徽、察哈尔、热河等地兴学、办矿、市政等新政的开展。

诚勋任官期间,据笔者所见唯有光绪三十一年在安徽巡抚任上,曾被言官潘庆澜、蔡曾源等参劾"信任亳州知州宗能征罔法营私",而后由当时署理两江总督的周馥奉旨调查[⑥]。周馥查明后覆奏"诚勋

---

① 以上经历见钱实甫编:《清代职官年表》,中华书局,1980 年,第 2201—2202、1960—1961 页,不过该书将诚勋旗别误作正白旗,见该书第 3257 页。

② 魏秀梅编:《清季职官表》,"中央"研究院近代史研究所,1977 年,第 979 页。

③ 同上,第 1019 页。

④ 同上,第 1013 页。

⑤ 《清代职官年表》,第 3094 页;《清季职官表》,第 1001 页。

⑥ 参见中国第一历史档案馆目录系统所检档案,光绪三十一年正月三十日户科掌印给事中潘庆澜《奏为特参安徽巡抚诚勋等庸劣不职各员事》、八月初九日福建道监察御史蔡曾源《奏为特参安徽巡抚诚勋信任亳州知州宗能征罔法营私纵盗虐良请饬下邻省大员严密查办事》、十一月十一日署理两江总督周馥《奏为遵旨查明安徽巡抚诚勋、亳州知州宗能征被参各款请旨查处事》。

实无信任徇纵情事”，但是最后谕旨颁布时，对底下的墨吏还是加以严处，诚勋被劾事则“毋庸置议”[①]，故未遭到任何贬斥，第二年反而升任江宁将军。不过有意思的是，到了民国初年，诚勋却以热河都统任内贪污公款的罪名作为被告，上了民国的法庭。宣统三年二月廿二日(1911 年 3 月 22 日)诚勋卸任热河都统，此后直至清亡的不到一年时间里，依次由溥颋、锡良和昆源先后担任。而昆源接任时已是辛亥革命爆发之后，待到民国伊始，袁世凯很快就派熊希龄前往接替。民国二年(1913)七月二十一日，熊希龄因为到任之初财政支绌，入不敷出，故整顿财权、厘清旧案，发现诚勋在任内曾在“财政局销存项下提用银三万五千两，既无用途清单，又无支款细帐”，因此两次致函询问。而待诚勋回覆后，熊氏认为其支吾其词，只顾推诿给属员。而由于诸人当时均不在热河当地，熊氏无法，只能上呈大总统袁世凯，请求移交司法部门，“传令该员等到案，如数追剿，以重公项，而警贪婪”。袁世凯直接批覆：“交司法部查核办理。”[②]此案一直拖到民国四年审理，由京师地方监察厅查照办理，但两位原财政局属员“迄无着落”，且此事已改由时任热河都统姜桂题(熊希龄于 1913 年 7 月已前去组建第一流人才内阁)续办。而经查后发现，认为诚勋侵蚀证据不足，免予追剿，判决书则由《政府公报》和《司法公报》等做了通报，其中所列理由有一条较有说服力：“该被告交卸系前清宣统三年四月，中间继其任者有溥颋、锡良、昆源，该被告谓历经三任，若果交代不清，当时溥颋诸人岂肯代人负责而不举发？其言尚属可信。现在国体变更，中经兵燹，而交替又不止一次，该被告谓署中文卷难保无一二散失，此亦势所难免。该被告提用之款既属外销，而又事隔多

① 《清代起居注册·光绪朝》第 73 册，联合报文化基金会国学文献馆，1987 年，第 37142—37143 页。

② 周秋光编:《熊希龄集》，湖南出版社，1996 年，第 639—640 页。

年,册籍不无散乱,究之有无用途清单,实属无从考核。”[1]不过当时诚勋应已年老体衰,或者是碍于尊严,并未出庭,由其长子耆龄作为代理人。而诚勋最后于该年去世,则或许与此案的冲击不无关系。

耆龄之孙惠伊深后来撰有《禁城夕阳》一书(该书虽以耆龄为主人公,自称是利用祖上留下的文献而撰成的小说,但所作文字多为戏说,惟所附人物照片较为珍贵),其中提到耆龄向上四代均为单传,其祖父无子嗣,诚勋乃是由远房过继而来,直到耆龄这一辈方打破单传的纪录,另一子便是次子增龄[2]。1924 年 1 月 30 日,耆龄在日记中记道:“先严子女三人,今日只留我在,妹出嫁甫六年,遇人不淑,以致短折,伤哉。”当日其妹病故,而其弟增龄也先已过世。现存耆龄与冒广生三十通书信中,其中就有一封书信正好是增龄亡故之后所作,其中第十五封书信中云:“连接手书,并苦亡弟诗一章,情真语挚,读之泪下。亡弟先我而死,实梦想所不到。其作病之原,由于知耻,回思往事,能不痛心?”可惜这些书信均无确切时间,不过这封信的后半段提到“家严身体如昔,尚能自遣”,则诚勋尚健在,可知增龄去世应在其父(1915 年去世)之前[3]。不过增龄早年的详细履历也可从《清代官员履历档案全编》找到,时为光绪二十九年七月,其中称:“增龄,现年二十七岁,系正红旗满洲觉罗俊桐佐领下人,由监生。光绪十六年六月遵郑工例报捐员外郎,指分六部行走,十七年七月遵新海防例报捐花翎,二十七年九月遵新海防例报捐知府分缺先选用,二十九年六月遵新海防例报捐道员双月选用,又捐指分江苏试用。是月呈请分发复遵新海防例报捐三品衔,于七月十一日由吏部带领引见,奉旨照

---

① 《政府公报》1915 年 7 月 8 日第 1137 号;《司法公报》1915 年第 37 期;《诚勋案判决免予追剿》,《新闻报》1915 年 7 月 12 日第 5 版。

② 《禁城夕阳》上册,第 23 页。书中存在一些明显的史实错误,如第 21 页称同治五年,耆龄二十四岁等。

③ 《冒广生友朋书札》,第 93 页。

例发往。”[①]可见其一路依靠的均是捐纳，而据第一历史档案馆档案目录检索可知，其父诚勋是于光绪二十九年八月初十日为其上折谢恩，折名为《奏为次子增龄以道员奉旨分发江苏谢恩事》，与增龄履历相符。而到了光绪三十二年，诚勋因调任江宁将军，与其子同在一省为官，故上折请示，是否应予以回避，折名称《奏为臣奉命来宁镇守次子江苏试用道增龄应否回避请旨事》，而时为两江总督的端方则在同年十一月二十七日上折，认为无须回避，折名称《奏为江苏试用道增龄无须回避仍归江苏补用事》。最后可知的是，宣统元年八月十九日，时任察哈尔都统的诚勋又上折谢恩，这次是增龄被保为副都统，折名称《奏为次子增龄蒙保副都统记名简放谢恩事》，以上便是增龄的大致任官情况。在史料笔记中还有一则与之相关的记载，其中称辛亥年被革命党暗杀的广州将军凤山，其一女便是嫁予增龄，而后诚勋宅中曾遭失窃，因凤女失去一箧大为可惜，据说是因凤山贪婪而其女陪嫁甚丰之故[②]。

另外，惠伊深在《禁城夕阳》一书的序言中还提到，耆龄一家与清朝皇室有着多重姻亲关系。耆龄第一位夫人为佟佳氏，而其续弦夫人瓜尔佳氏是荣禄侄女，与溥仪生母（即醇亲王载沣的福晋）为堂姐妹[③]。关于这一点，庄士敦在《紫禁城的黄昏》一书中也称耆龄：“和逊帝的生母醇亲王福晋的外家有婚姻关系。”[④]另外，耆龄有一子名惠均，即后来著名的画家惠孝同（1902—1979 年，号柘湖，别号松溪，1920 年入中国画学研究会，师从金城，参与发起“湖社”），他的第一

---

① 《清代官员履历档案全编》第 7 册，232—233 页。

② 裘毓麟著：《清代轶闻》卷七，中华书局、上海书店出版社，1989 年，第 34—35 页。

③ 《禁城夕阳》上册，序言第 2 页。

④ 庄士敦著，高伯雨译注：《紫禁城的黄昏》（评注插图本），上海人民出版社，2019 年，第 62—63 页。

位夫人为他塔拉氏(据《湖社月刊》可知,汉名作唐含章,字梅生,亦擅画[①];据惠伊深称,作唐梅,恐回忆有误),为珍妃、瑾妃的亲侄女,他塔拉氏之妹(汉名唐石霞)又嫁与溥杰[②]。因此当民国初年,耆龄担任小朝廷内务府大臣,其与宫中关系变得更为密切,这从日记中记载的四宫太妃(尤其是永和宫的瑾妃)对其家庭成员的屡次赏赐可见一斑。另外耆龄儿媳他塔拉氏常带子女进宫会亲,也不是一般大臣家庭所能有的资格。

耆龄的孙辈,据现存日记可知,其在世时至少已有女孙和男孙各一,分别于 1920 年 8 月 28 日和 1922 年 8 月 19 日出生,其中孙女乳名立格,孙子乳名保格,大名伊彻。1941 年,《三六九画报》上刊登一则讯息,其中称"惠孝同先生女公子履中女士,于夏历二月廿八日于归,乾方为交通总长吴毓麟之孙公子吴乃璋(少轩)君"[③],按照年纪来推测,履中应即是立格。另外惠均与他塔拉氏并未白头偕老,1932 年《湖社月刊》登载惠氏的婚讯[④],可见是再娶,而后所生子嗣应即为 1939 年出生的惠伊深,故耆龄孙辈至少有三人。

三、仕宦经历

由耆龄《赐砚斋日记》可知,其本人长期有记日记的习惯,故篇幅实应远大于现有规模。而现存的这部分日记,其缘起便是耆龄被授予总管内务府大臣,且所记内容随着时间越来越详细。耆龄被授职一事,在其本人和同僚绍英的日记中都有记载,时间是 1916 年 3 月

① 《唐含章女士人物山水》,《湖社月刊》1929 年第 23 期;《唐梅生女士人物山水册其二》,《湖社月刊》1929 年第 24 期。

② 唐石霞口述,惠伊深著:《我眼中的末代皇帝:爱新觉罗·溥杰夫人口述史》,北京联合出版公司,2016 年,序言第 4 页。

③ 《艺讯一束》,《三六九画报》1941 年第 8 卷第 11 期。

④ 《画界琐闻》,《湖社月刊》1932 年第 60 期。

8日[1]，而这也成为《日记》开始的日子。

其实耆龄在遗折中曾极为简略地叙述过自己一生的履历："臣满洲世仆，受国厚恩。由八品笔帖式，洊擢至内阁学士兼礼部侍郎衔。国变以后，犹蒙圣明垂注，俾效驰驱，始翊卫于宫门，继宣勤于少府。"[2]因为耆龄出身仅为监生[3]，功名较低，非如有些记载所言的进士出身，故其仕宦是以八品笔帖式这一满员常用的进身之阶起家。1921年11月，耆龄曾因作诗与陈宝琛略起争执，为的便是其功名低微，更非翰林出身，为遗老诗友所轻，其在日记中称"弢老又谓余非翰林，故词藻对仗俱不工丽，此言过矣。诗不先讲意义理法骨干，徒事涂泽，虽翰林所作，亦当不取，况今之翰林在者不少，谁是读书而有根柢者耶？吾实不服"[4]。

耆龄出仕的年纪未有明确的记载，其早年的任官轨迹也不十分明晰，只是在1922年1月21日的日记中称"二十年前官刑曹"，那么应是在1901年左右在刑部任职。检索第一历史档案馆所藏档案目录可知，刑部于光绪二十八年九月曾上过一道《为刑部满洲郎中耆龄学习期满留部事》的折子，可见耆龄于该年九月已经留在刑部担任候补郎中，与其自道的"官刑曹"正好相合。同在光绪二十八年，外务部总理大臣奕劻上《奏为刑部候补郎中耆龄分发浙江候补道荣勋办理崇文门税务不辞辛劳请旨奖叙事》一折，而其中详情据《大公报》1902年9月3日刊登的时事要闻可知，当时有"崇文门正副监督所派委员有奏委、堂委名目，荣相所派奏委即浙江道荣勋字竹侬，甫自日本回

① 绍英著，张剑整理：《绍英日记》，中华书局，2018年，第314页。其中1916年3月8日："钦奉谕旨：总管内务府大臣着耆龄补授，钦此。"

② 《逊清皇室秘闻》，第228页。

③ 《紫禁城的黄昏》，第69页。

④ 《赐砚斋日记》1921年11月27日。

国者,闻庆邸之奏委已派耆龄,即浙江藩司诚勋之公子”的报道[①]。正是这一年的 8 月 29 日,随同吴汝纶一同到日本考察归国的绍英,也奉奕劻之命在崇文门充堂委差使,成为耆龄的顶头上司。从《绍英日记》可以看出,他与耆龄应是追随奕劻颇勤,故此时同在崇文门接任差事。此后如 1903 年初,绍英便在其日记中提到了与耆龄在公务上的往来[②]。到了该年十月初四日(1903 年 11 月 22 日),已升任安徽巡抚的诚勋上《奏为长子刑部候补郎中耆龄奉旨加恩以五品京堂候补谢恩事》折,可见耆龄因为办理崇文门税务差使的褒奖已官至五品。1905 年 4 月 26 日,绍英在其日记中又记载一事,当日接到瑞丰来信,“云新借镑款明日系第一还期,如以崇文门税项作抵,应请奏委签字支单”,而此项后来便是交予耆龄签字[③],可知期间耆龄一直是在崇文门担任差使。

光绪三十二年六月二十四日,有上谕称:“商部右丞着杨士琦补授,熙彦着转补商部左参议,商部右参议着耆龄补授。”[④]可能仍是耆龄办理崇文门税务有功的延续,故而进入农工商部。在此后数月间,耆龄的升迁速度简直可以用飞跃来形容。到九月二十四日的上谕中又称:“杨士琦着转补农工商部左丞,农工商部右丞着熙彦补授,耆龄着转补农工商部左参议,农工商部右参议着沈云沛补授。”[⑤]可见随着上头的官员一步升迁,下面的官员马上各升一级。光绪三十二年十二月十九日,从上谕又看到变动:“农工商部奏遴员请补丞参各缺一折,农工商部左丞着熙彦转补,所遗右丞着耆龄补授,沈云沛着转

① 《大公报》1902 年 9 月 3 日第 1 版。

② 《绍英日记》,第 42、43、60—63 页。

③ 《绍英日记》,第 108 页。

④ 《大公报》1906 年 8 月 14 日第 1 版。

⑤ 《大公报》1906 年 11 月 11 日第 1 版。

补左参议，馀着照所议办理。”[1]又到第二年正月二十七日，上谕称：“农工商部奏请补左右丞缺一折，农工商部左丞着耆龄转补，农工商部右丞着沈云沛转补。”[2]从前一年的六月到这一年正月，正好七个月时间，耆龄已经从原来五品候补郎中升任至正三品的农工商部左丞。这里隐含的官场变动，就不得不提到清末新政中丙午、丁未年间的官制改革。胡思敬在《国闻备乘》中曾批评过这场“保荐开而世族盛”的“丁未设丞参”，“丞参不分满汉，满员同时用十一人，皆借门望以起，民政部左参议裕厚为学部尚书荣庆胞叔，礼部左丞英绵为大学士麟书子，右参议良揆为大学士荣禄子，商部左丞耆龄为江宁将军诚勋子……”。胡氏列举多达八位丞参均是如此，认为其弊直如魏晋九品中正制[3]。其实如前面介绍，耆龄之弟增龄也是如此步步高升，到宣统元年甚至升到副都统的地位。而耆龄、增龄昆仲每一次升迁，其父必有谢恩，甚至一次升迁要谢恩两次，无怪乎满汉之隙与日俱积，官场也愈加昏暗。在进入高级别的丞参之后，耆龄的升迁更是完全没有停止的势头。光绪三十三年九月十八日，诚勋上《奏为恩赏臣子耆龄二品衔谢恩事》折。第二年七月初三日，耆龄一度还署理农工商部左侍郎[4]。七月二十七日，更是补授为内阁学士兼礼部侍郎衔，官位正式等同于一部的堂官[5]。而上述经历全在农工商部，其间与载振、绍英、熙彦、杨士琦、王清穆、唐文治等先后为同僚。故日记中也多次提到商部旧雨聚会，而绍英更是因为一直合作任事的关系，与其往来颇为频密。

---

① 《大公报》1907 年 2 月 2 日第 2 版。

② 《大公报》1907 年 3 月 12 日第 1 版。

③ 胡思敬著：《国闻备乘》，中华书局，2007 年，第 33—34 页。

④ 魏秀梅编：《清季职官表》，“中央”研究院近代史研究所，2002 年再版，第 331 页。

⑤ 《大公报》1908 年 8 月 24 日第 1 版。

1908年11月15日,慈禧太后驾崩,其在东陵菩陀峪经营多年的百年吉地终于要开启使用,照例要派官员先行勘查陵工及沿途情况。光绪三十四年十二月二十一日,上谕称:"菩陀峪定东陵应修神路、营房工程,着派绍英、耆龄敬谨估修。"[①]据《绍英日记》可知,绍英在第二年也就是宣统元年正月初三日(1909年1月24日)请训后,赴东陵查工,耆龄很可能与其同行[②]。其后绍英先归,而耆龄到该年二月十二日(3月3日)由东陵回京[③]。当日铁良已与绍英商议,"交来菩陀峪吉地保奖单,已由庆邸点定"。3月7日,诸人继续商议此事[④]。此后于闰二月十一日,耆龄再次前往东陵勘查[⑤]。4月20日,庆王奕劻正式上《奏保恭修菩陀峪定东陵工程人员》一折,上谕立予批准:"监督铁良着交部从优议叙,绍英、荣勋、耆龄均着赏给头品顶戴等因。"[⑥]4月27日,诚勋也照例为子升官上折谢恩。到八九月间,绍英与耆龄又先后接到赴东陵查工的差使,待到完成后,于十月十二日(11月24日)又进入庆王所拟的新一轮保案[⑦],十一月初十日,诚勋再上《奏为长子耆龄奉旨补授马兰镇总兵兼总管内务府大臣谢恩事》折,耆龄官职达到顶峰[⑧]。晚清保举捐纳泛滥,官员升迁极难,即使翰林也须有差使保举方得补缺,时称"帝师、王佐、鬼使、神差名目,皆美授也"[⑨]。其实另外一点,帝王陵寝的修建,从营造到奉安,一切

---

① 《大公报》1909年1月13日第1版。

② 《绍英日记》,第135页。

③ 《邸抄》,《大公报》1909年3月4日。

④ 《绍英日记》,第136页。

⑤ 《宫门钞》,《政治官报》1909年第511期。

⑥ 《绍英日记》,第138页。

⑦ 《绍英日记》,第142—144页。

⑧ 同见十月十一日上谕,《大公报》1909年11月25日第2版。

⑨ 陈康祺著,晋石校:《郎潜纪闻二笔》卷九,中华书局,1984年,第485页。

参与人员皆可得到保奖，因此在清末光绪、慈禧两宫隔日先后驾崩，无疑陵工也成为美差，耆龄、绍英等人都是借此机会扶摇直上。奇怪的是，耆龄并未赴任马兰镇总兵一职，据十一月十三日上谕称："马兰镇总兵耆龄未到任以前着载瀛暂行理事。"①而第二天的《邸抄》中也称："耆龄请假二十日。"②当十二月初五日假满之时，从《邸抄》中得到的信息却是"奏请开缺"③。第二日，正式批准，并由苏噜岱继任④。其中缘由，直到宣统二年五月十四日（1910 年 6 月 20 日）的《邸抄》方才得知，原来是耆龄因病无法担任远赴马兰镇任职⑤，或许也是他不愿离京的托辞，到了五月这一日痊愈请安，此后很可能一直赋闲未任事。

进入民国，耆龄后来在遗折中曾自道："国变以后，犹蒙圣明垂注，俾效驰驱，始翊卫于宫门，继宣勤于少府。"而前面提到，1915 年耆龄代父出庭打官司，当日判决书在代理人信息中写的是："耆龄，旗人，住马大人胡同，年四十五岁，皇室侍卫，诚勋之子。"同时《绍英日记》中也详细记录了耆龄的任职情况，1915 年 5 月 1 日，有谕旨称："耆龄、荫桓着加恩赏给头等侍卫，在乾清门行走。"⑥因此，耆龄之孙惠伊深在《禁城夕阳》中又称其是担任乾清门七品侍卫起家，则可能是与此混淆，不合实情。1923 年初，耆龄欲为其子惠均谋求乾清门侍卫一职，甚至还托请同僚绍英帮忙说情，而当谋职成功后，他拿出两方王幼泉（清代潍坊印家，曾为溥仪治印）所刻的旧印赠予惠均，一

---

① 《上谕》，《大公报》1909 年 11 月 26 日第 2 版。
② 《邸抄》，《大公报》1909 年 11 月 27 日第 1 版。
③ 同上，1910 年 1 月 16 日第 1 版。
④ 同上，1910 年 1 月 17 日第 2 版。
⑤ 同上，1910 年 6 月 21 日第 1 版。
⑥ 《绍英日记》，第 288 页。

为“乾清门侍卫”,一为“期门执戟”[①],期门是汉武帝时所置官职,掌执兵扈从护卫,而其值勤时所持兵器即为戟,因此这两枚印记应是耆氏在民初担任过乾清门头等侍卫一职的确凿证据。而“少府”乃是古代九卿之一,掌管的是皇室私财和生活事务,因此在清代成为内务府大臣的别称。而耆龄在宣统元年本已被授予马兰镇总兵兼总管内务府大臣的职务,后因病开缺,到1916年重入内务府可以说只是旧事重提罢了。《中和月刊》编者在《赐砚斋日记》首页的按语中也说道:“君以乙卯之岁,入直禁中,已当鼎革之后,十馀年中,笃忠匪懈,日记亦相终始焉。”这部《耆龄日记》的内容毋庸笔者多加赘言,但其价值则无疑在于详细记录了从1916年直到1924年溥仪离开紫禁城前的史事,尤其是小朝廷内务府的事务,与《绍英日记》等合看,便能极为细致地复原紫禁城中焦头烂额的经费维持、尴尬彷徨的政治处境、各怀鬼胎的私心算计等,是展现民初小朝廷及其中人物生态图景的可靠资料,这在前辈学者高伯雨、吴相湘和苏同炳等人的文章中早已多有引用。

在溥仪离开紫禁城后,由于职责所在,耆龄还担任了清室善后委员会的成员,与民国委派的人员一同点查清宫物件,作为交割善后[②]。另外尚有值得一说的便是1928年耆龄与宝熙、陈毅、徐埴等人参与了东陵盗案的善后工作。《赐砚斋日记》连载于《中和月刊》,始于1942年第3卷第6期,此后几乎没有间断,日记所记内容在甲子年八月十五日(1924年9月13日)戛然而止,直接原因便是抗战胜利在即,有着亲日背景的《中和月刊》停刊(终于1945年第6卷第3、4期合刊),日记连载也就不得不就此打住。而耆龄在1928年的

---

① 《赐砚斋日记》1923年1月11日。拍卖市场中有一幅耆龄所作的团扇面便有这枚印记。

② 《逊清皇室秘闻》,第40页。吴景洲著:《故宫五年记》,上海书店出版社,2000年,第8页。

东陵办事日记，以《耆寿民日记》为名，作为《戊辰东陵案文献》之一种，早于其他部分的《赐砚斋日记》，最先刊登在《中和月刊》1941年第2卷第8期，其中选录了与东陵一案有关的日记文字。宝熙、陈毅、徐埴三人留有日记或纪事诗也作为《戊辰东陵案文献》一同刊登，几种史料合看，则对被盗各陵的惨状、来回路途的艰辛，均可了若指掌。耆龄自1908年开始参与东陵估修，至此已二十年，于陵工熟悉且为人勤恳，也可说是拖着病躯做成了人生最后一项大事业。因此当1931年昭西陵被盗，溥仪君臣谈及几年前的东陵案时，感慨“当日在事者如陈毅、耆龄先后物故，今已不可再得，深可忧伤”[①]。本文开头已经提到，耆龄于1931年4月30日去世，不过也有幸运的一面，因为没有来得及碰到溥仪出逃东北一事，免去了他必定要做出的抉择。

需要附记的是，此次整理陈毅《东陵道》纪事诗，当校样已成，因时间紧迫，未能与后来得知南开大学所藏更为完善的《东陵道》版本相校勘，所录文字虽几近完备，但终究留下了遗憾，只能留待将来。

四、学问志趣

除了官员这一身份外，耆龄对读书、藏书很有兴趣，因此读书治学成为其日记最重要的内容之一。首先，前文提到有研究者质疑辨正《中国历代藏书家辞典》中耆龄条目的文字，可见耆龄也被当作藏书家而闻名于世。在伦明的《辛亥以来藏书纪事诗》中，便将耆龄专门作为一家列入，附带光熙一起作为满族藏书家的代表。伦明诗中称：“长白残阳硕果留，坐陪词客与僧流。十年衰盛香儿巷，纪事从兹讫满洲。”其中长白指的便是满族发兴之地，常被用作籍贯。另外说明文字中又称：“满洲耆龄字寿民，辛亥后尚存，与徐梧生善，终日摩挲古椠以为乐。所藏有汲古阁抄本《古文苑》《宋高僧诗选》《酒边词》

① 《胡嗣瑗日记》，第32页。

《琴趣三编》等,后皆归袁寒云。”[①]这从耆龄日记中也可以看出,其对藏书颇为热衷,家中藏书楼也不止一座。如冒广生便有一诗记其书楼,其中有句称:“君家有高楼,楼开见西山。楼上万琳琅,楼下千琅玕。”[②]陈诗在《题耆寿民侍郎见山楼藏书图》中也将其定为满族人中宝廷、盛昱以下之第三人[③]。而伦明提到的几种清初汲古阁影宋抄本,因为是仅次于宋本真迹的珍本,故在袁克文的藏书题跋中也有提及。李红英所著《寒云藏书题跋辑释》中,详细介绍了袁氏所藏清影宋钞本两《汉书》,其中袁氏题跋称“予所藏并此十品”,而上述耆龄旧藏四种均在其列。其中《琴趣三编》即《闲斋琴趣》《醉翁琴趣》《晁氏琴趣》,袁克文得藏后将其并称为“三琴趣”,并制“三琴趣斋”“三琴趣斋珍藏”等印记,可见珍视[④]。至于伦明提到耆龄与徐梧生(即徐坊)交善,徐氏也是藏书家,其藏书楼“归朴堂”藏书之名与潘氏“滂喜斋”、盛氏“意园”并举,笔者在拍卖品中还见到数封耆、徐二人的往来短札。

耆龄其他藏书,照伦明的说法皆归袁克文所有,但后来袁氏藏书也四处流散,故只能通过他人著录以及现有各大型图书馆的目录信息搜寻一二。如文献学家王雨先生的《古籍善本经眼录》中收录“明刊宋本临川先生文集百卷”一种,记载有耆龄“思巽藏书”印记[⑤]。笔者目前在北京大学图书馆馆藏信息中寻得四种有耆龄收藏印记的古

① 伦明:《辛亥以来藏书纪事诗》,见东莞图书馆编:《伦明全集》一,广东人民出版社,2012 年,第 105 页。

② 冒广生:《随寿民阁学诣东陵途中赋赠八诗兼视怀民将军》之第二首,《小三吾亭诗》卷四,页 16a。

③ 尊瓠:《题耆寿民侍郎见山楼藏书图》,《国风报》1910 年第 1 卷第 31 期。

④ 李红英著:《寒云藏书题跋辑释》,中华书局,2016 年,第 143—146 页。

⑤ 王雨著,王书燕编纂:《王子霖古籍版本学文集》第二册《古籍善本经眼录》,上海古籍出版社,2006 年,第 184 页。

籍，分别是姚鼐《惜抱轩文集》《惜抱轩诗集》，嘉庆十二年广州姚原绂刻本，钤“思巽校读”“耆龄藏本”；钱大昕《嘉定钱氏潜研堂全书》，光绪十年长沙龙氏刻本，钤“思巽所获书”；沈钦韩《汉书疏证》，清光绪二十六年浙江官书局刻本，钤“耆龄之印”。这几种书籍在耆龄日记中也都有阅读的记录，而钱大昕的著作尤其值得一提。1921 年 12 月 30 日，耆龄在日记中写道：“近读《潜研堂集》，颇心折于竹汀之学，因及《养新录》，记二十年前随侍九江，将还京服官，先师石溯甫先生手书书目一纸赐之，教曰‘京曹多暇，不可废读，是皆尔应习者也’。目中书甚多，经史外附列者，有顾氏《日知录》、钱氏《养新录》。别后过上海，按目收之，有未得者至京续补，遂大备，暇即取读，从未间断。遇读之不能入者，置之，隔数月或年馀再读，仍不能入，再置之，竟有三四读三四置者，终必期于能入而后已。遵行二十年，循环往复，一如师教，藏书渐渐能读矣。即如《日知录》，自去冬始能读。《养新录》则今日读之方无扞格，若非于无意中先读《潜研文集》，心有所获，触类引伸，亦未必能遽入耳。读书贵能入，何可以轻心掉之，卤莽从事，安得起九原而告之，再请益也，为之黯然。”从其日记中可知，耆氏不仅爱藏书，更爱读书，于舆地之学尤为喜爱，《汉书地理志》《水经注》《读史方舆纪要》等书更是其案头常备校读之书，甚至“每至烦闷，多借其排遣，他书不能也”①，一度更是仿照沈垚《后汉书注地名录》辑录《通鉴地名录》以为读书日课。据其孙惠伊深《禁城夕阳》插图可知，耆龄留下了一部《惜阴日录》，正是类似这些日课文字。因此，耆龄于顾、钱之学颇为心折，读其书更是郑重其事，不敢轻心掉之，非如今日无知之辈，胡乱笺注，妄加批评。

前引耆龄日记中提到早年他曾随其父游宦九江，所拜的老师名为石溯甫，笔者检索史料，未能考证其人具体生平，仅在福建词宗谢章铤的《赌棋山庄集》中找到一封《答石生溯甫》的书信，可以从中知

---

① 《赐砚斋日记》1923 年 10 月 12 日。

道此人的一些信息片段。前文已经提到,光绪十八年诚勋开始担任江西广饶九南道,直到光绪二十五年离任,故耆龄师从石溯甫应是在此期内。《答石生溯甫》收于《赌棋山庄文又续集》卷一,该集于光绪戊戌仲冬刊行,信中主要内容是师生二人讨论宝廷所作的《古文尚书解纷》,据宝廷之子寿富所编《先考侍郎公年谱》所载,该书成于光绪十五年[1],故该信所作时间应是此后不久,与耆龄受师教的时间也极为相近。在这封信中,谢氏开头称当时石氏已到"海口道",但不知其确切所指。信中就宝廷之著作,谢氏认为其乃"名士每好訾謷前辈"之恶习,劝石氏要学习乾嘉诸老"读书好古,朝得一证,暮得一间"的实证精神,不可"巧于争名"[2]。由此与石溯甫叮嘱耆龄的话合看,显然石氏接受了其师的教诲,对耆氏的学风间接产生了影响。耆龄留下的印记甚多,其中有一枚极长的印记为"长乐谢枚如先生门下私淑弟子耆龄",便是此事最好的证据。谢枚如就是谢章铤,是咸同年间重振闽词的重要人物,其发起的聚红词榭雅集,更是晚清一个重要的词学流派[3]。上文提到,陈诗在其诗话中也专门抄录耆龄诗作,称其"崇尚儒素,笃嗜风雅"。另外,上文提到在1921年11月,耆龄曾与陈宝琛因作诗略起争执,认为虽自己非翰林,但他对自己诗词才华颇为自信,极为不服他人的评价。其实伦明纪事诗中称"坐陪词客与僧流",已可看出耆龄的喜好,同时笔者也在其日记以及陈宝琛、冒广生、三多、毓朗等人的诗文中找到唱和往来的记录。而耆龄的诗词成就也得到了诗坛的肯定,孙雄在《道咸同光四朝诗史》中将其单独列

---

① 宝廷著,聂世美校点:《偶斋诗草》,上海古籍出版社,2005年,第1013页。

② 谢章铤撰:《赌棋山庄文又续集》卷一,清光绪戊戌刻本。

③ 陈庆元主编:《谢章铤集》,吉林文史出版社,2009年,前言第1—2页。

为一家，收录七首诗作[①]。在后人所作《满洲文学史》中也对耆龄及其词作评价颇高，其所依据的便是叶恭绰在《全清词钞》中收录耆龄词六首，“录词之多，远超其他词家”[②]，实则叶氏在《广箧中词》也是将耆龄单独作为一家，并收录其词作。钱仲联的《光宣词坛点将录》中，将耆龄定为排名第104的地劣星霍闪婆王定六，并引述叶恭绰评价耆龄《三姝媚》一阕为“掩抑低回”[③]。而据孙雄、叶恭绰及其他材料所言，耆龄的著作应有《蠖斋集》一种，《居易堂诗稿》钞本一种，《消闲词》或称《见山楼词》一卷，惜迄今均未能寓目[④]。

耆龄晚年还做过一件雅事，其日记中多次提到有《独立图》一卷，遍求当世名家为其题跋。近人邱炜萲在其《五百石洞天挥麈》中曾谈及题画诗这一特殊的体裁：“题画诗有二：一为观人所作之画而我为之题，一为我所自作之画而自为题之。观人之画，或则赞叹其妙，或则因寄所托。”[⑤]耆龄这幅画的大量题跋，即是邱氏所言的后者。据王国维《题濩斋少保独立苍茫自咏诗图卷》二首可知，耆龄应是根据杜甫《乐游园歌》所作的画卷，该诗末句便是“独立苍茫自咏诗”七字，其画作完成的时间应是1921年5月12日，当时请宗室溥忻为其题写后付裱。其后参与题跋者，目前确切可知的至少有陈宝琛、杨钟羲、沈曾植、王国维、朱益藩、吴庆坻、郑孝胥、朱汝珍、陈伯陶、温肃、升允、铁良等十数人，故虽未见其图，但由杜诗及众人题跋大致可以

① 孙雄辑：《道咸同光四朝诗史》，上海古籍出版社，2013年，第201—202页。

② 邓伟主编：《满洲文学史》第4卷，辽宁大学出版社，2012年，第398—400页。

③ 钱仲联：《光宣词坛点将录》，收于夏承焘主编：《词学》第三辑，1985年，第241页。

④ 叶恭绰编：《全清词钞》，中华书局，1982年，第1894页。叶恭绰选辑，傅宇斌点校：《广箧中词》，人民文学出版社，2011年，第347—348页。

⑤ 邱炜萲撰：《五百石洞天挥麈》卷十，页6b。

推测其寓意所在。杜甫原诗为:“乐游古园崒森爽,烟绵碧草萋萋长。公子华筵势最高,秦川对酒平如掌。长生木瓢示真率,更调鞍马狂欢赏。青春波浪芙蓉园,白日雷霆夹城仗。阊阖晴开詄荡荡,曲江翠幕排银榜。拂水低徊舞袖翻,缘云清切歌声上。却忆年年人醉时,只今未醉已先悲。数茎白发那抛得,百罚深杯亦不辞。圣朝亦知贱士丑,一物自荷皇天慈。此身饮罢无归处,独立苍茫自咏诗。”其中前面十二句从各个方面描写了开元盛世曲江游宴的奢华场面,但后半句忽然跌入盛景不再而苦叹生平,由乐极而生悲,全诗形成巨大的张力①。而从各家为耆龄《独立图》所作题诗中,也都反映出这一层意思,尤其因各家均为遗老耆旧,由杜诗的盛衰转移感慨清室的鼎革遭遇,大有“回首同光已惘然”之感。如陈宝琛言“古来欲遁何曾遁,今日言愁始欲愁”,沈曾植言“天上客愁还惝恍,人间远望一凄其”,吴庆坻言“十年尘梦感钧天”,均是此意。而陈宝琛所言“中流”,陈伯陶所言“劲草”“孤松”等,则莫不是遗老间自况相砥的常用表达。

其实除了《独立图》题跋,还有如曾习经、冒广生、陈诗等曾为耆龄自画藏书楼《见山楼图》题过诗,不仅可见其藏书之名颇盛,亦可知其定擅长书画。而且在1922年,耆龄奉命与载泽、载润、溥伒、陈宝琛、朱益藩、袁金铠、朱汝珍、宝熙等人一同清查大内字画,获睹大量珍稀真迹,他更是清查工作章程的起草人。而其后来语人云“近来收藏家鉴别字画,审印章,辨茧纸,考款识,稽年月,皆皮相耳。古大家一落笔自有真处,不同凡近,绝非后生末学所能仿佛”,颇为时人记为名言②。耆龄后又命其子惠均师从金城习画,在其熏陶之下,惠均成了现代著名画家。在如今的拍卖市场中,笔者也看到多幅耆龄题赠他人的书画作品,风格清雅。其日记中也因亲贵反复请其题款而不

① 莫砺锋、童强撰:《杜甫诗选》,商务印书馆,2018年,第12—14页。

② 林葆恒编,张璋整理:《词综补遗》第1册,上海古籍出版社,2005年,第20页。

胜其苦，从侧面也看出其在当时颇具声名。此外，对耆龄诗才颇为推崇的叶恭绰在《遐庵谈艺录》中还将其列为当世藏墨名家，并辑录其所作《墨守》一卷（又名《蝬斋藏墨记》），文字较长，故不在此逐录[①]，但从中可见其志趣之广与收藏之精，在清末民初满族人中实属翘楚。

五、结语

由整理《耆龄日记》以及后续考证其家世、生平、志趣，笔者对耆龄其人有了较为全面的了解。从日记本身来看，耆龄的记载有一个从略到详的过程，大体从 1919 年开始较为详细，所记内容也逐渐丰富。其中详细记载了紫禁城内发生的大小事件，如溥仪大婚的前后经过，1922 年清查大内字画的始末等。另外留下了陈宝琛、朱益藩等诸多遗老的珍贵记忆，又如 1923 年 6 月 1 日，耆龄在日记中记录了王国维新任南书房行走后的观感，只是评价颇为不高："王静安国维来，见之，升吉甫（升允）所保荐，新派南书房行走者也，浙产，罗叔言（罗振玉）之戚，年四十七八，村学究耳。"

耆龄本人虽是满洲世家出身，但为人相对谨饬本分，故其谥号定为"勤恪"，因而也相对保守，正如庄士敦在其回忆录中评价："他（耆龄）为人聪明伶俐。在初时我以为他是个有作为的人，于是想通过他来进行一些改革紫禁城内部的工作。然而他对革新的兴趣，只是在言论方面，至于实行则敬谢不敏了。"[②]又如 1922 年 4 月 27 日溥仪率性在紫禁城内剪去了发辫[③]，几日之后耆龄在日记中记道："上于初一日剪发，我辈于义应争，既已不及，则应随之剪去。五十二年受之

---

① 叶恭绰：《遐庵谈艺录》，收于叶恭绰著，王卫星整理《叶恭绰全集》中，凤凰出版社，2019 年，第 888—889、896—900 页。

② 《紫禁城的黄昏》（评注插图本），第 63 页。

③ 爱新觉罗・溥仪著：《我的前半生》（灰皮本），群众出版社，2011 年，第 113 页。

父母者,一旦弃去,实有不忍,此举也殊难委决耳。内事之不堪设想者何许,是不过一端而已。"[①]可见过于迂执。但也正是他的谨饬和迂执,又加上几分自带的书生气,使得耆龄在有些事情的看法上与同僚相比稍显正直。耆龄供职的内务府,此时已不仅仅是管理皇室私产而已,在其他部门早已废尽的时代,俨然成了小朝廷维持正常运转的首要部门。耆龄在日记中时常痛斥"内事棘手、纷扰、丛脞",其中痼疾当然是积久而成,内务府初由世续领衔,其去世后由绍英继任长期总管。在日记中,耆龄对此二人多有批评,认为世续"无休休之度,有娼嫉之心,纯一私字所团结",而绍英则"定力不坚,且专工迎合……难为领袖","种种顾虑,畏难不追"[②]。这与庄士敦的观察正好相合,其回忆录中称世续曾"纵容他的属员作弊",绍英则"胆小怕事","凡事只有退保,没有前进"[③]。而溥仪之父醇亲王载沣则本是庸懦之人,故耆龄在日记中也对其多有指责,"邸既轻听,又复□□,隐患方长,思之心痗,遇事进言,反为迎合者作阶级,于事无补,更生枝节","内事枝节日多,嫌隙亦日积,皆邸不善调停所致"[④],所下判语也确为症结。同时耆龄也敢于直言讽谏,在溥仪大婚后不久,1922年12月14日的晚上,他忽然接到电话称溥仪要看《百美图》,其在日记中就直称此举乃是"可怜夜半虚前席,不问苍生问鬼神"。1923年7月28日,由于司房报价浮冒,溥仪对内务府属员丧失信任,欲重添已被裁撤的太监十人,绍英等不敢觐见,公推耆龄前往,其直言"太监既裁不宜添传,刑讯久废更不宜再用",为溥仪所嘉纳,进而鼓励"嗣后有过失,尔可直言无隐,朕甚愿闻"。而最后直到遗折中,还在反复劝谏"皇上远佞亲贤,乘时懋德,殷忧所以启圣,常抱卧薪尝胆之思"。

① 《赐砚斋日记》1922年5月2日。

② 《赐砚斋日记》1921年1月19日、1921年10月15日、1923年7月8日。

③ 《紫禁城的黄昏》(评注插图本),第61—62页。

④ 《赐砚斋日记》1921年4月24日、6月23日。

但是尴尬维持的小朝廷内事既不堪，又常有“外侮环乘”，故耆龄在后期也时常透露出心灰意冷而又进退两难的复杂心绪。在 1922 年 12 月 20 日的日记中便称：“年来闻见有日退无日进，此中殆有运数，自非一二人所能挽回，与其合污，何如自洁？又恐人以恝置见责区区，进退真两难矣。”到了 1924 年 1 月，“退志又萌”，“当思解脱之法，同流合污，余实有所不能也”。加上此时的耆龄早已百病缠身、老态屡现，因此这也可能是后来未随溥仪出逃天津而留守北平直至去世的原因之一。不过耆龄终究是退无可退的，现存最后的日记停留在 1929 年 1 月 29 日，所记的内容仍是东陵盗案的后续——民国军方又起获盗卖东陵赃物百余件。其后两年多的境遇，或许真如胡嗣瑗挽联中所言“艰危积忧愤，竟使吞声到盖棺”。

整理凡例

《耆龄日记》为民国时期逊清小朝廷内务府大臣耆龄所作的日记，原有手稿存世，后于抗战期间由《中和月刊》编者将其整理连载于该刊，因其手稿现已下落不明，故此次整理以《中和月刊》所刊文字为底本。《耆龄日记》时间跨度始自丙辰二月初五日（1916 年 3 月 8 日），其中 1916—1924 年的日记相对完整，于甲子年八月十五日（1924 年 9 月 13 日）中止，刊行时以《赐砚斋日记》为名，始于《中和月刊》1942 年第 3 卷第 6 期，此后几乎没有间断，直到 1945 年第 6 卷第 3、4 期合刊终刊为止。此后因戊辰年（1928）东陵盗案发生，耆龄被派为办事大臣，故另有东陵办事日记存世，时间跨度始自戊辰年六月十八日（1928 年 8 月 3 日），终于十二月十九日（1929 年 1 月 29 日），刊行时以《耆寿民日记》为名。此外，与耆龄同赴东陵办事者，尚有宝熙、陈毅、徐埴三人留有日记或纪事诗，而三者所记文字与《耆寿民日记》均作为《戊辰东陵案文献》刊登于《中和月刊》1941 年第 2 卷第 8 期和第 9 期，故可与耆龄所记相参看，一并作为附录收入本书。原文均为竖排繁体，此次整理一律改用横排简体。

（一）日记作者所记年月日，均为干支纪年和农历表示。此次整理，原文一律不作改动，惟于原日期后，以（）注明公元日期，以便读者使用。

（二）日记原稿中表示敬称的抬头、空格，现予取消，文字连排。

（三）日记原稿明显的错字予以订正，订正之字用【】表示，放在错字之后。原文如系明显衍文或缺漏，将衍字或缺字以[]表示，订正于原处或加以说明。日记在《中和月刊》刊行时，曾以□、○或△符号用以表示模糊文字，或用以抹去个别人名，整理时因无手稿可作校对，故只能一仍其旧。而此次整理时如遇到模糊文字或其他特殊情况，以〼表示，以示与原刊有所区别。

（四）日记中原文双行小注者，一律在原处以小字表示。

（五）日记原稿使用的异体字尽量改为简体规范汉字，其中涉及人名、字号或专名者予以保留。

《中和月刊》编者识语

《赐砚斋日记》者，寿民少府耆龄所著也。君以乙卯之岁，入直禁中，已当鼎革之后，十馀年中，笃忠匪懈，日记亦相终始焉。自宣统逊位以来，至于行遁，宫禁遗事，最为史家所宜致意。何则？政权虽让，而位等虞宾，衣冠礼乐，犹存其旧，八旗藩卫，胥戴故君，宫垣之中，别一天地，求之近世，譬犹华谛冈之在罗马。若令其中文献湮没不传，亦治国闻者所深惜也。顾当时册籍虽存策府，而甲子以后，纷乱相仍，久已零佚，无可征考。今得此记，首尾差备，而于故宫制度尤得见其一斑，他日有欲辑清后记者，可取资焉。

是时四宫者，瑜皇贵妃居长春宫，号敬懿；珣皇贵妃居储秀宫，号庄和；瑨皇贵妃居重华宫，号荣惠；瑾皇贵妃居永和宫，号端康。恐览者不能悉知，故分疏之于此。

是书手迹甚精，今不能影印，乃悉依其行款之旧，排次成编，俾后人藉以考见当时文物也。

编者识

丙　辰(1916)[1]

二月

初五日(1916年3月8日)　入直，奉旨补授总管内务府大臣。

初六日(3月9日)　谢恩，召见养心殿、太极殿，午初散直。

初八日(3月11日)　进内。

初十日(3月13日)　奏事，到府，承旨，署名。奉旨赏在紫禁城内骑马，并管理中正殿事。

十一日(3月14日)　进内，谢恩，召见养心殿，接见僚属。

十三日(3月16日)　进内。

十四日(3月17日)　进内。

十五日(3月18日)　奏事，谕祭庄亲王，午初前往，署名，注差。

十六日(3月19日)　进内，内务府大堂右侧空房失慎延烧窗槅，旋即扑灭。

十七日(3月20日)　奏事，进内，又至失慎处查看。

十八日(3月21日)　奏事，进内，承旨，署名。

廿一日(3月24日)　进内，又至筹备处过堂。

廿二日(3月25日)　奏事，进内，承旨，署名。世相传醇亲王面奉主位谕耆龄月给薪水四百元。

廿三日(3月26日)　进内，换灰鼠袍褂。

廿五日(3月28日)　进内。

---

① 本年刊于《中和月刊》1942年第3卷第6期。

廿六日(3月29日) 奏事,进内,承旨,署名。

廿八日(3月31日) 进内。

廿九日(4月1日) 进内。

三月

初一日(4月3日) 奏事,进内,承旨,署名。与禁军索团长筹备守卫事宜,散直颇晚。

初三日(4月5日) 进内,德公使至银库参观古玩,令司员接待。

初六日(4月8日) 奏事,承旨,署名。明日换银鼠袍褂。午正一刻散直。

初八日(4月10日) 进内。

初十日(4月12日) 奏事,承旨,署名。明日换珍珠毛袍褂。

十二日(4月14日) 进内,上门。午后至筹备处监视各商投标价买外库金器,瑞珍亨以四十万一百六十六元得标。

十五日(4月17日) 奏事,承旨,署名。

十六日(4月18日) 进内,引看女子,世相进牌,蒙放牌,永和宫挑定三名,长春宫挑定二名,储秀宫挑定二名,重华宫挑定一名,记名者六十名,其馀十二名撂牌。

十八日(4月20日) 进内。

二十日(4月22日) 雨。奏事,承旨,署名。检阅库存历代名臣像,散直午正二刻。

二十三日(4月25日) 进内。

二十五日(4月27日) 进内,奏事,承旨,署名。荣相病故,赐恤如例。换戴凉帽。

二十六日(4月28日) 奏事。

二十七日(4月29日) 进内。

二十八日(4月30日) 进内,到署,拣选鸣赞、读祝等官缺。换夹袍褂。茶库所存历代名臣像廿一轴、唐名臣像一册、唐宋名臣像一册、历代武臣像一册，奉谕旨交懋勤殿呈览，即时交进，越日发下。

四月

初一日(5月2日)　奏事，承旨，署名。荣相予谥文恪。

初三日(5月4日)　进内。

初五日(5月6日)　奏事，承旨，署名，换单袍褂。

初七日(5月8日)　进内。

初八日(5月9日)　进内，上赏缘豆一器，荣惠皇贵妃赏缘豆一器。

初十日(5月11日)　奏事，承旨，署名。载澜病故，照不入八分辅国公例赐恤。

十二日(5月13日)　进内，养心殿搭凉棚，带匠。敬懿皇贵妃赏饭，面谢。色侍卫七十生辰，赐寿。换实纱袍褂。

十三日(5月14日)　进内，诣长春宫，带匠。赏饭，面谢。

十四日(5月15日)　进内，诣储秀宫，带匠。庄和皇贵妃赏饭，面谢。

十五日(5月16日)　进内，奏事。诣重华宫、漱芳斋，带匠。赏饭，世相代谢。

十六日(5月17日)　进内，诣重华宫、静怡轩、延春阁，带匠。荣惠皇贵妃赏饭，并赏御墨一匣，面谢。

十七日(5月18日)　进内，诣御花园，带匠。赏饭，谕勿面谢。

十八日(5月19日)　进内，诣毓庆宫、永和宫，带匠。皇上赏月白大缎二端、折扇二柄、香囊、香牌、香数珠、川椒数珠、川椒佩八件，端康皇贵妃赏饭并赏御笔龙虎字二幅，均面谢。

十九日(5月20日)　进内，奏事，承旨，署名。诣钟粹宫，带匠，赏饭。

廿二日(5月23日)　进内。

廿四日(5 月 25 日) 进内,奏事,承旨,署名。

廿六日(5 月 27 日) 进内。

廿八日(5 月 29 日) 进内,领到端节颁赏银六百,绸缎二卷。

廿九日(5 月 30 日) 进内,在养心殿谢恩,奏事,承旨,署名。

五月

初一日(6 月 1 日) 进内。

初三日(6 月 3 日) 进内。

初四日(6 月 4 日) 进内,蒙主位赏粽子四盒。

初五日(6 月 5 日) 上赏粽子一盘,永和宫赏果桌菜品。

初六日(6 月 6 日) 进内,巳刻散直。袁世凯死。申刻同世相、绍越千进内直宿。

初七日(6 月 7 日) 奏事,承旨,署名。派载润吊唁袁世凯之丧,溥伦贺黎元洪就任。永和宫赏饭,长春宫赏点心。午初退直,世相直宿。

初八日(6 月 8 日) 进内,绍越千直宿。

初九日(6 月 9 日) 进内,直宿。徐邦杰答谢吊唁,带见。

初十日(6 月 10 日) 长春宫赏点心。王揖唐答谢派贺,带见。

十一日(6 月 11 日) 进内。民国四年共欠经费六百一万八千三百十五两二钱。

十二日(6 月 12 日) 进内,见张勋电。

十四日(6 月 14 日) 进内。

十六日(6 月 16 日) 进内。

十八日(6 月 18 日) 进内。

二十日(6 月 20 日) 进内,奏事,承旨,署名。

廿四日(6 月 24 日) 进内,奏事,承旨,署名。永和宫太监刘进喜交护军管理处。

廿六日(6 月 26 日) 进内,奏事,恭遇敬懿皇贵妃千秋,蒙赏纱二卷、荷包一匣、银二百元。

廿七日(6月27日)　进内,诣太极殿谢赏,到者十人。

廿八日(6月28日)　进内,承旨,署名。

廿九日(6月29日)　长春宫敬懿皇贵妃赏饽饽果子四盒。

六月

初一日(6月30日)　进内,诣长春宫行礼。蒙赏饭,到者醇王、庄王、那王、瀛贝勒、润贝勒、伦贝子、佡贝子、溥儁、麟光、毓嶟、毓嵻、毓崇、世太保、陈师傅、伊师傅、袁励准、继禄、绍英。

初三日(7月2日)　进内,商柯凤孙派充毓庆宫行走事。

初五日(7月4日)　进内,奏事。见东陵承办事务衙门交还各陵尊藏服御各物,内有同道堂玉玺。醇王谓柯劭忞口音不清晰,毓庆宫行走之议作罢。换黄葛纱袍。

初七日(7月6日)　进内。

初九日(7月8日)　进内,奏事,奉旨,署名。

十一日(7月10日)　进内。近午至世太保寓,会晤内务总长许近人。

十三日(7月12日)　奏事,因病请假。今日初伏,蒙上赏塔拉二器,谕勿谢恩。

十六日(7月15日)　蒙重华宫赏西瓜十个,谕勿谢恩。

十八日(7月17日)　进内,奏事,奉旨,署名,今日销假。

廿日(7月19日)　进内。

廿一日(7月20日)　进内。自明日起,毓庆宫放暑假二十日。绍英欲荐熙彦代徐师傅授读,图之甚力,陈、伊二师傅以熙彦身事三姓,名节已亏阻之,遂议寝其事。

廿三日(7月22日)　进内,奏事,奉旨,署名。端绪以泰宁镇总兵兼总管内务府大臣职衔,民国之请也。

廿五日(7月24日)　进内。

廿六日(7月25日) 中正殿奏事,并广储司月折。

廿八日(7月27日) 进内,奏事,承旨,署名。黎元洪推荐梁鼎芬在毓庆宫授读,醇、世议定婉辞以谢。

三十日(7月29日) 进内。

七月

初三日(8月1日) 进内,奏事,承旨,署名。

初五日(8月3日) 进内。

初八日(8月6日) 进内,奏事,承旨,署名。荫生及岁,已奏准归内务府办理。

初九日(8月7日) 上传御医石国庆、赵文魁请脉进方。

初十日(8月8日) 进内,仍传御医请脉进方。

十一日(8月9日) 进内,请安,圣躬康复,已报大安矣。巳刻诣坤宁宫,带乌林。

十三日(8月11日) 进内,承旨,署名。崔祥奎以马兰镇兼总管内务府大臣职衔。暑假期满,上入学。

十七日(8月15日) 进内。

十八日(8月16日) 进内,奏事,承旨,署名。八月廿七日换戴暖帽。

二十日(8月18日) 进内,永和宫赏桃二筐,谕勿谢恩。

二十三日(8月21日) 进内,奏事,承旨,署名。是日换蓝葛纱袍、罗胎冠。那桐六十生辰,赐寿。

二十五日(8月23日) 进内。醇贤亲王侧福晋五十生辰,赐寿。

廿七日(8月25日) 恭遇庄和皇贵妃千秋,赏银二百两、大缎二卷。

廿八日(8月26日) 进内,奏事,承旨,署名。

三十日(8月28日) 进内。

八月

初二日(8月30日)　进内，承旨，署名。徐师傅病故，追赠太子少保，予谥忠勤，赏给陀罗经被，派贝勒载润带领侍卫十员即日奠醊，赏银三千元，伊子赏给乾清门三等侍卫。翊坤宫、体和殿、储秀宫挂灯，带匠。

初三日(8月31日)　进内，奏事，并诣翊坤宫行礼，蒙面赏瓷瓶二件、瓷盘二件、汉玉一匣(二件)，赏饭。到班者醇王、睿王、庄王、那王、瀛贝勒、润贝勒、涛贝勒、伦贝子、忻贝子、溥偁、毓嵻、毓嶟、毓崇、麟光、世相，陈、伊二师傅，绍英、继禄、袁励准。又蒙重华宫赏食品二十碟，谕勿谢恩。

初四日(9月1日)　恭遇荣惠皇贵妃千秋，赏缎二卷、银二百元。

初五日(9月2日)　进内，承旨，署名。诣漱芳斋谢赏，到者九人。生辰，蒙皇上赏大缎二卷、银三百两。邸谕往拜黎总统，见于居仁堂，同绍英。

初六日(9月3日)　进内。在养心殿谢恩，蒙面赏福寿字，主位赏大缎四卷、银一百两，谢恩，未见。

初八日(9月5日)　进内，奏事，承旨，署名。诣重华宫行礼，蒙赏饭，到者与初三日同，奎乐老予谥壶靖。

初十日(9月7日)　进内，蒙颁赏中秋节赏银六百两、大缎二卷。

十一日(9月8日)　进内，诣养心殿谢恩。到者宝熙、郭曾炘、金声，共五人。

十三日(9月10日)　进内，奏事，承旨，署名。主位赏月饼四盒，永和宫赏深州桃二筐，谕勿谢恩。

十五日(9月12日)　蒙上赏月饼一盘、果一盘、西瓜一个。永和宫赏果桌菜品，谕勿谢恩。

十六日(9月13日) 谕祭奎悫靖,巳正前往,午初礼毕。

十七日(9月14日) 谕祭徐忠勤,巳正前往,午初礼毕。恭遇端康皇贵妃千秋,赏大缎二卷、荷包一匣、银二百两。

十八日(9月15日) 进内,奏事,并诣永和宫谢赏,又至水晶宫看鱼。

廿一日(9月18日) 进内,昨日换单袍褂。

廿二日(9月19日) 进内,奏事,承旨,署名。诣永和宫行礼,蒙赏饭,到者如前。黎元洪派江朝宗致贺,带见。奉旨,派祭内城隍庙。

廿四日(9月21日) 进内。

廿七日(9月24日) 进内,奏事,承旨,署名。致祭内城隍庙改派奎珍。又朱益藩、梁鼎芬均派在毓庆宫行走,并赏朝马。

廿九日(9月26日) 进内。

九月

初二日(9月28日) 进内。

初三日(9月29日) 进内,承旨,署名。诣养心殿,带匠拆天棚,糊饰纱窗。敬懿皇贵妃赏饭,面谢。

初四日(9月30日) 进内。带匠,诣长春宫,赏饭,在寿康宫面谢,赏新摘梨二盒。

初五日(10月1日) 进内。带匠,诣储秀宫,赏饭,面谢。

初六日(10月2日) 进内。带匠,诣重华宫,赏饭,面谢。

初七日(10月3日) 进内。带匠,诣静怡轩、延春阁,端康皇贵妃赏饭,面谢。

初八日(10月4日) 进内,奏事,承旨,署名。带匠,诣毓庆宫、永和宫,上赏大缎二卷,在养心殿面谢。

初九日(10月5日) 进内。带匠,诣钟粹宫、御花园。

十三日(10月9日) 进内,奏事,承旨,署名。

十六日(10月12日)　进内,检选官缺。

十八日(10月14日)　进内,奏事,承旨,署名。林赞老予谥文直。永和宫赏东瓜四个,谕勿谢恩。

廿日(10月16日)　进内。

廿一日(10月17日)　进内。

廿三日(10月19日)　进内,奏事,承旨,署名。黎总统给予二等大绶嘉禾章,奏闻,奉旨准其收受,钦此。

廿四日(10月20日)　进内,奏事。带领黄开文答谢,觐见。

廿七日(10月23日)　进内。

廿九日(10月25日)　进内,奏事,承旨,署名。

十月

初一日(10月27日)　进内。

初二日(10月28日)　进内。

初四日(10月30日)　进内,奏事,承旨,署名。

初六日(11月1日)　进内。江朝宗送到嘉禾章并绶。

初七日(11月2日)　进内。

初九日(11月4日)　进内,奏事,承旨,署名。《德宗景皇帝本纪》告成,陈师傅授为太保,郭曾炘赏头品顶戴,世相从优议叙并赏匾额,裕隆赏给乾清门二等侍卫,徐均加衔并赏御书福寿字。朱师傅到京请安,赏二品衔,紫禁城内乘坐二人暖轿,并仍在南书房行走。

初十日(11月5日)　进内。

十二日(11月7日)　进内。又至筹备处挑兵缺,换白风毛。

十四日(11月9日)　进内,奏事,承旨,署名。

十七日(11月12日)　进内,奏事,承旨,署名。醇王得第三子,命名溥俱。

十八日(11月13日)　重华宫赏熏鱼、点心。

十九日(11月14日)　进内。

二十日(11 月 15 日) 进内。

二十二日(11 月 17 日) 进内。

二十三日(11 月 18 日) 进内,奏事,承旨,署名。

二十四日(11 月 19 日) 进内。

二十五日(11 月 20 日) 皇上欠安,请脉。

二十六日(11 月 21 日) 进内。皇上服朱师傅方,已见效。

二十八日(11 月 23 日) 进内,奏事,承旨,署名。皇上已大安。

十一月

初一日(11 月 25 日) 进内。

初四日(11 月 28 日) 进内,奏事,承旨,署名。奉旨赏穿带嗉貂褂,朱师傅、梁师傅同蒙恩。睿王、庄王、克王均赏戴三眼花翎。

初五日(11 月 29 日) 进内,在养心殿谢恩。

初七日(12 月 1 日) 进内,上赏黄茶二包。

初九日(12 月 3 日) 进内,奏事,承旨,署名。溥信赏乾清门头等侍卫。

十一日(12 月 5 日) 进内。午后到府。

十四日(12 月 8 日) 进内,承旨,署名。徐钟蔵百日孝满,谢恩。

十六日(12 月 10 日) 进内。

十九日(12 月 13 日) 进内,奏事,承旨,署名。

二十一日(12 月 15 日) 进内,奏事。徐钟蔵今日入直。

二十四日(12 月 18 日) 进内,奏事,承旨,署名。世相病,未到。泽公奏请开去一切差使,奉旨给假一月,慰留。

二十六日(12 月 20 日) 进内。

二十八日(12 月 22 日) 到府会商年事。今日冬至,蒙永和宫赏馄饨一盒,谕勿谢恩。

二十九日(12 月 23 日) 进内。

十二月

初二日(12 月 26 日)　进内。

初三日(12 月 27 日)　到府。

初四日(12 月 28 日)　进内。召见养心殿,四宫主位召见太极殿。退直后到府。

初七日(12 月 31 日)　进内,承旨,署名。魏光焘病故,予谥。端康皇贵妃赏腊八粥一罐、菜十二碟,谕勿谢。

初八日(1917 年 1 月 1 日)　上赏粥一罐、菜四碟、奶茶一壶,四宫主位赏粥一罐、菜十碟,均谕勿谢恩。

初九日(1 月 2 日)　黎元洪派荫昌答谢,贺阳历元旦,在乾清宫觐见。

十一日(1 月 4 日)　进内。

十三日(1 月 6 日)　荣惠皇贵妃赏"福禄光明"春条、福肉二方。

十四日(1 月 7 日)　进内,奏事。又到府,承旨,署名。派毓照守护东陵。敬懿皇贵妃赏福肉二方。

十五日(1 月 8 日)　庄和皇贵妃赏福肉二方。

十六日(1 月 9 日)　进内,蒙上赏福寿字各一方。

十七日(1 月 10 日)　进内。在养心殿谢恩,到者绍英、芬车、讷钦泰、袁励准。

十八日(1 月 11 日)　进内,四宫主位召见永和宫。

十九日(1 月 12 日)　进内,奏事,承旨,署名。魏光焘予谥威肃。

二十日(1 月 13 日)　进内,奏事,并带匠,诣养心殿挂灯。端康皇贵妃赏福肉二方。

二十一日(1 月 14 日)　进内。

二十二日(1 月 15 日)　公请参众两院议员到会招待,上赏银六百两、大缎二卷。

二十三日(1 月 16 日) 进内,奏事,在养心殿谢赏。重华宫赏菜二十四碟、四大碗,肉四方,同绍到府。

二十四日(1 月 17 日) 进内,奏事,承旨,署名。李中堂殿林病故,赐恤并予谥。泽公奏请开去差使,赏假一个月,慰留。诣养心殿、永和宫,带匠挂灯,赏绉绸二匹。

二十五日(1 月 18 日) 进内,在养心殿谢恩。

二十六日(1 月 19 日) 进内,奏事,并诣养心殿、储秀宫、重华宫、静怡轩,带匠。上赏荷包七个。又带匠,蒙上特赏坐。

二十七日(1 月 20 日) 进内,谢赏,到者陈、伊、朱、梁四师傅,润、滢两贝勒,伦贝子、袁翰林、毓嶟、毓嵻、毓崇。上赏荷包一个、金银八宝十六个、元宝二个、貂皮二张、荷包一对、手巾一分。

二十八日(1 月 21 日) 进内,奏事,承旨,署名。在养心殿谢赏。永和宫赏果桌菜品。

二十九日(1 月 22 日) 进内。蒙上赏“宜家受福”春条、“大吉”春条、荷包一个、金银八宝八个、金钱四个、金银小锞四个。又荷包一个、银锞二个。又鸡心荷包一、银锞一。

丁　巳(1917)[①]

正月

初一日(1917年1月23日)　进内,诣养心殿,跪安,谢赏。太极殿行礼,蒙赏御笔“宜春”春条、黄荷包一、银锞二。

初四日(1月26日)　进内。

初五日(1月27日)　进内,奏事,承旨,署名。

初六日(1月28日)　进内。上开学,蒙赐墨一匣、朱锭一匣。

初七日(1月29日)　进内,在养心殿谢赏。

初八日(1月30日)　进内,承旨,署名。

初九日(1月31日)　上赏绸缎二卷、银六百两。

初十日(2月1日)　进内,谢恩。又召见,谕勿跪。

十一日(2月2日)　到府。

十二日(2月3日)　进内,奏事。万寿贡品已呈进。

十三日(2月4日)　进内,朝贺礼毕。范源廉代表总统,田献章代表副总统,江朝宗、鹤春、袁得亮、治格、索崇仁三班恭祝万寿,带见。四宫主位赏元宵四盒,端康皇贵妃赏春饼。

十四日(2月5日)　进内,承旨,署名。庆王予谥曰密。上欠安,朱师傅请脉处方。

十五日(2月6日)　进内,带乌林。朱师傅请脉,上服药见好。

十六日(2月7日)　进内,上病退,已报大安。

---

① 本年刊于《中和月刊》1942年第3卷第7期。

十九日(2月10日) 进内,奏事,承旨,署名。李殿林予谥文僖。

二十一日(2月12日) 进内。宫中撤灯,带匠,永和宫赏饭。

二十三日(2月14日) 进内。

二十四日(2月15日) 进内,奏事,承旨,署名。礼亲王诚厚予谥曰敦。泽公开去守护大臣,仍留御前大臣。

二十六日(2月17日) 庆密亲王初祭赐奠,巳初往,午初礼成。

二十七日(2月18日) 进内。

二十九日(2月20日) 进内。顺承郡王薨,赐恤如例,予谥曰质。承旨,署名。

二月

初一日(2月22日) 礼敦亲王大祭赐奠,午初往,午正礼毕。

初二日(2月23日) 进内。

初四日(2月25日) 进内。

初六日(2月27日) 进内,承旨,署名。奉旨派祭马神。毓岐蒙派充东陵守护大臣,派世续致候冯国璋,并赠果桌酒席。

初八日(3月1日) 进内。冯国璋派索崇仁答谢,在养心殿带见。

初十日(3月3日) 进内,承旨,署名。清锐病故,赐恤。

十一日(3月4日) 顺承质郡王大祭赐奠,巳初往,午正礼毕。

十二日(3月5日) 进内,致祭马神,行礼。

十三日(3月6日) 进内,致祭马神,行礼。永和宫赏东瓜二个,谕勿谢恩。

十五日(3月8日) 进内,承旨,署名。毓岐病故,派溥葵守护东陵大臣。

十七日(3月10日) 进内。照公请训,葵公谢恩。

十九日(3月12日) 进内,承旨,署名。清锐予谥文敏。

廿二日(3月15日)　进内。泽公生辰,赏寿佛、如意、福寿字、尺头。

廿四日(3月17日)　进内,承旨,署名。

廿六日(3月19日)　进内。

廿八日(3月21日)　进内。

闰月

初一日(3月23日)　进内,承旨,署名。所有出入各款均报阳历计算。

初三日(3月25日)　进内。

初六日(3月28日)　进内。

初八日(3月30日)　进内,陆荣廷觐见于养心殿,面赏匾额一方、福寿字一幅、大卷四件,又赏在禁城内乘坐肩舆。

初十日(4月1日)　进内。

十一日(4月2日)　进内,承旨,署名。陆荣廷报效崇陵种树六千元,代郑孝胥进呈报效四千元,各赏匾额一方。又进方物,赏福寿字各一、鼻烟二瓶。高赓恩病逝,赐恤,予谥文通。

十四日(4月5日)　进内。

十五日(4月6日)　赐陆荣廷六十生,交下如意、寿佛、御书福寿字、御书对联、尺头、白玉文玩。

十六日(4月7日)　进内。邓华熙病逝,赐恤,予谥和简。

十八日(4月9日)　进内。

二十日(4月11日)　进内。

廿一日(4月12日)　进内,承旨,署名。退直,阅视上驷院备用御马。

廿三日(4月14日)　进内。

廿五日(4月16日)　进内,又至筹备处挑缺。

廿六日(4月17日)　进内,承旨,署名。

廿八日(4月19日) 进内。

三月

初二日(4月22日) 进内,承旨,署名。

初三日(4月23日) 进内。

初五日(4月25日) 进内。

初六日(4月26日) 进内。

初八日(4月28日) 进内,承旨,署名。

初十日(4月30日) 进内。

十三日(5月3日) 进内,承旨,署名。

十六日(5月6日) 进内,引看三旗女子,绍进排,蒙放排,永和宫挑定二名,廿日现进。长春宫、储秀宫、重华宫均挑三名,廿二日现进。又长春宫挑定二名赏醇王福晋,亦廿二日送府。永和宫赏饭、点心,谕勿谢。

十八日(5月8日) 进内,承旨,署名。

廿一日(5月11日) 进内。

廿三日(5月13日) 进内。

廿四日(5月14日) 进内,承旨,署名。

廿六日(5月16日) 进内。

廿八日(5月18日) 进内。

四月

初一日(5月21日) 进内,承旨,署名。上违和,今日已报大安。

初三日(5月23日) 进内。

初四日(5月24日) 进内,养心殿搭凉棚,带匠。长春宫赏饭,面谢。

初五日(5月25日) 进内,带匠。长春宫赏松鹤纨扇一柄,又赏饭，面谢。

初六日(5月26日)　进内，带匠，承旨，署名。储秀宫赏饭，面谢。

初七日(5月27日)　进内，带匠。储秀宫赏饭，谕勿谢。

初八日(5月28日)　进内，带匠。上赏缘豆，四主位赏缘豆，重华宫赏饭，面谢，又赏福寿字一幅。

初九日(5月29日)　进内，带匠。重华宫赏饭，谕勿谢。

初十日(5月30日)　进内，带匠。永和宫赏饭，面谢。上赏绉绸二匹、折扇二柄、香牌二、香囊二、香数珠四，养心殿谢恩。

十一日(5月31日)　进内，带匠，留宿直房。早永和宫赏饭，晚又赏饭，谕勿谢。

十二日(6月1日)　诣毓庆宫，带匠。长春宫赏点心，永和宫赏饭。午后到府。

十三日(6月2日)　进内。

十四日(6月3日)　进内，闻上欠安，已请脉。

十五日(6月4日)　进内，上体未愈，仍请脉。

十六日(6月5日)　进内。

十七日(6月6日)　进内。

十八日(6月7日)　进内，世太保留直。

十九日(6月8日)　进内，承旨，署名。

二十日(6月9日)　进内，重华宫赏荸荠、秋梨二盒。

二十一日(6月10日)　进内，世太保下直。

二十三日(6月12日)　进内，承旨，署名。

二十四日(6月13日)　进内。

二十五日(6月14日)　进内。

二十六日(6月15日)　进内。

二十七日(6月16日)　进内。张定武请安，召见养心殿。董玉岭、陈德修、汤玉麟、傅民杰觐见，带见。领到端节颁赏一千两、绸缎二卷。

二十八日(6月17日)　进内，在养心殿谢恩，到者世相、绍英、宝熙、郭曾炘、袁励准。

五月

初一日(6月19日)　进内。

初二日(6月20日)　进内，承旨，署名。

初三日(6月21日)　永和宫赏暑药。

初四日(6月22日)　进内，四宫赏粽子四盒。

初五日(6月23日)　上赏粽子一盘，永和宫赏果桌菜品。

初七日(6月25日)　进内。

初十日(6月28日)　进内。

十一日(6月29日)　进内

十二日(6月30日)　进内，与世、绍直宿。

十三日(7月1日)　张定武推戴复辟。直宿。

十四日(7月2日)　直宿。长春宫赏暑药。

十五日(7月3日)　直宿。

十六日(7月4日)　直宿。

十七日(7月5日)　下直，休沐。

十八日(7月6日)　进内，直宿。

十九日(7月7日)　直宿，飞艇抛炸弹于宫中，往日本馆，同梁师傅。

二十日(7月8日)　直宿，张定武乞退。

二十一日(7月9日)　退直，傍晚仍进内直宿。

二十二日(7月10日)　直宿。

二十三日(7月11日)　直宿，傍晚归家一看，仍进内。

二十四日(7月12日)　直宿，民军与定武军开战。

二十五日(7月13日)　直宿，承旨，署名，世退值。

二十六日(7月14日)　直宿,世来,绍退休。

二十七日(7月15日)　退直。

二十八日(7月16日)　直宿。

二十九日(7月17日)　直宿。

三十日(7月18日)　直宿,储秀宫、永和宫赏西瓜。

六月

初一日(7月19日)　直宿,绍退直,长春宫行礼,赏饭。

初二日(7月20日)　退直,重华宫赏西瓜。

初三日(7月21日)　进内,直宿。长春宫赏饭,同醇邸、绍英。

初四日(7月22日)　退直。

初五日(7月23日)　进内,直宿。储秀宫赏果桌。

初六日(7月24日)　退直。自十三日起至初五日,每日长春宫赏点心,永和宫赏早晚饭。

初七日(7月25日)　进内。

初九日(7月27日)　进内。

十一日(7月29日)　进内。长春宫补颁千秋赏二百两。

十二日(7月30日)　进内。

十三日(7月31日)　进内。

十四日(8月1日)　进内。

十六日(8月3日)　进内,承旨,署名。

十七日(8月4日)　进内。冯国璋派汤化龙答礼觐见,带见。

二十日(8月7日)　进内。

二十一日(8月8日)　进内,承旨,署名。

二十四日(8月11日)　进内。

二十六日(8月13日)　进内,承旨,署名。

二十八日(8月15日)　进内。

二十九日(8月16日)　进内。暑假期满,上入学。

七月

初一日(8 月 18 日) 进内,承旨,署名,并带乌林。

初三日(8 月 20 日) 进内。

初六日(8 月 23 日) 进内,承旨,署名。

初八日(8 月 25 日) 进内。

初九日(8 月 26 日) 进内。

十一日(8 月 28 日) 进内,承旨,署名。

十三日(8 月 30 日) 进内。

十四日(8 月 31 日) 进内。

十六日(9 月 2 日) 进内,承旨,署名。

十八日(9 月 4 日) 进内。

二十一日(9 月 7 日) 进内。

二十三日(9 月 9 日) 进内,承旨,署名。

二十六日(9 月 12 日) 进内。

二十八日(9 月 14 日) 进内,承旨,署名。储秀宫千秋赏二百两。

二十九日(9 月 15 日) 进内。

八月

初三日(9 月 18 日) 进内。随醇王诣储秀宫行礼,赏饭。到者睿王、郑王、礼王、庄王、庆王、涛贝勒、朗贝勒、伦贝子、润贝勒、泽公、麟公、世相、陈太保、伊师傅、朱师傅、继禄、绍英、毓嶟、毓崇、袁励准、金声。

初四日(9 月 19 日) 进内。重华宫颁赏千秋赏二百两。

初五日(9 月 20 日) 生辰,蒙上赏大缎二卷、银三百两。

初六日(9 月 21 日) 进内。在养心殿谢恩,蒙面赏御书福寿字一幅。又蒙主位赏尺头四卷、银一百两。

初八日(9月23日)　进内。随醇王诣重华宫行礼,赏饭,到者与前日同。

初九日(9月24日)　领到中秋节恩赏一千圆。

初十日(9月25日)　进内,在养心殿谢恩。

十三日(9月28日)　进内,承旨,署名。

十四日(9月29日)　进内,蒙长春宫赏菜品一桌。

十五日(9月30日)　进内,上赏西瓜果品,谕勿谢。

十七日(10月2日)　进内,永和宫颁赏千秋赏二百两。

十八日(10月3日)　进内,诣永和宫谢赏。

十九日(10月4日)　进内,承旨,署名。

二十一日(10月6日)　进内。

二十二日(10月7日)　进内,诣永和宫行礼,赏饭,到者与前同。

二十五日(10月10日)　进内。

二十七日(10月12日)　进内,承旨,署名。永和宫赏东瓜四个。

二十八日(10月13日)　进内。

二十九日(10月14日)　蒙赏黄茶。

三十日(10月15日)　进内。

九月

初二日(10月17日)　进内。

初三日(10月18日)　进内,带匠,诣养心殿,拆凉棚,糊纱窗,蒙长春宫赏饭,面谢。

初四日(10月19日)　进内,承旨,署名。带匠,诣长春宫、太极殿,蒙长春宫赏饭,免谢。

初五日(10月20日)　进内,带匠,蒙储秀宫赏饭,面谢。

初六日(10月21日)　进内,带匠,重华宫赏饭,面谢。

初七日(10月22日)　进内,带匠,永和宫赏饭,面谢。

初八日(10月23日) 进内,带匠。

初九日(10月24日) 进内,诣永和宫、毓庆宫,带匠,拣选官缺,蒙上赏绉绸二匹,在养心殿谢恩。

十一日(10月26日) 进内。

十三日(10月28日) 进内,承旨,署名。

十八日(11月2日) 请假。

二十二日(11月6日) 进内。

二十五日(11月9日) 进内,承旨,署名。

二十七日(11月11日) 进内。

三十日(11月14日) 进内。

十月

初二日(11月16日) 进内,承旨,署名。濂贝勒病故,如例赐恤,赏银四千元。

初四日(11月18日) 进内。

初六日(11月20日) 进内。

初八日(11月22日) 进内,承旨,署名。

十三日(11月27日) 进内。

十五日(11月29日) 进内,承旨,署名。

十七日(12月1日) 进内。

二十日(12月4日) 进内。

二十一日(12月5日) 进内,承旨,署名。醇邸代诣奉先殿行礼,绍英前引。

二十三日(12月7日) 进内。

二十六日(12月10日) 进内。

二十七日(12月11日) 进内,承旨,署名。日本公使林权助求见,醇邸婉谢之。

十一月

初一日(12 月 14 日)　进内,上赏乳茶。

初五日(12 月 18 日)　进内,承旨,署名。世太保请假。

初七日(12 月 20 日)　进内。

初十日(12 月 23 日)　进内。

十一日(12 月 24 日)　进内,承旨,署名。

十四日(12 月 27 日)　进内,上赏黄茶二封,谕勿谢。

十七日(12 月 30 日)　进内[内],奏事,口传奉旨时届严寒,醇亲王、书房师傅、内府大臣每日入直,除朔望外,均免穿开衩袍,钦此。

二十日(1918 年 1 月 2 日)　进内,钱能训来觐,在乾清宫,带见。

二十一日(1 月 3 日)　进内。

二十三日(1 月 5 日)　进内。

二十六日(1 月 8 日)　进内,世相病愈入直。

二十八日(1 月 10 日)　进内。

三十日(1 月 12 日)　进内,绍大臣又抱病,未入直。

十二月

初二日(1 月 14 日)　进内。

初三日(1 月 15 日)　进内,承旨,署名。

初五日(1 月 17 日)　进内。

初六日(1 月 18 日)　进内,世相到。

初八日(1 月 20 日)　进内,蒙赏腊八粥,谕勿谢。

初九日(1 月 21 日)　进内,承旨,署名。刘世珩报效崇陵工程银五千元,奉旨赏收,给予御书匾额一方。重华宫赏“诸事顺心”春条一、熏鱼、点心,谕勿谢。

十一日(1 月 23 日)　进内。

十四日(1月26日) 进内,冯国璋出走。

十五日(1月27日) 进内,承旨,署名。

十六日(1月28日) 上赏福寿字二方。

十七日(1月29日) 进内,诣养心殿谢恩,到者那王、泽公、伦贝子、庆王、朗贝勒、佶公、溥倬、绍英、袁励准、芬车、讷钦泰。冯国璋归。

十九日(1月31日) 进内,承旨,署名。

二十日(2月1日) 进内,养心殿挂灯,带匠。

二十二日(2月3日) 进内。

二十四日(2月5日) 进内,长春宫、永和宫挂灯,带匠。

二十五日(2月6日) 进内,储秀宫、重华宫、漱芳斋、静怡轩挂灯,养心殿安设天地香亭,带匠。蒙上赏绉绸二匹,面谢。储秀宫赏食百合、莲子,谕勿谢。

二十七日(2月8日) 蒙上赏银一千圆、荷包七个。又荷包一个、元宝二个、金银八宝十六个。又荷包一对、手巾一分、貂皮二张。午后同世相核发款目。

二十八日(2月9日) 进内,在养心殿谢赏,到者那王、泽公、伦贝子、庆王、滢贝勒、涛贝勒、世相,伊、朱、梁三师傅,绍英、袁励准、毓崇、麟光、溥倬、郭曾炘、宝熙、乾清门侍卫。

二十九日(2月10日) 蒙上赏御笔"竹苞松茂"春条一、"笃祜"春条一、黄缎荷包一、银锞二。又黄缎鸡心荷包一、银锞定四、银钱四、银八宝八。又黄缎荷包一、银锞一。

戊　午(1918)[①]

正月

初一日(1918年2月11日)　进内,蒙上面赏"介福"春条,主位赏黄荷包一、银锞二。奏事,承旨,署名。巳初诣长春宫行礼。巳正乾清宫庆贺行礼。

初二日(2月12日)　进内,带乌林。

初五日(2月15日)　进内,奏事,承旨,署名。

初六日(2月16日)　进内,上开学,赏端砚一方、朱墨四笏,同赐者醇王、载润、溥伦、世续、徐世昌、陈宝琛、伊克坦、朱益藩、梁鼎芬、绍英、耆龄、毓崇。

初七日(2月17日)　进内,诣养心殿谢恩。

初九日(2月19日)　皇上万寿,赏银一千元。

初十日(2月20日)　进内,诣养心殿谢恩,奉旨赏郑王、礼王、庆王、怡王三眼花翎,李长泰禁城内骑马。

十二日(2月22日)　进内,万寿圣节行礼,到班者甚多。午初,带总统专使黄开文觐见,李长泰、江朝宗、鹤春、袁得亮、翟殿林、治格觐见。

十六日(2月26日)　进内。

十八日(2月28日)　进内。

十九日(3月1日)　进内,承旨,署名。

二十一日(3月3日)　进内,诣养心殿,各处带匠撤灯。储秀宫

---

① 本年刊于《中和月刊》1942年第3卷第8期。

赏莲子、百合，谕勿谢。

二十三日(3月5日) 由朱师傅交下钱舜举《观鹅图》卷子，命用纯庙御题元韵题一绝，并作隶书，谨遵旨题就。

二十四日(3月6日) 进内，《观鹅图》交陈师傅代进呈。

二十五日(3月7日) 进内，承旨，署名。

二十七日(3月9日) 进内。

二十九日(3月11日) 进内。

二月

初一日(3月13日) 进内，承旨，署名。锡良病故，奉旨予谥文诚，赏陀罗经被，五百元治丧。

初三日(3月15日) 进内。

初五日(3月17日) 进内。

初七日(3月19日) 进内，承旨，署名。泽公纠参和钧、和琦，璋公纠参世英，均革职。

初九日(3月21日) 谕祭锡文诚，率属前往，午正礼毕。

初十日(3月22日) 进内。

十三日(3月25日) 进内，承旨，署名。

十七日(3月29日) 进内，万寿寺租与陆军部，同二百元。

十九日(3月31日) 进内，承旨，署名。三月十七日换戴凉帽。

廿五日(4月6日) 进内，承旨，署名。又请见四宫主位，面奉主位谕宫中天棚勿庸搭盖纱屉，照章更换，于三月廿八日进匠。

廿七日(4月8日) 进内。

廿九日(4月10日) 进内。

三月

初二日(4月12日) 进内。

初四日(4月14日) 进内，承旨，署名。以乡举重逢，赏张英麟御书匾额一方,王敬铸福寿二方。

初六日(4 月 16 日)　进内。

初八日(4 月 18 日)　进内。

初十日(4 月 20 日)　进内,奏事,无承旨事件。

十四日(4 月 24 日)　进内。

十六日(4 月 26 日)　进内,承旨,署名,带见女子。

十八日(4 月 28 日)　进内。

廿一日(5 月 1 日)　进内。

廿三日(5 月 3 日)　进内。

廿六日(5 月 6 日)　进内,瞿鸿机殁,予谥文慎,赏陀罗经被,赐恤。

廿七日(5 月 7 日)　发下赏张英麟"艺林上瑞"匾额一方,赏王敬铸福寿字二方。

廿八日(5 月 8 日)　进内,诣养心殿、储秀宫,带匠,换纱窗。长春宫赏饭,并赏自画兰花纨扇,面谢。

廿九日(5 月 9 日)　进内,诣长春宫、翊坤宫,带匠。储秀宫赏饭,面谢。

四月

初一日(5 月 10 日)　进内,诣重华宫、延春阁,带匠。重华宫赏饭,并赏龙字一幅、花卉折扇一柄,面谢。

初四日(5 月 13 日)　进内,诣乾清宫、毓庆宫、永和宫、钟粹宫,带匠。蒙上赏扇二柄,香珠、香袋、香牌各二件,绉绸二匹,面谢。永和宫赏饭,面谢。

初五日(5 月 14 日)　进内,承旨,署名。刘更年报效崇陵种树一千元,赏书匾额一方。

初七日(5 月 16 日)　进内。

初八日(5 月 17 日)　上赏缘豆一器,谕勿谢。

初九日(5月18日)　进内。

十一日(5月20日)　进内,承旨,署名。派溥佶、景麟、毓逖、唐古色、崇禧充压马大臣。

十四日(5月23日)　进内。

十六日(5月25日)　进内,承旨,署名。派载泽兼管上驷处,载润兼管备用处。

十九日(5月28日)　进内。

廿二日(5月31日)　进内。

廿三日(6月1日)　进内,承旨,署名。派讷钦泰充引马大臣。

廿六日(6月4日)　进内。

廿八日(6月6日)　进内。

三十日(6月8日)　进内,承旨,署名。成安病故,赐恤如例。上试马,随侍。

五月

初一日(6月9日)　蒙上赏银一千圆。

初二日(6月10日)　进内,诣养心殿谢恩。午后看帐。

初三日(6月11日)　进内。

初六日(6月14日)　进内,承旨,署名。

初七日(6月15日)　进内。

初十日(6月18日)　进内,挑缺。

十二日(6月20日)　进内,承旨,署名。派卓凌阿、宝衡、文光、乌拉喜春充压马大臣,溥佶充引马大臣。

十五日(6月23日)　进内。上欠安,朱师傅请脉,内奏事传,奉旨天气暑热,以后每逢一、六日乘马,如遇落雨,毋庸预备,钦此。

十六日(6月24日)　进内。召见养心殿,赐茶。

十八日(6月26日)　进内,承旨,署名。

廿一日(6月29日)　进内。

廿三日(7月1日)　进内。

廿五日(7月3日)　进内,承旨,署名。

廿六日(7月4日)　敬懿皇贵妃千秋赏银贰百两。

廿七日(7月5日)　进内。诣长春宫,面谢。

六月

初一日(7月8日)　进内。诣长春宫行礼,赏饭。

初四日(7月11日)　进内。

初五日(7月12日)　储秀宫赏西瓜,谕勿谢。

初六日(7月13日)　进内,承旨,署名。梁鼎芬六十生日赐寿。

初九日(7月16日)　进内。

十一日(7月18日)　进内,无承旨事件。十五日起,毓庆宫放暑假,重华宫赏西瓜,谕勿谢。

十四日(7月21日)　进内。毓庆宫自明日放暑假。

十七日(7月24日)　进内,承旨,署名。沈云沛故,遗折留,无恤典。

廿日(7月27日)　进内。

廿三日(7月30日)　进内,承旨,署名。熙凌阿病殁,赐恤如例。

廿五日(8月1日)　进内。

廿九日(8月5日)　进内,承旨,署名。

七月

初三日(8月9日)　进内,带乌林。

初五日(8月11日)　进内。

初七日(8月13日)　进内,承旨,署名。三多呈进福、昭陵图。

初十日(8月16日)　进内。派廷深听事班。

十三日(8月19日)　进内,承旨,署名。

十六日(8月22日)　进内。

十九日(8月25日) 进内,承旨,署名。八月二十六日换戴暖帽。

廿二日(8月28日) 进内。

廿六日(9月1日) 进内。

廿七日(9月2日) 储秀宫千秋赏二百两。

廿八日(9月3日) 进内,谢恩,到者九人。

八月

初一日(9月5日) 进内。

初二日(9月6日) 到府,承旨,署名。

初三日(9月7日) 进内,诣储秀宫行礼,赏饭。到者与去年同,只多一王久成。重华宫赏菜蔬,谕勿谢。

初四日(9月8日) 重华宫千秋赏贰百两,谕勿谢。

初五日(9月9日) 生辰,蒙上赏大缎二匹、银三百元。

初六日(9月10日) 进内,在养心殿行礼并谢赏,蒙面赐福寿字一幅。四宫主位赏大缎四卷、银一百两。

初七日(9月11日) 进内,谢赏。

初八日(9月12日) [进]内,诣重华宫行礼,赏饭,到者与初三同。

初九日(9月13日) 上赏中秋节赏一千元。

初十日(9月14日) 进内,诣养心殿谢赏,到者宝熙、郭曾炘、袁励准及绍英,共五人。在毓庆宫谢赏者那彦图、载泽、溥伦、载润、陈宝琛、伊克坦、朱益藩、梁鼎芬八人。

十二日(9月16日) 进内,世相请起。

十三日(9月17日) 到府,承旨,署名。王久成赏朝马。

十五日(9月19日) 上赏西瓜、果品、月饼。

十七日(9月21日) 进内。永和宫千秋赏银二百两。

十八日(9月22日) 进内,谢赏。

二十日(9月24日) 到府,承旨,署名。

廿一日(9月25日)　进内。

廿二日(9月26日)　进内,诣永和宫行礼,赏饭,到者同前。

廿五日(9月29日)　进内。

廿八日(10月2日)　进内。

九月

初一日(10月5日)　进内。

初二日(10月6日)　进内,带匠。诣养心殿,糊暖窗。长春宫赏饭,面谢。

初三日(10月7日)　进内,带匠。诣长春宫、翊坤宫,糊暖窗。重华宫赏饭,面谢。

初五日(10月9日)　进内,带匠。诣毓庆官、永和宫,糊暖窗。永和宫赏饭,面谢。又蒙上赏绉绸二匹,谢赏,未见。

初七日(10月11日)　进内,跪安,蒙召见养心殿。徐世昌就总统任,派润贝勒往贺,徐世昌派黄开文答礼,巳刻觐见。

十一日(10月15日)　进内。

十四日(10月18日)　进内,黄开文答礼觐见。到府,承旨,署名。沈瑜庆殁,赐恤如例,予谥敬裕。永和宫赏东瓜四。

十六日(10月20日)　进内。

十八日(10月22日)　进内。

廿日(10月24日)　进内,重华宫赏东瓜四。

廿三日(10月27日)　进内。

廿四日(10月28日)　进内。

廿六日(10月30日)　进内。

廿八日(11月1日)　进内。

十月

初三日(11月6日)　进内。

初五日(11月8日)　进内,承旨,署名。

初八日(11月11日)　进内。储秀宫赏东瓜二个、果桌一桌。

十一日(11月14日)　进内。

十三日(11月16日)　进内,承旨,署名。庆王、睿王、庄王、佶公均赏爵章。

十五日(11月18日)　进内。

十六日(11月19日)　进内。

十七日(11月20日)　进内。

十九日(11月22日)　进内,承旨,署名。

廿三日(11月26日)　进内。

廿五日(11月28日)　进内。

廿六日(11月29日)　进内,承旨,署名。梁济予谥贞端,并赏御书匾额。

廿九日(12月2日)　进内。

十一月

初一日(12月3日)　进内,到府。

初五日(12月7日)　进内,承旨,署名。

初六日(12月8日)　进内。

初十日(12月12日)　进内。

十二日(12月14日)　进内。

十四日(12月16日)　进内,承旨,署名。

十五日(12月17日)　进内,回四宫主位均儿娶亲事。

十六日(12月18日)　进内。

十九日(12月21日)　进内。

廿二日(12月24日)　进内,承旨,署名。

廿五日(12月27日)　进内。

廿七日(12月29日)　进内。

十二月

初一日(1919年1月2日)　进内,承旨,署名。黄开文觐见。

初二日(1月3日)　四宫主位赏如意一柄、银二百元。

初四日(1月5日)　进内,诣毓庆宫谢恩,四宫未见。

初八日(1月9日)　进内,承旨,署名。上赏腊八粥。

十二日(1月13日)　进内。

十五日(1月16日)　进内,承旨,署名。库伦专使觐见,并贡驼马貂皮。

十六日(1月17日)　颁赏福寿字二方。

十七日(1月18日)　进内,谢恩,到者那王、庆王、润贝勒、朗贝勒、伦贝子、溥僴、溥佶、麟光、绍英、袁励准、纳钦泰、唐古色、乌拉禧春、景麟、增禧、文光、毓逖。

十九日(1月20日)　进内。

二十日(1月21日)　进内,带匠,养心殿挂灯。

廿一日(1月22日)　进内,承旨,署名。梁鼎芬请开差使,给假一个月。

廿二日(1月23日)　上赏银一千元。

廿三日(1月24日)　进内,诣养心殿谢恩,到者五人。绍英、宝熙、袁励准午后到世宅看帐。

廿四日(1月25日)　进内,带匠挂灯,重华宫赏吃食四盒、春条二件。

廿五日(1月26日)　张德彝殁,谕祭,率属前往赐奠。

廿六日(1月27日)　进内,带匠挂灯。上赏坐,并赏绉绸二匹。又赏貂皮二张、八宝荷包五个。又赏荷包五个。储秀宫赏百合。

廿七日(1月28日)　进内,诣养心殿谢恩,承旨,署名。绍英倒用御宝,惶悚而退。

三十日(1月31日)　进内,蒙赏“永锡嘉祉”春条、“赐福”春条、八宝荷包一、银锞荷包一、红缎荷包一。

己　未(1919)[1]

正月

初一日(1919年2月1日)　进内,蒙面赏"迎祥"春条一。主位赏平金黄荷包一。承旨,署名。巳初长春宫行礼,巳正乾清宫行礼,世相、绍英俱以病未到。

初四日(2月4日)　进内。

初五日(2月5日)　进内,承旨,署名。赏马龙标、刘金标、张宗昌、嵩灵紫禁城内骑马。

初六日(2月6日)　进内,毓庆宫开学,赐朱锭、御墨各二方,同受赏者增那王、泽公二人,谕勿谢。

初九日(2月9日)　进内,上赏一千元。

初十日(2月10日)　进内,谢恩。

十三日(2月13日)　进内,承旨,署名。巳正,皇上升殿受贺,随班行礼。午初,黄开文觐见,孔令贻、宝熙、郭曾炘、袁励准、三多、瑞丰、治格、良泰、卓凌阿、讷钦泰、都凌阿、瑞启、文朴均赏朝马,嵩灵、世榕赏乾清门侍卫,奎濂赏乾清门头等侍卫,溥霖赏乾清门二等侍卫。

十五日(2月15日)　进内。

十八日(2月18日)　进内。

---

① 本年正月至七月、闰月至十二月分别刊于《中和月刊》1942年第3卷第9期、第10期。

十九日(2 月 19 日)　进内,承旨,署名。议加薪水二百元,尚未请旨。

廿一日(2 月 21 日)　各宫殿撤灯,进内,带匠,面奉谕旨每月加赏津贴二百元,钦此。储秀宫赏扁豆、红枣。

廿二日(2 月 22 日)　进内,谢恩。

廿五日(2 月 25 日)　进内,承旨,署名。丁宝铨殁,予谥恪敏,赐恤如例。

廿八日(2 月 28 日)　进内。

二月

初一日(3 月 2 日)　进内,承旨,署名。宝芬殁,予谥恭穆,赐恤。

初三日(3 月 4 日)　进内,同世太保带领英文教习庄士敦觐见并授课。

初四日(3 月 5 日)　进内,带庄士敦授课。

初六日(3 月 7 日)　进内,带庄士敦授课。

初八日(3 月 9 日)　进内,承旨,署名。带庄士敦授课。

初十日(3 月 11 日)　进内,带庄士敦。

十三日(3 月 14 日)　近内,带匠,糊饰养心殿东暖阁。午后,带庄士敦。

十四日(3 月 15 日)　进内,上赏大缎二卷,在毓庆宫谢恩。

十五日(3 月 16 日)　进内,带庄士敦。

十六日(3 月 17 日)　进内,承旨,署名。三月廿六日换戴凉帽。

十七日(3 月 18 日)　进内,带庄士敦。

十八日(3 月 19 日)　进内,检选官缺。

廿日(3 月 21 日)　进内,带庄士敦。

廿四日(3 月 25 日)　进内,带庄士敦。

廿五日(3 月 26 日)　进内,承旨,署名。

廿六日(3月27日) 进内,带庄士敦。

廿七日(3月28日) 进内,带庄士敦。

廿九日(3月30日) 进内,带庄士敦。

三十日(3月31日) 进内,带庄士敦。

三月

初一日(4月1日) 进内,承旨,署名。

初四日(4月4日) 进内,带庄士敦。

初五日(4月5日) 进内,带庄士敦。

初七日(4月7日) 进内,承旨,署名。带庄士敦,蒙赐观纯庙御笔《盘山图》,董邦达画《静寄山庄十六景》卷子。

初九日(4月9日) 进内,带庄士敦。

十一日(4月11日) 进内,带庄士敦。

十二日(4月12日) 进内,承旨,署名。

十四日(4月14日) 进内,带庄。

十六日(4月16日) 进内,引看包衣女,放排,带庄。

十七日(4月17日) 进内,带庄。

十八日(4月18日) 进内,承旨,署名。

二十日(4月20日) 进内,带庄。

二十一日(4月21日) 进内,带庄。

二十三日(4月23日) 进内,带庄。

二十七日(4月27日) 进内,承旨,署名。于式枚予谥文和。养心殿换纱窗,带匠。长春宫赏饭,面谢。奉旨毋庸带领庄士敦,钦此。

二十八日(4月28日) 进内,带匠,储秀宫赏饭,面谢。长春宫赏纨扇、折扇各一柄,谕勿谢。

二十九日(4月29日) 进内,带匠,重华宫赏饭,又赏御书折扇、朱笺折扇各一柄,面谢。

四月

初一日(4月30日)　早晴。入直,带匠,永和宫赏饭,面谢。过午大风,黄尘蔽天而下。约润之来谈,心绪不宁,看东野诗排遣。入夜风益烈。

初二日(5月1日)　风息微阴。入直,带匠,连日换纱窗,今已毕工。蒙上赏江绸四卷、折扇二柄、香数珠、香囊香牌一匣,面谢。退直,雨。延朱艾老与均儿看病。午后雨止,艾老来看脉后,同至仲鲁家拜寿。夜归甚寒。

初三日(5月2日)　晏起。午后,赴君立看花之约,手谈大负,夜分归。均儿连服艾老方,病渐减。

初四日(5月3日)　入直,庆恕殁,赐恤如例,予谥勤僖。午后,艾老来与均儿诊脉,据言六脉已和,稍有馀热未退,尚须调理。立民来。晚,至赞西家拜寿。

初五日(5月4日)　暖,终日微阴。均儿病大减,惟嗽耳。抄东野诗。午后上街,怀来,不值。夜,作寄静公书。

初六日(5月5日)　骤暖。近午携均儿至艾老处诊脉,赴凤孙约,到迟已散,遂访绍襄。夜,作致鹤亭书,复赐侯书。

初七日(5月6日)　阴。木达来。天热殊倦,未出。怀民赠花翊,甚佳。

初八日(5月7日)　入直。巳刻带乌林。上赏缘豆一器。午后赞西来。傍晚上街,踏月而归。为五楼书联三副。均儿晚间又嗽,似热仍未退。

初九日(5月8日)　换纱窗。傍晚,携均儿就诊于艾老,遣均先归,同艾老赴庄志道看花之约。夜嗽不宁。

初十日(5月9日)　微雨,终日廉织,燥热顿止。晨入直。午后拜客,右臂痛。晚,得银库报,财政部明日可解经费二十万,少慰。

十一日(5月10日)　终日微阴,看雍正朱批李卫折,尽四册。

十二日(5月11日) 仍阴。入直,午后上街,夜归。天气颇凉,可着棉衣。均儿服至圣保元丸,大效。

十三日(5月12日) 早晴晚阴。子宽、润之来。午后拜客。延赵灵卿与均儿诊脉。晚上街。看朱批田文镜折。

十四日(5月13日) 晴。午后上街。均儿之病已退,殊慰,见其窗课《管蔡论》,颇有进境。

十五日(5月14日) 入直,归甚早。阅胡文忠所刻舆图,尽一日之长,遂将分省分府各界记出,竣事已子初矣。怀民来,少谈。内子携均儿出门。

十六日(5月15日) 入直,世相未到。午后欲出门,以懒而止。仍阅胡图,兼考《一统志》及顾氏《方舆纪要》。延赵灵卿来与均儿调理善后。

十七日(5月16日) 晨睡未起。唐寿臣送医方来,始知妹病疹,即往视,已屡服庸医湿表散风之药,病颇重,将有内陷之势,遂约陈树千诊治。午后,归家小休。傍晚再往视,则又重矣。夜未宁息。

十八日(5月17日) 入直之前,电问妹病,并药亦不能下,只索冰饮。散直往看,虽尚未内陷,而舌黑唇焦,较昨尤重,肝风又动,连厥数次。夜,稍能进药,树千方竟尽剂。

十九日(5月18日) 往看妹病,肝风未息,热仍炽。延时子和来,专治肝风。傍晚再视,似稍安。赴怀民之约。夜,电问,已得睡,风亦息。

二十日(5月19日) 两闻妹病见减,往视良然,舌焦已润,黑色亦退,人始清醒索食矣,大慰。午后睡。傍晚,往[①]范太夫人之病,润约也。

廿一日(5月20日) 晨候妹,病又减。午后拜客。

廿二日(5月21日) 晨游厂肆,买地图二册、《宋诗抄补》八册。赴醇邸约,归家稍睡,仍看地图。

---

① 原文如此,“往”后似缺一字。

廿三日(5月22日)　入直,闻学界以争青岛风潮愈烈。

廿四日(5月23日)　晨访艾老、沈庵。午看地图,于蜀汉用兵各道略知眉目。晚候妹。

廿五日(5月24日)　入直,访世相久谈。午后访弢老。

廿六日(5月25日)　铁庵来谈,久坐。傍晚候妹。访立民、怀民,不遇。

廿七日(5月26日)　晨,黼臣来。蒙上赏节赏千元。午后上街。

廿八日(5月27日)　诣养心殿谢恩。午后,到世相家议事。晚,赴弢老约,同座者庄志道、朱艾卿,深谈。

五月

初一日(5月29日)　入直,承旨。衡永赏乾清门侍卫,世杰赏乾清门头等侍卫,讷钦布赏乾清门二等侍卫,王怀庆赏朝马。晚,赴绍襄约。天气骤热。

初二日(5月30日)　晨拜客,候沈子封。午后上街。

初三日(5月31日)　晨拜客,均不遇。午后珏生来,同至子封家,候沈庵会谈。取到合盛源第一批交款二千六百馀元。傍晚,银库司官送阅发款单,财政部所解经费四十万已到。

初四日(6月1日)　晨,至珏生家,借到银币千二百元,年期一分五息,以合记合同作押署券交易。瑞臣又借我二百元,亦有券。午后上街。晚看地图,考唐灵武、奉天各地。

初五日(6月2日)　晨,诣先祠行礼。上赏粽子一盘。午后了理节帐,尘积一清,心目俱爽,上街。傍晚,内人以均媳月事不调,延李子馀来诊,处方未服。弢老来,未遇。夜看《洪北江文集》,睡颇晚。

初六日(6月3日)　入直。午后,延树千与均媳看脉,树千言学生又出演说,为军警督查处所拘系者百馀,门外以兵守之。傍晚大风微雨,沈雷须臾而过。

初七日(6月4日)　入直。右臂痛,肌肤如灼,五指均涨,午后始渐轻。看吴立峰所著《汉书地理志补注》。闻拘系之学生益多。

初八日(6月5日) 阴,有雨意。右臂已愈,左肩又痛,奈何。看王益吾《汉书补注》,《地理志》拟参吴立峰书,辑一简本,名曰《汉书地理志今释》,体例尚未定,容思之。午后仍风。

初九日(6月6日) 看胡刻地图,并参考《方舆纪要》。午后上街,独游隆福寺,买一佳印胡刻地图,甚快。在隆福寺中遇一学生演说团,执二白旗,大书朝阳大学演说团第七组,听其所说,迂廓之常谈耳,余意可以不禁。

初十日(6月7日) 考热河各地沿革,辽之中京、燕之龙城及木叶山、阴山,均考得其处,殊快,因而未出门。旧仆李铭穷不能归,赏以二百元,共父有前劳也。傍晚,仲三、圣与来谈。

十一日(6月8日) 考金上京会宁府,竟得其处,喜甚。胡刻地图装订毕工送来,翻阅颇悦目。晨入直。傍晚,赴陈梦陶约,归极倦。

十二日(6月9日) 入直。邸、相均召见。近午,石世兄来,以先师贡存先生诗稿求序于朱艾老,嘱介绍。

十三日(6月10日) 连日看书,颇觉过劳,如不开帙,则又无以送日。无已,翻阅《通鉴》消遣。近午弢老来,畅谈。午后上街。夜,步月中庭,似有倦意,闻天津已罢市。

十四日(6月11日) 客来惊寝,考苏、鄂、湘、皖各省险要,并参看《存砚楼集》及《方舆纪要》。陈静含来,天津罢市风潮已息,并言东海忽有退志。新蝉已发声矣。

十五日(6月12日) 入直。看《战国地名考》。午后上街,归已月上矣。得剑秋复书,付舒。

十六日(6月13日) 入直,拣选官缺。午后看洪北江《乾隆府厅州县图志》。傍晚微雨,钱能训下野,殷五失所恃矣,殊以为虑。近日涉猎各书及图,列目于后:《大清一统志》五百卷,顾氏《读史方舆纪要》百三十卷,齐氏《水道提纲》二十八卷,洪氏《乾隆府厅州县图志》五十卷,储氏《存砚楼集》十六卷,沈氏《落帆楼集》二十四卷,程氏《国策地名考》二十卷,吴氏《补注汉书地理志》百三卷,洪氏《补三国疆域志》二卷,洪氏《东晋疆域志》四卷,洪氏《十六国疆域志》十六卷,胡氏《大清一统舆图》三十二卷,杨氏《历代沿革险要地图》,重野氏《□□疆域沿革图》。

十七日(6月14日)　晨,殷五来言已得湖北之差,慰慰。近午拜客,并赴凤孙之约。席散,归家稍睡。傍晚,至赞西处谈宴。夜雨,凤孙言有《金五京考》并高江村《东巡日录》可借,甚喜。

十八日(6月15日)　入直。《五京考》借到,甚精核,遂过录,尽一日之力,仅写十分之二。

十九日(6月16日)　过录《金五京考》。晚,赴亮生约。

廿日(6月17日)　入直。过录《五京考》,氏书乃景氏方昶《知所贵斋札记》之一,凤孙谓其好学深思,良然。午后上街。晚,在东兴楼与殷五饯行。夜睡不宁。

廿一日(6月18日)　天气甚热,昨夜未能安睡,益觉烦躁。午后上街。景氏,字明久,所著札记五册,均系考订舆地者,多可采,于金源建置沿革尤精详。

廿二日(6月19日)　晨,录景氏札记。午后,赴绍襄之约,候客不至,手谈大负。晚,赴亮生约,寿臣谈吐殊败兴。夜睡不宁。

廿三日(6月20日)　石遂民来,作书荐与殷五。石去,健之来,雨亦至,久谈。午后浴,仍录景氏札记。傍晚甚凉,至后院散步,阶下蝼蛄大鸣,有谓主雨者。

廿四日(6月21日)　入直,抄札记。午后上街,入夜始归。

廿五日(6月22日)　入直,承旨,署名。芬车殁,赐恤,予谥勤裕,伊子文兴赏乾清门三等侍卫。退直,赴章嘉佛约,久坐疲苶不堪,归家少睡。傍晚,赴节庵约,酒食征逐,甚苦且毫无趣味也。

廿六日(6月23日)　热。晨起,为王鹤皋书扇,抄书逭暑。傍晚,看王伯厚《道【通】鉴地理通释》,尽七卷。休息一日,甚适,见萤火。

廿七日(6月24日)　抄景氏札记。长春宫颁到千秋赏二百两，又赏内子五十元、均儿二十元、均媳二十元。午后，阅《地理通释》，卒业。

廿八日(6月25日)　入直，诣长春宫谢恩。买得杨氏守敬所著《历代沿革险要图》《前汉地理图》《春秋列国图》，均是精印本。晚，同印孙访立民。

廿九日(6月26日)　晨拜客。午后上街。夜归，天气益热。

三十日(6月27日)　晨，吊芬勤裕公。绍襄来，抄书屡有讹错，心未入也，置之。为内子书一扇，再阅《地理通释》一过。

六月

初一日(6月28日)　入直，承旨，署名。梁鼎芬请开差使，赏假两个月。巳正，诣长春宫行礼，赏饭。午初退出。抄札记，毕业。晚浴，阅《地理通释》。

初二日(6月29日)　阅方拱乾《宁古塔志》、吴桭臣《宁古塔纪略》。《纪略》言：宁古塔南贺龙城有国学碑，犹存天会纪元，字可辨。城东三百里有名衣朗哈喇者，今设土城，与金时五国城相近。吴桭臣乃汉槎之子，謫【谪】所所生。午后雨，傍晚晴，赴越千之约，夜又雨。

初三日(6月30日)　微雨，午后止，懋堂来。看王化行《西征纪略》、钱良择《出塞纪略》、范昭逵《从西纪略》、图理琛《异域录》、余寀《塞程别纪》、方式济《龙沙纪略》，均《昭代丛书》本也，遂未上街。天气凉爽，烦躁顿止，夜雷雨。

初四日(7月1日)　晨雨，近午雨止，已见日色矣。欲上街，甫出门，雷雨又大至，入夜不休。读《禹贡》，臂疼。得六桥书，索平安香。

初五日(7月2日)　早雨，午晴，上街。夜，校景氏札记。

初六日(7月3日)　阅《柳边纪略》，山阴杨宾所著也。午后，赴涛贝勒之约，节庵得女孙。

初七日(7月4日)　入直,承旨,赏奎濂头品顶戴,报效恭修《德宗实录》经费也。午后游厂,买一松花石小砚,借翰文斋《长春真人西游记》一册,《连筠簃丛书》本。买屠寄新箸《蒙兀儿史》四册。晚,赴孟约。

初八日(7月5日)　入直。闻张建三言,厂中有乾隆刻《一统舆图》,此求之多年未得者,即嘱送来一看。午后上街,夜归。

初九日(7月6日)　酷热,《舆图》乃康熙初内府本,致佳。午后,赴绍襄约。夜归,浴罢乘凉,少爽。

初十日(7月7日)　晨雨,午后微阴,读《禹贡》。晚,阅《西域图志》。马病连日,未能入直。

十一日(7月8日)　阴,午后雨。在鹤庄约弢老小酌,此园乃修竹斋故址,小有松竹。

十二日(7月9日)　阴。午后上街,傍晚雨。连日阅《啸亭杂录》,右臂痛。

十三日(7月10日)　入直。昆源殁,赐恤如例,赏五百元治丧。王永江之父王克谦赏福寿字二方。散直小憩,作寄六桥、铁庵书二通。阅顾氏《方舆纪要》。夜,月色皎洁,徘徊花下,颇适。

十四日(7月11日)　晴,天气致爽。考统万城所在。午后,检《一统志》并题书眉。晚,阅《方舆纪要》。

十五日(7月12日)　入直。昆源予谥果恪。退直后,考康熙三十五年亲征噶尔丹行军驻驿各地。午后上街,月出始归。

十六日(7月13日)　林诒书有弟丧,晨起,冒雨往唁,近午归。傍晚上街,并访立民。

十七日(7月14日)　阅《朔方备乘》,买鲍刻《太平御览》。傍晚,商云汀来深谈。客去,雷雨。夜,在廊下乘凉,见黄鼠一只,自在游行,毫不畏人,殊可怪也。储秀宫赏西瓜。

十八日(7月15日)　抄《西游记》徐、程、钱、董各跋。辰刻,至昆果恪宅赐祭,礼成归寓,抄书逭暑。

十九日(7月16日) 入直,承旨,署名。毓庆宫放暑假,自明日始。懋堂之叔谢世,午后往唁。甫归,大雷雨。看《游牧记》,参校胡图,土尔扈特阿玉奇牧地已得其处,此图部居纬度与张氏所谓《乾隆十三排地图》悉合,可贵也,特记之。

二十日(7月17日) 连雨。永和宫赏莲藕、西瓜。阅《啸亭杂录》。

廿一日(7月18日) 晨至后院,见蜻蜓甚夥,栖止花上,累累如贯。午后大雨,近暮始止。孟觐侯约,辞。夜蛙聒耳。

廿二日(7月19日) 晴。阅《游牧记》。午后上街,在书肆遇莘吾。为仲穆书扇,颇得意。

廿三日(7月20日) 入直,借镜古堂《亲征朔漠方略》,为建三书扇二叶。重华宫赏西瓜,分赠寿臣,上街。

廿四日(7月21日) 往贺建侯嫁女之喜,访庄志道,不遇。归家甚早,看《方略》。

廿五日(7月22日) 入直,承旨,署名。天气酷热,竭两日之力,遂将《亲征平定朔漠方略》四十八卷看毕,亦逭暑之良法也。懋堂来,见之。

廿六日(7月23日) 覆看《方略》,并考乌阑【兰】布通与昭莫多各战地,噶尔丹在当日亦巨寇也。

廿七日(7月24日) 为寄云贝勒、亮生侍卫书扇各一,均不惬心。傍晚上街,赴艾卿约,闻沈庵有西山之游,甚羡。

廿八日(7月25日) 入直。与弢老少谈。午后上街,阅徐星伯《西域水道记》,考据明确,惜文不副,若洪北江为之,则双美矣。

廿九日(7月26日) 时雨时晴。阅顾氏《纪要》江南诸卷。

七月

初一日(7月27日) 晴雨不常,一日数变,烦躁有病意。晚,鼻干头痛,终日未开卷。后巷蒙古卓王病逝,年甫三十馀。夜,服药病退。

初二日(7月28日)　入直。散后,携均儿与舍妹拜寿,月俸不至,盼望良殷。阅魏默深《圣武记》。夜闻蟋蟀鸣,已有秋意矣。午后右臂又痛。

初三日(7月29日)　阅《圣武记》,侄女携二外孙归宁。

初四日(7月30日)　阅顾氏《纪要》浙江诸卷。午后阅《圣武记》,毕业。俸钱已至,月事又可支持矣。夜,阅放翁诗二卷,以散郁陶。

初五日(7月31日)　晨拜客,午后上街。六桥书来,即复。阅《纪要》四川诸卷。夜雨。

初六日(8月1日)　雨,阅放翁诗三卷,云汀来谈。晚,阅《纪要》江西诸卷。

初七日(8月2日)　入直。午后,访覹臣谈,复游厂。

初八日(8月3日)　入直。近午,子宽来。阅《纪要》福建诸卷。天气虽热却高爽。光裕如来信,即复。

初九日(8月4日)　刘建之来谈,买乾隆碎墨四方。阅放翁诗二卷,上街。

初十日(8月5日)　阅放翁诗二卷,天热有病意。

十一日(8月6日)　入直,阅放翁诗一卷,读《楚词·九歌》。

十二日(8月7日)　拜客,访沈庵,不遇,见约庵。连日酷热,晚尤甚,阅《放翁集》。王幼泉来谈。夜读《梦窗词》,朱古微刊本。近数日,此中已跃跃有诗意。

十三日(8月8日)　立秋,阅放翁诗三卷,巷中已有卖鸡头者。午后上街。

十四日(8月9日)　入直。联豫殁,赐恤如例。阅放翁诗一卷。晚,觞绍勷、亮生诸人于东兴楼。

十五日(8月10日)　晨,展先茔。近午归,温《楚词》。

十六日(8月11日)　晨拜客,访弢老久谈。午归大雨,晚浴。

弢老近游武周山石窟寺，为检《一统志》。

十七日(8月12日)　读汉赋，叙斋老人来。晚极热。

十八日(8月13日)　入直。午后，读屈左徒《天问》、贾长沙《惜誓》、小山《招隐》，灯下读《九歌》《九章》。殷五书来，石世兄已位置一席。

十九日(8月14日)　入直，承旨。派溥杰在毓庆宫伴读汉文，溥佳在毓庆宫伴读英文，均赏朝马。午后有风，上街。夜读《楚词》。

二十日(8月15日)　雨。读孟坚《两都赋》、平子《西京赋》、太冲《三都赋》。午后雨止，越千来谈，天气凉爽，较昨大异。

廿一日(8月16日)　晴爽。晨，弢老来。午后，健之来。客去，上街，买《元和郡县志》《太平寰宇记》二书。晚，读《子虚》《上林》二赋。

廿二日(8月17日)　入直。答拜溥佳，得晤涛邸。归家得报，本生伯母富察太淑人谢世，即假德宝斋百五十元为丧费，交族弟海龄经理，派远亲尽，以本支论无服。

廿三日(8月18日)　晨，至本生伯母丧次哭奠。午归，饭后上街。斠朱子《楚辞集注》。

廿四日(8月19日)　拜客，饭于弢老斋中，借《海藏诗集》。晚又热。

廿五日(8月20日)　入直，读楚辞。晚得报，王幼泉于前日谢世，不胜骇愕，违颜不过半月，遽尔长逝，悲悼累夕。

廿六日(8月21日)　拜客，访节庵久谈，遇雨。午后上街。夜，校《楚辞》。重华宫赏内人、均媳果六盒。

廿七日(8月22日)　朴侄来报，家伯忽得霍乱，病势颇重，即遣人持药往视，又延医救治。回言似有转机，遂上街访瑞臣，意在筹款作准备也。竟空往，及归，闻已辞世，乃酉刻耳。

廿八日(8月23日)　入直。以冬心写华山碑、两峰画兰、小狮山水三册作押，借百元暂应急需。晚，向伯良借二百元。夜，与族弟商议殡葬诸事。

廿九日(8月24日)　往见健之,为庄士敦事。闻润之太夫人病重,候之。归家寂坐,连日惨怛,无以为怀,点勘《楚词》以解之。问汇泉,昨日伯良允假之款尚未到,心殊悬悬。昨日逢朔,月费亦无着,尤觉闷闷。傍晚,健之来。

闰月

初一日(8月25日)　入直。晚候伊仲平,并赴弢老与庄志道会谈之约,散颇晚。

初二日(8月26日)　伯良借款已到,即送交族弟,尚未误事。又于内子手借三百元,了理月事。午后上街。

初三日(8月27日)　晨,至家伯灵前哭奠,归尚早。终日昏睡,秋暑仍炽。

初四日(8月28日)　阅《翁集》三卷,午后雨。

初五日(8月29日)　入直。午后,五楼来,检旧藏怡府制笺三千张售之,得价三百元,以清所借各债。傍晚,访立民。夜,沈庵来。今日发兴,欲读《水经注》赵、戴二本,未决所先。

初六日(8月30日)　晨拜客,游厂,在茹古斋得赵执叔为魏稼孙制砚石,质绝佳。翰文斋得《元丰九域志》。午后上街。晚,阅《四库提要·水经注》,已决定先看赵本,次及戴、全二本。润之有急需,以百元借之。

初七日(8月31日)　入直。午后上街。灯下阅《吉林通志·沿革》各卷。

初八日(9月1日)　阅《水经注》二卷,头绪纷繁,未得要领。傍晚,印孙来,同访立民夜话。

初九日(9月2日)　为罗辛甫书扇,又写对联三付,笔不应手。夜,阅高江村《东巡日录》。

初十日(9月3日)　晨上街。近午,至沈丰老斋中,为瑞臣补祝生辰。夜分始归，殊苦。

十一日(9月4日) 入直。午后上街，并访听水，遇赵剑秋，未能多谈。夜，月色极皎。

十二日(9月5日) 往候世相，少谈即归。阅《水经注·河水篇》，兼看杨氏《汉书地理志图》，于善长叙法，略知梗概，从此读去，不致茫无头绪矣。古书难读，未可以轻心掉之也。

十三日(9月6日) 入直。阅《水经注》汾水、济水各篇，疲倦有病意。午后，胸胁牵痛，肝气似又发动。夜，读放翁诗三卷，《剑南集》今始读毕，计八十五卷也。

十四日(9月7日) 雨。抄东野诗百八首，毕课。瑞臣来，携一砚，欲与前得之石友砚相易，石友乃赵捣叔为魏稼孙所制者，余方以得此为喜，何能遽易也？晚颇凉，换夹衣。

十五日(9月8日) 叔起来，以纨扇索书拙作诗词，并谓从来不知余尚工此，岂不可笑？傍晚，访庄志道，同赴涛邸之约。罗欣甫来，又不遇。作寄铁庵书。

十六日(9月9日) 入直，答拜欣甫，未见，游厂。午后上街，步月而归，叙斋老人来。

十七日(9月10日) 入直，承旨，署名。增祺殁，予谥简悫。世相以病未到。午后，欣甫来，久谈。夜，中庭步月，颇有遐想。

十八日(9月11日) 书贾送到杨惺吾所著《水经注图》，与郦亭之书对看，心目顿豁，大快，遂以重价留之。午后读半山诗，得六桥书并诗五首。

十九日(9月12日) 入直。阅漯水、湿馀水、沽河、鲍邱水诸篇。午后上街买花。上灯后，仍反覆寻绎于晨间所阅漯水诸篇，兼考杨图，始能了了。甚矣，此书之难读矣。杨氏曰："非脑实心空、寝馈弗谖者，不能得其端绪。"真甘苦自得之言也。

廿日(9月13日) 密云凄雨，凛乎深秋。阅易水、滱水、圣水、巨马水、濡水、大小辽水、浿水、洛水、伊水、瀍水、涧水各篇，孳孳终日,已觉神罢。上灯后,涉猎《落帆楼集》消遣。

廿一日(9月14日)　晴,北风特寒。阅浊漳水、清漳水、沍水三篇。午后至正乙祠,为玉华清之太夫人拜寿,遇燕平、松岩、静舍,倦极遁归,叔起来。夜,又阅清水、沁水、淇水、荡水各篇,用力稍多,水道方向及其分合,略能辨别,不似前几日之开卷茫然矣。弢老送到为徐端甫书条幅,至明即交圣与。

廿二日(9月15日)　晨,阅济水篇二卷。午后上街。夜检杨图。

廿三日(9月16日)　入直。午后,赴沈子丰之约,同弢老游书肆。晚宴可园,手谈大负。

廿四日(9月17日)　阅阴沟水、汲水、获水、睢水、瓠子河、汶水、泗水、沂水、洙水各篇。午后彝初来,欲同访立民,以风起而止。夜窗孤坐,殊无聊,阅荆公诗。

廿五日(9月18日)　入直,承旨,俞廉三予谥敏僖,郭曾炘等所请。阅汝、颍、洧、潩、潧渠各篇。得汪氏校刊《汉书·地理志》一册,置之案头,翻检殊便。午后上街,月薪到。

廿六日(9月19日)　阴。唐寿臣送一紫马来看,尚可用,即托其议价。阅沭水、巨洋水、淄水、汶水、潍水、胶水、沔水各篇,沔水下游《经注》所叙讹误殊甚。自德宝取到吴清卿所题秦汉瓦拓本,绝精,惜价昂不能收也。

廿七日(9月20日)　微阴。储秀宫颁到千秋赏二百两,又赏内子五十元,均儿、均媳各二十元。巳刻至海会寺赐祭增简壶,礼毕私奠,即归。阅《水经注》潜水至涔水廿八篇。晚,赴庄志道约,得见石窟寺魏造像照本。

廿八日(9月21日)　入直。巩伯来,客去,读《项羽本纪》。午后上街。夜,读《高祖本纪》,并考楚汉战地。

廿九日(9月22日)　晨,彝初来。午后,阅《水经注》谷水以下至丹水十二篇,阶下盆桂已作花。

三十日(9月23日) 入直。阅《水经注·江水篇》。午后游隆福寺。晚，宴庄士敦于福全馆。

八月

初一日(9月24日) 奎悫靖公三周年，讽经。晨，至广化寺行礼。阅《水经注》青衣江至湘水十七篇。午后上街。

初二日(9月25日) 入直。重华宫颁到千秋赏二百两，赏内子五十元，均儿、均媳各二十元。午后酬应甚多，未能开卷。夜又失眠。

初三日(9月26日) 入直，承旨，署名。张行志殁，予谥武壮。巳刻，诣储秀宫行礼，赏饭。午初退出，罢倦不支。气候燥热，又望雨矣。阅《汉书·地理志》。劭襄欲以马见赠，来问，傍晚马送到，尚驯良。

初四日(9月27日) 晨，得林琴南来书，欲得中书衔，求世相代奏乞恩，其事颇难，须婉谢之。晚，赴健之约。

初五日(9月28日) 生辰，上赏大缎二卷、银三百元。至景祥趾家贺喜，归家偃息，遂酣睡。连日酬应，未看书。

初六日(9月29日) 进内，诣养心殿行礼，蒙面赏御书福寿字，又四宫主位赏绸缎四卷、银百两。来客甚多。

初七日(9月30日) 入直，又拜客八家。午后上街。灯下阅汾、浍、涑、文、原公、洞过、晋、湛各篇，《水经注》得杨氏图，易读多矣。

初八日(10月1日) 入直，承旨。柯劭忞进呈所著《新元史》，赏给御书匾额一方、尺头二件。巳刻，诣重华宫行礼，赏饭。午后上街。夜，阅漷水以下至黑水凡十六篇，所未阅者仅河水篇五卷矣，三两日间即可毕业，当重读一过。

初九日(10月2日) 晴暖。偕内子率儿媳展墓，归已抵暮矣。捷南来言财政部已允拨经费六十万元，节款有着，少慰。

初十日(10月3日) 雨。箴益病故，约海弟来商后事。午后，至世相宅看中秋节应发各款，心绪恶劣，看书写字俱不耐久坐，又无人可谈,益觉无聊。晚雨晴,月色极皎。

十一日(10 月 4 日)　晴,入直。午后,阅荆公古诗七卷,心绪不佳,未读他书。夜,六桥书来。

十二日(10 月 5 日)　拜客。午后上街。晚,莘吾来。夜,读《尔雅》,作复六桥书,付邮。重华宫赏普洱茶一盆、平果二盒。

十三日(10 月 6 日)　拜客。午后,看荆公近体诗。夜,月色无光,读陶诗。

十四日(10 月 7 日)　晨,访弢老。近午,上赏中秋节赏一千元,重华宫赏鱼肉四事。午后上街。

十五日(10 月 8 日)　进内,诣养心殿谢赏。午后上街。晚,了节事,尚有盈馀。夜,同妇子饮,蒙上赏瓜果月饼,例赐也。得六桥书,即复。

十六日(10 月 9 日)　读陶诗毕。午后上街。

十七日(10 月 10 日)　微阴。永和宫颁到千秋赏二百两,内子及儿媳赏如储秀宫例。凤孙、弢老相继至,均长谈。午后拜客。夜,阅香山诗。

十八日(10 月 11 日)　入直,承旨,署名。张景惠、毓璋赏在紫禁城内骑马。江图悃予谥庄洁,桂荫予谥通敏,毛鸿宾予谥定直,盛宣怀开复一切处分,赐恤。诣永和宫谢赏。午后拜客,至定镇平家贺喜,遇赞西、印孙、仲三。晚雨。

十九日(10 月 12 日)　阅荆公诗五十卷毕。连日闷闷,欲诣人则无可与言者,索居之感触绪纷来。午后上街。夜,孤坐听残蛩凄咽,益复无聊,平日读书不免泛滥,因思守约之法,列目于后:《史记》《汉书》《通鉴》《陶诗》《楚词》《杜集》《文选》《水经注》《读史方舆纪要》《乾隆府厅州县志》。以上十种,期以一年遍读之,参看之书与随时涉猎者,不在此数。

廿日(10 月 13 日)　入直。午后游隆福寺,买《日知录》。夜,读杜诗二卷。

廿一日(10月14日) 拜客。午后上街。夜,看荆公诗。日间买一魏造像拓本,颇佳。

廿二日(10月15日) 入直。巳刻,随醇邸诣永和宫行礼,赏饭。午初退出。石印《宛陵集》买得,字大悦目,可作副本。西席长元度旷工废学,半年放假百馀日,讽之无效,故辞之。

廿三日(10月16日) 谒醇邸,访弢老。午后,阅《宛陵集》三卷,其诗气和神腴,乃善学香山者,五言尤胜。

廿四日(10月17日) 拜客。阅《宛陵集》一卷。午后上街。夜写日记。

廿五日(10月18日) 风雨阴寒,过午尤剧。重华宫赏东瓜。晨,至愃露生家贺喜。午后,与健之送行,不遇,游厂。夜,阅《宛陵集》五卷,得六桥书。

廿六日(10月19日) 入直。作复六桥书,付邮。阅宛陵诗四卷。均媳归宁。午后,至庆邸贺喜,看戏。

廿七日(10月20日) 换纱窗,室中无坐处,遂上街。储秀宫、永和宫均赏东瓜。午归,弢老来久谈,劝读香山诗,谓《宛陵集》不可看。饭后又上街。晚,赴懋堂约,天气甚凉。

廿八日(10月21日) 入直。午后,云汀来。客去睡,抵暮始醒,懒甚,不欲开帙,遂默坐尽夕。

廿九日(10月22日) 晨,至隆福寺看菊花,买十四盆。午后上街。夜,阅《梅宛陵集》。

三十日(10月23日) 养心殿换纱窗,进内,带匠。长春宫赏饭。午后上街。夜阅梅诗。

九月

初一日(10月24日) 进内,带匠,储秀宫赏饭。午后,买牡丹二十一株种于后院。阅梅诗,作寄六桥书,付邮。夜,看新得王逸注《楚辞》。今日霜降,天气尚暖,小圃柿子已红。

初二日(10 月 25 日)　进内,带匠,重华宫赏饭。午后,至金巩伯家行吊,傍晚归。饭后上街。又至立民家,彼有季弟之丧也。夜有病意。

初三日(10 月 26 日)　头晕而嗽,四体微作烧,本欲拜客,以懒而止,服药茶。昨接健之来书,即复。买王氏《玉海》一部。晚,在东兴楼宴庄士敦。夜早睡。

初四日(10 月 27 日)　入直,诣永和宫,带匠,赏饭,上赏绉绸二匹。近午,休息时许,精神略复。晚作烧,骨节亦痛,夜见汗。

初五日(10 月 28 日)　晴暖,病小退,阶前菊花盛开,有玉楼春雪一种颇可爱。

初六日(10 月 29 日)　晨上街,及归,刘健之在家相候,乃新自上海来者,久谈。午后,买菊二盆,上街。庄士敦十月三十一号生辰,即今之九月初八日也,以《朱子全书》四函、菊花二十盆赠之。夜,看杨氏《水经注图》,如驾轻车就熟路,颇适。

初七日(10 月 30 日)　检胡图南二卷阅之,所批注语颇有精当之处。午后,拜庄士敦,久谈,并观其所藏《清凉山志》。夜,阅《天咫偶闻》,寒甚。

初八日(10 月 31 日)　井栏已见冰,席卿送菊四十八盆,甚佳。午后欲上街,以懒止,遂阅《徐霞客游记》,尽四卷。检吴印臣所刻董妃行状及传,赠庄士敦。夜寒,头目岑岑,气郁频嗽,病似未已,闷坐尽夕。

初九日(11 月 1 日)　入直。湍多布赏乾清门二等侍卫。近午上街。傍晚,往候健之,在新丰楼请那、贡二王。夜,看《日知录》。

初十日(11 月 2 日)　内子生日,长春宫赏衣料二件、食物四盒,永和宫、储秀宫、重华宫各赏衣料二件。晨,至吴菊农家贺喜。午后,接待来客。客去,阅《日知录》,接六桥书。

十一日(11 月 3 日)　头晕气郁未减。晨,至寿臣家拜寿,作复六桥书,付邮。午后上街。晚,赴绍勤之约。

十二日(11月4日) 入直。拜客。午后上街,阅《逸庵笔记》。

十三日(11月5日) 印孙来。午后拜客。阅《醒馀琐志》,日来奇窘,大有捉襟露肘之势矣。夜,阅《梅宛陵集》。

十四日(11月6日) 入直。徐世昌派荫昌答谢贺寿之使,巳刻在乾清宫觐见。承旨,署名。世相以病未到。天气晴暖,下直,拜客。午后上街。晚,赴孟觐侯约。

十五日(11月7日) 晨拜客,午后上街。夜归,月色皎洁,气候亦暄暖,夜深犹独步中庭。

十六日(11月8日) 晨拜客。阅《天咫偶闻》,震在庭先生所著。午后上街,赴鞠农约。夜,作手谈大负,归已丑初,荒于嬉矣,后当戒之。已换灰鼠袍褂。

十七日(11月9日) 入直,与越千谈,不合。归即酣睡,合盛源存款又经官判,得分六百六十八元,遂分三百四十五元与承德。夜,独坐无聊,此中郁郁,平时以看书为事,今并此懒为,大有索居之概【慨】。

十八日(11月10日) 晨,拜新聘西席唐汀镜孝廉,少谈归家。阅香山《闲适诗》一卷,抑郁都消。信矣,文章之可移情也。又阅《讽谕诗》二卷。晚,微雨甚寒,聚卿至自沈阳,约明午来谈。夜睡甚适。

十九日(11月11日) 晴。阅香山诗。晚,赴健之约。席散,又同弢老、艾老至健之寓看所藏蜀石经,归已子初。日间,聚卿来谈沈阳事,颇荒唐,未可听也。

廿日(11月12日) 入直并拜客。午后上街。夜,看香山诗。辛甫来,不遇。

廿一日(11月13日) 看香山诗。傍晚在福全馆请唐汀镜孝廉,同座弢庵、艾卿、凤孙、声伯、健之、邵勤、沈庵,均儿亦侍座。夜,静公来书,即复。

廿二日(11月14日) 晨,庄士敦以车来迓,遂与越千、均儿四人同乘。巳正,至翠微山脚。午正,至绝顶宝珠洞。所历者,灵光寺、龙泉寺、香界寺、大悲寺。未入者，三山庵也。又迂道过秘魔崖，见旧年题壁犹在。饭于旅馆，未正行过香山，静宜园、碧云寺、玉皇顶历历在目。至玉泉山小憩，盘桓泉上，时许遂归，到家甫申末耳。客去偃息，灯后始起。夜，阅香山诗，大风起矣。

廿三日(11月15日)　入直。午后，鹤亭之子景玮来，少谈。沈耕梅约，辞之。劭襄约手谈，申往子归。得六桥书，即复。

廿四日(11月16日)　阴寒，抵暮益甚。午后，候花太夫人病。归，看香山诗，室中菊已盛开。

廿五日(11月17日)　唐汀镜孝廉到馆，均儿荒废已久，此次入学不知将来能否奋勉？期望綦切，训督谆谆，心力俱悴矣。午后，赴钧立之约，大风寒甚。

廿六日(11月18日)　较昨尤寒。看均儿作《读〈通鉴〉札记》，尚可。午后，赴劭襄看戏之约。晚酌觐侯处，阅香山诗。

廿七日(11月19日)　入直。御河已冻。得静公书，即复。阅香山诗。午后得报，堂郎中金声病殁，别未经旬，遽尔长逝，为之恻然。

廿八日(11月20日)　大风，懒未出门。阅香山近体诗。

廿九日(11月21日)　晴暖。午后上街。夜，阅香山诗。

十月

初一日(11月22日)　入直，承旨，署名，并带乌林，金声之缺以钟凯拟补。午后拜客，赴弢老约，归颇早，约子丰来商月费事。夜风起，独坐无聊，看《一统志》。

初二日(11月23日)　温《离骚》《九歌》《九章》。近午拜客。健之、捷南来，客退，上街。夜，读《九章》涉江、哀郢。

初三日(11月24日)　晨，拜客。午后仲三来，客去，温《楚词》。夜，看香山诗。均儿第二课题为《汉文帝除肉刑论》。近日肝气时发，居恒悒悒，颇有厌生之心，病为之耶？境为之耶？思之黯然。夜失眠。

初四日(11月25日) 晨,福建瑞峰灵阳寺监院僧学真来见,僧原名长志,姓伊尔根觉罗,前参领朴忠肃公旧部。国变出战,妻殉。及宣布共和,屡死未遂,逃而为僧。今来募化,重修寺殿,其意盖别有所在。午后,赴裕如之约。夜散,天寒裘薄,几病。

初五日(11月26日) 入直。午后访学真,未遇。赴觐侯之约,看韩秉谦幻术。

初六日(11月27日) 晨,至寿臣、鸿甫两家贺喜。近午学真来,久谈。午后上街。夜,作赠学真联,曰"虔修天或相,微义佛无言"。

初七日(11月28日) 弢老来,为学真书联。得殷五书,即复。休息,一日未出门。夜坐闷闷,看《香山集》,最喜其"何乃有馀适,只缘无过求"及"开迟花养艳,语懒莺含思"两联。

初八日(11月29日) 入直,拜客。午后瑞臣来。阅《香山集》。

初九日(11月30日) 晨上街,见学生甚多,问之乃为闽事也。午后,赴泽公约,见诒晋斋画二幅,绝精。

初十日(12月1日) 晴暖。午后游厂肆。

十一日(12月2日) 晨拜客。午后上街。晚,赴仲三约。有病意,夜睡不安,披衣起坐时许。

十二日(12月3日) 病,勉强到府,承旨,署名。午后,云汀、叙斋来。晚作烧,处方服之,意兴索漠。

十三日(12月4日) 病小退。得电,润之之太夫人谢世。午后劭襄来,久谈。夜,看《姚选古文》。

十四日(12月5日) 病渐减,仍不能如常进食。晨,往唁润之,哭之痛。午后凤孙来。夜,看《姚选古文》,意兴少振。

十五日(12月6日) 欲入直,以头痛而止。午后,至越千处拜寿,润之家送三。归甚晚,已知饿矣,病当大减。

十六日(12月7日) 买《黄氏日钞》,弢老来候,久谈。午后,至艾老处求诊。考《通鉴》晋阳、蔡、皋狼、长子、邯郸、安邑、平阳各地。夜,六桥寄到栗色马一匹、榛子一包。

十七日(12月8日)　晨,至金子铮处行吊。访节庵,久谈。试新马,尚可用。午后上街。夜,考阳孤,折中众说,当在垣曲县。

十八日(12月9日)　入直。作复六桥书,以宋藕塘册赠之,还马价二百元,赏来人及路费三十八元。借世相貂缘朝衣,还之。

十九日(12月10日)　入直,承旨,署名。近午上街。夜,看《史记》。

廿日(12月11日)　均儿病,请艾老诊视。午后,阅《姚选古文》至十卷。

廿一日(12月12日)　晨,至衍圣公第,巳正谕祭。礼毕,访凤孙。午后微雪,往候润之。夜,阅《姚选》。

廿二日(12月13日)　晨,赴商云汀约。席散,上街。夜,阅《姚选》。经济殊难,将入困境,奈何。

廿三日(12月14日)　入直。午后,同艾卿、劭襄赴□斋约,主人强附风雅,谈无可谈,欲早归而苦留不放,其室又冷,难乎其为客矣。

廿四日(12月15日)　晨,往金培田家行吊,北风甚劲。午后,至润之家送库。晚,到寿臣处拜寿,留看戏,室热遁归。

廿五日(12月16日)　晨,到鹤孙家拜寿。午后黼臣来,客去,上街。夜,考虢山、阳霍各地。

廿六日(12月17日)　晨,拜客。午后,访润之。晚,赴寿臣约,月俸不来,月将尽矣,何以应之,闷闷。夜,看《史记·项羽本纪》。

廿七日(12月18日)　入直。近午,访五楼。归家,考东郡、濮阳各地。近以考订《通鉴》地理,颇可消遣,且能温书,惜家事溷人,未能肆力于此耳。夜,读《史记·楚世家》。

廿八日(12月19日)　寿臣晨来,白楼午【午楼】来。午后,访逊敏斋主人，久谈。晚饭于立民许[①]。

廿九日（12 月 20 日）　入直，承旨，溥杰、溥佳、毓崇均赏穿带嗉貂褂。午后上街，至彝初处拜寿。

三十日（12 月 21 日）　午后，至润之家送库。甫归，逊敏主人约游厂肆，晚饭于拮【撷】英馆。

十一月

初一日（12 月 22 日）　晨，至润之所送殡，同彝初、怀民饭于福全馆。归家，读《姚选古文》，瑞臣赠邵位西《书目标注》。夜洗足。

初二日（12 月 23 日）　入直，邸传见。又访泽公，借《全唐诗》一本，又借越千《思辨录》一函。午后上街。夜，看《思辨录》，择抄数纸。

初三日（12 月 24 日）　访艾卿谈。午后，阅《姚选古文》至二十卷。夜大雾。

初四日（12 月 25 日）　入直，阴寒。近午，读董江都《贤良三策》。傍晚，绍襄来，同赴唐寿臣约。

初五日（12 月 26 日）　微雪。入直，承旨，署名。阅《姚选古文》。晚，赴越千约，归甚早，疲倦特甚，借越千《思辨录》还之。夜失眠。

初六日（12 月 27 日）　晏起，已积素盈庭矣，对雪校《寒山拾得诗》。傍晚绍襄来，同赴徐圣与约，天气严寒。

初七日（12 月 28 日）　卯刻来报，大内不戒于火，奔入，路滑马不能行，两人扶掖而走。及至，火已息，乃卓钦之外直房，仅烧一间，遂办折奏闻，归已午初。午后，访润之，候裕如。晚，珏生来，以澄泥砚相视，粗材也。

初八日（12 月 29 日）　入直，带绰班。午后上街。灯下无聊，读《姚选》苏文二篇，心未能入，看《快雪堂帖》自遣。

---

① 原文如此。

初九日(12月30日)　入直,带绰班。午后上街。

初十日(12月31日)　入直,带绰班,承旨,署名。柯凤孙荐笔工,择留数种,又荐之于绍襄。午后,奏事处交下上赏尺头二件。晚,至瑞臣处拜寿看戏。

十一日(1920年1月1日)　拜客。午后上街。闻弢老得子。

十二日(1月2日)　入直。诣养心殿谢赏。遣使贺民国元日,黄开文来答礼,带领觐见于乾清宫。午后,爰缉臣来谈,外间颇有复辟之谣。晚,同印孙访立民,月俸已到,乃七月分者。

十三日(1月3日)　弢老来,久谈。午后,阅《姚选》。夜,得赞希电,节庵病重,往候。又访艾老,商遗折。子正电来,节庵已殁。

十四日(1月4日)　晨,往吊节庵。午后上街。夜,踏月而归,闻南苑兵哗,在子宽家剧谈,不知也。接静公来书,即复。

十五日(1月5日)　入直。召见毓庆宫,赏梁鼎芬治丧银三千元、陀罗经被,特谥文忠。到府,又进内,述旨,赏梁劬乾清门三等侍卫。午后至节庵家,傍晚归。

十六日(1月6日)　晏起。午后,节庵处送三。晚,赴弢老约,弢老写对联久,腰忽抽痛。

十七日(1月7日)　入直,承旨,署名。午后拜客。夜,看《姚选》。

十八日(1月8日)　晨,访懋堂。近午候弢老,饭焉。傍晚,至庆邸拜寿,有戏,以心绪恶劣,未久坐。夜,作手谈。

十九日(1月9日)　黼臣送来桂未谷八言隶书联,绝精,并告《钦定词谱》已买得,羡甚。作书复之,并缴还桂联。午后上街。夜,读《姚选》,已至三十四卷矣。

二十日(1月10日)　入直,弢老来谈。午后,接静公书,即复。得懋堂电,借款已有端倪。均儿呈窗课,略有进益,少慰。夜,阅《姚选》至三十九卷。

廿一日(1月11日)　入直,弢老见访于直庐,退食稍晚,天阴有雪意。买王幼遐刻《梦窗词》,懋堂送到隆丰和千圆书券,与之月利一分二厘,半年期。傍晚瑞臣来。夜风起。

廿二日(1月12日) 大风。午后上街。闻弢老往游汤山,壮哉,此叟!夜,阅《姚选》。

廿三日(1月13日) 醇邸得女,往贺。午后,闻【阅】《姚选》至四十六卷。赞希、燕平、笃甫来,见之。

廿四日(1月14日) 入直。候世相、越千。午后上街。夜,阅《姚选》。

廿五日(1月15日) 入直,承旨,署名。午后,寮属白事者甚多。夜,阅《姚选》,寄六桥书。

廿六日(1月16日) 阅《姚选》。午后子宽来。晚,赴王怀庆之约,座客甚多。

廿七日(1月17日) 入直,海弟送一红马来看,索价七十元,可作下骑用,留之。午后上街。夜归,巡捕结队而行,络绎于道,似有所警备。

廿八日(1月18日) 接健之书,即复。终日看《姚选》并点勘,意未倦而手楚。夜风起,睡不宁。

廿九日(1月19日) 晨起,有病意。至文锦堂家贺其嫁女之喜,少坐即归。午后尤倦,卧至日暮。昨看书久,今犹倦。

三十日(1月20日) 病,海弟所送红马,试之可用,议价六十五元,与之。晚,至首善二厂与赞希公请涛、庄、陈、朱诸人。求艾老诊脉处方,夜服药。

十二月

初一日(1月21日) 入直,承旨,署名。与越千、捷南、子昆议备年事,非百万不可。散直,云汀来。午后上街,至隆福寺看花。服艾老方,病退。夜,再服一剂。今日交大雪节。

初二日(1月22日) 长春宫赏燕菜、蒸食等十器。午后上街。

印孙赠玛瑙烟壶,尚旧。夜,阅《姚选》至六十二卷。六桥到京,寓鸿升店,约明午来谈。

初三日(1月23日)　入直并谢赏。近午六桥来,同饭久谈。傍晚,至文伯英家送三,其婶母之丧也。夜,手谈。

初四日(1月24日)　梁文忠公赐祭,未刻往,礼成即归。看《姚选》。

初五日(1月25日)　入直。近午上街。晚,至东兴楼赴商部旧雨之约。

初六日(1月26日)　晨,看书。午后游厂,遇绍襄、六桥。傍晚,至六桥寓一谈。

初七日(1月27日)　重华宫赏熏鱼、苏造酱,谕勿谢。未刻,到冯国璋家行吊,衙门公祭也,见林长民、张一麟。午后上街。夜,作寿王岷源之太翁诗一首。

初八日(1月28日)　入直。上赏腊八粥及菜蔬,长春宫赏粥,谕勿谢。晚,赴越千之约,看廉卿收藏,见赵仲穆、子昂合写草书千文,姚少师山水卷,至精。

初九日(1月29日)　微阴,有雪意。长春宫赏神肉,谕勿谢。晚,赴弢老约,归颇早,看书。

初十日(1月30日)　微雪。午后游庙,买花。又至伯英处送库。夜看书。

十一日(1月31日)　入直,承旨,署名。近午,至梁宅上祭,弢、艾二师傅均在。夜风起,寒甚。弢老改余所作挽梁之联,曰"论定盖棺孤忠惟有荃能察,义均从葬遗魄长同树不凋",命均儿写之,同人均赞。

十二日(2月1日)　大风严寒,入冬以来第一日也。所看姚姬传《古文辞类纂》七十五卷卒业。午后,至佀府送库,到晚已误,遂赴沈庵约,席散,同六桥游新世界。

十三日(2月2日)　晨,上街,看冯国璋之殡,不新不旧,

□□□□，殊可笑。午后又上街。夜，覆看《姚选》。

十四日(2月3日)　重华宫赏神肉及“富贵长春”春条，又赏内子“福禄祯祥”春条，传谕勿谢。彝初来，久谈。午后拜客，赴亮生约，室大火微，天寒似又感冒，有病意，衰征屡见，可概【慨】也。

十五日(2月4日)　入直。甫归，谈饱帆来，见之。午后，同六桥访张星五，深谈颇洽，遂与订交。夜，覆看《姚选》，检日记。学生风潮又作，前门以演说阻路，竟断车马。

十六日(2月5日)　晴暖。巳刻交立春节，上赏福寿字二方，故事皆南斋代笔，今乃御书，盖特恩也。午前，访逊敏斋久谈，前借之《全唐诗》还之。午后上街。晚，赴弢老约，同座有陈士可，新自库伦归，问和林所在，言额尔德尼招即其处，城四基犹可见，断瓦往往有和林字。席散甚早，归，看胡刻地图。学潮未息，军警均出。

十七日(2月6日)　进内，谢恩，承旨，署名。午后上街，并到梁宅，同社公祭，归颇早。闻日间数虹同出，大奇事也。士可来，未遇。剪烛看《姚选》，最好刘子政之文。夜，又看地图。

十八日(2月7日)　休息。午后，阅《后汉书》陈蕃、窦武、范滂、李膺各传。傍晚，赴绍襄之约，同座者有商云汀、李子身。夜，阅《光武本纪》。

十九日(2月8日)　拜客。午后，在林幼梅家请逊敏主人手谈。

二十日(2月9日)　入直，养心殿挂灯，带匠。退直归，值扫房，房中无坐处，遂上街。夜，看《姚选》。均儿作短篇，文字颇不得法，令其读《史记》传后小论。

二十一日(2月10日)　均儿读《仪礼》，检注疏及《仪礼章句》与之。申正，至世相宅议发款各事，归已夜分。

二十二日(2月11日)　入直，承旨，署名。近午，与六桥送行，饭于万福居，进城游庙，买杜鹃、建兰五盆。午后上街。夜手谈。

二十三日(2月12日)　莘吾、懋堂、劭襄来，见之。铁庵寄《水经注图》并炭敬百元。晚，阅香山诗，闻仲扬病重。

二十四日(2月13日)　入直，挂灯，带匠。重华宫赏内子及均媳各八盒。为均媳延李子馀诊脉。午后，读《庄子·逍遥游》《齐物论》《养生主》，经费尚无解交之耗。夜，作复铁庵、健之书，付邮。

二十五日(2月14日)　微雪。上赏纺绸二匹，读《庄子·人间世》《德充符》二篇。午后上街。夜，读《大宗师》《应帝王》《骈拇》《马蹄》四篇。内子及均媳进四宫主位之贡已齐，唐花十六盒，食物十六盆，贡费及赏四十四元。

二十六日(2月15日)　入直，挂灯，带匠。诣养心殿谢恩，上赏貂皮二张、八宝荷包一个、荷包手巾一分、拴赏荷包七个。长春宫赏内子衣料二件，赏均媳食物四盒。午后，访弢老久谈。归家，休息数刻，精神已复。夜，读《庄子》胠箧、在宥二篇。

二十七日(2月16日)　入直，承旨，署名。诣养心殿谢恩，到者颇多。上赏节赏一千元。重华宫赏内子食物四盒，赏均媳绫花一匣、食物二盒。检方选《管子》《荀子》，未见。午后上街。夜，读《庄子·天地》《天道》二篇，得子昆电，部款已到。

二十八日(2月17日)　进内，诣毓庆宫谢恩。奎绍襄有子媳之丧，午后往唁，遇弢、艾两师傅。夜洗足。是日又雪。

二十九日(2月18日)　雪。晨，诣先茔，祭扫归，始午饭，后上街买花，在镜古堂买原刻《史通削繁》，可与前收之《文心雕龙》作配。月薪领到四个月者及年节饭银，以此度岁，绰有馀裕，还子宽银币百元。

三十日(2月19日)　入直。上赏"锡福"春条、"视履考祥"春条、荷包一个、银锞二个、八宝黄缎荷包一个。午后上街，沿街均挂小红灯以为点缀，较去岁似又风光。傍晚，爆竹盈耳，大如承平，真不知人间何世矣。夜，祀神后即睡。毓君康商部旧属极贫，舒民亦来告援，各赠十元。

庚　申(1920)[①]

正月

初一日(1920 年 2 月 20 日)　入直，上赏“延年”春条、平金荷包、银锞。巳初，随醇亲王诣太极殿行礼。巳正，上升乾清宫受贺，随班行礼，带庄士敦觐贺，蒙恩补御前侍卫。承旨，署名。午后归家，疲甚，亥初即就枕矣。今日天气和暖，大有春意。

初二日(2 月 21 日)　进内，在养心殿谢恩，退直甚早。午后上街。夜静坐，连日匆匆，未有此乐。灯下取《汉书・马融传》读之，喜其后论曰：“事苦则矜全之情薄，生厚故安存之虑深。登高不惧者，胥靡之人也；坐不垂堂者，千金之子也。”颇有契于余怀。

初三日(2 月 22 日)　雪。静坐心闲，读《庄子・天运》《刻意》《缮性》《秋水》《至乐》五篇，怡然自得，旬月来少遇之境也。夜，看《党锢传》。

初四日(2 月 23 日)　晨，拜客。近午归，读《孝成赵后传》。午后拜客。夜，读《史记》匈奴、大宛二传，大风甚寒。

初五日(2 月 24 日)　入直，承旨，署名。午后上街，又至沈庵所，彼有妇丧也。晚，同彝初饭于东兴楼。

初六日(2 月 25 日)　入直。上开学，蒙赏朱墨定【锭】一匣，谕勿谢。归，读《汉书・艺文志》。得电，六桥到京，约明晨来访。午后

---

① 本年正月至三月，四月至六月，七月至九月，十月至十二月分别刊于《中和月刊》1942 年第 3 卷第 11 期、第 12 期，1943 年第 4 卷第 1 期、第 2 期。

上街。晚得电,健之亦到。

初七日(2月26日)　大雪。健之、六桥均来久谈。客去,对雪静坐。健之赠齐侯中罍拓本影印、《李文忠公尺牍稿》,检阅尚有致先严之书。

初八日(2月27日)　晴。晨,访世相久谈。午后拜六桥,遂同游厂,遇耕梅、沈庵,得小砚一方。夜,读《庄子》达生、山木二篇。

初九日(2月28日)　入直。十三日恭逢万寿圣节,颁赏银千元。昨内子遣人进内请假,蒙永和宫派内监看视,并赏果桌。午后上街。夜,翻阅《庄子》,新得黎刻本,欲与所读之浙本一校也。默念去岁所看之书殆及千卷,有一再过,有三四过者,境过不留,半多遗忘,虽多奚益,若并此不为,何以送日?因思二法:一曰博览,随兴所至,任便涉猎,不定限制;一曰守约,取平日所最服膺者,精选十馀种,作为诵读之本,年中除博览外,必须一再温习。列目于后:《孟子》《庄子》《史记》《汉书》《通鉴》《通考》(《周易折衷【中】》读毕,当首及此书,二月十八夜记。)《楚词》《陶诗》《萧选》《杜集》《韩集》。

初十日(2月29日)　入直,承旨,署名,并诣养心殿谢恩。退直,读《史记》魏其武安侯、游侠、酷吏各传。午后拜客,至沈庵处送库,遇黼臣。夜,独坐无所事事,意兴索漠。

十一日(3月1日)　拜客,游厂,遇六桥,晚饭于万福居。归颇早,检日记。

十二日(3月2日)　入直。午后上街,意兴无聊,懒于开帙。日间天气较冷,至晚风息少减。余自去岁入冬,即今已三越月矣,患嗽未止,常彻夜不得安睡,终恐为累也。

十三日(3月3日)　入直。巳初在乾清宫行礼,到班者百八十馀人。散直,赴健之之约。午后休息,抵暮上街踏月。夜写日记,右手忽木,不能搦管,何也?以如意油敷之时许始复然,终觉木强,吾固知将病,盖连日终觉心不宁帖,神昏气沮也。无可解闷,读《平准书》自遣。

十四日(3月4日) 入直，又至醇邸白事。访艾老求诊脉，谓本原无亏，只痰为风缚而已，开一方。叔良、赞希来谈。客去上街，夜踏月而归，心绪不佳，未看书。

十五日(3月5日) 晨，携均儿至六桥寓少坐，赴越千约。午后游厂。晚，请泽公于撷英饭店。归已亥初，前巷民家失火。

十六日(3月6日) 庭前小桃已有萌芽。午后上街，至沈庵家送库。夜，东街又有火警。晨间温《孟子》六卷，多年未读，展卷如逢故人。

十七日(3月7日) 晨，与沈庵夫人送殡。午后，至越千处看相，非所好也。晚，携均儿赴逊敏斋约。一日光阴，竟为酬应抛却。

十八日(3月8日) 入直。散颇晚，彝初久候矣，小谈即去。午后赞希来，客去休息。夜，孤坐无聊，翻阅《春秋繁露》。

十九日(3月9日) 昨得美睡，精神焕发。拜客归，温《孟子》八卷，反复涵泳，怡然自得。午后上街，遇雨。夜，读《论语》自《学而》至《乡党》。

二十日(3月10日) 雨晴。弢老赠影宋大字本《孟子赵岐注》，精美绝伦，阮氏《校勘记》所未见，乃内府藏本。此书无鉴藏诸玺，当在天禄琳琅外，向陈设于毓庆宫，弢老请出影印者，至可宝爱。午后睡，至暮始醒。散步后院，花木均有萌动之意。夜，温《论语》自《先进》至《尧曰》。

二十一日(3月11日) 入直，撤灯，带匠。储秀宫赏百合煮枣，重华宫传见，为园寝改作事也。同越千访世相，近午归。六桥来言，后日回潘【沈】。醇邸传见，世子定亲，以拴婚之事见委。归后少息，又上街。

二十二日(3月12日) 午后，访弢老久谈，遇商云汀，得弢老手写和樊云开【门】诗一纸，归已日暮。买得国子监翻刻《周易折衷【中】》，钤有国子监印及“国子监八学官书”朱记，用作副本，近思一读也。夜，闻雁。

二十三日(3月13日)　入直。午后上街,并拜六桥、健之,有雨意。

二十四日(3月14日)　晨,至赞希家,带醇王世子溥杰行礼,饭后归。晚,访庄士敦,并候立民,夜分始归。

二十五日(3月15日)　入直,承旨,署名。拜客归家,健之已久候,深谈时许。买玉兰二株。内事日益棘手,群小汇进,隐忧甚大,与世相言之,亦苦无法补救,奈何!伯英来谢,见之,与谈沈庵家事,不觉移晷。夜,读《易》乾、坤、屯、蒙四卦,用《折衷【中】》本也,以朱笔点勘,有领解处一一记出。

二十六日(3月16日)　晨,拜客。近午黼臣来,持罗两峰画梅小卷索题,又以桂未谷隶书联借观,许留十日。午后上街。夜,复看屯、蒙二卦。庄士敦来,未遇。

二十七日(3月17日)　上赏普洱茶大小二团。晨,往吊捷南季弟之丧,道泞几陷于泥。午后,读需、讼二卦。去年得玉兰一盆,今已着花,芳洁畅茂,迥异寻常。夜,席卿来谈,述内事,遂败兴废读,就枕失眠。

二十八日(3月18日)　入直,承旨,署名。又至醇邸,为清明致祭东西陵改遣事也。天气暄暖,健之来。客去,上街。夜,检日记,读师卦。

二十九日(3月19日)　微阴。晨,读比、小畜、履、泰、否五卦。午后游庙,遍历各书肆,欲买殿板仿宋《周易朱子本义》,未遇。夜,读同人、大有二卦。

二月

初一日(3月20日)　读谦、豫、随、蛊四卦。午后移花,手自浇灌。云汀来,日内将有盛京之行。天气致佳,欲出游,以懒而止。手执笔,仍觉木强。

初二日(3月21日)　晨,阅《曾文正公日记》三册。午后,读临卦、观卦。晚,至东兴楼公请商部旧友。俟客人入座,出城,赴诒书、幼梅约。今日交春分节。

初三日(3月22日)　同世、绍到府，睿邸请假，致祭定陵改遣溥佶。归，读噬嗑、贲、剥、复、无妄、大畜六卦，于剥复进退消长之理，若有所会。赞希来。灯下又读颐、大畜、坎、离四卦。

初四日(3月23日)　晨，拜客。归，检惠氏《周易述》阅之，心不能入，似觉程传及朱本义平易近人，有蹊径可寻也。晚，在福全馆请庄土【士】敦。

初五日(3月24日)　入直，议毓庆宫师傅加薪事，翁弢夫赠翁文恭公《瓶庐诗稿》，郭春榆赠其所著《亥既集》。午后上街，天气甚冷，闻西山又见雪。

初六日(3月25日)　晏起，阅《亥既集》。西邻刘贾大兴土木，建一室似楼非楼，可瞰及院中，又在彼界墙之内，难与言也。拟筑一房以遮之，容延善风鉴者一相其地。里仁为美，古有明训，三复斯语，吾知勉夫。中怀郁郁，看书不入，上街遣闷。夜，阅《瓶庐诗》，吾独喜郭，以其襟怀坦白，且有性情也。

初七日(3月26日)　晨，读《庄子》田子方、知北游，心颇入。午后，黼臣遣人来取桂联，与之。又读《庚桑楚》《徐无鬼》《则阳》三篇，不觉抵暮。上灯，又读《外物》至《天下》八篇，《庄子》十卷已卒业。其中《让王》《盗跖》《说剑》《渔父》东坡不取，以为非庄子所作，刘才甫以为浅鄙庸劣，余亦云然。东坡欲删此四篇，以《列御寇》续《寓言》为一，良是当从。

初八日(3月27日)　入直。近午，弢老来久谈，彝初、海弟继至。小桃已开。午后，补书日记。夜，沈阴欲雨，覆看《庄子》。

初九日(3月28日)　微阴。晨拜客。午后上街。朱艾老之邻不戒于火，客厅与相连，几被焚，亦险矣。夜，阅《马援传》，左脚连腿筋痛，压之则少减。

初十日(3月29日)　入直，承旨，署名。亮生约未赴。午后，携均儿至孟觐侯处看戏，夜深归。朱艾老之兄前署湖南巡抚提法使讳益濬病故，弢老挽之云："一掌障封疆，尽世如公，何处能容移国盗；寸丹驰禁御，孔怀有弟，伤心重读愤时诗。"印孙言洵贝勒之夫人昨早忽被随侍太监所刺，身受七伤，情形颇重，亦不知因何起衅，殊骇听闻也。

十一日(3月30日)　晏起，六桥之世兄来，少谈即去。作寄六桥书，付邮。昨日看戏，至今尚觉疲倦。甚矣，吾之惫也，老态如此，岂不可叹。午后，读咸、恒、遁、大壮四卦。傍晚，至后院散步，梨花已有萌动之意，杏花则蓓蕾满树矣。夜，看《史通削繁》。

十二日(3月31日)　午初，赴徐鞠人之约，座中有弢老，言前撰挽朱公之联，又易数字，录后："一掌障封疆，举世尽君，何处能容移国盗；寸丹悬禁扆，孔怀有弟，不堪重读望京诗。"午后上街，吴印臣赠《雁影斋诗》，湘乡李亦元所著，亦元官刑部，与余同司，仅于京察过堂时见其一面。夜，阅《雁影诗》。

十三日(4月1日)　晨，赴寿臣约。午，赴月华看梅之约。晚，赴逊敏斋约。夜雨，一日光阴又虚负矣。

十四日(4月2日)　入直，召见毓庆宫。读晋、明夷二卦。午后访艾老。傍晚，赴健之约。夜，读家人、睽二卦。

十五日(4月3日)　入直，承旨，署名。朱益濬递遗折，特谥文贞。午后，读蹇、解二卦。夜，抄《后汉书》唐章怀太子注五十四条，拟将全书关于舆地各注悉为摘录，庶便检阅。合记生理所分之利已到，分与众人。

十六日(4月4日)　抄范书注，尽《光武纪》。午后上街，去年所种牡丹放芽甚旺。夜，看《元和郡县志》。

十七日(4月5日)　诣先茔祭扫，午后归。均媳生辰，来客甚多，赴聚卿之约，散颇晚。

十八日(4月6日)　入直。拜王恩溥，未遇。归家睡。午后，抄范书注。前日彝初交到袁际云属题明杨忠愍公临刑前一日遗教妻子卷子，送弢老所。夜睡不宁。

十九日(4月7日)　晨,读损、益、夬、姤四卦。弢老来深谈。连日感冒伤风,倦甚,未上街。午后,又读萃、升二卦。晚饭后,胸前作痛。

二十日(4月8日)　晨,访逊敏斋久谈,归后读困、井二卦。午后,答拜六桥之世兄,游厂。晚,赴润贝勒之约。席散,又同弢老、健之至华光照像馆。

二十一日(4月9日)　入直,承旨,署名。读革、鼎二卦。午后上街。梨花已开,杏花将残。

二十二日(4月10日)　绍襄来。午后游厂,得殿本《周易本义》一部。晚,同逊敏斋主饭于撷英。夜风起,读震、艮二卦。

二十三日(4月11日)　谕祭帕勒塔,巳往午归。读渐、归妹、丰、旅四卦。午后微雨,抄范书章怀注。夜,读巽、兑二卦。

二十四日(4月12日)　入直。读涣卦、节卦。弢老来,客去,又读中孚、小过、既济、未济四卦。午后小睡。傍晚,至逊敏斋拜寿。夜,风起寒甚。

二十五日(4月13日)　健之来久谈,同饭。午后访云汀,不遇。至艾老所小坐,又访立民,谈不合,即归家。有女客,遂至书室检书,以待其去。《御纂周易述义》已检得,喜甚,《折衷【中】》读毕当读此书。

二十六日(4月14日)　入直。归家,捷南来。客去,读系辞。午后上街。晚,接六桥书,即复。夜,抄范书注,得越千电,邸令良席卿明日访越,不知何事。

二十七日(4月15日)　月华来谈。午后,同逊敏、寄云、雪斋、绍襄、亮生游万柳堂,又出广渠门,至武肃王墓看架松,憩于亮生丙舍,晚饭于东兴楼。

二十八日(4月16日)　入直,承旨,署名。恽彦彬予谥文简。访弢老,不遇。彝初、子宽来。午后上街。夜,读《系辞传·上》毕,连日俱有事,未能静坐,今偶为之,觉不宁帖,此心摇摇,若甚尘杂。

二十九日(4月17日)　拜客,云汀来。午后极倦,就枕已睡。

傍晚始起,阅《困学纪闻》一卷。夜,看徐星伯《新疆赋》并参考胡刻地图,心目了了,如视掌纹。

三十日(4月18日)　晨起,胸膈作痛,昨夜嗽,睡不宁也。午后,携均儿赴逊敏游乐氏静园之约,往返乘船。归已夜分,冥行听水,颇动江湖之思,回想旧游,真如隔世矣。

三月

初一日(4月19日)　入直,读《系辞传·下》毕,又读说卦、序卦、杂卦传,欲上街,以事中止。高阳寄到张重威所分红利,即交耕梅。夜,对灯独坐,听妇子所畜蟋蟀鸣,如七八月时检日记度岁,未几又两月矣。光阴速速,可畏。院中海棠、丁香盛开,鸾枝将谢,刺梅亦将作花,牡丹已有含苞者。

初二日(4月20日)　阅《西域图志》。午后上街。夜,校胡刻地图。

初三日(4月21日)　鼎臣来久谈。阅《西域图志》《新疆赋》《圣武记》及校胡图,不觉至暮。夜,读徐星伯《西域水道记》二卷。

初四日(4月22日)　入直。阅《圣武记》二卷、《西域水道记》一卷。晚,赴弢老约。归家有客在,睡颇晚。

初五日(4月23日)　入直,承旨,习【署】名。归家稍睡。午后,赴绍襄、亮生陪弢老游架松之约,又至袁督师崇焕墓前一看,晚饭于济南春。

初六日(4月24日)　拜客。午后至润邸,同车赴绍襄陶然亭之约。席散,又赴恽公服约,子初归,途中微凉,今日昧爽,略见小雨也。

初七日(4月25日)　入直。行至御河,见燕子群飞。归家甚早,至后院看刺梅。午后上街。夜,月色极明。

初八日(4月26日)　晨,彝初、海弟来。午后,看《西域图志》,考唐碎叶川突厥驰施建牙之地,并参看《西域水道记》《新疆识略》。夜,取应记者写于胡图副本上下方,借书消忧,聊以送日而已。晚近人心凉薄，友道难言，余所饮食教诲如□□□□者，将有绝交之势，他复何问？昨夕梦之，有反噬意，亦大可笑，足征吾心之不广也，惭甚。

初九日(4月27日)　晨，阅胡图。赞希、如松来，少谈。午后上街。夜，阅《圣武记》，并考伊犁北路山川，颇识大势。

初十日(4月28日)　入直。午后上街，并赴弢老游钓鱼台之约，同去者健之、贻书。晚饭于弢老斋中，看画。夜大风。

十一日(4月29日)　微雨。梁次侯来，深谈时许。客去，休息。午后，看《蒙古游牧记》。内人及均媳蒙永和宫赏牡丹花二盒、糕二盒。前后院牡丹均开。今春游事甚多，意兴不佳，竟无撰述。

十二日(4月30日)　入直，承旨，署名。梁劬请终制，允之。归家欲睡，彝初来久谈。鹤亭寄到《鲒埼亭集》严悔庵校本，嘱交子丰，翻阅终日，遂欲迻录，又惮字多，沈吟未决。夜，无所事事，检日记。均儿呈近作和其师一律，尚知用韵，为易数字，并授以律法。

十三日(5月1日)　弢老来，谈西域山川颇悉，盖曾熟读《汉书·西域传》者，亦以徐星伯、洪北江之说为确。又言有《西域图志》一书，乃李光廷所著，广东刻本，容物色之。晨起，着夹衣，似已受凉，头目岑岑，筋骸作痛，易衣稍好。午后休息。晚，上街踏月。

十四日(5月2日)　晨，拜客。午后上街。夜，阅《鲒埼亭集》。

十五日(5月3日)　晨，携均儿与寿臣拜寿。近午月华来，有所托，滋不悦。客去，阅《谢山集》。夜，洗砚，作寄六桥书，付邮。

十六日(5月4日)　入直，引看女子，放排。归甚倦，小休。铁庵来自鄂，久谈，并携新得《张迁》《张猛龙》《贾使君》三碑拓本相示，均精品也，展玩数四，爱不释手，抵暮始去。夜，考青海各地。

十七日(5月5日)　晨起揽镜，有憔悴之色，良用感喟，看书排闷，心不能入。午后上街。晚，接珏生书，索债也，大有咄咄逼人之势，幸已筹备，否则难以应之，岂不可笑。

十八日(5月6日)　欲入直，以雨止，及辰初，已放晴。看旧日批注胡刻地图，今又远胜之矣。学有日进，差可自慰，读书当知体要，考订尤在断制,得失寸心知,惜无可与语此者。徐忠勤公若在,当为我喜。午后上街,访瑞臣久谈。夜睡不宁。

十九日(5月7日)　入直。近午捷南来。午后,既不欲出门,又不耐静坐,终日皇皇若有迫于其后者,入夜稍宁。考玉门、阳关及南籍端水故地,伏案稍久,此心略安。年来埋头于故纸堆中者,正欲制此心耳。

二十日(5月8日)　入直,承旨,署名,散颇晚。午后至逊敏斋,同弢老诸公赴寄云赐庄之约,又至圆明园一看,荒烟蔓草,一望无际,晚饭后归。

二十一日(5月9日)　晏起。近午,至瑞记饭馆公请铁庵,席散游厂,倦极,归家偃息。甚矣,余之惫也。夜,阅杨惺吾《水经注疏要删》。月行尽矣,部款不至,月俸无着,何以支应?

二十二日(5月10日)　入直,归家颇早,明窗独坐,心境颇清,若无室家之累,肆力于学,人生之至乐也,惜乎不能。午后上街。赴宝瑞臣、尚惠臣约,天气燥热,望雨甚殷。夜,书扇殊不当意,睡不宁。

二十三日(5月11日)　瑞臣约游汤山,辞之。近午铁庵来,同至福全馆早饭。归家睡。晚,赴疏庵约,心不宁帖,意兴索漠,终日昏昏,未看书。

二十四日(5月12日)　入直。近午上街,并吊仲扬之丧。午后,祥世伯来告援,以二十元助之。王怀庆来,见之。傍晚,同健之赴庄士敦之约。夜闻雷。

二十五日(5月13日)　彝初、黼臣来。午后上街。夜,阅《圣武记》。

二十六日(5月14日)　入直,承旨,署名。养心殿换纱窗,带匠。长春宫赏饭并纨扇一柄,面谢。午后拜客,赴绍襄看芍药之约。

二十七日(5月15日)　入直,带匠,储秀宫赏饭,赏折扇一柄、纨扇一柄,面谢。午后微雨,欲上街,中止。心绪不宁,未看书,翻胡刻地图解闷。近日食量颇减,饭后尤觉糟杂,夜睡未安。

二十八日(5月16日) 入直,带匠,重华宫赏“百禄来成”匾额一方、沈复画于敏中书扇一柄、金画扇一柄,并赏饭,面谢。百事逼迫,动辄拂逆,不知以何法禳之,良用悒悒,偃卧终日,昏睡外一事未作。

二十九日(5月17日) 入直,带匠,永和宫赏饭,面谢。午后,上街游庙。晚,赴殷铁庵约。夜,王乃斌送到张作霖进呈人参二枝,合记提到洋三千元。

四月

初一日(5月18日) 入直,承旨,署名,并带乌林。上赏折扇二柄、香钏四挂、香囊二个、香牌二个、尺头四卷。午后,买白兰二盆、五针小松一盆。晚,宴庄士敦于会贤堂,门外风景绝佳。夜,阅开国诸王贝勒传。

初二日(5月19日) 入直,诣养心殿谢恩。下直,访赞希。午后上街,并至珏生处候瑞臣,清还去年所借之千二百元。夜,阅《西域水道记》。

初三日(5月20日) 休息未出门,近午懋堂来。午后,阅《落帆楼集》,有《后汉书注地名录》,与余有同心焉,惜仅至《明帝纪》止,遂发兴续为之。晚,至后院散步,草木畅茂,松柏尤茁长。

初四日(5月21日) 晨,至赞希处拜寿,遇弢老。午后,至筹备处会议。晚,赴冯公度约。

初五日(5月22日) 晨,微雨。午后上街。夜抄书。

初六日(5月23日) 休息,抄书习静,颇能收摄此心。

初七日(5月24日) 入直,承旨,署名。宅中各室换纱窗。午后上街。夜抄书。

初八日(5月25日) 早阴,上赏缘豆一器,抄书。亮生、少襄来,同游厂肆,遇逊敏主人。晚饭南味斋。

初九日(5月26日) 上街。午后,同少襄、亮生往候艾老,遂饭于东兴楼。艾老先去，与少襄、亮生久谈，归已子初矣。

初十日(5月27日)　入直。至懋堂家贺其嫁孙之喜，午归。仲平、健之来，未遇。昨暮微雨，为风所勒，今日已觉天光清润，旱可知矣。印孙约访立民，辞之。傍晚上街，赴黼臣之局，同座有鼎臣昆仲，谈颇畅。夜作手谈。

十一日(5月28日)　入直，闻时事有横决之势，为变不远，经费益难望矣。归家休息。彝初来，未能见。午后欲上街，因懒而止，抄书解闷。赞希来谢，少谈即去。夜，东方见电，或有雨，对灯独坐，意兴索漠。

十二日(5月29日)　晨，拜客。归家抄书。午后上街，在黼臣斋中见董华亭画《绿天庵图》。花肆买罗汉松二盆，遇雨即归。夜又雨，雷声殷殷，旋止，雨又至矣，快快。

十三日(5月30日)　入直，承旨，署名。晨雨午后晴，抄书。叙斋来久谈。夜抄书，《地名录》第一卷毕。

十四日(5月31日)　天气晴爽，镜含来久谈。午后骤雨，在梦中微闻，醒已日出云散，上街。夜，踏月而归，空庭如洗，大似中秋，连日烦闷，借抄书消遣。

十五日(6月1日)　入直，拜客。近午健之来，留饭，彝初亦至。午后休息，醒已申末，抄书至暮。夜仍抄书，看均儿课本，释一二篇尚可，删其芜杂，稍有意义，以后少作史论，庶几可免粗浮之弊。其师改笔亦好，从此入门，可望成就，然尚须细心熟读也。

十六日(6月2日)　抄书，黼臣来谈。午后，润贝勒约游厂，不赴。傍晚上街。夜，大雷微雨。

十七日(6月3日)　晨，捷南来，客去，抄书。午后，至筹备处会议，世相未到，访逊敏久谈。夜，大雨有雷，阅邓禹、耿弇、吴汉各传。叙斋来，未遇。

十八日(6月4日)　抄书，刘华西送来一拓本，制甚奇，文曰“愕作距末，用厘商国”八字，乃乾隆间曲阜出土，桂未谷所藏也，有孙渊如、翁覃溪、陆丹叔、孔巽轩、阮文达、何子贞跋，精品也。翁跋谓篆文用金填，又据商字定为商器，孙、陆、阮、何均谓是周器。余以字体审之，极似周钟文，决非商器也。又一秦玉诏版二件，索千元，无力收之，遂商借数日，欲一示弢老。为华西书扇一叶，不惬心。午后拜客，访弢老，同赴孟觐侯约。

十九日(6月5日) 入直，承旨。退食后酣睡。夜抄书。

二十日(6月6日) 晨，上街，至花肆得二小柏树，盆盎佳植也。午后，螺洲来久谈。傍晚，至逊敏斋。夜抄书。

二十一日(6月7日) 白五楼来，以新得仇十洲画扇相让，议价拟留。午后上街。夜抄书。昨有六桥书，今复。

二十二日(6月8日) 入直，邸传上门，后又改期，未知何故，下直颇早。考五溪蛮地，所谓五溪者：曰雄溪，或作熊溪，即今洪江，流经绥宁、会同之间，至黔阳县东北入沅；曰樠溪，或作朗溪，今仍其名，流经通道、靖妙、会同，至黔阳县西入沅；曰辰溪，又名锦水，即今铜仁江，流经麻阳，至辰溪县西南入沅；曰抚溪，或作武溪，即今潕水，流经晃州、沅州，至黔阳县西北入沅；曰酉溪，上通酉阳，至辰州入沅。麻阳，古锦州。黔阳乃龙标旧县也。午后浴，懋堂来。夜，看胡刻地图，脱略处甚多。

二十三日(6月9日) 本欲抄书习静，客来不断，至暮始已。傍晚轻雷小雨，转瞬已晴。夜，温《汉地理志》，并参看杨氏图。

二十四日(6月10日) 昨夜东安市场大火，晨起始知。午后上街，并访巩伯、黼臣，又至市场一看，情形殊重，几乎全场被灾。夜抄书，六桥寄赠《毋丘俭残碑》拓片，乃奉天新出土者，字体与《上尊谥受禅碑》绝相似，六桥谓叙官与《魏志》亦合，殊可爱也。

二十五日(6月11日) 以腹痛下利未入直，彝初、黼臣来。午后利止，至花肆看进奉之花，买末利四盆。晚又腹痛。夜抄书。

二十六日(6月12日) 腹仍痛，利间作。午后闷甚，访叙斋，遇艾老，遂留谈共饭。夜雨。

二十七日(6月13日)　雨。昨在叙斋所见一戈,文曰“鹿邑”,乃吴窸斋得自涿州者,遂考其地。按汝阴有鹿上,即原鹿,宋地,在今颍州府阜阳县南;济阴有鸣鹿,即鹿邑,陈地,在今归德府鹿邑县西:皆见于《春秋左传》。《水经注》谓:涡水所经之鹿邑,即鸣鹿。《寰宇记》谓:隋开皇三年改汉沛郡武平县为鹿邑县,取故鹿邑城为名,有鸣鹿台,在城内。《一统志》亦取此说。戈文鹿邑当是陈之鸣鹿,非宋之鹿上也。刘华西送来盂鼎拓片一,甚佳,索价过昂,未能收也。克鼎拓片一,亦佳,是潘文勤物。

二十八日(6月14日)　密云不雨,郁蒸殊闷。黼臣来谈。长春宫赏内子衣料二件,赏儿辈食物四盒。储秀宫赏内子及儿媳食物各八盒。午后,至世相处看账,闻财部可解经费八十万。傍晚上街。归家食枇杷,寿臣所送者也。

二十九日(6月15日)　晨起,书联四,均不惬心,试懋勤殿制墨亦不佳。雨后新晴,心神俱爽。午后休息,大雷暴风惊醒。欲抄书,屡误。中庭散步,以解郁陶。夜,读放翁《入蜀记》并以胡图考其所经,十得八九。

五月

初一日(6月16日)　建之、子宽来,作书寄铁庵、六桥。午后上街。夜,看渔洋《南来》《北归》二志,检《陇蜀纪行》未得。天气早凉晚热,在院中晚饭,闻新蝉试响。

初二日(6月17日)　入直,上赏端阳节赏千元,重华宫赏内子纱衣料二件、扇二柄,又赏均媳果品四盒、扇二柄。午后,巩伯、黼臣来访,弢老后至,久谈。夜,看渔洋《南来》《北归》志,并考胡图。

初三日(6月18日)　入直,承旨,署名。午后,大风如九十月时,访黼臣,借《窸斋集古录》。晚,同雪斋、逊敏游厂,饭于瑞蚨祥西栈。夜失眠。

初四日(6月19日)　入直,诣养心殿谢恩,到者甚多。午睡,申后上街。夜理节事，月俸二千四百、饭银六百已到，开发后所馀无几，何其费也，正以凡事不能节俭耳。此后若不量入为出，将必有大不了之日，当时时以此自警，勿以有恃自解。看半山诗注。张作霖到京。

初五日(6月20日) 上赏粽子一盘，晨至乐宅上祭，朴斋先生十周年之期也。午后上街。雪斋以佳扇索书，殊难落墨。夜，看半山诗。

初六日(6月21日) 节事已了，尘积一清，晴昼愔愔，重帘窣地，大有静趣。晚饭后上街。

初七日(6月22日) 看荆公诗。午后，雪斋约。夜，以诗句射覆为戏。今日夏至。

初八日(6月23日) 都茂堂有母丧，往吊。晚，同绍香诸人饭于聚贤堂。

初九日(6月24日) 入直，承旨，署名。燥热殊甚。午后休息。傍晚浴。内子受风头痛。夜大风，郁蒸尤甚于日间，睡不宁。

初十日(6月25日) 阴，暑热少减。午后上街，并访艾老，欲一问黄楼消息，以觇时事也，不遇空还。夜，月色皎洁，看荆公诗，作书寄静公。闽僧学真来，不值，均儿见之。

十一日(6月26日) 晨，携均儿至西城拜客。午后上街。夜，作寄六桥书。

十二日(6月27日) 入直。又至凤孙处贺喜，访弢老。午后奇热，阴云四合，以为雨也，须臾大风，扬尘昼晦，雷声隐隐，小雨数点而霁。夜，闭目静坐，得静复书。

十三日(6月28日) 晨访云汀，略得时事的耗。近午又热，室中寒暑表八十四度，院中百度。白五楼来久谈。傍晚上街。

十四日(6月29日) 前总兵毓秀病殁，奉旨赐祭。辰往，礼成后，答拜衡五。作书与六桥，并赠以仇十洲洗研【砚】图折扇为寿。天气较昨又热，院中寒暑表已达百二十度，风至少缓。夜，与妇子射覆作戏。

十五日(6月30日)　入直,承旨,署名。望雨甚殷,午后益热,看朱子诗。晚,同均儿射覆,商云汀来久谈。

十六日(7月1日)　学真和尚来,已移住广济寺。午后,看《青邱集》。夜射覆,均媳亦作十条,尚有思致,热稍减。

十七日(7月2日)　晨,至赞希拜寿,饭焉,近午归。傍晚,至懋堂处送库。散,赴弢约。夜微雨,闻吴佩孚军有逼近直境之耗,人心大恐。

十八日(7月3日)　拜客。午后黼臣来。夜射覆,露坐受凉,有病意。靳云鹏下野,周树模组阁,闻已交议。

十九日(7月4日)　入直。近午健之来。傍晚雷雨,一洗炎蒸。看《圣俞集》。夜射覆。明日换黄葛纱袍、万丝冠。欲就枕矣,忽腹泻,中夜数起,至晓少睡。

二十日(7月5日)　学真来。泻益甚,力疾至世相家会议发款各事。归家,王少溥来,始知徐树铮已免职。午后泻少止,口渴甚,早睡。

二十一日(7月6日)　入直,承旨,署名。储秀宫赏西瓜,泻少减。午后,至艾老家求诊。闻段曹将有战事,已下动员令,电问恩溥,信有之,张作霖调停,云有转机。夜,服艾老方,泻仍不减。

二十二日(7月7日)　谣言益甚,云汀来言段曹已决裂,张作霖智力俱穷欲遁,段明日开军事会议,讨伐曹吴。仍泻。

二十三日(7月8日)　泻虽止,气益不振,力疾往见世相,商宫廷守卫事,粗有办法,世颇从余言。午后上街,访赞西、云汀。电告张作霖已走,事益急矣。醇邸传见,问时局并守卫事,当以所闻及晨议对,邸亦以为然,嘱与世、绍商定即着手举行,并令分日入内直宿。夜,气略复。

二十四日(7月9日)　入直,守卫事已就绪,越千直宿。退直,至朱艾老处拜寿,同绍襄、亮生饭于东兴楼。近午归,偃息片刻。傍晚,访庄士敦及立民。今日病已脱体,食如常,天渐热,渴甚。赞西、彝初、云汀、毅夫来，均见之。

二十五日(7月10日) 入直并拜客。近午归，赞西来。傍晚进内直宿，距丁巳五月已三年矣，宛如昨日之事，光阴水驰，人事云诡，良用感喟。直房湫隘，天气炎热，甚渴。今日长春宫颁到千秋赏二百两，又赏内子五十元，儿、媳各赏二十元。闻段曹两军已开仗，段军三战三败，张作霖仍在天津，并有至保定与曹会晤之说。夜，唐铭盛来，言曹军已至朗伐，然则段军大退矣，未必确。今早有一趣闻，段军前方误认己兵为敌，互相冲击，及至辨明，已伤亡若许，一旅长刘姓亦受重伤，岂不可笑？足见张惶矣，师行如此，何以战为？

二十六日(7月11日) 承旨，署名后，诣长春宫谢恩。近午，退直休沐。申初，赴逊敏斋射覆之约，心绪恶劣，未入席，遁归。夜，与妇子射覆为戏。今日只闻前方尚未开仗，沿街拿车者甚多。昨日直宿，口占一律，录后："三年辛苦地，今日竟重来。世变已云亟，天心尚可回。缘阶看蚁阵，隔幔起蚊雷。未敢轻蛮触，驱除少逸才。"

二十七日(7月12日) 入直，与叙斋久谈，渠今日请安也，退食已近午矣。朝阳门拿车之事又见。酉初进内直宿，永和宫赏糕饼四事，储秀宫赏西瓜，并派内监看视。灯下孤坐，看《阅风集》，飞蚊扑面，手不停挥，亥正寝。

二十八日(7月13日) 召见，问时事，长春宫赏粥及点心，自二十五日起每日均如此。下直上街，访赞西，见天津《益世报》，持论颇快人意。午后浴。夜雷雨。弢老来电，有今晚开仗之信。

二十九日(7月14日) 入直，储秀宫赏暑药。退食，弢老、健之来谈，闻段祺瑞又移居旧宅，未解何意。午后，六桥遣金懋存字德斋，扬州人。来告，六桥随奉军已到津，如无阻隔，明日进京。张作霖筹饷一千万，选卒三万名，即日西上，所谓武装解决也。其来也一仍前说，有不听者，移师向之，并弹压地方，巩卫皇室，先使达意。金来时，经行杨村、郎伐一带，搜检甚严，屯兵亦多，却未开仗云。申末进内直宿，永和宫赏糕饼，储秀宫赏果桌。健之言暑假在迩，欲劝庄士敦暂勿游山,意颇深远。夜,得弢老电,段乃败归也,吴佩孚兵欲直捣团河,相距十五里,刻已藏在交民巷。

三十日(7月15日)　长春宫赏早食,召见毓庆宫。退直拜客,访弢老。归家,张午樵、赞希来。午后上街。晨雨,天气凉爽。晚,得弢老、赞西、健之电告,段、曹已在高碑店开仗,曹军败退四十里。

六月

初一日(7月16日)　入直,巳刻诣长春宫行礼,赏饭。退直,访赞希,段出有告示,抄来一看,语殊悖慢,并涉及黄楼之走。午后赞西函告,今晨东路已开仗,段军小胜,津车不通,未知究竟。酉初进内直宿,永和宫赏糕饼,储秀宫赏炒米粥、点心,重华宫赏暑药、西瓜。直庐独坐,念及前途,此心怦怦,身世如此,危若朝露,真不知是何收束矣,黯然久之。夜雷雨。

初二日(7月17日)　长春宫赏早食,召见。下直,访沈庵问消息,无所闻。午后,至世相处会商抵制段示办法,派捷南与丁佳立说,又托弢老与小幡公使说,令各国公使主持公论。访弢老,闻西路兵溃,已有至西便门者。晚得信,西路段军大败,伤亡七八千人,两师几乎全覆,段芝贵奔归。东路段军得利,已过杨村,至北仓。夜,阅中美通信社《晚报》,谓三路均败。

初三日(7月18日)　入直,召见。得报,全局有瓦解之势,东路段军又退至杨村,有言张作霖兵已至者,东西便门俱见溃兵且极多,其为败无疑。因谣言甚多,十三门均闭,溃兵满野,中禁亦戒严,留直宿。见庄士敦,亦言段祺瑞在交民巷租房是实。沈庵电告,南苑兵变,探之不实,遣顺回家告慰。珏生电告,段军三路均大败,降者极多,将一蹶不振矣。天道好还,乃有今日。越千电告,安置溃兵甚得法,城内平安。储秀、重华两宫赏粥饭点心,永和宫赏糕饼。晚,带黄文彬至各门查视一周。

初四日(7月19日)　长春宫赏早食,弢老来直庐少谈,召见,永和宫传见,面赏暑药。下直,访赞希、庄士敦。近午,瑞宸、子丰、健之来,闻段军溃败已不能成军,吴佩孚至黄村,张作霖军亦到黄村,段辞职并述溃败之故于总统。傍晚云汀来电,云段以军败屈服,所部已允解除武装,听总统处分,惟不认曹、吴、张办复辟之事,智穷力尽,尚有要求,不过自居为国事犯而已,可笑。

初五日(7月20日) 入直,长春宫赏暑药,与弢老会商庄士敦分日进内之事,越千休沐,余留直宿。储秀、重华、永和赏如前日。长日炎热殊苦,上灯蚊闹尤甚。今日无所闻,《益世报》纪战事颇详实,政府已有安置,败兵计画,京城或不致再有兵灾。赞西告老段已剃须,亦趣闻也。

初六日(7月21日) 长春宫赏早食,召见养心殿,奏对时许,赐茶。下直,访赞西少谈,无所闻。午后,印孙、黼臣来,言老段在公府藏匿未出,巡警总监有易江朝宗之说。昨日云汀、润之来,云汀今日赴津,惜未见。客散,浴,天气益热。

初七日(7月22日) 入直,承旨,署名。越千休息,余留直宿。闻徐树铮又自库伦调来一旅,既云停战,何又增兵?此人叵测,当局者须预为防范也。天气酷热,坐卧不宁。永和、储秀、重华三宫赏食物如前。赞西来札谓小徐尚欲一战,老段不许,其语颇壮,已一怒而去。

初八日(7月23日) 长春宫赏早食,上传开呈近支宗室名单。退直,上街访艾老,又至镜古堂,欲买《一切经音义》也。捷南晚来,闻奉军已到丰台,有驻南苑之说。段祺瑞事败欲自戕,为护兵所救,枪误发,兵死焉。

初九日(7月24日) 月华来,少谈。醇邸促早入直,得电即行,到直房,与弢老电谈。琴孙来访,约定有闻互告。上交下折扇一柄,命作隶书。晚,阅《水经注·河水篇》三卷以遣闷。永和、储秀、重华三宫赏食物如前。醇邸电谈,又与赞西电谈。得报,北苑溃兵经王怀庆劝解仍未缴械。奉军已住讲武堂,在北苑之南京局,大致无妨,恐将来不免于一战也。

初十日(7月25日)　长春宫赏早食。退直,访弢老、月华,又至云斋处贺喜,毫无所闻。写扇屡误。六桥派人来言,一二日尚不能来京,火军【车】未畅通也。酷热望雨。

十一日(7月26日)　入直,弢老亦到,召见,泽公午初到直房,越千休沐。上交之扇写讫,明日进呈。天气炎蒸,窗外支一蓝布,较胜于前。无事读《杜工部古诗》消遣。得报,北苑边防军已资遣大半,检阅各报亦渐归平静,危险过矣。永和、储秀、重华三宫赐食如昨。

十二日(7月27日)　长春宫赏早食。召见润贝勒、伒贝子,书扇进呈。退直访赞希,雨至即归。庄士敦以时局渐稳欲游山,来问是否可行。即电捷南,商于世相,亦以为可去,遂约弢老访庄告之,并面订以后通讯之法,深谈,傍晚始归。六桥至自天津,问张作霖来意,仍主旧说,在津句留者,商组阁之事也。张仍属意于靳云鹏。初十下直,口占一律,足成录存于后:"隔日得休沐,开窗招北风。寸心千虑瘁,一息万缘空。赤日忘严暑,苍颜失旧丰。也知才力薄,临事耻雷同。"弢老谓此诗尚深婉,余谓十来日景况颇能道出也。

十三日(7月28日)　入直,承旨,署名。下直,午睡。戌刻进内直宿,闻郊外溃兵已缴械,资送离京约四万人,人心大安,再有几日当可解严。南口有皖军万人,前为王廷珍所扼,后有吴佩孚兵万人追剿,谅即日可降,未能滋蔓矣。永和、储秀、重华赐食如前。雨后郁蒸少解,灯下补写日记。夜,月色皎洁,颇有秋意。作静书,明日交六桥、治格,携箱箧至陈列所避捕。

十四日(7月29日)　长春宫赏早食。弢老见过直庐,言有复辟谣传。考之,出于安福系之口。下直,访六桥。归家,赞西、月华来,闻安系□[①]首住宅均被抄。傍晚访逊敏斋主。

十五日(7月30日)　入直。无所闻,退食,访弢老久谈。天气

---

① 原文空一格,应有缺字。

炎热，较前又甚，汗流被体，扇不去手，苦矣。戌初进内直宿，直房尤热。永和、储秀、重华三宫赐食如前。昨闻逊敏言此次奉敕书扇，蒙赏御笔联及纯庙御书联，寄云、雪斋同。夜酷暑，起视庭前月明如昼，郁蒸无异于室中，坐许久，月已西斜始寝。入夏以来之热，以此夜为最也。

十六日(7月31日) 长春宫赏早食，越千未到，以昨夕热未睡，早退。偃息数刻，健之来。近午六桥至，同饭。傍晚雷风交作，须臾已过。上街，闻北城大雨。夜浴，院中乘凉，炎热顿解。

十七日(8月1日) 入直，遇弢老少谈。下直甚早，遂睡。午后郁热，云起雷作，风过而未雨，炎暑大减，望东南云色，其下必有大雨。戌初进内值宿，永和、储秀、重华三宫赐食如前。夜，阅杜集。

十八日(8月2日) 长春宫赏早食，世相到，余蒙召见，奏对六刻馀，下直近午。傍晚上街，并访赞希。

十九日(8月3日) 入直，承旨，署名。退直访逊敏，归家。弢老来久谈。天气高爽如秋，虽热有风，可以稍苏息矣。戌初进内值宿，三宫赐食如前。补书日记。夜，看少陵五言近体，于格律及句法若有所会，吟诵至三更始寝。

二十日(8月4日) 长春宫赏早食，泽公、润贝勒、佡贝子各进书画扇二柄。退直后雨，天气凉爽，气为之舒，神为之振。与弢老、寄云、六桥电谈。鹤孙赠桃，颇佳。闻张、曹已到京，时局当有结束，而上海乱党又作狂吠，竟欲牵及皇室，殊悖谬。

二十一日(8月5日) 晴，未入直。晨上街，并访沈庵，见六桥。近午归，镜含来，见之，彝初来，不值。戌初进内直宿，越千电告醇邸意，自明日禁城可以解严，屈指已将一月矣，三宫赐食如前。夜，看《苕溪渔隐丛话》杜少陵各卷。

二十二日(8月6日) 长春宫赏早食，禁城解严已奏闻。下直，访恩溥、绍襄，见之，弢老未见。午后海弟、寄云来，见之，休息一日，颇觉从容。作书寄庄士敦山中。闻六桥言，治格有退意。

二十三日(8 月 7 日)　入直,与弢老少谈。近午上街,饭于静许。申末归,偃息数刻。起,看太白诗,今日颇从容,月馀来仅见也。长春宫赏食物。夜闻蟋蟀,亦稍闲始觉耳。灯下书日记,不似前日汗出如浆景况,时事沉寂,一无所闻,只恐暂时平静而已。

二十四日(8 月 8 日)　入直。重华宫赏桃二筐。近午赴君立约,天又燥热且旱,什刹海荷花已有枯者。夜与赞希、六桥电谈。日间闻瑞臣、珏生谈月华、叙斋事,胸中作恶,许久不怡。

二十五日(8 月 9 日)　入直,召见养心殿,承旨,署名。近食[①]少息,彝初来,久谈不去。午后,与弢老电谈。天气较昨又热,早晚尚凉爽。夜,看太白诗。

二十六日(8 月 10 日)　入直。访云汀,已迁居矣。重华宫赏内子莲藕、菱、葡桃,永和宫赏内子及均媳果桌,董四墓桃。书扇一叶尚可,拱北为余画扇,取来,殊不佳。天阴欲雨,午后赞西来。傍晚慕韩来,前有日不暇给之势,今日得闲,又以无所事事为闷,总由废书久,心无所系也。夜与六桥电谈,靳云鹏任总理,行将组阁。

二十七日(8 月 11 日)　入直,召见养心殿,又同越千至醇邸。午后彝初来,同访立民,谈次,六桥亦至,晚归。夜,与六桥、少香、逊敏电谈,闻阁员已发表。

二十八日(8 月 12 日)　入直,库伦哲布尊丹巴遣使及外蒙车臣汗七部落王贝勒等进贡并觐见。下直,访逊敏深谈。午后,彝初、圣与来,见之。客去,上街。夜孤坐,默念天下大势,前途危险,有不可思议者,遂觉万感苍茫,百端交集,我生不辰,夫复何言。逊敏赠书扇一叶。

二十九日(8 月 13 日)　入直。近午上街,赴艾老约,同座者六桥、云汀诸人。赞希来,不遇。天气午热,早晚甚凉,终日忽忽如有所失,看书亦不耐久坐,此心放矣。奈何。夜书日记,温毅夫昨又来拜,

---

① 原文如此。

有暇须答拜,惟寓顺德会馆,路甚远。

七月

初一日(8月14日) 入直,承旨,署名。午后,六桥来久谈,学真缘簿交其募化。近日烦躁有病意,开卷数行即厌倦,颇不类平时,何耶?必须鞭心伏案,不然终日皇皇,殆矣。夜,读东坡五言诗。

初二日(8月15日) 未入直。晨,携均儿与舍妹拜寿。近午五楼来,欹器砚交作装潢。饭后上街。夜,看坡诗。

初三日(8月16日) 未入直。未得美睡月馀,时事粗安,小作休息。闽僧学真来久谈。午后健之、黼臣来,黼臣属题《两峰梅花卷》取去。傍晚,赴慕韩约。席散,至沈庵家看墨,选得一匣。南城有抢掠之事,街上军警甚多。夜,捡【检】纪文达批苏诗涉猎。

初四日(8月17日) 入直。至隆福寺书肆看书。午后休息。傍晚浴,读坡诗,颇有悟处,惜无可与谈者,思仁安不置。

初五日(8月18日) 晨,至厂肆选笔,生辰拟进贡品略有端倪。近午赴沈庵约,在龙泉寺抱冰堂。席散,射覆小胜,归已暮。夜大风,日间燥热,望雨甚殷。

初六日(8月19日) 进贡书籍已齐,交镜古堂装靪。午后,作诗谜三十条,沈庵所属也。翻《明诗综》一过,独喜刘青田、何大复、严介溪三家。作书寄殷五。

初七日(8月20日) 入直,同越千往候庄士敦,新自山中归也。午后上街,孙慕韩来,未见。夜,云汀来久谈。

初八日(8月21日) 入直,承旨,署名。归家,怀民已久候,少谈即去。午后郁蒸,答拜慕韩。夜,阅《明诗》。

初九日(8月22日) 访楙堂、恩溥、弢老,均久谈,弢留午饭。归家,意兴索漠,遂睡。傍晚起,食枣颇佳。夜,步月阶下,四面虫声,大有秋意。

初十日(8月23日) 入直。访捷南。午后,学真来言将归闽,以后寄书须寄到马江上天后。客去上街，天仍郁热。夜，微雨旋霁，看苏诗。

十一日(8月24日)　晨，谒先茔，巳初归。午后，看严分宜诗。彝初来，久谈不去。夜，院中乘凉，月明如昼，飞蝗绕月来往，历历可见。

十二日(8月25日)　晨，拜客。午在绍襄家公请温毅夫，散颇晚。闻通州有兵变之事，烧掠终日，奉军已往剿办。

十三日(8月26日)　入直，又至乾清门与绍襄、亮生会谈。归家，六桥来久谈。傍晚，至会贤堂公请庄静渊。阵雨过，极凉爽。夜，月色皎洁，右臂上连胁下连腕作痛，买得《西域图考》。

十四日(8月27日)　入直，承旨，署名。午后，叙斋约游隆福寺书肆，饭于福全馆，夜分始散①。

十五日(8月28日)　卯初二刻，均儿得一女，均媳产后虚昌几殆，延张午樵救治，午后始定，傍晚渐复，夜安。

十六日(8月29日)　健之来。午后拜客，访立民久谈。晚，饭于寄云邸。夜，月色殊佳，均媳仍服生化汤，诸恙均愈，仅气弱耳，回想昨晨，亦险矣。呈进书籍装齐，《说父【文】系传》二函、《说文解字》二函、《困学纪闻》二函、《日知录》二函。

十七日(8月30日)　晨，延午樵与均媳看脉，孙女三朝命名立格。四宫主位赏食物四盒、八宝如意一匣。永和宫赏食物四盒、八宝如意一匣。女客甚多，上灯始散尽，赞西、六桥来。

十八日(8月31日)　入直，拜客。茹古斋装潢进呈贡品送到，陶岱制墨八笏、怡府角花笺四百张、文征明题歙器砚一方、贺莲青笔二十枝。近午上街。晚，约六桥饭于福全馆，商怀事也。归家倦甚，遂寝。

十九日(9月1日)　入直，承旨，署名。进呈四宫贡品已齐。午

---

① 原文作“福全夜馆分始散”，据文意改。

后访艾老,未见,六桥、弢老均见,归已暮。弢老赠余寿言曰:“渐苍松柏凌寒色,长抱云霄捧日心。”

廿日(9月2日) 天高气爽,秋意日新。自五月二十后,时事俶扰,未能伏案已两月矣。均媳已渐复元,今日停药。午后,赴鞠农之约。席散,上街。傍晚,绍襄来谈,颇抑郁。

廿一日(9月3日) 晨,谢客。午后,黼臣、怀民来。傍晚,赴弢老之约,晤六桥,言有得都护副使之信。夜,看东坡诗。

廿二日(9月4日) 入直。生辰贡品已进,蒙赏收,单列后:《说文系传》一部二函、《说文解字》一部二函、《困学纪闻》一部二函、《日知录》一部二函、欹器砚一方、角花笺四百张、无逸斋笔二十枝、陶岱制墨八笏。四宫贡品单:大缎衣料二件、大缎马褂料二件、绣花饭单二件、绣花帽飘带二件。内殿传出八月初六日赐寿物品,列后:佛一龛、匾一方、对一付、如意一柄、尺头四件、银一千两。四宫赏单:佛一龛、如意一柄、福寿字一分、尺头四件、银四百两。午后,同君立赴温毅夫龙树寺约,席散射覆,归家颇晚。六桥来言已得蒙藏院副总裁,曹、张均赴津。晨间世相来贺,得女孙也。

廿三日(9月5日) 健之、六桥、明久来,见之,健之明日赴沪。午后,楙堂、寄云来,均久谈。向晚蒸热有雨意,适与景明久谈,西北舆地用工甚深,惜所见之书尚少耳。夜,独坐廊下,默念身世,不觉感叹,无可与言,遂作书寄立民,聊一发抒,难尽百一。将寝,胸膈作楚。

廿四日(9月6日) 晨,谢客。午后,与健之送行。归家尚早,欲上街,以天燥热中止。夜,看《西域水道记》第四卷并考胡图。

廿五日(9月7日) 入直,承旨,署名。绍襄邀在直庐早饭,午后休息,申末上街。夜,看《西域水道记》伊犁各水兼考《汉书·西域传》。

廿六日(9月8日) 晏起,收拾书籍,归架归函颇久。储秀宫千秋赏颁到,如前例。午后,赴逊敏约。夜射覆,先负后胜,散已子正。

廿七日(9月9日) 入直并谢赏。午后,醇邸传见。六桥来谈至暮。夜,看《蒙古游牧记》。怀民事略有眉目,且候机缘。六桥事则大有波折,治格运动甚力,营救者颇有人,六桥疏略,未必能胜也,奈何。

廿八日(9月10日)　晨,访静渊,又至世相家一谈。午后上街。夜得六桥电,其事尚有转圜之机。南风甚凉。

廿九日(9月11日)　同静渊往候涛邸,渠新丧爱女也。又至沙滩看房。午后访弢,遇声伯。夜,看《施愚山集》。今晨内殿太监愤争,因而行凶,伤其一,行凶者逃焉。

八月

初一日(9月12日)　雨窗静坐,作诗谜二十五条。得艾老书,赐寿扃【扁】对文已经钦定,扁曰"服政承庥",对曰"世臣受祉惟忠孝,少府宣勤俾寿臧",叨沐殊恩,褒宠逾格,且惭且惧,敢不勉作完人,用答知遇?抵暮小雨,帘织未止。夜,看女孙作戏,生才十六日,已知看灯矣。作寄铁庵书,付邮。

初二日(9月13日)　雨。入直,重华宫千秋赏颁到,如前例,加赏女孙立格二十元。静坐无事,看《蒙古游牧记》。

初三日(9月14日)　入直,承旨,署名,并诣储秀宫行礼。午后,彝初来。客去,拜客,赴雪斋约,散颇晚。夜睡不宁,乱后第一次也。

初四日(9月15日)　晴。白五楼、彝初、润之来,久谈。昨日重华宫赏菜蔬十二器。午后收拾房,检《禮欱亭集》,翻阅其诗,温厚已成家,才力稍薄耳。晚六桥来,留饭。夜,看祁集。

初五日(9月16日)　四宫主位赏寿佛一尊、如意一柄、尺头四件、福寿字二方、银四百两。长春宫赏菜一桌。赞希、彝初、润之、弢老来。午初,诣先祠行礼毕[1],受儿辈贺,视督奴子安置客座及挂画

---

[1] 原文作"诣先行祠礼毕",据文意改。

各事。云汀夜来。

初六日(9月17日) 进内行礼,蒙面赏福寿字一幅。又诣太极殿行礼,主位面赏福寿字二方、如意一柄、尺头四件、佩带一匣。午初,天使奎珍至,蒙赏御书扁额一方、御书对联一付、佛一龛、如意一柄、尺头四件、银一千两。跪受谢恩,礼毕已午正矣。贺客甚多,丑初寝。

初七日(9月18日) 入直,恭疏谢恩。拜客三家。午后上街。那、贡两王均来补祝。二品官年五十,虽在内廷,蒙赐寿者已不多见,赏扁对者尤少,叨沐宠赉,亲鄙【党】中均羡荣遇。

初八日(9月19日) 入直,承旨,署名。巳刻诣重华宫行礼,永和宫赏桃,储秀宫赏内子八盒,均媳四盒,中秋例赏也。午后,公请温毅夫于可园,散已入夜。归家,检点生日应发各赏。

初九日(9月20日) 晨,拜客八家。午后上街,至隆福寺花肆买秋花六盆,庭前丹桂已放花,芳香满院。

初十日(9月21日) 入直。午后上街。夜,与沈庵电谈。温毅夫送到寿联,用马周事殊误,盖未细检也。

十一日(9月22日) 晨,微雨。近午,与君立同车赴龙树寺复斋约。座中有黄桐生,善望气者也,谓余头上之气可二丈馀,其色红,姑妄听之可也。归家未黑夜,同内子看孙女为戏。六桥电至,已得侨工事务局局长。灯下孤坐,写字解闷。

十二日[日](9月23日) 晨,谢客,饭于六桥家。午后,出阜成门,至钓鱼台,赴弢老之约,归已抵暮。夜,代王廷桢草,为其妇请旌,呈交翟团长。月下同内子赏桂。今午,重华宫赏内子尺头二件,均媳食物二盒。增旭谷来回事,见之。

十三日(9月24日) 北风凄栗,沈云密合。晨拜客,与逊敏、寄云久谈。午后仍拜客,以衣薄遂归。夜,看吴兰雪诗,才气横溢,研炼未深,且品格亦卑,不足尚也。

十四日(9月25日) 入直,承旨,署名。午初,涛邸来少谈。申正,至世相家议事,抵暮始毕。昨晨长春宫赏果桌,月俸送到千八百元。夜,署中来电,上传朱师傅进内看脉。问之直宿者,言仅闻系喉痛,终夜悬悬,未知圣体安否?

十五日(9月26日)　黎明进内,闻圣体渐安,派总管太监告慰臣等。又奉谕勿进见。朱师傅请脉后,详问病情及方药,心始释然。蒙赏月饼果品,节赏千元。孙女弥月,四宫主位赏首饰衣料。夜,分赏,备明晨进内散给也。客去,雨至。

十六日(9月27日)　入直,并诣养心殿谢赏,到者甚多。上体大安。退直,弢老来,少谈即去,许以画松见赠,喜极。明窗试檀管,小狼颖微香随指,颇得静趣。自七月半至今,俗冗纠缠,大有应接不暇之势,此后庶几小休。午后,赴亮生、梦严之约,归甚晚。夜雨。

十七日(9月28日)　晏起,永和宫千秋赏发到,如重华宫例。近午了理节事。午后拜客,至弢老处一谈,遇艾老。以藏香拈珠庄严珠赠学真。同人倡为射覆之戏,取前人成句,易其一字,令人猜之,颇具人巧,作者惟沈庵、君立、诒书佳,馀均强作解事者耳。夜,看《胡稚威集》。

十八日(9月29日)　入直,承旨,署名,并诣永和宫谢赏。退直,彝初、赞希、六桥、寿臣相继至,同赞希与亮生拜寿,留饮。夜,为射覆之戏,雨至遁归。看洪北江诗,颇不入,又易蒋藏园诗,差强人意。

十九日(9月30日)　晨起书扇,纸不受墨,如行瓦砾之中,殊苦。午后上街。夜,看洪北江诗,中年以后略胜,然亦不免虚矫之气,才气当逊于黄仲则、孙渊如。

二十日(10月1日)　入直。拜客,在瑞臣处遇六桥。归家,洪苕溪、学真未久谈[1]。客[客]去,午饭之后浇花,院中芙蓉已作将【将作】花矣。夜,看藏园诗,似在北江之上。日来酬应甚多,殊以为苦。

---

① 原文如此,其中或有缺字错字。

二十一日(10月2日) 晨,至庆邸贺喜,为送妆。午初拜客,又至袁际云家题主,归已抵暮,倦卧时许。晚饭后雨。均媳名怡章,以怡字与其母佟佳夫人同,改曰含章。《易》"可贞",《女史箴》"含章贞吉"。接健人书,即复。

二十二日(10月3日) 入直,承旨,署名,并诣永和宫行礼。下直甚晚,天气燥热。午后风起,赴弢老、诒书之约。散已定更,与瑞臣、弢老久谈,颇畅。

二十三日(10月4日) 晨,谢客。午后上街,院中西番莲盛开,五色俱备,从前所未见也。为学真书联一付。天气燥热,或可见雨,日来又似微旱矣。夜,抄《后汉书注》,辍业四越月矣。

二十四日(10月5日) 入直。薛之珩蒙赏朝马,谢恩,带见。退直,访张松壑,不遇。午后,同傅瑞奎在瑞蚨祥西栈公请弢、陶二老。夜抄书,得张叙五电,即复。

二十五日(10月6日) 晏起,与涛邸、恩溥、六桥电谈。近午,六桥约饭于福全馆,座有恩溥。申末拜客,在沈家公请泽、润诸人。夜射覆,归甚晚,睡未宁帖。

二十六日(10月7日) 病,午偃卧,遂睡去,头痛始醒,已薄暮矣。固知将病,未料如此之速。夜,抄书解烦,今日颇想看温公《通鉴》,以事冗少暇,酬应累人如是。孙女迁居于东耳房,其父幼时所居也。抄书腕楚,又阅《圣祖北征行在述略》。

二十七日(10月8日) 抄书。午后欲上街,以晚中止,遂抄书消遣,至夜方罢,腕楚,计所抄《地名录》已三卷。今日寒露。

二十八日(10月9日) 入直,承旨,署名。午后欲上街,彝初来遂止。晚,赴仲三、懋堂约,席间谈鬼,听者色变。夜检日记,连日心绪不宁,看书写字均不能解,奈何。

二十九日(10月10日) 晨,拜客。午后上街。上赏联扁禄齐,恭悬正室。夜抄书,与少溥、涛邸电谈。

三十日(10月11日) 访涛邸,并拜西城之客。午后游隆福寺,买菊百盆、《韵府》一部。赴印孙约，饭后同访立民夜谈，雷雨时许旋霁。重华宫赏东瓜四，分赠印孙。乘车敝，交匠收拾，借印孙车暂用。

九月

初一日(10月12日)　入直。为恩普五十生日求赏事，往见世太保久谈。甫归，越千来。午后上街，又赴逊敏射覆之约，以晚先归。得鹤亭书，即复。

初二日(10月13日)　苕溪、圣与来。午后，至西城拜客，归甚早，抄书。夜，作寄岷原、六桥书，孤坐无聊，看石笥山房七言近体诗破闷。就枕后嗽不止，腰膂均牵痛，奈何。

初三日(10月14日)　晨起有病意，勉强拜客，近午归。自八月初七谢客，今始毕事，如释重负。午后极倦，偃息甚久。夜仍抄书，二鼓烧作，筋骨均痛，就枕不能合眼，遂达旦。

初四日(10月15日)　请假，未入直，上赏红马一匹。病已退，惟疲弱气[气]馁耳。午后，抄书至暮，遂将《后汉书注地名录》抄毕，送镜古堂装钉【订】。接健之书。夜，精神已复。

初五日(10月16日)　入直，奉旨毋庸谢恩。近午，庄士敦来。午后，黼臣来。傍晚，赴觐侯约，同座者弢老诸人。夜，接健之书，即复。

初六日(10月17日)　晨，访巩伯。午后，六桥来。客去，上街。夜检《通鉴》，欲抄其注如《后汉书》之例，又试新制兼毫。今日宫内换暖窗，世、绍带匠余休息，明日余往世休，后日绍休息，昨议也。

初七日(10月18日)　入直，带匠。储秀宫赏饭，面谢。退直甚早，永和宫赏东瓜四。近午休息，醒后如厕，大便秘结殊困，饮密【蜜】汁一瓯。昨日商云汀在艾老处，欲见访，电问，适直上街未来。晚，赴印孙约，闻火警即归。灯下寂坐，肝气屡动，大有不可遏之势，秋燥为之耶？抑大便秘结所致耶？

初八日(10月19日)　入直，带匠，重华宫赏饭，又赏回生丹十丸，面谢。午后上街，归未及暝。与六桥电谈。夜，看《通鉴》，兴致勃勃，安得屏除万事，静坐读书，恐此生无复此日矣。

初九日(10月20日)　入直，带匠，永和宫赏饭，上赏绉绸二匹。退直尚早，稍作休息，即赴弢老钓鱼台之约，到者艾老、君立、菊农、诒书。散，又至弢老家夜谈，归途遇风，甚凉。

初十日(10月21日)　入直，谢恩。内子生辰，永和宫赏衣料二件、食品八盒，长春宫赏衣料四件，储秀宫赏衣料二件，重华宫赏衣料二件。午后客至，毓崇为招歌者，藉以宴客，叙斋、芝轩均登场。夜，雷电交至，风过而霁，散已丑末，疲甚。

十一日(10月22日)　鹤亭至自淮上，留饭，云汀、子宽亦继至。殷五归，以杨惺吾《历代地图》三十四册、绉绸一匹见赠，杨图求之有日，今始得之，喜可知也。夜，检杨图并钤收藏印记，月色殊佳，颇思与静怡晤谈，有读书之志与识而无其福，深以为憾，行年五十方知，殊愧也。

十二日(10月23日)　晨，拜客归，鹤皋来，少谈即去。天色暄妍，菊花已盛开，南窗静坐，取杨图翻阅。午后拜客，赴荫伯之约，归颇早。

十三日(10月24日)　入直。又至西城拜客，近午归。饭后上街。晚，在福全馆公请立民。夜倦甚，同人均至立民所作清谈，余独归，明须进内，欲早睡也。今日霜降，天气仍可衣夹衣。接健之书，即复。读书无伴，亦至苦之事，并世除仁安外，竟无可语者。

十四日(10月25日)　入直，带荫昌觐见。近午钱【铁】庵来，留饭。申初去，休息时许，携均儿赴赞希之约。席散，又赴士可约，鹤亭拉游城南游艺园，婉词谢之。夜，看杨氏《楷法溯源》。

十五日(10月26日)　入直，承旨，署名。访庄士敦久谈。午后，赴亮生约，游半亩园。夜，月色致佳。

十六日(10月27日)　晨，与季湘贺喜，并候铁庵。进城，又至恩普、鹤孙两处拜寿。午后上街。夜，月有食之，既。人家鸣爆竹、击铜钵救护者,远近喧阗历一时许。

十七日(10月28日)　晏起,与少普电谈。鹤亭来辞行,明日回淮安,匆匆数语而去。看杨图,兼校胡图。南风甚凉,明日糊纱窗。午后抄书,颇多讹夺,心未静也。夜,校《地名录》,作书寄健之。闻雁。

十八日(10月29日)　入直,又访世、绍,均见之。归后,休息时许。仲三来久谈,及去已将日落矣。阅《日知录》,其论藩镇曰:"世言唐亡于藩镇。而中叶以降,其不遂并于吐蕃、回纥,灭于黄巢者,未必非藩镇之力。"又引尹源《唐说》曰:"唐之弱者,以河北之强也;唐之亡者,以河北之弱也。"在亭林言之,自有隐痛,而明季覆辙,与今日何异?夜仍看顾录,尽三卷,颇多领悟。

十九日(10月30日)　阴,草木俱有寒色,午晴,心怦怦大为动悸,历一时许始已。以菊十二盆、《五灯会元》一函赠庄静渊为寿。曝背南荣,心气略复,欲看书,兴会大减,寂坐养之。午后上街。夜,得知会邸以感冒明日不上门。现换珠、皮袍褂,天气至夜尤凉,虽无风,恐将见冰矣,白兰须移至暖处。灯下看《日知录》二卷。

二十日(10月31日)　晨,拜客。午归,得仲三笺,即复。天气凄厉,日色殊淡,大有冬意。看《日知录》,此书前二十年已看过数次,均不若今日看之能明亭林用意所在也。午后晴,略回暖。得健之书,即复。夜,校《地名录》,竟有遗漏,亦有当时所删今以为可取者。为云汀书扇,殊不惬心。

二十一日(11月1日)　晏起,庄静渊来久谈。胸膈间觉有停滞,饮食下咽均作痛,欲上街行动,藉可消化,然出门何所适,废然而止,遂睡。抵暮始起,益不快,对灯独坐,意兴索漠。晚饭后,胸膈少利,未作痛,看《史记·汲郑传》。晨揽镜,已有数茎白须矣,学业无成,老之将至,可叹。

二十二日(11月2日)　入直,拣选官缺,承旨,署名。李瑞清予谥文洁。退直,即往钓鱼台,同人公祝弢老也,散已日暮。闻沈庵言,二十六日同人在叙斋家演戏醵酒，为叙斋祝寿，公分四元。归家休息时许。夜，陶看【看陶】拙存《辛卯侍行记》，与胡图相校，不尽能合。

二十三日(11月3日) 晨，豉老来。午后，赞希、松坪来。大风寒甚，御冬之具尚未筹备，奈何。夜，看《满洲源流考》，聊以解闷。就枕，闻风声甚猛。

二十四日(11月4日) 晨，见冰，风渐息。看《蒙古游牧记》。午后上街。夜甚寒，恩溥来，未晤。灯下看胡图，参考《游牧记》，有所获即写于胡图上方。晚饭食羊肉过多，奇渴，饮茶已三瓯矣，虑妨睡，不敢再饮，然渴未止。

二十五日(11月5日) 入直。天气如深秋，冬衣薄受寒。归，饮药茶，至晚始不恶寒。夜，考皮岛所在，胡图失载，其地尚在大沽山以东，朝鲜义州以西，鸭绿江口外八十里洋面也。双岛在旅顺口外，铁山岛西，袁崇焕杀毛文龙于此，因考皮岛遂并记之。

二十六日(11月6日) 晴，无风，寒气少减，闻张家口一带前日见大雪。晨起，考吉林、盛京各水。午后，赴叙斋看戏之约，散已丑正。日间阅《黎选古文》数篇。

二十七日(11月7日) 渐回暖。接健之书。午后阴，傍晚落雨。白午楼来，少谈。独坐无聊，嗒然若失，日来总无兴趣，惟以为睡，无上妙境。

二十八日(11月8日) 入直。午后上街。晚，赴王懋轩约。夜访立民，室小已生火，燥热甚，少坐即归。

二十九日(11月9日) 瑞臣送到抄本《梧门诗话》《八旗诗话》，翻阅终卷。晚，赴印孙约，夜谈，归颇晚。

十月

初一日(11月10日) 入直，承旨，署名，并带乌林。天气较昨又凉。午后，访艾老久谈。又游厂，买《雪桥诗话续集》。夜看《诗话》，借云洋钱二百，开发月例，日来奇窘，月俸又三月未至矣。与瑞臣电谈。

初二日(11 月 11 日)　胸怀郁郁,午后上街,欲以游衍解之。晚闻炮声,起自南方,不知何事。及归,问之乃意馆宴客耳。夜,读《史记》游侠、货殖二传,颇有领悟,识解又进矣。

初三日(11 月 12 日)　读《项羽本纪》,天气又见和暖。午后,又读《高祖本纪》《留侯世家》,张耳、陈馀、黥布、淮阴侯各传,遂至夜分。

初四日(11 月 13 日)　入直。访西畴久谈。伤风小病,未出门,阅《明三十家诗选》,以《雪桥诗话正续编》与均儿。夜,与六桥电谈,又与均儿讲《汲郑传》。

初五日(11 月 14 日)　未起,闻雨声。近午晴,较昨又暖,洗砚磨墨,作字颇适。午后上街。夜阅《明诗选》,独喜青田、亭林两家,其次则青邱、大复、茂榛、介溪、卧子,所最恶者空同耳,松园绝句亦可爱,绝胜于律,律每有句无篇,亦是一病。

初六日(11 月 15 日)　晴暖。均媳携立孙归宁。午后上街。晚,赴绍襄约,先归。日间写扇一叶,不惬意。

初七日(11 月 16 日)　入直,承旨,署名。午后,黼臣来。沈庵约至艾老处看画,至则艾老已他出,与沈少谈即归。傍晚,南城有失火者,问之,言在煤市街。夜坐无聊,看书不入,奈何。胸膈间又似停饮。得静公、健之来书。

初八日(11 月 17 日)　晨,上街,又访赵子丰,匆匆而归。弢老来。午后上街。看报,徐树铮已逃出日署,真可笑矣。以此证之,南方将有大举。夜,风作,看《通鉴》。

初九日(11 月 18 日)　入直。归家稍睡,子宽、子丰来。傍晚,赴艾老约,看内藏书画卷十二件,其中《林和靖诗卷》有苏题,李公麟《五马图》有黄题,宋高宗写《陈风》马和之补图,燕文贵山水四卷为最精。又有隋人书《出师颂》,有小米跋亦佳,散颇早。

初十日(11 月 19 日)　唐寿臣之孙殇,往唁之。午后,至德宝斋一坐。晚,赴殷五约,貌合情离,殊觉无味。

十一日(11 月 20 日) 有风甚寒。午后上街,本欲践弢老约,以懒而止。夜,独坐翻书解闷,日来之窘已到极处,竟尔无术支拄,奈何。

十二日(11 月 21 日) 晨,拜客三家,过午归。赵子丰来,少谈。饭后极倦,拥被酣睡,抵暮始起,睡中趣味大胜醒时。夜,看《明诗综》,意兴无聊,时欲慨叹,胸有郁结也。又取《水经注》涉猎,并与杨氏疏参看,各尽一卷,置书默坐时许始寝。昨日作复静公书付邮,健之将北来,即不复书矣。

十三日(11 月 22 日) 入直。后斋、懋堂来。午后,至世相处商度公事。傍晚,赴雪斋约,射覆小胜。

十四日(11 月 23 日) 晨,同世、绍谒邸,又至鹤松亭、瑞裕如处贺喜。晚,赴弢约。夜风息,月色皎洁。

十五日(11 月 24 日) 晨,至越千处拜寿。午后,至世相处会商恒利追款事。归家少休,又上街。夜,与铁庵电谈。

十六日(11 月 25 日) 晨,健之来,昨自沪归也,赠我花翎一枝,尚可用。检四器拓本并十洲扇交铁庵,欲暂质数百元填补日用也。杨履瑞为其姊请旌事屡聒不休,殊可厌。看《明诗综》。入夜肝气似又发动,胸膈间作楚,月色殊佳,天气亦暖。健之言钟子琴三续《雪桥诗话》已出,许分赠一部。闻唐寿臣以孙殇悼惜,有阳狂之状。

十七日(11 月 26 日) 入直。答拜健之,未晤。得学真书,即复。晨天气甚凉,近午稍稍回暖。上街,至黼臣处观宋徽宗青绿山水《赐郓王楷长卷》,庞莱臣所藏,笔墨气韵远在元人之上,遑论其他。夜,看《文选》班孟坚、张平子赋。此日娱乐为近今之冠,食蒲桃,亦北方冬令之俊物也。

十八日(11 月 27 日) 晏起,看《水经注》,参看杨氏疏并图,杨氏考订固精确,而于戴氏亦未宜丑诋,绳愆纠缪,作古人诤友,有误订之,奚诋为? 近午,均媳、立孙归,上街。夜,看《萧选》,颇喜越石诸诗,识解似又有进步。近今每看一书,必觉与前另有一境界,惜无可与言者。曹颜远思友诗曰:“精义测神奥,清机发妙理。自我别旬朔,微言绝于耳。”三复斯语,思梧生、仁安不置。

十九日(11月28日)　入直,承旨,署名。午后,往喑诒书。傍晚上街,同印孙饭于福全馆,又同访立民,天阴欲雪。

二十日(11月29日)　阴。为黼臣题《罗两峰梅花小卷》,诗录后:“记得句章城畔住,梅花百树雪中开。行吟坐啸寒香里,别后清游付草莱。把君此卷频开阖,又是阴寒欲雪时。疏朵垂垂云漠漠,如从水上见横枝。”午后上街,在福全馆请铁庵诸人,深谈。立孙频啼,疑其病也,检七珍三粒食之。

廿一日(11月30日)　越千来,少谈即去。看立孙洗沐。晴窗孤坐,无事可为,看书写字都觉无味。检点日记,聊以消磨光阴而已。午后上街,归未及暮。夜,翻阅《湖海诗传》,欲作诗谜,而心思滞涩,竟无成。

廿二日(12月1日)　入直。访健之,不遇,归家遂睡。醒后健之来,久谈。铁庵来字,谓扇及拓本难遇主,许以三四百元相假。伤哉,贫也！令人气短。夜,看《明诗选》,颇喜陆梣亭七律。

廿三日(12月2日)　晨,至越千处拜寿,赐扁文曰“耆年锡羡”,联曰“律身常准名臣录,受祉还赓寿母诗”。午后归,铁庵以三百元相假,久谈。客去,头闷,胸间气壅至喉,如不能息者,诊脉见结象,大惊。内子谓受煤气,食水果试之,少顷渐解。夜,看陈松山《明诗纪事》庚辛两集。大风寒甚。

廿四日(12月3日)　晏起,海弟来。午后,上街遣闷。夜,看陆梣亭诗。

廿五日(12月4日)　入直,承旨,署名。访逊敏一谈。立孙今日百禄,初着衣。午后上街。夜,雪。六桥自沈归。

廿六日(12月5日)　雪止未晴。晨访赞希,并候六桥,已卧病。近午,至弢老所同饭,饭后游钓鱼台。晚,赴梦岩约,射覆小胜。

廿七日(12月6日)　海弟、五楼来。雪后甚寒,与铁庵电谈,头目昏昏，有病意。诒书约，辞之。夜，弢老电问，情致殷殷，可感也。

廿八日(12月7日) 入直，微雪。健之来深谈。客去，看船山诗。晚，赴巩伯约。夜，看船山诗。

廿九日(12月8日) 雪后寒重，虽晴犹凛冽也。看王船山诗，非当行，有奇气。午后上街。上灯后归，作诗谜廿五条毕，皆用船山句也。夜，看《明诗选》。

三十日(12月9日) 阴，有雪意。午后候六桥，并访弢老。暮归，天气甚寒。夜，看《明诗纪事》庚签，无聊之中遮眼而已，心未能入也。

十一月

初一日(12月10日) 入直，承旨。载洵赏穿带嗉貂褂，天略回暖，闻旗饷有明后日发放之信，经费或有消息矣。健之赠《雪桥诗话三集》十二册。夜，看《诗话》，雪斋赠笺纸，绝佳。

初二日(12月11日) 入直。召见世相。午后上街。夜，看《雪桥诗话》。

初三日(12月12日) 健之来，同访陈太保，遂留饭，归家已暮，闻曾侯广銮病殁。夜，一灯在案，相对长愁，此际如斯，过时可想。阿文成句云："看来四十犹如此，纵到百年亦可知。"我今又差十年矣，思之黯然。与均讲作诗之法，并畀以《杜诗镜诠》及《明三十家诗选》。大风甚寒。

初四日(12月13日) 入直，严寒。午后，赴逊敏之约，夜分始散。胸膈气堵，似有喘意。

初五日(12月14日) 入直，召见毓庆宫，又至世相宅一谈。午后欲出门，彝初、赞西来久谈，遂止。气堵犹昨，近每遇寒必如此，恐喘疾已有萌芽，奈何。夜，气堵益甚，自胸至喉，横亘为噎，此何病也？

初六日(12月15日) 晏起。午后，访六桥于侨工局，甫到得电，内传外科医士，即刻带领进内，亦不知上患何病，当与越千电商，惟狄博尔学术最精，遂决定用之。即进内，越干【千】随至，始知上右手生小疮，情形幸不重。暮，狄博尔至，带入请脉，狄言无妨，惟须静养，上灯退出，是日凡召见三次。夜，与六桥电谈，右臂作痛。

初七日(12月16日)　入直，承旨，署名。带狄博尔请脉，圣体较昨渐安。午后退出，至广宅行吊。饭后上街。夜地震，仆人有扑地者，余未觉。

初八日(12月17日)　入直。六桥以六百元相假，丰年之玉，荒年之谷，何以异此？瑞臣来，少谈即去。晚，赴午桥约。夜，代色立亭草遗疏。

初九日(12月18日)　入直。带狄博尔请脉，上大安。过午风霾，庭树为折。曾胥初来，少谈。夜，静坐。

初十日(12月19日)　晨，拜客。午后弢老来，赠诗一律："纯皇民事重坊庸，频对西山驻六龙。一代池台忽芜废，百年树木尚葱茏。出林亭在凉宜夏，随锸泉生冻过冬。人海如君能几个？忍寒来看雪中松。"黼臣来，同至瑞臣所拜寿看戏，夜始归。

十一日(12月20日)　晨，拜客。午后上街。夜，月色皎洁，天气亦渐回暖。

十二日(12月21日)　晨，健之来，同饭。午后小睡。晚，考钓鱼台建置之始。乾隆廿九年以前仅有其名，图裕轩隐居其地，所谓东圃也，有菜香草堂诸胜。裕轩殁，即葬焉。三十八年，命浚治成湖，以容香山新开引河之水。三十九年，命修建台座，台西面扁曰钓鱼台，东面扁勒御制诗，今二扁均在。此地在乾隆廿九年图裕轩未卜筑以前，虽有古迹，地已荒芜，游者固少。三十九年建行宫以后，虽经天题表彰，系禁地，则偶有到者，亦未敢见诸题咏也，故事迹可考者甚少。

十三日(12月22日)　入直。午后，耕梅、庾楼来长谈。客去，骨节作痛，似受寒。今日冬至，天气晴暖。

十四日(12月23日)　晨，拜客。午后上街，又访沈庵、健之。夜，阅《天咫偶闻》。

十五日(12月24日)　入直,承旨,署名。又至世相处,邸令也。归已近午,健之来谈。客去遂睡,起已上灯。夜,看《雪桥诗话》。

十六日(12月25日)　晏起。午后上街,踏月而归。夜,看《雪桥诗话》。

十七日(12月26日)　晨,拜客。午后,膂初来,看《日下旧闻考》。夜,看《天咫偶闻》,此书精核,似出《光绪顺天府志·坊巷志》之上。

十八日(12月27日)　入直。午后,健之来。客去,访立民,饭于一剑斋,作长夜之谈。

十九日(12月28日)　毅勇侯曾广銮殁,赐祭,未正礼成。访弢庵,遇诒书久谈,归已暮,似受寒,有病意。

二十日(12月29日)　入直,承旨,署名。世、绍均请假。午后,谕祭色憃僖,未正往,礼成已申初矣。晚,铁庵来,留饭,作长夜之谈,铁庵以二百元相假。天阴有雪意。

廿一日(12月30日)　晏起,大雪。健之约饭于正阳楼,同座仅诒书。午后头痛,似受凉,筋骨亦觉酸痛,近来殊畏寒,室中火盛又不耐,总之衰败日见矣。积衰成病老初来,今日之谓也。夜,独坐翻书。

廿二日(12月31日)　雪。午后上街,并至沈盦所,请逊敏、春园、夔庵、雪斋、定园诸人射覆,德轩以病未到,散颇晚,到家已丑初矣。

廿三日(1921年1月1日)　大风严寒。膂初来,少谈即去。跧伏斗室,翻书解闷,心境俱静,近日所仅见也。夜,看《明诗选》。

廿四日(1月2日)　大风晡息,天气尤冷。黄开文觐见,入直。午后拜客,赴弢老之约,归已夜。

廿五日(1月3日)　晴暖。谕祭溥慎直,午初礼成。日来以经费粗有办法,此心少慰,然须力为催索,否则仍恐无效也。仁安寄《天津文钞》,新辑者也,少暇当作书谢之。午后上街。夜,看《日下旧闻考》,元之翰林院即金兀术宫,在中心阁西,今之鼓楼即中心阁址也。

廿六日(1月4日)　入直,越千销假。午后访逊敏。晚,请弢老诸公于福全馆,天气又渐回暖。夜,看《通鉴》。

廿七日(1月5日)　晨,候静渊,遇弢老、健之。又访沈庵,遇六桥、梅生、珏生,留午饭。饭罢即归,小憩,又上街。晚饭静渊所。夜,看《通鉴》。

廿八日(1月6日)　晴暖,白梅已有蓓蕾,移供案头曝之,阅《通鉴辑览》解闷。午后,胃气作痛,饮普洱茶稍减。增旭谷来告,初一日可发月款,今年第一次也,若非同越千与世相力争,则并此亦无之。夜,看《通鉴》并参看《元史记【纪】事本末》。接王岷原来书。

廿九日(1月7日)　入直。午后,赴弢老之约,尝福建新橘。傍晚,又赴瀛、泽之约,射覆大负,由于精神委顿,倦极思卧也。近日颇厌衡、奎二人。夜归即寝。

三十日(1月8日)　晏起,若有馀倦。午后上街,天寒气肃,较昨尤甚。日间山鹊鸣于庭树,恐天气将又有变。夜检日记,自入冬已【以】后,无一日舒心,艰窘有不堪言者,老年遇之,遂觉不支,揽镜自照,颇见龙钟,身体精力自觉亦大逊于前。无事静坐,翻书自遣而已。

十二月

初一日(1月9日)　壬申。入直,弢老来直房会谭。午后,文彝初来。客去,看《雅颂集》,颇喜揆凯功、曹楝亭二家诗,吟诵至暮。闻绍太夫人病重,越千今早尚入直,毋乃可怪。夜仍看诗,高文良公《味和堂集》六卷,古近体均佳,袁子才谓其直驾新城而上,沈归愚谓其诗皆有为而作,良是,又在凯功、楝亭上矣,当物色全集一读。月薪已到,稍苏。

初二日(1月10日)　晨,候越千,其母服艾老方颇效。午后欲上街,以风止。夜,看《雅颂集》,与弢老电谈,胃气作痛,就枕后屡嗽。

初三日(1月11日)　入直,越千未到。午后上街。晚,赞西来。夜,作诗谜廿五条,俱用《雅颂集》句,尚得意。胃痛渐减,只觉神短。

初四日(1月12日) 弢老来谈,客去休息。晚,访赞希,又赴静渊之约。夜,默坐。

初五日(1月13日) 健之来辞行,初九回沪。傍晚涛邸来,又赴德、雪二邸约,射覆竞胜,前负已复,归颇晚。

初六日(1月14日) 入直,召见毓庆宫,在直房与弢、艾深谈。归家休息,未出门。夜习静,颇思读《易》。

初七日(1月15日) 晴暖。午后上街。夜,得王岷原寄铁盦诗稿,心绪略清,拟检去年所点勘《周易折衷【中】》温之。

初八日(1月16日) 上赏腊八粥一器。晨,与健之送行。午后检书。晚,赴弢约。夜,看《易》。

初九日(1月17日) 入直,越千仍到。午后,赞希来。客去,上街,访立[民]夜谈,六十老翁,机心未泯,可笑也。

初十日(1月18日) 邸传见,为崇陵岁修事,商度久之,嘱向泽公言之。又访泽公,遇邵襄。午后归,黼臣来,以绍太夫人讣稿见商,越千所嘱也,为易数字。夜有女客在舍,未能看书,内寝独坐。

十一日(1月19日) 入直。又同泽公见邸,崇陵工程已责泽公承修,访世。归甚疲欲睡,客来不断。夜,看《易》。《小畜》:"九五,富以其邻。""邻"指六四之有孚,有孚则君应,故曰上合志。《谦》:"六五,不富以其邻。""邻"指九三之劳,谦劳,谦则得众,故曰万民服。二爻取象,盖本阳实阴虚之义。今午,与世相谈不合,无休休之度,有娼嫉之心,纯一私字所团结,内事焉得不尔。

十二日(1月20日) 晏起。近午大风,朱聘三来,为李孺子媳富察氏请旌事也。午后上街。夜,看《易》,参阅《易经衷论》,此书先师沂甫先生谓宜熟复,故每读《易》必及之,奉行已三十年。立孙颇解意,看之忘忧,今晚已更衣就寝矣,复来,抱之许久犹不愿去,均媳归宁已回。

十三日(1月21日) 入直。又候越千,至门,见厅事门窗俱去,以为其母已故,问之尚未,殊可怪。午后,客来不断。夜,看《易》。

十四日(1月22日)　晏起，接静公书，即复。重华宫赏神肉及“福禄来崇”春条，赏内子“富贵长春”之条。长春宫赏内子菜品及神肉。越千来报其母曹太夫人病故，即往吊。又至世相宅商议各事。午后访弢。夜，筮《易》，得损之六三，井之九三。

十五日(1月23日)　入直，召见毓庆宫。永和、储秀两宫主位传见。退直，至邸。午后，访世及月华、弢老，又出城至江西馆，朱艾老为其兄弟开吊也。归已暮，疲于奔命矣。夜，静坐。

十六日(1月24日)　入直，承旨，伊克坦署理总管内务府大臣。近午退直，蒙赏福寿字各一方，均御书也。重华宫赏内子果品点心四盒。傍晚，至越千处送三。赴沈庵约，步月而归。

十七日(1月25日)　入直，谢恩。与仲平谈不合，察其言论，忽明忽昧，似有神经病者，奈何。午后上街。夜，与弢、捷电谈。

十八日(1月26日)　微阴。午初，访弢与仲平谈，遂饭焉。午后归家，静坐默念，行年五十，适意常少，拂逆常多，终日皇皇，如不暇及，亦颇可笑。健之书至，即复。向晚，寒气特重，连日俗冗，竟无片刻暇，今晚或可小休矣。

十九日(1月27日)　雪。休息一日，静坐对雪，思虑仍不能净，奈何。晚，艾老招饮于声伯斋中，座有歌儿琴侬、妙香。

二十日(1月28日)　入直，养心殿挂灯，带匠。午后至邸。甫归，六桥来，同车访立，上灯后归。仲平刚愎自用，大非始愿，因思内事，若负深疚。昨见报，少宣有热河林垦之行，可喜。

廿一日(1月29日)　风。德宝斋送一端砚，质式均佳，留之。连日匆促，竟未开卷。劭襄赠雪水二瓶，闲情逸致，胜我远甚。晨，读《易》，深有味乎“履道坦坦，幽人贞吉”之义。午后，静含、楙堂来。客去，上街。夜，默坐习静。

廿二日(1月30日)　晨，访剑秋。午后，上街游庙，买露申、杜鹃各二盆，天气暄暖似二月。在庙遇子勷、容伯，游人甚多，积雪融化，路难行。接健之书，即复。夜，以心绪恶劣，不能看书，盘旋室中，无所事事，殊无聊。书旧作诗词，寄仁安天津。

廿三日(1月31日) 访涛邸，归未及午，作书寄静公。储秀宫赏内子及均媳食物八盒。午后，月华来。客去，至世相处议发款各事，归甚晚。晚饭后祀灶，爆竹盈耳。今日疲倦尤甚，未解何故，意兴亦苦索漠。东海赠《宋中兴群公吟稿戊集》及《悦云山房集》各一部。夜坐，只觉两肩如负重然，且昏昏欲睡，何耶？内子、儿辈贡品及贡费四十四元均齐。亥末风起。

廿四日(2月1日) 入直，奏事甚多，承旨，署名。午后，彝初来。客去，上街。夜得楙堂电告，吴佩孚已将郑县来车截留。质以月华，昨言曹军移驻涿县屯积粮食之事，时局又将有变。复与六桥通电问之，答以无闻。年关在迩，内廷待款甚亟，倘有不靖将大困，奈何。

廿五日(2月2日) 晏起。午后，至越千家题主，六桥亦至，同车归，久谈，闻昨传吴事不确，溥玉岑病重。晚，抱立孙嬉戏，颇乐。夜，翻《通鉴》，遂尽二卷。得报，部款二十七日发，交进之款已备齐，明日交。

廿六日(2月3日) 入直，带匠，蒙赏春绸二卷，谕勿谢，颁赏貂皮二张、荷包手巾一份、八宝荷包一个、拴赏荷包七个、平金荷包一个、八宝一分、银一千元。午后上街。夜，与静含、逊敏、沈庵、弢庵电谈。长春宫赏内子衣料二件，均媳果品四盒。重华宫赏均媳果品四盒。世相流俗之见甚深，虽闲谈亦寡欢，宜与越千沆瀣也。

廿七日(2月4日) 入直，诣养心殿谢恩。赐祭曹氏，巳刻往，事毕即归。饭后赴君立之约，散晚，睡不宁，展转至晓。

廿八日(2月5日) 捷南来回事。储秀宫赏果桌，内廷节赏已发，统七百三十五元五角。午后欲出门，以懒止。自入冬以来，困于处境，欢悰恒少，近益悒悒，故与二三朋好小作盘桓，藉以自解。归即不能安枕，至今委顿，静言以思，毋乃太苦。

廿九日(2月6日) 殷五欲来拜年，止之。午后上街。又买杜鹃二盆、梅花二盆。捷南来，交到代税房契会计司饭银三百八十八元八角，暂以开发节费。夜，与月华电谈。捷南劝明晨勿入直，盖以经费未到，恐领款者饶舌也，所言甚是，当从之。

三十日(2月7日)　晴暖。赏“富有日新”春条、“含和”春条、绣花荷包一个、银锞二个。劭襄来拜，见之。晨理尘积，还子宽百元，旧欠已清。午后上街。捷南来，遇诸途。晚，率儿辈诣先祠行礼。饭后静坐小休，祀神后即寝，爆竹喧阗，至晓未已，较去年又盛，恍忆承平。

辛　酉(1921)[1]

正月

初一日(1921年2月8日)　壬寅。天气和暖，风妍日丽，大有清明之象。卯正入直，赏"茂豫"春条。承旨署名后，随醇邸诣长春宫行礼，赏平金荷包一个、银锞二个。巳正，上升乾清宫受贺。行礼后，带庄士敦觐见。世相带薛之珩、翟殿林。午后拜客，归家稍息。又拜客，至庄士敦所，言已往游西山，可羡。灯下静坐时许，精神复振，又动看书之兴。

初二日(2月9日)　入直，诣坤宁宫，带乌林。永和宫传见，问万寿交进之款。下直，拜客。归家，月华、六桥来，见之。午后上街。夜，检日记。

初三日(2月10日)　鹤孙、彝初来，未见。得弢老电，静公于昨日作古，亦不知何病，老成凋谢，吾党益孤矣。午后，子鸣、赞希、子宽来，见之。拜客七家，即归。晚，抱孙戏。

初四日(2月11日)　与醇邸拜寿，归家颇早。明窗静坐，颇适。午后铁庵来，遂同游厂，买八角端石小砚一方。得报，上交手谕，并传朱师傅进内，未知何事。即归，开读，乃圣体违和情形，详细告谕，并令留门，且谕无须为念。当即进内，晤朱师傅，据言请脉如常，亦未进药，只服青果汁而已，退出已亥初。夜，与弢老电谈。

---

① 本年正月至三月，四月至六月，七月至九月，十月至十二月分别刊于《中和月刊》1943年第4卷第3至6期。

初五日(2月12日)　入直，承旨，署名。上已大安。午初弢老来，商定静公遗疏。天阴，寒气较重，易大毛袍。恽公复来，见之。客去，休息未出门，卧看《复初斋集》，诗虽不佳，其小注每记当日故事，颇可采。昨夜嗽许久，今遂竟日不适，去境日增，可叹。

初六日(2月13日)　入直。上以避风改明日开学，赏如意馆画一轴，谕勿谢。静公遗疏交缮，明日递。靳云鹏约茶会，辞之。午后上街。夜，看《复初斋集》，关于钓鱼台及与图鞳布酬答之作均录出，弢老嘱也。

初七日(2月14日)　弢老来，以季皋、苏龛书见示。午后拜客，归尚早。祥趾来，见之。夜，抄复初斋文三首、诗十一首。

初八日(2月15日)　晨，同六桥与绍太夫人送殡。午后拜客，在铁庵所少坐，见其壁间自书对甚佳，携归。计一日，拜客五十馀家，大快。乌仲三来，见之。夜打牌。

初九日(2月16日)　入直，召见养心殿。退直，访世相不遇，午后又往见之。访逊敏不遇，晚又往见之。大风寒甚。夜奇渴，饮则腹痛，且生痰益嗽，晨间呕出稠痰，一盂一日，强半不适，奈何。今日颁到万寿圣节赏银千元。

初十日(2月17日)　入直，谢恩，奉谕免。访涛邸，未遇。午后，醇邸传见，涛亦在座，详问李、郑条陈事。归家稍息，上街。弢老来，不值。

十一日(2月18日)　晨，访弢老长谈。午后访世相，涛所嘱也。少谈，遂往游厂，借翰文斋《元诗选》初二三癸集，遇劭襄，同饭于杏花春。归，看《元诗》，少补连日尘劳之苦。夜嗽且腹痛，睡后数醒。

十二日(2月19日)　入直，承旨，署名。云汀来久谈。有病未出门，自处一方，服之。夜，看《元诗》解闷。

十三日(2月20日)　入直。巳正，上升殿受贺，礼毕，带庄士敦、黄开文等觐见。午前小睡，饭后携均儿游厂，赴劭襄之约，见《巢经巢集》，未买成。风大天寒，在怡墨堂久坐，饭于杏花春。夜，病似减，仍服药。

十四日(2月21日) 辰初，同劭襄至前门车站赴津，遇六桥。午初到，访宝臣，不见已十年，同饭。饭后，往吊静公。申正至车站，附车归。戌初到家，甚疲。夜，与弢老电谈。就枕后频嗽，气壅难支。

十五日(2月22日) 晏起。近午访弢老，少坐即归。饭后上街。晚，诣先祠，供元宵。夜大嗽，服药。

十六日(2月23日) 伤风愈重，唾涕交颐。午后，醇邸传见，又至世相宅商议派员赴奉查办事件。复到毓八先生处上祭，渠有母丧也。归家，写字数纸。晚，头痛病又反复，日间当为风袭。

十七日(2月24日) 病未减，彝初来。午后，捷南来。客去，访艾老求诊。又访世，商量公事。嗽少止，头痛气壅口渴，内热仍未解。夜，看道园诗。

十八日(2月25日) 病小退，遣顺儿送五百元还楙堂。电艾老，问是否改方，答以照服。检《乾隆府厅州县志》，考元上都，乃在今多伦诺尔，亦即明之开平旧卫。天阴或有雪意，甚望。晚，喉似闭塞，气结不舒，反以不嗽为苦。夜，咽燥口干，四更后始得畅嗽，然亦不能安卧矣。

十九日(2月26日) 入直，承旨，署名。散直遇风，归家大嗽，请张午樵来诊，并与均儿、均媳一看，两人亦有头眩之病也。傍晚风息，叙斋来谈，见新得八角端石砚，以为可爱。夜嗽颇轻减，胸膈亦觉爽利。淑妹携甥女来，住家。

二十日(2月27日) 弢老来久谈。茹古斋澄泥砚取到，叙斋所欲收者也，索价四十。健之来书，即复。病渐退，惟头尚眩晕，涤砚欲作字，以懒中止。午后，逊敏、绍襄、楙堂相继至，均久谈，客去疲甚。夜，独坐寡欢，看赵瓯北《廿二史札记》解闷。

廿一日(2月28日) 入直，养心殿各处撤灯，带匠。归家小憩。饭后，访艾老求诊脉，谓馀热未净，仍须服药，开一方。至恩星五家送库，遇熟人甚多。归家，觉中空，稍进食物，略知味。天微阴峭寒，或有雪意。灯下孤坐，调息习静。侄女归宁。夜，接健之来书，使人不怡。二更后大风起。

廿二日(3月1日)　大风微阴，为地孙写扇，不惬意。立民赠半夏曲一匣，嗽渐愈，内热亦解，惟痰尚盛。午后睡。傍晚，李思本来谢，其父传元年七十，新蒙恩赏福寿字，曾为奏请也。夜仍服药。

廿三日(3月2日)　病退，停药。至逊敏处贺其得子之喜，久谈。近午天晴，气候和暖。饭后上街，微风拂面，颇爽，盖已八日未行动矣。晚，与瑞臣电谈，几起冲突。又与殷五电谈。夜，试戴月轩制长紫颖。又检道园诗读之，最喜其七言古体。

廿四日(3月3日)　英司官绅来回事。接健之信，初六可以到京，即不复矣。静坐无事，检日记。午后上街。夜，看妇子打牌，侄女归，已住四日。

廿五日(3月4日)　晏起，彝初来，谈不合。午后拜客，并访弢老。夜剃头，天气燥热。

廿六日(3月5日)　入直，承旨，署名后，随醇王、庆王、洵贝勒、润贝勒、伦贝子、泽公、世太保、陈太保、朱师傅诣太极殿，预备传见。午后上街，并至林宅行吊。晚，赴觐侯约，晤贻书，言明日回闽。淑妹归，住八日。

廿七日(3月6日)　风，晏起。叔良来言，高阳生理以直皖之哄大受损失，折阅及半，我固不了，润之当益困。立孙咳嗽，服药。午后，黼臣、圣与来。客去，往候越千。夜，闷坐无聊，益用悒悒，并看书之兴亦减。此际思之，若有二三良友翦烛寒窗，作长夜之谈，尚可发抒此中郁积，惜乎无其人也。

廿八日(3月7日)　晴暖，微风。晨，弢老来谈。立孙随其母至其外家拜年。午后上街，在宝书堂得《郑子尹诗集》四册。弢老谓近年诗派实自此开，不可不一看也。捷南、子昆、旭谷来回事，未遇。夜啜苦茗，看郑子尹诗，臭味差与相近。

廿九日(3月8日)　阴。入直，归家即睡。午后，赞西来。客去，访逊敏久谈。晚至樾堂处送库。散后，同绍襄饭于嘉禾春。饭毕，欲访弢老，电问已出门，遂归。夜看郑子尹诗，子尹善学东野，非学苏黄者，翁序之言不确。

三十日（3月9日） 晏起，捷南、旭谷来回事，见之，久谈。天气又暖，无事静坐，看立孙嬉戏，天机活泼，至乐也。午后欲上街，懒甚遂睡，日落始醒。检《通鉴辑览》注，所考和林亦未确指其地。士可谓即今额尔德泥招，其地断瓦残砖尚往往有和林字，沈子敦《落帆楼集》与其说正同，景鸣九亦有和林考，所指地大致相符。士可好古勤学，又亲履其地，所言当不诬也。夜独坐，闻法华寺钟声，为之凄黯，亦不解其故。

二月

初一日（3月10日） 壬申。晨，世相来谈，交到重华宫赏银三百元。近午风起，上街。傍晚，六桥来，以三百元并仇十洲扇还渠去岁所借六百。客去，抄书至夜，笔不称手，殊苦。天益暖，室中可以撤火矣。六桥将有沈阳之行，月半始归。

初二日（3月11日） 大风，入直。云汀来，少谈即去。过午天渐寒，懒于出门，却又无事，亦未看书。接健之两次寄书。傍晚有病意，似又受凉。夜，看《一统志》直隶各府，约捷南明日来见。二更以后，风仍未止。李思本之父橘农七十，撰一联赠之，文曰："林泉清福归通隐，翰墨新恩锡上方。"塞责而已，殊不惬心。

初三日（3月12日） 仍风。晨，捷南来，接健之书。午后，赴亮生之约，座有聚卿、仲三、梦岩诸人，作手谈小胜，归已子正。

初四日（3月13日） 晨，与弢老电谈。午后，在秋岩花园中醵酒演戏，申末往，同座者有逊敏、夔龛诸人。夜归，大风严寒。

初五日（3月14日） 入直，承旨，署名。午后，醇邸传见。归家少憩，又上街。天气早寒，过午风息，渐有回暖之意，晚又增寒。夜，看《铁崖乐府》。

初六日(3月15日)　晨起,代怀民作挽张静公联曰:“十载违颜,各抱沈哀思避世;万方同概【慨】,空悲留眼觊回天。”尚得意。午后,至筹备处会议,又至瀛邸送三。晚饭于福全馆,深谈。

初七日(3月16日)　张午樵来,见之。天气回暖,昨夜失眠,精神恍惚,抄书屡误,置之。午后上街,在大佛寺买吴芝英写《楞严经》一部、天台山草子拈珠一挂,非有心佛学,偶尔兴到,聊以寄意而已。夜,抄《通鉴地名录》,自今为始,每日至少抄五篇,不可间断。近年读书及撰述写字较之三十以前大进,倘能殚心于此,或有成就,惜乎无暇耳。少日荒嬉,老而追悔,迟矣。

初八日(3月17日)　本欲入直,以不适中止。晨,健之来,所求子培、子勤书扇及联均交到,久谈。客去,抄书。傍晚,赴瀫臣之约。夜,抄书。

初九日(3月18日)　晨,九皋来,见之。客去,抄书,笔墨均不称手,败兴而止。午后上街。薄莫风起,峭寒。夜抄书,有此日课,大可解闷。

初十日(3月19日)　入直,世相未到,永和宫传见。午后,候涛邸,未遇。访世相及健之,均见之。归已莫,灯下抄书。夜,与弢老电谈,弢老明日赴津,后日为静公点主也。二更后风起,手楚暂辍抄书,今日只抄五叶,笔不合手,故觉费力。

十一日(3月20日)　入直,召见毓庆宫。在直房与涛邸及弢老久谈,内忧外侮,隐患方深,念之不寒而栗。归,与恩溥电谈。

十二日(3月21日)　入直,召见养心殿。近午,赴东海之约,赠新箸书一部,同座者涛、朗、世、朱、庄、增诸人。归家,与立孙照像,倦甚遂睡,起已将暮。夜抄书,笔锋已退,墨又凝,颇吃力。今日春分。

十三日(3月22日)　晨,拜客,归家抄书。午后上街。夜,月色皎洁,街心踏月,殊适。后院小桃已含苞矣,节候较去年差晚。

十四日(3月23日)　入直。归,抄书,第一本《地名录》毕,错落甚多。晚,赴逊敏约。夜雪,归家甚晚。

十五日(3月24日) 时雨时雪,过午渐止。饭后,至瀛邸上祭送库,遇亮生昆仲。天气清润峭寒,于人颇宜。归家,抄书十叶,上灯稍休。海弟来,为房子事殊费唇舌,盖买主理外吹求,须解释,市侩抑勒恒态耳。夜,以腕楚未抄书,挑灯看《辍耕录》六卷。

十六日(3月25日) 入直,散甚早。健之来谈,客去抄书。午后欲上街,以嗽止,看《辍耕录》。夜,仍抄书。均媳明日生辰,进永和宫贡果品四盒,费十元,已备齐。

十七日(3月26日) 雪。永和宫赏均媳生辰大缎二卷、银二十元。独坐无事,抄书。午后,冒雪访沈庵,又访立民,谈至夜始归。客尚未散尽,访立本,为避贺客也。

十八日(3月27日) 雪晴,尚未大寒,花木当无损。近午,与捷南贺喜,遇子昆,昨日归自奉天。饭后上街,夜归抄书。

十九日(3月28日) 弢老来久谈。抄书讹脱甚多,大为懊恼。午后睡。傍晚,至厂买笺纸、对联。夜,检所抄《地名录》,竟脱数段,须重写。弢老以赠劳玉初绝句三首见示,致佳。

二十日(3月29日) 入直。午后,赴弢老游玉渊潭之约。至,健之已到,盘桓于松泉之间,清谭半日,郁积顿解。夜,洗足。

廿一日(3月30日) 入直,召见毓庆宫,在直房与弢老、艾老深谈。下直,访西畴,借《白山诗介》,又访世相。午后上街。夜,看《诗介》粗毕。乡贤总集传世者甚少,此选通体雅洁,足征里鄗【党】人文之盛,不让古昔。惜断自乾隆而止,方之《感旧》《箧衍》二集,可称鼎足,当谋重刻,以永其传。

廿二日(3月31日) 晨,彝初来,少谈即去。赴寿臣约,散,访逊敏,归已申初。聚珍堂送到《敬业堂集》,乃方氏所藏。天阴有雨意。晚,奉到手敕,即访弢、博二太保一商,归已夜深,饥疲交困矣。

廿三日(4月1日) 入直,召见毓庆宫,反复陈奏约四刻,幸蒙嘉许,手敕亦面缴。永和宫又传见。退直已及午,访世相。傍晚,赴梅生射覆之局。

廿四日(4月2日)　入直,世相未到。退直小休。午后绍襄来,同游雍和宫。晚,与逊敏拜寿,遂留饭。归,补日记。

廿五日(4月3日)　弢老来久谈。午后,携均儿谒先茔。归时天阴风起,到家极倦遂睡。上灯始起,与均媳看地图。夜,看《初白诗集》。

廿六日(4月4日)　晨,访世相。午后上街,并赴绍襄福全馆之约。归,看《古欢堂集》。

廿七日(4月5日)　入直。伯石、海弟、子宽来,均见之。午后上街。晚饭于东升楼。夜,看《古欢堂集》。

廿八日(4月6日)　风霾,日色黯黮,黄沙蔽天。作字与弢老,条陈内事因应之法。借㩉臣《白山诗介》,还之。静坐,看《初白诗集》。国朝作家余所喜者,初白及愚山耳。近午海弟来,见之。天气渐寒,傍晚风微息,访逊敏谈,遂同饭于庆云楼。夜,看《初白集》,后院杏花将开。

廿九日(4月7日)　入直,召见世相,在直房又与世、陈二保少谈。近午访六桥,又至绍襄家贺喜,留饭。之后至子鸣、润甫两处,一贺喜、一拜寿也。归家小休,又上街。夜,与逊敏电谈。看《初白集》。晨间甚冷,井栏又见冰,杏花尚未受伤。冷陉即居庸关古北口,一名留斡岭,见全史,二事均见初白诗注。

三月

初一日(4月8日)　辛丑。晴暖,梨花、海棠已将解苞。旬日以来,事冗心浮,既未抄书,亦未伏案,只取初白、山姜二家诗涉猎而已。午后至筹备处会议,洵贝勒未到。晚,赴逊敏之约,夜分始归,疲甚。

初二日(4月9日)　入直,世相到,健之来。午后上街,并赴印孙福全馆之约。饭后同访立民,谈未数语,南方有火警,问之,言在大栅栏,遂归。夜燥渴思冰,饮水逾量,夜半数起。

初三日(4月10日)　微雨旋霁,散步后院,杏已盛开,梨花亦有数枝吐萼者。午后防睡，遂上街。夜，无所事事，闷甚。检阅去年日记，一年之中忧愁之日三之二，欢娱之日十之一，年齿日增，身体日惫，回忆三十以前，真有天壤之分，不禁慨叹。

初四日(4月11日) 入直。归家少休，至后院看移花，手自浇灌。午后上街，傍晚归。竹南来，未见，言已迁居四条路南。得闽僧学真寄书。

初五日(4月12日) 晨，携均儿谒竹杆井先茔，内子携均媳亦谒八里庄先茔。行礼毕，均至钓鱼台休息，盘桓半日，遇弢老，归已暮。与健之电谈，闻弢老述内事，隐忧方大。

初六日(4月13日) 风霾。晨，与庆邸拜寿，又访逊敏。天气燥热，院中如四五月时气候，室中稍清凉。抄书屡讹，笔墨亦不称手，心浮气躁，不耐伏案之过也，置之。过午风霾益甚，四围天色如血，尘沙蔽空而下。酉初，室中已非烛不见物矣。入夜，风声尤怒，院中漆黑，视隔墙之灯如豆，斯亦灾异也。子初，有大声发于庭隅，老榆竟为风吹折一巨枝，西厢屋瓦碎丈许。

初七日(4月14日) 长春宫传见，进内。闻庄和皇贵妃病重，上传世相带西医狄博尔，尚未至。长春宫又传见，已闻庄和皇贵妃薨逝。邸亦到，议定礼节，奉旨派耆龄照料。申末始下直，疲甚，休息数刻，与泽、润、伦电谈。大风，午初即息。储秀宫之病系春温，前几日未令近侍传述，上亦昨日始知也。

初八日(4月15日) 入直。庄和皇贵妃大殓，邸、相均到。午祭后，退食。六桥来言，张作霖又将入都。申刻进内，酉末退出，几筵前唪经、施食并焚化轿马也。傍晚微雨，天气又凉。夜头痛，似有感冒，事冗心懊身疲，大有不支之势，孤坐静息。

初九日(4月16日) 入直。至慈宁宫照料早祭，邸、相均上门，承旨后，又至慈宁宫午祭。归家稍睡，访逊敏一谈。邸为园寝石工事，令往商度。夜烦躁不安，若有无限事凑集于中者，未解何故。张作霖今日已到津，曹、靳均往会。

初十日(4 月 17 日)　入直。主位在太极殿传见，又至几筵前午祭。归家稍息，饭后上街。与润、健电谈。夜闷坐，懒于开帙，此心荒矣。闻立孙啼声，颇焦躁。

十一日(4 月 18 日)　入直。至几筵早祭，退直遇绍襄、亮生、楙堂，归家即睡。午后，健之、赞西来，见之。晚上街，天气较昨又暖，梨花已谢，鸾枝开，频婆果亦渐解苞，丁香吐萼及半。夜阅晚报，甘肃固原州一带地震，六盘山崩，前日事也。

十二日(4 月 19 日)　入直，早祭。归家稍息，得电，召见毓庆宫，即进内，世相亦至，退出已午正。饭后访珏生，以黄莘田桃花双燕砚见示，绝佳，余断为宋制。又访叙斋，同游镜古堂，买《正续行水金鉴》一部，三十年前石师令看者也。饭于福全馆，以倦先归。

十三日(4 月 20 日)　入直，几筵前早祭，醇邸奠。承旨后，召见毓庆宫，退直甚晚。与六桥、健之电谈。傍晚上街。得电，□□明日请安，给假未满百日，释服而出，母死之谓何？毋乃不可？是可忍，孰不可忍，热中之为害大矣哉！夜，检阅《行水金鉴》，立孙小不适，闻啼声，殊念。

十四日(4 月 21 日)　入直，早祭后，与越千少谈。午后又觉伤风，制一方服之。晚，赴叙斋约，尝河豚，味不佳，浪得名耳。夜先走。今早地震，约在辰初。

十五日(4 月 22 日)　入直，早祭，见新燕，看《行水金鉴》。午后，铁庵来久谈。晚上街，同饭于大陆饭店。夜，踏月而归。

十六日(4 月 23 日)　入直，早祭，挑选女子，世带排，绍放排。退直，逊敏、越千、印孙来，见之。午后风起，偃卧遂睡，醒后燥热。傍晚，多司官来回事，金棺奉移杠价已定一万三千五百元。夜睡，腰痛如折，非受凉，老境渐至耳。

十七日(4 月 24 日)　入直，早祭。承旨，庄和皇贵妃赠谥恭肃。又奉旨，珍妃追封皇贵妃，赠谥恪顺，退直已交未初矣。饭后上街，一散郁结。晚看栽花，远空湿云渐起，或有雨意。夜，看《行水金鉴》，遮眼而已，心未能入也。内事日益丛脞，邸既轻听，又复□□，隐患方长，思之心痗，遇事进言，反为迎合者作阶级，于事无补，更生枝节，以后当以囊括为戒。

十八日(4月25日) 微雨。入直，早祭。饭后，至世宅议奉移各事，并草奏稿。又访弢老、劭襄，均久谈。晚，同劭襄饭于斌升楼，近日不耐静坐，此聚虽无聊，然看彼喧呶，郁结竟为少解。

十九日(4月26日) 入直，早祭后，会同涛邸访恩溥。午后邸传见。归家少休，赴逊敏约，深谈至夜。

二十日(4月27日) 入直，早祭。归家甚早，均儿今日二十生辰，永和宫赏衣料四件、银四十元。午后上街，至夜方归，女客尚未尽散也。

廿一日(4月28日) 入直，早祭后，承旨，又随醇邸至几筵前行初祭礼。天气燥热，归家，与逊敏、旭谷、健之电谈，疲甚休息半日。今日世相未入直，闻捷南言似真有病。夜，静坐颇适，动极而静，心气少苏。

廿二日(4月29日) 入直，早祭。访珏生，借得千元，二分利半年期，接济日用，可至端阳矣。归家即睡，近数月精神疲倦，每起早必须休息，否则不枝，前所未见也。后院牡丹已将作花，新种者无之，放叶甚茂，明春当可看矣。饭后又倦，遂至赐砚斋检书，得《黑龙江外纪》，阅之终卷。傍晚云起，雷声殷殷，骤雨旋霁，上街。重华宫赏内子果品、点心四盒。夜，看前九年日记，不胜今昔之感。旭谷来，见之。

廿三日(4月30日) 入直，早祭，同越千谒邸。午后拜客，遇竹南于途，立谈数语。赴雪斋约，夜分始散。终日阴云四合，晨雨午止，夜有雷声。

廿四日(5月1日) 休息，未入直。约弢老来谈，闻伊仲平在直房与弢老忿争，声震殿陛，殊失礼。内事日棘，大有不可收拾之势，气象与昔迥殊，奈何。午后上街，并访立民。晚，赴亮生之约。

廿五日(5月2日)　入直,早祭。午后至邸回事。晚上街,并赴君立看牡丹之约,有深红及黄色、紫色者,均绝佳,散已夜。腰脊酸痛,腹亦不和,如厕稍减。

廿六日(5月3日)　入直,早祭,又带匠诣养心殿易纱窗。长春宫赏饭,面谢。后院牡丹盛开,有一株三十馀朵,雨中颜色益艳。午睡起,独坐赏之。连日腰膂痛,精神不振,积劳所致也。雨终日未止,久旱得此,人心大定。夜,独坐听雨,未看书。

廿七日(5月4日)　入直,又带匠。长春宫赏饭,下直稍憩,健之来,留饭。客去,检画,欲以惇勤亲王青绿山水赠雪斋。又至后院折牡丹一朵,供之案头。傍晚,在雪邸宴客,射覆输十四元,归已及子。

廿八日(5月5日)　入直,早祭,又带匠。重华宫赏扇及饭,面谢。午后,锡泉、端炽自东陵归,见之。客去,上街。上灯后,多桂来见。夜,检《白氏长庆集》。

廿九日(5月6日)　入直,又带匠。永和宫赏饭,面谢。饭后,至御花园看牡丹,已将残矣。奉宸苑送紫竹院牡丹十朵。午后子宽来,访逊敏、弢老,均久谈。夜倦甚,头目岑岑,若有病意。看香山《闲适诗》。今午蒙上赏春绸二匹、折扇二、香囊二、香串二、椒串二、椒佩二。曹、张、王占元到京。

三十日(5月7日)　入直,早祭后,谢赏,奉旨免。近午,随世、陈二太保诣几筵前上祭,又带庄士敦行礼。午后看雨,又至后院看花,牡丹有深红一株致佳,紫色中一株起凤头者尤可爱。夜,看《明诗》。今日心境甚适,仅遇也,精神亦颇清爽,始知前日之困顿非衰老耳,忧能伤人,良然。

四月

初一日(5月8日)　辛未朔。休息,未入直。天清气爽,颇动游兴。永和宫赏内子及均媳牡丹二盒,分养盆盎,香风满室。与印孙、赞西电谈。午后上街。润邸来电，近日出疹，明晨请假。夜，看《行水金鉴》。

初二日(5月9日) 入直，早祭，巳初上至几筵前奠，巳正大祭，午初退直。饭后至夕照寺，瑞臣之太夫人安葬念经也。遇叙斋、珏生，散后饥甚，饭于西车栈食堂。晚踏街，以鹤亭去年所留酒食费卅元代赠沈五，沈五近日疽发于背，贫病交困，故周之，作书告鹤亭。夜静坐，就枕后烦躁，几失眠。

初三日(5月10日) 入直，早祭。与醇邸电谈。近午，看立孙种痘。饭后，访雪斋久谈，各书扇一叶互赠。欲踏街，以雨至，匆匆而归。与涛邸电谈。夜，看立孙嬉。

初四日(5月11日) 入直，早祭。与赞西拜寿。午后上街，赴逊敏约，归已夜。胸间糟杂，似伤食。

初五日(5月12日) 入直，早祭。与王劭农拜寿。午后【上】街，买魏王僧、元珍墓志各一。雪斋为写《独立图》付裱。燥热，看香山诗。

初六日(5月13日) 休息，未入直，看香山近体诗一卷。午后越千来。客去，又看香山诗三卷。晚，至后院看花。夜，洗足。

初七日(5月14日) 入直，早祭后，随醇邸行初满月礼。归家，子宽、彝初、海弟、瑞臣相继至。客去，至世相宅议发款，散已薄暮。又至洵邸拜寿，久谈。访弢老，不遇。饥疲而归，与涛邸电谈。夜看报，阁员辞职，另易新人，所去者周、叶、萨三人而已，后事不知如何，月馀来纷争至此略定。

初八日(5月15日) 上赏绿豆一器，长春宫赏点心八匣。晨，与醇邸电谈。至景山前演杠，行八刻至东直门，遂先归。六桥来，客去上街，大风燥热。夜，看姚惜抱选七五言近体诗，殊不惬心。

初九日(5月16日) 入直，早祭。长春宫传见，交路程单一本，回日呈缴。重华宫赏食物八匣。子宽、蕙田来视立孙，据言痘浆清而且足，留药一粒。午后，与涛邸、劭襄电谈。傍晚少襄来，又至世相处辞行,微雨甚凉。晨,在直得晤两傅,谈及时事,颇抱隐忧。

初十日(5月17日)　雨。入直,早祭,上诣几筵前行礼改遣伦贝子。长春宫传见,下直谒邸,并访逊敏。午场[①],进内。晚祭后,带匠进包裹。冒雨归,收拾行装。既毕,天尚早,看放翁七律,曾文正公选本。永和宫赏食物八匣。夜雨不止,闻钟声清越,明日当霁。

十一日(5月18日)　雨止微阴,恭肃皇贵妃金棺奉移,随醇邸行礼。六钟起行,十钟出东直门,四钟过通州,遂先行。六钟二刻到燕郊,九钟二刻金棺至,暂安芦殿。沿途观者城内则万人空巷,郊外则连村男妇络绎不绝者七十里。天气清润,微尘不动,精神颇爽。涛邸来谈,写家书付邮。十一钟寝,护行之兵犒以百十元。

十二日(5月19日)　五钟起行,七钟至夏店早饭。说者以为即夏谦泽,以地势验之,今之燕郊近是。在店稍睡,九钟金棺过,遂行,一钟二刻到段家岭。天畅晴渐热,车箱颠顿,头痛殊苦,偃息片刻始愈。卧听窗外鸟声颇怪,起视无所见,遥看傍山草痕微绿,连沿弥望,极可爱。四钟金棺至,礼毕,访涛邸长谈。晚,涛又见过,送客出门,月色皎洁。八钟即睡。

十三日(5月20日)　四钟三刻起行,一路看山,九钟到蓟州,十二钟至豪门。金棺六钟到,安位上祭时风雨总至,涛邸在路,以压杠及奠酒无人见告,申饬该管各员,又犒赏护行兵官百三十元。九钟睡。

十四日(5月21日)　四钟行,八钟到石门,发家书。仲鲁来迎,留同饭畅谈,多年不见,亦奇缘也。金棺至,遂行,同涛谒陵。两钟金棺至园寝,安位上祭毕,查看拆卸砖圈,又同涛邸、钊公诣惠陵瞻仰。至行馆,见客二次。少憩,答拜钊公,过塔山涛邸行馆访之,钊公亦在,畅谈甚久。及归,又见客一次,在途与涛相处尚惬洽,今日差毕,如释重负。夜,了理回京覆命折子及分遣随员各事,睡甚晚。

---

① 原文如此。

十五日(5月22日)　三钟二刻起，四钟诣定陵及普祥峪、菩陀峪两陵，查看事毕，还辕。十钟至豪门早饭，五钟二刻到邦均住宿，疲甚。远望盘山，苍翠千重，不觉忘倦，昔年过此，即思登陟，均以事阻，回首已将三十年矣。尘颜如旧，夙愿难酬，未免为山灵所笑。在路闻莺语，清圆可听。

十六日(5月23日)　晴燥热，道中始见尘土。四钟行，九钟至夏店早饭，在行馆小睡，闻从者言，逊敏明午至此。十一钟复行，三钟至通州渡河，憩于茶肆，遣车先行，坐候火车。五钟附车行，过双桥，遇豫王及其母，因匿票事纷争者久之，可耻。六钟到前门，归家尚未日落。海四来候，十钟睡。两次奉旨派照料，四十日蒇事，尚无贻误。

十七日(5月24日)　晨，彝初、越千来，作书复仲鲁。休息一日，精神已复，与立孙戏，老怀为慰。

十八日(5月25日)　弢老来久谈。近午，访世相。午后，健之来。饭后谒邸，又吊沈子丰之丧。归家稍息，上街，以风凉衣薄早归。

十九日(5月26日)　入直，请安，覆命。永和宫、长春宫均见，退直已近午。三宫均赏食物，并派内监来看，余亦进呈土产六种。佛见喜梨、平梨、蓟州饽饽、松子、挂面、茶汤面。午睡，健之来少谈。捷南来久谈。客去游庙，买白兰二盆，遇熟人甚多。

廿日(5月27日)　晨，访弢老。午后，往候赞西，新自上海归。又至唐宅送库，楫川先生之丧也。遇怀民、润之，天气骤热，换纱窗。

廿一日(5月28日)　晨，答拜越千，并候鹤孙病，情形颇重，恐将不起。午后上街。傍晚劭襄来电，已自东陵归，约明日往候。接鹤亭书，即复。天阴有雨意。均媳进内，传令廿五日退出。

廿二日(5月29日)　海弟来，以十元与之。午后访逊敏，遇德轩久谈。傍晚，赴劭襄约，中途被雨，同座有弢、艾二傅，获观内藏郎世宁画《百骏图》，神品也。又看劭襄所藏翁、潘各家尺牍。

廿三日(5月30日)　入直。归，少睡。子宽来，客退，欲上街，叔斋忽来，约在福全馆早饭。饭后久谈，归已上灯。接仲鲁书，并《遵化州志》《东陵图》，即作复谢之。在带经堂买《承德府志》《音均阐微》。

廿四日(5月31日)　晨，与逊敏电谈，为五楼写扇，笔不合手，气尚王。白兰作花，甚香。午后欲上街，以雨来遂止。及易衣，云过日出矣。连日殊闷，既不行动，即昏昏思睡。得报，世相请假十日，是否真病，抑托故，不可知。

廿五日(6月1日)　入直。散后，候世相，未见。归家稍睡。一钟，至醇邸会议大婚事，到者庆、泽、润、洵、涛、伦、陈、朱、绍共十人，议定所举者贡王之女、良说之女、端恭之女、文绚之女，廿八日进呈名单、相片。又至世相家，告以此事。晚，在福全馆请庄士敦。夜访逊敏。世相病不重，神情颇从容，请假当有所避。均媳申刻退出。

廿六日(6月2日)　晨访艾老。近午捷南来。饭后上街，连日心绪不净，未能看书。三宫赏均媳食物。

廿七日(6月3日)　雨，同越千谒邸。长春宫赏内子衣料二件、均媳食物四盒，节例也。午后倦甚欲睡，缓步回廊，看雨一时许，既无事又不愿看书，殊闷。明日内子及儿辈进节贡已齐，费卅八元，交杨顺。

廿八日(6月4日)　冒雨入直，在太极殿呈进名单、像片，三宫意见参差，欲取决于上，永和又坚持不可，商之许久，遂留中。退直，与叔斋同车，至其家饭焉。又访艾老、逊敏，归已傍晚。作致弢老书，逊敏亦以书致弢，送稿来看。夜接弢电，明日见枉，此事商议已非一日，以为从今可以定矣，孰知不然，且更生枝节，令人腹烦。

廿九日(6月5日)　弢老下直来谈。午后，同越千谒邸。散后访逊敏，又同车游厂。晚饭于杏花春，同座者劭襄、亮生、小山，小山以扇索书，归已夜。

五月

初一日(6月6日)　庚子朔。入直，长春宫传见。归家即睡，午后又睡，意兴不佳，故委顿耳。傍晚，弢老约会谈，至则巩伯、健之已在，方据案看画，乃内藏唐宋元人画册，前有纯庙圣容，此册烟客所藏，香光题跋，殆满后归安麓村，不知何年入内府。又宋徽宗临各家画卷一、山水花鸟十馀段，均有题跋，绝妙册卷，皆外间所不能见者，眼福非浅。

初二日(6月7日)　阴。重华宫昨赏内子扇二、食物四盒，赏均媳食物二盒。晨，拜客一家即归。检日记，不看书已两月馀，固由事冗，亦精神不振，遂致终日昏昏，闲即思睡。从今始，每日无论如何，须看书一二册，庶几心有所系，不致久而生病。午后上街。夜雨。

初三日(6月8日)　雨霁。晨，访静渊。午后殷五来，同饭久谈，借去《曾文正公日记》四十册。傍晚，赴逊敏之招。

初四日(6月9日)　入直，彝初、寿臣来。午后上街，云起雷作即归。检旧藏《春明梦馀录》赠逊敏。奉到上颁节赏千元。夜，看《承德府志》。

初五日(6月10日)　入直并谢恩。归，诣先祠行礼。上赏粽子一器，永和宫赏内子扇四柄。了理节事毕，尚馀二千百五十元，约可敷数月用度。午后上街。夜，同妇子手谈。

初六日(6月11日)　同越千谒邸，又与寿臣贺喜。归，看《承德府志》。傍晚上街，天气燥热。夜，读《易》。

初七日(6月12日)　瀫臣来，同车至弢老家看画，遇后斋、沈庵、继先。散后，访六桥，不晤。继先送到百骏图照本，天气较昨又燥，甚望雨矣。夜，看《承德府志》，考建置沿革，参看胡图。奇渴，饮茶溢量，就枕失眠。

初八日(6月13日)　六桥来，同饭于福全馆，本欲一游花肆，雷雨忽至即归，少顷霁。傍晚上街，买茉莉四盆、玉簪四丛，在聚珍堂买《大清通礼》，赴健之招。

初九日(6月14日)　入直，与贡邸拜寿。归家休息，左臂牵痛，上及颈，每就枕，转侧愈难。闻贡邸言，其牧地为辽之松州，考之信然。午后上街，天虽热，尚有风。

初十日(6月15日)　入直。赞西来。晚，访弢老、六桥。夜郁热，赞西以佳扇嘱均儿书。

十一日(6月16日)　写扇，赞西去年托写者。静坐无事，颇动看书之兴，取贺选《经世文编》阅之。午后浴。晚，看贺编至夜。

十二日(6月17日)　晨，候世相，病已愈，仍欲续假。阅贺编《河防门》。晚，约梯堂于福全馆，先上街。至，殷五已到，代买《李莼客日记》八帙，与价三十元，还梯堂代付借款利百四十四元。席散尚早，看《李日记》，误饮新茶，又失眠，日出始睡去。

十三日(6月18日)　欲入直，车已驾矣，自量不支遂止，终日疲倦，卧看《莼客日记》。夜，早睡。

十四日(6月19日)　入直，永和宫传见邸及越千，为大婚事也。健之来，同访弢老。晚，赴劭香看花之招。夜，与亮生同车归。

十五日(6月20日)　看《李日记》。午后，润之来，此君久不见枉，谈次仍以正语劝之。傍晚访越千，同赴艾老之约。继先送到所印《林和靖诗札》、李公麟《五马图》。

十六日(6月21日)　闻新蝉。看《李日记》。近午鹤亭来，留饭，谈次满汉之见甚深，几与冲突。客去，上街。晚，赴逊敏之招，射覆。

十七日(6月22日)　入直。至赞西家拜寿。午后上街。晚，仍至赞西家赴宴，云起欲雨。夜得电，鹤孙谢世，即遣女仆往看侄女。

十八日(6月23日)　雨。入直，邸及越千请见三宫，邸又在南书房见弢老，近午始退直。弢老来电，言午后往见邸。亮生电问今晨之事，盖群以邸忽见弢为疑也。内事枝节日多，嫌隙亦日积，皆邸不善调停所致，思之心痗。往吊鹤孙之丧，又赴梯堂约。

十九日(6月24日)　晴。看《莼客日记》。近午，赴六桥明湖春之招，座有颖公、鹤亭。饭毕，叙斋约至福全馆，辞之。席散，上街。夜，闻立孙频啼，问之为蚊所嘬也，内子欲为制帐。得报，长春宫明日传洵邸，不知何事。

二十日(6月25日) 晨，上街，又吊沈五之丧。午后吕世兄来。客去，至鹤孙家送三。又同越千在会贤堂公请弢、艾诸公，天旱水涸，荷已半枯。

廿一日(6月26日) 入直，又同越千谒邸。傍午健之来，留饭。客去，阅《莼客日记》。晚上街，佟乐山送到《百骏图》，价廿四元交佟。夜，与沈庵电谈，以叙斋老人五十生日，同人醵资为寿，令出十二元见告，允之。二更南方云起，盼雨殊殷。以内印名贤像一册赠黻臣。

廿二日(6月27日) 北风凄厉，大似深秋，受寒不适。午后，勉强赴弢老玉渊潭之约，又与六桥拜寿。晚，继先来。夜，看《越缦日记》，服药。

廿三日(6月28日) 小病，午后频咳痰盛，格格不吐，看《李日记》消遣。傍晚，赴赞西约。夜雨。

廿四日(6月29日) 庄静渊来，以东海书联托装裱。午后，至筹备处会议，王公及两傅均到。散后访逊敏，咳未愈，叙斋约不赴，惮晚散也。

廿五日(6月30日) 入直，病渐退。午后六桥来。客去上街，薄暮归。《莼客日记》已阅过半。

廿六日(7月1日) 破晓，枕上闻鸟语清圆，倾听久之，不觉睡去，起已近午，咳减而痰仍壅滞，鼻酸时有涕出。天既炎热，蝉又聒耳，殊不耐，阅《李日记》消遣。晚，赴寿臣约，勉强终席。闻健之言，诒书到京，渠明日行。

廿七日(7月2日) 取弢老题《独立图》来，往送健之，即以此图求其代索海沧、雪桥、子培题句。近午，携均儿至鹤孙柩前，陪珏生题主。天气益热，归家休息，仍觉不适，伤风虽愈，痰饮又作矣。昼长无事，颇思看书，拟取《旧唐书》校之。夜，看《李日记》。

廿八日(7月3日) 晨起欲入直，以雨止，过午已晴。晚，上街。

廿九日(7月4日) 入直，长春宫传见。下直，拜客。傍晚，至伦府与叙斋老人拜寿。夜看戏，散已曙。

六月

初一日(7月5日)　己巳朔。晏起，终日闷闷，欲上街，又以懒止，看《李日记》。傍晚有风，院中乘凉。

初二日(7月6日)　入直，世相请安。下直，至梁宅行吊。午后，至鹤孙处送库，与均儿同车归。易衣上街，遇雨。夜，《越[1]缦日记》，雨后凉爽，灯火可亲，奇渴，连饮三瓯。

初三日(7月7日)　入直。午后独坐无聊，看《李日记》。傍晚，至后院散步，不好诣人，又无客来，终日闷闷。

初四日(7月8日)　晨，与子勱拜寿。午后大雨，雨过独游厂肆，在宝华堂买《曾文正公奏议》，翰文斋买《千金要方》，清秘阁买扇，贺莲青买笔。傍晚，逊敏诸人来会，同赴亮生撷英之招。午间受风不适，就枕频咳，中夜屡醒。

初五日(7月9日)　入直。昨睡不宁，晨起疲倦，勉强进内，归即睡。午后，黻臣来久谈。客去，上街。《越缦日记》五十一册粗阅一过，当再细看。日来悒悒，既无可语之人，又少移情之具，终朝寡欢，翻书排遣，未免多卧，精神益觉委顿。昨被风袭，咳嗽时作，痰涎尤盛，衰征也。夜，右鼻流血如注，连日头眩，或以此见萤火。

初六日(7月10日)　晨起，头眩不爽，嗽少减。写扇一叶，不惬心，看《曾奏议》。夜睡不宁，数起数卧，竟至日出。

初七日(7月11日)　晏起，仍倦。午前，至全浙馆贺仲鲁嫁女之喜，遇润之。访殷五与耕梅，畅谈竟日。归已日落，偃卧时许始饭。殷五赠紫毫笔二支，试之绝佳。

初八日(7月12日)　晏起，连日委顿，精神不振，看《曾奏议》消遣。罗颖公邀明日看艳秋戏，辞之。艾老赠王益吾辑《诗三家义集

[1] 原文“越”前似有缺字。

疏》。午后头闷，天益亢旱，浴罢乘凉，就枕不宁帖，幸三更后渐睡去。

初九日(7 月 13 日)　入直。文肆【肆文】堂送来《唐两京城坊考》，连筠簃本，精雅可爱。傍晚上街，腹痛有利意，如厕两次，晚饭后差强。夜，看《城坊考》。

初十日(7 月 14 日)　乘早凉上街，又至庙肆一游，归已大热。昨接健之书，复之。长夏多暇，看书为宜，心未能净，故多不入，奈何。逊敏邀同游厂，晚饮于杏花春，与逊敏同车归，腹仍痛，利意未已。

十一日(7 月 15 日)　入直，世相又请病假，何也？与增寿贺喜。午后闷极，欲上街，候饭不至遂罢，此中不无郁郁。

十二日(7 月 16 日)　阴。重华宫赏西瓜，以今日初伏也。天气郁蒸，晨上街，午后检日记，傍晚赴瀫臣百花洲约，亮生又约杏花春夜宴，谢之。

十三日(7 月 17 日)　阴，午后阵雨，颇凉爽，在亮生花园公宴逊敏诸公，射覆小胜。

十四日(7 月 18 日)　晨雨晚晴。终日补书日记，以内印《名臣像》一册赠亮生，与殷五电谈。昨见□□射覆鄙俚之相，滋不悦。我辈为此，本出无聊，胜负何能细较，所谓胜固欣然，败亦可喜也，胸襟既异，丑态百出矣，可叹！薄暮上街散步。夜，翻阅《连筠簃丛书》，月色皎洁，徘徊于中庭者时许。

十五日(7 月 19 日)　晴，入直。海弟来，与以四元。买翰文斋《日知录集释》，前劝铁庵看此书，余亦发兴再读也。午后，腹痛有利意，屡如厕，遂不上街，卧看《日知录》三卷。抵暮，在院与立孙戏，颇足怡情。刘监送西瓜十个。夜，风起甚凉。自去冬至今，无五日不病者，老之将至，何其惫也。

十六日(7 月 20 日)　晨，买《云间志》二册，阅《曾奏议》，兼考胡图，安徽黟县北之羊栈岭，官军与发逆剧战力争之地，胡图失载，《一统志》分图有之(新修《会典》分图亦载羊栈岭在黟县北界)。午后上街。夜，看《日知录》，亭林谓“薄伐猃狁，至于大原”，非今太原阳曲县。古之言大原者多矣,若此诗,则必先求泾阳所在,而后大原可得而明也。《汉书·地理志》:“安定郡有泾阳县,开头山在西。《禹贡》泾水所出。”《后汉书·灵帝纪》:“段颎破先零羌于泾阳。”注:“泾阳县属安定,在原州。”《郡县志》:“原州平凉县,本汉泾阳县地,今县西四十里泾阳故城是也。”然则大原当即今之平凉,而后魏立为原州,亦是取古大原之名尔。计周人之御玁狁,必在泾原之间,若晋阳之大原,在大河之东,距周京千五百里,岂有寇从西来,兵乃东出者乎?故曰:“天子命我,城彼朔方。”而《国语》“宣王料民于大原”,亦以其地近边而为御戎之备,必不料之于晋国也。若《书·禹贡》“既修大原,至于岳阳”。《春秋》“晋荀吴帅师败狄于大原”,及子产对叔向“宣汾洮,障大泽,以处大原”,则是今之晋阳,而岂可以晋之大原为周之大原乎?司马相如《上林赋》“布濩闳泽,延蔓太原”,阮籍《东平赋》“长风振厉,萧条太原”。高平曰原,盖古人之通称也。其辨甚确,当从之。林幼梅约,不赴。

十七日(7月21日)　入直。近午睡起,检点案头堆积书籍,又将欲读者、参考者分别部居,各从其类,营度整比,秩然有序,静坐四顾,不觉色喜,此亦余之乐圃也。萧寂之趣,独契而已,未可以语人。看《日知录》。饭后,与涛邸电谈,访六桥、弢老。归未及暮,食藕。夜,看《顾录》。

十八日(7月22日)　入直,长春宫传见。看《曾文正公奏议》,兼考胡图。傍晚上街,匆匆而归。

十九日(7月23日)　枕上闻雨声,甚喜。及起已止,老槐花落,庭砌皆满,湿云四合,雨意未已,午后雨大至。看《顾录》至卷九,此书大抵皆经世之务,明体达用,通儒之学也。王氏《困学纪闻》、钱氏《养新录》未足与比,曾劝铁庵肄习及之,恐未必心知其意也。傍晚雨止,后院竹中新笋甚多,抽梢已过墙矣。夜又雨。

二十日(7月24日)　捷南来,见之。五楼来久谈。客去,看《曾奏议》。午后倦甚,偃息时许。傍晚上街,新霁颇爽,大有秋意,明日如已畅晴,恐又热矣。灯下翻阅士礼居本《国策》,字大悦目,篇末朱书“咸丰甲寅观斋校”七字，前所未见，此书当是祁氏藏本，可喜之至。得立民书，即复。近闻黄河三处决口，江南苦雨，桂军颠覆，湘又侵鄂，天灾人祸，时事可知。晚，西北云起，或能再雨。

廿一日(7月25日) 欲入直，以雨止，遂睡，巳初起。阅《曾奏议》。已至二十卷。饭后看《顾录》。弢老约会谈，赴之，遇劭襄。傍晚，至镜古堂一坐，《唐两京城坊考》装靪已齐。是日阴晴参半，夜又有雨意，食桃甚佳。

廿二日(7月26日) 入直，一无所事，独坐直房数刻而已。近午，弢老来久谈，留饭。客去，休息。傍晚，赴叙斋约，妇子均往，夜深始归。天气甚热，扇未去手。日间看《会典》地图，较《一统志》及胡图差胜，惜字小难看。

廿三日(7月27日) 阴。装钉【订】《行水金鉴》送到，披玩一过，尚雅洁，《会典》地图拟物色一部，作为校对之本，已嘱书友留意，因所藏者是赐本，不敢时时翻阅也。昨日睡晚，近午休息。饭后，看《落帆楼集》，胸间气结如鲠，欲上街散步，又恐落雨，闷闷。携杖至后院看竹，蝉声聒耳。灯下取《史记》，辑录《正义》有关于地名者，亦犹《后汉书注地名录》之意也。夜，胸膈渐利。

廿四日(7月28日) 晴。晨，至后院散步，栀子尚有作花者，所移枣树已结实矣。五楼来久谈，送到贺莲青新制紫毫，试之不佳。午后上街。六桥来，不遇。夜，看《曾奏议》，雷起雨未至，就枕后始闻雨声，遂达旦。

廿五日(7月29日) 雨。醇邸本定今日上门，以雨遂推班。阅《曾文正公奏议》。近午，雨大至加[①]，未见日色，时雨时晴。抵暮，看《曾文正奏议》三十卷毕业。夜，检《剿平粤匪方略》参考，明日须将《方略》查齐，从头细看一过。

廿六日(7月30日) 晨起，至后院散步。接健之书，即复。天

---

① 原文如此。

阴欲雨，风来甚凉，看《方略》。傍晚，赴夔庵约。夜，射覆小负，散直雨。

廿七日(7月31日)　入直，候世相，闻前日大病也。疲倦已甚，归家即睡，逾午始起。赴瀛、泽之招，射覆又负，未散先归。贡邸赠画松一幅，颇有气势，非描头画角者所可同日语也。连日酬应，又觉生厌。夜，检日记，庄静渊托制对联，已得交去。

廿八日(8月1日)　晨起，看林和靖、苏文忠诗札冲怀，逸致与之俱深，能与古人相对，胜于酒食征逐万万矣。盆兰作花，移置窗下，为衡小山写扇一叶，不惬心。午后捷南来，见之。客去上街，向晚归。看《方略》，漏甚多，往往一事不能具首尾，采取奏疏亦不能芟冗存要，毫无断制。甚矣，史才之难也！本欲细看一过，似此可以不必枉费目力矣。余于二十许颇以诗人自负，涉猎集部不下四五百种，致荒正业，而自为诗一无进境。二十四岁后稍知读书，然已恨晚读书十年，诗境竟少进，始知人不读书，并诗亦不能作，何况他事。不料今日二三乳臭肆口言诗，一若古人堂奥一蹴可至者，岂不可笑？学然后知不足，斯亦无足怪矣。

廿九日(8月2日)　佟继先来，见之。五楼送来乾隆丙寅御制诗、茶杯，杯未留。午后阴，平居无所事事，殊闷。翻阅胡图，参看《日知录》，不觉移晷。子宽赠董四墓桃及鲜菌，甚美。夜，湿云如墨，天亦郁蒸，大有雨意。

三十日(8月3日)　欲入直，大雨遂止，复睡。辰正起，看《通鉴地理通释》，兼考胡图。午后读杜诗，未能深入，讽诵而已。夜，看《西昆酬唱集》。

七月

初一日(8月4日)　己亥朔。晨雨静坐，读香山《闲适诗》一卷，心境俱清，院中西番莲已有着花者。午后上街，铁庵来，不遇。夜，看《水经注》浊漳水编，并考胡图及杨氏图。

初二日(8月5日)　入直，弢老来直房少谈。归家，又携均儿与舍妹拜寿。接健之书。午后看《水经注》，参校杨图。傍晚，六桥来久谈。夜，作复健之书，付邮。仍看《水经注》，腰膂酸痛，似有病意。赞西赠山茧衣料甚佳，拟制夹袍。三更雨作。杨氏《水经注疏》未刻，真为缺憾，既读《删要【要删】》，益思一见，当时时留心询问，倘杀青有日，必须力致此书。永和宫赏均媳肥桃一器。

初三日(8月6日)　入直。重华客【宫】赏石窝桃二器。看沈先生子敦《漳北滱南诸水考》，前看心未能入，今日涣然冰释矣，快甚。沈公言戴东原撰有《直隶河渠书》六十四卷，当求之，必有可观也。午后欲上街，以懒中止。杂考枋头、遮害亭、瓦亭各地，始知今之濬、滑二县，在明属大名府。大名尚是旧游之地，何其疏也。印孙送桃一盒，洗砚。晚，至后院散步，葫芦结实满架，花树均极茂，雨水调匀，生意故盛。夜看胡图，考自青海及伊犁至西藏各道，参看《水道提纲》《蒙古游牧记》各书，睡已夜深。

初四日(8月7日)　晴热。晨考胡图，与《会典》总图、邹特夫图及《水道提纲》参校，胡图差详，惟间有讹误。傍晚上街，在聚珍堂得《一统分省全图》一帙，尚是康熙初年刻本，颇可喜。夜，考柞爱山所在，书所考各书语于胡图上方，灯昏字密，目为之眵。

初五日(8月8日)　雨。入直，诣坤宁宫，带乌林，积水没靴。访弢老久谈，归已及午。饭后，考胡图肯忒山及克鲁伦河流域。雨廉织不止，游山之约未克践矣。晚，赴亮生约。看《国朝名人小像》二册，席散，射覆小负。

初六日(8月9日)　入直，长春宫传见。午后，赴叙斋、枚生约。席散，上街。遣顺儿至三家店备轿，明日赴庄静渊之约，均儿愿随往。夜，右辅牙痛，寻《圣武记》不见，令元儿检寻。

初七日(8月10日)　微阴。清晨，携均儿出西直门至车栈，弢老来送，少谈。开车到三家店易轿，永定河适直盛涨，奔流如吼，缘山西北行至十八盘入山。北望群峰环抱，苍翠扑衣，升降溪涧十馀度，水声山色，每转益胜。过午至樱桃沟，沟在仰山寺下。庄君方出游未归，饥甚向园丁索食，少顷庄归，欢言许久。饭后偕游静渊，一涧自北山逶迤而来，东岸为林，林皆山果，垂实累累。再上即庄氏园，有屋八九间，凭高俯视，流泉注壑，曲曲而下。岸西数武则峭壁，树影倒垂，万绿合一，中有累石，小梁通之。梁上西岸，巨石三五聚立，而空其腹，下可坐十馀人，闻庄君曾夜宿其下。再上石益奇、泉益驶，泉石相搏，溅沫飞流，约数十折，盖不仅三叠已也。梁下数武，有潭澄然，即静渊，庄君尝浴于此。再下一石亘溪，泉自石上飞渡，瀑布丈馀。左有一亭，可坐可卧，亦胜处也。由梁西上，夹谷深处，堂三间，庄君读书之所，幽邃可喜。客来，以其屋让客，而独宿于此。与庄均选石听泉，月上始各归寝，枕上闻风雨沓至，夜尤剧，起视乃涧下泉声也。

初八日(8月11日)　晴。日未出即起，扶杖再至亭上听水，均儿在水际捉一翠蜻蜓。日出，庄君穿林而来，遂同饭。饭后，余与均乘舆由大路游滴水岩，庄自后山步行赴之。行数里入谷，山皆峭立，入既深，径仄山横，几不得路。野檀缘石隙丛生，浓翠蔽亏，高下弥望。至岩，有一峰独立左腋，孤峭玲珑，拔地千丈，不让匡庐之金轮峰也。岩下有洞，洞右即滴水处，泉清洌，汇为小池。庄已久至，同憩岩下小亭，欲入洞，以流汗沾衣，恐为寒袭遂止。啜泉趺坐东望，峰峰回合，层出不穷，惜云未解，未能尽目力之所届，排【徘】徊四顾，至不忍别。过午步行下山未半，余即乘舆。均儿拄杖，鼓勇随庄行约廿馀里，舆夫恐其力乏，促之乘不肯，竟与庄步归。平日余每虑其弱，今能如此，胜乃翁多矣，为之心喜。归后甚倦，小睡。及醒，均儿又在涧下弄泉，余亦呼僮携茶具往坐临流大石上濯足。庄来，亦择一石，卧而观书。又听庄话山居之乐，并有异日罢职终老是乡之意。傍晚，坐檐下，又话仰山寺及山之左岭下曹泉之胜，约明日往游，余以筋力已疲，辞之。夜，山云四合，月色微茫。

初九日(8月12日)　晨起，与庄共话。饭罢辞归，庄送至溪头，握手而别。经南庄桃源村，村右连峰不断，上有洞，相传昔人避兵处也。沿涧涉溪，取道十八盘，午至三家店买瓜食之并犒从者。车至即行，未正到西直门，抵家已申末，小作休息。晚，赴觐候约，与弢、艾晤谈。《圣武记》已寻得。

初十日(8月13日) 雨。补书日记，昨游以雨后往，及归而雨，缘分真不浅矣。捡【检】《日下旧闻考》，仰山有金章宗诗刻，今尚存，仰山寺即金大定中栖隐寺，惜昨日未能一往。雨窗无事，抄《地名录》二叶，又看《圣武记》。右辅牙痛已愈，右耳连额又痛，敷薄荷油亦未效。北风甚凉，易夹衣。

十一日(8月14日) 入直。又与熙鸿甫之祖母拜寿，归家少睡。近午起，抄书二叶，看《圣武记》一卷。天气晴燥又热矣，头痛微减。劭襄送桃，言是园中新摘者。午后上街。晚，赴裕如之约，散已入夜。食芡实，尝新也。

十二日(8月15日) 晨，拜客二家即归。抄书四叶，笔不合手。头仍痛，较昨又剧，偃卧息之，遂睡去，及起已向暮矣。看《圣武记》三卷，又考《西域图考》以校胡图。天气渐燥，灯下伏案，汗出头痛竟愈。得报，占栋臣化去。

十三日(8月16日) 入直。近午，至福全馆请客。席散，上街。晚浴，庄静渊来候，未晤，留照片三相赠。夜，看《圣武记》，以初稿校重订本。天气郁蒸，或又将作雨。

十四日(8月17日) 晨雨，近午晴，越千来久谈。静渊赠山桃，尝之味酸。抄书二叶。为裕如、兆丹写扇二叶，不惬心，付之。长春宫千秋颁赏二百两，赏内子五十元，均儿、均媳各二十元。傍晚，访庄静渊久坐。日落后，散步后园，桃子已半红矣。

十五日(8月18日) 入直，在长春宫谢赏，到者不多。永和宫赏立孙生日二十元。归家休息，天气较昨又热。看《圣武记》，饭后上街，踏月而归，夜深始有凉意。

十六日(8月19日) 重华宫赏食物二盒。晨，与润邸拜寿。彝初来，久坐不去。立孙因生日得赏，进永和宫花蓝【篮】一个。庄静渊送山中照相十九篇。看《水道提纲》,考雅鲁藏布江。傍晚,重华宫又赏内子果品二盒。夜,以天热未看书。

十七日(8月20日)　晨,率均儿谒八里庄先茔。午后印孙来,同至燕平处行吊,其妇病殁也。傍晚浴。夜,考喀尔喀旗察罕廋尔,魏默深谓在科布多南二百里之察罕泊,蒙语谓泊为诺尔,廋尔即诺尔音之转也。张石州谓是山名,非泊名,其地在锡尔哈河所潴之泊左近。胡图则在北四卷,西十八度北极出地四十七度,鄂尔哲衣图西北,乌里雅[苏]台东南,适当驲道。张引方观承《松漠诗草》注曰:"张家口外九十里,山名察罕拖罗,该为北首,六千里至军营粮城,山名察罕廋尔,为白尾。"电问贡邸,谓蒙语确是,然则魏说大误矣。《游牧记》引《方略》科布多城距察罕廋尔千四百里,又自鄂勒锥图至察罕廋尔,宜设十一站,亦距千里,是三地相去各有千馀里矣。考《胡图》,鄂勒锥图作鄂尔哲衣图,在西十七度北极出地四十六度,科布多在西廿八度出地四十八度,锡尔哈河所潴泊在西二十及二十一度之间出地四十五度。据图,科布多在西,鄂尔哲衣图在东,锡尔哈河所潴泊居中偏南,为适成一三角形。察罕廋尔所在,《胡图》亦失,魏说尤误,当从张说为是。魏氏《圣武记》引《方略》,亦不如张氏之详。

十八日(8月21日)　天热如昨,看书尚可逭暑。取石州《游牧记》翻阅,蒙古舆地无专书,赖此可以考见漠南北山川形势、都会厄塞,承学者必不可少之书也。寿阳拟之郦亭、赞皇,良非虚誉。考辉特旗乌兰固木所在,亦科布多屯垦要泛也,地在金山之旁。欲上街,畏热而止,此中郁郁,无可发抒。日落后,至后院散步。夜,看《圣武记》二卷。

十九日(8月22日)　入直,承旨后,随醇邸诣太极殿行礼,赏饭。归已大热,汗流浃背矣。与殷五电谭。午后抄书,天虽热,有风甚爽,傍晚竟有秋意,人其少苏。后院榆树为风吹折,此树遮蔽花木,久欲去之,今竟自倒,亦快事。夜校胡图,灯火可亲,精神一振,较晨间气候如相差半月者。

廿日(8月23日)　雨。抄书四叶，又作寄健之书。午后复抄书，弢老赠扇一叶，书近作游樱桃沟庄氏山庄诗一首，嘱代推敲，老辈虚怀，真不可及，愧无以报也。逊敏邀会谈。夜两【雨】，听逊敏弹丝。

廿一日(8月24日)　晨雨，午晴，抄书。饭后游厂，买笔三枝，又定制笔四枝，借翰文斋《千金方》还之。晚，在西栈请客，归又雨。亮生言余字学覃溪，余何敢望覃溪？区区之意，欲求落笔去含混之弊而未能耳。

廿二日(8月25日)　入直，直雨，又往吊光月波、占栋臣之丧。午后，楙堂来。客去上街，归已薄暮。同古堂寄到所刻印，拓阳文者佳，索润八元。夜抄书，隔院笙笛聒耳，听之殊可移情。

廿三日(8月26日)　得电，召见毓庆宫，即进内，奏对一时许。归已及午，天气高爽，大有秋意。得弢老书，西山灵光寺塔掘出一木函，藏有佛牙。又一圆石，文曰："大辽国公尚父令公丞相大王燕国太夫人郑氏造，咸丰【雍】七年月日工毕记。"其佛牙木匣盖底尚有字，草草录出，中途遗失，须再往钞，石文已拓得一纸云云。此塔毁于庚子兵火，只存其半，今发掘得此，亦山中一段掌故也。午后，铁庵、耕梅来久谈。客去上街，夜分始归。北风甚凉，易夹。铁庵劝余作字用紫毫，余亦知之，但紫毫佳制甚少耳，已嘱贺莲青选毫精制，且看如何。

廿四日(8月27日)　晨，访弢老久谈，遂同午饭。甫归，全裕如来。傍晚，候世、绍，均久谈，世病渐愈，绍病方剧。夜，作诗条二十五。

廿五日(8月28日)　入直，又往吊锜仲和之丧。午后上街。越千自初五日起请假五日，已得知会。连日未看书。晨，与仲穆、叔风书扇二叶，气尚整，笔则无，惭甚。夜，与健之作书。

廿六日(8月29日)　晨，与麟觐轩贺喜，醇邸太福晋拜寿。午后，劭襄来久谈。客去，抄书八篇。余每至秋时，此中觉有无限感慨，近逢初秋，已觉不快矣，今日尤甚，未解何故，故未上街，只以抄书遣之。傍晚，携杖散步后院，西番莲、海棠已作花。

廿七日(8月30日)　入直。抄书四叶。瑞臣借碧玺耳坠,即交来人。玉簪花已盛开,新种四丛,乃重台者。午后上街。夜抄书。□□卧病正剧,其子□□以三十生辰觞客演戏,去其祖母之丧,尚未及期,□□之溺爱,□□之丧心,是父是子,可谓双绝,禽兽衣冠,吾何责焉。

廿八日(8月31日)　抄书,笔已合手,墨又胶滞,奈何。看《圣武记》并题各卷,以便检寻。桂花叶茂,较去年又盛,花已蓓蕾,昨始送来六盆,花肆又送西番莲,亦好。晚,赴春园之约,作手谈大胜,归已夜深。

廿九日(9月1日)　看《圣武记》。午后上街,游庙肆。夜作诗条,艰涩迥异曩时。食枣。

八月

初一日(9月2日)　戊辰朔。入直,永和宫传见。午后,赴张□之约,室小、天热、灯暗、主人俗,地邻粪场,气息又恶,苦矣哉。若以气息论,□□已在可厌之列,此又甚焉,真与粪场无异矣。

初二日(9月3日)　重华宫千秋颁赏二百两,又赏内子五十元,均儿、均媳四十元,立孙二十元。捷南来回公事。午后,访六桥略谈,即至劭襄家请客,射覆大负,归甚晚。

初三日(9月4日)　晨,欲入直,奉传免谢赏。重华宫又赏满席一桌,亦传免谢,遂止。盆兰盛开,移置室内。贺莲青制笔送到,看似佳,容试之。午后,至锜伯勤处送库,遇亮生,同车而归。本欲上街,以天热而止。头闷汗出,扇不释手,云已起,甚望雨。夜,独坐寡欢,看《通鉴地理通释》解闷。亮生言昨日之局散已寅初,幸先遁矣。

初四日(9月5日)　入直。午后上街。夜,看《怀麓堂集》及荆公七言绝句雁湖笺注本,较任渊注山谷、后山二集远胜,肆习善本也。越千自明日请假五日。雪斋约作射覆之局,拟辞,连日为此,殊觉可厌。

初五日(9月6日)　五十一岁生辰，蒙上赏绸缎二匹、银三百两。永和宫赏桃四器，内子及均媳各二器。写扇二叶，不惬心，试学易斋笔甚佳，惜腕鬼不灵，不能发吾所蕴耳。砚有馀墨，抄书四叶，《地名录》第一册毕。午后倦极而睡，未上街。得健之书，即复。西番莲盛开，五色璀璨，烂若云锦，亦大观也。夜抄书。天贵号商人送深州桃甚佳，惜未大熟。

初六日(9月7日)　进内，诣毓庆宫行礼，蒙面赏福寿字一幅。在直房与弢、艾少谈。归家，又诣先祠行礼，来客甚多，夜分散尽，疲甚。三宫主位赏绸缎四匹、银百两。铁庵赠雪茄烟尚佳。

初七日(9月8日)　入直，长春宫传见。下直，拜客三家，天气早凉午热，写扇一叶，不惬心，抄书亦多讹误，置之。饭后上街，月上始归。夜看胡图，参校杨氏水经注图，破闷而已，毫无心得也。

初八日(9月9日)　入直，承旨后，随醇王诣重华宫行礼，赏饭。退直休息，鼻孔干燥，微嗽似伤风。午后无事，调墨盒，又在荣宝斋买墨汁试之。得劳玉初讣。抄书三叶，越千又续假十日，病未愈乎？抑别有用意耶？夜服药。

初九日(9月10日)　拜客。傍晚上街，又至隆福寺花肆。夜，看《圣武记》。

初十日(9月11日)　休息。午后，捷南、子昆诸人来，庄静渊赠山中白梨。夜，看《圣武记》。

十一日(9月12日)　入直。晨，拜客十五家。午后，叙斋来。客去，又拜客十家，疲甚。得健之寄书。连日伤风，时轻时重，盖风来则剧，汗出又愈，一日之间，三四反复。夜嗽，睡颇适。

十二日(9月13日)　检《昭代名人尺牍》二匣廿四册与均儿，翻阅一过，搜集亦多未备，其中似不无赝鼎也。午后上街。得报，上传带狄波尔进内，即易衣上门，狄随至，在养心殿召见诊脉，系过食生冷，病不重。狄留裨麻子油一瓶请服，并写一方，退出已暮间。奎劭襄忽患偏枯之病，用电候之。夜，与亮生、瀛、润电谈，送所钓鲫鱼四尾。

十三日(9月14日)　入直,圣躬大安。退直拜客,候劭襄,病渐退。午谈,访璋公少谈。傍晚,捷南、旭谷来,节事已就绪,明日发款,尚不大窘,非始念所及也。长春宫赏果桌,论勿谢,作寄健之书。

十四日(9月15日)　入直。召见养心殿,又带狄波尔请脉。承旨后,永和宫传见,下直近午。傍晚,至亮生家请客,先归。均媳头眩扑地,服药渐愈,此病颇可虑也。

十五日(9月16日)　入直,上赏银千元,月饼、西瓜、果品,奉传免谢,节事经费小有波折,今已粗毕。天气清爽,屡动游兴。午后上街。晚,风起。夜,看《史记·项羽本纪》解闷,四更闻雨声。

十六日(9月17日)　晨雨旋止。看《史记》吴、齐、鲁、燕世家。午后,至筹备处会议。散后,赴逊敏之约,射覆小负,无聊之中,欲借朋酒小作排遣而已。及归,就枕几不宁帖。

十七日(9月18日)　得醇邸电,明日上门。永和宫颁到千秋赏二百两,又赏内子五十元,均儿、均媳、立孙各二十元。孤怀郁结,无可发抒,只有睡耳。傍晚始起,在后院独坐,看僮仆浇花。夜,看《瑶石山人诗稿》。三更雨,四更以后淅沥有声,就枕不宁。昨已幸免,今日补之,固知无所逃也,一笑。

十八日(9月19日)　入直,永和宫传见,在左门与弢老少谈。午后上街,惘惘若失。傍晚归,天凉可着棉。夜,独坐寡欢,检日记,昏昏欲睡。今夕就枕,尚不知能得佳睡否。

十九日(9月20日)　晨候千,午至筹备处会议。散后访逊敏,又与亮生拜寿。夜,读荆公七律七绝,喜其有深沉之思,学者应由此等诗人入手方免庸滑。

二十日(9月21日)　越千来谈,假满请安矣。午后,竹南、袁叔来,大有老态,久谈。客去,上街。夜,作射覆诗条十六句,七律二首也,尚用心。因检《查初白集》涉猎,遂终卷。查诗固工,但起结每失滑易,近体尤多此弊,未可学也。

廿一日(9月22日)　读《义山集》，远胜《西昆酬唱》诸作矣。午后，抄荆公绝句二十一首。欲上街，以懒而止。试铁庵所赠紫毫，尚可用。考《地理志》，信都国辟阳，颜注音璧，官本音壁，审食其所封国，《一统志》"故城今冀州东南三十里"。夜，又抄荆公诗，天气渐回暖。"㑾"，师古曰"古要字"，北地郡大㑾，《一统志》"故城今宁州东南"。

廿二日(9月23日)　入直，承旨后，诣永和宫行礼，赏饭。散后，同叙斋赴珏生约。时尚早，暂归休息，客齐又去，申末散。晚，赴谅生约。夜，看杜律。

廿三日(9月24日)　抄诗解闷。午后欲上街，雷雨忽至，旋放晴。抄诗至暮，与立孙戏。夜，仍抄诗至亥初，百首抄毕，又细校一过，可以作读本矣。就枕，睡未宁帖。

廿四日(9月25日)　晏起。近午，出东直门至甘成之家行吊。傍晚，赴巩伯画会，遇熟人甚多。散后，同艾老至贡邸赴射覆之局，大胜，归已丑初。

廿五日(9月26日)　晨，至唐寿臣家贺喜，舍妹得女弥月也。又至镜古堂买《韵府》一部。归家得报，邸及福晋进内，不令内府堂官知，想为大婚事也，何必如此仓荒急遽乎？傍晚得报，永和宫革一御医范一梅，上不谓然，立时复职，因而冲突。邸往调停，邸至暮始退出，福晋留。夜，看义山诗，均媳自十八日住家，今还。

廿六日(9月27日)　入直，诣养心殿，带匠。永和宫传见王贝勒等十人，为昨事也。上又召见毓庆宫，退直及午，饥甚。午后，至鹤庄、叔和、旭谷、瑞臣四家贺喜，又候劭襄，归已及暮。夜，赞西来谈。客去，看《义山诗集》，远胜《西昆》百倍矣。作字致艾，得复，所见大略相同。

廿七日(9月28日)　入直，诣长春宫，带匠。赏饭，免谢。下直休息，赞西送一马来看，下驷也，未与议价。午后上街。夜坐无事，颇思看书，又苦无书可看。阶前丹桂盛开，灯下看之尤艳，大似扐叔之画。洗足。

廿八日(9月29日)　入直,诣重华宫,带匠。赏饭,面谢。散直,坐檐下赏桂。近午睡。天微阴,有雨意。饭后,与立孙戏,颇有天趣。有女客至,在濩斋检书消遣。镜古堂送《韵府》至。夜,看《碑传集·文学传》。

廿九日(9月30日)　入直,诣永和宫,带匠。赏饭,传勿谢。退直,得邸电,改初三日上门。午后,与袁太夫人拜寿,赴逊敏约。归,闻邸传又改明晨上门,得电已子正矣,恐有事故,以从未夜半来电也。

九月

初一日(10月1日)　入直。甫至神武门,即闻醇亲王福晋于昨夜薨逝。少顷,邸及洵、涛继至,随召见养心殿,议定亲临醇邸礼节,复请见三宫主位。巳正,上乘电车出神武门赴邸,洵、涛、三师傅及龄均扈从,近午还宫。未初散直,赞希来。傍晚,贡邸来久谈。夜,独坐郁郁,疲倦思卧。带匠,蒙上赏大缎二卷。

初二日(10月2日)　入直,召见无逸斋,午初退直。昨日贡邸来,以紫毫笔二枝见让,价十六元。午后,至醇邸送三。晚,同六桥、沈庵至带经堂看书,买得梦窗、草窗词及《音韵五书》,饭于福全馆。夜,题新得各书书皮,并钤小印,剪烛翻阅,欣然忘倦,近年怡情之具,惟此而已。

初三日(10月3日)　入直,召见养心殿,又至邸议事,归家即睡。傍晚,子宽来久谈。夜,翻书解闷,意倦神弛,兴致索漠。夜既深,闻邻家作佛事,梵呗沨沨盈耳,亦自可听,但觉有鬼趣耳。

初四日(10月4日)　休息。晨,健之至,自上海来,彝初亦来,均少谈。午后上街。夜,检日记,独坐闷甚。子宽寄到所裁《北京日报》一纸,关于醇事也。

初五日(10月5日)　入直。又至邸议事。甫归,健之来。午后又至邸送库,闻署中电告,上索报甚急。盖几日前已将各报纸检阅,凡关于醇邸之事者，未经进呈，故按日索交也。上灯后，邸令至神武门检查本日报无违碍者补进，亦因上又派人坐索也。子初归，即睡。

初六日（10月6日）　入直，召见无逸斋。又同陈、朱二傅，越千至邸议事。遇健之，遂同至会贤堂早饭，归已过午。少息，又访艾老，仍为上索报事也。疲极归，复睡。上灯后醒，独坐无聊，默念时事，真有江河日下之势，杞忧曷已。

初六【七】日（10月7日）　入直。又至邸回事，归家倦极，就枕已睡。午后，答拜健之，又至药行馆与乐太夫人拜寿，遇亮生、芷升，归已暮。连日奔走，疲苶不堪，未能看书。夜，看《史记·西域传》，甫数页即昏昏欲睡矣。

初八日（10月8日）　入直，与弢、艾久谈。午后，至醇邸送库。又至达竹湘所贺喜，微雨。晚，赴亮生约，先走。夜，腰膂皆痛，闻越千言，立民与铭格起冲突，铭欲出亡，内事至今日始获少安，吾辈亦可稍稍苏息，然积衅已深，将来不免有触即发，隐忧仍不能暂释。

初九日（10月9日）　休息，晏起。数日劳苦，今得少苏，明窗静坐，取《离骚》读之，仍觉惘惘若失。午后上街，归已及暮。百年风日几重阳，今又蹉跎负却矣。夜，读《易》咸卦，颇有领悟，又与艮卦参看。日间晤静宜，尚述去年玉渊潭之游，转瞬已一年矣。光阴之速，抑何可叹。

初十日（10月10日）　入直。内子生辰，永和宫赏尺头二匹、食品八盒。长春宫、重华宫各赏尺头二匹。铁庵来，同早饭，畅谈半日。晚，赞希来同饭，夜谈至子初。天气骤凉，已易棉衣。就枕频得噩梦，肝气又发动矣。

十一日（10月11日）　醇邸行初祭礼，前往照料，又至唐寿臣家拜寿。天已放晴，凉甚。读艮卦，又与咸卦参看。上街，连日郁结为之消释。夜，读震卦、恒卦。近数年每遇忧危之境，未尝不读《易》，故以“学易”名斋，非取《论语》“五十学易”之语也。

十二日（10月12日）　入直，重华宫赏冬瓜四，内子亦蒙赐。午后,往贺楙堂为侄取妇之喜。访弢久谈。又候少襄,留饭。饭后,同梦岩、秋岩、谅生聚谈。王仁安自津寄诗文集二帙,新刻者也。

十三日(10月13日)　晨,与东海拜寿,看仁安集。午后,作书寄仁安。侄女携外孙住家四日,今日归。夜,看□□集,□□诗文虽未名家而迈往之气直抒胸臆,要非时流所能及,笔记亦多见道之语,惟与袁巽初解《论语》难讲一段立论太遍【偏】,几欲废人伦而从邪说,毋乃不可。盖其晚年改节,欲借此弥缝,愈趋愈左矣。余平日与□□交谊甚厚,亦以此节薄之,踪迹渐疏,□□引为大憾。诗文笔记中屡及之,其词嗫嚅,若有深怨,一失足成千古恨,未免可伤矣,故作书慰之。永和宫赏东瓜四。

十四日(10月14日)　晴暖,居室易纱窗,至濩斋检书,随意取梅村七律读之,词藻有馀而神理不足,又远在苏、陆之下矣。午后,至醇邸公祭并送库。夜,看梅村近体诗,非所好也。叙斋得孙。接到□□复书并余所寄,录以存之。

复□□书:大集收到,读后付均儿藏之,使知父执中尚有一□□□也。我两人交契岂同流俗?踪迹疏密,无所容心。笔记中所谓乖午者,弟实不知,兄自生疑,我何与焉?壬子以来,凡朋旧寄书存问必立复,无则不先,非不关怀也。只以亡国之馀,不欲多与世接,此中微意,盖有难言。知己如兄,何尚未鉴及耶?惶悚惶悚,怪事怪事。大集十二巨册,于百忙中尽一日半夜力,册册细读,并世交游爱敬如此者,政恐无第二人也。举此奉告,当亦释然,手复未尽百一,希亮察。

□□复书:三复来书,凄然泪下。余从来坦适,经变以来,时有褊心,正所谓神明内疚也。拙集刻成,有诗寄慨,云:"文章得失人人解,难在行藏与细论。记我少年初识字,亦曾谈笑说梅村。"君见此诗,可以知我心曲矣。

十五日(10 月 15 日) 入直。内事渐见棘手,越千定力不坚,且专工迎合,此时岂可只以容悦为心,而不于大处着眼耶？难为领袖矣。下直少休,未睡即起。看□□集,其天怀不能淡泊,故其辞亦若逼侧,使人读之寡欢,言为心声,不可掩也。午后上街。夜,看〇〇文稿二册,议论亦多不可磨灭者,终以人文未能合一为憾。

十六日(10 月 16 日) 晨,微阴。读《易》象传。醇邸行大祭礼,午后往照料。又拜客四家。归,湿云往来,似有雨意。午后上街。夜,看温公《通鉴》,即用朱笔点尽第一卷,持之有恒,一年可毕。余读《通鉴》,此是第六过矣。

十七日(10 月 17 日) 晏起。午后,健之来,同至醇邸上祭送库,归已薄暮。夜,看《通鉴》一卷。昔日读《通鉴》,日尽五六卷,今力矫之,欲紬绎反复,不使草草也。燕之郭隗,隗,吾回切。狄之叔隗、季隗,隗,五馁切。逊敏曾以此字之音见问,无以对。今看《通鉴》遂考出,补记于此。夜既深,有凉意。

十八日(10 月 18 日) 阴,时有微雨。晨访逊敏,午后又访艾老。得殷五电,债期又迫,如何应付,殊闷,终日不怡。夜,看《通鉴》一卷,点句屡讹,此心又为俗累矣,平日定静之功何在邪？得仁安复。二更以后又有雨声,益凉。

十九日(10 月 19 日) 入直,又至邸议事。阴寒较昨又甚。楙堂来少谈,中怀郁郁,懒于开帙。今直庙肆,欲往一看菊花,亦以天凉而止。晚,赴健之福全馆约,座客均熟人,谈至夜始散。闻健之言,靳云鹏已销假矣。一日未看书,灯下默坐,兴致忽来,惜已夜深将寝,《通鉴》仅点十二叶。得立民书,为舒民事也,或能言归于好,终恐怀民作梗。老年同气,能有几时团聚,何苦互怀意见,致留终身之悔,当力劝之。

二十日(10 月 20 日) 入直,召见毓庆宫。又至世相宅议事,世相病容可掬,较一月前又甚矣,可虑。午后,至傅沅叔家拜寿,又至祥紫封世伯灵前上祭。访弢老少谈,约明日直房相见。归时尚早,游庙并踏街，闷怀少解。上灯后，张仲元来见，为赵文奎被谤，欲申诉于官，譬解百端，始释然而去。夜，看《通鉴》。

二十一日(10月21日)　入直。弢老来会，上课后又来，散颇晚。晨，于巷口见瑞鼎臣负手逍遥，缓步路侧，若有自得之趣。以视我仆仆奔走，日不暇给，涓埃无补，徒抱隐忧者，显晦之迹若殊，欣戚之怀迥异矣，既羡之又自伤也。午后，徐芷升来访，昨遇于沅叔所，多年旧好，不觉久谈。杨荫伯、胡志翔、翟懋庭相继至，客去已暮，闻周玉帅作古。夜，看《通鉴》，独喜荀子论兵。立孙小不适，频啼，闻之系念。

二十二日(10月22日)　入直，召见养心殿。退直，答拜芷升、越千，又与元甫贺喜。午后上街。及归，沈庵来久谈，许以石印《宋本百衲通鉴》借校。二十六日与健之饯行，发帖请弢、艾诸人。夜，看《通鉴》。立孙病愈。近日看书，识解差进，亦能深思，安得屏除万事，伏案十年，庶几不负此生，惜乎已晚。

二十三日(10月23日)　休息。《百衲本通鉴》借到，与胡本互校，尽二卷，似尚不如胡本之善也。另置一册，有不同处悉记之，名曰《通鉴校勘记》。捷南来，见之。所述世相病状似又加重，一旦不讳，又有一番纷扰。如越千者，岂能继其任乎？他又无人，是可虑耳。近年内事无一顺适者，至今尤甚，气运使然耶？何其丛脞也，中怀悒悒。借校《通鉴》排遣，又毕三卷。傍晚，至后院看内子摘柿，得三十二枚，亦家园收获也。夜，看《通鉴》，用力稍久，竟有疲意。

二十四日(10月24日)　霜降。补校《通鉴》毕，自后随看随校，日课一卷，用力既省，可免间断。午后拜客，赴弢约，在座均熟人，终席尽欢。夜，看《通鉴》。

二十五日(10月25日)　入直。午后，瑞臣来，留谈同饭。客去，赴逊敏约，归甚晚。

二十六日(10月26日)　入直。世相请派署印钥，奉旨赏假一个月，安心调理，并赏人参二两，毋庸派署。午后，至醇邸送库。晚，在濩斋宴客，斗室团坐，促膝而谈。艾老谓颇有当年京朝官小聚风味，然未免寒瘦矣。夜，看《通鉴》，计三日，仅毕一卷。虽忙亦懒耳，惭甚。

二十七日(10月27日) 晨，与子宽之太翁及林琴南拜寿，又候世相。午后上街，有病意。夜，看《通鉴》。南方有火警，问之，在东安门外，须臾即息。内子述象鹤孙家事，为之悒悒。晚近旧家，大都败落，不仅此也，闻之不寒而栗。今晨见琴南诸子，无一不佳，可羡。

二十八日(10月28日) 入直，召见毓庆宫，至邸回事。今日大咳，唾涕交颐，燥渴尤甚。午后，黼臣、镜含来久谈。晚，在艾老家公请弢老，因有病，未多食，勉强终局，甚苦。夜，看《通鉴》二卷，未校。内子亦病，与余同制一方，分服之。

二十九日(10月29日) 醇邸福晋奉移祖奠，上亲临行礼，随扈前往者泽公，洵、涛二贝勒，陈太保、绍英及龄也。辰正往，巳初还宫，地方官警备甚严。此行世相颇系念，邸亦再三辞，上意必往。午后，至醇邸送库，人甚多。归家看《通鉴》，戌刻即睡。

三十日(10月30日) 子正起，至醇邸送殡，又公祭于西直门内，送出城，辞归。到家已晓，仍睡。午初起，检日记。饭后上街，并至庙肆买天竹二盆。在带经堂买《三辅黄图》《西招图略》。夜独坐，翻书并钤印记题签，亦一乐也。

十月

初一日(10月31日) 入直。归，校《通鉴》二卷。以菊四盆、《峨眉山图》《罗浮山志》赠静渊为寿。午后拜客，候艾老病。为逸庵题梁文忠公种树图遗像，录后："苍苍松柏映须眉，瞻拜空馀后死悲。他日新枝到寻丈，可能培溉似栽时。"夜，校《通鉴》一卷。得报，醇王福晋金棺于昨日戌刻始到暂安处。

初二日(11月1日) 晨起，点《通鉴》。天阴寒，近午飞雪。午后拜客，雪仍不止。晚，赴叙斋约。夜，看《通鉴》，前于贾生之文不甚留意,今日始知其佳处。甚矣,读书不可草草也!

初三日(11月2日)　晴,已见冰。晏起,校《通鉴》二卷。午后上街。夜,看《通鉴》。伤风已愈,痰犹盛,故频咳,每年至冬令必如此,今尤甚耳,或老态耶?昨在叙斋所与贡邸深谈,少暇当访再与倾吐,只恐后时矣。

初四日(11月3日)　晨,看《通鉴》。午后庄邸来,捷南亦至。客去,仍看《通鉴》,遂至暮。夜,腰膂及臂均痛,看书稍久故也。何时屏除万事,独居一室,徜徉诵读,此乐政恐难得。

初五日(11月4日)　入直,召见养心殿。午后拜客,至铁庵所久谈,留饭。治丞、耕梅均来,又复夜话,治丞以电车送归。铁庵赠《汉官仪》一册。

初六日(11月5日)　入直,至宁寿宫查陈设。午后上街。夜,看《通鉴》,大风起。得报,鹤延作古,记前日尚路遇,何其骤也。旧同曹死者大半,不禁黯然。得健之书,即复。今日腰膂仍痛。以七十五元买马一匹,下驷也。

初七日(11月6日)　有风,落叶满地,天气凄黯,使人寡欢。看书不能入,与立孙戏。饭后,赴仲平约。夜,频作噩梦,肝气发动也。

初八日(11月7日)　入直。归后,得弢电,上命庄士敦带美国眼科医士配镜。即访庄,说定明日申正进内。午后欲上街,以大风严寒,意兴亦颇颓唐。看《通鉴》,天寒,两手如冰且频咳,肝气时动,按抑之。夜梦即不适,殊惫。夜剃头,室已生火。

初九日(11月8日)　晨,校书。子丰来,以通兴公红单相示,一年生意分利二千一百元。午后进内,带美国郝医生,召见毓庆宫,抵暮始毕,退出。夜,点书。

初十日(11月9日)　入直,召见养心殿。午后上街,访沈庵。晚,在福全馆约捷南、子昆谈,预备年事也。夜,看《通鉴》至深夜,寒重,两袖如冰,心境颇清,窗外月色亦甚皎,此乐政未易得。

十一日(11月10日)　拜客,遇风孙、叔言于张都护广建所。五楼来，少谈即去。立孙病，呕泄，颇系念。午后上街。夜，踏月而归，天已回暖。

十二日(11月11日) 晨，看《通鉴》。午后，往吊鹤延之丧。归，校书。立孙频泄已服药，夜睡安稳。

十三日(11月12日) 入直，召见养心殿。近午，瑞臣、六桥来，留饭。立孙病又重，幸尚不吐，看其状态颇怜之。本欲上街或访弢，遂止。望孙既久，得此弱息，爱之既深，一啼一笑，每萦念虑，不自觉其煦煦也。夜，看《通鉴》，室中喧杂，欲逃无所，奈何。

十四日(11月13日) 入直，承旨后，判牍甚多。下直，与定镇平拜寿。近午，马兰镇总兵汪君而谦来见。饭后上街，一抒郁积，步月归。立孙病减。夜，温姚选两汉奏疏，反复讽诵，益觉眼明心豁，亦一快也。

十五日(11月14日) 晏起，立孙病泄仍未止，延志惕安诊之，言胃经有热，开一方与其乳母服之，又令立服天一丸。傍晚，访弢老久谈，留饭，食海蟹甚佳。又出《国初尺牍》见示，竹垞一通颇关掌故，暇日当抄存之。夜，月色皎洁。

十六日(11月15日) 入直。又访沈庵。午后倦甚，因立病频啼，出门避之，遂访立民久谈，留饭。作长之聚①，机心未退，六十老翁，不达乃尔。

十七日(11月16日) 入直，召见毓庆宫。退直，休息。午后进内，带美国郝医进呈眼镜，复蒙召见，归已及暮。艾老来，少坐。立孙病退，二三日当可复原，慰慰。作手谈。

十八日(11月17日) 入直，召见毓庆宫。及午，黼臣、彝初、寿臣相继至，彝初之子年十七荒于嬉，逃责出走，久谈抵暮。夜，得寿臣电，彝子已得之于其祖姑家，嘱致书于彝，劝勿督责，免其再走。接石世兄书。立孙全愈，大慰。

---

① 原文如此。

十九日(11月18日)　休息。仿【访】沈庵，留饭。午后上街。夜，点《通鉴》，与《汉书》参看，洗足。

二十日(11月19日)　晨拜客，午上街，夜看书。沈庵之母兆佳太夫人八十赐寿征诗，为作一律，推敲至四更始睡。

二十一日(11月20日)　入直，捷南来言世相病重，腹泄不能起床，可虑。午后，润之来。客去，改诗尚得意，自信可以示人矣。录后："结契曾知令子贤，义方垂训至今传。多闻朝已推中垒，致养人争友范宣。存问自天承就赐，扶携有杖比征年。冰霜洁白贞松寿，愿上笙诗第二篇。"此诗精深雅切，命意、用事、遣辞三者均与时流迥殊矣，当存稿。夜，看《通鉴》。

二十二日(11月21日)　晏起。午后头闷，[柳][①]上街又懒，遂卧。抵暮起，仍不快，一日无所事事。夜，看《通鉴》至三十二卷。尝黑山柿，水多而味不殊。风起云散。与瑞臣电谈。

二十三日(11月22日)　入直，召见养心殿。散直颇晚，与越千拜寿。午后上街。夜，与沈庵电谈，据言樊云门、傅梦岩寿诗交来，均不佳。补书日记。懋堂得副班长差，喜。

二十四日(11月23日)　晏起。去年十月所借云洋钱二百元还之。接璋公书，与泰宁镇总兵虞克昌冲突，颇难因应，容与越千商之。检诗稿阅之，欲与劭襄书屏，其中完篇甚少，世之不学者，摇笔即来，连篇累牍，刺刺不休，未知其难耳。天气骤寒，日色澹薄，萧槭寡欢。傍晚，为沈庵、劭襄书屏，均不当意。余于写字颇无工夫，岂能袭取欺人？夜，大风起，看《通鉴》。

二十五日(11月24日)　入直。大风严寒，又至醇邸回事。南窗向暖，颇适。近午，风不略减。午后，庄士敦及宝镛、钟凯来。客去，暮色苍然矣。颈及肩臂均痛，休息许久仍不减。夜，看张禹、孔光、陈汤各传，并点识筋节处。

---

① 原文如此，"柳"或为衍字。

二十六日(11 月 25 日) 晏起,连日忽忽如有所失,秪【只】欲睡,何故?晨,上街访巩伯。午后又上街,遣闷而已。夜,读李广、苏建、霍光、赵充国、萧望之各传,各加点识。闻鹤孙家事,为之悒悒,覆车可戒,勿自及也。累日不怡。

二十七日(11 月 26 日) 晨,至卓凌阿柩前谕祭。事毕,访黼臣、赞希。午后意兴不佳,倦极思卧,遂睡,上灯始起。夜,读老子韩非、孟子荀卿、屈原贾生各传。

二十八日(11 月 27 日) 晨,访瑞臣久谈。近午,赴子昂约。席散,访弢老、劭襄。弢老谓余前作寿诗,清而不腴,细审不差。弢老亦作一首,与余诗机杼相同,词藻及兴会则远胜。此殆有关福泽,不能勉强,至于理法,自问足与相敌,非时人所能梦见,当录其诗存之,以为对照。夜,读平原、信陵二传。头痛,疑受煤气,食梨数枚差减。弢老又谓余非翰林,故词藻对仗俱不工丽,此言过矣。诗不先讲意义理法骨干,徒事涂泽,虽翰林所作,亦当不取,况今之翰林在者不少,谁是读书而有根柢者耶?吾实不服。

二十九日(11 月 28 日) 晨,作隶百馀字,用硬毫,尚未退。行年五十一,无成就,自问于词章一道尚有心得,用力亦久,而所为只此,遑论追逐古人,即弢老亦不敢相与颉颃,可愧也。南窗日暖,不能久坐,故未看书。午后上街。黼臣以《紫琼道人诗集》、华秋岳《离垢集》嘱题,各书数语归之。夜,温廉颇蔺相如、刺客、游侠各传。

十一月

初一日(11 月 29 日) 入直,召见毓庆宫。下直,访逊敏少谈。午后上街游庙,遇公度,归已暮。近两日心境不佳,懒于开帙,又与弢老谈,不无歧异,颇灰心,于义又不能奉身而退,甚盼健之来与痛谈也。夜,腹涨频咳,闷闷。

初二日(11 月 30 日) 入直,至宁寿宫检陈设,召见养心殿。午初散直,饭后闷甚,遂睡,抵暮始醒,何其委顿耶!夜,与公度、亮生电谈。又约芝轩来,问其卖房各事,少遭家败落,一切茫昧,看之恻然。

初三日(12月1日)　入直。又访亮生于直房,少谈。近午,逊敏、彝初来。午后上街。夜,懒于看书,取《西域图考》参校胡图,消此长宵而已。日间接一帖,葆久山作六十寿,演戏请客,兴会乃尔耶。

初四日(12月2日)　晏起,亮生、芝轩来,作书与公度,为芝轩昆仲作保。午后,黼臣来。客去,校《水经注》一卷,候瑞臣不至。夜,仍校《水经注》,写字稍多,臂及前胸均作痛,然校书有至乐,亦不忍放手也。

初五日(12月3日)　入直,召见毓庆宫。归家,健之来,昨自沪回也,留饭。午后,至瀛邸贺嫁女之喜。傍晚,赞希、瑞臣来。客去,赴瀛邸夜饮之约。健之交到子勤、子培两君《题独立图卷子诗》,甚佳。录后:

古来欲遁何曾遁,今日言愁始欲愁。人涉卬须休自沮,一壶珍重在中流。弢老。

当风定脚师康节,未醉先悲感杜陵。欲识诗人临水意,还须料理缚蛟罾。子勤。

独立苍茫自咏诗,六街灯火夜阑时。昆明劫会胡僧语,丰乐楼寻甲稿词。天上客愁还惝恍,人间远望一凄其。杜陵野客秋江冷,劝尔天涯酒一卮。子培。

初六日(12月4日)　弢老来谈。客去,访绍,候世。午后,至后院散步。校《水经注》睢水篇数段,明窗静坐,心境颇清。闻街头卖物者络绎不绝,若有动于流光逝水之感。均媳归宁。晚,赴涛约,同看真光电影,夜深始散,无甚意味,尚不如旧剧可听也。

初七日(12月5日)　入直。又访瑞臣,见所征寿诗无一佳者,可见难作矣。近午,健之来。饭后上街。检旧存黄瘿瓢《麻姑》赠沈庵,作寿堂点景。闻内人言,叙斋夫人病势沈重。

初八日(12月6日) 入直，召见养心殿，公事甚多，退直过午。彝初来，见之，小作休息。午后，诒书来。客去，访弢老、叙斋。夜，看黎选《国朝文类纂》杂记类二卷。天气亢燥，晨起鼻破，室中过暖之故。

初九日(12月7日) 晏起。自入冬月，转瞬又将十日，光阴之速，抑何可畏。检前半年日记鞒册，遂浏览终卷。午后上街。夜，赞希来久谈。

初十日(12月8日) 晨，至沈庵所，为其迎接赐寿天使。归家得报，上以左手二指痛，传狄波尔进内诊视，即同越千带狄波尔诣养心殿预备召见，诊系血不流通受冻，定一方进呈，退出已暮。饭后，携均儿赴瑞臣、织云戏约，地隘人稠，无插足之地，于人后坐时许即归。

十一日(12月9日) 晨，拜客。午后上街。夜，风起，独坐听树头风吼，殊无聊。看《国朝文》黎选。

十二日(12月10日) 入直，至邸商度公事，因上欲设电话机器于养心殿。又进内与弢老相晤，述邸意，嘱相机进言也。归倦甚，遂睡。傍晚，六桥、殷五来少谈，同六桥赴越千之约。席散，又同殷五夜话，以盛刻《续经世文编》赠之。殷五因余赴约，独游书肆，亦饭于福全馆也。

十三日(12月11日) 入直，弢、艾至直房传上语，电话勿安，判牍甚多，过午始退直。归家疲甚，卧憩两时许。邸来电，谈许久。又访艾老。夜，看《光绪东华录》。

十四日(12月12日) 休息，艾老来。午后谒邸，访逊敏。夜，独坐穷愁，意兴索漠，校《水经注》瓠子篇排遣。补书日记，公既繁难，私又拮据，奔走营度，与去年此日正同苦矣。

十五日(12月13日) 入直。访涛邸少谈。午后睡。晚，赴陈太保约。太保寿宝太夫人诗已索得，录后："侍郎文采照银潢，忠孝渊源自北堂。乐志一庭燕华鄂，苦心十载度沧桑。输金陵树荣宸翰，赐帑陔兰举寿觞。是月黄钟刚中律，阳生缇室日舒长。"此诗今日细看亦无大异人处，且神理颇不贯注也。天燥望雪，夜半云起。

十六日(12月14日)　晨起无聊，抄王半山七言绝句解闷。午后上街。夜，踏月而归。

十七日(12月15日)　晨，拜客三家。午后，访弢老、劭襄、健之，均久谈。归已暮，饥甚。对灯孤坐，闻隔院笙歌，益增悲慨。懒于开帙，写字解闷。张作霖已至京，时局当有变动。

十八日(12月16日)　入直。午后，赴春园、逊敏之约，射覆小负。夜，大风起。弢老交到为代借八百元，可感也。就枕失眠，又饮新茶矣。

十九日(12月17日)　入直，散已逾午。与逊敏、涛邸电谈。午后休息，叙斋以其夫人病，约往商定医药，与内人同车归。

二十日(12月18日)　晏起。近午，赴彭秋、鞠农之约。席散归家，奇渴。傍晚上街。闻靳云鹏已下野，六桥得铨叙局长。昨日右颐痛，按之已漫肿，舌底又生小白点，亦觉运掉不利，敷如意油半瓶，今已愈。夜，看《通鉴》，仍无兴会，检旧日日记看之，前五年景况大异今日，不胜感叹。

二十一日(12月19日)　入直，至宁寿宫检查陈设，归已过午。得泽、涛电，始知上欲明日游山，派庄、泽、涛随扈。润之、铁庵来。客去，访艾，不遇。即赴庄约，同座有弢、艾、健。席撤，商明日进内劝阻事，又与健之同车归。健与涛电谈，讽以同谏，涛意不然，语含迎合，若以被召为深喜也者，健之慨叹而去。又电告弢并函知艾，约明早五鼓入直。

二十二日(12月20日)　至神武门，月尚未落，弢、庄、泽、涛、越均至，候钥下门开即入。弢、泽、涛召见养心殿，艾继至。许久，艾亦入见。及下，述上谕，已停止，庆幸靡已。听泽述弢老进言及上之容纳，若非十馀年恩谊，无此笃挚，他人虽欲进谏，亦不敢如此切直，上又何能临发中止耶？归家，与建之电谈，既告此事且慰之，健亦大喜。傍晚，赴沈庵约。夜，与增寿臣拜寿看戏，有病意。

二十三日(12月21日) 晨,拜客。昨闻袁得亮言游山之事,彼辈已知且戒备车徒暗中随往者甚多,幸中止,否则必又喧传矣。宫中秘事,未及宣布,外间已知,上之言动不当慎耶?写字告艾,得复。午后上街。夜归得电,上传艾老进内,言有眼疾也,时已亥初矣。子初又奉传,带狄波尔进内,召见养心殿。诊系郁热,故有眼疾,进一方,退出已丑刻初。

二十四日(12月22日) 入直,奏事,传上已大安,又至府回事。午后,子宽来。傍晚,赴公度约,看书画,归颇早。是日冬至,晴晨无风,过午微风骤寒。

二十五日(12月23日) 入直,召见养心殿。午后,赴弢、艾之约,射覆负,归已夜。是日晴,严寒。向刘鞠缘乞得万年青种子并种法,此草喜阴,春秋二立宜粪,馀俱溉以清水,当年可以结子,初长二三寸时分盆,且试为之。

二十六日(12月24日) 休息。恩稚云来少谈。腰膂觉痛,连日困于酒食,故惫。午后,赴诒书、健之约。夜,射覆甚欢,以同聚者皆气类也。是日晴。

二十七日(12月25日) 彭秋来深谈。得报,上传弓箭,令三五日备齐。倘能习此,与圣体大宜,惟必须御前大臣验明弓可适用,方能进御,盖弛久,恐其不调也。午后上街,并答拜彭秋,不遇。夜,读《莽传赞》,至"及其窃位南面,处非所据,颠覆之势,险于桀、纣,而莽晏然,自以黄、虞复出也"。又读《冯道传》中曰:"道少能矫行以取称于世,事四姓十君,益以旧德自处,视丧君亡国,亦未尝以屑意。"合观两人,何其酷似徐□□耶?又言"此时佛出救不得,惟皇帝救得",道意在贡誉德光,然断章取义,亦与今合,天下纷纷,正苦无君耳,掩卷太息。是日晴,渐暖。

二十八日(12月26日) 入直,遇逊敏于直房,少谈。近午观民来,见之。饭后,检架上《香树斋集》《春融堂集》涉猎,遂至夜。是日早晴午阴,晚有雪意,天燥有日,望之甚殷。瑞裕如送笺纸三幅,分致弢、艾、珏生书之,期初十前往取。看书既无兴会,夜长孤坐,闷甚。鼻塞痰壅频咳,就枕腰膂骨节均痛,几失眠。

二十九日(12月27日)　晨起,阅《王青浦年谱》。近午,健之来。客去,访六桥,为铁庵事也。游庙,买红豆二盆。傍晚,咳及鼻塞略减,骨节仍痛。是日晴。

三十日(12月28日)　晨觉胸膈气逆,痰涎尤盛,有喘意。午后卧时许,气少舒,委顿殊惫。铁庵来。客去,看《潜研堂文》,明日邸上门,拟请假休息,托越千代陈。终日有风,入夜减。

十二月

初一日(12月29日)　告假休息,未入直。病减,健之来。午后,仍看《潜研堂文》解闷,头目略爽,胸膈亦渐利。傍晚,弢老约会谈,赴之,借得何义门行书条幅、钱十兰篆书屏。与柯凤孙商定一方,服之。夜,看《钱集》,颇能入。是日晴暖如春。

初二日(12月30日)　晴暖。病退,惟气不充耳。晨访黼臣,求其临摹十兰篆屏也,何幅亦黼臣欲借者。午后上街。近读《潜研堂集》,颇心折于竹汀之学,因及《养新录》,记二十年前随侍九江,将还京服官,先师石溯甫先生手书书目一纸赐之,教曰"京曹多暇,不可废读,是皆尔应习者也"。目中书甚多,经史外附列者,有顾氏《日知录》、钱氏《养新录》。别后过上海,按目收之,有未得者至京续补,遂大备,暇即取读,从未间断。遇读之不能入者,置之,隔数月或年馀再读,仍不能入,再置之,竟有三四读三四置者,终必期于能入而后已。遵行二十年,循环往复,一如师教,藏书渐渐能读矣。即如《日知录》,自去冬始能读。《养新录》则今日读之方无扞格,若非于无意中先读《潜研文集》,心有所获,触类引伸,亦未必能遽入耳。读书贵能入,何可以轻心掉之,卤莽从事,安得起九原而告之,再请益也,为之黯然。夜,看钱氏《养新录》及《年谱》。

初三日(12月31日)　晨,微阴。病退,看《钱集》遣日。午后拜客，并访艾老，归已暮近。以□□办事不能受言，每致丛脞，颇用悒悒。夜，仍看《养新录》，疲倦早睡。捷南午来，商度公事也。

初四日(1922年1月1日) 请假，未入直。越千来久谈。晨见雪，心神顿爽。《养新录》引袁彦伯《北征赋》曰“感不绝于余心，愬流风而独写”，颇契于怀，爱之，欲检此赋一读，遍检藏书无此赋，仅于《晋书·宏传》，见关于此赋者一事，录后：“尝与王珣、伏滔同在温坐，温令滔读其《北征赋》，至‘闻所传于相传，云获麟于此野，诞灵物以瑞德，奚授体于虞者！疚尼父之洞泣，似实恸而非假。岂一性之足伤，乃致伤于天下’，其本至此便改韵。珣云：‘此赋方传千载，无容率尔。今于“天下”之后，移韵徙事，然于写送之致，似为未尽。’滔云：‘得益写韵一句，或小胜。’温曰：‘卿思益之。’宏应声答曰：‘感不绝于余心，愬流风而独写。’珣诵味久之，谓滔曰：‘当今文章之美，故当共推此生。’”此二语在当时已有赏之者矣，可喜也。又于《王沉传》见其《释时论》，当年世风酷似今日，录后存之，沉亦字彦伯：“京邑翼翼，群士千亿，奔集势门，求官买职，童仆窥其车乘，阍寺相其服饰，亲客阴参于靖室，疏宾徙倚于门侧。时因接见，矜厉容色，心怀内荏，外诈刚直，谭道义谓之俗生，论政刑以为鄙极。高会曲宴，惟言迁除消息，官无大小，问是谁力。”形容尽致，此风在光绪中年已然，于今为烈耳。午后雪止，晚又霏霏矣。夜，看《潜研堂金石跋尾》，“金、元之间，有僧行秀者，号万松野老。耶律楚材从受记莂，法名从源，号湛然居士，自称万松嗣法弟子”，《湛然居士功德疏跋》。今砖塔胡同之塔，即万松老人塔也。前弢老与沈庵言，沈庵竟不知吴印臣别号松邻指此。就枕后，腰膂又痛，衰征也。

初五日(1月2日) 微阴。晨，看《四库书目》，邵氏标注，沈庵所赠本也。案头必不可少之书，杀青后曾经进呈，熙隽甫诸人均有抄本，日本人亦有排印本，流传甚广。前托琴南画扇送到，殊不佳。午后，赴梅生、瑞臣、珏生之约，射覆小胜，归已夜分。□□之鄙、□□之躁，观之可作十日恶，故遁归也。

初六日(1月3日)　晴。看《渔洋菁华录》。午后，赴珏生之约，仍以诗谜射覆小胜。座皆佳客，团坐剧谈，较昨有霄坏【壤】之分，尽欢而散。夜，检《会典》及《鄂文端公奏疏》，弢老借看也。

初七日(1月4日)　入直。徐世昌答谢，带荫昌觐见乾清宫。归家休息，腰膂牵痛。午后看《渔洋诗》，意兴索然，又取《归愚集》涉猎，尤觉无味。二公皆名重一时者，何以如此不耐读？由于摹拟工而真意少耳。是日雪，未上街。入夜雪霁月出，仍看渔洋近体，差胜古体耳。

初八日(1月5日)　入直，召见毓庆宫，又至府回事。归家，诣先祠供粥，上赏腊八粥一罐、菜四器。午后，翟懋亭来。客去，上街，踏月归。夜，静坐一时许，看王惕甫《渊雅堂集》，同人泥[①]作诗谜，遍翻各集，当意者难作，易作者不佳，奈何。

初九日(1月6日)　晨，弢老来久谈，留饭。客去，上街，又游隆福寺，归已日落。看惕甫诗集，似较王、沈耐看，由于真也，言为心声，岂容涂饰耶？夜，又取《钝翁类稿》，读其古今体诗，亦觉远胜渔洋，仍不如惕甫诗，弢老亦言王、沈二集无味。

初十日(1月7日)　入直。《德宗景皇帝实录》告成，恭进首函。礼成，世相进太傅，陈师傅加太傅衔，宝、郭二总裁加太子少保衔，在事文武员均纪录二次，在馆提调均准奏保，散直已未刻矣。健之来谈，又访弢老、劭襄、逊敏，归已上灯，疲甚。夜未看书。晨微雪，逾巳晴。

十一日(1月8日)　阴，晏起。看《渊雅堂》编年诗，冒鹤亭自淮南来。客去，拥衾而卧，遂睡，及起已莫，灯下写日记。夜，看《渊雅诗》终卷，于是三读矣。天阴有雪意，午间越千来电述邸意，明日入直有请旨事。

十二日(1月9日)　入直，谢纪录恩，召见养心殿。陈太保请撤

---

① 原文如此。

销太傅衔，为伊曾祖陈若霖恳恩予谥，奉旨陈若霖予谥文诚，撤销太傅衔着毋庸议，又至邸。午后拜客，访弢。是日大风，傍晚渐息。归家，与公服电谈。夜，月色甚皎。检《东洲草堂集》，不见，遇甲寅冬手抄宋人词二巨册，反复展阅，既感流光之速，又念当日用力之勤，而今百事丛脞，即偶有闲暇，亦无此专心耳。

十三日（1月10日）　入直，庄士敦三年期满，留任，赏二品顶戴，并带嗉貂褂，又至邸回此事。午后休息，傍晚上街，踏月而归。夜，看手抄词，今日识解似又胜于前八年矣，得暇当再选，或有异处。奇渴，恐妨睡，不敢饮茶，食橘数枚，仍未解。弢老所借《会典》及《鄂文端奏疏》见还。

十四日（1月11日）　晨，往贺庄士敦，遇艾老。庄以被赐，喜形于色，托买珊瑚顶珠，检所戴者与之。晚，赴艾老约，所题《独立图》已交下五律二首，无甚精采。散已夜分，严寒。

十五日（1月12日）　入直。钟粹宫东配殿佛堂失慎，幸立时扑灭，未延烧。退直已过午，珏生来。客去，与月华拜寿，遇寄云，到家已暮。是日严寒，晨间寒署【暑】表计缩至十四度，吐气成冰，须为满，易狐裘。连日为人所聒，腹烦几不能耐，奈何。夜，看渔洋近体诗，尽二卷，似胜于前日所见也，可怪。内子感冒，作烧两日，服风温第一方。

十六日（1月13日）　入直，天气严寒。《德宗景皇帝实录》尊藏皇史宬，在衙门前跪送。归已近午，黼臣、珏生、润之来。延张午樵为内子及均媳诊脉，均媳今日亦病。上灯后，唐□□来见，此人为世所赏识，佥壬之尤也，终当去之。夜，看渔洋古体。

十七日（1月14日）　阴寒。晨，拜客。苏拉来告，上召见泽、涛，未知何事。越千赴津，言当日回。内子、均媳病减，仍延午樵诊。端居无事，只索睡耳。抵暮起，看渔洗【洋】入蜀诸作，亦大有可取者，惟七言古体气不振。夜，对灯孤坐，无聊已极，人生几何，安用郁郁。重华宫赏“体健身康”春条并神肉，赏内子“富贵长春”春条，传谕勿谢。

十八日(1月15日)　因作【昨】夜就枕后失眠，四更始睡，晨起困惫，未入直。李鞠农之丧在长春寺开吊，不可不往，遂租一电车，往返甫四刻，寒天短晷，殊相宜也。得电，上传明日带精益眼镜匠人进内。内子病退强半，均媳尚恶寒，仍延午樵来诊。月华来。客去，上街，本欲一散郁结，又觉意兴索漠，废然而返。夜，看方氏《述本堂集》，桐城方登峄凫宗、子式济沃园、孙观承问亭三世所著也。沃园诗后附《龙沙纪略》，问亭有《松漠草》，张石舟《蒙古游牧记》曾引之，均有关掌故。凫宗官水部，沃园官中翰，以朋友之累谪戍卜魁城，后问亭佐平郡王戎幕，赏中书，至大用，方刻此集，已在乾隆时矣。故所记塞上诸事皆征实，非同耳食，版式亦精雅，带经书贾今午送来，尚未议价，如不昂当收之。年来不收集部，似此者应在例外，后以此书索八十元，未免可笑，还之。

十九日(1月16日)　入直，严寒较昨又甚。午后，越千、松壑相继至。松壑以弢书静公墓志见赠，越千以伊嫂讣闻见商，昨晨病殁，今始知之。客去，看《爱伯日记》解闷。晚，寿臣来。夜，恶寒有病意。东海约明晨往谈，为世相病重事也，今晨捷南略言之，遂与越千电谈。

二十日(1月17日)　晨，越千来，同车往见东海，久谈。东海意欲以皇室事责我两人代世，渠任相助，并劝勿再请派他人，尤不宜令亲贵干涉，言甚恳切，已允代达于邸。语毕辞出，已日出矣。入直，带匠，养心殿挂灯，与弢老久谈。归家疲甚，饭后睡。傍晚，至越千处行吊，又访弢老商度内事。夜，孤坐甚倦，看《越缦日记》。

二十一日(1月18日)　入直，奏事甚多，实录馆遵保在事人员之折亦上，承旨十六件，又至府。将散，得电，世相昨夜与其家人言，欲一见余及越千，遂往，已不能语矣。惟神志【智】尚清，得一握手。归家逾午，饭后少休，上街。晚得报，世相竟于申末谢世，即往一哭尽衷，又代看遗疏之稿。世相起家内府，相业平平，及身丁阳九，支拄危局，险阻备尝，亦颇不易，推其忠爱之忱、艰苦之操，固胜于侪辈万万也。

二十二日(1 月 19 日) 入直,召见毓庆宫。奉谕有与邸商度者,至府,午后归。世相赠太师,谥文端,越千佩带总管内务府印钥,龄蒙恩赏在紫禁城内乘坐二人肩舆。弢老、彝初来。傍晚,铁庵来,少谈。即至东兴楼请邓君翔商年事,已有头绪,约可得经费百万,年关可以渡过矣,慰慰。归,作寄健之书。昨日长春宫赏肉蔬,补记。夜,剃头。

二十三日(1 月 20 日) 入直,谢恩,又至筹备处看商人投标,约弢老同看,并有面商之事。散后,往吊姜翰卿之丧。午后休息,六桥来,同至世文端家送三。夜,四面爆竹声甚多。接健之书,即复。

二十四日(1 月 21 日) 入直,始乘肩舆。记二十年前官刑曹进内听旨时,直隆冬,冰雪在地,路滑天寒,往来竭蹶,见朝贵乘马者深羡之。以为行年三十,甫登仕籍,此生无复此望,何期沧桑之后更蒙拔擢,得效奔走,六年前既已赐马,今复承恩命,忝窃非分,益增惭悚。又念曾祖清恪公以尚书弘德殿行走,年逾六十始蒙赏乘肩舆。先考弼德公官至一品,尚未赐马。追怀先世,感怆曷极,天恩高厚,没齿难忘矣。敬记感激之忱,以图捐糜之报。同越千诣养心殿,带匠挂灯。退直,访静渊、沈庵。午后休息。夜,看《越缦日记》。长春宫赏内子衣料二件,均儿、均媳果品四盒。内子及均媳均患嗽,服药亦不大效,奈何。

二十五日(1 月 22 日) 入直,召见毓庆宫,又会同瑞臣、珏生及三师傅看陈设,核定投标价目。同饭之后,又看。申末散,上街。得健之书,即复。夜,看《越缦日记》。

二十六日(1 月 23 日) 入直,挂灯,带匠。上赏大缎二匹,传勿谢。至署,核定年款,抵暮始归,疲甚。与弢老电谈。重华宫赏内子衣料二件,均儿、均媳果品四盒。徐东海赠瓶一,所刊《颜李学》一部,内分《习斋语要》《恕谷语要》《师承记》,皆东海所辑者,看《越缦日记》。

二十七日(1月24日)　入直，承旨甚多，署名毕，会同弢、瑞、珏看陈设，申初蒇事。散后，至越千家上祭，归家疲倦，若有不支之势，小睡。贡邸来，见之，精神略复。夜，看《越缦日记》，渴甚，不敢多饮，食橘。椅轿已制得，送来，价六十二元。

二十八日(1月25日)　入直。午初，至麟公处赐祭，礼毕私奠。连日事冗少暇，未得静坐，今午诸务粗毕，明窗曝背，看《越缦日记》，甚适，人生不可无此日也。饭后上街，并游花肆，花事甚盛而无买者，萧条可想。夜洗足，延午樵与内子诊脉。

二十九日(1月26日)　入直。昨日奉到年赏千元，谢恩，召见养心殿，散直近午。饭后，携均儿诣八里庄、竹竿井、鬼王庵先茔上祭，归颇早，休息。恽公服、张午樵来。艾老电告，弢老得家报，其夫人谢世，明日请期服假二十一日。夜，了理家事俱毕，疲茶【苶】思卧。内子服午樵昨方甚效，今方仅撤大黄，加连翘。与弢老电谈，有乞假归里省视之意，鄙意以为不可。剃头，看《越缦日记》。

三十日(1月27日)　雪。往候弢老，久谈。归已霁，休息。午后上街。夜，诣先祠上祭。傍晚，内奏事送到上赏平金荷包、银锞，前奉传，年终荷包各赏均停止，此当出自特恩也。爆竹之声似不如去岁繁盛，剪烛看《越缦日记》，况味萧寂，庭前又见雪花飞舞。夜，接神后睡，问随侍刘太监，荷包乃三宫主位所赏者。

壬　戌(1922)[1]

正月

初一日(1922年1月28日)　丙申朔。入直,拜客六家即归。雪霁风和,天气暄妍。饭后,拜客十三家,归已及晡。上灯风起,入夜益狂,看樵风、疆村词。今日上以醇亲王福晋私服停贺,并百官入直免蟒袍,懿亲中颇以为重,余曾进言不用,奈何。三宫主位亦免行礼。

初二日(1月29日)　北风甚寒。命均儿祀神,与立孙戏,颇能解语,今年已三岁矣。除夕得健之二书,今始复,晴窗独坐,调弄笔墨,怡然自得,读书之兴又动。生逢此时,但得眼前快乐,即应知足,同辈中能如眇躬者亦不多也,记以自幸。子宽来,见之,谈润之近况颇悉。此君志盈意满之后,初未料尚有差跌也,故沮丧一至于此,处困境而无抑郁,固非若辈所能耳,何足怪。午后上街散步,天寒早归。铁庵来,不遇。晚,看王益吾氏所注《汉书》。夜,同家人手谈。

初三日(1月30日)　晴暖,晏起。彝初来。午后上街,遇翰文斋韩子原,立谈数语,阅市收书之兴又动,广雅所刻二顾之书,将来须物色之。芝轩来,言侄女产后病热,胡医诊治不效,为荐张午樵。夜,作手谈。

---

① 本年正月至五月分别刊于《中和月刊》1943年第4卷第8期,第9、10期合刊,第11、12期合刊,1944年第5卷第2期、第3期;闰五月至六月,七月至八月,九月至十二月分别刊于1944年第5卷第5期、第6期、第10期。与癸亥年(1923)刊载先后顺序有颠倒。

初四日(1月31日)　晴暖,积冰渐融。晨,拜客九家。闻六桥言,张作霖已有通电,拥护梁士诒,与吴佩孚异趣,两憾恐或失和,则战事不远矣。在六桥所见新收放翁一砚,题识者悉元明人,极可爱。又林老人一砚,石材尤美,他砚尚多,匆匆未及遍赏,近午归。赞西来言,浙江卢永祥亦有通电,昨到又言,吴之攻梁乃徐意,与铁庵前说合矣。风和日丽,大有春意,均儿游厂,余亦颇动游兴,以天晚遂已。检书寄意,得《亥既集》,阅之不觉睡去,甚酣。上灯起,与艾老作书,请泥燮老之行,得复。夜独坐,此中勃勃,欲得奇书而读之。人间那有奇书,吾架上所储虽未备,皆奇书也,何可以平淡视之?要知世人所谓奇者,率二三畸零偏僻之籍耳。姚惜抱好读习见之书,吾最服膺。夫习见者,乃真奇书也,读之尚不能尽,何必从事于畸零偏僻者为哉?

初五日(2月1日)　入直,又至醇邸拜寿,遇人甚多。午后拜客十二家,在金玉如处谈及怀民家事,为之叹息。上灯后检日记。是日微阴。夜,看《汉书·高帝纪》,用补注本。

初六日(2月2日)　晴暖。奴子言,街市又有钱荒,谣传梁士诒既退,东张南卢俱有违言,必然之势也。生民何辜,遭此涂炭。取《汉书·外戚传》读之,解闷。午后,往视侄女病,遂踏街闲写。在文奎堂遇郑叔问《瘦碧词》,买之。此书于前五年曾借隽甫藏本手抄,物色既久,一旦得之,喜可知矣。夜,看《王莽传》。得健之书,即复。于晚报见张、卢二电,大有咄咄逼人之势,且看吴氏何以应之。

初七日(2月3日)　晴暖。晨,看《元后传》。腊梅吐萼,春兰亦作花,香盈一室,读书盘薄,其乐无涯,何必阅市始谓不负岁朝耶?午后,楙堂、沈庵来,客去已日落。夜,看《功臣表》《恩泽侯表》。接健之书,濡笔复之,付邮。

初八日(2月4日)　立春,入直。昨夜之霜甚重,日出后尚未消,拜客四家即归。看《功臣表》,赵充国不在《功臣表》而列于《恩泽》,李广利当在《恩泽侯表》而入《功臣》,私意以为一失之严、一失之滥,殊未允。上赏春菜八器,又奉到万寿节颁赏银二千元。饭后静含来，客去游厂，买大方墨盒一、小瓷盆菖蒲二。又至火神庙阅市，得《武功县志》《西域见闻录》《尚友录》三书，遇熟人甚多。晚，同寄云饭于撷英。夜，调墨盒。

初九日(2月5日) 入直，谢恩，又带乌林。散直，拜客三家，出宣武门，至江西馆与诒书拜寿。晤梦严，约饭于嘉禾春，座有劭襄、秋岩。归已过午，倦极而睡，起已向暮，看《武功县志》。夜，看《西域见闻录》，文笔尚洁，叙述亦翔实，头目岑岑若眩，闻鼻烟稍减。

初十日(2月6日) 微阴。黼臣来久谈。前借楙堂五百元，遣顺儿送还，并问应付利息。午窗静坐，闻盆兰、水仙作香，心境极清。润之、仲三来，久谈不去，恶客也。午后上街，舍妹携其女来，旧疾忽作，因留之。夜，月色皎洁。

十一日(2月7日) 吴彭秋来，见之。午后有病意，昏昏欲睡。饭罢愈倦，遂游厂，遇声伯、珏生。晚饭于福全馆。又至镜古堂一坐，买鲍刻《经典释文》，见《经训堂丛书》，甚爱欲留，惜价昂耳。归家大咳，吐痰甚多，胸膈如鲠，当有停饮。

十二日(2月8日) 入直，频咳。拜客一家，至贤良寺上祭，星五之庶母周年也。又到瀛邸拜寿，归家惫甚，遂卧。子宽来，见之。午后上街。晚，得立民书，即复。夜，看《日知录》，剃头，腰膂均痛，胸膈不利，骨节作酸，痰涎尤盛，耐不久坐。

十三日(2月9日) 入直，万寿免行礼，带荫昌觐见，散直颇早。微阴，晨雾午晴，河冰已有解坼之意。榕生来，两年未见矣，丰采犹昔，少谈。午后上街，踏月而归，天气温和如二月天，昨恙小减，痰仍盛，舍妹病愈归。

十四日(2月10日) 阴，阶础均湿，家人言晨间微雨，以晏起未知也。天气清润，宿恙若失，速日亢燥，而风来则寒，所以致疾。午后风起，庭树有声，至世文端公灵前公祭送库，大风扬尘。归后，检案上书籍归函，尘积稍清，镜古堂送来《经训堂丛书》，拟与商价。夜，校《三辅黄图》一卷，即据经训本也。三更风息，风散月出，得鹤亭丁艰之讣。

十五日(2月11日)　晨,候弢老,遇慕韩、诒书。归,检日记。午后欲上街,铁庵来,至暮始去,游兴已阑。家人唱影戏过节,箫鼓喧填。中夜独据一案,校《三辅黄图》二卷,二更诣先祠,供元宵,行礼。

十六日(2月12日)　晨,至江西会馆为弢老陪吊。午后,至世文端公宅陪艾老点主。申初归,小睡。上灯后,上街。是日早风午止,夜月色皎洁,天亦回暖,点检拜客单子来贺年者,拟谢步也。清宵孤坐,仍看《三辅黄图》昨校本。《日知录》曰:"汉西京宫殿甚多,读史殊不易晓,《三辅黄图》叙次颇悉,以长乐、未央、建章、北宫、甘泉宫为纲,而以其中宫室台殿为目,甚得体要。但其无所附丽者,悉入北宫及甘泉宫下,则舛矣。《雍录》驳此书思子宫、万岁宫隶甘泉之误,而谓元书已亡,此出唐人所作,诚然。今当以明光宫、太子宫别为一条,为长安城内诸宫。永信宫、中安宫、养德宫别为一条,为长安宫异名。长门宫、钩戈宫、储元宫、宣曲宫别为一条,为长安城外离宫。昭台公、大台宫、扶荔宫、蒲萄宫别为一条,为上林苑内离宫。宜春宫、五柞宫、集灵宫、鼎湖宫、湖当作胡,见《汉书·杨雄传》。思子宫、黄山宫、池阳宫、步寿宫、万岁宫、梁山宫、回中宫、首山宫别为一条,为各郡县离宫。程大昌曰:思子宫在湖,万岁宫在汾阴,人皆以隶甘泉,与史不合。别有明光宫,不知其地附列于后,而梁山宫并【当】并入秦梁山宫下,则区分各当矣。"此说甚辨,有暇当如其说,分条录出,当益明了。

十七日(2月13日)　入直,答拜彭秋,归家饥甚,狂啖大饱,拥衾而卧,是真一乐也。午后上街。夜,云起微风,灯下涤笔调墨。

十八日(2月14日)　晴暖。谕祭姜桂题,午初往,午正礼成,拜客一家归。饭后,租一电车,拜客三十九家,纡回坊巷,遍历九门,若以敝车羸马咨且其间,非三日不办,旷日费时,最苦之事也。在铁庵所小坐,见石印《经训堂丛书》甚佳,携归借阅。润之、子宽来,不遇。《汉书补注》付镜古堂重装,借带经堂《守山阁丛书》一看,似可不收。夜,看宋敏求《长安志》,《经训》本也。段祺瑞出京,寓天津旧宅,不知何为。

十九日(2月15日)　晨，检书目，收书之兴勃勃欲动，惜绵力难副此愿何。近午游庙肆，在带经堂见《经训堂丛书》一部，纸宽大而板印颇精，远胜于镜古堂者，遂与议价，以七十元买之，明窗展读，喜不自胜。此中《长安志》，余最心赏，正字释名，疏证其次也。馀亦多佳种，足与《连筠簃》颉颃，倘能并收，于心良慰矣。傍晚至致美斋，赴仲三之约。夜同看戏，归家甚疲，且戏亦不佳，易夹中衣。

二十日(2月16日)　入直，邸传明日在筹备处会议，为大婚之事。子昆、煦谷等留任，定初一日具奏。右辅牙根前日浮肿，今小愈。昨卖【买】天蓝小瓷花盆二种，以石菖蒲为案头清供，室中白梅已将作花，较去年稍晚。近午休息，饭后赴逊敏之约，作手谈负，归已月上矣。晨闻弢老言已面奏请假，回里当家，俞允。此行鄙意颇不谓然，前曾力劝不听，奈何。

廿一日(2月17日)　入直，撤灯，带匠。午后，筹备处会议，洵贝勒未到，申正散。立孙今晨传进内，亦于是时回家。翰文斋送到《历代宅京记》，索价二十元，去年在火神庙阅市，见此书说价六元未买，失之交臂，可惜。傍晚休息，得健之书，即复。右耳连腮均痛，似受风。夜，翻阅《经训堂丛书》，书签并钤收藏印记，尘俗奔走之馀，亦一乐也。生平最喜静夜看书，连日应酬牵率，形神交困，遂觉今夕之娱，为人间难得之遇。今晨吴彭秋请安，召见养心殿，带匠时曾与一晤，未多谈。

廿二日(2月18日)　阴。越千、润之来，得健之书。午后上街。昨闻涛言，二憾仍未解释，奉军已发子弹，岂非备战乎？晚，看《癸巳存稿》，《连筠簃》本。得艾老电，言涛邸昨说皆确，并问明日进内否，当有面罄者也。夜小雨，着地成霰，就枕躁烦频咳。四更月出。

廿三日(2月19日)　入直，与艾老谈，散颇晚，归家即睡。饭后，露生来。客去，至沈金门所唁其妇丧。访弢老，又至六桥处一问消息。弢言见东海，谓二憾不致决裂。六桥言曹锟将辞职，盖无以应张，又难于抑吴，梁士诒亦有即日准退之说。张景惠今晚到京，明日当有所闻。归已暮，疲甚，昨睡躁烦耳。夜，看《五代会要》。今日交雨水节，天气骤暖。

廿四日(2月20日)　晨，至礼邸贺喜，到门阒如，问之乃廿七日迎娶，误矣。预贺亦好，是日尚有他事。近酬应甚多，令人生厌。昨得美睡，晨起仍觉不适，且频咳，行年五十二，不图老境如此之速也。午后，亮生来，少谈。客去，至世文端处送库。遇六桥，言已晤张景惠，述东张之意，尚不致即决裂，然怒吴已深，现在舍曹而图吴，设有战事，当在河南。晚，同越千，伊、朱公饯弢老。夜，看《五代会要》。

廿五日(2月21日)　微雪，北风峭寒。晨，与世文端送殡，看者甚多，途为之塞。午归，易雪为雨。子宽来，借与百元。客去，独坐听窗外硫声，悦耳清心，神为之爽。夜，编螺洲密电本，两汉、唐、五代《会要》有脱线，令僮易之。作字过多，腕痛。

> 后唐长兴三年二月，中书门下奏请，依石经文字，刻九经印板。敕令国子监集博士儒徒，将西京石经本，各以所业本经，句度抄写注出，子细看读，然后顾召能雕字匠人，各部随帙刻印板，广颁天下。如诸色人要写经书，并须依所印敕本，不得更使杂本交错。其年四月，敕差太子宾客马缟、太常丞陈观、太常博士段颙、尚书屯田员外郎田敏充详看官，兼委国子监于诸色选人中召能书人，端楷写出，旋付匠人雕刻，每日五纸，与减一选，如无选，可减等第，据与改选官资。
>
> 汉乾祐元年闰五月，国子监奏见在雕板九经内有《周礼》《仪礼》《公羊》《穀梁》四经未有印本，今欲集学官校勘四经文字镂板，从之。
>
> 周广顺三年六月，尚书左丞兼判国子监事田敏进印板九经书、《五经文字》《九经字样》各二部，共一百三十册。显德二年二月，中书门下奏国子监祭酒尹拙状称，准敕校勘《经典释文》三十

卷，雕印板欲请兵部尚书张昭、太常卿田敏同校勘，敕其《经典释文》已经本监官员校勘外，宜差张昭、田敏详校。

右见《五代会要》卷八，此经书刻板之始也，抄存以备遗忘，时已三更，腕痛几不成字。唐长兴三年壬辰，越十六年戊申即汉乾祐元年，再五年癸丑周广顺三年也，历三代二十二年，九经雕板始成。是时，蜀毋昭裔亦出私财百万营学馆，且请刻板印九经，蜀主从之。

廿六日(2月22日)　入直，吉字密本面交弢老，问行期，言定明后日准行，作书告健之。欲睡，亮生电来，遂起，得报长春宫明日传见。弢言张与老段、小徐业已联合，其意欲除吴、推徐而使段执政也。故小徐入粤，而有北伐之师，张、吴开衅，段即出走，蛛丝马迹，已露端倪，斯言近似，记之以观其后。午后，至弢处送行。又访六桥，所言亦与弢同，老段到津，曾与少宣晤谈，且是老段先往拜之，馀可知矣。晚，书《唐会要》封面，册数目录全错，懊恼殊甚。甚矣，此心之旁骛也！当留之以志吾过。

廿七日(2月23日)　入直，越千以病未到，召见毓庆宫，又长春宫传见。退直，访越千。午后谒邸，归家疲甚遂睡。晚，赴疏庵约。弢老今早首涂，天阴有雾甚寒，得艾老书。夜剃头，一日仆仆奔走，未能伏案，又虚度矣。人生有几，禁得如许纷扰耶？

廿八日(2月24日)　寅正起，直大雪。候越千至，同车往见东海。归时雪落正密，遂复睡，起已近午，晴日满窗矣。润之、楙堂来，见之。饭后访艾老，同至劭襄家请客，射覆小胜。

廿九日(2月25日)　入直，召见养心殿，又至邸。归已近午，雪后有风，较昨又寒。作寄健之、玉如二书，付邮。瑞臣电告，明日结伴往看邓尉梅花，殊可羡慕，托其代求沈子培书楹联。午得报，奉旨派清查大内字画共七人：泽公、润贝勒、偁贝子、朱师傅，袁、朱两翰林，宝总裁，即分传。饭后上街。邸电至，催归，甫到家，电又来，乃为十六师守卫禁城者撤一营长也，纷扰者半日。晚，越千来，商致函张叙五，托其缓颊。夜，得逊敏、寄云电，问查字画事。连日匆匆，竟鲜憩游之乐，一灯独对，得少徜徉。

三十日(2月26日)　晏起，仍风。得电，奉旨：添派耆龄清查大内字画，钦此。即进内，与同人商定初二日查起，午后散直。带经堂送来《画史汇传》一部，须购置备考者也。昨睡小不宁，今日遂觉疲苶不支，嗟乎老矣。晚，读《汉书》律历、礼乐、刑法三志。

二月

初一日(2月27日)　入直。又访逊敏，归已逾午。佟君继煦、鄂君图敏来，见之。亮生、劭襄约，不赴。再看《律历志》一过。抱孙女戏，爱之稍过，每不忍拂其意，反不调驯，恐积久骄纵，则爱之适以害之矣，后当裁之。夜，与妇子手谈。

初二日(2月28日)　入直，泽、润、□、艾、聘、沈到，同在上书房，再商清查之事，由泽及龄请见。蒙上带至体顺堂看视，存储书画甚多，发下手卷四十件、册籍三本。泽面奏请派衡永、奎濂随同清查，奉旨允准。午初，着手清查，惟纪录收藏印章辨识颇难，因而费时，至申正仅看十八件，遂封存退出。看时，上亲临上书房，温语指示，同人均以为至幸。归后少休，劭襄来，见之。客去，上街。夜，草章程二，明日当与同人公议行之：

一，分任检看，拟设两案，每案三人，随书记一人，先量尺寸，次宸翰及鉴赏各玺，次题跋，次收藏印章，一一纪录，必须交互为之，如甲案检后，乙案覆之，乙案检后，甲案覆之，既免遗漏讹误，亦无群集一案，讲论费时之弊。

一，专司检书纪录程式，宜以《石渠宝笈》为准，必须核对原书方有依据。拟另设一案，分二人任之，取现有石印本及内交《宝笈》三编专事检查，检出者以书证画，自易为力，即记录各项，只须抄撮删节，事半功倍，且免辨识印章之难。鄙意此件见某编，亦应注于标题之下，无则缺，核对内交之册，并由此二人兼之，各有专司，自无紊乱，程功亦速。

初三日(3月1日) 入直，用分案法先看昨所未检者廿二件，复请发下手卷四十件，看三十件，已申正，遂退出。今日归家较昨稍疲，灯下静坐，神略清爽。夜，发第二枝鼠须笔，此笔尚合手，惜不耐久耳。今晨与□□相见，意悻悻若以前招不赴为憾者，小人行径，不直一笑。检看《西清札记》。

初四日(3月2日) 入直稍早，独在上书房看昨日未及检者十件，同人只雪斋未到，复请发下手卷六十件，均看毕，颇觉从容，亦有讨论馀间，盖前日旷时费手之事，悉已屏除耳。又由懋勤殿检出《石渠宝笈》《秘殿珠林》续编，合之前发三编及文渊阁所藏正编，首尾完具，检查自易矣。未正散直，休息。晚，赴彝初东兴楼之约，归家尚早，已有疲意，未看书，略翻《画史汇传》。

初五日(3月3日) 微雨。入直，发下手卷六十件，看毕。同人中纷扰者殊难一致，颇费口舌，且半为无目之人，强附风雅，妄肆品题，就中以□□□□为最，区区一事，尚有如许困难，可叹。得健之书，所论内事，语语中肯，如我心所欲言者，即复，此书当留与弢老一看。晚，赴俪、修东兴楼之约，似此无谓酬应不能谢绝，良用心痗。夜雪，校勘手录中秘书画日记，有见于《石渠随笔》《西清札记》者均注出。闻弢老初二日到闽。

初六日(3月4日) 入直，大雾。发下手卷六十件，看毕。内有宋徽宗《六鹤卷》，神采夺目，真迹也。沈庵定以上中，殊未当。看毕为时尚早，又取初四日所理者覆观之，申初退出。傍晚上街，并赴楙堂约。夜，校书画日记。

初七日(3月5日) 入直，发下手卷六十件，看毕。六日已看三百二十件，同人共议编目体例，□□多言而鄙，十须九驳，反不如□□之艰深，文固陋也。又取前日所看之王著《千文》再看，未正散直。归家即睡，起已暮，作书寄健之。黼臣来言，有《学津讨源》石印本预约券。

初八日(3月6日)　惊蛰。入直，发下手卷八十件，看毕，未正退出。憩时许，密云不雨，微寒，神倦。黼臣来书，劝买《学津讨源》预约券，价百元，五月即出书云。

初九日(3月7日)　入直，晴。劭襄以病未到，发下手卷八十件，看毕，未初退出。越千亦进内，不见多日矣，声言腕病，此人竞心未泯，动作可笑，所谓心劳日拙也。润之来，见之。上灯后，检《粤雅堂丛书》之《河朔访古记》《云中纪程》涉猎，以解闷怀，以晨闻巨源辈鬼蜮之心，结党欺蔽，颇不适也。《学津讨源》已决志收之，容筹款交黼臣代购。

初十日(3月8日)　入直，随醇邸及诸王贝勒至长春宫，呈阳桑札布、汉罗札布、荣源之女照像并三代清单。邸及艾老又诣养心殿请见，奉旨十二日再定，均退。了理案牍，未刻始归。小睡，午后上街。晚，以百元交黼臣，得复。夜，校书画日记甲册并定遂录体例，内事丛脞，佥壬盘踞，整饬为难，区区为此，亦聊尽吾心而已，他非所及也，惭愧奚似。得健之书，劝我缄默，可感。

十一日(3月9日)　入直，□生到，新自杭归也。发下手卷八十件，看毕，未正散直。傍晚，仲平来深谈。胸中郁郁，无可发抒，看高懋功《云中纪程》，兼较【校】胡图，聊以解闷而已。又接健之书，论大婚事宜候弢老还再定。此言良是，而为群邪所蔽，不加详思，反恐弢老在京破其成说，是所不解，惛谬至此，既已祸国，又将破家，前途真有不堪设想者矣，念之心痛，绵力何能补救，惟有惭恨而已。夜，读《汉书》傅介子、常惠、郑吉、甘延寿、陈汤、段会宗各传，独喜《陈汤传》之叙战。

十二日(3月10日)　入直，召见养心殿，奉旨：候选道轻车都尉荣源之女郭佳氏着立为皇后，候选同知端恭之女额尔德特氏着封为淑妃，钦此。散直过午，又至邸贺喜，拜客二家。休息，傍晚上街。

夜，校书画日记乙册，作寄弢老书，明日付邮，睡迟。

十三日(3月11日) 入直，召见养心殿，发下手卷百件，看毕。劭襄病起，到。归家休息时许，检《大清会典》及《东华录》。晚凉风峭，炉火尚不能撤，闷坐无所事事，看阮文达《石渠随笔》，见所记王石谷《重江叠嶂图》《唐人诗意长卷》《雪江图》，亟思一遇。燕文贵《夏山图卷》、杨无咎《梅花三叠图卷》、赵霖画《昭陵六石马图》、黄谒《雪猎图》(金粟残本)、赵子昂《万柳堂图》，亦梦寐求之也，未知尚在中秘否？又检《西清札记》中所载卷子欲一见者，记出以备明日携之进内，庶几搜索得之。

十四日(3月12日) 入直，沈庵未到，发下手卷百件，看讫。黄谒《雪猎图》、蔡君谟《洮河石研铭》均在，喜甚。又见褚河南书《儿宽传赞》，亦绝佳。今日所见，较胜前两日，申初下直。傍晚，与艾老同车至长春寺往吊君立之弟之丧，艾以弢老螺洲寄书见示。归后，新戚畹荣仲泉来久谈。夜，校书画日记甲册。新刻许氏鸿磐《方舆考证》样本函索寄到，板式体例均佳，十一月可出书，将来当收一部。

十五日(3月13日) 入直，沈庵、聘三、劭襄未到，发下手卷九十八件，看毕，检清入册者八百五十八卷，暂存上书房，如无续发者，当次第编目，再检册轴，容与艾商。下直，答拜荣戚畹，少谈即归。黼臣所抚钱十兰篆屏八幅，悬之斋壁，气势尚佳，所差者书卷意味，此非十年书案不办，黼臣未必具此毅力耳，当劝之稍稍读书。晚，读吴氏《国朝画院录》二卷，卒业。□□□□辈肆口谈画，并此不知，亦可笑矣。余自变政后，收藏卖尽，不讲者十馀年，若非奉命校理中秘书画，那肯涉猎及此，旧籍重温，殆如创获，亦大可叹矣。默坐静思，又不免腹痛耳。夜，步月中庭，天气甚暖。

十六日(3月14日) 入直，又同越千至长春宫见主位，今日邸上门，不查字画，归家尚早，少觉从容。荣源谢恩，言其姓非郭佳，乃郭绰罗氏，则前日载涛所交之三代门户帖真荒唐矣。涛问之毓朗，朗为荣源妻父，何以不知其婿之姓，天地间竟有如此疏忽之事，怪怪。

业奉明旨，何以能改，请示于邸，邸谕不必上陈，仅将行知宗人府咨文改正而已，真不成事。事前□□□争言知其家世，今并姓氏尚错，他更可知，其欺罔之罪，百口何辩？推彼辈之心，不过欲借椒房声息以为将来希荣之地耳，小人肆无忌惮，何事不可为，此第嚆矢也，不胜杞忧。黼臣、铁庵来谈，至上灯始去。夜，校书画日记一册。

十七日(3月15日)　入直，发下外库存乾清宫手卷百一件，看毕。均《石渠续编》、阮文达等所辑物也，美不胜收，未识何以移存外库，同人均叹为奇遇。申初退直，小作休息，上街。晚，在福全馆约健之、艾老便酌。健之昨自沪归也，交到吴子修、郑苏龛《题独立图卷子诗》，录后：

侧身天地欲何之，杖策临流有所思。极目疏林斜照外，挥戈应见鲁阳奇。

东省趋曹记后先，十年尘梦感钧天。孤吟我亦烟波老，岁晚沧江镇废眠。

子修

春秋不作竟诗亡，杜老无归暗自伤。望断暮烟人未返，却疑天意坠苍茫。

夸父共工事有因，触山逐日各忘身。羲和弭节崦嵫迫，奈此苍茫独立人。

苏堪

夜，校书画日记乙册。今日为均媳二十生辰，三宫主位赏绸缎四匹、银百元。永和宫赏衣六件、银四十元，女客来者甚多，散已三更。

十八日(3月16日)　入直，同越千至储秀宫、长春宫、坤宁宫看工程。又召见毓庆宫，事毕，至上书房，已及午。润未到，沈病仍未愈，发下手卷百十七件，看六十件，散直归家。健之来久谈，客去，休息。今日与□□谈不合，此人诡谲热中，难与为伍。夜校乙册，注语颇多。

十九日(3月17日) 入直,补看昨日未看者五十七件,姚文翰画《紫光阁锡宴图》,因有先朝圣容,已由懋勤殿太监进呈。下直,拜荣戚畹,遇□邸,益觉其不堪,归家休息。晚校甲册,夜校乙册。作书致健之,付邮。

二十日(3月18日) 入直,瑞臣到,发下乾清宫陈设卷册八十件,看毕。除卷三十册,十七均是高宗御笔书画,共装二雕漆盒,仍交还外,馀三十三件,暂存上书房。下直,访越千,及归,健之久候,少谈即去。检今日携归《石渠宝笈续编》与甲册相校,著录者悉记出,上灯后毕,凡九十九卷,快甚。

廿一日(3月19日) 入直,微雪,近午大风。发下乾清宫外库立轴百六件,看毕。退直尚早,又取《石渠续编》三函,连前六函矣,校录详目。晚,捷南来久谈,偶及内事,为之悒悒。夜,校乾清宫甲册。

廿二日(3月20日) 休息,连直二十馀日。晨仍早起,校录细目,至午手为之胝。饭后上街。夜,校录画记。

廿三日(3月21日) 入直,召见养心殿,与涛、朱会议,散直逾午。傍晚,润之、黼臣来。夜,校录画记。

廿四日(3月22日) 雪。晨谒邸,拜客二家。归后,健之来。饭后,至逊敏处拜寿,夜深始散。昨夜枕上闻雁,念及亡弟,转侧久之,补记。

廿五日(3月23日) 入直,召见毓庆宫,又至长春宫请见,发下立轴百四件,看毕。有范宽《秋山行旅图》、邵僧弥《莲华大士》、伯颜不花《古壑云松》均致佳,尤以范画为巨擘,悬看时许,爱不忍释,未正退直。归,即校录画记至夜。

廿六日(3月24日) 入直,发下立轴百件,看毕。有赵原《溪亭秋色》、王时敏《仿浮岚暖翠图》均佳,文待诏《仿王蒙山水》亦出色,未刻下直。晚,上街。夜,校录画记,沈庵看画犹有流俗之见,非真知者。

廿七日(3月25日)　入直，召见养心殿，发下立轴百件。甫展视，又蒙召见，温语移时，并示以御制七绝一首，盖近作也。问臣近作，以和雪斋雪诗对，命写出呈览，退已及午。看画毕，至逊敏处手谈。傍晚，往吊冯公度母丧，又赴庄志道约。今日所见以马麟《三官出巡图》、宋刻丝《崔白杏林春燕图》为最。

廿八日(3月26日)　入直，发下立轴八十二件，看毕检清入册。乾清宫外库所存及陈设已看过册十七、卷二百八十一、轴六百八十二，总九百八十件矣。查旧籍仅止经卷，所存无几，明日拟请全发，此处即可清楚。今日所见，以宋人《松岩仙馆图》为上品，宋人布画为奇品。退直，校录画记。晚，同庆邸、越千、隽甫公请商部旧友。夜，仍校画记。

廿九日(3月27日)　入直，发下经卷甚多，正在清理，又交册外书画册百馀件，一时难于遍及，先检五十册看毕，馀者暂存。巳刻，召见养心殿，温语甚久。近午退，特交出三希墨宝册卷三件，看毕恭缴。散直甚晚，拜客一家即归。健之坐候，客去，校录画记。今日所看，三希墨宝外，《唐宋元集绘》一册、《烟云集绘》四册、《宋人名流集藻》一册、《宋元集绘》一册、《宋十二名家法书》一册、《苏氏一门法书》一册、《赵氏一门法书》一册，皆巨迹也。《文待诏仿古》一册、《恽格书画》一册、《仇十洲临宋元六景》一册、《王原祁仿宋元山水》一册、《宋刻丝花卉》一册。次之又有米元章书《离骚》，艾谓出张即之手，尚不在内，今日真大观矣。天下之富，足觇一斑。夜腕楚，校录不辍，可谓乐此不疲。

三月

初一日(3月28日)　入直，清理佛经一百七十五函、千六十册，存储乾清宫东暖阁。又检看书画六十七种、二百二册入册，心营手录，扰扰半日始毕，退直稍休。晚，赴逊敏之约。夜，疲甚。今日所见宋人尺牍四册，为世间鸿宝，张即之书《度人经》亦上品也，可以存目。

初二日(3月29日)　入直,又至府。今日本为休沐之期,□□[1]热中,牵率进内,不过希冀召见耳。幸昨睡未晚,不然殆矣,长与此等人同班,无谓之奔走,一年不知耗却如许光阴,只一不知恬退之怀,遂搅得神魂颠倒,丑态百出,行年六十,亦何苦耶?归家,校录画记。午后,蒋梅生来久谈。客去,睡至暮始起,连日匆促,尘冗少暇,今稍得安闲之乐。重华宫赏菜蔬四器。雪斋画雪赋诗征题,同人均有和章,余为牵及,遂次韵和之,诗已早成,今始补录:

空山无南北,一白寒云积。闭门理孤咏,门外绝行迹。萧疏数竿竹,浸我半窗碧。不知高卧人,谁与共幽寂?

此诗曾经御览,并蒙垂问袁安事,亦一时荣遇也。同人和章无一佳作,以气息吐属论,当无及此百一者,可叹。

初三日(3月30日)　入直,发下体顺堂手卷八件、册五十件,看毕下直。又至大婚典礼处会议,归已将暮,校录画记。夜,看《石渠续编》。近日风传某国欲买文渊阁《四库全书》,几牵及交涉,皆毓朗一人阶之厉也。校理书画,宝、袁二君未免播扬,将来亦恐有枝节。

初四日(3月31日)　入直,召见养心殿,发下册百件,看毕。惟宋拓《皇甫碑》机务本。是上品,馀多不足纪录者。散直,稍睡。晚,至福全馆,同越千公请捷南等,商筹备节事。夜,校录书画,睡几不宁,年齿渐长,事冗神疲,若再不得睡,明日益不能支矣。

初五日(4月1日)　入直,散已近午,疲甚,休息。饭后上街,抵暮归,校录画记。与越千谈,言外颇有憾于余之屡蒙召对者。夜,看《石渠续编》。

初六日(4月2日)　入直,微雨,发下册百件,看毕。恭刻鉴赏御宝已齐,呈览,奉旨作匣,又交下御宝三十方作匣。归家休息。晚,

---

[1] 原文原空两格,应是隐去人名。

至庆邸拜寿。夜，恭检御宝，敬录于后：

宣统朱文，玉质，方，连珠。
无逸斋精鉴玺朱文，牙质，长方。
宣统朱文，牙质，长方。
宣统鉴赏朱文，牙质，方。
宣统御览之宝朱文，牙质，方。
无逸斋朱文，牙质，长方。
宣统尊亲之宝朱文，牙质，方，小。
宣统御笔之宝朱文，石质，方，大。
宣统尊亲之宝朱文，石质，方，大。
宣统御览之宝朱文，石质，方，大。

以上十方新刊。

德日新朱文，玉质，长方。
庄敬日强朱文，石质，方。
宣统白文，石质，方，李儒刊。
御笔朱文，石质，李儒刊。
宣统御笔白文，石质，方。
所其无逸朱文，石质，方。
无逸斋宝朱文，石质，方。
宣统御笔朱文，石质，方，金城刊。
即此是学朱文，石质，椭圆。
宣统御笔朱文，石质，方，金城刊。
即此是学白文，石质，方，金城刊。
无逸斋朱文，石质，金城刊。
用笔在心朱文，石质，金城刊。

宣朱文，玉质，方。

统白文，玉质，方。

宣统御笔之宝朱文，玉质，双龙纽，方，大。

宣统御笔朱文，龙边石质，方，李儒刊。

朝乾夕惕朱文，石质，方。

宣朱文，花边玉质，云纽，圆。

统白文，花边玉质，云纽，方。

宣统尊亲之宝朱文，石质，云纽，方，大。

经纬阴阳白文，玉质，双龙纽，长方。

宣统御赏之宝朱文，石质，方。

宣统御笔白文，石质，方。

宣统御览之宝朱文，石质，椭圆。

寡欲朱文，石质，长方，李儒刊，梁鼎芬进。

冲龄宸翰白文，石质，方。

宣统御笔白文，石质，方，小，金城刊。

宣统宸翰朱文，石质，方，小，载洵刊。

宣统御赏白文，石质，方，载洵刊。

以上作匣。

初七日(4月3日)　入直，发下册百本，看毕。午楼来，与商作匣事。校录画记，今日所见《名画大观》《名画荟珍》二巨册，择其尤佳存名后方，以记眼福：

王维《雪溪图》宣和题签，笔墨气韵醇古，绢本。

王蒙《松路仙岩》香光题，此图乃分宜故物，绢本，与寻常面目迥然不同。

巨然《江山晚兴》绢本。

黄公望《芝兰室图》纸本，超凡入圣之笔，乃香光所从出也。

倪瓒《春山图》纸本。

王维《围碁图》瘦金书题名，绢本。

周昉《宫人纨扇图》绢本，笔意设色与前见之《地官出游图》同，绝佳。

黄筌《丛菊图》纸本，设色与《柳塘聚禽图》同，可以互参。

苏轼《岩桧图》笔墨酷似文与可《晚霭图》，绢本。

李公麟《文会图》目中所见龙眠画不下十馀件，此为最，绢本。

李唐《雪窗读书图》绢本，重墨放梢之竹，丰神绝世。

马远《竹林僧弈图》绢本，丛竹致佳。

曹知白《乔树草亭图》纸本，松尤佳。

作字过多，指僵腕楚。

初八日(4月4日)　入直，发下册百件，看毕。归家，剃头，校录画记，笔秃墨滞，作字殊苦。叙斋夫人来。

初九日(4月5日)　入直，上以清明诣寿皇殿行礼，在绮望楼前率属站班。近午，携妇子谒先茔。归甚早，休息时许，仍校录画记至夜，窗外雨声潺湲入耳，为之色喜。

初十日(4月6日)　晴。入直，发下卷册百二件，看毕登记，存乾清宫四十，存上书房六十，交上二。甫归，月华来。客去，上街。暮归，清理校录诸册，前携来《石渠续编》，四函、五函、六函、七函、一函、二函、十六函、十七函。明日当交回五函，仍留三函。五及十六、十七也。

十一日(4月7日)　入直，发下卷册轴共百件，看毕。将散直，上传带匠配眼镜，召见养心殿，归已及酉。晚，赴逊敏约，一夜始散。今日看董北苑青绿大幅，真环宝也。□□□□[1]有怨辞，小人不可使有隙，须防之。

十二日(4月8日)　休息，及午始起，子宽、镜含来。客去，上街，踏月而归。夜，校录画记。

---

① 原文原空四格，应是隐去人名。

十三日(4月9日) 入直。归家,校录画记。午后,至典礼处会议。散后,访夔邸。赞西来,未遇。上灯后,彭秋来,少谈即去。夜,校录画记,眼有昏瞀之意,作细字过多也,不敢再写。年来百事有退无进,即此二目又不如前,老之将至,去废物不远矣,可叹。

十四日(4月10日) 入直,发下立轴百件,看毕。归家甚早,校录画记。傍晚上街,踏月归。天气和暖,后院杏花盛开,梨亦吐萼,花朵尤繁。校画记。

十五日(4月11日) 入直,发下百轴,看毕,有韩幹《猿马》、正编。方从义《石岸古松》、三编。黄鼎《秋日山居图》重编。可入画记。

十六日(4月12日) 入直,召见养心殿,有与邸商定之事,至邸覆命,又蒙召见。今日发下百轴,匆匆看毕,仅记有方从义《云树流泉》、正编、三编。赵伯驹《春山图》正编、三编。可入画记。退直,又至邸,值出门,遂归。稍睡,傍晚得邸电,令与艾老面商,盖上欲擢用刘体乾,邸不谓然也。遂访艾,复候沈庵病,尚未愈。

十七日(4月13日) 入直,召见养心殿,带狄波尔诊视,上患风湿也。发下百轴,看毕,有巨然《雪图》、赵子昂《莲塘图》,均可入画记。

十八日(4月14日) 入直。发下百轴,看毕。散后,至珏生处,更衣,与艾老贺喜,遇健之,天气燥热。看画,只一赵伯驹《汉宫图》为真迹上品,而人皆不识,群盲真难与语矣。珏生与我却多契合,惟稍重气势,故看细笔不无少失,区区一赏鉴,竟有如许之难。

十九日(4月15日) 入直,并拣选官缺,散颇晚。甫归,健之来,郭恩纶来,白五楼送宝匣来,倦甚。傍晚上街,天愈热,大燥。后院海棠、鸾枝、丁香、柰、李、桃均作花,梨花尤盛。近日因事触忤,颇郁郁,使吾有二顷田,若不遁迹入山,非人也,兴念及此,凄黯久之。

廿日(4月16日) 入直,发下百轴,看毕。归家少休,又至后邸勘工程,赴袁俊亭约,归疲甚,即睡。均儿生日,永和宫赏如例。

廿一日(4月17日) 入直,召见养心殿,发下六十三轴,体顺堂东次间之画已看毕。受风有病意,少睡,捷南来。晚,赴贡邸之约,得电,上有手谕令回奏,即归。乃因外间谣传太多,有言直奉两军已开仗者,问是否确实也。即缮奏片,交宋太监带呈。又至贡邸晚饭,饭罢即回,疲惫不堪矣。截至今日止,共看过卷一千二百零九件,册七百七十五件,轴一千二百四十二件,佛三种,共三千二百二十六件,佛经千二零四十八册在外。

廿二日(4月18日)　同越千、健之往见东海。入直,召见养心殿,归即睡。未刻出左安门,至肃忠亲王几筵前初祭礼,礼毕易衣,至亮生丙舍休息。少顷,逊敏、寄云、夔庵、艾老均到。傍晚,同车游厂肆,晚饭于撷英。及归甚疲,得弢老复电,已首涂,月内可到。

廿三日(4月19日)　入直,发下百轴,看毕。典礼处堂期,申末散。关防衙门掌印文昭久病且把持,开其掌印,以多荫充补,钟凯所保也。衙门中去一蛊,快快。校录画记,颇觉从容。

廿四日(4月20日)　入直,发下百轴,看毕。午后,召见养心殿。散直少休,上街。夜觉暖,换夹衣。

廿五日(4月21日)　入直。归家休息,过午始起,校录画记。捷南来久谈,盖以昨日因公事与越千抵牾,具呈辞差,当与和解。校录画记。后院花事甚盛,薄暮散步花下,颇适,年中无几也,牡丹单瓣者已开。夜,枕上闻雨声。

廿六日(4月22日)　微雨,天气清润。入直,与越千谈,遣子昆劝慰捷南。发下百轴,看毕,至乾清宫相存储书画之地,为风袭,头微痛,终日睡。夜,校录画记,又闻雨声,快快。

廿七日(4月23日)　入直,发下轴七十二件、册五十件,看毕。散颇早,欲上街,殷五来,客去遂睡。晚,校录画记,意兴落漠,虽遇佳日,亦懒于出门,未免辜负好春矣。夜腕楚,校录亦辍业,独坐益觉无聊。

廿八日(4月24日)　换季。入直,发下册百廿九件,看毕,墨拓居多。傍晚,赴越千福全馆之约,闻弢老已自沪航海北上。夜,校录画记。

廿九日(4月25日)　入直,发下册百九件,看毕。自二月起至今,总数列后:乾清宫卷二百八十三件、交上三件。册二百七十件、交上一件。轴四百九十二件、经一千零四十八件。体顺堂卷九百二十六件、册五百零五件、交上二件。轴七百五十件。通四千二百七十四件。校录画记,上街,昨上街,今赴越千之约,误记。买得朱笺扇一、茧纸十,作字多,手痛。

三十日(4月26日)　入直,同越千召见养心殿,发下毓庆宫卷、册、轴二百廿三件,看百件,馀存。同泽、艾诸人看收存书画之地,至昭仁殿、静怡轩,登延春阁,憩于惠风亭,经御花园,至绛雪轩,均不合。后看到钟粹宫适用,遂定焉。归家,校录画记。

四月

初一日(4月27日)　入直,散后至邸。及归,艾约往,少谈即回。润之来,未见。晚,赴同人看花之约于张氏园,先散归,校录画记。

初二日(4月28日)　入直,易纱窗,带匠。邸、涛至,随见主位,以直奉战事将开,欲赶办大婚,定切【初】九日举行。又同越召见养心殿。退后,与邸商暂缓发上谕,促艾来商,免致陷上于非礼也。艾至,独对者久之,始罢议。归家得电,弢老到京,遂同艾往,应谈者粗毕,而□□至矣,所言多无耻且近挑拨,竟与冲突。夜,校画记。

初三日(4月29日)　枕上闻炮声,战已开矣。入直,同洵、涛、弢、艾、越请见,议迎后妃进内,暂居别宫也。上主镇定,涛议未行。同人补看昨交之画百廿三件,余未到,归家休息。夜,上电问战事,以实对。架南电告,三路均开伏【仗】,西路小胜,馀二路胜负未分。

初四日(4月30日)　入直,带匠,重华宫赏金画扇二,面谢。发下册六十件,看毕。退直,与赞希拜寿,又与枚生贸【贺】喜。闻直奉刻在门头沟争隘剧战,直亡六将,奉亡一将,名梁朝栋。大风欲雨,访弢老、六桥，不遇，衣薄觉寒，匆匆而归。傍晚，炮声大作，似甚近，恐奉又败矣。上移电话于内，夜用电垂问战事，巨炮之声彻晓不休。

初五日(5月1日)　入直，带匠，奉旨添派陈宝琛清查大内字画，钦此。发下卷、轴、册五十九件，看毕，散甚早。午后上街，傍晚休息。夜，校录画记。越千进内直宿。

初六日(5月2日)　入直，召见毓庆宫，发下卷册九十六件，看毕。有恽南田画扇面一册，花卉山水均妙绝。弢老到，未初散直，归家稍睡。润之来，未能见，殊抱歉，合记合同交去。酉初，进内直宿，回忆直皖之争又二年矣。世事日非，光阴迅速，劳劳无已，来日大难，怅惘久之。上于初一日剪发，我辈于义应争，既已不及，则应随之剪去。五十二年受之父母者，一旦弃去，实有不忍，此举也殊难委决耳。内事之不堪设想者何许，是不过一端而已。弢言健之怨我甚深，将来飞短流长，常【当】不免听之可也。晚，校录画记。夜，得诗一首，用庚申夜直均录后：

襆被直西掖，三年两度来。拂檐花已谢，营垒燕初回。向夕明残蝀，崇朝起荐雷。觚棱花望切，趋走愧非才。

初七日(5月3日)　长春宫赏早食，邸上门，散直颇早。午后上街。夜，校录画记。带匠毕，上赏大缎二匹、折扇二、香囊二、香珠二、椒佩四，传勿谢。后院牡丹盛开。

初八日(5月4日)　入直，发下卷、册十八件，看毕。越千电告奉军溃败，已有瓦解之势，城门均闭，遂留夜直。少顷，越千亦来同直。夜，与涛邸及郭恩纶电商安置禁城外十六军事，睡颇晚，仍校录画记。

初九日(5月5日)　长春宫赏早食，召见毓庆宫，又至上书房检书画，钤宝者四十一件，今日始作收束也。先散，至赞希家。易衣谒邸，陈昨事，并略陈近日为难情形，邸误以为欲辞，大为慰藉，归已逾午。傍晚，至沈庵所公请弢老、慕韩，见瑞臣藏一宣护【炉】，甚爱，求其见让。近因感触，有逃禅之意。

初十日(5月6日) 入直，召见毓庆宫，奉朱谕特派陈宝琛、李经迈、绍英、耆龄、宝熙清理皇产事宜，钦此。检画，钤宝者七十二件。归家少休，赞希、捷南来，均久谈，内事纷扰，外间已有疑之者，不胜悒悒。申末后入直，校录画记。今日出门时，立孙来送，念其幼且爱之极，不觉心酸，几下泪，未解何故。夜深始睡。

十一日(5月7日) 长春宫赏早食，越千往见弢老，邸以昨日闻责所言令告，并嘱相机上达。余往检画，钤宝者七十件，散直归。晚又夜直，补日记，大风。

十二日(5月8日) 长春宫赏早食，无事即退。因剪发事不应再迟，而又不忍，胸中轮转者尽日，觉世间无此感伤之事，人之事君，苟有涓埃之利，虽断肢体何惜，况我久以此身许之者乎？今无端出此，何敢抗违，然五十年全受者而不能全归，其茹痛常【当】何如也。夜睡亦不适。

十三日(5月9日) 入直，散颇早。午刻，遂同均儿剪发，揽镜自照，殊难为怀，妻孥亦含悲视之，互相劝解，此举也无异自灭矣。典礼处堂期，遂不往。傍晚，进内夜直，弢老病，电候之，想亦不无抑郁。

十四日(5月10日) 长春宫赏早食，检书画，钤宝者六十九件。散直，候弢。傍晚，上街。夜，作手谈。

十五日(5月11日) 入直，检书画，卷用宝十件，轴用宝九十件。午后退，少林【休】。傍晚，进内直宿。

十六日(5月12日) 长春宫赏早食，上门检书画，卷用宝四件，轴用宝八十三件，意兴索漠，神不能振，颇觉疲惫。归少息，铁庵来久谈。与黼臣有约，散直赴。借《大观录》《真迹日录》二书，精神恍惚，余殆将病。

十七日(5月13日) 未入直，上电至，因闻陈太保病，欲往视，令即进内，并传谕门上。及易衣至神武门，上门行矣，艾老随往，少顷回跸。与越千同至车前候驾还始退,此又一过举也。艾老力劝,竟不听,以后动辄如是,将奈何。至北上门,与袁得亮、申振林少谈,二人亦闻信赶来者。往候弢老,病势颇重,似温热,热入里,无人主医药,大是可虑。归家休息。傍晚,申总兵来告禁军改编事,得报。检书画,今日用宝者七十件。

十八日(5月14日)　入直,又到府回事覆命,召见养心殿。检书画,钤宝六十件。散直,访艾老、逊敏,不遇。归家,逊敏电来,又往见,久谈。及归,疲惫不堪,遂睡。今日已免夜直,得艾书,颇悒悒。夜,得佟继先电,述弢病已减,大慰。

十九日(5月15日)　入直,召见养心殿。散直,访袁总兵,归已及午。与沈庵电谈,润之、五楼、赞希来,均见之。客去,休息。傍晚,携孙女后院散步。夜,校录画记。继先来告,弢病较昨又减。看《真迹日录》,应记者随录于后:

> 金章宗"群玉中秘"印,其用于书卷者文粗,用于画卷者文细,细者自当让粗。贾秋壑"悦生"图书,其用于书卷者文小,其用于画卷者文大,大者当逊小,真识当自知之。

廿日(5月16日)　微雨。入直,召见毓庆宫。检画,用宝者九十九件。午后,召见养心殿,退直仍雨。傍晚,赴逊敏约,归尚早。接李季皋覆书,词颇油滑,当有所授者也,容与越商。

廿一日(5月17日)　未入直,晏起。午前,与洵贝勒、福子昆贺喜,在六桥处易衣,少谈。借黼臣《真迹日录》还之。午后上街,天色黄黯,恐有风,遂归。为聘三书扇,不惬心,心绪不宁,神昏气沮,未解何故。校录画记屡讹,置之。

廿二日(5月18日)　入直,又至邸,归家少睡。午后上街,并候弢老,未见。此中悒悒,在家出门两俱不适。夜,校录画记,讹误渐少。

廿三日(5月19日) 入直,检书画,用宝者轴廿六件、册五十五件。散直稍息,即至筹备处会议。访艾老,遇胡琴初、罗叔言,同至东兴楼晚饭。买《大观录》一部,今日心中愤慨略减。

廿四日(5月20日) 入直,微雨,召见养心殿。到府,又进内述旨。检画,用宝者轴一件、册六十六件,宋名人尺牍,十二名贤尺牍,苏氏一门、赵氏一门尺牍又细看一过,真眼福矣。归家睡。傍晚访绍。夜,校录书画日记,臂楚,看《大观录》解烦。

廿五日(5月21日) 入直,拣选官缺,至邸回事。归家,健之来。客去,睡醒后校录画记。晚,赴亮生约,今日心绪略宁,以因应已有决心矣。闻弢老病减,慰慰。夜失眠,至晓方睡,甚苦。

廿六日(5月22日) 入直,检书画,用宝者百零五件,不用宝者百二十一件,均是册子,装箱存钟粹宫。散颇早,少睡上街。夜,看《大观录》解闷。外传张吴滦州战事,言人人殊,今见云汀书,所言恐亦不尽实,盖忽退兵出关,此中必另有涌因也。近日处于困境,虽已决定大旨,方寸究不能无惘惘耳。所最苦者,竟无一可与商量之人,奈何。独坐以思,万念潮涌,三十年读书养气,临事竟如是缠绕,可愧孰甚。

廿七日(5月23日) 入直,检体顺堂正册卷子,印宝者六十件。归家,因易纱窗,在护【濩】斋休息。傍晚,赴珏生之约,倦极,饭后即归。

廿八日(5月24日) 入直,邸上门。散尚早,归即睡,近日意兴益阑珊矣。午后,赴劬【劭】襄之约,射覆小胜,同人无不兴会淋漓,惟我独悒悒耳,先归。

廿九日(5月25日) 入直,检书画,用宝者卷、册、轴一百卅四件,宸翰各册已竣事。散直少休,与邸及越千电谈。访艾,同候弢老,病已去,惟弱耳,可无大险矣,握手谈甚久。归,校画记,燥热大渴,瑞裕如赠鲥鱼。

三十日(5月26日) 入直,与伊、朱会谈。至署,议发款。又至上书房检书画，用宝者六十九件。归家少休，上街，天气骤热。夜，校录画记，入重编者可作一结束矣，快甚。今日略觉从容，精神亦似少复，惟时时慨叹，胸中郁结，恐此生无解除之日。闻弢老居然能起坐半日，甚慰。

五月

初一日(5月27日)　入直，检画，用宝者六十件。归家少睡，即赴逊敏之约，意兴阑珊，先散。

初二日(5月28日)　休息。晨拜客，午后上街，傍晚归，校录画记。得百合一盒，已不能食，种之后院，虽过时，明岁尚可看花，吾计亦懿矣。

初三日(5月29日)　入直，检画，用宝者六十九件，先散少休。申刻，筹备处堂期，归已暮。

初四日(5月30日)　晨，弢老少谈。午后，校录画记，袁俊亭来。上颁节赏两千元。夜，理校录各册，并校对讹夺，书扇二。

初五日(5月31日)　入直，谢恩，未见。归即睡，午后上街，傍晚书扇一。署中送到月俸三个月一千八百元、养廉二百四十元，素餐之惭，吾何能免，然臣朔饥欲死，侏儒饱欲死矣。夜作手谈，聊应节令而已，此中悒悒，但觉倦耳。

初六日(6月1日)　休息一日，未出门。午后，捷南来深谈。聘三又至，《独立图》已题。客去，睡醒后校录画记。夜，饮茶溢量，失眠。

初七日(6月2日)　入直。疲惫不堪，闻徐东海为吴佩孚迫之出走。午后往送，临歧握手，为之黯然，不独惜别，盖恐来日大难耳。天酷热，归稍睡。傍晚，候弢久谈。夜大风，与艾一笺，言今日事，且有所责，得复。

初八日(6月3日)　入直，检画，用宝者六十八件，又被命检查内库金器，散直已申末矣。傍晚，赴子宽之约，遇罗叔言。席散，访艾，竟日不闲，精神疲惫。甚矣，吾衰也。

初九日(6月4日)　入直，检画，用宝者六十五件。午后，校画记。夜，看《江村销夏录》。

初十日(6月5日)　入直，召见养心殿。看画，用宝者九十件。归稍睡，即上街。夜，校画记。

十一日(6月6日)　入直，至银库检查金器，又检画，用宝者八十七件。傍晚，赴劭襄等约，未散先归。

十二日(6月7日)　入直，召见养心殿。退直，拜客。午后上街。夜，校录画记，所见者已得大概，但未及明之文、沈、唐三家，殊为耿耿，朱【李】息斋《四清图》亦未及记，尤觉歉然。夜失眠。

十三日(6月8日)　委顿不堪，未入直。近午始起，画记已作结束，付装。艾老、越千来候。灯下无所事事，检《大观录》翻阅。闻艾老所述时事，忧郁少解，有越千同坐，未得畅谈为歉。

十四日(6月9日)　未入直，因病得闲。晨起静坐，颇适。记所见中秘明人佳迹，名其册曰《壬戌【戊】日录》。午后浴。傍晚候弢老，兴【与】巩伯同车归。装軒画记五巨册已送来，灯下展阅，大有敝帚千金之享，无聊中一快也，题曰《石渠所见录》。得报，检画，用宝者六十五件。

十五日(6月10日)　休息。午后，瑞臣来久谈，捷南亦至。晚，访艾老久谈。月色甚好，闭置一室中，想兴【与】周旋者，残书数册，北窗一榻而已，那管许事，且自逍遥。夜，看《道园诗》。

十六日(6月11日)　入直，又至府，候逊敏。午后劭襄来，少谈即去。弢老来电，已自医院归来，慰慰。黎元洪到京。日间甚热，静坐室中尚不觉。检画，用宝者七十三件。夜睡不宁，苦矣。

十七日(6月12日)　入直，召见养心殿。检画，用宝者六十九件。归家稍睡，辅【黼】臣来久谈。午后上街。今见董源《夏山》兰若下角骑缝不辨半印，礭【确】是“司印”二字，前疑顿释，快甚。

十八日(6月13日)　入直，带荫昌觐见。下直拜客，并候弢老。

归已逾午,大热,室中寒暑表已至九十度,廊下则过百二十度矣,逮夜未减。闻吴佩孚来见黎后即走。

十九日(6月14日)　入直,散尚早。午后逊敏来,彭秋以张迁碑拓片见赠。傍晚大风,风过后骤凉,想京城外必有见雨处矣,寒暑表室中八十六度,廊下九十二度。

二十日(6月15日)　入直,检画,用宝者九十九件。午后上街,在福全馆请彭秋、艾老,天气较爽。

廿一日(6月16日)　入直,检画,用宝者百六件。午后,赴鞠农看戏之约。晚,彭秋邀饭于福全馆,天又渐热矣,先归。

廿二日(6月17日)　休息。同越千往见王怀庆,又与六桥拜寿。午后闷坐,无所事事,殊困,闻新蝉试响。傍晚,后院散步。

廿三日(6月18日)　入直,召见毓庆宫。检画,用宝者五十件。午初,退直少息,至典礼处会议。晚,赴瑞臣、钧立约,与景朴孙谈,不合。

《清河书画舫》载画谱拾遗录后:

> 董源山水有二种:一样水墨矾头,疏林远树,平淡幽深,山石作麻皮皴;一样着色者,皴纹甚少,用色浓古,人物多用青红,面施粉素,皆佳作也。

朴孙乃据此说以为北苑只此二法,何浅之乎测古人耶?即用此说亦只言多用,非必幅幅如此也。且图画肖物,定法有定理,如写贩夫、樵子、村农亦必均用青红,面施粉素,不一大可笑事乎?尽信书不如无书,钝根人固未足与语变化也。又问其所见北苑真迹几何,先以摹本对复,又勉强举一二著录者以实之,盖未尝见也。故作大言以欺人耳,岂不可笑!

廿四日(6月19日)　入直,检画,用宝者九十七件。在直房饭,少息,带美医郝文德,召见毓庆宫。归家浴,校录画记,因今早得见董北苑《龙宿郊民图》也。

廿五日(6月20日) 入直,又至邸。归家尚早,天热懒出门,校画录排遣。午后,雷作风过而止,雨又无信矣。检画,用宝者百件。

廿六日(6月21日) 入直,检画,用宝者百件。午后上街。闻上又密召刘体乾进见,清禁之地,使此等人随便出入,后事益不可为矣。决志请假,电告捷南,具疏。作书致艾老一,得复。

廿七日(6月22日) 晏起。午后,又得艾老复,以相机相劝。与弢老电谈,赞希来,少谈即去。得报,检画,用宝者百件。

廿八日(6月23日) 得报,检画,用宝者五十三件。午后雷雨。昨均儿以所画小幅呈阅,虽初学,尚敢用墨,用笔如能持之有恒,肆力于此,近可绍乃叔之学,远可接舅父恪勤公之迹,亦家学也。当有以勉之,勿入歧涂。为寄云书扇,尚可,馀以纸劣不发墨,均不惬心。

廿九日(6月24日) 晨起,用元书纸习行楷。弢老、越千、绍襄来,见之。得报,检画,用宝者四十三件,今日已看体顺堂册子矣,预计十日可以毕事。午后上街,雨将作即归,雷声隐隐,云气往来。上灯雨大,至夜半始止。

闰五月

初一日(6月25日) 早晴,读《明诗》。午后,亮生、聘三来,见之。晚作手谈,此中郁郁寡欢,天气甚凉。

初二日(6月26日) 看《明诗》。近午大雨,积水几没阶矣。傍晚,玉如来深谈,所以劝我者实良言也。雪斋、午樵继至。夕晴,在后院看种花。

初三日(6月27日) 假满,请安,召见养心殿。退直,拜客。午后访弢老,又拜客。检画,用宝者六十四件。

初四日(6月28日) 入直,召见毓庆宫。检画,用宝者三十四件。至邸议事。午后,月华来。晚,请裕如于福全馆。

初五日(6月29日) 入直,召见毓庆宫。归家少休,未睡。午后至邸，传见也。拜客一家，黼臣赠所著笔记一册。检画，用宝者八十四件。夜，看黼臣笔记，据言十六年中寓目书画仅百品，其难遇可知。余自二月被命校理中秘所藏已逾数千，其中应记者不下千馀，率皆宋元巨迹，两相比较，真眼福矣。闻建福宫所储数倍于此，尚未发下，当不少名迹，拭目俟之。

初六日(6 月 30 日)　入直，召见养心殿。归家即睡，右肩及左手小指均痛，捷南至自津，来见，润贝勒亦来，均见之。客去，拜客二家。傍晚雨，作书致艾，得复。夜，雨声甚繁，风来甚凉，头又痛。

初七日(7 月 1 日)　入直，检画，用宝者八十件。午后，至邸会议。申静轩有妻丧，往慰，雨至即归。少顷晴，上街，一散抑郁。

初八日(7 月 2 日)　入直，检画，用宝者七十件。午后，瀛贝勒来。客去，雷雨，旋晴。

初九日(7 月 3 日)　入直，检画，用宝者九十三件。下直，拜客一家，天气凉爽，均媳呕吐，延午樵与诊。《学津讨源》书已至，筹预约之费，托黼臣往取。夜，校日记，转瞬今年又过一半矣。

初十日(7 月 4 日)　入直，先至上书房检画，用宝者九十七件。巳初，同涛、艾、越至太极殿见三宫主位。近午退，黼臣送到石印《学津讨源》二十集二百册，所欲读者先取二三册翻阅。休息时许，天尚清爽，蝉声不断。午后上街，踏月而归。夜，南方爆竹甚繁，上由电话垂问，时已子初矣。灯下看《宣和画谱》，颇适。

十一日(7 月 5 日)　入直，检画，用宝者二百五件。归稍睡，过午电至，上有垂问者也。傍晚赴贡约，散颇早，月色皎洁，独坐读《骚》，一洗尘俗。

十二日(7 月 6 日)　晏起。巳刻，至会贤堂公请弢、艾诸君。甫入座，得信召见绍英。酒半，家人送信亦召见耆龄。时越千已遂上门，至越千见毕，又召见耆龄。退，与弢、艾作书。赞希来久谈，客去甚疲。

十三日(7 月 7 日)　入直。午后，典礼处会议，骤雨旋止，归益郁热。傍晚,后院散步,碧柰为鹊踏落者甚多。饭后胸中气结,每欲长吁,方始开豁。

十四日(7月8日) 入直,检画及佛经,并用宝,前交体顺堂、乾清宫、毓庆宫三处均一律藏【蒇】事。傍晚浴,看《归潜志》。

十五日(7月9日) 入直,正泉来,见之。发下建福宫书画卷百件,看五十,补看唐欧阳询《千文》卷一件,乃体顺堂者,均用宝。天气较昨又热,退直后伏处斗室中,一事未作。傍晚,校画录。夜,看《归潜志》。

十六日(7月10日) 入直,发下手卷百件,看五十,用宝。同涛、艾、越见三宫主位,又至储秀、长春二宫看陈设,散直颇晚。午后,至邸回事。夜,校画录。

十七日(7月11日) 入直,发下手卷百件,看五十,用宝。又至毓庆宫与二傅会谈,昨看关同《大岭晴云图》,有"宝笈重编"玺,劭襄漏注,应改。傍晚上街。夜,校画录。

十八日(7月12日) 入直,召见养心殿。检画,看五十件,用宝,又发下百件。散直雨至,天气顿爽,校录画记,笔败,作字颇苦。傍晚,与立孙戏。夜,看《西游记》,此第二过矣。雪斋以书扇见赠,临米颇佳,雨仍未止。作书致艾,得复。亮生来电,言逊敏以雨故,明日休息。天热则怨暑,雨至天凉,正可清理,反因雨中辍,如是停顿,何日观成,徒糜经费而已。

十九日(7月13日) 晴。晏起,校录画记。午后,赞希来久谈。晚,赴劭襄约。夜,得怀民书,立民病重,方药宜服何等为问,即复,并荐刘翰臣。上灯,雨旋止。

廿日(7月14日) 入直,看画五十,用宝,又发下五十件。到家即闻表兄立民谢世,何其遽也!即往哭之。归,代草遗疏付越千,访艾老。夜,校录画记。

廿一日(7月15日) 入直,拜客,归即睡,午后又睡。晚饭后,至怀民处一看,立民之柩已殡在东阶矣。

廿二日(7月16日)　晨,至筹备处议裁缺,未刻散,计裁三百十一缺。傍晚,至怀民处送三,与印孙同车归,天气郁蒸。

廿三日(7月17日)　入直,检画,用宝者五十,其中《卢鸿草堂十志图》、宋宣和《雪江归棹图》为名作。午后,至筹备处会议。散后,拜客一家。雨后天气凉爽,灯下校录画记,目昏而止。昨夜作挽表兄立民联,录后:

未死厌多文,十年寝馈惟孤榻;
相怜念同气,今日泥涂剩两人。

两人乃于【予】与怀民也,此联曾就正于弢老、沈庵,均谓可用。

廿四日(7月18日)　入直,看画,用宝八十件。午后上街。傍晚,上电问在家否。夜,校画记,罗叔韵寄所著书五种,并有密函。

廿五日(7月19日)　入直,看画,用宝七十件。散直,往吊毓损之之丧,遇弢老,遂至其家,留饭。归,少睡。吕子畏、佟继先来。客去,校画录,又抄《石渠》目录一卷。

廿六日(7月20日)　入直,副册中有入《石渠》者检出用宝,卷、册、轴五十七件,于是乾清宫三处所发者均校理清楚矣。同人放假,独自检查,殊觉心目清爽,程工亦速,蒙免于无知者聒噪,与前时大异,又取已记录者重看。至午,弢老、仲平、艾老均来会,清谈细审,若忘炎暑。午后,圣与来,久坐不去,可厌。夜雨,四更后益大。

廿七日(7月21日)　入直,及散遇雨。午睡起,抄《石渠》分目二卷,眼昏暂止,今日起检画放暑假一月,灯下作书,两目益昏,奈何。夜,雷雨。

廿八日(7月22日)　晏起,越千来,又与捷南有违言矣。近午大风,有声如雷,聚寿堂之锡棚飞矣。少顷,后院又响,老桑亦倒,游廊压碎丈馀瓦垄,过午晴。校录画记

廿九日(7月23日)　晨,劳笃文来,见之。近午,赴菊农约。席

散即归，雨亦至，校画录。夜，雨声彻晓。昨在逊敏斋公宴，补记。

六月

初一日(7月24日) 入直，奏事。又同艾老至上书房看画，天爽境静，对坐展观，散已逾午。归，校画日【目】至晚，雨终日未止，德宝斋送到代买石印本《石渠宝笈》。今日处境可谓至乐。

初二日(7月25日) 晨雨午晴，西风甚凉。黼臣来畅谈。傍晚，至立民处送库，留饭，雷作而归。

初三日(7月26日) 晨，至表兄立民灵前行赐祭礼。归家，校画目。午后，至筹备处会议。散后，拜懋轩。夜，手谈。

初四日(7月27日) 入直。近午，赴弢老约，晤刘崧生久谈。散后访六桥，归已暮。校画目，指痛而止。

初五日(7月28日) 晨，与表兄立民送殡。归即睡。近午，金袭侯来。傍晚上街。夜，校画目。

初六日(7月29日) 晏起，校录画目三卷。午后浴。晚，取窸斋释毛南二鼎文读之。得怀民札，以仁安挽立民诗见示。终日汗出如沈。

> 昔年赌酒在旗亭，曾荷通侯眼独青。今日山河成破碎，旧时朋辈半凋零。大千世界留何益，六十光阴去不停。我欲抚琴歌一曲，成连死后有谁听？仁安挽立民诗。

初七日(7月30日) 入直。已散门，邸又至，未能复去。午后，至弢老处久谈，遇琴南。晚，赴艾约。天气酷热，流汗被体，就枕后仍挥扇不止，前后窗亦未掩。

初八日(7月31日) 晏起，仍热。近午，至弢老处公请刘嵩生。得邸书，奉电旨宝熙补授总管内务府大臣。席散，至府回事。散后，同赴【越】千至同和馆休息。晚，赴叔言、锡侯约，室窄人多，热极。归后雨至，热恼全消。

初九日(8月1日)　入直，与艾老少谈。访沈庵，留饭，遇士可。晚，赴子昆之约，商大婚筹款事，已有眉目，差慰。

初十日(8月2日)　入直，与弢、艾、越、沈长谈，筹商抵制国会狂吠之事。近午至会贤堂，请懋轩也。余自少喜静，厌征逐，今为事迫，触热为此，已四日六顿不家食矣，大有病意。夜，剪烛抄书，流汗不止，然乐之不以为苦，与六桥电谈。

十一日(8月3日)　晨，至竹南表叔处贺嫁女之喜。又在会贤堂公请庄士敦，散已过午，疲极。傍晚六桥来，同车往见张小松，久谈。六桥度余至市场，渠拜客，余遂踏街。

十二日(8月4日)　瑞臣来，同赴赵凌云之约，奇热。归家就凉于卧室北窗，抄《秘殿珠林》目二卷。

十三日(8月5日)　入直，奇热，公事又多，几不可耐，归已近午。傍晚北风作，顿凉，又受风矣。

十四日(8月6日)　晨，赴瑞臣之约，与乌泽生诸人晤谈。雨至归，衣单感寒，病，益委顿。

十五日(8月7日)　病少减。晨起，抄画目四卷。朴斋来久谈，有所求也。天气殊爽，早睡。

十六日(8月8日)　右辅牙痛，仍眩，咳亦未止。抄画目二卷，腕痛遂止。独坐看雨，心境俱清，惜病未脱体，兴致稍减耳。晚，瑞臣冒雨来，留饭。客去，剧嗽，牙尤痛。

十七日(8月9日)　入直，散已至午。赞希来，客去休息。傍晚访六桥，又赴劭、亮之约，勉强终席而归。在路受风，又大病，服艾老方。

十八日(8月10日)　晏起，赴捷南约。甫归，奉电旨带狄波尔召见养心殿。上右辅牙痛，而归已薄暮。病未退，头又痛，何其多灾耶？老境至矣。

十九日(8月11日)　入直。归后稍息，过午上街。晚，抄画目，病似小退，预计六日后《秘殿珠林》目录可以蒇事。晚饭时有所感触，不快久之。

二十日(8月12日)　入直。散后，至会贤堂请客，归稍休。傍晚六桥来。均儿赴其岳家游香山之约。夜，校画目，嗽仍剧，他病俱退。

二十一日(8月13日)　入直。归家少息，子宽来，留饭。傍晚，赴那、贡二邸之约，散已夜分。

二十二日(8月14日)　晏起。闻昨夜北苑兵哗变，抢劫而散。咳仍不减，殊惫。傍晚，赞希来久谈。灯下抄画目，屡咳，气结如哽。夜，与瑞臣电谈。

二十三日(8月15日)　欲入直，以雨止。咳减，神志渐宁，百体亦适，昨服药剂之效也。抄《秘殿珠林》七叶，腕楚暂止，新发之笔不合手，用力稍劬耳。午后，至筹备处会议，将散，雨大至，衣履沾濡。

二十四日(8月16日)　雨。入直，与弢老、瑞臣久谈。得小松书，作书致捷南、艾老，笔渐合手，仍逊于前，工人当有偷减。向晚雨益大，云气若与檐接。夜，看《庚子消夏记》，喜其笔致俊爽，议论亦多可诵者，黼臣谓此书不如《江村》，非真知者也。雨声不断，仍觉郁蒸，明日恐未必能放晴。饭后奇渴，已饮三瓯矣。

　　磊落人为天下奇，来参佛法始知机。一言能悟圆通理，却笑刘聪事事非。

钱舜举《题自画石勒礼澄图》诗，见《秘殿珠林》，此诗风格议论雅近半山，爱而存之。

廿五日(8月17日)　重云解驳，近午已见日色，独坐廊下，仰看霁宇久之[后]。饭后欲上街，以西北云起而止，少顷雨大至，遂睡。终日无所事事，若有病意，向晚腰痛，湿气为患也。作书致小松。夜，抄书屡讹，灯下寂坐，翻安氏《墨缘汇观》解闷，瑞臣来电，颇有愤慨，盖越千不善处所致也。〇〇流俗之见多,宜其不能融洽。

廿六日(8月18日)　入直。午后上街,终【佟】继先送到影印《宋十二名贤尺牍》《苏氏一门尺牍》,灯下展视,神采逼真,无异墨迹也。六桥来,不遇。与钱【铁】庵电谈。

廿七日(8月19日)　晏起。午初三刻,均儿得一子,其母亦平安,望之三年矣,喜甚。延午樵来诊,开一方,令服之。铁庵、赞希来,久谈。傍旁[①],访逊敏。

廿八日(8月20日)　入直,邸到,少坐即去。发下手卷百件,看五十件,所见以唐人《会昌九老图》、展子虔《游春图》、吴彩鸾写《唐韵》三卷为最,李成《茂林远岫卷》次之,近午散。午樵来诊,均媳益健,新孙亦佳,但不好啼耳。命乳名曰如格,大名曰伊澈,容问其外家有无应避者即可定矣。

廿九日(8月21日)　入直。新孙三朝,贺客甚多,庄士敦来谈。客去,上街。发下手卷五十,看五十。

三十日(8月22日)　入直。同弢老访赞希,少谈。昨今两日上发手卷各五十,各看五十,佳迹甚多,识者殊少,奈何。为赞希书扇,尚得意,与瑞臣书者则差矣。夜雨,闻蟋蟀鸣。孙名有同者,改曰保格,伊澈易伊彻。

七月

初一日(8月23日)　入直,发下手卷五十,看五十。散后,至逊敏斋小坐,同至会贤堂,赴沈庵约。归遂睡,暮始醒。夜,抄校《石》目,眼似生翳,遂止。

初二日(8月24日)　休息。晨,携均儿与舍妹祝寿。晚,赴逊敏约,有拂意事,射覆大负。

初三日(8月25日)　入直,召见毓庆宫。归即睡。午后,筹备

---

① 原文如此。

处会议。散后，访逊敏、志道。

初四日(8月26日) 入直，发下手卷五十，看五十。退直，瑞来，同饭。傍晚游厂，赴觐候约。贺莲青所易之笔仍不如前。

初五日(8月27日) 入直，发下手卷五十，看五十，召见养心殿。子昆来，交到二千元，即付沈庵。上交汇理存单三，付子昆。午后睡。晚抄书，笔不称手，遂多讹误，置之。雪斋又以自画小卷嘱题，苦。

初六日(8月28日) 入直，与弢、艾会谈。午后，与杨荫伯祝寿，在厂肆小坐，已暮矣。夜，抄画目。

初七日(8月29日) 入直，发下手卷五十，看五十。天气燥热，秋暑又盛。晚，在东兴楼请庄士敦。《石渠三编》目录前令沈文和抄录，今日毕工。

初八日(8月30日) 入直，发下手卷五十，看五十，三友轩所弆《十八公图》《梅花合卷》《君子林图》三卷已见，乃久所愿见者，快极，慰极。同涛、艾、越召见养心殿。退直，至筹备处，邸及洵、涛来会，出一函，乃匿名帖，痛诋狂骂，原无根究之理，而洵、涛强聒，纷扰过午。腹肌谋食，捷南已备饭矣，妙妙，相与一饱，散已逾申，疲甚，殊无谓也。润之、叙斋来。晚，抄画目，今日爵【郁】蒸，秋暑仍炽，风至始解。得报，毓少岑、全玉儒均故，少岑处境坎坷，疑其不久，玉儒甚健，相别未几日，所不料也。

初九日(8月31日) 入直，随邸及洵、涛、陈、朱、绍、宝召见毓庆宫。散已过午，归即睡，枕上闻雨。夜，作寄赞希书。雪斋三十生辰，同人集屏为寿，作诗一首录后：

一门风雅传朱邸，三十平头福慧全。心画早通由妙解，天储得校足精研。写生神骏知家学，竞爽篇章羡世贤。独喜亲庭与秋健，拜恩颁彩敞华筵。

虽是酬应之作，亦不得不稍具义法也，知此者，弢老外能有几人。

初十日(9月1日)　以雨未入直。近午，至慕韩、瑞臣二家贺嫁娶之喜。归，小憩，即上街。夜，看《巢经巢诗》。

十一日(9月2日)　入直，发下手卷五十，看五十。同人作雪斋寿诗，已见三首，惟劭襄为最劣。归，抄《石》目四卷。夜，月色至皎。

十二日(9月3日)　休息，至春榆、越千家拜寿。午后，抄《石》目。傍晚，佟继先来。夜睡不宁。

十三日(9月4日)　入直。午后，筹备处会议，大婚定十月十三日举行，预备具奏请旨。晚，赴黼臣约，风雨忽至。

十四日(9月5日)　入直，发下手卷五十，看五十，有赵集贤《鹊华秋色卷》，甲观也。下直，往贺治丞嫁女之喜，又吊玉儒之丧，上街。抄书，指痛。

十五日(9月6日)　弢来，以寿雪斋诗见商。客去，携均儿展谒先茔，归尚早。润贝勒丁艰。夜，校画目。

十六日(9月7日)　入直，发下手卷五十，看五十，今日起放为辰正入直。归，少休，至瑞臣家，会同越千、诚之到汇丰看金器。散后，独游厂肆。夜，抄画目一卷，今日见有开元《鹡鸰颂》二蔡跋，致住【佳】。

十七日(9月8日)　入直，发下手卷五十，看五十。午后访艾，与叙谢步，未晤。往吊润邸太福晋之丧。

十八日(9月9日)　入直，发下手卷五十，看五十，有王晋卿《渔村小雪卷》、倪云林《师子林图》、夏珪《江山佳胜图》、杜牧之《张好好诗》，皆惊心动魄之迹也。归，抄画目，终日小雨廉纤，得赞希第三书。昨日颁到长春宫千秋赏二百两。

十九日(9月10日)　入直，随王贝勒等诣长春宫行礼，赏饭。归，少休。傍晚，同越、沈[1]黎总统之约。席散，至雪斋。

---

① 原文如此，似有缺字。

二十日(9月11日) 入直,发下手卷五十,看五十。午后上街。夜,校录《石》目,奇渴。

二十一日(9月12日) 入直,翰文斋送《元诗四集》来。午后,寿臣姻大【丈】见访,久谈。夜,校录《石》目,指痛少休。奉电旨明日预备召见。

二十二日(9月13日) 入直,召见养心殿。近午瑞臣来,同饭。饭后,至法华寺。傍晚,赴庄士敦约。访赞希,昨自沪归也。

二十三日(9月14日) 入直,发下手卷五十,看五十。午后,筹备处会议。傍晚怀民、寿臣来,留饭。

廿四日(9月15日) 入直,交下手卷五十,看五十。今日得见颜鲁公《祭侄稿》、怀素《自叙》、范文正公《道服赞》,皆瑰宝也。将散,召见养心殿。夜,录画目。

廿五日(9月16日) 入直,交下手卷五十,看五十。散直,至会贤堂宴客,与绍、宝谈多不合,归犹悒悒。夜雨尤大。

廿六日(9月17日) 晨,与醇邸太福晋贺寿。入直,交下手卷廿一、册五十,看五十。散直,赴艾老约,陪吴蔚若,归已将晚。今日见宋人画《西园雅集图》、王希孟《千里江山卷》,均可爱,应录入所见录。

廿七日(9月18日) 入直,交下册五十,看卷廿一、册五十。今日为保孙弥月,贺客甚多,三宫主位赏衣料四件、帽饰一匣,永和宫赏如之。晚,宴客于福全馆。

廿八日(9月19日) 入直,交下册五十,看五十。同越千至府议事。午后拜客。晚,赴沈约。

廿九日(9月20日) 入直,交下册五十,看五十。访商云汀一谈。午后上街。前长春宫千秋赏二百两,赏内子五十元,均儿、均媳各二十元,补记,均有进奉也。仲鲁来,不晤。

八月

初一日(9月21日)　入直,交下册五十,看五十。法华寺开会,未赴。录画目,今日从容肆体,大有闲居之乐,殊不易得。

初二日(9月22日)　入直,奉旨大婚之期已定十月十三日举行。午后拜客。晚,赴子昆之约。夜,访赞希。

初三日(9月23日)　入直,交下册五十,看五十三。午后,典礼处会议。访六桥,不过【遇】。夜,六桥来。

初四日(9月24日)　入直,交下册五十,看四十七。午后,赴钱【铁】庵约,归已夜。上赏银三百两、尺头二件,生辰赏也。重华宫偿【赏】二百元,赏内子五十元,均儿、均媳各二十元,千秋赏也。在铁庵所看朱幼苹藏《鲁峻碑》宋拓本,真瑰宝也。上欠安,传狄波尔,越千带。

初五日(9月25日)　入直,发下册五十,看五十。至醇邸,有面议之事,他出未晤。又至润邸送库。晚,宴僚友于福全馆,归尚早,庭桂盛开。

初六日(9月26日)　入直,生辰行礼,上赏福寿字一幅,又蒙召见养心殿,主位赏百两、尺头四件,退直近午。饭后,至满蒙协进会,大会成立,选举理事十五人:贡王、那王、载泽、载涛、载洵、载润、宝熙、志锜、恩华、乌泽职【声】[①]、三多、恒钧【钧】[②]、熙彦、隆弗、达寿,推定理事长那王,副理事长宝熙、恩华,散已将暮。将家,贺客甚多。夜,大雷。

初七日(9月27日)　入直,发下册五[③],看五十。伊师傅昨日病故,上赏陀罗经被。近午雨,休息半日,抄《石渠正编》目录,今日藏

---

① 据《顺天时报》1922年9月28日第7版《满蒙协进会开会志闻》改正。

② 同上。

③ 原文如此,似缺“十”字。

【蒇】事，付装。

初八日(9月28日) 入直，诣重华宫行礼，赏饭。散后，往吊伊仲平之丧。傍晚上街，踏月而归。

初九日(9月29日) 入直，又至府。伊师傅遗疏入，奉旨赏陀罗经被，予谥文直，晋赠少保，派贝子溥伒奠醊，赏银三千元治丧，伊子延绪赏给乾清门三等侍卫。近午拜客，与逊敏久谈，归已逾未。休息，未出门。向晚，至后园散步，向日葵已盛开矣。夜，挑灯独坐，检案头书翻阅解闷，奇渴。

初十日(9月30日) 入直，交下册五十，看五十。下直拜客，日暮始归，疲甚。装靳画目已送来，灯[①]校对至夜分。

十一日(10月1日) 入直，交下册五十，看五十。又至署，议发节款，散已逾申，访艾。上赏"居易堂"额，已奉俞旨，欣幸何极！又上街。夜似冒风，不适。得云书，所事可望有成，慰慰。为雪斋题其所画《高人深隐图》，诗录后：

> 竹瘦松寒霭夕晖，一庵坐隐识应稀。爱君绝世萧闲笔，未可轻为好事挥。

十二日(10月2日) 休息，重华宫赏事物六器。午后上街。夜独坐，看《销夏记》，新撤衬纸，遂觉墨采如新。

十三日(10月3日) 入直，交下册五十，看五十，长春宫赏果桌。午后，至筹备处会议。散后，访希，自明日起看画，放假三日。

十四日(10月4日) 入直。午后，同涛、艾、越访懋轩，久谈。又晤聂伟臣，归已暮。上赏二千元。

十五日(10月5日) 入直，谢赏，归即睡。午后上街，瑞臣借银三百元，又赠佟继先百元。

---

① 原文如此，似有缺字。

十六日(10月6日)　入直,三宫主位传见,退直颇晚。得报,仲三有妻丧,往慰。晚,赴疏庵东方饭店之约,设食丰腆,散亦早。还懋堂百元。

十七日(10月7日)　入直,发下册五十,看五十。终日无事,与立孙戏,又看保孙许久,老翁忙煞,亦殊乐也。珏生之母七十赐寿,同直均有诗,予亦从众,诗录后:

彩服盈庭锡予稠,天章擎出属高秋。湛恩已自惊邻里,馀事犹堪压辈流。述学早通班氏诫,耽书合筑管公楼。承欢有子侪香树,更进丹青动玉旒。

此诗清挺,较胜于赠雪斋者。

十八日(10月8日)　入直,发下册五十,看五十。天气阴寒欲雨。晚,与亮生拜寿,尉【射】覆为戏,小负。夜雨旋晴。

十九日(10月9日)　入直,发下册五十,看五十。散直,同人设宴于玉渊潭,为予及雪斋、亮生寿,盘桓竟日,尽欢而散,园中景物亦佳。晚,与逊敏、艾老手谈,小动[①]。承【永】和宫千秋赏如旧例,但增保孙。

二十日(10月10日)　入直,召见养心殿,发下册五十,看五十。申初,英公使偕其参赞来,上赐见,并在绛雪轩坐,叶带至静怡轩、延春阁、长春宫、交漆殿、坤宁宫、宁寿宫、毓庆宫、乾清宫、养心殿各处瞻仰,退出已暮。昨日蒙召见养心殿,即面谕此事。归家疲惫不支,稍憩,补日记。以昨买王时敏《岚暖翠图》与均儿讲论,欲其取法乎上,免入岐涂。

廿一日(10月11日)　入直,发下册五十,看五十。散直,仲三家上祭。午后上街。抄《日下旧闻考》,备明日访退谷之用。

---

① 原文如此。

廿二日(10月12日)　入直，述旨后，行礼前，永和宫传见，赏饭。散直，同人咸集逊敏斋，只劭襄未到。午正，分乘三车出西直门，三刻到卧佛寺，稍稍随喜，易舆游退谷。逊敏、聘三策驴，余与亮生、珏生鼓勇步行，谷以幽邃胜，泉尤可喜。又至香山，风景特异，松桧甲于西山，追想盛时，又不禁感叹矣。晚饭甘露馆，上灯后归，三刻馀抵家。夜补日记，连日于百忙中作清游，殊不易得。弢庵以七十老翁登陟毫无倦色，尤可喜。

廿三日(10月13日)　入直，发下册五十件，看五十。午刻，至筹备处会议，王懋轩、聂伟[臣]、薛松坪均到，散已上灯后矣。今日蒙赏御书"居易堂"扁额一方，同被赐者沈庵，文曰"世泽堂"。

廿四日(10月14日)　入直，发下册一百，看一百。退直拜客，归稍憩。越千、捷南、仲彭、子昆、旭谷来商公事。夜，六桥来。

廿五日(10月15日)　入直，发下册一百，看一百。午后，赴朱幼苹、张孟嘉之约，归即睡。近因□□不肖，难与共事，□□□□事事逢迎，此中悒悒，肝气似已发动。

廿六日(10月16日)　入直，发下册百，看百。退直即睡，睡起，立孙戏。又校手抄《石渠初编》，动极思静，一日之间，颇觉从容也。瑞□于我不无意见，当有以化之，此人尚易与，惟性太流和，终不足恃耳，弢老谓其水性杨花，良然。

廿七日(10月17日)　入直。昨食蒲桃过多，腹痛。散直，至后邸，仲泉留饭。午后，腹痛益剧，殊委顿。夜早睡，无药可服，只频饮普洱茶。

廿八日(10月18日)　入直，发下册百，看百。腹痛稍减，已下利矣。倦惫思卧，拥被睡。午后起，进食少许，仍卧至暮。捷南来谈公事，处处掣肘，为之抑郁。夜，看《元诗》解闷，腹中犹作痛也。

廿九日(10月19日)　入直，召见养心殿。巳初刻，上诣广化寺行礼，随扈者那王、泽公、伦贝子，陈、贤[1]二傅，余及瑞臣也，来去仅一时许。午后，又至广化寺送库。晚，在会贤堂请继子受。归尚早，腹痛大减，仍饮普洱茶。得商云汀寄书。

九月

初一日(10月20日)　入直，荫昌觐见毕，纳彩演礼。散直，至袁宅拜寿。归家稍息，欲上街，耕梅、铁庵来，同游庙肆，在镜古堂见《词谱》，带经堂见无注《文选》。晚，饭于福全馆。夜，至聚寿堂看戏，珏生约也。睡已夜半。

初二日(10月21日)　入直。巳刻，举行纳彩礼，午正礼毕，仲泉留饭。归家稍息，即上街。今日庆邸充正使，越千充副使，聘臣宣制，郑邸授节，子衡送赐宴，予等皆照料也。天气和暖。夜静坐，心境稍清。

初三日(10月22日)　入直，均媳进内会亲，故稍早，庶车可两用也。交下册七十二、轴五十，看册百二十三，计看过卷一千三百七十一、册一千三百七十三，明日当及立轴矣。下直稍息，至筹备处会议，散已上灯。肆文堂送到《书画汇考》八函。夜，剪烛翻阅，体例若胜于《清河书画舫》，仍逊于《大观录》，终日尘劳，事多拂逆，每藉书卷以发抒郁结、洗涤襟怀，于养生不无小助，当留之以备参考，亦予之一付清凉散也。

初四日(10月23日)　入直，召见养心殿，发下轴百，看七十，佳者存目于后：

董展《三顾草庐图》真迹：正编，纸本。上上；
黄君【居】宷《山鹧棘雀》妙迹：正编，绢本。最精，上上；
燕肃《寒岩积雪图》：三编，纸本。上；

---

① 应为错字，或指朱益藩。

宋缂丝《萱荣芝秀图》：重编。上上；
宋缂丝山水：重编。上上，梁苍严所藏；
陆治《榴花小景》：三编，纸本。上，超佳；
陈书《看云对瀑图》：重编，纸本。上。

午后，往陈梦陶处行吊。归家稍睡，又至越千家会议，此中悒悒，殊觉无聊。夜，看卞氏《汇考》并钤图记。

初五日（10月24日） 入直，召见养心殿，发下轴百，看八十，佳者无多，列后：

沈周《夜坐图》真迹：纸本，正编。上上，佳；
陆治《梨花写生》：纸本，正编。上，墨妙不在《榴花》下，佳；
唐岱《仿范宽秋山瀑布》：纸本，正编。上；
宋人《松泉磐石图》：绢本，正编。上；
钱维城《万汇熙春图》：纸本，三编。上；
宋人《柳阴高士图》：绢本，正编。上，佳。

上赏"居易堂"额已装裱成，悬厅事正中，同拜赐者六人，泽公"惟清堂"、润贝勒"渊清堂"、伒贝子"怡清堂"、瑞臣"世泽堂"、珏生"恐高寒斋"五人均因进扇，余则独蒙特恩，时以为至荣。终日休息，看书作字，颇有优游之乐，逐热者何能知此？夜，看顾选《元诗》小传，王秋涧恽《题枯本【木】寒雅》一绝极可爱，录后：

枯树寒梢冻欲冰，野雅翻影若为情。锦鸠呼两烟林外，红杏香中过一生。

初六日（10月25日） 入直，发下轴百，看百，佳者列后：

郭熙《早春图》真迹：绢本，正编。上上，最佳；

郭熙画《雪景》：绢本，重编。上；

杨补之《墨梅》真迹：绢本，正编。上，佳；

倪瓒《竹树野石图》：纸本，重编。上；

恽向《秋亭嘉树》：纸本，正编。上；

王云、王翚合璧：纸本，正编。上；王云画杏花睡鸳，王翚补双钩竹。佳。

张若澄《雪浪石图》：纸本，三编。佳。

归家稍息，上街。夜，看卞氏《汇考》，今日得一如意，颇喜，亦佳识也。

初七日(10月26日)　入直，带匠糊窗，长春宫赏饭，面谢。发下百轴，看百轴，竟无可以存目者。退直，至润溪处行吊并拜客。归家酣睡，醒已斜阳欲上东阶矣。判牍数起，至后院散步，花木大半脱叶。上灯，独[①]颇思看书，取《元诗选》涉猎。

初八日(10月27日)　入直，述旨后，召见养心殿，又带匠，长春宫赏饭，散已逾午。归家，客至，及去将暮矣，即赴公请寄云之约。佟继先送到《鹊华秋色》《秋山萧寺》二图摹本，灯下展玩，颇足移情。

初九日(10月28日)　入直，带匠，重华宫赏饭，面谢。发下百轴，看百轴，佳者存目后方：

吴镇《筼筜清影》：纸本，正编。上；

卫九鼎《洛神图》：纸本，正编。上上，佳，有倪题；

王原祁《仿王蒙笔意》：纸本，正编。上上，佳；

永瑢《松壑探奇》：纸本，重编。上上，工致，以气韵论似逊他幅；

弘旿画《菊涧霏甘》：纸本，正编。上上；目中所见此为第一，章法

---

① 原文如此，似有缺字。

尤妙。

唐岱《仿范宽山水》：纸本，正编。上；
陆广《仙山楼观》真迹：绢本，正编。上；
王蒙《具区林屋》：纸本，正编。上；
文伯仁《方壶图》真迹：纸本，正编。上上，佳；
元人《仿米氏云山》：纸本，正编。上上，颇似高房山；
侯懋功《仿元人笔》：纸本，正编。上；
夏昶《三祝图》：纸本，正编。上上，双钩竹；
马远《乘龙图》：绢本，正编。上，非上品，可以不存目；
郑石画《芙蓉白鹭》：绢本，三编。上，设色近古；
林椿《花鸟》：绢本，正编。上上；
陈洪绶画《花卉》：绢本，三编。上上，佳；
赵伯驹《阿阁图》：绢本，重编。上。

散直之后，至伊文直灵前上祭。归家稍息。晚，上街。夜，校画目。的【劭】[1]襄、亮生胸中本无点墨，却又强作解事，听其喋喋，令人欲呕。今日检画，二人屡聒【聒】不休，且品第亦是非颠倒。

初十日（10月29日）　入直，发下百轴，看百轴。

董其昌《夏木垂阴图》：纸本，三编。上上，至佳；
弘昨《云岑开锦》：纸本，三编。上；
元陈贞《白云山房》：纸本，三编。上上；
文嘉《瀛洲仙侣》：纸本，正编。上；
宋人《春山瑞松图》：纸本，三编。上上；
王綦《东篱秋色》：纸本，正编。上；
明宣宗《嘉禾图》：绢本，正编。上；

① 原文如此，恐为“劭”字。

元僧方崖《墨竹》:纸本,正编。上上,佳。

带匠,永和宫赏饭。内子生辰,三宫主位赏如例,来客均未见。晚,同赞□[1]、子鸣诸君小酌,夜谈甚久。

十一日(10月30日)　入直,带匠毓庆宫,上赏尺头二卷。归,疲甚。傍晚,赴逊敏之约,射覆得胜。大风,沈庵约明日游汤山,辞之。

十二日(10月31日)　休息,晏起。近午,与庄士敦拜寿,访瀓臣。归后,捷南、旭谷来谈,内事亦不可为矣,以后只有缄默而已。[下]越千下才,难与共事。上灯,拱北来。得翁韬夫书,即复。月色佳,夜窗独坐,颇思读书,一辞抑郁。近日为大婚典礼筹备各事,涛七营私跋扈,越千一味畏葸,所属各司官又不得力,一人支柱颇难,胸中积愤已多日矣,思借诵读以发抒之。

十三日(11月1日)　入直,交下百轴,看百轴:

王翚画《石泉试茗》:纸本,重编。上;
五代人《浣月图》:绢本,正编。上上,佳;
王翚《秋林图》:纸本,重编。上;
董邦达《寒岩重瀑》:纸本,重编。上;
仇英《修禊图》真迹:纸本,正编。上上;
文征明《朱竹》:纸本,正编。上;
文征明《春山烟树图》:纸本,正编。上。

午正退直,至璋公家贺喜,又至典礼处。上灯后归,疲甚。夜,看均儿画,并与讲解。一日未能休息,殊倦。取词稿细看,觉当日所坐[2]犹

① “赞”字后原文有一空格。
② 原文如此。

有粗疏之病，小令尚可，长调尚欠研炼也，似识解稍进。

十四日(11月2日) 入直，交下百轴，看百轴，轴存目者列后：

御题钱维城《盘山图》：纸本，三编。上上；
唐子畏《山路松声》：绢本，三编。上；
元刻丝《赵孟頫书早朝诗》：正编。上；
五代人《丹枫呦鹿》：绢本，正编。上上；
赵昌《岁朝图》：绢本，重编。上；
元人《秋山图》：绢本，正编。上；
文征明画《兰竹》：纸本，重编。上；
宋刻丝《芙蓉双雁图》：正编。上上；
裕亲王《夏山图》：绫本，正编。上；
王原祁《仿黄公望山水》：纸本，重编。上；
宋人画《秋渚文禽》：绢本，重编。上；
赵宗汉《雁山叙别图》：纸本，重编。上上，佳，无识者；
王翚画《夏木垂阴》：纸本，重编。上。

鉴别书画，须先求气韵，然后始辨笔墨，盖古人名家必有一种不可磨灭之精神，在开卷便见灵异也。若舍此不知，仅注意于认款办【辨】印，甚且专看题跋，是市侩技俩而已，堕下乘。袁、宝何足语此，雪斋则等之自郐矣。至于亮生、劭襄乃群儿之愚，去此益远，区区一事，尚且解人难索，何况其他。午后上街，踏月归。夜，看《清河书画舫》及《汇考》，天气又渐回暖，今日换珠毛袍褂。

十五日(11月3日) 入直，三宫主位均封太妃，随邸诣贺，见于太极殿。散直归家，已两钟矣。饭后，疲倦即睡。傍晚，寿臣来。上灯后，与铁庵电谈，问病也。夜孤坐，翻卞氏《汇考》，此中郁郁，无可排遣。

十六日(11月4日) 入直，交下百轴，看二十五轴。又特交养心殿佛阁所藏卷二、册六、轴一，记录用宝讫，即时恭缴。

宋大理国描工张胜温画《梵像卷》：纸本，重编。上上，此即特交者，似不在尉迟乙僧下，至宝也，至佳；

崔白《竹鸥图》：绢本，正编。上上；

李唐画《雪景》：绢本，重编。上；

宋徽宗《红蓼白鹅》：绢本，正编。上。

退直甚早，同人皆不愿多看，未解何故。夜，以《梦窗词》作谜。

十七日(11月5日)　未入直，谒邸，又拜客。闻越千谈瑞臣近事，真羞与为伍矣。得报，检画，仅看七十五轴，未请续发，其中注上者存目于后，容补看：

陈汝言《百丈泉图》：纸本，重编。上上，佳，已看气韵，笔墨均佳；

夏昺修《筠泉[1]石》：纸本，三编。上，不佳；

杜琼《师林图》：纸本，三编。上，不佳；

文征明《松声一榻图》：纸本，正编。上，不佳；

董邦达《江关行旅图》：纸本，重编。上上；

宋人《大傩图》：绢本，重编。上，此幅已看，佳；

倪瓒画《山树》真迹：纸本，重编。上上，已看，真伪待考；

刘原起《岁朝丰乐图》：纸本，三编。上；

宋阎次平《四乐图》：绢本。上上，已看，佳；

王原祁《仿米芾云山》：纸本，正编。上；

吴镇《洞庭渔隐图》：纸本，正编。上上，待酌；

邹一桂《梨花夜月》：纸本，重编。上；

---

① 此画《故宫书画录》卷五收录，"泉"作"拳"。

王原祁《仿黄公望秋山》：纸本，重编。上；
文嘉《仿沈周庐山诗画》：纸本，三编。上；
邹一桂《杏花》：纸本，三编。上上；
宋人画《山水》：绢本，三编。上，佳。

午后访越千，遇捷南。夜，静坐以思，内事真有不能一朝居之势，奈何。与铁庵电谈，颇以忠言相劝，当书之绅[①]。今日所定甲乙，乃衡、奎之意，未足据也

十八日(11月6日) 入直，交下百轴，看百轴。

王原祁《仿北宋人山水》：纸本，正编。上；
钱维城画《豫省白云寺图》：纸本，三编。上；
李唐《雪江图》：绢本，重编。上；
弘旿画《翠巘高秋》：纸本，三编。上；
钱维城画《山水》：绫本，重编。上；
陈栝画《花卉》：纸本，三编。不减白阳；
宋人《泼墨仙人》：纸本，三编。上；
谢时臣《高人雅集图》：纸本，重编。上；
项圣谟《山水小景》：纸本，正编。上。

午后，至筹备处。晚，访弢老长谈，颇畅。

十九日(11月7日) 得邸电，传见，至已久候，少谈。入直，奉旨惠均着加恩赏给乾清门二等侍卫，钦此。归，约海四来商均儿入直分班事。客去，访逊敏、寿臣，大风寒甚。夜，了理均儿衣冠粗毕，备明日谢恩也。

二十日(11月8日) 入直，谢恩。看司中批单及预算簿，散已

---

① 原文如此。

晚。交下轴百，得报，已看百轴，用三玺者录后：

永瑢画《松鹤层轩》：纸本，正编。上上；
王原祁《仿黄公望秋山》：纸本，正编。上；
董其昌《仿燕文贵笔意》：纸本，正编。上；
宋人《山茶写生》：纸本，正编。上上；
王原祁《秋山图》：纸本，正编。上；
王綦《溪桥红树图》：纸本，正编。上；
陈栝画《万年青》：纸本，正编。上上；
黄公望《溪山草阁图》：纸本，三编。上上，已看，佳；
钱谷画《城南看雪》：纸本，重编。上上；
钱谷《山水》：纸本，正编。上；
柯九思《溪亭山色》：纸本，三编。已看；
宋人《小寒林图》：绢本，正编。上；
杨维桢《岁寒图》：纸本，正编。上；
唐寅《松阴独钓图》：纸本，正编。上；
马琬《溪山新雨图》：纸本，重编。佳。

以上均经珏生鉴定，较为可信，故录之。散后，至邸谢步，又访那邸。归后，接谈君国桓书，并寄三千元，大婚贺贡也。见客二起。

二十一日(11月9日)　入直，志赞希、喜【荣】仲泉来，大风寒甚。午后拜客。晚，赴寄云之约，射覆负。归家尚早，看《书画舫》。

二十二日(11月10日)　休息。午后拜客，并访弢老，谈甚畅。晚，赴聘三之约，食鱼生，殊不佳。接商云汀来书。弢言内事又有波折，幸得信尚早，或可补救。

二十三日(11月11日)　入直，大征演礼，退直颇晚。上灯后，携均儿往拜巩伯，并以藏墨一匣、《香屑集》一部为贽，求其教画也。谈间电至，上有电谕，即归。夜，作复云汀书。

二十四日(11 月 12 日) 入直，承旨后，举行大征礼，睿邸充正使，余充副使，礼邸授节，奎珍宣制。午正礼成覆命，又至醇邸贺喜，归家稍息。傍晚上街。夜洗足，看均儿所画未成之稿。

廿五日(11 月 13 日) 入直，发下轴百，看百轴，列目于后：

顾安、倪赞合作《古木竹石》：纸本，正编。上；
宋刻丝《荷花》：重编。上上；
王原祁《华山秋色》：纸本，正编。上；
王翚画《山水》：纸本，重编。上上，仿王叔明，有恽寿平、王烟客题，至佳；
王原祁《仿王蒙夏日山居》：纸本，重编。上；
倪瓒画《竹》：纸本，正编。上上，佳；
管道升《竹石》：纸本，正编。上，佳；
陈淳《茉莉》：纸本，三编。上，佳；
朱德润《林下鸣琴图》：绢本，正编。上上，佳；
文伯仁《松亭客话》：纸本，正编。上；
邹一桂《藤花》：纸本，重编。上。

退直即睡。傍晚，至聚寿堂与端午桥夫人拜寿，又至琦伯勤家送三，其母谢世也。夜，看立孙戏。

廿六日(11 月 14 日) 入直，交下百轴，看百轴。

王原祁《仿王蒙山水》：纸本，三编。上上；
沈周《墨菊》：纸本，三编。上；
宋人《秋山图》：绢本，重编。上上，佳；
韩幹画《马》：纸本，三编。上；
王原祁《远岫归云》：纸本，正编。上。

退直欲睡，艾老来，胡琴初又至，均久谈。晚，赴荣仲泉看戏之约。

廿七日(11月15日)　入直，发下百轴，看五十，均大幅，是以未能多看也，佳品甚多。

元人《冬景货郎图》：绢本，三编。上；
王原祁《松亭山色》：绢本，正编。上；
邹一桂《桃花紫藤》：纸本，重编。上；
宋人《桃竹双凫图》：绢本，正编。上；
夏昶《奇石修篁》真迹：纸本，正编。上；
宋人《梅竹聚禽图》：绢本，正编。上上，佳；
唐岱《仿范宽画幅》：绢本。上上；
丁观鹏画《高宗御笔莳竹诗图》：纸本，三编。上；
董邦达画《三希堂记意》：纸本，正编。上；
明宣宗《戏猿图》：纸本，正编。上上；
萧照《山腰楼观》：绢本，三编。上，佳；
江参《仿范宽秋花九种》：纸本，重编。上，佳；
邹一桂画《秋花九种》：纸本，重编。上；
宋人《牧牛图》：绢本，重编。上。

退直，休息。傍晚，赴弢约，遇毅夫。席散，与弢老深谈，并携内。借弢老画四，目列后：

陈汝言《百丈泉图》一轴，
徐贲《师子林图》一册，
周亮工《集名家山水》一册，
陆治、蔡羽《书画合璧》一册。

廿八日(11月16日)　入直。看画五十轴，佳者存目于后：

宋人《枇杷戏猿图》：绢本，正编。上；
宋人《岷山晴雪》：绢本，正编。上上；
范宽《雪山萧寺图》：绢本，三编。上，赐宋权本；
宋缂丝《赵昌竹梅双喜》：重编。上上。

退直甚早，又携内，借弢老画卷四，列后：

米友仁《云山得意图》；
赵文敏《重江叠嶂图》：此卷《石渠》未著录，笔墨致佳；
黄公望《富贵【春】山居图》：拱北看亦以为是真本；
王鉴《仿巨然溪山无尽图》。

午后，典礼处堂期，晤商云汀久谈。闻涛言瑞臣求差事，可谓无耻极矣。夜，邀拱北来看画，畅谈，郁结稍解。

二十九日(11月17日) 入直。看画五十轴，同艾、越至坤宁宫相度铺陈。退直，云汀来久谈。客去睡，抵暮始醒。今日所看画存目后方：

李唐画《万壑松风》：绢本，三编。上，佳；
宋人《山斋邀客图》：绢本，正编。上上，佳；
张宗苍《摹郭熙笔意》：纸本，三编。上；
唐岱《风雨归舟图》：绢本，正编。上；
范宽《溪山行旅图》：绢本，正编。上上，较赐宋权本佳，佳；
马远画《梨花山鸟》：绢本，三编。上上，佳；
唐人《大禹治水图》：绢本，重编。上，纯庙命工屡摹，乐寿堂后有丈许王山，亦摹此也；
宋人画《雪山行旅图》：绢本，重编。上上，佳；
陈居中《文姬归汉图》：绢本，重编。上。

夜,看厉樊榭著《南宋院画【画院】录》,又抄校画记。拱北借陈弢老假观陆包小册子。

三十日(11月18日)　入直。看画五十轴。

唐人画《雪景》:绢本,重编。上;
蒋廷锡《牡丹》:纸本,正编。上;
李昭道《曲江图》:绢本,重编。上;
宋人《富贵花狸》:绢本,正编。上;
张若霭《松竹鸣禽图》:纸本,三编。上;
董邦达《返照归云图》:纸本,重编。上。

同越、瑞至坤宁宫看铺陈。午后上街。夜,校画记,赵文敏《重江叠嶂图》题跋录出,快快。宝二无耻热中,动出轨范,弢老令我忠告善导,余何能为力,徒自愧耳。拱北约均儿往看作画。致笺艾老,得复。大婚伊迩,看画自今日后暂停二十日。

十月

初一日(11月19日)　入直。大婚典礼覃恩蒙赏加少保衔,未免忝窃矣。同被恩者:弢老授太傅,艾老授少保,越千加太保衔,瑞臣花翎,春榆太子太保衔,珏生带嗉貂褂,聘三头品顶戴,满洲王公、蒙古王公恩赉有差,赞西亦得头品顶戴,退直逾申。傍晚荫伯、夜赞西来,久谈。

初二日(11月20日)　入直,谢恩,又至坤宁宫看安设电灯。退直,拜客。归家稍息,又拜客。傍晚,赞西同刘、承干。汪、钟霖。李之鼎。来,并交到贡四万三千一百元。上灯后上街。

初三日(11月21日)　入直,召见养心殿,承旨贡桑诺尔布补授御前大臣。又同瑞臣至邸,事毕进内,堂期议事也。散已将暮,拜客二家,疲甚。温毅天【夫】来,商请安事。夜,各处电话纷来,殊觉聒噪，苦矣。

初四日（11月22日） 未入直。晨，命驾甫出，遇陈太傅于途，同归深谈，朱少保亦至。近午，诣后邸演礼。礼毕，仲泉留饭。拜客三家。归，瑞臣、聘三来。聘三交到毅夫诸人进奉万元，今日又收东三省进三万一千元。夜，料理均儿明日进班各事，试衣试帽，不厌琐屑，老夫亦殊煦煦矣，一笑。

初五日（11月23日） 雪。入直，均儿直宿进班。午后，杨履瑞来见。至那邸行吊。晚，在陈太傅宅公请陈子砺、温毅夫、胡琴初。

初六日（11月24日） 入直，大风严寒，天已放晴。过午甫归，客来不断。上烧【灯】，夔邸又至，久谈始去。即赴张潜若约，见王觉斯书画册，绝精，闻索价千金，与艾老同车而归。

初七日（11月25日） 入直，风未息，较昨尤寒。退直近午，即睡。晚，慕韩来久谈。闻各国公使奉其政府训条准入贺大婚，民国虽欲阻之亦无辞矣。夜，焚香默坐，略得静意。

初八日（11月26日） 未入直。聘三来，交到康有为进奉千元。近午，天阴似又酿雪。午后，黻臣来看画，令均儿陪之，即至典礼处会议。上灯后，进宫试灯，电力不足。又至珏生家赴约，同座仅衡子中、朱聘三二人。

初九日（11月27日） 入直。退，访赞希，饭焉。归家少休，又访弢、艾。上灯，捷南来。

初十日（11月28日） 入直，散颇晚，又同越、沈至邸。晚，进宫试灯，较昨光明，足以应差矣。又赴赞希之约。

十一日（11月29日） 入直，演礼。午后归，稍息。晚，至庆和堂宴客。客散，议外宾入贺事，淑妃进宫，至顺贞门外照料，归已丙夜。

十二日（11月30日） 入直，上升乾清宫，遣使行册立礼。礼成，仲泉留饭。饭罢即归，偃卧以息。夜，同均儿进内。

十三日（12月1日） 子正，上升殿，遣使奉迎。寅正礼成，观礼者甚多，均在景运门外。退，就直庐睡。近午，黎元洪遣黄开文来贺。归即睡，未见客。

十四日(12月2日)　入直，随扈诣寿皇殿行礼。巳刻，赏在淑芳斋入座听戏，王公大臣六十人，上灯后退出。戏目附后：

《跳灵官》内外学。五分，《取金陵》九阵风。三刻十分，《娥嫦【嫦娥】奔月》林颦卿。二刻十分，《牛头山》周瑞安。三刻，《戏凤》谭小培。二刻，《状元印》杨小楼。三刻，《天水关》王又臣。三刻，《长坂坡》俞振庭。五刻，《八大锤》侯俊山。五刻，闹学尚小云。二刻，《恶虎村》三刻五分，《青石山》余叔岩。三刻。

十五日(12月3日)　入直。午初，上升乾清宫西暖阁，同后见外交团，到者男女约二百馀人。午正受贺，列班者将及千人。未初，入园听戏，戏目列后：

《摇钱树》外班。二刻，《汾河湾》贯大元。三刻，《马上缘》小翠花。二刻，《连环套》杨小楼。三刻五分，《金钱豹》俞振亭。二刻十分，《连升三级》朱素云。二刻十分，《英雄义》外班。二刻十分，《竹林计》外班。三刻，《八蜡庙》俞振亭。三刻，《水帘洞》杨小楼。三刻。

酉正退出。苑中松影印地如绘，清景殆胜于日间也。

十六日(12月4日)　入直，大婚礼成，蒙恩议叙并赏给御书扁额一方，当即具折谢恩。巳初入座听戏，戏目列后：

《财源辐辏》外班。一刻，《蟠桃会》外班。三刻五分，《冀城》周瑞安。四刻十分，《浣花溪》林颦卿。二刻，《花蝴蝶》周瑞安。三刻五分，《飞叉阵》俞振庭。二刻十分，《南阳关》王又臣。三刻，

《空城计》余叔岩。二刻，《泗州城》九阵风。二刻十分，《搜孤救孤》谭小培。三刻，《竹帘寨》余叔岩。四刻，《艳阳楼》杨小楼。三刻。

戌初退出。

十七日(12月5日) 入直。午后散门，同越、沈饭于庆云堂。至邸议事，拜客三家。归，升吉老来，见之。客去，又拜客二家，赴艾约。

十八日(12月6日) 入直，邸有辞照料之议，与弢、艾筹商请留办法，散颇晚。归家少息，上街，踏月而回，以来①无此乐矣。

十九日(12月7日) 入直，与弢、艾谈。过午散门，又同越千、沈庵同车访弢、艾。归稍息，出城拜客，在殷五家晚饭，长谈至夜，甚快。

二十日(12月8日) 入直，带匠，归已逾午。五楼来，少谈，即睡。上灯后，补日记，胸中郁结，仍不能伏案看书，盖目击内事，隐忧方深，前途漠漠，不知如何变幻也。

二[十]一日(12月9日) 未入直。近午至邸，又至会贤堂请客。傍晚上街，踏月归。

二十二日(12月10日) 入直，又至邸，并访云汀、艾老。归家，和司官来。客去，即睡。陈子砺、温毅夫题《独立图》诗录后：

野旷天低望眼宽，更无人处自盘桓。秋原劲草知风疾，冬岭孤松阅岁寒。照水数茎添白发，倾阳一寸吐心丹。微闻日暮吟梁父，莫作三间泽畔看。

子砺

---

① 原文如此，似有缺字。

安归底用慨黄虞，莫[更][1]行吟拟左徒。会得羲爻无闷意，固应利往在前途。

毅夫

傍晚始起，似有病意。夜访巩伯，看其作画。又出所藏龙半千大册与观，真神品也。无怪黻臣赞不容口。

二十三日(12月11日)　未入直。晨，拜客二家。近午，至典礼处会同陈太傅议贺贡回赏，自午至夜，手书口说。散已丑初，疲甚，归后大饥，亦苦矣。

二十四日(12月12日)　入直，邸上门，至毓庆宫见上，温语慰留，前议遂寝。散后，至典礼处再议回赏，至暮始归。陈太傅到迟，遇之门，立谈许久，归已上灯矣。劳苦至此，而人言仍谓一事不办，冤哉枉也。夜，早睡。

二十五日(12月13日)　休息。晚起，润之来，少谈即去。午后拜客三家，归已上灯矣。内事纷扰，毫无统属，宵小朋兴，隐忧方大，自非孤力所能挽救，辜恩溺职，念之疚心。夜雪，看均儿作画，聊遣闷怀。作书致艾老，商检画之期，得复，仍须展缓。明日无事，且不入直。

二十六日(12月14日)　未入直。晨，拜客一家，又与袁总兵贺喜。归家，五楼来久谈。午后风起，遂不出门。昨日得诗一首，录后：

苦不如人只坐贫，一家且喜得天真。儿知悦学耽毫素，孙解撩人作笑颦。入世襟怀殊落落，闭门风味自津津。负暄正有南窗日，疲极能休胜领醇。

---

① 原文漏“更”字，据温肃《温文节公集》，学海书楼，2001年，第266页，《题耆寿民少府独立图》诗补。

得电，上欲看《百美图》，时已昏夜，何事亟亟？“可怜夜半虚前席，不问苍生问鬼神”，虽汉文不免，吾复何言。

二十七日(12月15日)　晏起。近午，访润之。午后上街。夜，写蜡笺一幅，不惬心。为内子买照像器一具。

二十八日(12月16日)　入直，至邸，又进内。归家，学真师已久候。饭后寄云来，客去，拜客，又吊月华之丧。

二十九日(12月17日)　晏起，未入直。午后游厂，至同古堂、德宝斋、菇【茹】古斋一坐，遇瑞臣，归已七钟。刘翰怡昨日赠书十二种，灯下翻阅并题记。连日得怀民书，均为官箴出亡事也，此子已到不可救药地步。

十一月

初一日(12月18日)　入散【直】，直【散】已过午，饭后休息。晚，赴那、贡、陈、朱之约，射覆小负。归家，有病意，饮芦根竹叶水一杯，遂睡式[①]。

初二日(12月19日)　休息，病意似仍未退。和司官、广笔帖式来，均见之。南窗曝暖，精神略复。为白午楼书联一，较昨书者稍强。傍晚上街，郁结稍解。夜，手谈。

初三日(12月20日)　入直，又至懋勤殿看珏生、聘三写福寿字。归，与保孙戏。傍晚，赴张恂伯之约。闻艾老述内事，使人心灰意沮，事出轨范，已屡见其端，将来尚恐有甚于此者。年来闻见有日退无日进，此中殆有运数，自非一二人所能挽回，与其合污，何如自洁？又恐人以恝置见责区区，进退真两难矣。夜久嗽，痰涎颇盛，转侧时许始安。

初四日(12月21日)　晏起，昨睡不安，似有病意。午后，赞希来。客去，至隔壁刘家与寿臣拜寿，看戏，至亥初归。腰膂均痛，就枕

① 原文如此。

后又剧嗽,过四更始渐安。

初五日(12 月 22 日)　晨起,手抄杜工部五律二十四首,欲取以为法也。胸满,早食大减。午后,倦甚思卧。晚,赴温毅夫、胡琴初约,勉强酬应,苦矣。即席求艾老诊脉,开一方。夜服药,嗽略减。今日冬至,有风。

初六日(12 月 23 日)　晨起,读杜工部近体诗。近午,服药嗽减,腰膂又痛。李君之鼎约,辞之。夜,看杜诗。

初七日(12 月 24 日)　入直,为沈子培赐恤事,与瑞臣聚讼久之。及请旨,仍用余说,退直已逾午矣。晚,与燕平拜寿,并赴越千约。前蒙恩议叙,奉旨加一级纪录二次。

初八日(12 月 25 日)　晨,阅《杜集》。午后上街。夜,仍阅杜诗,李之鼎明日预备召见。

初九日(12 月 26 日)　入直,谢恩,又同越至邸。归稍睡,嗽未减。晨视盂痰,见鲜血数点,前所未见,固由肺燥,亦非佳兆也。晚,赴邵襄之约,求艾老易方。夜睡少安。

初十日(12 月 27 日)　晏起,近以病肺,入直少疏,不得已也。晴窗寂坐,看《杜集》消遣。晚,赞希来,同至聚寿堂与宝太夫人拜寿,看戏。

十一日(12 月 28 日)　近午,至瑞臣家,会同越千同往汇丰看金器。晚,赴巨源之约。夜,看《杜集》。

十二日(12 月 29 日)　入直,僧学真蒙召见。归,彝初来。午后,访怀民。晚,赴三吴之约,席散尤早,作手谈。

十二【三】日(12 月 30 日)　近午,至会贤堂请客。归,赞西来。均媳病,请午樵诊视。夜,得艾老书,附少宣疏稿,嘱代书。

十四日(12 月 31 日)　约龙笔帖式来,写张疏,午毕。为巩伯求匾额事,访朱少保久谈。看《杜集》,近于学诗,思易前透,拟再博览三唐人诗,然后及宋,带经堂送到《王右丞集》,遂留之。

十五日(1923 年 1 月 1 日)　入直,大婚典礼告成,保奖均儿赏二品顶戴。退直，休息。傍晚，越千、瑞臣来，同访王懋轩，为李燮阳议案事也。夜，同饭于福全馆，并约捷南。

十六日(1 月 2 日) 入直，谢恩，杀【黎】元洪派荫昌答礼觐见，上升乾清宫。散直，赴瑞臣约，早饭。归已将暮，东方月出，游与【兴】忽作，畏冷又庭然而止，仍看《杜集》解闷。中秋以后，假冗纠缠，竟无一日清闲，得从容肆志，以憩以游，如此百年，毋乃太苦。且候变日亟，人心险恶，明年又不知作何景象，及时行药【乐】，昔有明言，我亦何必悒悒耶?

十七日(1 月 3 日) 晨，至朗贝勒灵前谕癸【祭】。归家后，越千、黼臣来谈。午后上街，踏月归。珏生索前借之债，本利共千四百二十元，当于二十二日前还之。

十八日(1 月 4 日) 入直，册封淑妃，瑞臣充正使，聘臣充副使，郑王授节，巳正礼成。午后退直，归家少休，出拜客。晚，赴觐候约。

十九日(1 月 5 日) 入直，同艾、越至上书房检回赏扁、画、福寿字，未正毕，饭于直打[①]。拜客，至上灯后始归。又至福全馆，赴越千之约。夜，与赞希电谈，殷五、孩嘉来，不遇。十七日黼臣送到《十钟小【山】房印举》二函，前所购者也，付均儿。

二十日(1 月 6 日) 入直。归家，看《杜集》。傍晚，拜李子绅，并在福全馆请客。

二十一日(1 月 7 日) 奉到上赏银杯一座、“嘉药【乐】”字条幅一件、福寿二方，赏均儿福字一方。晨，拜客。傍晚，在向日轩文宴。

二十二日(1 月 8 日) 入直，与云汀会商奉天事。散直，访弢老，借朱锐及《元人八家》、元人《建章宫图》三卷。晚，赴虞际唐约。夜，赞希来，喉微痛。

二十三日(1 月 9 日) 珏生来，前欠之款还之。云汀继至，少谈。午后访翰怡，又上街。夜，看《杜集》。弢老昨赠《涧于集》二冠

---

① 原文如此。

【函】。作书与德宝斋、茹古斋觅手卷尾子。近看杜诗已过十卷，觉见地似有进益，作者亦不易，世之谈诗者，每每浅尝辄止，宜其无成也。

二十四日(1月10日) 入直。午后，至那邸行吊，渠有子妇之丧，又访怀民，赴贡邸之约。

二十五日(1月11日) 入直，发下立轴百件，看八十件，大婚后第一日也。退直，至醇邸议事，归家稍晚。怀民来久谈。晚，赴翰怡、甘卿之约。看画佳者存目：

张昭书《插袂吟》：纸本，三编。上；
张昭书《九日登高诗》：纸本，重编。上；
文征明《松下观泉图》：纸本，三编。上上；
王原祁《仿黄公望山水》：纸本，三编。上上；
宋释巨然《囊琴怀鹤图》真迹：绢本，正编。上上，佳；
边景昭《三友百禽图》：绢本，正编。上。

检旧印二方付均儿藏之，一“乾清门侍卫”，一“期门执戟”，均王幼泉所刻。

二十六日(1月12日) 入直，发下立轴百件，看百件，佳者列后：

成亲王《书四时衍庆图诗》：纸本，三编。上上；
成亲王《书化民成假【俗】论》：纸本，三编。上上；
宋沈子蕃缂丝《山水》：重编。上上；
宋织《山水》：正编，子蕃制。上上，佳；
王原祁《仿李邱笔意》：纸本，正编。上上，佳；
王原祁《仿王蒙笔意》：纸本，正编。上；
董邦达画《乐志论》：纸本，重编。上上；
仇英《番马图》：纸本，三编。上上；

愿【顾】瑛《芙蓉双鸳图》：纸本，重编。上上；
董邦达《松泉濯足图》：纸本，三编。上；
何焯书《含【食】蟹图》：纸本，三编。上，佳；
宋人《仿张僧繇山水》：绢本，三编。上上，佳。

归家受风，有病意。稍睡，梁尚书崧生来。傍晚，在东兴楼请客。

二十七日(1月13日) 入直，发下立轴百件，看百件。下直，访贡邸久谈。归家稍睡。晚，魁伯石来。客去，赴枚生之约。夜，至叙斋所看戏。所看之画，佳者存目于后：

郎世宁画《青羊》：绢本，重编。上上；
王幼学画《瑞树图》：绢本，重编。上；
宋人《画寒林楼观》：绢本，正编。上上，佳；
宋徽宗《文会图》：绢本，重编。上上，佳；
关同《秋山晚翠》：编【绢】本，正编。上上，佳；
宋人《溪山初雪》：绢本，正编。上上，佳；
马远画《雪景》：纸本，三编。上上，佳；
黄公望《九珠峰翠》：绫本，正编。佳；
苏汉臣《秋庭戏婴图》：绢本，重编。上上，佳；
马远画《雪景》：绢本，重编。上；
成亲王书《儆怠诗》：纸本，三编。上。

今日所看佳本甚多。

二十八日(1月14日) 入直，微雪。召见养心殿，发下立轴百件，看百件。

郎世宁画《孔雀开屏》：绢本，三编。上上；
宋缂丝《孔雀图》：正编。上上；开宝三年春三月锡山华氏三留堂制,印一:孝子后①。

蒋廷锡画《山羊》:绢本,三编。上上;

僧超揆画《杜牧诗意》:绢本,正编。上;

董其昌书《通书》:纸本,正编。上上;

王武《仿元人溪亭对菊图》:纸本,正编。上上;

僧巨然《层峦丛树》真迹:绢本,正编。上上,佳。

下直稍休,铁庵来,上灯去。均儿临吴仲珪《中山图》,当【尚】可,似稍进矣。连日得见巨然画,细审恰知乃吴珪所从出,由此而上,可以接迹董北苑。

二十九日(1月15日) 入直,发下立轴百件,看百二十件。

张雨书《唐人绝句》:纸本,三编。上,佳;

宋人《溪山暮雪图》:绢本,重编。上,佳;

蒋廷锡画《墨牡丹》:绢本,重编。上;

蒋廷锡《野菊》:绢本,正编。上;

宣和《溪山秋色》真迹:纸本,正编。上上,佳;

郭天锡写《高使君诗意》:纸本,正编。上;

马麟《静听松风图》:绢本,正编。上;

宋人《隼击图》:绢本,重编。上。

午后,归家休息,客至始起。晚,访艾老。夜,看杜诗。

三十日(1月16日) 入直,发下立轴百二十二件,均看,建福宫存储书画已毕录矣。

柳遇《莺粟》:绢本,正编。上;

---

① 据《清内府藏刻丛书画录》卷五所载,此印为"季子后裔"。

宋人《拜月图》:绢本,三编。上;
邹一桂《太古云岚图》:纸本,重编。上上;
弘旿画《竹蹊绚锦》:纸本,重编。上;
丁观鹏《摹宋人渔乐图》:纸本,重编。上,佳;
元人《柳塘白药图》:绢本,正编。上上,佳;
冷谦《白岳图》:纸本,重编。上,佳;
宋绣《咸池浴日图》:缎本,三编。上上;
沈周《溪居读书》:纸本,正编。上;
张守中《桃幽鸟》:纸本,正编。上;
顾德懿《春绮图》:纸本,正编。上;
宋人画《南唐耿先生炼雪图》:绢本,重编。上上,佳;
萨都剌《严陵钓台图》:纸本,正编。上上,佳;
邹一桂画《藤花芍药》:纸本,三编。上;
宋李成《寒林平野》:绢本,正编。上;
马文璧《秋林钓艇》:纸本,正编。上上,佳;
丁观鹏《摹宋人明皇夜宴图》:纸本,三编。上;
缂丝《邵弥书诗》:重编。上;
李成《群峰斋雪图》:绢本,重编。上。

午后归,来[1]不断,至暮始毕。晚头痛,有病意,睡二时许始好,盖在书房受寒也。

十二月

初一日(1月17日) 入直,归已过午。得伯石书,知翁弢夫已谢世,不胜惊愕,余前作书托伯石带去,今已隔世矣。饭后出门。夜归,看《杜集》。均儿临吴珪、倪云林二画,尚可,一《中山图》,一《安处

① 原文如此,疑前缺“客”字。

斋图》也。

初二日(1月18日)　休息,检上赏福寿字,交茹古斋装裱。终日无事,读《杜集》消遣,心颇能入,近月馀来所仅有也。假茹古斋新裱王孟津书画扇面来与均儿看。夜,仍读《杜集》。

初三日(1月19日)　入直,带狄波[①]毕,又召见养心殿,发下懋勤殿立轴十五,银匠房立轴廿二、册三,均看毕。覆命,奉旨仍有续查之件。自二月清查起至今止,共书画卷、轴、册九千二百二十件,佛经一千五十二册,今所看佳者存目于后:

董源《龙宿郊民图》:绢本,重编。上上;
明吕纪《柳塘禽集图》:绢本。上;
元人《花鸟》:绢本,正编。上。

夜,看杜诗二十卷毕,又将《诗醇》所选者记出,已至三更矣。

初四日(1月20日)　休息。晨,阅《少陵丈【文】集》。陈太傅来久谈。午后游厂,买小砚一,舅父恪勤公画扇一,伯希画、再同画扇一,旧宣纸十一张,笔十枚,上灯后归。夜,翰怡、赞希来,同饭,托翰怡买云蓝阁惮【蝉】翼笺三十张。

初五日(1月21日)　未入直。午前,捷南来久谈。天阴欲雪,惜风又起矣。静坐无事,看倪雪【云】林、徐幼文画《师子林图》,甚适,烟云供养自胜于抗尘走俗矣。又为拱北题所抚《重江叠嶂图》。夜,看均儿画,似有退意。

初六日(1月22日)　入直,严寒。与弢老久谈,同赴仲泉之约。散后,访逊敏。归家,少梅来。夜,看赵文敏《重江叠嶂小卷》。

初七日(1月23日)　入直,聘之来,不直。午后上街,月上归。夜,访拱北,督其临子久《富春山居图》,归已子正。

---

① “波”字后原文有一空格。

初八日(1月24日)　晨，诣祠堂行礼。佟济先来，以小米《云山得意》各卷[1]。午后，赴聘三之约，得见李燮阳。席散，又赴孙慕韩茶会，室暖不耐久坐，即归。上赏腊八粥一罐、菜八器，重华宫赏神肉并“富贵长春”春条，赏内子“鸿禧迎祥”春条，太极[殿]赏神肉。夜，看《元诗选》。

初九日(1月25日)　入直，核奖案，至暮始归。得榕生书，即复。夜，看《元诗选》。

初十日(1月26日)　入直，有风，朱聘三来谈。午后，至熙氏祠堂为熙鸿甫之祖母题主，礼成即归。饭后上街，暮归。夜独坐，看大痴《富贵【春】山居卷》、朱锐《赤壁图卷》。

十一日(1月27日)　未入直，弢老来，交到联丈【文】直公建祠募捐册一本，容与越千商之。客去，访艾老，过午归。晚，在瑞臣处公请李燮阳。席散，又赴贡邸之约。

十二日(1月28日)　入直，召见养心殿，带逖波尔。散门，访艾老。午后访弢，前借之画九件还之，《元人八家卷》《百丈泉图》尚未还。赞希来。夜，以署中事不怡者良久。

十三日(1月29日)　入直，泽、涛均到，会议东陵赎地事。过午始散，疲怠不堪。饭后睡，衣薄寒侵，有病意。夜，校录画记。

十四日(1月30日)　未入直。近午得电，召见养心殿，即往而奉谕旨以古月轩烟壶一、洋磁烟壶一、鼻烟二瓶赏汪士元，派人送往。归途顺路一候彝初，其母病，属商方药也。午后上街，又至花肆买兰四盆。夜，理画册，釐作十本。

十五日(1月31日)　入直，龚放求援，赠以四元。弢老来谈。以红梅四盆、康熙墨二定赠铁庵。晚，至逊敏斋公宴。

十六日(2月1日)　蒙赏御书福寿字二文。午后上街。翰怡明日回南，赠以绿石砚。

---

① 原文如此。

十七日(2月2日)　入直,访【诣】养心殿谢恩,到者甚多。午后,在署看节帐。归家得报,彝初之太夫人病笃,往视,大异前日,正商医药,已不救矣,遂商后事粗就。同怀、润至福全馆晚饭,均儿来。

十八日(2月3日)　休息,以百元赠彝初,检《石渠宝笈》二编一、二、十、十一。函,送聘三所。午后欲上街,因倦遂睡。晚,与立孙戏。

十九日(2月4日)　晨起,看《庚子消夏记》终卷。午后独坐,检孟东野诗读之,不觉移晷。晚,至彝初处送三,宴客福全馆。

二十日(2月5日)　入直,上赏春饼。退直,赴越千之约,出示其先德宝梦莲《梦迹图》嘱题。归家即睡,傍晚起,有病意,头亦痛。

二十一日(2月6日)　晨,携均儿谒先茔【茔】,近午即归。饭后,上街游庙。捷南、伯泉来,未晤,不知何事。

二十二日(2月7日)　入直,挂灯,带匠。归家,见鸿博泉。客去,检居易堂存储书籍,堆积过久,清理殊难,营营者半日,疲甚小休。傍晚,访艾老,室中无火,又受寒矣。夜微嗽,头目岑岑,饮甘露茶。

二十三日(2月8日)　入直,带匠,微阴酿雪。检书归函,案头尘积一清。午后,看杜诗。夕祭灶,略闻暴竹声。

二十四日(2月9日)　休息,闻报,洵六、涛七、侗五、越千均召见,吴锡宝辨报事也。昨带匠,今日蒙赏大缎二匹。白五楼装裱福寿字送来,看悬挂,纷扰者二时许始毕。与艾老作函,即得复。带经堂送来知不足斋刊《宝绘录》,索价廿元,书可收,借【惜】昂价耳。作书寄宝臣。

二十五日(2月10日)　晏起。午后,润之来。饭后,至彝初处送库。归家得电,传带逖波尔。至狄寓,同进内,召见养心殿,退出已戊【戌】刻。赞希来夜谈。

二十六日(2月11日)　入直,进尊封三宫主位册宝,随醇邸入贺。退直,加未[1],蒙上赏貂皮二张、荷包、手巾、八宝、金锭,又拴赏

① 原文如此。

荷包一封，归已疲，偃卧二时许，似有病意。

二十七日（2月12日） 晨，至彝初处送殡。午后捷南来，越千又有事发生，尚须开解，愚而自用，毋乃可笑。饭后上街，又候六桥病。淑妃赏大缎二匹。接汪甘卿来书，容复。夜了家事，尘积略清，作复甘卿书。

二十八日（2月13日） 入直。访赞希，留饭。归家稍睡，又进内，带克礼、狄波尔，另见养心殿后殿。访艾老。

二十九日（2月14日） 入直，上病渐减。午后，赞希来。客去上街，又游庙，买花六盆。接汉昭书。夜，清案头函牍，数月来所堆垛者悉去之，心目顿爽。奉到年赏二千元。

三十日（2月15日） 入直，谢恩。瑞臣带狄波尔，核堂奖各单，蒙赏"和气致祥"春条、八宝荷包、银锭荷包。散直甚倦，偃卧二时许。得铁宝臣覆书。傍晚，爆竹甚多。灯下无事，翻阅前数年日记，光阴之速，抑何可畏。回想一年所经历，惑【感】叹靡已。

癸　亥(1923)[1]

正月

初一日(1923 年 2 月 16 日)　庚申朔。丑初祀神，辰初入直，蒙赏“茂豫”春条，上以违和免升殿受贺，随王贝勒等诣太极殿行礼，赏平金黄缎荷包一，均儿亦蒙赏“受禄”春条。退直稍息，与均儿同车拜客十四家，作复宝臣书交捷南。夜，看《杜工部集》，加墨识。

初二日(2 月 17 日)　入直，带乌林，拜客三家。午后上街，天气和暖，河冰半已消融。灯下作复翰怡书，交堂上寄。夜，看《蒙古游收【牧】记》。

初三日(2 月 18 日)　晨，访学真于广济寺，拜客二家。午后，同均儿照一朝衣相。耕梅来，少谈。傍晚微阴。夜，看《黄孝子寻亲纪程》。

初四日(2 月 19 日)　微雪。捷南、云汀、伯石至自津，均久谈，仲三继至。客去，拜客十九家。上灯后瑞臣来，弢老约食白鱼，辞之。夜有病意，看《揽辔》《骖鸾》二录，《桂海虞衡志》。升吉甫、铁宝臣题《独立图》寄到：

云林郁苍翠，原隰隐纵横。倘得同心侣，相携作耦耕。逝水

---

① 本年正月至三月，四月至九月，十月至十二月分别刊于《中和月刊》1944 年第 5 卷第 9 期，1945 年第 6 卷第 1 期，1944 年第 5 卷第 12 期。与壬戌年(1922)刊载先后顺序有颠倒。

已如此，观澜将若何。澄清如有愿，一为息鲸波。（吉甫）

一碧江山远入天，更无间处着云烟。静观好办【辨】微茫色，要识澄清在意先。（宝臣）

初五日(2月20日) 入直。拜客四家，弢老来，留饭，深谈。午后上街，天气较凉。夜，看《铁围山丛谈》，蔡绦撰，京之季子也。

初六日(2月21日) 入直，上开子旧年均赏墨砚画幅，今则无矣。拜客十家，天气斗寒，河水复结，晴窗静坐，仍看《铁围山丛谈》。铁庵来，客去，上街。夜，写日记，笔胶殊困，涤之再写。

初七日(2月22日) 晨，看书。午，游厂肆，遇拱北，在茹古斋买曹素功墨，英古斋买笔筒、葆效先对联，德宝斋买铜香盒、磁印盒，翰文斋买《巢经巢诗集》《石渠随笔》，均儿亦买《习苦斋画絮》及石印画稿，归已上灯。夜，看《挥麈前录》。

初八日(2月23日) 风较昨尤寒，为金世兄潜庵书扇，尚得意，看《挥麈后录》。得报，今日上又辍学，是否违和，作书问艾老，得复。终日无事，看书既倦，又看均儿作画，颇足移情。《挥麈录》载艮岳记及诗赋，暇日当抄出。夜，爆竹甚多。

初九日(2月24日) 入直。午后，拜客四十一家。在青云阁为均儿买石印画片数事，严寒如昨且有风。夜，上电问爆竹之声何多，奏对移时。

初十日(2月25日) 作谢宝臣书，肆文堂送来《真迹日录》《图绘宝鉴》，均可收。近午，看均儿作画，弢老诗钟会以画灯为奖，所画者是也，拱北、琴南俱应是役。聘三来，张世兄壼来，均久谈。晚得报，上有携溥杰出宫之说，竟不知何往，催促开门甚急，即进内，邸随至，以无甚动作未请见，第传总管来问大概而退。

十一日(2月26日) 入相，三宫主位传见，邸言昨事也，又见上。散直，同瑞访越，商门禁事，留饭，又同谒邸。晚，约弢、艾、云汀小酌，商补救办法，未得要领，奈何。

十二日(2月27日)　为劭襄书屏，尚得意。领到上赏绿龙磁盘一。傍晚，与瀛贝勒拜寿。夜访拱北，均儿亦随往，归已三更。

十三日(2月28日)　入直。巳刻，上升殿受贺，黎元洪遣使来贺，带见。均儿亦领到上赏磁，六桥来。夜，抄《艮岳赋》。

十四日(3月1日)　聘三来，客去，抄书。午后上街。夜，涉猎《栋亭丛书》十二种，新收者。

十五日(3月2日)　入直。午后，与恽太夫人拜寿，问年才五十耳。拜客一家，游厂。夜，诣先祠，供元宵，行礼。家人作手谈。

十六日(3月3日)　与仲泉拜寿，又吊王劭农之丧。云汀来久谈。傍晚上街，踏灯而归。黼臣送到廉州、石谷会册，令均儿择佳者抚之。余每遇节令，若有无限感怆者，境为之乎，年为之乎？

十七日(3月4日)　抄《艮岳赋》，笔败殊困。保孙头面小疮久不愈，殊挂念，如再生，当请医诊之，恐浸淫为患也。夜，看祁鹤皋《西域释地》一卷、《西陲要略》四卷，二书简要有体，善本也，欲知西域疆界者，须首及之。今日频咳，有病意，一日未出门，亦无一客来。

十八日(3月5日)　入直，看《挥麈馀录》。午后，与劭襄拜寿，听戏，夜深始归。晨间访云汀，深谈时许，捷南亦在座。(越日补记)

十九日(3月6日)　晨，看《宋史·蔡京传》。午后，看《玉照新志》，亦王仲言撰。傍晚，赴孙慕韩、金拱北约。得吕子畏书，即复。天燥大嗽，夜奇渴。均媳病，请张午樵来诊。

二十日(3月7日)　冒鹤亭来，少谈即去。午后上街，遇雨而归。对门德姓二子，年轻失教，流而为匪。今午，兄弟二人忽在前门持枪劫人，侦缉队逐之。一归其外妇家，入捕，枪伤一兵，遂自击以死；一投其母，被获。白昼于人烟稠密之地作劫，毋乃大胆。夜，窗外雨声潇潇，听之可喜，春温或少杀，三更后雨止风起，闻雁。

二十一日(3月8日)　入直，大风。午后，写寿屏。傍晚，赴逊敏之约，射覆小胜，夜深始归。

二十二日(3月9日)　晴暖，买巾箱本《孔丛子》，又借《妮古录》

二册于肆文书友，凡四卷，陈眉公著。

> 董元宰寄余书云：所欲学者，荆、关、董、巨、李成，此五家画尤少真迹。南方宋画不堪赏鉴，兄幸为访之，作一铭心记。如宋人者，俟弟书成，与合一本，即不能收藏，聊以适意，不令海岳独行画史也。

右见《妮古录》，暇日当师其意为之，拟分已见、未见，惟画家应及明代为限耳。昨夜室暖热，今尚不适，过午即睡。傍晚起，在后院散步，花木已有萌动之意。灯下看《妮古录》四卷毕，有可记者录之。夜，看《玉照新志》毕，王氏所撰《挥麈前录》四卷、《后录》十一卷、《三录》三卷、《馀录》二卷、《新志》五卷悉卒业，此书翔实，说部中有稗史学者。

廿三日(3月10日) 入直，大雪。又至弢老家，新有妾丧也。午后，赞希、亮生来。晚，请午樵与保孙看头面小疮，谓是湿热薰蒸所致。晚，心绪不宁，遂睡。定司官来白事，见之。夜，未闻保孙啼声，用药洗后，已安睡矣，心稍慰。看《东城杂记》，樊榭撰，凡二卷，所记皆杭州城东旧闻遗事，详洽，记坊巷者所应取法也。均儿抚廉州画册六幅已成，虽不能似，冀其稍知设色之法，原册送还黼臣，得复。

廿四日(3月11日) 入直，又同涛、越、沈至邸。归家少睡，赴梁嵩生之约，又赴福子昆之约，归已加亥，头痛有病意，夜仍嗽。买《历代宅京记》，朱槐卢刻本也。闻子昆言，直军近又布置战线，奉军亦有调动，且开军事会议。

廿五日(3月12日) 晏起。近午访黼臣，见其近作白梅八律甚佳，又借其黄谷原画册。赴咏春约，席散，风日和暖，乘兴踏街，上灯归。夜抄画目，手楚遂止。翻阅周亮工《读画录》，朱翰之睿即七处和尚，记前校《石渠》周亮工集画册内有此人，笔墨绝超，明之遗老也。其品第当与无可、石涛、石溪等，其意境至今尚能记忆，无意遇之，大是可喜，盖当日不知为谁也。

“睡侧而屈，觉正而伸，早晚以时，先睡心，后睡眼”，蔡季通睡诀也，见周公谨《齐东野语》，爱而录之。

廿六日(3月13日)　入直，阴寒有风，翻阅《石渠续编》消遣。黼臣篆书屏裱得，神采大异，此君习篆五年，不意精进如此，再十年后，徐忠勤须让一头矣。近午，倦极思卧。饭后，出东直门，至延寿寺，与世文端上祭，明日迁葬也。晚，越千约在福全馆便饭，座有云汀、捷南。夜，看《石渠续编》并校阮氏《随笔》。

廿七日(3月14日)　晏起，检《鲍氏丛书》，遇胡邦衡《经筵玉音问答》，阅之，乃记孝宗隆兴元年五月内宴事也。天微阴，似又酿雨，睡足食饱，精神焕发，又看刘原甫《公是弟子记》。午后，看曾敏行《独醒志》，凡十卷，上灯后毕业。

廿八日(3月15日)　均媳携立孙、保孙归宁，天阴有雨意。同古堂电告，印章四方已刻齐，午后遣人往取。看黄常明彻《碧溪诗话》十卷。润之来，与均儿谈画，非访余者也。余无事，亦乐得与之周旋。晚，赴衡四之约，夜雨。

廿九日(3月16日)　晨起，天气清润，至后院散步，草已回青，梨、柰、柳枝俱有萌芽。看费补之《梁溪漫志》，凡十卷。作书致艾老，得复。午后上街。夜，校画记，食烧羊，殊佳。

二月

初一日(3月17日)　入直，鹤亭来，久候。客去，校画录。夜，同内子、均儿、侄女至真光看《三剑客》电影，遇荣仲泉夫妇。

初二日(3月18日)　晨，至长春寺，弢老如夫人开吊也。又访艾老少谈。午后，至荣寿公主第拜寿。上灯后，校画记至夜深，手披口读，心目并营，竟不觉疲。

初三日(3月19日)　晨，候寿臣文【丈】，其病已深，相对凄恻。午后睡。傍晚，立孙归。夜，看《杜集》。

初四日(3月20日)　入直。又访庄志道。归家得报，寿臣丈谢世,何其遽也,即往哭之。午后上街,终日惘惘若失。夜,涉猎《石渠宝笈续编》,欲定编目凡例也。

初五日(3月21日) 晨,访贡邸,为寿臣禀气事也。弢老来谢,未见。天暖,室中可以撤火矣。均媳、保孙归。午后上街。夜,校画记。

初六日(3月22日) 晏起,院中散步时许,梨、丁香均发录【绿】芽,校《石渠随笔》。傍晚,携均儿至唐邸送三。夜,校画记。

初七日(3月23日) 入直。午后至唐邸,为其迎接赐奠天使也。归,稍睡。晚,赴弢老约,夜分散。

初八日(3月24日) 聘三来,留午饭。客去,睡。近日意懒心弛,诸事均无兴致,拟定一课程,以自策励。晚,偁大、修二约,赴之。指节抽痛,问艾老,云是受风。夜,看《杜集》,对门笙歌聒耳,兆丹为其弟之妻作寿也。

初九日(3月25日) 入直。归,即睡。近午起,看邝湛若《赤雅》三卷,中卷山川藻丽,不减郦亭,容检其诗集参校之。晚步庭阶,看立孙戏,颇得天趣。午后本欲上街,以懒而止。

初十日(3月26日) 雨。晨,越千来。客去,雨益密,独坐赏之。看放翁《入蜀记》六卷、石湖《吴船录》二卷,放翁于乾道六年庚寅自浙入蜀,石湖于淳熙四年丁酉出蜀归吴,所记景物,放翁则步步入胜,石湖大有"五岳归来不看山"之概【慨】,故较略,惟记游青城、峨眉二山则甚详。向晚雨霁,携杖散步后园,看花木均有欣欣向荣之意,襟怀洒落,亦一适也。上灯后,看《宜州家乘》一卷、《放翁家训》一卷。

十一日(3月27日) 阴。晨,看楼攻媿《北行日录》二卷,乃随其舅使金纪程之作也。午后雨,看王圣涂《渑水燕谈录》十卷,圣涂名辟之,渑水人,宋进士,所记朝野杂事分十七门,三百馀事。"宝颜堂"《妮古录》久置案头,今日还肄文书友。夜腹痛,似欲下利。

十二日(3月28日) 晴。入直,越、瑞均到。雨后殊爽,颇动游兴,鹤亭玉渊潭之约以道泞改地,大无意识。归家稍息,至后园看起花窖，牡丹芽甚盛。午后，游厂肆。晚，赴鹤约，于弢老斋中，座有君立、荫伯，散颇晚。

十三日(3月29日)　入直，又访聘三，少谈即归。前日已有下利之意，今日黎明里急尤重，屡起屡卧，疲惫殊甚，勉强进内，即访聘三，亦缘公事，须与面罄也。午后稍睡，精神渐复，上街遣之，欲少行动，一散郁陶。归，下利数次，痔又大发。夜，看周辉撰《清波杂志》八卷，此书似胜于《渑水燕谈录》。均儿又进班，此月已二次矣。向瑞臣借到册二、轴二，为均儿作画稿也，存目于后：

《董文敏画册》；

《胡元润画册》，名王昆，胡宗智子，《墨香居画识》作宗仁子，父子兄弟均精绘事；

关何思《玉潭凝碧图轴》，名思，又名九思，字仲通，号虚白，乌程人，万历间有名；

《袭野遗山水轴》。

迟日尚拟向黼臣借数幅来，既校《石渠》之后，所见画竟少当意者，奈何。昨在德宝斋见戴文节画卷，乃为潍县陈寿乡【卿】画者，绝佳，商借未允。

十四日(3月30日)　入直，以下利未愈先散。润之来，少谈即去。看《清波杂志》四卷、《清波别志》三卷。午后，赴逊敏约，夜深始散。周辉，字昭礼，淮海人，祖居钱塘，后又居杭之清波门，故名其书曰《清波别志》，《清波别志》龚颐正后跋作《三志》，然则尚不止此二集欤？

十五日(3月31日)　休息，下利小愈，后院杏子已将作花。近看宋人说部，颇有兴拟先将架上已有者涉猎毕，再及之明人所著者，若事购求，则力有未逮且可不必。午后，黼臣来谈，并看《石渠宝笈》，亦以为大观也。傍晚微雨，翻阅钱十兰斠注《地理志》，又与汪小米校本参看，读《汉志》，二者皆必不可少之书也。吴氏补注较繁，似逊其简核。夜，看朱少章《曲洧旧闻》四卷。

十六日(4月1日)　晨，裴韵山来拜，见之。近午，至唐邸赐祭，留饭，午后为其题主。归后，看人在后园种花，立稍久，下利之疾又作，至初更如厕者数四，委顿殊甚。夜，看《曲洧旧闻》六卷毕，中一条谓"石炭见于《汉书·地理志》，豫章郡有出石可燃"之语，偏【遍】检今本无之。浓煮普洱茶，加槟榔、缩砂、生姜，饮二杯，腹坠略减，胸膈小利。年十日九不适，老态所致乎？幽忧所致乎？何其惫也。

十七日(4月2日)　晏起，利止而气则甚弱。均媳生辰，宫赐如例。荫伯约饮，谢之，盖恐饮食不慎，病复来也，午樵[①]。女客来贺者多，避嚣后园，看周公谨《齐东野语》六卷。傍晚，延张午樵诊脉，开一方。《绍兴御府书画式》，周公谨所记者也，择录之，他日当令沈文和录出，《佩文斋书画谱》采录删削太多，非全文。今在后园逍遥，终日心境俱清，所谓因病得闲，殊不恶也。

十八日(4月3日)　阴。晨起，腹坠较昨又剧，过午气馁，立重坐轻。看《齐东野语》四卷，又抄《艮岳赋》排遣，笔又败矣。欲上街，因病而止。作书与黼臣，未得复。傍晚，小雨霏霏。夜，看《齐东野语》二卷，抄书六叶。

十九日(4月4日)　阴。腹坠大减。午前，与阿雨苍贺喜，又吊诚裕如。归后，看[斐][②]《齐东野语》四卷。午后，至唐邸送库。晚，约懋堂、仲三、怀民、润之、子宽饭于福全馆。夜，看《齐东野语》二卷。

二十日(4月5日)　晨，为唐邸送殡，步出安定门，路稍远行久，气又下坠。归后，延午樵来看脉，开一方。黼臣来，客去，上街游庙，买木兰二盆，《日下旧闻》《庚子秋词》二书。夜，看《齐东野语》四卷。

二十一日(4月6日)　阴。清明节，携内子、均儿媳出阜成门谒

---

① 原文如此。

② 原文如此，似为衍字。

先茔，酉初归。气坠已愈。夜，看《齐东野语》二，此书二十卷已卒业，有可录者，尚须一检。

二十二日(4月7日)　晨，阅《日下旧闻》，此书旧有，已赠立民，故再买。因第看《钦定日下旧闻考》，不溯其源，尚不足以竟其全也。午后欲上街，雨来而止，拄杖至后院看杏花。傍晚，锡司官来，见之。今日意兴殊减，看书写字均懒为，无已，翻《日下旧闻》排闷，灯下孤坐，仍看《日下旧闻》。徐健庵序中叙问答颇得沿革梗概，以朱书参校《旧闻考》，遂看三卷。艾老所居门外之桥，即昔之吕梁洪也，漾金亭旧址亦在此。明之南内，英宗复辟后所增修，门西向，中门及殿均南向，是为中路。夜，仍服午樵方药。

二十三日(4月8日)　晨起，录《旧闻考》各案语，以备参校。今日已不服药，腹偶作痛。近午，至后院看杏花，今年花朵较昔稀，梨花亦将放。午后上街，又访拱北少谈，见其壁悬一《箫翼赚兰亭图》，纸本，谈【淡】设色无款，笔墨意境的真，元人记前校《石渠》书画曾见，巨然此图是所从出也。拱北以二十金得之，是真奇遇，归已上灯。夜，看《日下旧闻考》，参朱书。

二十四日(4月9日)　入直，已病假十日矣。天气和暖，御柳含青，春意已深。归，少睡。午后，仍看《日下旧闻考》及朱氏原著，所考辽金元旧迹大都已具，欲再搜罗，而旧藉散亡，城市改易，虽偶获一二，亦难确指，与其勉强依托，何如从缺为愈。傍晚，与逊敏拜寿，入夜始归。

二十五日(4月10日)　晨，在后院看花。午后上街，意行甚适，抵暮始归。沈庵送到麓台画幅，亦均儿借临者也。夜，看王幼霞《庚子秋词》二卷，理诗牌，内子助之，计千二百八字，意将从事于此也。连日思至德胜门外土城一游，欲访元城遗址耳。均儿入直，一月三度矣。

二十一日登丙舍后山望摩诃庵慈寿寺

乱后名蓝尚有台，北连孤塔共崔嵬。断[断]烟浮碧春仍在，暝色烘晴雁又来。千相庄严归瓦砾，一椽兴废总尘埃。灏华旧迹犹能指，望古苍茫未暇哀。

廿六日(4月11日) 大风。昨紫竹院送玉兰一篮，汲水养之，香盈一室。午后稍睡，起，看《元诗选》戌【戊】集。天气微燥，易薄棉袍，窗外鸾技【枝】已作花矣。瑞臣来书，往西山。作书致六桥、黼臣。晚风息，灯下仍看《元诗选》。

廿七日(4月12日) 入直，与弢老在直庐久谈。又至福寿堂与汪衮甫之太翁拜寿，访黼臣。归，聘三来，五楼来，族弟来，均久谈，赠族第【弟】银十元。客去，睡。傍晚上街，分[①]始归。

廿八日(4月13日) 晏起。昨与聘三商辑《石渠补遗》，聘三任辑御笔，余任辑列朝名人书画。今曰【日】首事，自午至暮甫书五十五条，手已楚矣，置之。

廿九日(4月14日) 入直。归后，辑画目。午后睡，学真来少谈，此次至沈，竟募得六千元，余代募二款亦交之。晚，至后院浇花。夜，看《元诗选》，《金台集》宫词《次偰公远正字韵》云"琼岛岹峣内苑西"，据此则元之大内不能在安定门之北矣。其《白马庙》云"祠[宇]当城角"[②]，当在宫城西北角，垞竹【竹垞】则以为在大城西南角也，其致误乃在"城南咏古"一题耳。夫城南云者，举其多数而言，所咏固不尽在城南，如妆台、西华潭俱在西，距白马庙南北仅一二里，不得谓之南也。

三十日(4月15日) 晨，辑画目。午后，吴彭秋、石世兄来，均久谈。客去，访艾老。归，看均儿作画，窗外梨花盛开，同内子照相。

---

① 原文如此，"分"字前似缺"夜"字。

② 据《元诗选》，中册，中华书局1987年点校本，第1465页，缺"宇"字。

三月

初一日(4月16日)　阴。入直。奉旨派杨钟羲、景方昶、温肃、王国维均在南书房行走,《德宗景皇帝御制诗文》派朱益藩、朱汝珍敬谨编。退直雨至,稍休,至后院看花,益艳。傍晚,与立孙在廊下散步,雨声浙【淅】沥,入耳清心。辑画目第一册毕。

切【初】二日(4月17日)　晨,答拜斐蕴山京兆,见之。道泞难行,又在曲巷,车中颠顿益困。又至德宝斋稍坐,天气斗寒,易裘。商云汀来,见之,新自奉天归也,久谈。傍晚,至乐印孙处吊唁,其伯母谢世也。又赴孟觐候约。

切【初】三日(4月18日)　晴寒犹昨也。心烦,不耐静坐。晨起,即至后园花下散步。午后,翻阅《元诗》,亦苦乏兴。傍晚益寒,赴亮生约,夜分散。

切【初】四日(4月19日)　入直,又至上书房检佛像十二轴、经十种,交法源寺陈列。归,即睡。午后起,铁庵长谈至暮。晚,在福全馆请云汀、捷南,谈沈阳地亩事。瑞臣赠舅父恪勤公画一幅,乃晚年笔,至佳。头有病意且下利,景鸣九来。

初五日(4月20日)　晨,与少华贺嫁女之喜。答拜景鸣九,久谈。又访弢老,少坐即归,头痛微嗽。饭后睡时许,至后院看花,频嗽,吐痰甚多。昨铁庵谓余面色见老且消瘦,余亦自觉,盖自交春以来十九不适,意兴亦极颓唐也。傍晚,赴六桥之约。饭后清谈,并看六桥诗稿。

初六日(4月21日)　瑞臣、珏生约,以路远辞之。得温毅夫书,电问崇效牡丹消息,欲往游也,得复,须月半于[①]能开。傍晚,至庆邸拜寿看戏,早归。夜,看均儿今日所作之画,尚佳,为定名曰《夏日山居》,盖王黄鹤有此图也。

---

① 原文如此。

切【初】七日(4月22日) 入直，邓文藻报效实录馆经资，赏二品衔并三代头品顶戴。下直，至后院看海棠、丁香、李、柰均盛开，梨花已谢。午后上街，月上始归。作寄仁安书，又与铁庵订游崇效寺之期，姑定十五、六，候其择一日也。

初八日(4月23日) 阴。至后院看花，借黼臣之谷原画册还之，在廊下看立、保二孙戏。午后，看《日下旧闻考》。饭后，拜张松壑，未晤，游厂。晚至撷英，商部同寅团拜。

初九日(4月24日) 入直，内藏宋元佛像十二轴、宋元刊佛经十部，交法源寺道阶陈列。归家后，肆文堂送到《日下旧闻》，纸印均佳，留之，前买带经堂者送还，又留粤刻《春明梦馀录》一部。午后，拜邓君翔文，游厂肆，倦甚遂归。王嵩儒来。夜早睡。

初十日(4月25日) 晨起，看花。近午，看《日下旧闻》，今又下利，痔发。润之来。向晚，卧时许。夜，看杜诗，得仁安书并和诗，录后：

> 极目苍茫望紫台，西山依旧碧崔嵬。几经劫后虫沙变，又见春前鸿雁来。十载天心沈白日，八方风色半黄埃。读君老去悲凉语，仿佛笳声五夜哀。

十一日(4月26日) 入直，汪甘卿来少谈。午后上街，又至精益店取眼镜。后院牡丹姚黄一种已将作花。夜，看杜诗。

十二日(4月27日) 晨，赞希、甘卿来。午后上街。夜，踏月而归，灯下看杜诗。

十三日(4月28日) 入直。午后，辅臣来久谈。傍晚，至茹古斋少坐，又赴全公同兴堂之约。

十四日(4月29日) 晨，携均儿访铁庵。早饭后，游崇效寺，牡丹惟绿、白二种开，铁、均登楼看《红杏青松图》，余至西来阁下徘徊久之，阁已为营中养马之所矣。耕梅来游，同游龙爪槐，路过圣安寺、法源寺,座间谈及怡园乃耕梅所居之宅,旧额犹存。晚饭时[①]广和居,清游终日,极畅,得圣安寺、怡园所在,尤快。

十五日(4月30日)　晨起,看杜诗,前后院牡丹均开,中院尚朱【未】吐萼。傍晚,回拜甘卿,访弢老、艾老。夜,看杜诗。

十六日(5月1日)　入直,引看女子,越千进排,瑞臣放排。午后瑞臣来,同饭,学真又至。客去,休息。傍晚,看杜诗三卷,心颇能入。夜,月色皎洁。

十七日(5月2日)　晨,往吊钱幹臣,少坐即归。看杜诗一卷,刺梅盛开。午后上街,归尚早,携立孙至后院花前小坐。夜,看杜诗。今日腹泻五次,殊惫。

十八日(5月3日)　阴,午后微雨。中院牡丹亦开,较去年又盛。为沈丹之书扇。晚,赴黼臣约,越千托故不到,假瑞臣银二百。夜又雨。

十九日(5月4日)　入直。又在福全馆公请汪甘卿,席散拜客,归家少休。新霁殊爽,游庙,贯【买】花子六袋。夜,看《珊瑚网》,所载梁赵岩《神骏图卷》有赵文敏题长歌跋言录杜,余知其非,然一时不记谁作。王百穀后跋亦言《杜集》所无,断为逸诗。及翻《东坡集》则此诗固在,古人荒疏,何减于我,毋乃可笑。

二十日(5月5日)　均儿生辰,永和宫赏尺头二、银二十。午后,至乐宅送库。女客甚多,晚在后园小室避嚣,看《雪稿【桥】诗话》,杨子勤所著者。夜微雨,客散已丑初矣。

廿一日(5月6日)　入直,瑞臣到。答拜王僧儒,又至嘉兴寺看织布机后,学真来辞行,去后上街。夜洗足,看汪砢玉《珊瑚网》,讹脱颇多。紫竹院送牡丹一盒,汲水养之,香盈一室。今日交立夏节。

廿二日(5月7日)　晏起,看汪氏画录,参校卞氏《汇考》,排闷而已。午后,在可园请客,同座者二十五人,大风昼晦。牡丹尚有未

---

① 原文如此。

放者。

廿三日(5月8日) 入直，检画，归即睡。均媳携定孙进内会亲。傍晚，立孙归。赴亮、劭之约，皆酒徒也。席半，瑞臣电约至江叔颖寓，知李燮阳、邓元议案列入明日议程。又回劭襄处觅贡邸，商抵制之法。巩伯来，不过【遇】。

廿四日(5月9日) 入直，同邸及陈、朱、绍、宝议因应之方，先劝邸以镇立。归，访巩伯，未晤。族弟迁居，与银四十，就榻休息。傍晚，至后院散步。夜，看《日知录》。得电，议院今日未议事，即所谓流会也。

廿五日(5月10日) 入直。访拱北少谈。近午，赞希、甘卿来久谈。客去，休急【息】。傍晚，访六桥。归，与赞希、瑞臣电谭。均儿所画八帧已交画学会。夜，看洪北江《乾隆府厅州县图志》，兼校胡图，遣闷而已。

廿六日(5月11日) 入直，同艾、越在会贤堂早饭。又赴瑞臣之约，悟【晤】咏春、诗峰。归家少休。晚，至福全馆赴子昆约，商署中公事。

廿七日(5月12日) 昨晚，商云汀至自天津，来访，久谈。寿皇殿失盗，晨诣踏勘事毕，入直。午后休息。傍晚，均媳归，换车出门拜客。天气燥热，连日事繁，竟未开帙。夜，赞希、甘卿来。

廿八日(5月13日) 入直，带匠，养心殿、太极殿饭面赏谢【赏饭，面谢】。归，即睡。午后，六桥来。晚，赴贡邸约，疲惫先走。

廿九日(5月14日) 入直，太极殿赏饭。归家少休，彝初[1]。客去，同赞希及其女往看画学展览会，无甚佳品。访张小松久谈，已黑夜。访云汀于捷南家。

三十日(5月15日) 入直，重华宫赏扇二柄并赏饭，面谢。微雨，午后上街，傍晚骤雨，早睡。

---

① 原文如此，似缺“来”字。

四月

初一日(5月16日)　入直。归，少休。午后甘卿来，答拜石赐侯、瑞裕如、增寿臣、恩小严。夜，看洪北江《乾隆府厅州县图志》。

初二日(5月17日)　入直，永和宫赏饭，面谢。越千先归，上赏折扇二柄、香囊八个、尺头二卷。午后上街，仲三、琴孙来，小松来，均未晤。夜，看《老子》。

初三日(5月18日)　入直，谢恩。又拜客，微雨。归家后，弢老来久谈。客去，读《老子》，兼看《孟子》《论语》。傍晚，在越千家请客，散甚晚。得仁安寄诗，甚佳，录后：

题李杜诗集(洪容斋云：李白与杜甫诗略无一见，盖一时失检，因而题之)

杜陵渭北江东句，太白沙邱鲁郡诗。投赠往来千古在，风骚开辟两人知。涵空碧海无纤浪，得地苍松有古姿。驱逐云龙成幸事，一般同志复同时。

初四日(5月19日)　休息。晨起，作书复仁安，又至赞希处拜寿。看《老子》，与毕氏《考异》参校。傍晚，赴赞希之约。拱北弟子画二幅，笔墨尚可，题诗则万难矣。当告均儿，须知此虽小道，亦不可轻于落笔。

初五日(5月20日)　入直，与弢老久谈。午后，至乐宅送库。彝初约在东华饭店晚饭，同座仅怀民、润之。席散，至市场一行，又在中兴楼小坐，遇子宽，余及怀民不到此已六七年矣，光阴之速，抑何可畏。

初六日(5月21日)　晨，与乐宅送殡。午后，赞希来。客去，赴弢老约，见其世兄几士，久谈。

初七日(5月22日)　入直，奉旨陈懋复赏给乾清门头等侍卫，弢老长子几士也。午后甘卿来。吴佩孚反对改建三殿为议场之电已到，康有为所劝发者也。夜，访拱北。均儿进班。

初八日(5月23日)　休息，酣睡逾巳，近日所无也。上街，访拱北，商存款事。午后阴，上街。傍晚归，取李莼客《日记》排闷。夜，雷声隐隐，须臾风起，天晴。

初九日(5月24日)　晏起，大风，顿凉。看李氏《日记》。午后，拜学真、几士，并赴劭襄约。得拱北函，存麦加利六千之据已交来，一年期。

初十日(5月25日)　入直。近午风起，天色昏暗。颜惠庆约，辞之。徐圣与来，少谈即去。终日无事，看爱伯《日记》解闷。夜雨。

十一日(5月26日)　仍风。买李爱伯诗集一部。午后，至汇泉存银千元(前后三千)，还旧债千元。游厂肆，买扇数事，在德宝斋见麓台画一，绝佳。晚，赴劭襄约，归已丑初。

十二日(5月27日)　仍风，天气较昨稍凉。与越千电谈。午后，赴越千开明看戏之约，有劝捐者，书八元与之。晚，饮于明湖春。夜，为子昆书扇。

十三日(5月28日)　入直。退直，与琴孙贺喜。傍晚，赞希来，少谈即去。同越、瑞在涛邸花园公请王懋轩诸人，申振林不到，园中花木甚盛，台榭多俗，主人胸襟可以想见。席散，访六桥谈。

十四日(5月29日)　仍风。看李氏《日记》，裕如赠鲥鱼，致佳。弢老约晚酌，陪钟子琴也。午后子琴来，见之。傍晚，答拜子琴，赴弢约，与瑞臣谈不合。

十五日(5月30日)　入直，上□传巳刻携后妃幸醇邸视太福晋病，备车，余三人随扈，午初往，申正归。归家饥甚，饭后睡，傍晚始起。仍看李氏《日记》，胸中多郁，不耐读书，惟此差可自遣。夜食柚，颇佳。

十六日(5月31日)　晏起。近午，赴珏生约。席散归家，精神疲惫，卧时许始复。近日酒食征逐，使人心痗。傍晚，又赴瑞裕如、恩小岩之约矣。

十七日(6月1日)　晨,王静安国维来,见之,升吉甫所保荐,新派南书房行走者也,浙产,罗叔言之戚,年四十七八,村学究耳。白午楼来,并以舅父恪勤公、希白公画扇面三见,未留之。客去,仍看李氏《日记》。天气清爽,游兴又动,午后上街。夜,看《越缦日记》。

十八日(6月2日)　入直,在署早饭,散已午正。买同治《东华录》。晚,赴圣与约,座有凤孙。夜,点检《东华录》。

十九日(6月3日)　入直,均儿进班。午后,赞希来久谈。本欲上街一游庙肆,以天气燥热而止,终日看李氏《日记》。

二十日(6月4日)　燥热,越干【千】来,少谈即去。午后未出门,又懒于伏案,只取李氏《日记》翻阅。偃卧终日,精神疲惫,奇渴,盖烈日熏灼,继以狂风,所不耐也。

廿一日(6月5日)　入直,又至邸,遇雨。近午事毕,与奎公贺娶儿媳之喜。傍晚,赴亮生之约,射覆小胜,夜深始归。

廿二日(6月6日)　得电,上传车幸醇邸,即入直。巳初,上发驾永和宫,太妃及皇后、淑妃均往,申末始还。傍晚,赴朱幼苹约,钱【铁】庵在焉。幼苹出其收藏卷册与看,颇有佳者,呼均儿来同饭,畅谈至夜,清兴弥永。得瑞裕如电,鹤庄捐馆。

二十三日(6月7日)　入直。午后,幼苹、梦嘉来,看《元八家画卷》。傍晚赞希来,遂邀甘卿饭于福全馆。夜,看《越缦日记》。

二十四日(6月8日)　连日疲劳,今得美睡,晏起。肆文堂送《山左诗钞》,留之。傍晚,往吊瑞鹤庄之丧。赴孟觐侯约,同座有陈、朱二傅。艾老言,今见高宗即位在世宗梓宫前,祭文手稿署名上圆下寿,盖小名也。未之前闻,敬记于此。席散归家,雷雨沓至。

廿五日(6月9日)　晴,天气清润。晨,闻街上军警因索饷不得,均已涣散。盖自前日张绍曾等辞职,悻悻赴津,政府无人,仅一黎元洪独居于上,谁与维持?恐将酝酿生事,不乱不止矣,且看此伧有无办法。午后,室中孙辈喧嚣,大不可耐,上街散步以避之。傍晚归,仍看李氏《日记》，亦无聊之甚。买黎刻《太平寰宇记》一册，《圣祖平定朔漠方略》一部，此书前数年于镜古堂见之，纸敝墨渝，索价二百，力不能收，仅借阅数日，遂将其中有关漠北地域考证者择抄梗概，以为此后断无再遇之缘。今见此本，纸墨绝佳，价只一半，又适逢力所能为，故决志收之，亦大快事也。惟心不可弛，渐不可长，收书虽美举，亦须自量其力耳。夜得报，军警秩序恢复如常。

廿六日(6月10日) 入直。午后，看李氏《日记》。傍晚，花肆看花。夜，食鲜荔支，致佳。

廿七日(6月11日) 晨拜客，午后睡。傍晚，六桥来。客去，赴瑞臣之约，借文衡山画一幅，令均儿临之。临卧，胸膈糟杂，腹亦痛，又伤食水矣。转侧至晓未睡，如厕二次始渐减。

廿八日(6月12日) 入直，见恭忠亲王孙溥儒，书气盎然，人亦敦厚，远胜于偁、修诸人，侊、杰、佳更无论矣。至署早饭，看节帐，神昏气馁，勉强毕事。归即卧，傍晚始起，终日不饥。得陕西新出《唐故秘书省著作郎夔州都督府长□上护军颜君神道碑》拓片二通，君名勤礼，鲁公之祖，欧、赵二录均著录，铭文已失去，字体绝佳，似藏怀恪。此碑立于大历十四年，时公年七十五，家庙碑立于建中元年，仅隔一岁。夜，看李氏《日记》，病退，惟觉疲倦耳。皇后赏尺头二件，赏内人、均媳尺头各二件。端康太妃赏内人纱二件、扇四。敬懿太妃赏内人衣料二件，均媳食品四盒。荣惠太妃赏内人衣料二件，均媳妆饰品一匣，端阳节赏也。

廿九日(6月13日) 晨，阅《关中金石记》。近午，商云汀来。午后得电，黎元洪出走。傍晚，同弢、艾诸公在福全馆小饮，闻孙□逃，南北总统同在一时下野，亦奇事也。席散，至拱伯家稍坐，闻新蝉。

五月

初一日(6月14日) 入直，淑妃赏内人春绸一件。午后上街，并访六桥。夜,访云汀久谈。得钱【铁】庵书。《攟古录》未收《颜勤礼碑》,此碑沈埋于土当在千年已外矣。

初二日(6月15日)　趁早凉拜客一家,即入直,检画。未刻散,疲甚偃息,甫睡,为喧嚣之声惊觉,遂起。傍晚,往吊夏蔚如,有母丧也。六桥赠汪氏所刻《宋六十家词》。天气炎热,对灯看书,殊若【苦】,思与二三良友露坐清谈,既无可诣,又无客来,帐【怅】惘而已。

初三日(6月16日)　入直,检画。午散,珏生来。客去,遂睡,昏昏至晚。上赏节赏二千元。夜,了节事。

初四日(6月17日)　入直,诣养心殿,带医。午后赞希来,又至鹤庄所送库。傍晚,访怀民谈。夜,看《越缦日记》,贫至典衣,仍日日收书且不废读,对之有愧。

初日五【五日】(6月18日)　晨,诣先祠行礼,礼毕,大喘,从前所无也。闻后街鼓乐声,知鹤庄之殡已行,人生百年转瞬耳,感叹增吁。近午,昏昏欲睡,仍取《越缦日记》解之。午后上街,傍晚归,蝉声聒耳。夜,读《平定朔漠方略》三卷,参校胡图。

初六日(6月19日)　聘三、润之来,见之。自晨至夜,看《平定朔漠方略》十七卷,参校胡图及《圣武记》。

初七日(6月20日)　入直,云汀来,言吴佩孚与梁次侯书有内向之意,亦自救一策也。终日无事,看《平定朔漠方略》,参校胡图及《圣武记》,尽七卷。下帘啜茗,清风徐来,不觉至暮,亦浮生一乐也。

初八日(6月21日)　铁庵来久谈。看《平定朔漠方略》七卷。早午均热,晚有风,人其少苏。夜奇渴,食冰酪稍止。

初九日(6月22日)　入直,检画。午后上街,并访巩伯,看廉州画绝精,索价三千,毋乃遇【过】昂。瑞臣赠罗叔言题已姜敦拓片本扇,与前得之扇可成双美矣。

初十日(6月23日)　云汀来久谭。肄文堂送来王益吾刻《庄子集解》《荀子集解》《世说新语》《方言》,留之。午后浴,看《平定朔漠方略》十卷,参看《一统志》。晚,访艾老。夜,看《方略》四卷,有应录者记出，少暇当手写一册。

十一日(6月24日) 《颜勤礼碑》二通付装表【裱】，静坐无事，翻旧读姚选《古文》奏议类上，看终卷。午后看《圣武记》，兼考《会典》《皇舆图》，于内外蒙古、新疆、青海疆域昔所考者重按一过，惟与青海相近之大草滩，仍不得其处，当再于《一统志》考之。傍晚上街闲写，踏月而归，尚凉爽。夜，见萤。

十二日(6月25日) 晨，看《一统志》及《会典》《皇舆图》，已得大草滩之处，乃在甘州府山丹县境，永固城之南，洪水堡、马营墩堡之东，大马营之西，黑城堡即在滩中，其南则接西宁，青海界矣，如此要地，胡图竟失载，未免疏漏。积年寻觅，未知其处，一旦得之，愉快直欲起舞，遂忘炎热。又考统万城所在，亦得之。傍晚，同越、瑞在撷英宴客，到者十七，辞者二，散尚早。归家，雷雨至，殊爽。夜，发兴纂录《史记正义体例》，一如《后汉书注地名录》，卒业后当接抄《通鉴注地名录》《通鉴辑览注地名录》，合前为四种，庶几古今舆地可得大概，再参考各书及专家著作，当今之世，号称悦学者，未必能如此用心也。

十三日(6月26日) 入直，奉旨朱毓璋赏给乾清门二等侍卫，艾老之子也，号君达。归家即睡。午后，抄《史记正义》三叶。傍晚后院散步，葡萄结实累累，抱保孙戏。夜，云合微雨，杂阅案头书。

十四日(6月27日) 子正得电，宫中失慎，即入直，建福宫后静怡轩一带火势猛烈，直扑重华宫，极力灌救，始未东蔓，竟延及延春阁、敬胜斋、南楼、中正殿、香云亭，至宝华殿而止，巳已【已巳】正矣，馀烬尚炽。上亲临阅视，地方官王怀庆等、王贝勒等均到。午后，上撤御膳，赏救护兵丁，并发内帑六万元赏之。根究肇祸之由，未得要领，遂将看守太监七人交司法科严讯。夜，至火场巡查，见遍地火焰仍高数尺，灌救撤【彻】夜，天明稍熄，就直房少息。

十五日(6月28日) 料理赏件，分班监视灌救。午后，因衣皆沾濡，归家澣濯时许即回，雨至。王怀庆、薛之珩、聂宪藩进内辞赏，为代奏，未允，即谢恩，遂召见三人，均有面赐，均感戴欢欣而去。夜，分班往视火场,馀烬少杀,雨亦止。淡月微茫,下映瓦砾,回想前日,几欲下泪。归直房休息,始知腿痛,敷玉树油。

十六日(6月29日)　商定扫除灰烬及检查被火物品办法,代奏袁得亮、申振林谢恩,二人同见,亦有面赐。午后,云汀、涛贝勒至直房。傍晚及夜,四次出巡,馀烬大致熄灭。腿痛犹剧,取玉树油敷之。敬懿太妃赏金缎二匹,补写日记,闻上有恐惧之意,殷忧启圣,未始非祖宗裁成之意。又命臣等常川分班直宿,王贝勒亦分班内直无逸斋。

十七日(6月30日)　邸到,无事。散门后,与赞希之太夫人拜寿。归家,伯石来。客去,仍入直,甫至花雨阁,召见养心殿,商颁赏救火洋人事。永和宫赏金缎一、纱一。云汀见访直庐,久谈。夜出巡,腿痛已愈。

十八日(7月1日)　上门,与弢老少谈,又至上书房与润邸少谈,越千暂归,余及瑞臣留。重华宫赏纱绸二匹。傍晚,至火场巡视,越千来,各处馀烬已尽熄矣。上交内查失慎处所损失清单,录存:

> 静怡轩、吉云楼、慧曜楼、延春阁、凝晖堂、玉壶冰、如是室、妙莲华室、广生楼、静室,回禄佛二千六百八十五尊,画佛像一千一百五十八尊,佛桌供器一千六百七十五件,瓷铜玉陈设四百三十五件,书一百六十四部、三百四十七套、一百三十六本,挂轴十七件,各样皮张四箱,衣服二十七伴【件】,通六千六百四十三件。

所开处所敬胜斋、德日新漏载,宝华殿、香云亭、中正殿、后楼亦未列入也。数日侦察,起火之由,确因演电走火,电影胶片向存德日新楼上,是日尚换新线甚巨,并演电影。夜间,看守人闻有爆裂声,起视火焰已自楼窗喷出矣。微窥上意,亦似觉之。天气炎热,直房湫隘,殊苦。夜风起,与瑞、越同在院中露坐。

十九日(7月2日)　邸上门,上派每日午后入直庆王等三十员,夜直涛贝勒等二十八员,分班轮应,均儿蒙派在午班。电约陈静含进内商设自来水事，余忽项疆头晕，心动悸、气上壅，适遇艾老，求诊脉，谓是肝疾且受风，开一方。归家少休，病退，赞希来。晚，仍入直。夜服药，闻内人述侄女事，为之悒悒。

二十日(7月3日) 至上书房与瀛、伦少谈，近午回直房，越、瑞归，午后无事，天亦凉爽，看姤、遁、否、观、剥五卦。傍晚，越、瑞相继至。夜，看《啸亭杂录》。

日班：

载振、载洵、载润、诚堃、溥绪、晏森、载拰、锡明、松椿、阿霖、世榕、都林、裕隆、文绮、宪章、魁璋、意普、宪德、增恺、溥倆、溥修、溥坪、溥培、增悌、徐钟葳、陆宗振、惠均、毓峻、兴安、毓崇。

夜班：

载涛、载泽、载瀛、溥伦、昭煦、毓麒、溥伒、溥佶、溥侗、溥倬、景麟、毓逖、荣源、文光、世杰、恒舒、恒燕、增培、溥多、溥胜、德茂、赐麟、乐泰、溥钟、溥锐、溥僩、载铠、溥佳。

廿一日(7月4日) 上门，云汀来，少谈。弢老亦至直房，候艾老许久，闻已至储秀宫请脉，遂散。归家，云汀又见访，彝初、润之来，为侄女事也。接甘卿书。傍晚，入直。夜，上传艾老进内与储秀宫请脉，直班意普、宪德未在京，改派溥侊、毓嶟补之。腰膂痛，且微作烧。

廿二日(7月5日) 上门，先散，遇陈镜含，立谈数语。归家，彝初来，久谈。客去，浴。傍晚，与六桥拜寿，并吊桂月亭之丧，仍入直。夜，看《雪桥诗话》。

廿三日(7月6日) 上门，同越千至火场一看，越归家，余留，瑞臣亦去。无事静坐，作复甘卿书，付邮。天气甚热，食西瓜，看《雪桥诗话》三卷。均儿内直第一日也。晚微雨，夜早睡。

廿四日(7月7日) 散门后，归家休息，云汀、捷南、赞希来，见之。延午樵为内人诊脉。傍晚云起，即命车进内，涂中风雨骤至，至已晴。瑞臣假观明刊《靖康孤臣泣血录》，记《知不足斋丛书》中曾收之，容考。捷南于□□又有违言，无才无识，只知迎合，难怪属员解体也。

廿五日(7月8日)　邸上门，至雨花阁一看，议定自今日起改同直为轮直，余及瑞臣遂归，越千留直，计自十三夜起已十二日矣。警厅已传宁鸿恩质问肇祸根由，倘能认真研讯，必得确实情形。此事本应自办，而越千种种顾虑，畏难不追，若非薛松坪出任，则嫌疑严重之人转得逍遥无事，岂非一大可笑之事乎？内事难办，足见一班【斑】。午后，雷雨一阵即过，闻西南方有雹。

廿六日(7月9日)　入直，此项连肩及背又木强矣，俯仰侧动辄牵痛，且不耐久坐，余留直。瑞臣假袁氏《渐江村舍丛刊》。午后，项强差减，频敷玉树油，终日偃卧，难遇佳书，未能弹心细读，殊愧对也。傍晚，唐铭盛、黄文斌来，见之。

廿七日(7月10日)　上门，瑞臣留直。午后上街散步，欲得微汗，项或少愈。艾老、静含、幼革【苹】来，不遇。延午樵为内人诊脉。晚涉园，萱草已作花。夜，略能伏案看书。

廿八日(7月11日)　入直，瑞臣母病先去，余留直房。昼静，看《元秘史注》，校胡图。饭后稍息，又看《卫藏通志·程站》一卷，仍校胡图。雷雨旋晴，燕子喧聒。至晚，院中散步，殊适。终日内直，饱啖看书而外，一无所事，念之增惭。雨后凉爽，灯火可亲，看《元秘史注》。

廿九日(7月12日)　上门，弢老来谈，同散，越留。归家易衣，与叙斋夫人拜寿。午后上街闲写，颇畅所怀。夜分归，静含来，见之。

三十日(7月13日)　休息，瑞臣直宿。近午访艾老，见其世兄君达，佳士也。看《蒙古游牧记》，校胡图。

六月

初一日(7月14日)　入直，纷扰至午始散，越留直。饭后浴。《颜勤礼碑》裱齐送来，展阅消遣。答拜叔蕴，已回津。访云汀、捷南，深谈。瑞臣来，少坐即归。

初二日(7月15日)　入直，巳刻，上携后妃幸醇邸，越、瑞随扈，余留直。午后，越、瑞还，述上旨，欲将内监全裁，即遣出宫，遂商定办法，并传王公侍卫进内守卫。请见三宫主位，初不允，传载涛与其电语者久之，载涛不来，又见主位再三陈说始允，惟言请上早还。向暮雨，还宫。余等在乾清门外传集各首领，宣布当派护军监押出宫，至晓一律遣尽。余三人分路进宫查视，余东路，越中路，瑞西路。事毕，腰膂痛不可当，至直房敷如意油，少卧。

初三日(7月16日)　凌晨上门，监视押运出宫者衣物。际午，大雨时许，敬懿主位移居寿康宫。傍晚，仍三路分查。夜，闻皇后、淑妃至寿康宫劝慰，连日夜寝食俱废，疲不能支，二更睡。

初四日(7月17日)　上门，诸事渐有头绪，衣物出宫继续监视押运。近午，上至寿康宫。傍晚，敬懿主位还旧居，越、瑞均暂归。云汀来谈，留饭。补写日记，早睡。

初五日(7月18日)　上门，与弢老久谈，召见养心殿，命将两日困难情形告王怀庆，电订会晤之时，已赴海淀，今日不归，即语申振林代达。归家少休，得王、申回电。访赞希。进内覆命，又召见，温谕垂问昨夜睡好否。

初六日(7月19日)　上门，各监衣物一律出毕，查留用名藉【籍】共百五十名，太庙、奉先殿、寿皇殿三处留二十七名。午后稍息，傍晚欲进宫巡视，以雨止。夜，同瑞臣看颖上本《黄庭》，连日内直，天热事冗，饮食起居，处处牵就，已有病意。晨揽镜，大有憔悴之色。夜，作烧连嗽，至晓方睡。

初七日(7月20日)　邸上门，承旨后，以病先散，偃息半日，精神略复，烧未退。在内曾求艾老诊脉，处方服之。捷南来候，毅夫来拜，并赠《独漉堂集》、苏合丸，均未见。夜，大雷雨。

初八日(7月21日)　休息，病渐解，仍气馁。得仁安书并和诗。近午，至贡邸，与那、贡商定请续派蒙古王公内直名单，预备呈览。艾老昨方去粉葛加黄苓【芩】二钱、枳实二钱，因饮食尚不知味，有郁热及停滞也。

初九日(7月22日)　入直，艾老为易前方，加石膏矣。午后少休，赞兮来长谈。晚，同至永和宫一带查护军分住处所，永和宫主位传见，又至上书房见伦贝子，为传添派蒙古王公入直事也。归，已上灯。今日病又少退，饮食仍不如常，服药。王公及侍卫直班有添换者，名单录后：

直日六班：

庆王、世榕、魁璋、溥侊、增悌、瑞启、溥霖(头班)；

载洵、都林、增恺、毓嶟、毓峻、都浚阿、保恒(二班)；

载润、松椿、毓崇、陆宗振、惠均、衡永、海澜(三班)；

载掳、锡明、文绮、溥坪、徐钟葳、讷钦布、广寿、汉罗扎布(四班)；

庄王、肃王、溥偁、溥修、阿霖、恩佑、杨宪曾、阿拉坦鄂齐尔(五班)；

礼王、克王、裕隆、溥培、兴安、湍多布、朱毓璋(六班)。

直夜四班：

载涛、荣源、世杰、恒辥、溥多、溥钟、溥锐、承禔、官箴、荣绪(头班)；

载泽、郑王、毓逖、赐麟、乐泰、溥佳、溥佶、振升、亨亮、文厚(二班)；

载瀛、怡王、溥忻、景麟、增培、溥胜、溥僩、恩廉、乌拉喜春、豫谦(三班)；

溥伦、溥侗、溥倬、文光、恒燕、德茂、载恺、讷钦泰、文兴、爵善(四班)。

初十日(7月23日)　上门，与叙斋、弢老谈，又同瑞臣至钟粹宫检画。近午散，瑞留。归家少休，乘电车拜琴初、毅夫，并访钱【铁】庵。晚，赴珏生六君之约，于译【谭】篆青家。夜，仍作烧，病又来矣，奈何。

十一日(7月24日)　拜恭忠亲王之孙溥儒，并见其弟溥僡。

午，赴艾老福全馆约。席散，上街。晚，又赴瑞臣约。夜，与六桥电谈。病退，今日汗出甚多。钟捷南来，见之。

十一【二】日(7月25日) 入直，与越千谈公事不合，余主因时整饬，越主随事敷衍也，长此因循，难免上责，当早自为计，勿为所误。留直，夜频嗽。

十三日(7月26日) 上门，近午散。印孙来，见之。傍晚，在忠信堂请琴初、毅夫诸公。夜，月色皎洁。

十四日(7月27日) 入直，大雷雨时许。邸到，升吉老有封奏，召见，瑞留直。午后，浴。自初六日病，虽服药，屡反复，今始如常，精神亦渐充。检杜氏《通典》州郡十四卷、边防二卷，郑氏《通志》地理略一卷、都邑略一卷，马氏《通考》舆地考九卷、四裔考二十五卷，欲参校作遣暑计也。均儿与寄云、六桥画扇，渐知用矾纸法矣。赞希来长谈。

十五日(7月28日) 入直，上以司房报价浮冒，疑及宝镛、续昌，盛怒，传谕均革职，永不叙用。又添传敬事房司刑太监十人。越千为宝、续二人求恩，竟至长跪，并言赏臣薄面，不允，及退，仓皇失措。少顷，上又召见臣等，越不敢往，推余。余遂进见于养心殿后殿，首陈太监既裁不宜添传，刑讯久废更不宜再用，司刑人一经传播，似乎不妥。上深嘉纳，并谕嗣后有过失，尔可直言无隐，朕甚愿闻。又言宝镛、续昌仅止失察，非同舞币【弊】，革职似亦稍过，可否量予薄惩。上笑允，改为摘去顶戴留差，遂退。艾老到，乃越千电约来解围者也。艾上，候之许久，及出上谕又改为罚俸半年，述旨。是此事始了已申初矣，余留直。□□平日只知以苟且取容一味迎合，全不晓人臣事君之义，难矣。上赏蓝云红蝠瓶一、青花大盘一、院画折扇二、尺头二，赏惠均哥釉方瓶一、折扇一、尺头二。夜啜茗，读《通典》，就枕失眠。

十六日(7月29日) 上门，谢恩。早散，瑞留直。归即睡，润之来。饭后又睡，终日偃卧，仍委顿，病复耶？兴致不佳耶？老态增耶？

何愈也。晚，食莲子。灯下看《圣武记》中《开国龙兴记》《勘定三藩记》，校胡图。珏生欲以此书进讲，闻已肄习，及之地理一门，极繁赜，考订颇难，珏生未必有此细心耐性耳。

十七日(7月30日)　休息。午前微雨，均儿直班，天气蒸热。闻弢老今日游戒台寺，羡甚。读马氏《通考·舆地考》，杨惺吾《历代沿革分图》当由此出。过午雷雨，在西廊坐，风来甚爽。黼臣来。夜，看《杜集》。

十八日(7月31日)　入直，甫散门，召见养心殿，命备舆往游景山。午刻，上出顺贞门、神武门，进北上门，至景山西峰下降舆登山，自富览亭、辑芳亭，至中峰万春亭少坐，传茶。又周览四面景物，垂问数四，一一奏对。后妃亦至，命臣跪安。又下至观妙亭、周赏亭，及东峰脚明烈皇自经之槐下徘徊甚久。其树已空心，孙枝尚茂，东出一干已枯，离地六七尺，当年殉国或即在此。看毕，复由后山至万春亭，酉初还宫。归直房，稍息始饭。夜，看杜诗一卷，早睡。

十九日(8月1日)　邸上门，散已及午。邓君翔来。饭后上街。傍晚，在后园与两孙戏，腰腿均痛，昨日过劳，筋力渐衰，遂至此，可叹。夜雨。

二十日(8月2日)　休息。晨，与君翔拜寿。在福全馆约云汀、捷南来谈，相对悒悒。归家得艾老书，嘱为奉新写奏疏。有须考者，家中无书，至带经堂借之。晚，慕韩约，赴之，座有术士，为余及瑞臣各卜一卦，余得蛊之大畜。

廿一日(8月3日)　入直，越千召见，敬事房又传七人，奏事处传二人。日前劝阻添传太监，面蒙嘉许，且奉有过直言之谕，曾几何时，乃为邪媚所败，致吾君有反汗之嫌，真可痛恨，蛊之上九，示我周行矣。越去，余留。午后，读《易》。夜热。

廿二日(8月4日)　上门，瑞到，越未来。巳初，上传轿游景山。及驾出，又传车幸荣源第，后妃均随。午初发驾，瑞随扈。迟四刻，后妃继往，余随扈，天气炎热，流汗被体。未初，上先自荣源第至景山。

酉末，后妃始携荣源妻、存耆妻来会，千人指目，以为秦、虢不如也。戍【戌】末还宫，瑞留直。

廿三日(8月5日)　入直，越托病，余代之。闻昨晚荣源二子随入宫，留宿未出。夜，大放烟火，王怀庆电阻方罢。午后阴，晚雨，令人代写奉新奏疏毕，交艾。夜，看《东华录》，睡迟。

廿四日(8月6日)　未上门，越至即归。午后睡，拟自明日请假十日，折已阅。傍晚涉园，新笋已有过墙者，西番莲亦作花，酷热。夜，补书日记。

廿五日(8月7日)　天气虽热，风来颇爽，似有秋意。请假之折已递，奉旨赏假十日。秋风未至，吾病欲苏，十日宽闲，近年罕有，拜恩起舞，神知顿清矣。傍晚访艾，始知越千于我有下石之举，毋乃可笑。夜，捷南来长谈。

廿六日(8月8日)　天气凉爽。晨，访弢老久谈。午后归，卧看《啸亭杂录》，欲上街，以懒止。亥正初刻立秋。

廿七日(8月9日)　越干【千】来，与瑞臣电谈。午后上街。傍晚归，保孙周晬，有女客。夜，云汀来，深谈甚久，睡晚。

廿八日(8月10日)　得报，邸上门。奉旨内务府事务较繁，应即添派内务府大臣一员，荣源着补授总管内务府大臣，钦此。与捷南电谈。午后，赞希[希]来。傍晚，访云汀、捷南，久谈。夜，看《圣武记·川湖陕靖寇记》，二更雨。

廿九日(8月11日)　雨。均儿直班，天凉，易夹衣。抄《史记正义地名录》，仲权来。夜，看杨氏《三国疆域图》，饮食仍不如常。

七月

初一日(8月12日)　晨雨暮晴，馀霞散绮。弢老、仲三、子丰、云汀、瑞臣相继来，均见之。夜，看《畿辅靖贼记》《乡兵记》《东南靖海记》。

初二日(8月13日)　晴。晨，携均儿与舍妹拜寿。捷南、润之来。午后,看《国初东南靖海记》《戡定台湾记》,重定、三定台湾各记,参校胡图。晚,至后院散步,摘碧柰尝新。夜,看钱竹汀《元史考异》。

初三日(8月14日)　晨阴,又觉郁热。均儿进班,上电问病情,并谕勿忙,俟将养全好再请安。近午,取《大观录》《墨缘汇观》《珊瑚网》涉猎,排闷而矣。饭后,上街闲写。傍晚,越千自署来问在家否,不知何事,假期未满,暂可不管。夜,看《辽金元疆域图》。

初四日(8月15日)　得珏生书,十二日子勤六十生辰征诗。午后,访艾老,久坐。归家,手谈至夜。

初五日(8月16日)　晨,铁庵来,约会谈也。饭后,同访幼革【萍】。傍晚,耕梅、庾楼亦来,夜归。

初六日(8月17日)　假满请安,召见养心殿,蒙温语垂问,遂将病情及办事为难之处详细奏明。邸上门,王公侍卫昼夜轮直之班停止。午后,越千三人退,余留直。申初又召见,商荣源事,奏对时许,颇尽所怀,多蒙嘉纳。晚,多司官荫、唐总办铭盛来见,至暮。

初七日(8月18日)　上门,瑞直宿,同仲权陪福开森至汇丰看金器。近午归,易马复出,拜客三家。傍晚上街。夜,补日记。

初八日(8月19日)　入直,仲权留直。得仁安复并代作寿梓勤诗,甚佳,录存于后:

屏居欲遂高人志,赴召难辜圣主恩。六十年华随世改,九重天语此春温。凤池声价知名早,鲸海诗才托体尊。著作等身原不朽,何妨大隐一金门。

午后,祥趾来。客退,与仲权电谈。傍晚,至后园摘碧柰,一树得三百三十五枚。夜,写寿屏不惬心,又与瑞臣电谈。

初九日(8月20日)　入直,越留,与弢老同散,遂至其家久谈,留饭。午后雨,赞希来。均儿进班。夜有雷。

初十日(8月21日)　入直,余留宿直庐。昼静,看《宋名臣言行录》,心颇入。夜,月色皎洁,秋虫聒耳。

十一日(8月22日) 弢老、云汀先后至,邸上门,郑苏堪至自沪,请安,召见。午散,瑞留。归家稍睡,拜客并至梓勤处拜寿。晚,赴蒯若木约。拱伯赠桃花画幅,报之以《屠琴坞诗集》付装。

十二日(8月23日) 入直,至上书房检择赏王公字幅。午散,仲权留,顺道访云汀、捷南,未见。午后,云汀来,深谈。本欲拜客,以倦而止。夜,看《宋名臣言行录》,三更微雨。

十三日(8月24日) 晨,携均儿出阜城门至八里庄谒先茔,又至竹杆井思王庵谒先茔,进西直门归。午后睡。上赏均儿福字一方,白玉翎管、搬指各一。延午樵与内人诊脉。天清气爽,游兴忽动,为琐事所牵,跧伏不出,良用悒悒。舍妹生子而殇,遣问,人事尚平安。看《宋名臣言行录》。夜,捷南来,见之。

十四日(8月25日) 入直,无事早散,余留。午后,看《宋名臣言行录》。夜,与家通电,问内人病食。碧柰甚甘,留二枚,明日赠瑞臣。

十五日(8月26日) 上门,近午散,瑞臣留。立孙生日,宫赐如例。午后上街,聊遣闷怀。敬懿太妃千秋赏颁到。夜有女客。

十六日(8月27日) 入直,诣太极殿谢恩,早散,仲权留。近午,聘三来,润之来。客去,访逊敏、艾老。傍晚,涉园。夜,看杜诗。

十七日(8月28日) 入直,四人同见。巳刻,上至醇邸,余及仲权随扈。少迟,后及淑妃亦去,瑞臣随扈,申刻还宫。越千直班。归,有病意,服药稍睡,傍晚始如常,头尚痛。夜,风来甚凉。

十八日(8月29日) 入直,同越千至静怡轩踏勘开辟球场地基,越去,余留。近午,赴仲权约,并晤财政部朱有济。席散,访王静安,不遇,仍进内直宿。夜,看杜诗。

十九日(8月30日) 上门,邸随至。巳刻,诣太极殿行礼,赏饭。近午散,瑞臣留。午后,六桥来。晚雨,至中央饭店与雪霁【斋】拜寿。夜,得怀民书,即复。

二十日(8月31日)　入直，至宁寿宫查陈设，上携后妃随至。午正散，仲权留。午后，与瑞臣同车往吊薛松坪，有父丧也。同出西直门游颐和园，八年不到矣，乘船绕山一周，至谐趣园登岸。晚，至承泽园，赴慕韩之约，座有庄士敦，归已及夜。去年大婚典礼告成，蒙恩赐额，今已书成颁到，文曰“履正奉公”。同被赐者：艾老之额曰“丹心启沃”，越千之额曰“执义守中”。

廿一日(9月1日)　入直，在板房与弢老谈，至宁寿宫相度查陈设办法，旋散，越留。与恩益大贺喜。访捷南。午后，赞希、云汀来，均久谈。赐额交五楼装标【裱】。终日寂坐，懒不看书，尝新枣。夜，看《屠琴坞集》。

廿二日(9月2日)　入直，至宁寿宫、养性殿查陈设，着手第一日也，均极精美，远胜于颐和园移来者。午散，余留，代赵文魁改呈子，为母守节请赐额事。饭后稍息，家中来电，与内人谈数语。看《朔方备乘》，校胡图，索伦四至已考出，快快，鄂伦春、巴尔虎均得其处。夜，僮仆皆睡，一灯坐对，万籁俱寂，颇有静趣，内直佳境也。不忍即睡，啜茗看书至三更，清福不浅，他人何能领略。

廿三日(9月3日)　上门，至养性殿查陈设。午散，瑞留。饭后上街。夜，看杜少陵七古，食枣甚佳。

廿四日(9月4日)　入直，召见养心殿，因日本有地震之灾，派至日本使馆慰问，遂同刘骧业往见其使臣芳泽。傍晚，赴逊敏之约，手谈小胜。

廿五日(9月5日)　雨，入直覆命，进对养心殿，旋又同对，至宁寿宫，散已过午，越留。傍晚，约渊清同赴张八之局。夜冒雨归，作寄云汀书，交捷南。

廿六日(9月6日)　入直，同对养心殿，奉旨以银万元、真珠钏一挂、古磁三十件送交日本使馆助振，派荣源去。又至养性殿查陈设，见《乾隆十三排地图》，装作四函，匆匆一看，拟请旨交南书房，备进讲时检阅。逾午散，余留直。招商融化碎金，今日首事，得八百六十馀两。看《山谷内集》，夜看《外集》。

廿七日（9月7日） 上门，至养性殿，上亦随到。越千等因与财部人会晤，奏请分班赴之。奉谕耆龄留检陈设，馀均往。上未初还宫，余偕捷南检毕方散。傍晚上街，融金得八百八十馀两，瑞臣留直。

廿八日（9月8日） 入直，又至养性殿。见纯庙御用竹杖二，方圆各一，其首均嵌玉鸠，方有题铭，绝可爱。午散，仲权留。午后稍睡。傍晚，拜客二家，归抵暮。作寄云汀书，交捷[南]。夜，看杜诗。融金得一千七百馀两。

廿九日（9月9日） 本欲休息，得报召见，即入直，同对养心殿。越千留。润之来。饭后不快，往游厂肆，在德宝齐【斋】买雕添盒一，渊识斋买澄泥秋叶砚一、寿山石章二。夜，看《杜集》。融金得二千二百馀两。

三十日（9月10日） 入直，与越千进对养心殿。又至宁寿宫，查乐寿堂及三友轩陈设。见李延珪墨，旧藏墨云室；右旋螺一，旧藏西佛堂。又同瑞臣至颐和轩，左右瞻仰，行假山中，若在深山大壑，松柏倒映，苍翠砭骨，及登高四望，寻丈地耳。邱壑之奇之美，有观止之叹。写扇二叶，录山谷七言绝句，山谷此体，吾意以为不在半山之下，将来当选抄一册。融金得一千六百馀两。夜，看《山谷内集》，偶加墨识。

八月

初一日（9月11日） 上门，午散，瑞留。赴雪斋约，见其所画《鹊华秋色卷》，为题签，手谈大负，夜深始归。融金得千六百馀两。越千、瑞臣、仲权至宁寿宫查陈设。

初二日（9月12日） 入直，邸至，余及仲权查陈设，逾午散，权留。到庆邸拜寿，归家饥甚。赞希来，客[以]去，上街。夜，闻奉新噩耗，不胜悲愕。年来十九拂逆，即寻常游戏之事亦多波折，必令不欢，何也？融金得二千六十馀两。

初三日(9月13日)　入直,早散,至汇丰晤庄士敦。归家少休,访赞希。闻议院昨日选总统未成,黎元洪赴沪,段祺瑞赴奉,形势甚恶,恐将生事。午后睡,傍晚至后院摘枣,甘美特异。夜,独坐寡欢,取《水道提纲》,校胡图,聊破抑郁。融金得千八百馀两。

初四日(9月14日)　入直,上幸醇邸,后妃同往,越、瑞随扈,仲权托辞乞假,余留直宿,并至宁寿宫查陈设。云汀见访于直房,久谈。客去,少休息。酉正上还宫,电谕明日交进银二千元。融金得千六百馀两。夜,看张石州校本《遗山集》,念及静怡,为之凄黯。重华宫千秋赏颁到,赏内人等如例。

初五日(9月15日)　上门,先退,瑞臣留直。明日生辰,上赏尺头二卷、银三百两。归家,诣先祠行礼,子妇孙男女为我祝寿,一笑受之。午后上街。均儿赴亮生约,渊识斋送来雍正青花大圆印盒,颇可爱,留之。夜,补日记,桂花盛开。得艾老书,前日赐额乃出《后汉书·任延传》,履正奉公,臣子之节,并以奉新恤典从优见嘱,此事若不审慎,必致贾祸,何可以私废公,深思利害,未敢雷同。融金得千六百馀两。与越千、润之电谈,就枕失眠。

初六日(9月16日)　入直,谢恩,赏福寿字一幅,三宫太妃赏尺头四件、银百两。归家,来客甚多。午后,至圆广寺与伊文直公上祭。晚,同铁庵、赞希在福全馆小酌。瑞、权查陈设。融金得五百馀两,自二十六日起至今日共得一万六千五百馀两,以之易银,节事尚可敷衍矣。夜睡迟,作复怀民书、寄仁安书,付邮。

初七日(9月17日)　入直,邸上门,与弢、艾、越、瑞、权同对,议奉新恤典,又同越至颐和轩查陈设。午散,越留。归家稍睡。傍晚,谢客十三处。天气渐凉,大有秋意,南窗静坐,闻木樨香,默念旧游,坠欢如梦,感叹弥襟。夜,理案头书。

初八日(9月18日)　与均儿同车入直。巳刻,随邸诣重华宫行礼。午散,余留,腰膂牵痛,疲惫不支,休息时许。令懋勤殿宋监取《乾隆十三排地图》第一册佃【细】校,较胡图差胜,考赫图阿拉、图伦城各地，看《开国方略》《圣武记》。夜，接看《方略》至卷七，目昏暂止。六桥许借《盛京通志》，当与《方略》参校，或有少获。闻刘监言仲权傍晚进对，赏在储秀宫同饭，似乎未宜，抵夜始出尤非。

初九日(9月19日) 上门，为奉新予谥事，同越、权到府，又进内述旨，予谥忠武，瑞留直。归家疲甚，饭后睡，起已夕阳在树矣。得仁安慰函，殊有意味。向六桥借《盛京通志》八函。夜，剪烛翻阅，兼校胡图，《志》载纯庙御制战迹舆图六韵诗并序。现正据《开国方略》等书敬考祖宗兴王之迹，今读此序，实获我心，亟恩【思】一见《乾隆十三排地图》，前遇之于养性殿东佛堂，已既校读，安知此图不得一遇也，跛【跂】予望之。月色皎洁，颇起暇思，不有此书，何以排解？六桥惠我实多。惠均进班。

初十日(9月20日) 休息。晨易夹衣，静坐时许，仍看《盛京通志》。此书乃乾隆四十三年奉旨重辑，共百三十卷，流传甚少，沈阳于前数年曾用活字重印，所出亦不多，六桥官于彼，故分得一部。闻云汀言，厂中近有此书，索价甚昂，尚不知是否原刻，无力问鼎，借阅已足。午后，谢客三十二处。晚，赴瑞臣约，于福全馆晤光玉如。

十一日(9月21日) 入直，至署商度节事，交进及应放各款约须四十九万四千六百馀元，若非融金易银，几难开付矣。散已及申，越留。傍晚上街，饭于大陆，珏生借画记十六册。夜，开节赏。

十二日(9月22日) 入直，瑞、权未到，越去，余留。又至颐和轩后阁查陈设，阁设十柜，柜分甲乙，所藏均明磁，佳者甚多。阁外假山，与檐相接，登之可以眺远，结构亦奇。回直房，顿凉，易棉衣。看《吉林通志》，考证体例，较胜于《盛京通志》。傍晚微雨，昨游稍畅，心志略舒，故今日看书亦能入，早睡。

十三日(9月23日) 上门，越未到，瑞留。散直，至贤良寺，松坪之太翁开吊也。谢客二家，即归。得仁安、怀民书，与保孙戏，甚乐。傍晚，看《吉林志》，参校《盛京志》，有书可读，清福非浅。《畿辅安澜志》聚珍本，昨在颐和轩后阁见之，匆匆翻阅，考据颇翔，实亦肄习所应及者，容物色收之。上赏银二千元，中秋赏也。夜，至真光看梅兰芳《嫦娥奔月》，无甚精采。

十四日(9月24日)　入直，谢恩，未见。廉孙娶侄妇，遣均儿往贺。午后睡。傍晚，携立孙、保孙至后院散步，上灯时归。夜，看《满洲源流考》疆域卷，秋虫聒耳，月色穿窗，钟声又自远而至，阁笔孤坐，不觉凄黯。起，寻内子闲话。

十五日(9月25日)　休息，看《满洲源流考》。午后，至照房检书标签，傍晚始毕。课仆浇花，此先生一日所为也。清况如此，城中谅无第二人，风日清美而不出游，岂故为高尚也？上赏瓜果月饼。上灯后，涉猎《盛京通志》艺文各卷。夜，同妇子作手谈。珏生所借画记今已交还。

十六日(9月26日)　入直，瑞、权未到，越去，余留。至景曦阁查陈设，登阁四望，天宇清明，遥见西山一角，襟抱为开，颇动游兴。午后，直房静坐，晴日满窗，看顾亭林《宅京记》，焚香啜茗，徜徉一室之中，亦殊不恶，何必登山临水，然后为乐也。夜，月色皎洁，尤惬幽怀，此中况味，知者有几？

十七日(9月27日)　上门，近午散，瑞留。归家少休，赞希来谈至暮。赴劭襄约，看琴雪芳戏，夜深归。

十八日(9月28日)　入直，微雨，仲权查陈设。归后睡。傍晚，谢客一家，与亮生拜寿。昨日永和宫赏蟒袍一、春纱二匹、银二百元，赏内人绣衣一、春纱二匹、银五十元，均儿蟒袍一、银三十元，均媳春纱二匹、银三十元，立孙、保孙春纱各二匹、银各二十元。夜，看《开国方略》三卷，八至十。所载天聪元年袁崇焕答书当抄出。得静书，仍未移居。

十九日(9月29日)　休息，室中易纱窗。晨，至隆福寺各书肆一游，得光绪重刻本《畿辅安澜志》《元秘史注》《卫藏通志》《辽金纪事本末》《开国方略》五书，又至庙肆，少看即归。夜，看《方略》四卷。十一至十四。舍妹归宁。得越电，上传二十二日演戏。十六夜直，对月口占一绝，以为不佳，今夕思之尚可存，录后：

谁与今宵共此寒？每从离别忆团栾。盈盈惟有阶前月，碧宇清辉正耐看。甲子八月十六夕改，越日再看，仍不惬心，删之可也。

此詩已寄示仁安，不知以为如何。

二十日(9月30日) 入直，同对养心殿，又同仲权至景曦阁查陈设，过午始毕，余留。云汀见访于直房，少谈。客去，稍睡。起，看《方略》十卷，十五至二十四。已及夜矣。《方略》卷二十载太宗朝所获察哈尔林丹汗藏元传国玉玺，其文乃"制诰之宝"四字。又卷廿一载天聪十年丙子四月十一日壬午，建国号曰大清，改元崇德，距今癸亥已二百八十八年。又考太祖天命元年丙辰，明万历四十四年；太宗天聪元年丁卯，天启七年；改元崇德乃崇祯九年也。

二十一日(10月1日) 上门，午散，瑞留。天阴大风，甚寒，又着棉衣。铁庵来久谈，抵暮始去。夜，翻阅《金史纪事本末》，此书为萍乡李训导有棠编纂，吴絅斋曾奏进，赏内阁中书，终日悒悒，借此遮眼而已。

二十二日(10月2日) 入直，端康太妃千秋，辰刻行礼，赏漱芳斋入座听戏，目列后：

《跳灵官》内外学。五分，《借云》茹富兰、马连良。二刻十分，《庐州城》外班。八刻，《游园惊梦》梅兰芳。三刻，《金钱豹》杨小楼。二刻十分，《打棍出箱》王又宸。三刻，《恶虎村》外班。四刻，《汾河湾》王凤卿、尚小云。三刻，《霸王别姬》杨小楼、梅兰芳。八刻，《定军山》余叔岩、钱金福。三刻五分，《殷家堡》周瑞安、九阵风。四刻，《借靴》高富楼。一刻十分，《火烧战船》外班。二刻十分，《黄金台》时惠保。一刻五分，《演礼》訾得全。一刻十分，《八蜡庙》杨小楼。三刻。

赏七千九百七十五元，亥正戏止，退出已夜，疲惫不支。得仁安和诗。

二十三日(10月3日)　入直，越留，归已及午。本约定访弢老，以倦遂止。饭后睡。起，与两孙戏。夜，悒悒无聊，看《方略》八卷二十五至三十二。毕。顺治元年甲申五月初二日己丑，摄政睿亲王师至燕京，故明各官迎降。崇德八年，同摄政者睿、郑二王，郑留守，睿帅兵进关。后世只知摄政之睿，不知尚有摄政之郑也，并今之醇，本朝已有三摄政矣。明日又须进班，四日一轮，转瞬便到，政不知何日是了耳。检点携带书籍笔墨，作寄静书。

二十四日(10月4日)　入直，瑞、权未到，越退，余留。至宁寿宫查陈设，弢老来，同至三友轩后看石，绕耸秀亭一周，同散，到直房少休。起，看《盛京通志》，校胡图。十六日所记之景曦阁乃景祺阁，即颐和轩后阁也。今日所查之地名，延趣楼。夜风起，仍看《盛京志》，考各城堡建置。

廿五日(10月5日)　上门，与权同对，瑞留。午后上街，所如不遇，怅惘靡已。又访怀民，少谈而归。聚珍书肆送来《渐西丛刊》本何愿船校元《圣武亲征录》，留之。得赞西电告，曹锟已选得总统。夜，检书。后院小枣树亭亭植立，令僮伐之，削作杖，可以扶老矣，容制铭宠之。

廿六日(10月6日)　入直，越、权未到，瑞退，余查陈设，权以眼疾，午后进内直宿。今在延趣楼竟遇《钦定战迹舆图》锦函四，匆匆展阅，愉快不可胜言，当交堂上收存，容直宿日细校一过再行交进，用备乙览。午后，赴赵友琴约。先散，又赴洗密主人诗社之会，头痛，甫终席即归。夜，看《盛京通志》。

廿七[日](10月7日)　休息。晨起，携杖同立孙至后院看种芍药。鹤亭之女来，言将南归，写旧作二律付之，以寄鹤亭。天阴有雨意，上街，饭于大陆，夜分始归。署中旧垫之款九十三元三角偿之。

廿八日(10月8日)　入直，瑞、权未到，越病先归，余查陈设，竣事甚早。目直房昼静，细校《战迹舆图》，计四函二十六册，撰奏片录后：

> 谨案，此图即《标注战迹舆图》，乾隆四十一年奉旨据《皇舆全图》增补，恭纪太祖、太宗开国战迹，山川道里，城堡部落，至为详备。考之《盛京通志》《吉林通志》及《乾隆十三排地图》，胡林翼所刻《一统舆图》半多遗漏，若非一一具载，历久必致失传。侧闻近日典学之馀，于《东华录》一书不时披览，若能参互稽考，则当日祖宗圣武神功、经营缔造之意，不难窥见万一。即两京发祥之地，辽海开拓之基，一切沿革建置，亦了如指掌，有同亲至。谨将高宗纯皇帝御制题图诗并序恭录一通，一并呈览。拟请发交懋勤殿陈设，倘命南书房诸臣敬据此图，参以《开国方略》《八旗通志》《耆献类征》诸书，略仿纪事本末体例，以某地某战为纲，年经月纬，分事纂辑，预备进讲，似于圣学不无裨益。愚昧之见，是否有当，伏乞采择施行。

上灯后，仍看《战迹舆图》，营营终日，两目若眊，毫无倦意。倘我皇上略能留心典籍，较之声色之娱、珠玉之好，相去奚啻天渊？是微臣所昕夕祝祷者也。今日交寒露节，天气顿冷，光阴之速，可畏可畏，榻前已挂夹幔。

二十九日(10 月 9 日)　上门，瑞、权到，越请假五日，瑞留直。散后，往候越少谈。傍晚，五楼来。均媳昨日自宫退出。夜，看《盛京通志》。

九月

初一日(10 月 10 日)　入直，同权至苻望阁查陈设，权直宿，逾午散。曹锟到任，派载润、溥佶、载摟往贺。仁安之弟子赵生甫来见，并以文稿为贽，久谈。客去，拜客一家。赴亮生约，席散即归。夜，看新装靪之《开国方略》。白五楼以《董文恪画册》见借，命均儿临之，舅父恪勤公旧藏之本也。

初二日(10月11日)　入直,黄开文来答谢,觐见乾清宫,瑞臣先散,余留,至梵华阁查陈设。闻捷南言,十七八又有演戏之说,皇后千秋改为十七日受贺,或即因此。在直房静坐,看《战迹图》,兼看《开国方略》。过午稍睡,起又看书。上灯后,与内人电谈。夜,录《开国方略》前八卷所在地名,已尽二十纸。堂上送到晚报五种,阅毕睡。

初三日(10月12日)　上门,瑞留。云汀、黼臣来,见之。客去已暮,与质甫贺嫁女之喜,上灯归。食枣殊佳。得静书,已移居矣。夜,看《盛京志》,校胡图。近于地理之学为之既专,遂有左右逢源之乐,每至烦闷,多借其排遣,他书不能也。然支离破碎,毫无片段,欲成一书,亦颇不易。

初四日(10月13日)　休息。晨,与傅子湘之太翁拜寿,遇铁庵。访弢老,少谈。午后,悒悒无聊,至厂肆一游。在李鼎和买笔五枝,试之尚可,归已昏黑,大风甚寒。在茹古斋见方于鲁、来鹤堂墨各一,价贵未买。《战迹图》恭载纯庙上谕一通,敬录于后:

> 乾隆四十一年六月十八日内阁奉上谕,盛京、吉林等处乃我祖宗肇迹兴王之所,前因《皇舆全图》刊载地名不能赅备,命《实录》内恭查详列清单,将原图并交将军弘晌等查明添补。嗣据弘晌等按其道里形势,将所开地名绘成图呈览,已交舆图处将旧图增改刊刻,但旧图方幅有限,详载地名字体已小,不能复列事迹,于豳歧【岐】之缔造,尚不足以示昭垂缅。惟列祖天作基祥,鸿业经营,规模大备,如我太祖、太宗大破明师于萨尔浒山及战胜攻取之地,开创艰难,皆有山川疆域可考,自宜节举大要,分注图中。俾我世世子孙按图瞻仰,并得晓然于景命所贻,前劳所启,益切钦承敬畏,以巩亿万载丕丕基,作谋垂裕之道,无有大于此者。着将盛京等处地方另行展拓,绘写大图一幅,溯自长白发祥以至奄有沈辽,建图【国】迁都,暨神武戡定各事迹,并为标目,兼

清汉字分注图中,俾皆了如指掌,以备观省而示久远。即交大学士公阿桂、尚书福隆安、协办大学士英廉、侍郎和坤【珅】督率所司,敬谨办理。其如何核计里数,展图若干,足敷标识之处,着令西洋人悉心测算,并即饬工绘样呈进,俟阅定即寿诸梨枣,用昭世德鸿图之盛,凛遵毋忽,钦此。

初五日(10月14日) 入直,越千假满请安,留直。带匠养心殿,敬懿太妃赏饭。又至宁寿宫查陈设,随上登景祺阁,散已及未。院中西番莲盛开,五色灿烂,亦颇可观,柿树结实,摘之得五,买菊百盆。复静书,交邮。夜,看《梦窗甲稿》,校戈氏《词韵》。

初六日(10月15日) 入直,瑞臣请假五日。敬懿太妃赏饭,面谢,查陈设。午后,辑《开国方略》前八卷地名录。傍晚,仲权召见,到直房少谈。夜,读《梦窗甲乙稿》,反复吟诵,心有所感,几至下泪。又看王幼遐、朱古微、郑叔问三家词,遂览索然,知古人之不可及,数年未理此业,识解似稍进。

初七日(10月16日) 上门,邸到,以上晏起未候,述旨即出,权留直,同查陈设。归家稍息,与裕如、瑞臣贺嫁娶之喜。瑞留饭,上灯散。夜,看《宛邻词选》。

初八日(10月17日) 入直,带匠,重华宫赏饭,面谢。午散,越留,五楼以金廷标小册见假,令均儿临之,虽未得神形,似之矣。薜荔经霜,鲜红可爱,天高气爽,游兴勃发,念无所之遂止。默诵李西涯"百年风日几重阳"之句,为之惘然。夜,看《宋四家词》。

初九日(10月18日) 入直,带匠,永和宫赏饭,面谢。宁寿宫查陈设,又至寿皇殿监视抖晾,列圣御容均得瞻仰,并观《圣祖南巡图》,王翚之笔,图凡十二,所观乃第十卷自句容至江宁者也。又进内带蓝医生,召见养心殿。归直庐,已将暮,疲极偃卧至夜,腰膂均痛,床上闻雨声。

初十日(10月19日) 上门,带匠事毕,上赏大缎二匹,免谢,查陈设。风雨总至，天气顿凉，拜客一家即归。内人生日，宫赐如例。铁庵来，久谈。赞希来，留饭。作致弢老书，得复。

十一日(10月20日)　休息，瑞臣请安，润之来，告怀民贫病交悴，景况大难。午后往候，相对凄恻，病尚不重，为荐午樵，赠以百元，久谈始去。街尘不动，夕色甚佳，信步间写，所如辄舔，惘惘而归。夜，看《忆云词》，就枕失眠。

十二日(10月21日)　入直，邸到。散门后，甫至宁寿宫，召见，命同仲权随扈登景山，未正还宫。瑞亦至，遂托其代查陈设，权去，余留。作寄静书，约明日见，欲有所问，倘能稍释疑怀，未始非忏除之助。看书不入，郁闷难遣，至北院访正泉一谈。上灯，作寄怀书，一发此中所积，稍觉开豁，始能安坐。甚矣，制心之难。夜，看《唐两京坊巷考》。月色皎洁，散步天衢，月犹是月，而弥襟感怆，与中秋既望之夕则大异矣。

十三日(10月22日)　上门，与弢老谈，瑞来即去。至吴鞠农、增寿臣处拜寿。午后上街，在聚珍得张文襄公旧藏王刻本《水经注》，饭于大陆。夜大风，租电车归，枕上转侧至四更。

十四日(10月23日)　风未止，晨已见冰，休息未入直。皇后千秋赏画一、尺头二，赏内子画一，均媳画一。午窗静坐，追念前事，逐觉百感苍茫，万端交集，负人负己，对影生惭，自缚春蚕，此怀靡已。润之来，少谈。得怀书，即复。过午，天气泬漻，益怊怛寡欢，取书排解，屡易屡不能入，步至后院，看均儿作画，心始稍宽。夜，理日记，自八月至今竟无一日好怀，思与同契一倾积愫而百思不得其人，奈何。就枕，睡尚安。

十五日(10月24日)　入直，谢恩，同越查陈设。午散，越留。今日交霜降节，筋骸均牵痛，幽忧致疾，念之憬然。饭后稍息遂睡，至暮始醒。灯下取初刊《一统志》、三百五十六卷。后刊《一统志》五百卷。校对，初刊简核，后刊贪多，转失之冗。落帆楼沈氏以初刊本为佳，信然。近来惟治此学，可以稍收放心，他皆不能，亦习之久暂之分耳。

夜，访六桥谈，六桥以百元嘱致怀民。

十六日(10 月 25 日) 入直，同权查陈设，见乾隆辛卯再合墨二巨箱，越去，余留直。此中惘惘若失，食不甘味，读《水经注》漯水、湿馀水、沽水、鲍村水各篇，参校胡图及杨氏《水经注图》《水经注疏》。晚，至门外散步，北风骤凉，未敢远行。即归，积郁渐久，无可发杼【抒】，恐将致疾，必思有以解之。夜，看书不耐，索取《水经注》中刻画山水佳句，用笔记出，聊以自怡而已。

十七日(10 月 26 日) 上门，同越、瑞率属，在内右门内北向行礼，恭祝皇后千秋，散尚早。午后访拱伯，看菊，久谈。归，看立、保二孙戏，一日之间，心境尚好。向晚，闻巷中叫卖之声，又有感触，以为易水之歌、渐离之筑无此凄咽。亟取《安澜志》潮、白、桑乾三河各卷读之，兼校胡图。噫，此即自解之法矣。夜，看《安澜志》既久，颇能入，兴致亦佳。

十八日(10 月 27 日) 休息。晨阴午晴，谢客二家。归，与立孙至后院散步，颇有逍遥之致。午后检书，欲以《安澜志》参校胡图，兼考《地理志》《水经注》及《落帆楼文集》诸书，为制心之具。饭后，赴真光之约，饭于福全馆，聊作半日嬉游，以解胸中抑郁。睡迟，天气亦好。

十九日(10 月 28 日) 休息。微阴，彝初来，少谈即去。午后上街。晚，饭于大陆，遇涛七，早归。瑞臣送到代买圣祖御书敬业堂额一方，拟悬之读书厅事，查初白有此堂，曾蒙书赐或即此欤？近年于国朝各家诗独喜初白，不谓精神所结，而有此遇，亦翰墨之缘也。

二十日(10 月 29 日) 入直，与弢老谈，同瑞查陈设，越去，余留。闻越述□□之语，颇不安分，初生之犊【犊】，宜其如是，惟内事益棼矣，奈何。午后睡，室中阴寒，未敢久卧。起，看沈氏漳北、滹南诸水考，校胡图，抵暮始毕。上在漱芳斋看韩秉谦幻戏，已两日矣，弢老言明日尚有续传之说。夜，纂录《汉书・地理志》，自京兆至颍川郡，早睡。

廿一日(10 月 30 日)　上门，王怀庆进鹿四只，散门尚早。纂录《地理志》，自汝南郡至丹阳郡，腕楚遂止。得静、怀书，即复。

廿二日(10 月 31 日)　入直，权留。与庄士敦拜寿，见之。归家，叙斋、彝初来，见之。出无可诣。纂录《地理志》，自豫章郡至乐誏【浪】郡。夜，看王益吾《汉书补注》。钟星樵来谢，曾托薛松坪关照也。晨雨夜晴。

廿三日(11 月 1 日)　休息，晏起。《地理志》录毕，拟取王益吾《汉书补注》、汪小米校《地理志》、吴项儒《地理志补注》、钱十兰《地理志集释》、杨惺吾图参校互证，择要分注，以作考订嵩【噶】矢，未足言学，聊制吾心，使不外心骛而已，名其册曰《汉地理志郡国县邑考》。检寻书籍甫齐，已日薄崦嵫矣，一日光阴仅此，抑何可畏。

廿四日(11 月 2 日)　入直，同瑞查陈设。午散，余留。校《地理志》二十二条，手楚止，笔不合手，殊困。夜，又校十四条，天气较凉，已易皮衣。二更后闻鹁鸣，手楚不能作字，只取钱十兰斠注《地理志》细读，尽三卷。

二十五日(11 月 3 日)　上门，至毓庆宫，与弢、艾谈，同瑞查陈设。午散，瑞留。得静书。饭后上街，在大陆稍憩，傍晚归。校书多误，置之。夜，看钱氏斠注《地理志》。

二十六日(11 月 4 日)　入直，至御花园看接见日使座落，越留直。拜客二家，天阴特寒，得怀书。午后上街，饭于大陆。夜微雨，铁庵来，未遇，殊歉。养心殿来电，问明日见日本公使服色。校《地理志》弘农郡十一条。

二十七日(11 月 5 日)　微雨，入直。日本公使带日本仪【议】员五人、参赞一人来谢，在绛雪轩觐见，延辉阁茶宴。午正退出，越、瑞去，余留直。校《汉志》四十五条，稍倦暂息。得静电。夜雨有声，听之烦闷，看《汉志》遣之。日本来觐衔名录存于后：

日本公使芳泽谦吉，参赞池部政次，议员砂田重政、铃木富士弥、中村启次郎、臼井哲夫、半泽玉城。

廿八日(11月6日) 上门,瑞留直。午后,至大陆稍坐,与叙谢步。风起归,抱保孙戏,立孙亦来,依依膝下,顾而乐之。得怀书,即复。又作书致润。近数月殚心据[①],未免流于破碎之学,难成片段。第取适意,那管许事,亦无聊中排遣而已。夜风未止,天晴。念及宵征,良用惙惙。

廿九日(11月7日) 入直,越留直。午后上街,在大陆稍坐。归,校《汉志》十四条。夜坐静思两月来所历之境,虽忻戚凉燠一日数易,未尝少废书卷,亦由好之专、爱之笃。风朝雨夕,故能一解劳悴耳。与叙电谈。

十月

初一日(11月8日) 与均儿同车入直,上致祭奉先殿,充对引,巳刻礼成。仲权假满请安,午散,余留直,倦甚思卧。胡图第二副本装齐,题耑。校《汉志》六十二条,已至上灯时矣,椀【腕】楚暂息。夜,焚香默坐,诵八年前所作小词,今日有此襟怀,无其清兴矣。内人来电,少谈。

初二日(11月9日) 上门,至景阳宫查封陈设阁子,又至宁寿宫查陈设,见遏必隆刀,上有牙牌,题云"遏必隆玲珑刀一,乾隆十三年赐经略大学士公傅恒平定金川用过";又一面题"神锋握胜",钤【钤】"咸丰"二字小玺,是御题也。刀不甚大,锋利如新发于硎。午,至叙斋家拜寿,暂归。又往看戏,岚秋之《扈家庄》,风姿绝艳,酬知之作,迥异寻常,夜深归。得静书,慰甚,即复,明早付邮。

初三日(11月10日) 入直,检查内库,今日首事。过午归,彝、

---

① 原文如此,"据"字前或缺"考"字。

润同来。饭后睡,上灯方起。夜,看唐宋小词,得怀书,即[①]后附以旧作八律。

初四日(11月11日)　休息。连日晴暖,午窗校《汉志》三十七条,广仲虎新得副部都统,来拜,见之。赞希、叙斋随至,久谈。上灯,许苓西至自沪,来见。夜,盼静书不至。得怀二书,刊《词综》排闷。

初五日(11月12日)　入直,邸到。散门,查内库,风起遂止,余留。裕如赠菜数事,约亮生、君达同饭,均儿同直,亦呼之来。午后,校《汉志》三十条,至汝南郡,椀【腕】楚暂息。夜,看《词综》,遇闲情之作,反复吟诵,若有所感,久不为此,少暇当试为之,或胜于前。

初六日(11月13日)　上门,未候同人至,先散。近午,至继都统丧次谕祭。礼毕,谢客四家。归尚早,往侯【候】怀,遇午樵。相静宅,尚爽垲,闻已定矣。夜有客,未看书。

初七日(11月14日)　休息。晨,谢客一家,答拜许苓西。又至汇泉,天阴寒,有雪意。午后,得静、怀书,即复。晚,拱北来。客去,福寿堂公请君翔。夜,校《汉志》三十六条,右臂痛,心亦烦躁,有病意。苓西赠粤物四种。

初八日(11月15日)　入直,查陈设。午后,荫孙来。客去上街,饭于大陆。夜,赴向日轩诗局,睡已交丑。日间校《汉志》二十六条。

初九日(11月16日)　入直,查内库,直宿。校《汉志》三十二条,倦稍息,起已日落矣。灯下续校《汉志》二十三条,屡有讹误,不快。夜,看胡图。

初十日(11月17日)　上门。散后,与叙斋贺喜。云汀来。得怀书。晚,赴云汀约。夜洗足。

十一日(11月18日)　入直。午后上街,并与廉孙贺娶妇之喜。夜,风起即归,作手谈,一日未看书。

---

① 原文如此,"即"字后或缺"复"字。

十二日(11月19日) 入直,至宁寿宫查陈设。午后归,润之来。客去上街,以风字砚赠文甫。傍晚检书。夜,校《汉志》,微倦遂止。与亮生电谈。逊敏请假,乃至北山游猎,可羡,我生老死牖下而已。

十三日(11月20日) 入直,查内库,仲权后至,余留。午后,校《汉志》数事,倦极遂卧,睡去,云汀来始起,久谈。夜,校《汉志》。得怀书,即复。又与钱【铁】庵电谈,约明晚会面。天暖无风,月色皎洁,中庭伫望,心境又与前异,所遭虽百变不穷,其感概【慨】则一也。

十四日(11月21日) 上门,查宁寿宫陈设。散山[①],与越、权同车赴弢、志玉渊潭之约,归已申末。贡郕来久谈。晚,钱【铁】庵来,同饭。耕梅、幼莘继至,畅谈至夜,未看书。

十五日(11月22日) 入直,同珏生至堂上看磁器,衣薄受寒,归家觉头痛,且不耐思索,静坐将息。今日交小雪节。天薄阴,日色甚澹,林木若有寒色。午后少睡,起,校《汉志》。傍晚,拜客二家,赴志道约,坐客多而且杂,室小人众,毅夫已有不耐之色。鹤亭寄所刻同人集补。夜,校《汉志》七县。近两日心境少静,以后或能稍收摄,于调养不无小益。

十六日(11月23日) 大风。晨,拜客一家,赴静约,夜归,风亦息。均儿赴劭襄之局。明日又进班矣,检携带书籍。

十七日(11月24日) 入直,仍风,与弢老久谈。午散,余留,校《汉志》。饭后稍息,起,校《汉志》至暮,椀【腕】楚而止。看《楚词》,反复寻绎,若有深慨。夜有旨,以内失金钱,交宣得方于司法科,其徒连容亦拘到。夜深,俟明日请旨,秉烛坐候,得细读《离骚》三过,心颇入。越日奉旨张连容着驱逐,勿许进内。二十夜补记。宣得方亦拘禁,两月又记。

十八日(11月25日) 上门,陈[②]设。散后,至继都统丧次上祭。

---

① 原字如此,似有误。

② 原文如此,"陈"字前或缺"查"字。

润之来。午后上街。夜，读《骚》。

十九日(11月26日)　晏起，与瑞臣、兆丹贺嫁娶之善【喜】，黼臣有母丧，往唁。归家，石赐侯、梅君光远。来，均久谈。客退，上街。夜，检书。

二十日(11月27日)　入直，仍风。查陈设，留直。午后倦遂睡，起已向暮，渴甚，饮茶三瓯仍不解。仲彭赠平安香八匣。夜静坐，看姚选《古文》，室暖灯明，万籁俱寂，焚香啜茗，徜徉其中，心境都清，近日所仅获也。

二十一日(11月28日)　上门，天气回暖，上诣奉先殿、寿皇殿行礼，瑞臣对引，仲权迟，未及晤面，余至北上门内绮望楼前站班，上还宫即归。携立孙至后院散步。聚珍堂送《畿辅安澜志》来，是原板，价昂未留。两得怀书，作复，交邮。午后上街。夜归，检日记。

二十二日(11月29日)　休息，晏起。均儿持来拱伯借颜韵伯所藏石谷画册纸本、仿宋元各家，及复细审，确是赝鼎，惟章法尚好可学，至于笔墨无一足取。天晴有风，较昨又冷，润之、五楼来。客去，往看舍妹。夜，校《汉志》，频咳，有病意。

二十三日(11月30日)　入直，查内库，风止渐回暖，咳未减，似受寒。与越千拜寿。午后，拜裴蕴丈。访静稍坐，归已上灯。得甘卿书。作书致赞，得复。所制居易堂抄之笔已送来。夜，服药。

二十四日(12月1日)　入直，同仲权至毓庆宫见弢老，为保存日交进之古月轩磁器也。查陈设，午后方至直房，校《汉志》，仲三、祥趾见访，久谈。上灯后，为袁同叔书屏，不惬心。夜，看《西汉会要》，乃江苏书局覆内聚珍本，讹夺不少。奉[佟]电旨传佟之斌进内，留门。后感寒头痛也。《提要》谓徐氏《西汉会要》诠次精审，无愧班氏功臣，良然。惟其中亦颇有疏漏，如卷六十五宫殿一门，不引《地理志》而旁及孟康各注，亦是一失，容暇日补之。静夜看书，斯为至乐，倘及未老，得日对古人，不为俗事所牵，亦有生之幸也。

廿五日(12月2日)　未上门，在堂核批去岁年节之帐。归家，检《东汉会要》《唐会要》，题签。午后上街，夜归。均儿所摹石谷册三叶，似有进境，惜用高丽笺，未能发墨耳。得怀书，作复，尚未发。

廿六日(12月3日) 入直，查陈设，仲权留直宿。至赞希家拜寿，少坐即归。本欲上街，唐廉孙来遂止，不无惘惘。客去，看《东汉会要》。夜读杜诗，聊遣闷怀。云汀至自津，见访，谈。奇渴，五更如厕，腹痛。

廿七日(12月4日) 轻阴，有雪意。入直，查内库。午后散，余留直，越千请病假五日。直房静息，精神微疲，未校书，取《东汉会要》涉猎。上命至养心殿西围房检查古月轩磁器，傍晚毕。上灯后，校《汉志》，屡有讹夺，置之。弢老来电，少谈。得怀书，作复，看杜诗消遣。

廿八日(12月5日) 上门，至养心殿西围房检查应装潢磁器毕，先散。润、彝相继至。客去，上街。夜，同妇子辈手谈。

廿九日(12月6日) 休息，重阴酿雪。晨，看《李后主词》，颇悟作小令之法，与七言绝句神理息息相通。午后，校《汉志》。赞希来久谈。阶前已有积雪矣，快快。夜雪不止，闻钟声，明日当晴。

三十日(12月7日) 雪霁。入直，至西围房点查磁器，留直。校《汉志》，椀【腕】楚暂息。昨日午后，上携荣源登文渊阁提书目二十函归。电问越千病，答以未愈，尚欲续假，遣仲修往咨商应办各事。窗外残雪堆积，对之廪廪，取读杜诗，至“天机近人事，独立万端忧”，若有无穷感怆。夜，看《唐会要》，早睡。

十一月

初一日(12月8日) 上门，邸到，仲权赏穿带嗉貂褂，溥杰、溥佳、毓崇罢伴读，均在内廷行走。午后，至黼臣处上祭，又上街。夜，与内人闲话。

初二日(12月9日) 休息。晨，同钱【铁】庵至汇泉，代其借银四千元暑券毕，即归。亮生来电。午后上街，傍晚步归，胸间如物横鲠,气不舒也。校《汉志》数叶。夜,检书籍,左右肩及臂骨节均痛,头亦微眩,似又有病。

初三日(12 月 10 日)　入直,查内库,余留直。仲三来谈,客退,校《汉志》至暮。得怀二书,与赞希电谈。夜,看胡图,校杨氏《汉地理志图》。食新橘甚佳。庆宽今日预备召见,仲权所举,烧纸引鬼,从此多事矣,特记之以为将来之验。早睡。

初四日(12 月 11 日)　上门,查陈设,候越千。午后,答拜宋玉如、梅斐猗,不遇。与瑞臣、仲权、润之、亮生电谈。夜,校《汉志》,椀【腕】楚止。连得怀书,一一作复,今日付邮。弢老来电,问是否直班,不知何事。晨,同瑞臣至景阳宫看南斋诸人查书籍,仅记其目,不分板本,殊草草。问之,乃珏生作俑,非毅夫、聘三意也。

初五日(12 月 12 日)　晨起始知夜有大雪,要午已霁,未入直,校《汉志》。饭后上街,风息。夜又起风。

初六日(12 月 13 日)　入直,昨贺曹总统生辰,今由荫昌答谢觐见乾清宫,散门甚早,余留。校《汉志》陈留、颍川二郡三十七县,至暮毕。昨日淑妃赏大缎一匹,内人及均媳画各一轴,今日内人及均媳进千秋贡如例。夜,看杨氏《汉志图》,兼校胡图,以息椀【腕】力,室静心闲,终日据案摊书,毫无倦意。属官来白事者,当讶三十年来无此官官[①]矣。

初七日(12 月 14 日)　上门,邸到,越千销假,荣铨开缺,增德补内务府卿,同瑞、长至钟粹宫检画堂。上检磁器,赏张廷谔、张寿龄、江聪诸人也。归后甚倦,校书,国[②]讹夺,置之。夜,看《地理志》。

初八日(12 月 15 日)　休息。晨起,校《汉志》。午后,终【佟】继先来,久坐不去。本欲上街,以事错迕中止,人生不能行胸臆,徒悒悒耳。至赐砚斋检书。夜,看《后汉·郡国志》图。保孙伤乳,服药已

---

① 原文如此,“官官”或作“堂官”。

② 原文如此。

安睡。

初九日(12月16日) 未入直,晴,有风。晨起,校《汉志》数县,不耐久坐。至均儿书室,看其作画。午后上街。晚,饭于福全馆,风息,踏街步月,天又回暖。

初十日(12月17日) 入直,越千之足又肿矣,先散,余留。查陈设毕,至御时坊与毅夫、聘三谈,彼亦被命查书籍也。归直庐,校《汉志》至暮,本患头痛,用力稍久,有病意,看书将息。夜,看《汉书》各表,间与《志》互校。头病稍减,甚渴,饮茶稍多,胸中作恶,近日十九不适,老态可掬矣。

十一日(12月18日) 上门,查内库。午后上街。晚,叙斋来,留饭。夜,云汀来久谈。头病略减,服药。

十二日(12月19日) 入直。午后上街,天暖有雪意。夜,检《乾[隆]府厅州县志》及《括地志》,预备携之内直,又检《大观录》各书付均。

十三日(12月20日) 入直。午后头又痛,引被卧,遂睡。起已暮,内热思饮,食橘。有女客来。前日与景鸣九谈甚畅,粹然儒者之言,固与众殊也。

十四日(12月21日) 入直,余留,瑞同庆宽至宁寿宫。午后,召见养心殿,带奥人傅克思考验目力。退后,校《汉志》。傍晚,发下傅赏【赏傅】克思磁瓶、盘各二。吴景濂今晨逃走,可笑。夜,读《地理志》。

十五日(12月22日) 上门,与弢老谈,又有起用郑孝胥之意。上幸醇邸,随扈,未正还宫。归家,头痛,校《汉志》屡讹,看洪氏《府厅州县志》。

十六日(12月23日) 卯刻交冬至节,未入直。晨,与梁次候【侯】拜寿,访殷五少谈,饭于静所。夜,作书与怀论诗,付邮。饮茶溢量,失眠。

十七日(12月24日) 入直,召见养心殿。同越、瑞访逊敏,又与那邸拜寿。归家少休,赴光煜如之约。席散,至邮宅拜寿。归家甚倦,稍睡,起已上灯。校《汉志》屡讹,暂置。均儿进班。

十八日(12月25日)　入直,午散,余留。校《汉志》,捷南来谈,今日腕指未痛,所校颇多。夜,看《洪北江文集》。

十九日(12月26日)　上门,召见养心殿,同越、权访逊敏。归,赞希、毓崇来电,约叙斋会谈,夜深始散,瘦【疲】极。

二十日(12月27日)　休息。近午上街,天气较前又冷,夜分始归。乐山招饮济南春,辞之。得后斋电,明早有事,不能候,午后来。昨与赞、叙商定访后斋,曾致函告之也。

廿一日(12月28日)　大风,严寒,宴【晏】起。校《汉志》第一卷毕,交带经堂装靪。后斋、赞希来长谈,留饮,夜分始去,一日光阴又虚过矣。

廿二日(12月29日)　入直,午散,余留,校《汉志》沛郡三十七县。向暮风息,直房甚暖,明窗勘校,心静手和。夜,作复怀书毕,看杨氏图。

廿三日(12月30日)　弢老至直房久谈,同上门。近午,同瑞查内库,散已及未。饭后,赞希来。客去,拜客四家。夜,校《汉志》,讹误甚多,得聘三书。

廿四日(12月31日)　休息。晨,拜客二家。归,校《汉志》,云汀、钱【铁】庵来。客去,上街,仲三来,不遇。夜,独坐寡欢,取《卷施阁文甲集》涉猎,遮眼而已,聊托痴聋。

廿五日(1924年1月1日)　入直,查内库,散已逾午。校《汉志》数县。鹤亭至自如臬【皋】,来候,见之。客出,赴贡邸约,射覆小胜。

廿六日(1月2日)　入直,余留,捷南来久谈。午后,校《汉志》至夜,椀【腕】楚而止,作复怀书,看杨氏志图。

廿七日(1月3日)　上门,查内库,散已逾午。云汀来久谈。晚,赴叙斋约,见秦盉汉平安侯炉,归已夜深。考《汉书·地理志》千乘郡之平安，班注疾国。《恩泽侯表》：安平夷候【侯】舜，初元元年封，建昭四年刚候【侯】章嗣。《许后传》："后姊平安刚侯夫人谒等为媚道。"又《史记·将产【相】名臣年表》："河平四年[1]，太仆平安候【侯】王章为右将军。"是王章即舜之嗣安平，乃平安之误也。证之汉班注益信，涿郡之安平非候【侯】国，豫章郡之安平是长沙孝王子习所封，均与王舜无涉，千乘平安在今山东新城县境。

廿八日(1月4日)　休息，[吴]晏起。亮生、后斋来，见之。客去，上街。夜归，天气和暖。得怀书并诗，质佳。

廿九日(1月5日)　晨起，校《汉志》数县。午后，赴乐山射覆之约，大负。夜，叙斋见访，电促归，谈至三更。

十二月

初一日(1月6日)　入直，同对养心殿。留直宿，校书屡讹，指亦不灵，置之。夜洗砚，再校《汉志》。

初二日(1月7日)　上门，与弢老久谈。退，访赞希。午后，弢老来深谈，并述上召苏堪事。越千、仲芃、绍安相继至，均见之。内事日益丛脞，半由□氏以邪说播弄，而上方狎匿，不知其误，两傅缄口，吾复何望？退去【志】又萌。夜，毓嶟、叙斋先后来。

初三日(1月8日)　入直。同越、瑞饭于庆和堂，谒邸，商因应曹氏索陈设事。归，约赞希来谈，抵暮去。叙来，为毓崇被诬事也。客去，赴珏生约。席散甚早，与赞、叙迭次电谈，睡迟。

初四日(1月9日)　入直，同对养心殿。散门，甫到家，上传车幸醇邸，追已不及，即至邸，申末选【还】宫，同瑞险【随】扈。晚赴弢约，得晤苏堪，长谈。夜，叙来，仍为崇事也。

初五日(1月10日)　入直，上诣奉先殿、寿皇殿行礼。又同越、权至宁寿宫检陈设，留直，连日未能稍息，殊瘦【疲】遂睡。上电至，即

---

① 据《史记·汉兴以来将相名臣年表》，应作河平三年。

起，奉口敕：明年元旦诣奉先殿前殿行礼，命备朝服，分备讫。校《汉志》，补日记。上灯，复静坐许久，三五日中所仅获也。夜，校书腕楚，看杨氏志图以休之。

初六日(1月11日)　上门，邸到，述旨后，先散。至赞希所。午后，汪甘卿、商云汀来久谈。客去，上街。晚，赴赞希之约。归，遂洗足。

初七日(1月12日)　晨，携均儿至醇邸贺喜，又至赞希家贺喜，遂为接待宾客，申末归。上街，为彬事也。晤双，踏月归。装靪日记册子，得怀书附近作一律，尚佳。

初八日(1月13日)　入直。巳刻，上携后妃及永和宫幸醇邸，同瑞随扈，饭于庆云楼，申正还宫。上赏腊八粥一器、菜蔬十事。归，率立、保二孙诣先祠行礼。晚，赴惟清之约，射覆又负，室暖头痛目眩，有病意。

初九日(1月14日)　入直。与弢、艾久谈，留直，校《汉志》。夜，作复怀书，信笔挥洒，不觉累幅，阁笔静坐，心神俱适。人以进班为苦，我独以为乐，静躁【噪】不同，好尚遂异，热客俗子，宜其不知此味也。

初十日(1月15日)　弢老见访直庐，深谈。去后，上门，事少早散。归，仍校书，叙来少坐。晚，在福全馆公请君翔，散未及亥。夜，校书。

十一日(1月16日)　休息，晏起，校书。午后上街，为彬作荐书。夜，与赞、叙电谈，得张小松书，李夑阳又将提案，不知依倚椒房者，有无因应之方，想亦徒唤奈何耳。此辈徒为家国之蛊，岂能缓急足恃也?

十二日(1月17日)　答拜苏堪，未晤。买花盆、笔洗。校《汉志》。向晚，访赞希久谈。赴若木之约，射覆又负，归已夜深，殊无谓也。

十三日(1月18日)　入直，与弢、越谈，留直，校《汉志》至泰安郡。夜,看张幼樵诗稿。日间,越述阿荣之言,腐鼠吓凤,不直一笑,然久与相处,亦恐遭其及【反】噬,当早自为计也。

十四日(1月19日) 上门,与弢老少谈,查内库。同人在棍贝子府宴客,席散,至后园一游,邱壑甚美,惜太荒废。归家,赞希来。夜,静坐休息。

十五日(1月20日) 入直,事多,散已过未。润之来,同上街。夜,校书,报言昨夕地震,未知确否。

十六日(1月21日) 上赏福寿字二方。晨,拜客三家。午后,看怀素《自叙》照本,《石渠》所藏,真瑰宝也。饭后上街。夜归,叙斋来谈。

十七日(1月22日) 入直,诣养心殿谢恩,检查养心殿外库,见散氏盘及张择端《清明上河简易图》,周昉《仕女双陆图》,张句曲、倪高士小像各卷。留直,校《汉志》。傍晚,进对养心殿,带德医盖礼恩。蒙垂问校书事,天颜甚喜,圣躬亦未违和,看平安脉耳。夜,与内子电谈二次,为叙斋事也。

十八日(1月23日) 上门,查外库。近午,访叙。傍晚上街,晤六桥,又与润之期于静所。夜,捷南深谈,悒悒,微雪。

十九日(1月24日) 入直,查宁寿宫书籍。午后,润之来,看均儿作画。晚,赴毅夫约。又至瑞臣所请客,射覆小胜,未散,访叙斋,北风寒甚。

二十日(1月25日) 入直,养心殿带匠挂灯,大风极冷,今年第一日也。云汀来,客去,校书,稍倦暂置,看怀素《自叙》影本。傍晚,伯石[至]自天津。夜,叙斋、赞希来,散已及子,疲甚。

二十一日(1月26日) 入直,邸到,散门尚早,留直。昨夜谈久,至今尚疲。向晚,闻上传艾老带萧丙炎进内请脉,又闻晚膳未传,即至诗本直房候艾老,问之始心安。归直所已及亥初,与钱【铁】庵电谈,作复怀书。

二十二日(1月27日) 上门。归家,铁庵、润之来。客去,与光玉如贺嫁女之喜。晚，叙斋、彝孙来久谈。夜，看怀素《自叙》、颜鲁公《祭侄稿》、杜牧之《张好好诗》、孙过庭《书谱》，皆照本也。反复展玩，于用笔结体略有悟处。

二十三日(1月28日)　晨，携均儿谒先茔。过午归，饭后上街，又至花肆一游。晚，捷南来谈，闻今日越千等请见，有意排我也，不直一笑，明日相见，仍以淡漠处之。上灯后爆竹甚多，始知今日祀灶。夜，彝孙来。客去，独坐悒悒，读《汉书·高帝本纪》一过，聊以遣怀而已。

廿四日(1月29日)　入直，养心殿带匠，内事丛脞，宵少【小】弛张，前途益不可问矣。明岁当思解脱之法，同流合污，余实有所不能也。夜，叙斋、赞希、彝孙来，捷南来。客去，恶心欲呕，看均儿作画，久之始愈。

廿五日(1月30日)　晨，得报舍妹病殁，先严子女三人，今日只留我在，妹出嫁甫六年，遇人不淑，以致短折，伤哉。入直，直房静坐，校书自解，屡讹。午后，上派奏事太监及总管邵兴禄口传金明后日预备召见，放振二万之交警厅分放，毋庸交罗振玉。得电，邸明日上门，今午邸传未刻至邸会议，同人均往。余以内直，未预闻。为载涛及荣氏忿争之事，邸上门改期，大约以此。呜呼，难矣。

廿六日(1月31日)　上门，邸至，载涛已具折请开缺矣。为此事议论久之，遂请慰留，事毕已逾午。在署早饭，议发节款，散已及酉。归家易衣，往哭舍妹向殡事。上灯后，静坐以息，觉两肩沈痛，若不能支，看《卢鸿草堂十志》，聊怡吾神，不能再问家事矣。

廿七日(2月1日)　休息，以五十元并六桥所赠五十元交怀，以作谢医之费。饭后上街[修]。晚傍【傍晚】，均儿与舍妹送三。夜，早睡。

廿八日(2月2日)　少安来，见之。午后上街，归已抵暮。晨，看均儿作画，稍有进境，惟用笔欠爽耳。

廿九日(2月3日)　入直，弢老因乡举重逢，赏用紫缰，并御书额一方。留直，校《汉志》，眼昏而止。检今年日记五册，翻自五月十三日奉派直宿至今已七十二日，徒耗大官之厨而已。年赏颁到，如例。夜，看《宋诗抄》。

三十日(2月4日) 上门，同泽公诸人在乾清宫西暖阁谢恩，赏“四季平安”春条、“荐祜”春条。散门即归，稍了佫【俗】务，仍校《汉志》，至临淮郡。午后上街游庙，买春兰一丛。向晚，内赏平金黄缀荷包一、银锞一。上灯后，诣先祠行礼，四弟来，彝孙来。夜，看《顾亭林遗书》，带经堂送来者，拟作明年所收之第一书，已铃【钤】甲子小印矣。子正，祭天祀先毕，遂睡。明日起床，便为五十四岁之人，之笔【笔之】一笑。

甲　子(1924)[1]

正月

初一日(1924年2月5日)　甲寅朔,巳初二刻立春。入直,诣养心殿,恭贺春厘,面赏"景福"春条。辰初,上诣奉先殿行礼,充对引,又诣寿皇殿行礼。巳初,在太极殿行礼。午初,升乾清宫受贺。退直,易车拜客廿二家,归已暮。上赏春饼。上灯,看两孙戏,早睡。

初二日(2月6日)　雪。校《汉志》第二册毕,赞兮、彝孙来。晚,弢老来久谈,留饭。夜又雪。

初三日(2月7日)　雪霁。入直,窗明无事,静坐校书,甚乐。夜,看《林霁山集》,鹤亭寄赠者。

初四日(2月8日)　上门,无事早散,校书二篇。午后,上街闲写。夜,看八史《经籍志》,天阴酿雪。

初五日(2月9日)　雪。入直,邸到,早散。拜客十家,雪落益密,遂归。校书,与耕梅电谈,肆文堂送来《问经丛书》。夜霁见星。

初六日(2月10日)　晨又雪,午晴,上街。夜,看《皇览》,有《冢墓记》,适用。

初七日(2月11日)　雪,入直,午晴,交春以来,凡三见矣。校书,丹阳郡毕,少休。上灯后欲接校,以携书缺遂罢。看《典论》《世本》《皇览》,虽非完书,亦可略窥古人面目。

---

① 本年正月至五月,六月至八月分别刊于《中和月刊》1945年第6卷第2期,第3、4期合刊。

初八日(2月12日) 上门,与彂老久谈。散后,拜客九家。晚,至讷第送库,叙斋来。夜,检《揅经室集》,看《浙江图考》。

初九日(2月13日) 与舍妹送殡,素车丹旐,望之摧心。午,护[1]越约。席散游厂,彂、艾均有所得,余仅买笔二枝。晚,彂邀饭于春记酒楼。夜,又同艾访叙斋。上颁万寿赏银二千元。

初十日(2月14日) 入直,在乾清宫谢恩。赴瑞臣约,大风。捷南来。均媳携其子女进宫。夜,校书。

十一日(2月15日) 入直,大风严寒。上携后妃幸邸,越、瑞、权随,全留,未正还宫。直房无事,且校书自遣。夜,看《浙江图考》,兼校胡图。

十二日(2月16日) 上门。散直,拜客三家。午后上街,苏堪至自沪,以诗集见赠。夜,腹痛,两起如厕。

十三日(2月17日) 入直。辰初,上诣寿皇殿行礼。辰正,受贺。傍晚,拜客五家,在会贤堂宴那、贡二邸,疲甚。

十四日(2月18日) 近午,约云汀、捷南早饭。饭后,上街闲写。夜,看《浙江图考》。

十五日(2月19日) 入直。上传诣寿皇殿行礼,已备驾矣,改遣泽公。今日宿直,仍以校书为事,心境颇清。聘臣来谈。夜,看《浙江图考》,凡四过矣。上放烟火于养心殿,历三时始毕,剪烛坐待,睡已逾子。

十六日(2月20日) 上门,与毅夫、苏堪少谈。午后,润之、云汀来。客去,拜客三家。访彂,留饭。夜,月有食之。

十七日(2月21日) 大风,越千、甘卿来。客去,校书。晚,赴乐山约,以所摹倪高士《师子林图》见赠。

十八日(2月22日) 得越千信,足疾又发,嘱代直。即起,进

---

① 原文如此。

内,分弢[1],少谈。午后校书,又为甘卿题《马厂看月图》,马厂近沧州,唐之横海军也。

想君横海羁栖夜,是我承明宿直时。到眼风云几翻覆,此心惟许月明知。

十九日(2月23日)　弢老来谈,同上门。午后有病意,未出门。夜,补日记,又受煤气,就枕频咳。

二十日(2月24日)　无风,回暖。拜客二十七家,在铁庵所同耕梅早饭。归来少休,上街。以案头《快雪堂帖》与均儿。

廿一日(2月25日)　入直,带匠撤灯,校书稍倦,看《外戚传》。夜静坐,服药。昼长室静,校书看书,殊觉宽闲。彼辈以内直为苦,是真【真是】奇绝。

廿二日(2月26日)　上门,润之来。客去睡,起已向暮,看陈汤、霍光传。赴王懋轩约,饮酒微醉,近十馀年所无也。夜,叙斋、彝孙来久谈。

廿三日(2月27日)　休息,甘卿来。午后上街。夜,看萧望之、孔光、张禹传。越千续假,明又进班,夜睡几不宁。

廿四日(2月28日)　入直,与弢老谈。饭后,引被卧时许。起,校书。作字与越,得复,春俸已筹有眉目。近病咳且有喘意,入春以来十九不适,谁知之,又谁问之耶?夜,看杨氏志图。

廿五日(2月29日)　上门,与弢谈。归后校书。傍晚访赞兮,同赴叙约,散已夜。

廿六日(3月1日)　休息。晨,拜客四家,贺年之债始毕,快快。校书至越嶲郡。赴劭襄约,受寒。

廿七日(3月2日)　入直,校书送日。得电,邸改于明日上门,

---

① 原文如此。

越亦明日销假。夜，以胡图校杨图。

廿八日(3月3日) 上门，邸至，奉朱谕派郑孝胥总理内务府大臣，金梁总管内务府大臣，继煦堂郎中。散门甚迟。晚，赴郇伯约，捷南、济先来久谈。

廿九日(3月4日) 弢老、替【赞】兮、苏堪相继至，微雪。午后，与子中拜寿，访静，赴弢约。得报，奉旨唐铭盛革职。不知为何事也。夜半雪。

二月

初一日(3月5日) 雪霁，入直，赏乘暖轿。云汀来。客去，校书，尽一日之力，所校才十七县，固由于益州郡故城今地及疆域山川难于内地，亦以意兴不佳，屡有讹夺也。醇邸来电，少谈。均儿亦宿直，家中男丁仅一三岁之孙耳，念之懔然。

初二日(3月6日) 上门，谢恩，同见，又与越千三人同对，越邀饭于会贤堂。拜客五家，归及暮。午樵来，见之。看《玉虹鉴真帖》，所借富华阁者，惜只后部十三册耳。

初三日(3月7日) 入直，近午散。饭后上街，访甘卿，不晤。与静谈颇洽，余意似已领悟。

初四日(3月8日) 弢来，近午始去。上赏暖轿已颁到，明日即可乘用，天恩高厚，承平时以为异数，何况今日？记之以示子孙。检见山楼架上残书，竟得《玉虹鉴真》前部十三册，合之所借已全，喜甚。晚，赴拱北约，座有弢、艾、苏堪。甚咳，有病意。

初五日(3月9日) 润之来，静坐，看《玉虹帖》。午后校书。晚，在会贤堂宴洵、涛。咳未减。

初六日(3月10日) 入直，校书，慰病。午后，至筹备处会议，议毕，进内宿直，骨节均痛，病意又增。早睡就枕，咳作，夜半渐止，殊惫。

初七日(3月11日) 上门，金梁有封奏，先散。咳仍剧，制方服之。午后会议，访云汀，不遇。

初八日(3月12日)　云汀、捷南、赞兮来。午后会议，访弢。晚，赴公服松筠庵之约。

初九日(3月13日)　入直，午后会议。归尚早，上街。作书致松坪，荐双也。苏堪以夜直诗见示：

初月犹依魄，虚衙欲敛阴。星河天脉脉，宫禁夜沉沉。曙意鸦先觉，忧端蝶独寻。宁知将厌喻，未尽杞人心。

次均酬之：

独夜依清禁，□[1]融散稍阴。高吟入寥廓，馀响发幽沉。江海言犹在，觚棱梦可寻。艰难思干济，久识后雕心。

初十日(3月14日)　弢来，以昨诗与看，谓可存。午后会议。晚，赴若木、仲权约。

十一日(3月15日)　润之来谈合记之事，不快者久之。午后会议。散后上街，踏月归。得报，上今日至毓庆宫，入春后第一日也。

十二日(3月16日)　入直，仲权来谈。午后会议毕，进内直宿，校书，臂痛暂置。夜，看胡图。弢和郑诗录后：

春盛寒犹重，风多昼易阴。任天无早暮，同物自飞沈。地气鹃能觉，巢痕燕共寻。炉灰浑未冷，相喻响晨心。

十三日(3月17日)　弢老来，尚未起，坐候盥漱，少谈，同上门。午会议，闻怀民病重，往视已不能语，告以用矾水、竹沥救治之法，坐

---

① 原文空一格，似有缺字。

对移时始去。街西闲写，以解烦闷。夜，看《后山集》。瑞臣和郑诗录后：

苑草临残雪，宫墙起夕阴。退朝文牍简，危坐夜钟沈。阙衮才难补，寒毡和可寻。知公善筹策，早副进贤心。

十四日(3月18日) 晏起。午会议。润之来，客去，看《后山集》至夜，惟觉体沉头重□[1]剧，食量亦减，又病矣。夜食煮梨。

十五日(3月19日) 会议，往吊章嘉胡图克图，有父丧也。铁庵来言，已就盐业银行事改官为商，计至善。晚，赴润邸约，咳减。

十六日(3月20日) 会议，得二竹书，怀病增重，旦暮之人矣，念之黯然。林诒书和郑诗录后：

春寒消不尽，九九尚凝阴。初旭笼云薄，疏星向曙沉。酒欢如可续，花事会重寻。历历同光世，间来并上心。

十七日(3月21日) 微雨。均想【媳】生辰，宫赐如例。会议后，至一五一商店一看，赴觐侯约。交春分节。

十八日(3月22日) 入直，同越谒邸会议，直宿，校书，又看宛陵诗。响【向】夕风起，甚寒，早睡。

十九日(3月23日) 上门，苏堪以直庐杂咏四律见示，不录。弢、艾来谈。午后会议。向晚上街，并候怀。夜，云汀、叙斋来，均儿进班。

二十日(3月24日) 晨，看林和靖、苏东坡诗卷影本，昨在大内尚见和靖尺牍二通，即与此卷同藏乾清宫者也。会议后，润之来。夜，校书。仲权言□□又有封奏，此人久居禁近，必至生事，弢、艾均

---

① 原文空一格，似有缺字。

以为深忧。

廿一日(3月25日)　入直，邸到。张英麟重赴恩荣宴之期，同乡公请，奏闻，奉旨赏加太子太保衔，并御书扁额。午后会议，上街。夜，与云汀电谈。

廿二日(3月26日)　晨，赴越千东兴楼之约。会议后，又赴那邸约。闻弢述□□之语，是真无忌惮之小人矣。

廿三日(3月27日)　上幸邸，郑、绍、金随扈，未初还宫，余及瑞、权随扈。与逊敏拜寿。饭后上街，夕阳在树，缓步而归，天色甚佳，又至后院徜徉许久。夜，叙斋、捷南来。

廿四日(3月28日)　入直，会议后，校书。致弢，得复。夜，看《后山集》。

廿五日(3月29日)　弢来，同上门。归，得松坪书。会议毕，上街。夜，看黄大痴《富居【春】山居卷》影本。

廿六日(3月30日)　入直。午后，同越访楙轩。铁庵来，客去，携两孙至后院散步。夜有病意，看石湖诗。会议自今日止，敝精耗神二十日，仍无切实办法，抑何可笑。

廿七日(3月31日)　入直。午后上街。会议停顿，乐得逍遥。夜，看江湖长翁、秦淮海二家诗。

廿八日(4月1日)　入直，草裁减名单，至酉始散，疲苶不堪。归后，解衣盘薄，如释重负，微阴酿雨。

廿九日(4月2日)　晏起。近午，赴赞兮约。上街，又候怀。痰已去，竟转水肿，奈何。

三十日(4月3日)　入直，苏堪五人诣邸，余留，与弢、艾久谈。归直房，校书，大风甚寒，颇以家中牡丹营念，看《郑子尹集》。夜，风愈厉，早睡。

三月

初一日(4月4日)　上门，先散，与徐太夫人拜寿。访弢，留饭。

归后，校书。晚，赴叙约。

初二日(4月5日) 入直，清明，致祭奉先殿、寿皇殿临时改遣泽公。访捷南，不遇。访艾深谈，相对扼腕。晚，赞兮来，内事丛脞，外侮环乘，将压之喻验矣。夜，独坐无聊，看所校《汉志》。瑞臣以近作见示，致佳，录后：

二月二十八日公退暮游积水潭二首

二月正春阴，寒潭驻马临。水纹轻似□[1]，柳色嫩于金。忧乐无端意，苍茫独往心。何期城市内，别有一山林。

旧梦随流水，新愁赴暝烟。倦禽容止息，春草自芊绵。汉殿方虚席，湘累欲问天。升高望金阙，只在暮云边。

初三日(4月6日) 大风，携妇子辈展谒先茔，归已风息，疲甚。润之、叙斋来。夜，臂痛指僵，不能作字。得松本书，双事已成。

初四日(4月7日) 入直。午后上街。晚，至坚公所见嵩儒，久谈。后院花木均有向荣之意，流连观玩，为之心喜，得诗二章存之：

苍鳞岩壑姿，三年在盆盎。移植北墙隅，虬枝已寻丈。托根虽逼侧，岂无梁栋想。微风有时至，谡谡发清响。岁晚霜雪念，未任一朝枉。君看环堵中，会见淩霄上。

双柏倚门屏，枝悴顶已秃。今年气若苏，新翠渐悦目。深根脱坚冰，密叶散微馥。相对各欣然，不待时雨沐。众芳竞萌芽，生理毋乃蹙。尚有百年心，韶华在能蓄。

初五日(4月8日) 入直，散已及午，拜客二家。彝初来。午后叙斋来，留饭并招赞兮、彝孙。夜，弢老来久谈，以昨诗就正，谓志和

---

① 原文模糊。

音雅,似唐非宋。

初六日(4月9日)　入直,六人同对。到直房看拓散盘,叔蕴来,校书。晚,看坡诗。

初七日(4月10日)　上门,查内库。六桥、捷南来,客去,拜客二家。饭后上街。夜,看韩诗。

初八日(4月11日)　谒邸,详说近日为难情形并□□劣迹,力请开缺,以避贤路,未允。赴继先之约,陪升吉甫也。席散,弢老来。客去上街,访六桥,遇瑞臣。

初九日(4月12日)　近午,赴郑、绍、□、服部之约。傍晚,叙来。上灯,赴□斋约,夜谈极畅。

初十日(4月13日)　午后上街。夜,看《韩集》。后院杏花、梨花同开,柳亦放叶,见燕。

十一日(4月14日)　入直。幼华以沈石田大□见假。午后,润之来。客去,稍息。起,看《昌黎集》。叙齐【斋】、彝孙来,留饭,散已夜深。

十二日(4月15日)　入直,换凉帽,引看女子,越进牌,余放牌。直房窗外梨花已开,校书腕楚。看《昌黎集》,心颇入,于寄崔立之诗尤得解。向夕,闻燕语,因诵少陵"落花游丝白日静,鸣鸠乳燕青春深",亦若有神契,此中景趣非静者不能领也。

十三日(4月16日)　上门,查宁寿宫。午后,铁庵来。傍晚,候怀。归家,叙斋已至。看《昌黎集》,有病意。

十四日(4月17日)　院中桃、李、奈【柰】、丁香、海棠、鸾枝竞放。午后上街,又访六桥。夜,得仁安书,看《樊川集》。

十五日(4月18日)　入直,为裁减事,奉有朱谕,读后恭缴,随邸及王公十七人同对养心殿。归少休,赞兮、叙斋、彝孙来。晚,访艾,商去留。

十六日(4月19日)　弢来。午后,同赞兮访叙斋,为结束毓嶟事也。

十七日(4月20日) 入直,拱北来。午后上街,晤双。夜,看长吉诗。

十八日(4月21日) 入直,查宁寿宫。访弢、艾久谈。看拓散盘,午后校书。

十九日(4月22日) 六桥至,谢赏总管内务府大臣衔也,少谈,同上门。归甚倦,午睡,校书屡讹。夜,看阮文达《揅经室集》。□□以前奉朱谕交孙壮登报,可谓胆大妄为矣。

二十日(4月23日) 晨上街,又至花肆。午后,访弢。晚,在沈庵所请客。均儿生日,宫赐如例。

廿一日(4月24日) 大风书【昼】晦,闭户校书。云汀来,肆文送到《董氏遗书》。夜,翻阅一过,拟留。

廿二日(4月25日) 后院牡丹有开者,撷一朵以清水养之。午,赴公孚松筠庵之[约],得见椒山先生疏稿、年谱墨迹,夜始散。

廿三日(4月26日) 入直。上致祭寿皇殿,查内库,得见赵幹《江行初雪卷》、李唐《清溪渔隐卷》,均至精之品也。校书,《汉志》第三卷毕。拱北来,头痛有病意,饮甘露茶。夜,看《水经注图说》残稿,即《董氏方立遗书》之一,胸中作恶欲呕。

廿四日(4月27日) 上门,奉朱谕派金梁清查热河皇室事宜。先散。午后,与叙贺娶妇之喜,晚饭后归,弢来。

廿五日(4月28日) 近午上街。得电,瑞臣之太夫人谢世,年八十三。与仲权电谈。

廿六日(4月29日) 同郑谒邸。午后,往唁瑞臣,遇弢、艾久谈。金梁求去又求见,均未允。云汀来。

廿七日(4月30日) 入直,牡丹盛开,有姚黄及深红者绝佳,上街。晚,瑞臣所送三。金梁声言乞假。

廿八日(5月1日) 赵剑秋以曶鼎复出歌见示。与王懋轩拜寿。赞兮来。刺梅作花。候郝医来为内人诊脉。夜洗足。

廿九日(5月2日) 入直,查内库。剑秋来久谈。客退,看《昌黎集》，独喜杏花一首、居邻北郭古寺空。李花一首、当春天地争奢华。感春一首。皇天平分成四时。内库有霉烂册一、卷三，商之同人，携出装标【裱】，目列于后：

宋李迪《牧羝圈卷》绢本：上上；
元钱选《烟江待渡卷》纸本：上上；
元盛懋《江枫秋艇卷》纸本：上上；
王翚《山水册》纸本八开：上。

均贮漱芳斋者，见《石渠宝笈初编》。昨见赵、李二卷亦存目于后：

宋赵幹《江行初雪卷》：绢本，随安室。上上；
宋李唐《清溪渔隐卷》：绢本，攸芋斋。上上。

三十日(5月3日)　上门，松壑来。午后，访六桥。晚，赴梦岩约。夜，看《韩集》。叙来，未晤。

四月

初一日(5月4日)　入直。午后上街。天气骤暖，后院散步。夜，看昌黎、山谷两家诗，与铁庵、子宽电谈。

初二日(5月5日)　入直，查宁寿宫陈设，聘三在景阳宫查书，访之。归直房，遇仲泉，立谈数语。午后，校书屡讹，置之。看《山谷集》，陈氏守诚访古香斋本。夜，仲权又至直房。

初三日(5月6日)　弢老、越千来谈，同上门，邸至。午后，亮生、君翔来。客去，上街。夜，看《洛阳伽蓝记》。

初四日(5月7日)　晏起，天阴有雨意。同越谒邸，久谈。往吊楙堂，与坚公拜寿，访瑞臣。归家少休，上街闲写。

初五日(5月8日)　入直。在庆和堂宴赵次山。午后睡。傍晚，作书致弢，看《洛阳伽蓝记》。日来食量锐减，食后每多不适，老境至耶？抑又病耶？

初六日(5月9日) 入直。铁庵来，留饭。傍晚欲上街，风大遂止。夜，看孙辈戏。

初七日(5月10日) 入直，查内库，直房静坐，看《昌黎集》，得诗二首，遣兴而已，不足存也。

伾文有党韩郎进，高杜无言郑相辞。枭躁狐鸣果何谓？不堪重说永贞时。

懒性无缘与春竞，孤行原不逐时趋。心兵语穽从何避？饮酒题诗或有徒。

午后稍息，均儿来，亦直班也。校书，至朔方郡。保孙种花，得报平安，慰慰。夜，风声甚厉，独坐听之，如舟行溟渤之中。

初八日(5月11日) 弢来久谈，同上门。午后上街。晚，赴可园看花之约。今日带匠，太极殿赏饭。

初九日(5月12日) 入直，带匠。午后，看均儿作画。晚，赴亮生约。

初十日(5月13日) 午初，至瑞臣家赐祭。午后，同弢、艾与次山会议。铁庵来，客去，上街。夜，校书。梁尚书嵩生捐馆，同志深惜。

十一日(5月14日) 入直，重华宫赏饭，又赏扇二。校书，至雁门郡。夜，读韩诗，颇适。年来心境不佳，既畏事，又畏见人，故遇内直，末【未】尝不竟日愉快也。

十二日(5月15日) 上门，谒邸，归即睡。傍晚，宴君翔于东兴楼。带匠归，上赏折扇二柄、椒佩二匣、春纱二匹，即谢。

十三日(5月16日) 保孙种花还浆，惠田来视。乾斋来，见之。客去，上街。上赏散氏盘机本，电约叙斋明日谢恩。夜，校书。天燥，饮茶过量，失眠。

十四日(5月17日)　入直，谢恩。至楙堂所上祭。接六桥书。午后稍睡，至瑞臣所送库。夜，看韩孟联句，苏堪所劝也。

十五日(5月18日)　入直，与弢、苏久谈。金梁两次请见，未许，遂请假十日。李经迈由庄士敦带见，便衣着履，奇矣。校书，于代郡卤城虖池从河，所见与周荇老同，甚快。直房易纱窗。夜，读韩孟联句。

十六日(5月19日)　上门。往慰聘臣，有妇丧也。甫归，上传幸邸，即往，申刻还宫。傍晚，街西闲写，踏月归。得六桥书。

十七日(5月20日)　晏起。午后，铁庵约游厂，得湘竹印盒、紫檀笔筒、曹素功墨、《星海诗集》《问影楼丛书》，饭于西车栈。接云汀书。

十八日(5月21日)　入直，作复云汀、六桥书。午睡，天阴有雨意，静坐无事，翻阅《问影楼丛书》，为胡侍御所【思】敬所辑，皆舆地纪录之籍，有裨考订，惜只初集耳。夜雷雨，久不闻此声矣。

十九日(5月22日)　入直，与弢、苏纵谈。亮生至，知募【劭】襄昨夜谢世。客退，校书，均儿亦直宿。午后，雷雨旋晴，苏堪以所作隶书见赠，并录近诗两首。夜，看韩诗，臂痛。

二十日(5月23日)　弢同上门，天气清肃，有秋意，写扇一叶，试新得之墨。午后欲上街，以雨将至而止。校书，胸中悒悒，看《地理志》各图解闷。

廿一日(5月24日)　晨，上幸颐和园，即进内。巳正，同苏、越随扈，复同苏堪至谐趣园水次听泉谈诗，甚乐。申振林来，下【不】异催租人，败兴也。又幸玉泉山，申刻还宫。归家疲甚。夜，看《西昆唱和集》，亦苏堪所劝也，谓远胜义山，若以退之作骨泽，以此集表里兼修，篇句悉称矣。（当指七言近体也。）

廿二日(5月25日)　晨，至劭襄所行吊，不见未十日，竟尔永别，人生如朝露，岂不信然。午后，润之来。客去上街，及归，幼苹已坐候，铁庵随至，捷南亦来，将有津行也，少谈即去，遂同幼苹、铁[庵]饭于福全馆，谈宴甚畅。

廿三日(5月26日) 入直。与鸣九贺喜。得宝臣书，即复。午后上街。夜，校书。

廿四日(5月27日) 入直，查宁寿宫陈设，校书腕楚，看《西昆集》。傍晚，至慈宁宫花园一散郁陶。夜甚凉，看《世说新语》，此亦苏堪所惯用者。

廿五日(5月28日) 上门，与弢老谈。近午，至梁宅赐祭。捷南、赞兮来，客去，校书至夜，睡迟。

廿六日(5月29日) 晏起，校书，午楼来，《石谷册》付裱。傍晚访艾，又至海军联欢社宴客，天气郁热。

廿七日(5月30日) 入直，六桥自沈归，来见。客去上街，访静新居。夜洗足。

廿八日(5月31日) 入直，检陈设，仲权来。散门，至劭襄所题主。均儿病，延午樵。赞兮来。夜，看《问影桦【楼】丛书》。

廿九日(6月1日) 晨，至长春寺吊吴修老之丧。午后上街。夜，看《一统志》，乃乾隆九年所纂本，三百五十六卷。儿均【均儿】病渐愈。

五月

初一日(6月2日) 入直，艾老见访。客去，校书。散槃【盘】六十本已拓齐交进。得电，怀民病仍以水症致命，伤哉。夜，看《一统志》，与家中电谈。

初二日(6月3日) 弢老来，同上门。拜客一家，归，五楼送到揭裱李迪三卷，神彩焕发，与前迥异。往哭怀民，遇雨。访六桥，不遇。

初三日(6月4日) 休息，以二百八十元买乾隆九年刻本《一统志》，落帆楼谓此书素称难得，士大夫家有者甚少，外间所有者多是后来重修本,不及初纂本之善,然则此书见重于世也可知矣。既遇之,何可失之? 铁庵来,同与怀民送三。归家,雨至。

初四日(6月5日) 晨起,上街。午后,六桥、午樵、黼臣、弢老来。晚,访□臣,貌合情离,言多相左,由于操履不同。夜,看《一统志》盛京各卷。

初五日(6月6日) 诣先祠行礼,下【上】赏棕【粽】子。午后,午樵来。客去,上街。得报,苏堪自初七日请假十日。肄文堂送来《得一斋杂著》四种,乃江西贡生黄楙材所著,黄氏于藏边及印度皆身至其地,故言之详确,可入《问影楼丛书》。

初六日(6月7日) 欲入直,中道改访赞兮。午后,至劭襄所上祭。访苏堪,未晤。访弢老,遇孟嘉久谈。夜,得六桥长双彬已往见矣[①]。

初七日(6月8日) 晨雨,入直,苏堪请假,越言有退志也。校书,乐浪郡毕。晚,有病意,食锐减。

初八日(6月9日) 黎明腹泻,至午已十馀次。勉强上门,及至毓庆宫。归家疲甚,抵夜连泄,腰膂均痛,终日偃卧,夜仍数起。

初九日(6月10日) 晨泄未止,疲惫不支,客来均未见。延午樵来诊,服药后渐止,饮鸡汤,气略复。灯下,为赞兮之太夫人作寿诗,脱稿就枕,已不能睡,四更始安。

初十日(6月11日) 晨,闻越千请假,殊焦急,盖明日又须进班,幸泄已止,只气馁耳。赞兮、铁庵来。夜,奇渴,未敢纵饮。

十一日(6月12日) 入直,气馁,不能校书,以涉猎半山诗送日。月上即饭,门外散步,早卧失眠。

十二日(6月13日) 上门,归家疲倦。午后,弢老、润之亦至,劝我出门行动,可以少舒郁积,遂上街,良佳。

十三日(6月14日) 入直,拜客一家。午后,哈同、姬佛陀来,

---

① 原文如此。

赞兮所介绍也,久谈。客去,看书,燥热作渴。得朱幼萍寄诗,即复。

十四日(6月15日)　休息,腹泄虽愈,气馁依旧,饮食亦未如常。午后,至梁尚书宅送库,访君翔、六桥。归后检书,看《元秘史》。夜雨,得耕梅、仁安书,即复。

十五日(6月16日)　越千假满,答拜哈同,并见其妻。归家雨至,傍晚晴,赴赞兮约。均媳归宁。

十六日(6月17日)　入直,校书,南海郡毕,稍息腕力,看丁益甫《地理考证》,其喜【喜其】《元和林考》。晚,院中散步,永和宫携□淑妃归宁,戚党咸集。

十七日(6月18日)　上门,先散。至赞兮处,为其太夫人拜寿,遂同至庆和堂。归家少休,申初往看戏。晚践约,约夜仍至庆和堂。右辅牙痛,弢老书扇送来。

十八日(6月19日)　休息,看吴仲珪《渔父图》,均儿借自亮生者,致佳。晚,赴弢约,陪哈同也。

十九日(6月20日)　入直。晚,赴亮生约。看吴仲珪《松泉图》,尤精,又见二轴,则下驷矣,然皆真迹。

二十日(6月21日)　访瑞臣,以请终制奏稿见商。午后上街,答拜文甫。夜,与内子谈伦府事。

廿一日(6月22日)　入直,与弢少谈,校书。午后四钟,上幸邸,六钟还宫,绍、荣随,余留。苏堪乞退,瑞臣请终制,越千则依违,□[①]三则倾险中立于二人之间,何能久处计,惟有引退为愈,非我□[②]置不得已也。夜熟【热】,头痛,院中稍坐,又苦风袭。上传赏护军及守卫队人各万应定一瓶、砂药一瓶、行军散一包,计费三千元。

廿二日(6月23日)　上门,访弢老。赞兮归,仲三来。午后上街。夜微雨,作寄宝臣书。

---

① 原文空一格,应有缺字。

② 同上。

廿三日(6 月 24 日)　晏起。午后上街。晚,同孙辈戏。文书肆【肆文书】友又以吴刻《洛阳伽蓝记》劝留,许之。

廿四日(6 月 25 日)　入直,苏堪开缺,仍回懋勤殿行走。艾老派会办,越千带印钥。午后,在赞兮所公请哈同夫妇、姬佛陀,赠广仓学窘《艺术丛编》廿四册。归甚倦,得宝臣书。

廿五日(6 月 26 日)　晏起,继先来,看《大慈恩寺三藏法师传》十卷,未暮卒业。晚浴。

廿六日(6 月 27 日)　入直,瑞臣请终制,同越谒诈[①]。奉旨给假,慰留。甫回直房,上幸邸,随往,未初归。天气骤热,蝉声聒耳,殊乱人意。看《大唐西域记》。

廿七日(6 月 28 日)　上门,晤苏堪。傍晚有风,烦热顿解,人其少苏。苏堪来,忽忽数语而去。夜,看《庄子》。

廿八日(6 月 29 日)　近午得报,上至邸,及奔赴,又幸荣第,戌【戌】刻还宫。晚,在东兴楼请韩斋、虞生。席散,同幼芋【苹】、铁庵、亮生登真光楼顶乘凉,殊爽。

廿九日(6 月 30 日)　同越、权茨[②]邸,访艾,又与叙斋夫人拜寿。傍傍【晚】上街,有风殊快。世杰来。

三十日(7 月 1 日)　晨,牙痛,用石膏水漱之,又敷薄荷油,过午小愈。游庙,买花八盆。于带经堂见《河源要略》,携归,灯下翻阅一过,拟收。

六月

初一日(7 月 2 日)　雨,入直,与艾老久谈。午后霁,校书,苍梧郡毕。晚,门外散步,见萤,牙痛为止。

初二日(7 月 3 日)　上门,无事早散,赞兮来。晚,赴叙斋看戏

---

① 原文如此。

② 原文如此。

之约，全家均往。雨随晴，夜深始归，连连如厕，有下利意。

初三日(7月4日)　雨，入直。午晴，上街，利渐止，气略复，天凉已易夹衣。内人往候赞兮之太夫人，牙痛未愈。

初四日(7月5日)　晏起，张畹九世伯之子来求助，与以六元。午后上街。夜检书，食西瓜稍多，又利，夜半数起。

初五日(7月6日)　入直，吏退，校书。近午下利增剧，勉强校书，至合浦郡。晚微雨，入夜雨大至，利无，随之益惫，服香莲丸。

初六日(7月7日)　未上门，即归，延午樵来诊。午后赞兮来，晚，利渐止，牙痛，嗽【漱】石膏水，夜安。

初七日(7月8日)　请假五日，同人俱来电。候五楼，送石谷册来，已裱齐矣。午后大雨，雨止，甘卿来。夜，仍服昨方，利止，牙痛未减，枕上闻雨声。

初八日(7月9日)　阴雨连宵，连蒸未解，延午樵来诊。继先来，见之。客去，看《大唐西域记》十二卷毕。夜读韩诗，心颇入。赵剑秋：阮说散氏盘器藏扬州徐氏，令【今】归洪氏(《积古斋款识》卷八)。扬州周散氏南宫大盘，东南重宝也。岁丁卯，鹾使者献于朝，余模铸二盘，极肖之，一藏府学，一藏文选楼(《揅经室三集》三卷《金石十事记》)。扬州徐约斋以万金得之于歙州程氏，继归洪氏，嘉庆十四年鹾使某贡入天府。(此吴絅斋引张叔未《清仪阁题跋》，嘉庆十四年乃己巳，与阮说不合，丁卯为嘉庆十二年也，吴氏所引恐有误，容考。)

初九日(7月10日)　牙痛已愈，校书，日【至】南郡毕。借瑞臣所藏《清仪阁题跋》，细检原文录后：

> 周散氏盘铭分三节，凡三百五十七字。康熙时，广陵徐约斋以万金购于歙州程氏，徐继归洪氏，嘉庆十四年鹾使某贡入天府，墨本在人间者日少，而覆铸仿镌不止一本，此是原器精本，可珍也。考释是盘者，旧黄松石、方南塘、吴山夫、樊明征、孔洪谷、俞楚江、汪稚川、江秋史、王兰泉、孙渊如、吴西林诸家，今两粤制

军仪征阮师说载《积古斋钟鼎彝器款识》，尤为精当。籀庄徐甥能识古文奇字，于此器亦有考证，其速辑成书，以为嗜古者助可耳。癸未十二月十八日。

此跋稿作嘉庆十四年，当出传闻之讹，自不如阮氏目击为确，应从阮说。亮生来，少谈。傍晚郁蒸，恐又酿雨。夜雨，作书致瑞臣，并还张氏跋，闻弢老腰痛请假。

初十日(7月11日)　阴。校书，赵国毕。赞兮来，萱草及紫薇均作花，后院散步，牙又痛，连及耳根。得报，邸上门，有旨金梁开缺。△△能去大局或有转机。夜雨，看《元和志》，《班志》而外，当推此书，孙渊如谓李氏有经世之学，信然。

十一日(7月12日)　雨。校书，至真定国，稍息腕力，看《元和志》。牙痛未已，每痛晨重暮轻，睡起尤剧。晚，赴亮生约。

十二日(7月13日)　晨雨，入直，假满请安。拜客一家。午晴，上街，并访拱北，见所抚《烟江待渡图》致佳。夜，月色皎洁，作寄六桥书。

十三日(7月14日)　入直，与苏堪谈。校书，弢老为书藏经纸交到，密行细字，精劲逼人，七十七岁老翁能如此，文衡山不得专美。夜，得诗一首，呈弢老：

在官无补去何归？叹息吾生百事违。飏飏风帘官漏永，沉沉画省吏人稀。摊书病后增新懦，解带朝来减旧围。敢以尘埃谢朝请，忧勤帝傅正忘饥。（韩诗：尘埃慵伺候，文字浪驰骋。尚须勉其顽，王事有朝请。）

十四日(7月15日)　雨，上门，荣三晚到，少谈即归。雨大至，抵草【暮】未已。云汀来，见之。夜，录昨诗致弢老，雨声益繁，彻晓未睡。

十五日(7月16日)　仍雨，晏起。得弢老复，检朋好来札，欲付装标【裱】也。近午得报，上幸醇邸、涛邸、荣源第、庄士敦第，戌【戌】刻还宫。晚，赴熙宝臣约，与赞兮同车归，长谈。

十六日(7月17日)　晨，候弢老，谈次得报，上幸洵邸，并来视疾。少顷，家中送衣冠至，换毕驾到，坐话时许，即出西直门，往游翠微山。越、权及余均随扈，抵暮过朗润园，降车一视遂还，已戌【戌】末矣。天气新霁，云容山色，景物颇佳。夜，检朋好书札。牙痛，敷赞兮所赠药。

十七日(7月18日)　牙痛大减，入直，邸到。近午散，饭后上街，雨将至即归。弢老和诗送来：

> 故知无补忍言归，微愿平生事事违。好梦已随芳草远，旧人渐似曙星稀。出门宿潦深盈尺，举目阴云黯四围。失喜涉洵见颜色，病馀相视慰调饥。

晚，均媳胎动，延午樵来诊，服药渐安。

十八日(7月19日)　入直，查外库。校书，至广阳国，看《西昆集》。天气郁蒸，奇渴。晚饭后门外散步，食败藕二片，腹即不适，幸觉之尚早，不然殆矣。夜，校书屡误，置之。

十九日(7月20日)　弢老来久谈。上门，查内库。午后，同越谒邸，又同访艾。傍晚，应瑞臣之约，遇诗峰、珏生。归，雨至。

二十日(7月21日)　晨，铁庵来，留饭。午后，云汀来。客去，拜客四家即归。家事萦心，终日不快，牙痛虽止，唇又大肿。近来病渐多，又无可以解散郁结之处，恐非老境所宜，亦只有降心忍耐以待尽而已。傍晚，翻阅《义山诗笺注》释闷。

廿一日(7月22日)　入直，查外库，见宋牟益《捣衣图》纸本，墨笔绝精，展阅数四。散门，答拜冯公度，少谈归。行经神武门，知上又传幸颐和园，已备驾矣。易衣随往，复游翠微山，还交亥初。一日未食，归家大嚼，精神顿复。今日虽劳，尚未疲。夜，看《义山诗笺注》，不敢饱后遽卧也。

廿二日(7月23日)　赞兮、云汀来。午后，延午樵为均儿诊脉。傍晚，至子宽处送库，赴赞兮约。

廿三日(7月24日)　入直，查内库。校书，至胶东国。晚，看《玉溪生集》及《西昆集》。

廿四日(7月25日)　上门，查宁寿宫陈设，见太白樽十八枚，绝可爱。归，甫解衣，得报，上幸宗族工厂，未能随扈。云汀来，雨亦至，遂睡，傍晚如【始】起。均儿、均媳病，延午樵来诊。灯下校书，至城阳国。

廿五日(7月26日)　校书屡讹，手亦战，置之。午后得报，上至醇邸，为时已晚，未能随往。晚，赴贡邸之约。

廿六日(7月27日)　入直，上至醇邸问太福晋病，随往，午后访【方】还宫。访捷南，少谈。多司官荫欲告退也，得力之员纷纷求去，则事可知矣。傍晚上街，以散郁结，夜分始归。

廿七日(7月28日)　入直，邸到，散已逾午。肄文送到陶氏新刻《儒门【学】警悟》七集，缪序以为丛书鼻祖，乃爵华藏本，艺风所校，兰泉所刻者也，此书不可不收。本欲上街，以雨止。夜，继先来，雨尤剧。

廿八日(7月29日)　入直，上诣奉先殿、寿星【皇】殿行礼，充对引。校书，至鲁国。晚，看《义山诗》，心有所感，得诗一首：

湖明山暖日迟迟，犹有垂杨似旧时。坐对沧波空贮泪，几曾举网得西施。

廿九日(7月30日)　上门，久坐直房，日午始散。得诗一首：

清昼逶迤漏点迟，而廊日影下阶墀。吏人鹄立鸣珂到，未报深宫内请时。

殷五来久谈，既去，甚倦遂睡。近来精神委顿，或老态耶？夜，看《扪虱新话》。

三十日(7月31日) 晨，汪简斋及赞兮来，均久谈。午后浴，云汀来。客去，往贺罗嘉陵迁居之喜，于永康胡同，乃张忠武公故宅也，花木甚盛。晚，同觉弥、赞兮至会贤堂公宴。夜，又访赞兮谈。右辅牙痛已愈，今日饮水，冷热均不适，恐将再痛，奈何。

七月

初一日(8月1日) 晨得报，上传车至邸，前奉有毋庸多人随往之谕，故未扈从，午后还宫。均儿服午樵方甚效，检《江村消夏录》翻阅。傍晚，东街闲写。夜得一诗，寄仁安：

欲从清奥写烦冤，并世何人识古源？传买黄金铸韩孟，他时相见试论重。

二鼓雨至，郁蒸稍解，看定庵诗。均儿往拱伯处谈画。

初二日(8月2日) 入直，查内库。上游颐和园，绍、荣随，申末还宫。校书，至广阳国，椀【腕】楚。看张忠武逸事，云汀所记。得仁安书，夜看杨图。

初三日(8月3日) 雨，未上门，在堂上挑缺。散，与珏生贺喜，校书屡讹。今日本与静约，竟为雨阻。夜，看少陵、放翁二家七绝，曾文正选本也。

初四日(8月4日) 雨止。校《汉书·地理志》毕，自去秋九月二十四日起，至今已十阅月矣。黼臣来谈。晚晴，夜又雨，得仁安书，得诗一首：

八骏西游逐电忙，兰池宫树晚苍苍。重门未敢收金钥，雨立终怜陛楯郎。

初五日(8月5日)　雨，入直。公度约，辞之。越千来，候六桥，不遇。傍晚，后院散步成咏：

空庭积雨晚多阴，旧梦荒凉未可寻。不为怀人已愁绝，默看西日在高林。

初六日(8月6日)　入直。瑞臣、六桥来。傍晚，答拜啸麓，赴艾约。夜，看抄校《地理志》。

初七日(8月7日)　借带经堂《玉溪生集》，学真来。午后，携均儿与罗迦陵拜寿，人多天热，遂上街。贡邸送到自画朵颜卫小景卷，属题。夜，闻蟋蟀。

初八日(8月8日)　入直。散门后，上至邸，随往，未刻还。直房无事，细读玉溪生诗。夜，看定庵杂诗。

初九日(8月9日)　上门，至文渊阁一看。四弟来，予以暑药及银八元，天热未出门。傍晚，与二孙戏。得仁安书并诗二首。

初十日(8月10日)　晨，访越千。午后，多荫、恩泰来。晚，看义山诗。夜，睡不宁。哈同来谈，情致甚殷。

十一日(8月11日)　晏起。午后上街，稍舒郁结。云汀寄到万公雨画扇。罗迦陵①。

十二日(8月12日)　入直。午后，至赞兮所，陪艾老、新之，为其太夫人看脉，与越千夫人拜寿。夜，看义山诗，所选稍宽。

十三日(8月13日)　晨，携均儿谒八里庄先茔，归来及午。楙堂、润之来久谈。晚，看义山诗。夜雨，炎暑顿解。

---

①　原文如此。

十四日(8月14日)　上幸颐和园，越、瑞随。午后，携均儿赴哈同约。夜，同艾老、赞兮与姬佛陀久谈。

十五日(8月15日)　入直，上诣奉先殿、寿皇殿行礼，散门矣，闻艾老来，又至板房一谈，企有所补救。上传交王怀庆万元放振，交冯玉祥万元赏防河兵丁。库空无可凑集，向盐业银行借，辞之，又向汇丰借始得，分交郑、荣送往，此举恐亦郑所劝也。大【太】极殿颁千秋赏百元，赏内子三十元。看《续行水金鉴》永定河各卷。

十六日(8月16日)　上门，诣太极殿谢赏，与润邸拜寿。午后上街，傍晚得报，上携后妃至邸，未传随扈，故可少事息游。

十七日(8月17日)　入直，显庙忌辰，上诣寿皇殿行礼，至上书房检画。上游颐和园，绍、荣随。傍晚，访幼萃【苹】，留饭，得见广州麓台画扇，致佳。

十八日(8月18日)　阴，微雨。读《汉书·外戚传》，得一诗：

燕子飞来事可知，增成辞辇记当时。玉阶一夕秋风起，又见苔痕映履綦。

午后得报，上携越千至哈同家，暮还。夜牙痛，彻晓未睡，枕上闻雨声，益烦躁。

十九日(8月19日)　雨，入直，诣太极殿行礼。午后，与雪斋拜寿，遇亮生久谈。牙痛渐减，录近作各诗，境界似进。

二十日(8月20日)　入直，上游颐和园，余及越随。又命郑孝胥乘副车陪游云，赏饭于听鹂馆，与上同案，竞惕弥深，酉刻还。留宿直，得仁安、云汀书。夜，补日记，得一诗：

青史犹存谏猎书，至今风概忆相如。总持亦有凌云笔，亲接欢言载后车。

二十一日(8 月 21 日)　上门，与弢老少谈，绍、荣以宝珠事请见，问及改革事被斥，有先入之萋菲也。内事益难，不可为矣。与增公贺喜。铁庵来，同饭于福全馆。夜，为《外戚传》[①]。

二十二日(8 月 22 日)　上传车，欲游汤山，以道泞改至西山，越、瑞随。午后上街，晤双。夜得一诗：

风云契合亦何常，车骑声华胜孔乡。对客莫言从□[②]乐，后门枉路屡传觞。

二十三日(8 月 23 日)　午楼、亮生、乐山来。午后，至福佑寺筹振会，访赞兮，雨来，留饭。

二十四[日](8 月 24 日)　入直，上书房检佛像经卷。午后上街。夜，看《元后传》。

二十五日(8 月 25 日)　晏起，午后拜客一家，赴那邸约，捐振五十元。夜，看《左传》。

二十六日(8 月 26 日)　入直，上至邸，越随，余留直。至亮生直房久谈，同饭。夜，看《左传》。

二十七日(8 月 27 日)　上门，至毓庆宫与弢老谈，升吉甫请安。归即睡，铭格来，未见。傍晚，看保孙戏于花阴，颇得天趣。与均儿二十元，为住班之零用。夜，《传左》【《左传》】[③]及顾氏《春秋大事表》。弢老言，上与弢老论廷臣，谓余刚复【愎】自用。闻之浴惧，此无他，余遇独对，每直谏不敢负特达之知耳。

二十八日(8 月 28 日)　晨，温《左传》。午后上街。夜，仍温《左传》。

---

① 原文如此。

② 原文空一格，应有缺字。

③ 原文如此，应有缺字。

二十九日(8月29日) 晨,访学真。午后,书扇二叶,与立孙戏。傍晚游庙肆,见顾氏《方舆纪要》、齐氏《水道提纲》,均原刻初印本也。夜,温《左传》。越千昨日请假。

八月

初一日(8月30日) 入直,访越。午睡。傍晚,赴幼萃【苹】之约,又赴夔弇约,得见瑞臣所藏沈石田长卷。夜,骨节微痛,似已受风。越赠新刻《千缘金刚经》一部。

初二日(8月31日) 入直,直房昼静,温《左氏传》四卷。均儿来,为商借廉州画卷事。骨节及头均痛且作烧,又病矣。夜睡不安。

初三日(9月1日) 上门,瑞到甚晚,未免大难。上至府,又至荣寿公主邸,申末归。内人宴客,上街,夜深始睡。

初四日(9月2日) 病加重,上赏寿画一轴、绸缎二卷,生辰赏也。午后检书。傍晚拜客,润之来。夜仍作烧,不恶寒,自制一方服之,近日又见疲,精神亦不振,公私事无一可意者,长此以往,恐非所宜也。六十之年似亦难到,思之黯然,未看书。

初五日(9月3日) 入直,散已逾午。病未减,延午樵来诊,终日神昏思睡,食量亦不如常,骨节仍痛,未看书。近二十年来,非甚病及有事,未尝废读也,今则荒矣,惭甚。

初六日(9月4日) 入直,谢恩,未见,赏福寿寺【字】条幅。归家,诣先祠行礼,客来甚多,夜分始散。上于午后辛【幸】邸及荣源家。今日仍不能食,气尤馁,勉强见客。

初七日(9月5日) 入直。散,与醇、荣贺嫁娶之喜。午后疲,益不支,遂睡。自初一日至今,病已七日矣。三宫主位赏画一轴、绸缎二卷,补记。

初八日(9月6日) 雨。重华宫行礼毕,上即至邸,越随。余候,随扈后妃,至午始知不往,未初上还宫。直宿,看《左氏传》,夜甚凉。

初九日(9月7日) 上门,上至戚畹荣源家,随往,还官【宫】即归,稍睡上街。夜,闻迦陵欲回南,往送久谈,觉弥赠书数十册。

初十日(9月8日) 未入直。得电,遂至宁寿宫检磁器。散已暮,访赞兮。夜,月色极佳。

十一日(9月9日) 入直,与弢老少谈,至宁寿宫检磁器。归已交申,疲极而睡,未出门。叔蕴来,未晤。

十二日(9月10日) 休息,凤孙来少谈。午后上街,哈同夫人南还。夜归遇雨。

十三日(9月11日) 入直。新霁骤凉,已着毡。上传幸邸,中止。散门,拜客。午后,至护【蒦】斋检书,分类插架,所收善本又逾二千卷,晚景获此,痴福真不浅矣,顾而乐之,坐卧其下者半日。上街晤双,踏月而归。前奉旨毋庸在内廷直宿,补记。

十四日(9月12日) 入直。午后,殷五来,交到存盐业银行四千元契约一函。傍晚,访六桥。夜,看《左传》。

十五日(9月13日) 晏起,至护【蒦】斋检书,渊识斋毛子恒来,少谈。翻阅《曾文正公奏议》,君明臣良,虽在艰难之际,已有中兴气象,我生不辰,丁此阳九,惟有慨叹而已。近午,先祠行礼。午后上街。夜,为朱幼平题黄忠端画卷,又题贡邸画朵颜术【卫】小景卷二诗,录后:

此公奇气蟠胸际,难以导常画史论。淡墨萧寥山数掩,直从忠孝问根原。

一成一旅能兴国,有此河山岂偶然?故枉柔毫思带砺,短题分疏义熙前。

作寄仁安书,小雨旋晴。

戊　辰(1928)[①]

六月

十八日(1928年8月3日)　晴。晨,至福全馆为徐榕生之子执柯,聘瀛贝勒之女。午初下定,礼成。饭后上街,及归,得艾老电,上召耆龄及宝熙明日早车赴津。傍晚访艾老,遇沈庵、乐山,少谈。即访逊敏,上灯后同乐山归,留饭。客去,收拾行李,并电彝孙借王仆。今午同孙患暑风几殆,延午樵来救治,至晚已安。夜,得沈庵电,改为明日晚车行。

十九日(8月4日)　晨,访逊敏。午后至车栈,申正开行,抵津已昏黑矣。至张园即时进见,上以东陵被盗,情形重大,派耆龄、宝熙、陈毅驰往详查,并妥筹善后事宜,敬谨办理。又示以罪己特谕,哀痛迫切,泪随声下,奏对一时许。退,电告逊敏,并传谕旨讫,始饭,已子初矣。与琴初详谈,归熙来饭店,夜已深,又与乐山电谈。就枕筹思善后办法,彻夜未能合眼,天晓始睡。

二十日(8月5日)　甫起床,诒重来,谈奉差之事,并京津一切详情。午初至张园,随班在几筵前行礼。上自闻报之日起,即在高宗纯皇帝、孝钦显皇后神位朝夕祭奠,并变服减膳,俨同闻讣。在津诸臣及近支王贝勒,咸集行礼。退,与弢老、琴初、鸣九、袁杏南、郑苏龛谈。午后,回店少息。傍晚又到张园,随班行礼。夜,瑞臣始到,上召

① 原题《耆寿民日记》,作为《戊辰东陵案文献》第二种,刊于《中和月刊》1941年第2卷第8期。

集王贝勒及诸臣讨论办法，子初退。归店休息，疲极矣。

廿一日(8月6日)　雨。至张园，派载泽、溥伒驰往东陵，恭代告祭，就近会同耆龄等赶筹善后，余所请也。午后，同瑞臣、诒重请见，详陈办法，并请训示。上挥泪谆谕，君臣相对澜汍。退后归店，略检行装，即至车栈。车开尚不热，抵京已在上灯后，与逊敏电约明午会谈，疲惫不支。乐山今日晚车赴津。

廿二日(8月7日)　病，胸膈痛涨，每食必噎，延友琴来诊。近午上街，稍为行动。即至逊敏所，艾老、春园均到，少顷瑞臣、诒重自津来。又与杜孝穆晤谈，此人奉司令部派赴东陵保护来接洽者也，谈许久。未暮，乐山亦自津归，议事甚久始散。明日逊敏、春园、艾老赴津。黼臣来，未晤。

廿三日(8月8日)　晨，睡方酣，胸痛遂醒。诒重、榕生来，了理设立办事处各事，客去已粗毕矣。友琴来诊，服药后少休。晚，至瑞臣所，同乐山、瑞臣答拜杜孝穆，未晤。天欲雨，同至德国饭店晚饭，商明日公请杜孝穆事。

廿四日(8月9日)　晨，诒重来久谈。又与办事处人商办各事甚多，客去遂睡。傍晚，至盐业银行取款，晤岳乾斋。到乐山所，晤逊敏、春园。晚，在东兴楼请杜孝穆、李凤栖、洪逸沤，商赴陵各事。席散，又到乐山所，德轩归自津，少谈散，仍服昨方。

廿五日(8月10日)　胸膈痛，又不能睡，遂起，榕生来。客去，访诒重于办事处，今晨自城外迁居于此。午归，见黄和钧、黄和琦。饭后，友琴来改方，少睡。诒重来，商致琴初信稿。访逊敏少谈，上街。归尚早，卧睡一时许，即饭。灯后精神略复，补数日日记。自廿二日病，事又极繁，客又甚多，终日理事，少间即卧，虽疲惫，尚可支持。

廿六日(8月11日)　雨。晨，诒重来久坐，心悸不宁，汗下如雨，气短不支。友琴来换方。午后，至逊敏所会议，留饭。冒雨而归，稍稍休息，精神略复，开应办事宜单。

廿七日(8月12日) 雨。晨起,胸膈略痛,食豆蔻数粒即止,仍服昨方。榕生、诒重、后山来。午后,至逊敏所会议,诸事渐有头绪,惟直大雨,车不能行,奈何。接津书,并续发款五千元。傍晚散,检点行装,了理家事,甚疲。艾老昨晚自津归。自十八日起,未理净课,少暇当补之。

廿八日(8月13日) 晴。晨,至前门买布鞋三双、雨衣一袭。榕生来,不遇。作书致铁庵、黼臣,得铁庵复。午后,至逊敏所会议车行,以雨后道泞不敢行,派和琦明日探道,再定行止。又议须将筹办大致及道不能行情形入告,嘱诒重草奏。散后上街,归已黑,叔风来。晚饭后稍息,奇渴,电约友琴明日来诊,胸痺仍时作也。连日均得睡,护照已领到,共四件,交联后山。

廿九日(8月14日) 起稍晏,胸间作痛未愈,盥漱后仍困卧。午后至逊敏所,沈庵、乐山未到,与诒重商量疏稿发缮。大雨忽至,雨时许始止,同人均以道路难行为虑。议事毕早散,上街,归未及暮。夜惟偃卧,不能看书。

七月

初一日(8月15日) 晴。晨,胸膈涨痛,榕生谓连服行气之药未宜,遂停药。诒重、和钧来,客去始饭。午后至逊敏所,发筹办大概情形折,并报初四日起行日期公函。早散,上街买草帽。铁庵来,留饭,久谈。和琦、恩勋探路归,谓行至烟郊,道泞难行而回,至通州过渡尤难,若放晴三五日,或可勉强通车云。

初二日(8月16日) 晴。晨起颇早,榕生来谈。客去,胸膈又痛,汗出如浆,气短心悸,若不能支,卧息许久始止。诒重来。饭后至逊敏所,商定初四日决行。又看梓宫金棺木样,了理各事粗毕,散归。傍晚上街,沐浴。夜检行装,补写日记。和琦来报,先遣和琳赴陵预备公馆事,又细问道中情形,若无雨或可行。

初三日(8月17日) 阴,郁热。晨,看仆辈收拾行李,胸膈大痛,几不可忍。又延午樵来诊,谓是肺气壅滞,急则治标,须先通肺气,开一方,有瓜蒌、薤白,且试服。饭后至逊敏所,昨发之折,已奉批谕。又草起行迟缓原因请代奏公函,明日付邮,支票、图章移交留京办事处。傍晚散,归家。瀛邸来少坐。夜了家事,作致铁庵书,领药,似觉气息调畅,胸膈间滞象稍去,或有效。

初四日(8月18日)　寅起,胸膈犹痛,卯初同人咸集,卯正东发,至朝阳门停车待查,约四刻始行。至通州,进西门,出北门,又停车待查,约二三刻。渡潮白二河、箭簳河,均有浮桥,水亦未长【涨】,道路尚平。未初到三河县,饭于小店。申末复行,渡泃河,有桥,过段家岭,欲休无店。又行二十里,至邦均,各店已为兵所占,投商会觅宿,再三说始得一小饭铺后房三间,牛溲、马勃、鸡矢、猪粪之气俱备,腹已大肌【饥】,啜粥于院。疲极,就枕即睡。沿途军队络绎,邦均尤众,皆四集团军,滦州战线后防也。

初五日(8月19日)　未明即起,卯初行,辰正过蓟州,巳初抵马伸桥,军队亦多。未至马伸桥三四里,道泞未干,后车陷者数辆,停候三时许,以天阴欲雨遂行。至石门雨至,冒雨行道极难,颠顿许久,始过昭西陵。入圈墙界,竟无一松,遍地禾黍,大碑楼破烂不堪,石象生亦均残毁。申末达行馆,行馆在裕陵内务府圈内黄氏宅。饭后,裕陵、菩陀峪东陵宝城查勘,盗掘之穴已填砌还旧,遂议开视之法,拟明日兴工。守护人呈前在裕陵石门外拾得肋骨一、脚骨二、膝骨一,色均黑,菩陀峪外拾得有御名香册一叶,绣龙袍一件,谨藏于匣。行李大半未到,胸膈痛未解。

初六日(8月20日)　晴。辰刻,杜孝穆、王占元、宋汝梅来久谈,同饭。饭后,谒孝陵、孝东陵、景陵、景妃园寝、双妃园寝,残毁大致相同,细勘孝陵、景陵、双妃园寝均完好未动,孝东陵宝城亦无掘痕,惟东首端顺妃、恭靖妃二穴有迹。详问,据言事在盗前,均幸未透,即闻声觉察。景妃园寝、温僖妃穴前石阶已动,问之亦在盗前,遇水未入,传言盗发景陵有水即止者即此。晚,商定明日先觅工开视裕陵被掘之处。当谒陵及查勘之际,胸间大痛,几不支。早睡,写家书,附津信去。

初七日(8月21日) 晨雨,极凉,行李未到,借逊敏、沈庵两公衣御寒。近午,接收委员会刘人瑞、愈【俞】奋、谭肖岩、张宗海四人,哈汉仪、齐尚贤来见,久谈。榕生报隧道开工,在砖石中拾得脊骨一、胸骨一,色同。又拾得清文香册一叶,细审乃菩陀峪陵中之物,不知何以在此,奇事也。胸痛未已,困甚,服所带午樵方药。行李行至苇子峪外霸王庄,为村民劫去,和钧言可以往索,即遣人去。向晚居然取回,箱尚未开,亦奇事。

初八日(8月22日) 晴。近午杜孝穆来,同饭。饭后,谒昭西陵、惠陵、惠妃园寝,残毁以昭西陵为最,惠陵次之,幸宝城均完好。妃园寝乃春间被发新砌者,亦无恙。当叩拜时,胸痛气壅几殆,归行馆少息。又至裕陵隧道勘视,所开者已至头道石门,门无恙,已大开。门内水深四尺馀,同人均梯而下,在水边蹲视,望见二道石门,门亦半开,隔水不能再进,其中阴寒彻骨。晚雨,同人商撤水之法,议论纷纭,迄无善策,拟借大库撤水机器一试,并决定拆开菩陀峪隧道,或者无水,可以先殓。夜不能寐,反复以思,穷于术矣。

初九日(8月23日) 雨。撤水机器取到,试之尚能用,出水亦多,尽一日力,已减尺馀。榕生来告,菩陀峪隧道已拆通,地宫无水,定明日进内细勘。榕生即在此宿直。得家书,并寄到午樵方药,近日正苦胸膈涨痛,得之甚喜,煎服一剂。夜雨仍不止,商备明日进菩陀峪地宫事。作寄均儿书,就枕胸又大痛,几不能忍,久之始睡。

初十日(8月24日) 晴。午,至菩陀峪地宫隧道,蛇行而入。到券门石墙根,由原拆之穴匍匐以进,见石床下梓宫欹侧而立,外椁已毁,椁盖置于西北隅,上有片板覆之。开视则慈圣玉体在焉,面朝下,左手搭于背上,头发散乱。上半露体,下半有袴有袜,袜已将脱,遍身生斑,上有白毛。即传妇人差,覆以黄绸,移未毁朱棺置于石床,然后以黄缎褥自玉体下缓缓移藉转正,始见面色奇白,有毛已满,两目深陷成黑洞，唇以下似有残破。又覆以黄缎衾，殓之朱棺之内，并用泽公所藏前颁遗念衣二件盖之。又在棺外拾得当年殉殓已落之牙、剪下指甲，用黄绸包好，置于衾外，所拾珍珠十五粒，锤碎藏于石床。当殓时，同人敬谨监视，且助抬扶。掩棺后，用漆封口完固始出。计随入者谭肖岩、罗蕺、哈汉仪、王占元、杜孝穆、齐尚贤、徐鸿宝、常惠，皆民国来调查之人也。自始事至蒇事，约三时许，尚迅速。归行馆，写寄津书，明日发，家书附寄。夜雨，疲极早卧。听雨声虫声，万端感怆，转侧失眠。今日胸膈未大痛。闻裕陵之水撤出甚多，验之约在二尺外。

十一日(8 月 25 日)　晴，骤凉，可夹衣。近午，谒裕陵、定陵、菩祥峪定东陵、菩陀峪定东陵、裕妃园寝、定妃园寝。在裕陵梯下隧道，至头道石门前看撤水，水痕已退至三尺外，所馀约在二尺。至菩陀峪，入地宫，看梓宫封口帖【贴】金已齐。前拾龙袍及香册十叶，又于地宫内寻得香宝，均用黄袱包好，安之册宝石墩之上，随掩石门。第二道石门门轴有不稳情形，未掩。饬匠填砌隧道，约二三日可以毕事。定陵残毁如一，玉带河两岸石块全行推至河内，宝顶前正中掘起砖面，宽深约二尺馀，亦盗迹也，饬匠修砌。菩祥峪宝城明楼内北砖墙有凿痕三处，城上金刚墙南北有掘毁二坑，饬匠修补。裕妃、定妃园寝无恙，但残破耳。胸痛频作，晚饭时尤重，竟停箸，此病不止肺气不舒，恐胃经亦有受伤处也。夜，与逊敏、雪斋长谈，睡晚。

十二日(8 月 26 日)　雪斋病。晨，榕生呈到在裕陵石门边拾得踵骨一，藏之匣。午后微息，同诒重至裕陵看撤水，已退一尺馀。榕生、叔壬用板渡至四道石门内，水与外同，明日或能撤净。登明楼，又绕宝城一周，逊敏亦来，同循神路至大碑楼一看。归行馆，彭公来。夜，与联后山谈。榕生、叔壬均在裕陵明楼下宿直。

十三日(8 月 27 日)　畅晴。晨起，胸膈极痛，气下陷，虽卧息亦不能止，疑是胃脘停水，乞榕生五苓散服，未午饭。午后稍好，与诒重清理查勘各陵寝残毁情形详单，尽一日之力始毕。王营长占元来言，又将换防，何其数也，必有故，闻之心痗。裕陵撤水渐净，明日可入视。叔壬言其中有泉汩汩，现设法填堵，恐亦难止，此又一至难之事也。夜筮《易》，得豫之恒，失眠。

十四日(8月28日) 晴。膈间作痛两次，伏枕强忍，未至困殆。逊敏、雪斋、沈庵至裕陵查看，未随去。午后独往，三息始至明楼下，膈已痛，气已壅，久息方入。地宫石门四道，最后一道左扉欹侧欲倒，右扉已碎。门内棺椁颠倒，衾襚堆积，骸骨散乱，到处皆是，不知孰为玉体，孰为后妃也，泥污水浸，惨不忍睹。与榕生、叔壬寻隙地投足而立，商量移棺收殓之法，久之始出。归，遇谭肖岩、哈汉仪。傍晚，逊敏邀后山、榕生、叔壬来，分付明日从事清理意指。得家书，并寄到果品，分享同人。夜，月色极皎，念明日即中元节矣，中怀惨怛，几欲下泪。雪斋病好，诒重又病。闻韩复渠【榘】兵东移，遵化一带又见溃兵，时局不稳。诒重嘱筮《易》以问之，得大过之乾。

十五日(8月29日) 晴爽。闻各陵尚能朝服设祭，感怆弥襟。晨胸间未痛，近午心动悸，少卧即止，亦停饮证也。午后得报，于两棺之间，寻得女体一，身着明黄龙袍。又于侧近拾得绣凤黄靴二，面目可辨，年约六十馀，牙齿存一二，耳环尚在。不知是后是妃？沈庵适在，当传妇人差，移置石床西北隅暂停，预备明日殓入。逊敏及同人随往，视地宫中扫除略清，商定仍用原棺。其馀已毁者移在空处，石门未倒者亦须放平。夜谈甚晚，失眠。

十六日(8月30日) 晴热。饭后胃气略动，颇惙惙，稍卧即平。午后诣地宫，敬谨收殓。当中一棺奉安玉体，四后妃随之，因不能辨，未敢强分也。逊敏及同人亲手安位，褥五重，衾三重，内覆龙袍、衮服。稍西一棺，由妇人差请昨日移停西北隅难辨后妃一位殓入，盖棺后退出。又商明日扫除地面、洗涤石床、掩石门、封隧道各事毕，始归行馆。接涛贝勒书，闻换防之兵乃第一集团，不日可到，殊可虑。徐森玉回京，作家书托带。夜，拜森玉少谈。

十七日(8月31日) 晨诣裕陵，入地宫，看梓宫封口帖【贴】金已齐。未刻撤匠，掩石门，随即填砌隧道。午后，诒重草覆奏稿成。大雷雨，逊敏定明日行告祭礼，后日起身回京，有此雨，恐道路又坏矣。闷闷，膈痛渐减，行路稍多有喘意，肺有水气之验。傍晚门外散步。夜早睡。

十八日(9月1日)　小雨廉织。晨起，逊敏、雪斋已分诣两陵告祭归矣，立谈数语。逊敏、雪斋、沈庵又至马兰峪拜客，卧息以待。午后，同人均到裕陵隧道前验工，填砌均极坚实，计用石灰八千馀斤。傍晚，了理明日起行及到京、赴津各事。夜，雨止月出。涛贝勒言来，至今未到，不知留滞何处，抑仍未出京耶？不能候矣。行装已检齐。

十九日(9月2日)　甫破晓，冒雨行，山径荦确，搀杂泥水，车极颠顿，行亦艰难，或推或挽，数步一停。十八里至石门，天色将暮，投宿破寺，雨仍未已，觅榻治食，未夜即睡。

二十日(9月3日)　晨雨，午后止，晚晴。同人商量行止，议论纷歧，派人探路，淋河水涨，车不得过，只索罢休。傍晚门外闲望，云气全收，夜见月，听龙门口水声甚壮。

廿一日(9月4日)　晴，西北风起，快甚，探归，淋河水仍未退。午后涛贝勒来，述段家岭道中遇山水暴发，情状至险。谈时许，仍骑驴回蓟州宿，我辈行止，明日可决。寺中壁上有瑶华、卓斋题诗，雪斋促和，口占以应，不成诗也。录存以纪一时之事：

山径崎岖雨意赊，眼明天外见残霞。流行坎止随缘住，破庙安身胜到家(用瑶华韵)。雨阻难为去住心，一晴何止抵兼金。西风卷地浮云尽，喜见朝暾出远林(用卓斋韵)。

廿二日(9月5日)　晴。晨发石门，渡淋河，水尚渐毂，道泞，至难行。午至马伸桥，车多落后，遂决定住宿以待。店隘人杂，臭气尤重，饮食亦不大堪，此地不减于邦均也，苦矣。

廿三日(9月6日)　晴。发马伸桥，行五里，已逾午。又里馀，至一村，觅得带路人，始遇康庄。傍晚到蓟州，守门军不令入，久候始在东门外觅店，一日未食，途中大热，行路之难之苦无如今日者。夜，得住军司令部来讯，又准入城矣。

廿四日(9月7日) 发蓟州，进东门，出南门，绕道至一村名溉流，见后防军队宿营，气象严重，知去前线不远，沿途又见晋军炮队、步队甚多，皆东行。午后，饭于三河，即来时小店也。饭后又行，行李车折轴，了理并车，安插留守，费时颇久，再行已昏暮矣。又遇白军炮步辎重各队，停车让路，耽延许久，道黑天阴，不敢急走，艰险万状。至夜始至夏甸逆旅，疲惫已甚，草草铺床而卧，蚊蚋纷来，不能合眼。转侧间大雷急雨忽至，默念明日道途当益难行，忧惶至晓，同人均起，遂不睡。

廿五日(9月8日) 阴，间有微雨。发夏甸，至燕郊，引者失道，陷于泽，雪斋之车折轴，耽延甚久，始至渡口，即箭簳河也。前有桥，水涨后撤，待车渡毕又行。至通州浮桥，后山车坏，久候不至，遂进城，在牛街小肆买饭，须臾逊敏诸人均到。饭毕西进，大道泥滑难行，颠顿尤甚。抵朝阳门，停车验照，到家已未末矣。此行共十五车，去时已坏其一，归途阻雨又损其五，至暮行李到齐，人均无恙，所事竭尽心力，可以暂安，非始念所及也。铁庵来，少谈即去。傍晚上街，沐浴，食甚饱，早睡。

廿六日(9月9日) 早晴，晚雨。胸又痛，少息渐止。亮生来。午后至雪斋所，同人来，齐至车栈，申末开行，戌末到津。诣张园覆命，直上违和，未见。同人就息游别墅住宿，润邸来访，久谈，夜未得睡。

廿七日(9月10日) 晨，访琴初、诒重、弢老，琴初未见，归寓稍休。诣张园，少顷召见，同见者人甚多，由逊敏详述东陵情形毕，又议处分毓彭、筹画善后各事，未得要领。退后，至奇室林早饭，归寓坐待。傍晚又至张园，随班行礼，闻是大祭，有祭文，琴初所撰，祭后即撤几筵矣。夜，与逊敏、乐山谈，恐三两日内未能即归，欲寄家书，临发又止。

廿八日(9月11日)　晴。晨起胸痛。诣张园,奉谕派议毓彭罪名及两陵善后办法。派出者:载涛、载泽、载润、载瀛、溥伒、陈宝琛、朱益藩、耆龄、宝熙、陈毅、胡嗣瑗、景方昶。又奉手谕派议毓彭盗卖金银器事。又奉谕赏载泽、溥伒、耆龄、宝熙、陈毅各匾额一方,皮衣一件。联堃、徐埴、志林各福寿字一幅、银二百元。和钧开复革职处分。溥侗、恒煦寿字一幅、银二百元。在张园午饭,五人同见,圣容和霁,奖勉有加,奏对一时许,垂问何日回京,对以明日。榕生、叔壬、仲平亦蒙召见。归寓偃卧以息,胸膈又痛也。于逊敏处遇贡邸,少谈。琴初来,交到续发六千元。涛邸、叔韵来。晚,弢老约饭于松竹楼。夜,与逊敏、雪斋、沈庵谈。领冰,开窗卧尚热。

二十九日(9月12日)　晨起犹热。盥漱毕,收什行装,同人登车觅坐,极拥挤,自昨起无晚车也。巳刻开,未刻到。归家,饮茶一杯即睡,醒后尤觉筋弛力罢。院中桂花已开。晚,彝孙来候。夜,解衣脱袜,徘徊室中,颇适,精神亦似渐复。倘能静养十日,吾病当不药而愈,此行可谓心力交疲矣。

三十日(9月13日)　晴。逊敏电邀会谈,及去,始知沈庵纠合往见朱绶光,此为宗族人应办之事,非余所可预,无端阑入,未免突兀,辞焉。往两宫太妃前请安,得见,垂问东陵事甚详,赏金缎一卷。福隆阿来,又与榕生电谈,皆为办事处收束事也。夜,草致琴初托代奏请病假书。(以下有关陵事者,并摘录之。①)

八月

初一日(9月14日)　午后,后山、仲三、黼臣、榕生、铁庵来,留铁庵代写致胡、景书,同饭。饭后畅谈,铁庵亦以此举为然。

初二日(9月15日)　午后到逊敏所,会商奏销核奖各事,定稿

---

① 此应为《中和月刊》编者注语。

后即散。后山初四赴津，交其带往。夜，作寄诒重书。得逊敏电，朱艾老回京，带有交谕及奏稿，约明日往看。

初三日(9月16日) 后山来久谈，寄胡、景、陈书交其带津。午后至艾老所，看会议严处麟祥等疏稿，即署奏，又读申饬诸臣议事延缓谕。归家甚早，休息半日，前病未发。晚食甚饱，逍遥斗室，回想月馀来薪劳，真如梦寐矣。

初四日(9月17日) 万公雨来，不遇。

初五日(9月18日) 答拜公雨，少谈，公雨此来，乃同溥侗、恒煦奉派赴西陵查勘匪患情形也。晚，到东兴楼，公请参谋长朱绶光。润邸至自天津，述上意，请假之事未邀俞允，奈何，且俟得胡、景两君覆书再定。

初七日(9月20日) 后山到，交来胡、景覆书。奉谕耆龄此次力疾驰赴东陵，遇事不辞艰瘁，悲愤郁结，致患胸痹，困顿情形，深劳廑念，着赶紧延医调理，毋庸拘定假期。昨以两陵善后事宜，谕令会同筹议，值此时机迫切，该员应仍勉任其难，务即速行议定具陈，以副朕望，钦此。又得诒重复书。傍晚，至逊敏所，同人均到，商议善后各事，推余起草，手定九条，交沈庵斟酌字句，发缮寄津。

初八日(9月21日) 午后，后山来久谈。饭后至乐山所，同人俱集，会议答复朱绶光书，约明日往递。

初九日(9月22日) 晨起，至逊敏所，会同同人至总司令部见朱绶光，面交致阎锡山书。

十一日(9月24日) 铁庵代撰谢赏假书稿，易数字，交福隆阿缮，拟明日交邮寄津。

十四日(9月27日) 晨，逊敏送到涛贝勒等公函，约至津讨论两陵善后事宜。余近日调养，病已渐退，不禁劳动，且谢赏假请代奏之书甫发，似宜稍缓津行。晚，得逊敏电，已定十六日同乐山、沈庵赴津，拟明日往见逊敏一谈。

十五日(9月28日) 访逊敏一谈，并告以不能赴津之故。

廿二日(10月5日)　午后亮生来,言逊敏归自津,同往候之。逊敏言彼等进见,上垂问耆龄病状甚切挚,又言赐额,文曰“寒松劲节”,亦出钦定。恭聆之下,既感且愧。两陵办事章程已入奏,仍用前定九条,派载涛、载润、载瀛、载泽董其事,并责令涛、润管西陵事,瀛、泽管东陵事。

廿三日(10月6日)　晚,理福隆阿送来办理东陵善后暂安各事案件,封存。

九月

初三日(10月15日)　晚,赴亮生东兴楼之约,同座有逊敏、乐山、沈庵。闻颁赏扁额已到,逊敏述其文列后:崇本重旧(逊),松竹为心(雪),寒松劲节(龄),瑞玉晴川(沈),尘外孤标(诒)。

初四日(10月16日)　上赏扁额已由办事处送到,明日即付装潢,敬悬北堂,此后拟自号为寒松居士,以纪恩遇也。

初五日(10月17日)　晚,艾老约饭于春华楼,出胡琴初公函与看,上仍催往问司令部追办盗发东陵之事,遂与同人讨论许久。

初七日(10月19日)　午后至逊敏所,会议催促司令部治盗各事,列座者涛、瀛、泽、润、伒、朱、宝及余也,谈至暮散。

十一日(10月23日)　得逊敏电,阎锡山派其交际处长梁汝舟来见,为答复催办盗陵案也,约定在彼处会晤。午后赴之,同见者涛、瀛、润、伒、逊敏、沈庵及余也。梁去,作报津书,沈庵起草。

十二日(10月24日)　茹古斋送来装潢赐额,悬之北堂。

十四日(10月26日)　津信回,责令仍催问阎总司令。

廿四日(11月5日)　均儿归自天津,赐衣已带到,乃貂袍,非貂褂也,外有黄袱。

廿八日(11月9日)　得驻津办事处公函,九月廿七日奉谕据载泽、载瀛奏请派大臣估修陵寝工程一折,所有东陵各陵东配殿、各陵隆恩门工程,关系重要,着派耆龄、宝熙前往,敬谨估修,钦此。当电告沈庵，约明日来谈。

廿九日(11月10日) 久候沈庵不至，傍晚始有电来，乃在带经堂候我，赴之，略谈昨事。

三十日(11月11日) 胸膈大痛，几不可忍，吾生行作废人矣。月出尚须赴津赴陵，长途颠顿，其何能支？闷闷。

十月

初一日(11月12日) 沈庵、叔壬相继至，稍谈估修之事，同访逊敏，亦为东陵工程也。

初三日(11月14日) 作致胡琴初书，告以延医调治，不能断手，须望后赴津。午后叔和来见，交到诒重致书。

十九日(11月30日) 近午，遣王禄至车栈。饭后访沈庵，同行至栈，选座已定，铁庵遣人来告，杨村刘镇华兵哗变，已掘铁道，英使馆之说也，遂退票下车。

二十日(12月1日) 晨，得铁庵电，津道平安，车通行，与沈庵商定，仍晚车赴津。午后至车栈，少迟沈庵来，四钟半开，沿途停顿，十钟始到，寓息游别墅。

廿一日(12月2日) 晨诣张园，晤苏堪、弢老、琴初、诒重、继先，同饭长谈。午后，上传明日来见。

廿二日(12月3日) 晨至张园，近午进见。天颜和霁，气色充腴，似胜前时，奏对一时许，赐茶。请俟明春再行驰赴东陵查工，已蒙俞允矣。问何日回京，对以明日早车，跪安即出。

十一月

初六日(12月17日) 午后至逊敏所，会议听审东陵盗案事，约定榕生及诒重介弟仲伟代往。

十五日(12月26日) 仲伟、榕生来，今午往陆军部代泽公等对簿。傍晚访逊敏，候仲伟、榕生来，问对簿情形。

十二月

十六日(1929年1月26日)　榕生今日又往军法会审处,陈述两陵被盗情形,商震已出席矣,相待以客礼,所问亦极详。

十九日(1月29日)　榕生、仲伟来,仲伟明日赴津。午后榕生又至,报告卫戍司令部又起获盗卖东陵各殿软片赃物百馀件。

附录一：东陵于役日记[①]

宝　熙

两陵盗发之变，本年阴历六月初即微有所闻，方冀其言之不实也。六月十三日，完颜亮生都护（衡永）得知遵化县事蒋君函述兹变，有“骸骨狼藉”之语，事始证明。于是同懿亲数人，向旧京当道奔走呼吁。一面请派得力军队，迅往保护；一面请究办盗陵人犯，并即报告天津行幄。十八日，遂奉派同耆（龄）、陈（毅）二公驰往详查，筹办善后。熙以兹事体大，面陈宜有懿亲二三人同往，庶足以昭郑量【重】。二十一日，乃加派公载泽、贝子溥伒恭代祭告，共襄此事。复遣将军溥侗、公恒煦随同行礼。自津归后，日与同人议商，筹备一切，数日即以就绪。而阴雨连绵，至七月二日始晴，遂于初四日向明东发，路泞难行，初不意未满两日即抵陵地也。凡在陵目睹之奇惨，及行路身历之艰辛，乃按日择要记之，以备遗忘，且以代来询陵事者问答之烦云尔。

戊辰八月初四日，宝熙记。

七月初四日（1928 年 8 月 18 日）　卯正，同人齐集于宗人府第二工厂。辰初，乘汽车东发，计恭办善后者五人，随同行礼者二人，随员七人，以及仆从、官役、工匠、厨役，并警备司令部卫兵、官长，都七

---

① 原名《宝瑞臣东陵于役日记》，作为《戊辰东陵案文献》第一种，刊于《中和月刊》1941 年第 2 卷第 8 期。

十馀人，分乘小汽车十、大汽车五，嗣以行李过多，又加雇大汽车一。辰正三刻抵通县，寻渡潮、白二河，均有浮桥，水亦未涨，安然渡过，惟朝阳门内与通县北关检查甚久始放行。未正抵三河，饭于小店。休息二小时行，渡泃河，有桥。至段家岭，欲宿无店，又行二十里，至邦均，店多关闭，即有亦尽为兵所占，不得已觅一小饭铺休焉。屋湫溢而肮脏，天又极热，入夜稍凉，倚枕即睡。计日已行有一百四五十里，沿途泥泞坑坎，颠顿殊甚，身体劳乏，转易成寐也。

初五日(8 月 19 日)　黎明起，早霞无际，恐有雨征。辰过蓟州，巳正抵马伸桥，前后汽车陷者甚多，且不止一次，路上停留三四小时。未正始达石门，渡河，水幸不大，然车已有进水不能行者。已而雨至，冒雨行，路极难走。申正至裕陵圈内前员外郎和仲平寓所，房地宽敞，行馆最宜。饭后即诣裕陵、菩陀峪定东陵宝城，查勘盗掘之迹，见琉璃影壁之下，砖石翻动，又复填砌不齐，势非开视不可，定于诘晨工作。行李大车三，傍晚未到，当在马伸桥以西阻雨矣。守陵人在裕陵石门外检得骨殖凡四，菩陀峪陵外拾有御名香册一叶、绣龙袍一件，内中损坏可知。车入口子门，行二十馀里至裕陵大圈，各陵宝城、飨殿一目了然。盖百万馀株松柏，经三五年军阀之翦伐，土痞之偷窃，竟无一存者，故能目穷数十里而无碍，真足悲已。晚饭后，心中郁郁，不能成眠。

初六日(8 月 20 日)　午前，军界人杜孝穆、王占元，内[务]部委员宋逸仙(汝梅)均来谈，留其午餐。饭后，谒孝陵、孝东陵、景陵、景妃园寝、双妃园寝，殿宇残毁，门窗拆失无存。守护者诿之多数土匪而莫可如何，然物腐虫生，有自来矣。孝东陵端顺、恭敬二妃之穴有发掘痕迹，据守者言，盗掘未深，为人惊走而罢。景妃园寝、温僖妃穴前阶石已动，据云遇水未入，细审非虚言也。今日招集工人未齐，午后将大概情形致函于张园胡、景二公，请代陈，书家信一封同寄北京。(在景陵陵寝门内拾得军长柴云生、旅长韩大保名片各一张，均豫省人也。)

初七日(8月21日) 阴雨竟日,行李车仍未到。午间,接收委员会刘人瑞等四人、卫戍总部哈汉仪、警备司令部齐尚贤来久谈。随员徐榕生(埴)与三儿志林报告裕陵隧道开工,检得脊骨一、胸骨一,谨藏于箧。又得清文香册一叶,乃菩陀峪陵中之物,二陵相距不远,军匪劫取葬物,携于彼而置于此,其扰攘有如是者。行李车到,据云马伸桥以西雨甚大,泥泞难行。

初八日(8月22日) 午初晴,杜孝穆来谈。饭后,同谒昭西陵、惠陵、惠妃园寝,殿宇残毁,以昭西陵为最重,大柱均用刀斧砍削,围径仅馀有四五寸,不久恐即倾覆。寻至裕陵看视土功,已开到头道石门,门内水深四五尺,蹑梯而下,见二道石门半开,阻水不能入。归,与同人商议撤水之法,拟借大库撤水机一试,并分派工人往菩陀峪陵开启隧道,如无水,可先办收殓之事。晚仍雨,夜深始睡。

初九日(8月23日) 早夜雨,时止时作。裕陵之水,用撤水机幸有效,本日水已减去尺馀,但冀来源之不旺。晡时,菩陀峪隧道已通,无水,定明日进地宫细勘。积雨冷甚,可御棉衣。

初十日(8月24日) 早晴。午,至菩陀峪地宫隧道,蛇行而入,到券门,由原拆之窦侧身以进。见石床下梓宫欹侧而立,金色外椁劈毁,椁盖置于西北隅,上覆片板,启视则孝钦玉体在焉。侧卧其中,左手搭于背上,发未散,上身附体之衣已去,面与身发酵,生白毛及寸。盖盗掘日期始于五月十七日,讫于五月二十四日,玉体暴露于梓宫外者四旬有馀,地宫潮湿,天气蒸热,以至成此状况也。即传妇差覆以黄绸,置未毁朱棺于石床,然后以黄缎褥紧束玉体,缓缓移转正面。面色灰白,两目深陷成黑洞,唇以下有残破痕。又覆以黄缎衾,并用荫公所藏前颁孝钦遗念衣二事殓焉。殓时同人敬谨临视,且助抬扶,棺盖未毁,即以漆封口覆之,颇完固。同随入视者,有接收东陵林垦委员、文化维持会会员及军官等九人。自始事至蒇事,约五小时,尚觉妥速也。归来,请陈诒重草致津书稿,又写家书二通,以备明日专差出发。夜来又雨,感怆不寝。

十一日（8月25日）　晴爽。午后，谒裕陵、定陵，菩祥峪、菩陀峪定东陵，裕妃园寝、定妃园寝。裕陵头道石门水已撤去三尺馀。菩陀峪陵梓宫漆口贴金已齐，将前拾龙袍及香册十叶，又于地宫内寻得香宝一方，均包以黄袱，安于册宝石墩之上，随掩石门。第二道石门门轴移动，微损，未掩，仅用石块将两门下角倚住，以防危险，遂饬匠填砌隧道，三二日可以毕工。定陵宝顶前正中掘起砖面，宽深各二尺馀，亦盗迹也，饬工补砌。菩祥峪陵宝城上金刚墙亦有掘毁痕，饬工并修之。

十二日（8月26日）　余与雪斋均患腹疾，未至裕陵督察工作。撤水已减至尺馀，榕生同三儿用板度到第四道石门，勘其水与外同。四道石门内，则一扇石门欹倒于地，金棺一，横置于其上，其中棺木纵横欹侧，凌乱不堪，因添夜工撤水。榕生及三儿均在明楼下值宿。

十三日（8月27日）　天大放晴，秋风萧瑟。午前至裕陵，遂循三道石门以登四道石门之上，看其地水已无多，而棺椁堆积，湿泥满地，非清理一次不能检拾遗骨。因饬督工者赶紧设法，睹此惨状，悲愤填胸。归来，阅查勘各陵寝残毁情形清单。王营长（占元）来言又将换防，旬馀以来，换防三次，其能尽保护缉捕之职责，不甚难耶？入夜清凉，月极清，久立院中，白露沾衣。三儿回，云地宫内有小泉涌出数处，姑用石灰填堵，未审终有济否？裕陵之事，可谓触手荆棘矣。

十四日（8月28日）　午前，诣裕陵地宫，水已减至四寸，同人等遂由第四道石门大略查看一周，遗骨多在泥中，且多散失，难于分别。所约来检验骨殖之人，亦苦无所施其技。合殓一棺之说，大众从同，余亦何敢立异耶？又查裕陵及菩陀峪陵第一道石门内，左右列有石墩，以陈列香册、香宝（刻木为之）。地宫以内，并无石墩、石案，更无所谓金凫玉碗、银海漆灯诸物，徒以宝城之名，遂误为藏宝之所，其实乃一无可欲者在，而亦遭赤眉、温韬之祸，何也？

十五日（8月29日）　晴。午前，榕生在裕陵地宫内检得金簪、金饰二事，交后山谨藏之，殓时再请入。本日督工，将第四道石门内所劈毁各棺木堆置一处。午后，于石床西边两棺板之间，发见后妃玉体一，幸未损伤脱失。即饬妇人差四人，置黄细木板于侧，陈缎褥于其上，徐由石床泥水中请起，安放于板，再以黄细护之，缎被覆之，暂安于石床西北隅。敬审其面貌，颏多皱纹，齿未全脱，似五六十岁人，而皮骨俱存，丝毫未腐，笑容圆相，有如古佛，诚异事也，为后为妃，未敢遽定。榕生于其旁检有绣凤明黄女朝靴一，用水濯之，颜色尚未霉败，玉匣珠襦，经久不朽有如此者，熟知百三十年后，乃为军匪毁伤暴露之，可哀已。薄暮，访文化维持会会员徐森玉、常维钧一谈，二君以在马兰镇城门左侧所影照谭温江本年七月七日告示一纸相惠。本日于地宫内拾得工兵营所用铁尖锄一，又有人将镇上张贴本年六月间军长孙魁元、七月七日旅长韩大保安民布告各一纸揭来，一并留存，以为证据。夜月清皎，天气极似深秋。

十六日(8月30日)　裕陵地宫第四道石门右一扇为盗者炸伤，仆于地，而置梓宫于其上。左一扇则上下之枢轴均毁，门后金棺倚之，极危险。午前，饬匠将右者平放于地，左者以大绳束之，而将所置之梓宫移于地宫西面，始稍足以回旋。幸将高宗元首及后妃颅骨全行觅得，其四体百骸，则十不存五。推原其故，由于匪军盗掘，争取葬物之时，以致遗骸毁伤脱落。其后继以本地土匪入内，践踏多次，又攫取泥中各物，承诸筐筥，出就河水滤之，故零碎骨殖遗失尤多，竟无从检拾矣。假使任守护者闻变迅即报闻，则为日不多，即有人前来收拾，当不至如此之奇惨，此守护者之大罪也。同人决定于未初刻先将昨所成殓者奉安，其金棺在居中梓宫之右。地宫空气太少，灯光时苦无光，执事人仍鱼贯以出。俟汽灯电灯，在外收拾多时，申正重行入内。居中梓宫已揩拭干净，同事诸人敬将帝后妃五位遗骨亲自奉持，安放妥贴，敛【殓】以衾褥数重。荫公更以蒙颁德宗遗念御用龙袍、龙褂奉献，敬覆其上，此实暂安办法，事竣已戌初矣。处变之时，不能求全责备，伤心惨目，所不待言。然较诸南宋诸陵，二三义士瘗骨荒山，冬青手植，艰苦卓绝，尚有难于此者，斯亦不幸中之幸也。晚饭后，同后斋、雪斋出大圈东门,至神路石桥,步月清谈甚久,胸中悒郁之气,为之少消。徐森玉、常维钧来,云于明早回京,托其带致家信。丑初始寝。

十七日(8月31日)　午前至裕陵地宫,看梓宫金棺上盖漆口贴金将次工毕,遂命洒扫石床,掩闭三道石门。地宫泉水仍复上出不止,欲筹补救之法,舍用土填塞无他途,赴津日当向行帷缕陈之。裕陵帝后妃奉安位次:高宗居中,孝贤后居左、孝仪后居右,其石床西面,则首淑嘉、次慧贤、次哲悯三皇贵妃。帝后梓宫表里均雕刻番字陀罗尼经,有内棺,有外椁。宝城内上方与四面之石,满刻梵文经咒,崇信释典,蔑以加兹。午后炎热,大雨如注,酉初始止。薄暮,同人至裕陵神路散步,看天台诸山,云气滃然,雷电隐约,濠门马伸桥一带,雨势不小,十九启行,路恐多阻矣。

十八日(9月1日)　午前,同泽、伒二公至马兰镇街真武庙,回拜委员会诸人及哈、齐二君。又访王营长(占元)久谈,接防者尚不知为何人,彼允如一时不调开,对于陵寝不法之人,必为设法惩办一二,以儆其馀,当面致谢之。午初,又同至守护大臣署第一看,所谓西府者也,各房门窗户壁残毁不堪。至其后圃,尚存松柏果木十馀株,徘徊久之,忆二十年前,奉派修东陵另案工程,曾谒春园贝勒于署内西斋,尚略记其途径,今昔之感,难去诸怀。和伟庭云,此署在今年五月间,与各陵殿宇树木同时被毁,如现任守护者常住于此,情形自当不同。晚饭后,见各陵官员新组成联庄会代表五人,于制止三五匪人不法行为极易为力。因大为奖励之,允将其所具呈文代陈行幄。天仍浓阴。

十九日(9月2日)　寅初即起,收检行装。卯初大雨如注,辰初少止,即由行馆出发。行未数里,雨势又来,沿路泥泞甚深,车陷于淖者不知凡几。每一车陷,即十数御者、十数兵士或推或挽,久之始能出险,然费时已多矣。直至下午六时,始抵石门镇,距行馆仅二十里,若自昭西陵算起,才八里耳。雨时止时作,仆御疲乏不堪。石门各店尽为驻军所毁，不得已于古庙宿焉。庙祀碧霞元君，壁有乾隆时瑶华、卓斋题壁诗，屋宇尚堪栖止。入夜雨犹未已，积阴较寒。

二十日（9月3日） 午前后小雨时作时止，晡时始见夕阳一片，返照群峰，紫翠万状。龙门口水声澎湃，同人在庙后石墩之上瞻听久之。遣人探石门西淋河水深不能通车，只好静候一二日再行。晚间，同人挑灯联句，得诗三首，聊以遣闷云尔。

二十一日（9月4日） 午前，复派御者探视河水深浅，水势较昨减落，明旦可以行车。午后风起，天气大晴。叔源贝勒策蹇来石门相会，云自十七日在三河阻雨，十八日乘骡车在段家岭陡遇大雨雹，山洪暴发，几被冲失，车不能行，遂改策蹇驴而前，直至今晨始抵陵地，此行良不易也。坐谈片刻，匆匆即行，谓拟于今晚宿蓟县，未审能达到否。早间，步至镇东将军庙一览，庙祀汉末公孙瓒，瓒在此地击贼捍卫地方有功，非淫祀也。晡时，独步龙门口观水，又次韵瑶华、卓斋题壁诗二首，纪实而已，未可言诗。

二十二日（9月5日） 清早行，汽车渡河非常吃力，沿途泥泞极深，中间舍车而徒[步]者数次。同人遂步行至马伸桥，止于饭肆，候车，直至酉初车始到齐。一日工夫仅行得二十馀里，不仅蜀道之难也。闻马伸桥以西路尤坑坎，只好宿此以俟来朝，所幸天已大晴，不致如十九日雨中之苦耳。

二十三日（9月6日） 早发马伸桥，一出西门，未有一车不陷入泥淖中者，六小时只行有五里路，岂非奇事。酉初，抵蓟县东关，彼处驻军阻止，不得入城，交涉多时，未得要领。天色将暝，即于东关外高家店宿焉。

二十四日（9月7日） 早穿蓟县城，车夫将肆中所存汽油悉数购尽。未正始至三河县，仍饭于小店之内。申初行，路途虽多泥泞，然较之三河以东略好。沿路遇给养大车及运输马队络绎不绝，加以汽车机器损坏，不能行者数辆，耗费时间极多。至夏店，天已昏黑，各车之汽油灯多震伤无光，以汽车行黑道，又遇坎轲【坷】路途，大有盲人瞎马夜半深池之概【慨】。夜卧于客店土炕之上,潮湿薰蒸,不能成寐。三更后浓阴,雷雨一阵。

二十五日(9月8日) 早行,渡潮白河,河水盛涨,浮桥已撤,以船济人,汽车过河,亦由船载,甚为费手。午正抵通县城内,在酒馆午餐。未正行,通县以西马路四十里极不平坦,徒有马路之名耳。申初抵家,再整行装,预备明日赴津。

附录二：东陵于役日记[①]

徐 埴

戊辰六月二十二日（1928 年 8 月 7 日） 谒耆寿民少保（龄）于马大人胡同私第。少保于数日前奉召赴津，因东陵被盗蹂躏，尤以裕陵、定东陵受祸最重，派少保同宝瑞臣宫保（熙）、陈诒重侍郎（毅）赴陵查勘，又添派镇国公载泽、固山贝子溥伒赴陵告祭，又镇国将军溥侗、辅国公恒煦自请随同行礼，臣埴亦经耆少保奏派随往，同派者联堃（此人闻系钦派者）、志林、裕宽、和钧、和琦、福隆阿、恩勋、玉振。（裕宽、玉振系留京办事。）

二十三日（8 月 8 日） 筹备赴陵衣物盘费。午间谒耆少保，筹商赴陵各事。

二十四日（8 月 9 日） 早，陈礼臣（文会）来谈，礼臣，簠庵先生曾孙也。往谒耆少保，值陈侍郎亦在座。

二十五日（8 月 10 日） 早，礼臣来谈，交来渠家藏拓片及东坡雪浪斋玉印、田黄石章等物。午后，谒泽公、宝瑞老、陈诒老，宝、陈两公皆未见，泽公处谈十馀分钟。

二十六日（8 月 11 日） 谒宝宫保，值周养庵（肇祥）在坐，未久谈，即赴西城访冯公度（恕）。午后，到泽公府。

二十七日（8 月 12 日） 耆少保来电，招赴宅中，陈诒老亦在坐

---

① 原名《徐榕生东陵于役日记》，作为《戊辰东陵案文献》第三种，刊于《中和月刊》1941 年第 2 卷第 9 期。

【座】。午后,到泽公府会议。是日派联君堃(号厚山,内务府人,广东韶州知府)为总办,埴同宗室志君林(号叔壬,瑞臣宫保之子也)派充帮办。又随同缮办事件三人,裕宽、福隆阿、恩勋。又随同差遣三人,和钧、和琳、和琦,三人皆东陵内务府旗人,黄姓兄弟也,住京东遵化马兰峪裕大圈。和钧号仲平,和琳号子英,和琦号伟庭,皆与潘赫亭旅长(学渊)熟识。潘住石门镇,亦赴陵必经之路也。

二十八日(8月13日) 早,瀛贝勒来谈许久。八钟,偕志叔壬往警备司令部,为接洽护送军队事,见交际处总务股股长钟君班侯,允于晚间函复。午后到泽公府,五堂皆到。本日和钧改派帮同联堃办理一切事务。是日发给旅费,辞不获已。

二十九日(8月14日) 午后,到泽公府。又到第三集团军第五师第九团第三营九连访曹排长养谦,曹系派赴东陵护送者。下午,找检验员俞源,陈侍郎之弟所荐也。送给俞源等二人洋二百元,旅费也。

七月初一日(8月15日) 午后,到泽公府。下午五钟,曹排长养谦来,当偕志叔壬面交曹洋一百伍十元,系预付自赴陵之日起十日给养,每日十五元,以后由联厚山每五日一发。

初二日(8月16日) 早,谒耆少保,谈俞源事。今日定准初四日启行赴东陵,汽车及厨役工匠等已由联厚山雇妥。出城置办行李食物等。

初三日(8月17日) 午后,到泽公府,到者瀛贝勒、润贝勒、侨贝子、钊公、耆少保、宝宫保、陈侍郎、朱艾卿师傅(益藩)、衡亮生都统(永)。晚沐浴,明早皆在骑河楼第二工厂会齐同行,因奉命严催速行也。

初四日(8月18日) 寅正起,车来,即赴骑河楼宗人府第二工厂。陈诒老住工厂,已起身,各堂及同人陆续咸集。七钟东发,至朝阳门停车检验护照。八钟一刻至通州,进西门,出北门,又停车检验后行。渡二桥,一俗谓裹河,乃京北沙河下游及京城附近之水,《水经注》所谓温馀水也。一为潮白二河合流，俗谓外河也。又渡箭簳河，亦有浮桥，水亦未涨，道路尚平。两钟至三河县，饭于小肆。申末复行，渡泃河，有桥，过段家岭，欲宿无店。又行二十里，至邦郡镇，各店亦为军队所据，托商会觅宿处，在街市往返数次，始得一小饭铺，屋宇湫隘，仅敷各堂下榻。埴宿于汽车中，虽蜷伏通宵，较卧于豕牢鸡埘之旁清洁远矣。沿途军队络绎不绝，邦郡尤众，皆四集团兵，滦州战线后防也。

初五日(8月19日) 早七钟，启行。辰过蓟州，巳抵马伸桥，军队亦多。午间，埴所乘车轴损折。修毕，行未数里，联厚山之车轮又坏。涉淋河，又名梨河，至石门遇雨，道极难行。午后过昭西陵，入圈墙界，界内旧有乔松巨柏百万馀株，参天蔽日，今则戕伐已尽，彼黍离离，拱把之木亦无之矣。大碑楼破坏尤甚，石象生亦均残毁。三钟，至裕陵大圈，主内务府和钧家，即同派帮办者也。饭后，随泽公，伒贝子，耆、宝、陈三大臣先谒裕陵，察看被盗情形极重，乃自琉璃影壁前穴地而下，宽约丈馀，深至二丈馀。闻和仲平云：贼乃自此缒下，蛇行而入，贼去后月馀，所司者闻泽公将来，始以砖石乱抛填塞，覆以巨石，地宫内之水，多系雨水，由此穴灌入者。又谒菩陀峪定东陵，乃自宝城券前穴地而下，地面情形与裕陵相仿，两陵飨殿破坏不堪，门窗及金属之物皆被窃去，而髹漆如新，曾几何时，而残毁至此，令人不禁恸哭也。和仲平又出孝钦显皇后葬服黄龙袍一件，乃贼遗弃为村民拾得，和仲平以洋八元买回者，袍上凡龙目及佛字上本皆有珠，已被拆去，察其线痕，珠不甚大，亦不多。又有香册一页，上有今上御名。又由和君交出黄木匣一，内贮骨凡四，一系肋骨，一系膝骨，二系趾骨，云系在裕陵穴内拾得者，各堂当即敬谨保存。本日下午雨甚大，是日添派和琨、和珣随同办事，二人亦和钧之弟也。

初六日(8月20日) 晴。午，随泽公、各堂谒孝陵、孝东陵、景陵、景妃园寝、双妃园寝，残毁情形大致相同，孝陵、景陵、双妃园寝均完好未动，所司者尚得力也。孝东陵宝城亦无掘痕，惟陵前端顺妃、恭敬妃二穴有发掘痕迹。据守护人云,事在裕陵被盗之前,幸均未掘透,即觉察而罢。景妃园寝、温僖妃穴前石阶亦有移动之迹,据云亦在盗前被掘,因遇水未入,各堂议定先开视裕陵掘处。晚,与工头李姓言定明日兴工。

初七日(8月21日) 晨微雨,极凉。黎明即到裕陵隆恩门,候匠人到齐,点名后每人发给白布符号一枚,以便稽查。监视开挖裕陵隧道,由泥土中检出破碎衣物甚多。又检得脊骨一段,胸前骨一段,色皆黑。又拾得清文香册一页,交泽公、佺贝子阅看,乃菩陀峪定东陵之物,不知何以在此,想是贼人由定东陵携来遗弃者,其扰攘纷乱可知。佺贝子、耆少保之随从行李,因车坏与众相失,行至苇子峪外霸王庄,为人劫去,各人皆彷徨无计。同事某君遣人往索,傍晚居然索回,不失一物,某君之能力亦可见矣。在裕陵明楼下,支搭人字式席棚,高不及五尺,埴自此始,每日宿直其中。夜尚不寒,而蚊蚋扰人,不胜其苦。忆瓯北诗云:"一蚊已扰通宵睡,宵小由来不在多。"况纷至沓来耶?

初八日(8月22日) 早晴,仍在裕陵监工。午间隧道已通,埴偕志叔壬至石门察看,见门内水深四尺馀,即向各堂报告。是日各堂谒昭西陵、惠陵、惠妃园寝,归后即来隧道内勘视,均梯而下。埴用笸箩浮水上乘之而入,笸箩虽不沈,惜其漏水,埴衣裤皆湿。至二道石门,因门未大启,笸箩不能入,望见门内水面浮烂木及各物甚多。遥望三层门亦各启一缝,内则看不清楚矣。其中阴寒彻骨,埴下身浸水中,不禁寒栗。晚雨甚大,各堂集议撤水之法,迄无善策,拟借大库撤水机器一试。原定俟裕陵事毕再开定东陵隧道,现以裕陵有水,恐误时日,改为两陵一并动工,遂议定拆开菩陀峪定东陵隧道,倘或无水,可以先殓。是日闻各陵残毁情形以昭西陵为最甚,惠陵次之,幸宝城均完好,惠妃园寝乃春间被盗后新砌者,亦幸无恙。各陵残毁,土人皆取金木之属,不似匪兵发掘裕陵、定东陵之酷也。调查各陵残毁,另有清单附后,兹不具录。是夜改在菩陀峪明楼下宿直。

初九日(8月23日)　夜,时雨时止。晨,撤水机取到,试之尚能用。是早奉堂谕,令恩君勋、和君琳监视裕陵撤水,埴偕志叔壬监视定东陵拆工,并轮流常到裕陵察看。夜半,定东陵隧道拆通。前闻定东陵内匪兵因争抢宝物,自相残杀,曾死两兵官,尸尚在内。埴于夜半隧道拆通,因急欲知地宫内真象,不及候天明,一手持灯,孤身由匪兵所拆之穴匍匐蛇行而入,见梓宫欹于石床之前,一端在床上,一端在床下,外椁已劈毁,孝钦显皇后玉体在仰置之椁盖中,上有破坏椁板覆之,因各堂未来,不敢擅动。在地宫内察看一周,见无水,亦无死兵,或曰当时已由匪兵曳出埋之野外矣。是日裕陵撤水,竭一日力,已减尺馀。午间,在地宫内拾得绣花鞋一双,上有缀珠之线,珠已拆去。是夜仍在菩陀峪定东陵明楼下宿直。

初十日(8月24日)　早晴,向各堂报告菩陀峪地宫内情形。午,随各堂到菩陀峪地宫隧道,埴与叔壬先下,为之导引,仍由券门下盗发之穴匍匐以进,先至西北隅仰置之椁盖前,启上覆破坏椁板,则孝钦显皇后玉体偃伏于内,左手反搭于背上,头发散乱,上身无衣,下身有袴有袜,一足袜已将脱,遍身已发霉,均生白毛,盖盗发之日为五月十七日,盗去为五月二十四日,至今已暴露于梓宫外者四十馀日,可惨也。即传妇人差八人,覆以黄绸,移未毁朱棺安于石床,然后以黄缎被褥裹之,缓缓转正。面上白毛已满,两目深陷,成两黑洞,唇下似有破残之痕。又覆以黄缎衾,藉以黄缎褥,殓于原旧朱棺之内,并用泽公所藏前颁遗念衣二件覆于衾上。又在棺内外检得当日殉敛【殓】已落之牙、剪下之指甲,用黄绸包好,放于衾外,所拾珍珠十四粒,锤碎藏之金棺之侧。当殓时,各堂皆敬谨监视,同人亦助抬扶,掩棺后饬匠用漆封口完固,以金贴之,自始事至蒇事,不及四小时。随入参观者,哈鲁衡、谭肖岩、罗葳、王占元(晋军营长,山西人)、杜孝穆、齐尚贤、徐鸿宝、常维钧、吴某,皆国民政府及文化会派来调查之人也。先是泽公及各堂在天津奉谕,此次如拾得珠宝,即当众锤碎,仍置地宫内,不必携回天津等语。本日拾得之珠,奉堂谕暂交联厚山保存,有拟以伪珠易之者,为厚山所拒,彼衔之刺骨,遂造为侵吞工款之谣,可见认真任事之难矣。是日裕陵之水撤出甚多,馀者仅在二尺之上。仍在菩陀峪宿直。

十一日(8月25日) 晴。在菩陀峪监工,各堂往谒裕陵、定陵、普祥峪定东陵、裕妃园寝、定妃园寝,又来菩陀峪定东陵地宫察视梓宫封口贴金及扫除等工。又将前买回之龙袍及香册十页、香宝一方,均用黄袱包好,安于册宝石案之上。随即撤退工匠,掩闭头层石门,第二层石门门轴有损坏不稳情形,故未掩闭。饬匠填塞隧道,又由地宫扫出之香末内检出珍珠二粒,奉堂谕锤碎,当眼同和钧及裕陵郎中博尔庄武锤碎,置之隧道石门之外(因石门已封闭故也)。饬匠修砌普祥峪定东陵明楼内北砖墙有凿毁之痕、宝城上金刚墙南北亦有掘毁之处,并饬匠修补裕妃、定妃两园寝残破之处。是日裕陵所馀之水约深二尺,因菩陀峪石门已闭,仍回裕陵明楼下宿直。

十二日(8月26日) 晴。晨,同叔壬在裕陵监工,于石门外拾得踵骨一,呈堂敬谨保存。午后,耆、陈两堂同来查勘,水已退至尺馀。埴同叔壬用凳支板,度至四层石门,门左扉倾欹,右扉已被炸药轰碎倒地,一棺欹置于上,门槛西段亦碎,门内之水与门外同,门内棺椁破碎颠倒,衾褴散乱堆积,骸骨遍地皆是,混杂于泥水中,不知谁为帝、谁为后、谁为妃也。惨无人道之状,目不忍睹,笔难详述,真堪恸哭。裕陵地宫内山向与外间明楼隆恩殿山向不同,盖内渐转偏向西也。泽公亦来,各堂步行,循神路至大碑楼,视察一周,埴亦随往。是日叔壬亦来明楼下宿直。

十三日(8月27日) 晴。裕陵之水渐净,尚馀水七八寸。埴同叔壬涉水而入,至四层石门,见门内外有泉数处,汩汩自石缝中出,他处无之,忖测当是石门被炸倒地,震动石缝故然。饬匠以桐油离麻,以石灰捶之,如舱船之法塞之,恐仍难断流也。在明楼下宿直。

十四日(8月28日) 晴。地宫内水已撤净,泉亦断流,堵塞之力也。泽公、佊贝子、宝宫保均来查勘。午后,耆少保力疾亦至,各堂察看后，共议移棺之法，久之始返行馆。傍晚，泽公招埴及厚山、叔壬、仲平至行馆，指示明日从事清理各事。是日闻遵化一带已见溃兵，大工未毕，为之焦灼。是夜仍在明楼下宿直。

十五日(8月29日)　晴。监视扫除地宫，于泥水破碎衾襚之中，共检得颅骨四(内有一具已破碎)，肢骨、肋骨多件，手足指骨则大半无之矣。当匪军盗掘之时，攘取殉物，毁伤遗骸。盗去后，又继以本地土匪，入内翻动践踏，攫取劫馀珠宝，用麻袋将泥土及杂物装至河边，以水淘之，大约零碎小骨，被其弃置水滨矣。月馀之久，守护者竟不报告，直至遵化县蒋知事函告衡亮生都统(永)详述此变，京城诸懿亲始报告天津行在，辗转旬馀，始派人来，设使早日报告，受祸何至如此之重，守护者之罪不容诛矣。拾得金饰两件，交厚山保存，后置之棺中，将能用之朱棺三具，安于正面石床之上，以备殓用。忽于地宫西南隅两棺之间衾襚之下，觅得后妃玉体一，身着宁绸云龙袍，已一百四五十年之久，面目如生，并有笑容，年约五十岁，耳环尚在，一足着绣凤黄缎朝靴，又于侧近拾得一靴一袜，以水濯之，靴之花纹与着于足者同(袜亦有花)，不知是后是妃也。(宝瑞臣宫保回京后，有考据一段，附记于此。谨案，胜水峪裕陵宝城内后妃祔葬者五，孝贤皇后崩年仅三十七，哲悯皇贵妃薨在雍正十三年，淑嘉、慧贤二皇贵妃薨逝之年虽失考，而慧贤皇贵妃薨在孝贤皇后之前，淑嘉皇贵妃则于乾隆二十二年已经祔葬裕陵，三皇贵妃之薨逝，皆在盛年可知。孝仪皇后初封令贵妃，乾隆二十五年诞育仁宗睿皇帝，四十年正月薨，年四十九，谥曰令懿，祔葬裕陵，六十年授受礼成，命册赠孝仪皇后，则裕陵内玉体未损，貌若五六十岁人者，为孝仪纯皇后无疑。归检东陵志书及《清史稿》，敬记如右。宝熙记。)当即飞报各堂，宝宫保闻信即来，并带妇人差四人，拟令移出，因两棺狭迫，两足夹于两棺缝中，妇人差抬移不动，并令埴帮同抬扶，移至西北隅暂停，预备明日入殓。有郝君省吾者，于数日前曾经和伟庭介绍来陵参观，今日又来。又有国民政府委员刘君人瑞等及晋军营长、文化委员会徐君鸿宝等十许人,皆来参观,由埴招待。少选各堂皆至,敬谨监视,并察看清理情形,商定帝后同棺,仍用原棺,其已毁者移置两边空处,石门之被炸将倾者,亦须放平。裕陵系高宗纯皇帝及孝贤纯皇后富察氏、孝仪纯皇后魏佳氏、哲悯皇贵妃富察氏、慧贤皇贵妃高佳氏、淑嘉皇贵妃金佳氏,计金棺六具(椁),皆满贴金。梓宫四具(棺),皆朱红雕漆细卍字地阴文径寸梵字及牡丹花,其二皆无外椁者,当是皇贵妃所用。被匪兵将椁劈碎者五具,其一欹置于破碎石门之上。其一为石门左扉所压,因椁之漆甚坚,仅去椁盖之半,棺盖则斫一大洞,棺内之物及骨,皆自此取出。于此棺内检出颅骨一,此骨决是高宗纯皇帝之骨,因前检得之骨,存在之齿尚多,此则仅存一齿,可为高年之证,且生齿之孔,此为三十六,他骨则二十八或三十二也,此颅骨较他骨为大。又同在此棺内检出胫骨一,亦较他胫骨为长,更可证为男骨无疑。朱红雕漆之棺虽与他棺同,而梵字系阳文,亦与他棺阴文梵字者不同。前觅得颅骨四,又有整身玉体一躯,今又得此颅骨,则帝后妃颅骨无缺矣。淑嘉皇贵妃金佳氏乃皇十一子成哲亲王生母,将军溥侗成哲亲王元孙也。是日在地宫内拾得工兵所用之铁尖镢一具,王营长(占元)云确系军用之物也。在明楼下宿直。

十六日(8月30日) 晴热。监视扫除地宫,揩拭梓宫,预备入殓。午后各堂来,敬请入殓。正中奉安帝后妃五位同一棺,中为高宗纯皇帝,左右稍次为后妃四位,左右各二,最右者颅骨已破损,由泽公、伒贝子、各堂亲手奉安,用新制之黄龙缎衾三重,褥五重,衾上覆龙袍、衮服各一,则泽公府所存德宗景皇帝所颁遗念也。稍西一棺,由妇人差移殓昨日暂安西北隅之整身玉体。稍东一棺,则将劫馀之衾褴等物贮于其中,因皆血肉之馀也。殓毕盖棺后,各堂退出,埴与叔壬连夜督工封口,及放平残毁之石门,堆放破碎板片,并预备明日掩闭石门封塞隧道各工料。是夜仍在明楼下宿直。

十七日(8月31日) 阴。晨,监视梓宫贴金并扫除洗涤各事。午刻各堂来,则贴金工毕。未刻,撤地宫内各匠役,掩闭头、二、三三层石门，填塞隧道。各堂之意，因地宫内泉水虽经堵塞，终非久计，尚有拟于四层石门内填以黄土之议，须俟向行在请示再行定议。故将尺寸附记于此，以备采择：四层石门内东西长四丈，南北长二丈四尺，石床下东西长一丈八尺，南北长一丈一尺，石床高一尺四寸，梓宫高五尺，皆用工部营造尺也。午后雷电交作，大雨如注，继之以风，薄暮方止。泽公定明日行告祭礼，后日启身回京。此次东陵被盗情形，以裕陵为最惨，而办理善后，困难已极，既迫于势力，又促于时期，尤窘于财力，不得不一切从简。处变之际，固难求全，所最忍痛不安者，骸骨错乱，且多遗失，若武断强分，倘致错杂凌乱，则罪戾滋甚。各堂议论纷纭，迄无两全之策，讨论数日，始决定同棺，亦行权达变不得已之苦衷也。是日裕陵石门已闭，隧道已填将平，回行馆宿。

十八日(9 月 1 日) 晨，微雨。泽公来裕陵告祭，佡贝子分赴普陀峪定东陵告祭。午后，各堂复诣隧道前验工，填砌已毕，工尚坚实，计裕陵一处已用石灰八千馀斤。夜雨止，检点行装，预备明日回京。

十九日(9 月 2 日) 破晓，冒雨行，山径确荦，行潦泥泞，车颇颠顿，引路者误入沮洳，大雨又至，汽车屡陷于淖中不得出，极跋涉之苦。二十里至石门，天已曛暮，车殆马烦，仆从兵士衣履尽湿，且一日未得一饭，饥寒交迫，投天后宫破寺中宿焉。东壁有乾隆辛巳瑶华主人题壁诗曰："初地重来兴倍赊，琳宫时复焕烟霞。陪游此日春风里，胜境由来羽士家。"西壁有卓斋乾隆己卯题壁诗曰："祇园缔构见深心，碧甃琉璃地铺金。此日陪游访初地，千年香火耀珠林。"瑶华主人名弘旿，工诗善画，卓斋则不知为谁也。诗虽少年之作，而三百里中文字之迹仅此两诗，亦难能可贵也。雨仍不已，往访潘赫亭，未能久谈，赫亭命其子乃桐来照料，并馈食物，可感也。

二十日(9 月 3 日) 晨雨，午后止。各堂商量行止，议论不一。派人探路，淋河水未退，车不能过，仍宿石门。晚晴，夕阳在山，紫翠万状。佡贝子云，此画家赭石山也。远闻龙门口奔流澎湃，如蜀江滩声，同侗将军、恒公、志叔壬至龙门口看水，得诗一首："暮宿石门镇，微风生晚凉。有秋平野静,初霁远山苍。壮志随流水,闲愁付夕阳。龙门呜咽水,也似哭先皇。”

二十一日(9月4日) 晴。晨,西北风起,甚有秋意。探归,淋河水仍未退。午间,同瑞臣宫保、厚斋将军、纪彭上公至村东石将军庙一游,闻汉末公孙瓒击贼有功于此,故土人祀之。及读其碑,所祀乃孟溢非公孙瓒,又因山上有巨石如人,即所谓石将军,则土人附会之辞,不足信也。午后涛贝勒来,与各堂谈时许,仍乘驴回蓟州。是日仍宿石门。

二十二日(9月5日) 晴。晨发石门,渡淋河后,道路泥泞难行,尽日始行廿馀里,宿马伸桥,和琦托保卫团总刘君觅一已关闭之饭铺宿焉。下午五钟,同雪斋贝子、瑞臣宫保步往村东,访吴柳堂先生(可读)墓,一抔之土,巍然尚存,而碑碣仆矣,为之怃然。夜,与泽、侨、耆、宝、陈、佣诸公联句。

二十三日(9月6日) 晴。晨发马伸桥,出村不远,即陷于淖中,穷半日之力,行十馀里。泽公、侨贝子、侗将军、恒公步行至保卫团总刘君家,刘留诸公午餐。埴同耆、宝、陈三堂,联厚山,志叔壬诸人皆未得早饭,觅一人引路,始得与泽、侨、侗诸公相遇。午后,舍大路而行小路,尚平坦,车行亦速。四钟抵蓟州东门,为守门军士所拒,不得已宿于东门外高家店,自辰至戌始获一饱。傍晚,曹排长由某处觅得驻蓟州之某团长,始云前接卫戍司令部属其照料之电,请宿于城中,忘记传知部下,致有此阻滞云云。

二十四日(9月7日) 晨发蓟州,进东门,和氏昆仲之车损坏,又买汽油,耽误许久,始出南门。绕道至淀流村,见军队宿营甚众,戒备极严,去前敌不远矣。沿途晋军炮兵、步兵甚多,皆东行。午后,尖于三河西门内小饭肆中,仍来时饭处也。饭后又行,半途行李车轴折损,料理并车,费时甚久,日已向暮。又遇白军炮、步、辎等队,停车让路。夜深始到夏店逆旅,草草休止。夜半大雷雨,幸为时不久。

一【二】十五日(9月8日) 微雨。早发夏店,和君仲平自请引导。至燕郊之西，失道困于泥，伒贝子之车陷于坎中，因开机过猛，致机损不能出，凡事之自恃其能者往往如是，耽阁许久，伒贝子与泽公并车始行。至箭簳河渡口，前有浮桥，水涨后撤去，埴偕叔壬指挥汽车上船。渡毕又行，车行极速，至通州东之小潞邑村，厚山车坏，泽公、伒贝子、宝宫保及埴之车皆阻于狭路，修理不易，推置道傍，后车始克前进，厚山与埴并车。入通州城，则耆少保、陈大臣诸公在牛街小饭肆中。午饭后西进，石道上泥滑难行，颠顿极苦，厚山既劳又病，几不能支。抵朝阳门，停车验照，到家已午后矣。东行时共汽车十五辆，去时已损其一，归途又损其六，仅馀八车矣。

二十六日(9月9日) 早晴。堂派埴同福隆阿早车赴津递折，兼定旅馆。午间到津，定住息游别墅，并递折。晚车泽公，伒贝子，耆、宝、陈三大臣，侗将军、恒公及联厚山，志叔壬，和仲平到津，埴亦随同各堂诣张园，上病未见，回息游别墅宿焉。

二十七日(9月10日) 晨起，随各堂诣张园。少顷，召见各堂，同见者甚多，由泽公详述东陵情形毕，又交议处分守护大臣毓彭、筹画善后各事，先是毓彭同堂郎中麟祥、裕陵郎中兼署定陵郎中博尔庄武、总管恩华夥卖各陵祭器，遂有效尤而卖树者，致生此变，故上以毓彭为罪魁也。傍晚，各堂又至张园行礼，闻是日大祭，有祭文，为胡晴初阁丞(嗣瑗)所撰，祭后撤几筵矣。

二十八日(9月11日) 晴。辰正，随各堂诣张园，有谕派议毓彭之罪及东西两陵善后办法，派出者涛贝勒、泽公、瀛贝勒、润贝勒、伒贝子、陈太傅、朱师傅、耆寿老、宝瑞老、胡晴初、景鸣九南斋(方昶)。是日手谕议究毓彭盗卖金银器皿及软片事，又谕奖五大臣各匾额一方、皮衣一件，并赏埴与联堃、志林各福寿字一幅、银币二百元，和钧着开复处分，其馀在事员司给奖有差，又赏在张园午饭。饭后，各堂同召见，奏对时许，埴及叔壬、仲平亦蒙召见，蒙圣恩优渥，奖励备至，并蒙面奖臣埴有“疾风知劲草，乱世识忠臣”之谕。臣埴世受国恩，涓埃未报，稍有微劳，仍蒙温谕优奖，感激涕零矣。退后归寓，少保交下胡晴老交来六千元,即再请续发之款,并前款共用一万六千元。联厚山因病先一日回京,故未同召见也。宿息游别墅。晚,赴下宅见四妹,又往访徐少笙(世纲)、张松壑(愿)、孙保滋(振家)各戚友,因久别未能一见也。明日早车回京,故早眠。

二十九日(9月12日) 晨起,收拾行李,至车站,巳刻开行,到北京已午后矣。

查勘东陵残毁情形单

昭西陵

小碑亭内天花板全失。神厨库全行拆毁,仅存围墙。东朝房拆毁,间架仅存。东班房、西班房门窗残缺。隆恩门匾额尚存,字已毁,门存五扇,门钉全失,里檐坍塌。隆恩殿隔扇、槛、窗棂拆毁无存,殿内抱柱全行砍坏,柱脚周围仅剩五寸有馀,情形最重,天花板、天窗尚存,神龛、佛楼全失。东西配殿残毁情形大致相同,东西琉璃角门槛框全无。宝城明楼上地面甬路方砖全行挖起,门扇槛框全失。宝顶上自生树株全被砍伐,仅存榆树一株,并因搜挖树根,将原筑灰土刨裂,致三两处有松浮情形。

孝陵

大红门门顶全被拆毁。具服殿全毁,仅存围墙。石象生间有残毁。龙凤门门顶全毁。大碑亭只有上顶,四围栊云天花板均拆毁无存,外檐周围瓦片全行脱落,情形较重。小碑亭周围栊云均失,天花板失去两块。神厨库门窗拆毁,间架仅存。东西朝房门窗、枋檩均失。东西班房木架无存,墙坍塌。隆恩门匾额失,内外天花板、门扇、槛框全失。隆恩殿隔扇、槛框、窗棂全失,石柱间有残毁,神龛佛楼全失。东西配殿门窗、槛框全失,枋檩间有失落,琉璃门槛框全失。石台五供倒地未坏,瓶花已碎。宝城明楼门扇、隔扇、槛框全失。宝顶上自生树株全伐。

孝东陵

隆恩门匾额、门扇、天花板全失。隆恩殿神龛、门窗、隔扇、天花板全失。东西配殿门窗、槛框、天花板全失。石台五供有损坏。铜缸存，已毁。宝城明楼门扇、隔扇全失。

景陵

石象生有损伤。小碑亭周围柁云全失，天花板失去三块。神厨库门窗全失，枋檩柱有失落。东西朝房门窗、槛框、枋檩均失。东西班房木架全失，墙塌。隆恩门匾额失，门扇存，铜铁活已失，枋子、天花板全失。隆恩殿石栏有毁，隔扇、槛框、窗棂、天花板全失，神龛全失，佛楼隔扇失四件，琉璃门槛框全失。铜缸存一。二柱坊西石柱倒断。石台五供有损坏。宝城明楼门扇、隔扇、天花板全失，枋子不全。

景陵妃园寝

东西班房木架全失，墙坍。宫门门扇、枋檩全失。飨殿神龛、门窗、槛框、天花板全失，琉璃门门框全失。

悫惠皇贵妃、惇怡皇贵妃园寝

东西朝房门窗、槛框全失。西班房木架均无，墙坍。宫门门存，铜钉全失，内外天花板全失。飨殿神龛、暖阁、门窗、槛框全失，琉璃门槛框全失。宝城明楼门扇、隔扇、天花板全失。

裕陵

石像生间有残毁。小碑亭外檐瓦片脱落。神厨库门窗、槛框全失。东西朝房门窗、槛框全失。西班房门窗全失。隆恩门匾额存，铜字失，门扇失去四扇，尚存二扇，已坏。隆恩殿隔扇、槛框、窗棂全失，石栏毁坏极多，神龛、佛楼全失。东西配殿隔扇、槛框、窗棂全失，琉璃门槛框全失。石台五供存，瓶花炉云残毁。宝城明楼门扇、隔扇、槛框全失，地面金砖翻起四块，琉璃影壁前掘有一穴，砖石填满。

裕陵妃园寝

东朝房门窗、槛框全失。西班房门窗、槛框全失。宫门门存，铜钉全失。

定陵

小碑亭枪云失去一层,天花板失去十一块,外檐瓦片脱落。神厨库门窗、槛框全失。东西朝房门窗、槛框全失。东西班房门窗损失不全。隆恩门匾额无存,门存五扇,铜钉全失。隆恩殿隔扇、槛框、窗棂全失,神龛、佛楼全失,天窗存,天花板失。东西配殿门窗、槛框全失,琉璃门槛框全失。玉带河两岸砌石全行推翻河内。宝城明楼门扇、隔扇、天花板全失,后檐阶下有掘痕一处,深不及尺,宽约二尺,已饬匠修砌。宝顶前正中有掘痕一处,宽深约二尺馀,情形不重,已饬匠修砌。

普祥峪定东陵

神厨库门窗槛框全失。东西朝房门窗槛框全失。东西班房门窗不全。隆恩门门扇全失。隆恩殿隔扇、槛框、窗棂、天花板、天窗全失,神龛、佛楼全失。东西配殿隔扇、槛框全失,琉璃门槛框全失。宝城明楼门扇、隔扇全失,门内后墙凿毁砖块三处,情形不重,惟上面有震裂痕迹,城上金刚墙内亦有被挖痕迹,已饬匠修补。宝顶前正中有掘痕一处,宽深不及二尺,已饬匠修补。

菩陀峪定东陵

神厨库门窗槛框全失。东西朝房门窗槛框全失。东班房门窗全失。隆恩门门扇全失,门框砍去一半。隆恩殿隔扇、槛框、窗棂、天花板、天窗全失,神龛、佛楼全失。东西配殿隔扇、槛框全失,琉璃门槛框全失。宝城明楼门扇、隔扇全失,槛框存,门内墙下掘有一穴,砖石填满,城上地面金砖全被翻动。

定陵妃园寝

东朝房门窗、槛框全失。宫门门扇、槛框全失。飨殿神龛、隔扇、槛框、窗棂全失,琉璃门槛框全失。

惠陵

小碑亭天花板均失。神厨库屋宇全毁,仅存围墙。东西朝房门窗槛框全失,间有坍毁,仅存竖柱之处。东朝房竖柱并有砍坏情形。

东西班房拆毁无存。隆恩门门扇、槛框、天花板全失。隆恩殿隔扇、槛框、窗棂全失，地面金砖及后檐砖均被挖损，神龛、佛楼全失。东西配殿隔扇、槛框全失，琉璃门槛框全失。宝城明楼门扇、隔扇、槛框全失。城上地面砖石全被翻起，情形较重。

惠陵妃园寝

东西朝房、东西班房全毁。宫门门扇、槛框全失。飨殿神龛、门窗、槛框全失，琉璃门槛框全失。

各陵隆恩殿前陈列铜炉、鹤鹿全失。

附录三:东陵道[①]

陈　毅

是役耆龄、宝熙皆有日记,毅不欲为屋下之屋也。归途追述作为此诗,得百十一韵。

驱车出东陵,连轸赴碑兀。雨甚作秋潦,湍猛蹊径灭。迤逦避壑行,石尽泥转滑。

往返皆绕龙门口而出其背,以口内水过深也[②]。

御者诡自矜,往辄覆其辙。崄巇昔岂无,帝力人所忽。击壤尧舜民,那能丁斯陧。

---

① 陈毅《东陵道》纪事诗,收录于邓之诚所辑《旧闻零拾》(以下简称《旧闻》版),1939 年古吴邓氏五石斋精印本,前有邓序一篇,此次整理附于文末。因该诗陈氏自注文字尤多,故史料价值较大,注文曾以《陈诒重东陵道诗注》为名,作为《戊辰东陵案文献》第四种,刊于《中和月刊》1941 年第 2 卷第 9 期(以下简称《中和》版)。不过《中和》版个别文字略有删节,且个别文字较少的注释段落未予收录。此次整理以《旧闻》版为底本,而《旧闻》版文字也偶有缺失,故以《中和》版为校本。此外刘成禺《世载堂杂忆》、高伯雨《听雨楼随笔》也曾收录该诗全文,间有注释,可供参看。

② 此段注文《中和》版无。

《说文》：陧，危也。徐巡以为陧，凶也①。

天运启圣清，山川俶荡潏。太行从西来，至此益蟠郁。

昌瑞山本名丰台岭，初赐名凤台山，康熙二年封为昌瑞山，从祀方泽。山在遵化州西北七十里，《皇朝文献通考》："山脉自太行来，重冈叠阜，凤翥鸾蟠，嵯峨数百仞。前有金星峰，后有分水岭，诸山耸峙环抱，左有鲇鱼关、马兰峪，右有宽佃峪、黄花山，千岩万壑，朝宗回拱，左右两水，分流夹绕，俱汇于龙虎峪。"《一统志》同。

翼翼二祖德，巍巍三宗烈。灵爽寔式凭，在天俨对越。

世祖章皇帝孝陵在昌瑞山麓；圣祖仁皇帝景陵在山左麓，当孝陵之东；高宗纯皇帝裕陵在山右麓胜水峪，当孝陵之西；文宗显皇帝定陵在平安峪，当裕陵之西；穆宗毅皇帝惠陵在双山峪，当景陵之东南：此五帝陵也。后陵凡四：昭西陵在大红门外，当孝陵南少东，为孝庄文皇后博尔济锦氏，世祖圣母也；孝东陵当孝陵东，为孝惠章皇后博尔济锦氏；定东陵分为二，一在普祥峪，一在普陀峪，并当定陵迤东三里。俱详后②。

无端盗贼起，狠戾仇白骨。

近北方多盗墓事，甚且官府亦躬为之，前年天津县知县张仁

① 此段注文《旧闻》《中和》版均无，见于南开大学所藏本。

② "俱详后"三字，《旧闻》版无，见《中和》版。

乐发掘丛冢,攫其棺之佳者,转鬻射利,暴尸无算。[①]

民间无完坟,更探禹之穴。

奉天岳兆麟军之团长马福田者,故马兰峪土匪也。四月二十五[②]日忽叛岳,乘虚踞峪,欲为不轨。五月十五日,孙殿英军之师长谭温江自马伸桥来,袭福田,破走之,因入峪,大肆焚掠。明日,柴云升师之旅长韩大保,又西南自苇子峪间道进据裕陵及定东陵,彼此声言失和,断道备战,遂以十七日用火药轰毁隧道,穷搜敛物。二十二[③]日,孙殿英又连夜乘汽车自马伸桥来。二十四[④]日,谭、韩师旅遂饱载拔营西去。六月初,温江至京鬻珠,案发被获。是月,青岛警察又于孙殿英随从兵张岐厚身,搜得珍珠三十六[⑤]颗,此案始大闻于世。

天子欻闻变,北向致遥醊。

东陵在京师之东,天津之北[⑥]。

昼夜寝地哭,惨若遭国恤。涕洟诏群僚,仓皇谋堙室。曰召耆龄来,曰宝熙宗室,曰毅汝忠直,其偕往正辟。

---

① 此段注文《中和》版无。
② 《中和》版作“廿五”。
③ 《中和》版作“廿二”。
④ 《中和》版作“廿四”。
⑤ 《中和》版作“卅馀”。
⑥ 此段注文《中和》版无。

六月十八日，醇亲王及庆亲王载振以下会议御前，上涕泣自责，廷谕派耆龄、陈毅前往查勘情形，当即面谕臣毅。时贝勒载润请添派宗室宝熙，允之。以贝勒载瀛、镇国公载泽等书报盗状，宝熙所草也。旋诏书下，命并办善后，会同原派照料陵寝各员筹议。次夜，耆龄自京来。明日，毅偕入对，其夜宝熙亦来，毅又偕耆龄诸人入聆宸谕。二十一日，耆龄、宝熙及毅请训，上奖掖至再，许以便宜行事。耆龄既先去，毅偕宝熙再请训，上曰：宝熙明白，陈毅忠直，汝等须自保重，好为我办事云云。

曰泽复曰忻，往汝荐馨苾。

二十一[1]日，命载泽及贝子溥忻恭代驰往祭告，会同赶筹善后。宝熙日记自跋云：熙以兹事体大，面陈宜有懿亲二三人同往，乃加派泽、忻云云。然日前谕旨，一则曰"会同原派照料各员"，再则曰"留京、驻津两办事处均属责无旁贷，着随时会同派定各员"，照料为载涛、载泽、载瀛，留京为载润、朱益藩，其中固有懿亲在也。

病躯荷天怜，在途诫慎疾。稻食北道艰，垂念及琐屑。国破君臣亲，矧乃愤所切。惜身臣安敢，但患才力拙。

毅素有肝胃之疾，尝赐食不克终餐，上怪问而知之。今年自闰月病后，胸膈恒痛，艰于转侧，亦颇为上所闻，故召见时屡预以远道辛苦相慰。又以南人不惯麦食，谕慎拣适口之味，天恩周悉，无微弗[2]届矣。当命之将下，先询是否能往，本派遣之事，而

---

① 《中和》版作"廿一"。

② 《中和》版作"勿"。

出以商榷之词,义极难忘,心尤可哀已。毅初对:“陵事非所谙悉,然夙知耆龄治事认真有条理,臣但助彼筹办,决不敢辞劳。”逾日再荷温纶,毅又对:“圣怀哀痛如此,臣病何敢自惜,虽素于陵事不习,好在耆龄、宝熙俱系熟手,臣惟有尽心而已。”上均颔之,其时毅实感受时症,头痛作热恶风,不忍以病辞也。

凄恻别行在,鸾镳随众发。迢遥抵桥山,麻鞋展祇谒。

七月初,偕载泽等展谒各陵,皆身服夏布衫,而十五日闻守护辅国公毓彭以朝服祭,载泽颇赧然,毅曰:“吾辈处变,正须改常以示哀,此礼意也,非惟朝服[1]难求耳,况上已变服乎?”

孝钦实兴圣,衣不存短袙。无怪阛市间,早闻珠襦出。卌年母天下,曾不若穷孑。失声为一哀,尊养念往日。

文宗三后:孝德显皇后萨克连[2]氏同安定陵,孝贞显皇后钮祜禄氏奉安普祥峪,孝钦显皇后那拉氏奉安普陀峪,并号为定东陵。孝钦全谥曰“孝钦慈禧端祐[3]康颐昭豫庄诚寿恭钦献崇熙配天兴圣显皇后”,后为穆宗圣母,故云兴圣也。谨案:国朝旧制,惟太祖高皇帝尊谥至二十四字,自太宗以下加谥极于二十二字,后则加谥无过十六字者,孝钦初谥乃与列圣加谥相同,又闻当日以后谥字样无多,选帝谥而用之,然“钦”于帝谥非美,而宋辽金元后以“钦”谥者皆号贤明,此皆礼臣之失也。自盗案之发,传闻北京、青岛先后缉获赃物,有大珠甚多,皆云得自孝钦陵中。

---

① 《中和》版作“衣”。

② 《中和》版作“达”,《旧闻》版误。

③ 《中和》版作“佑”,《旧闻》版误。

故老传言，大丧之时，宦官宫妾用珠袄敛，以袒衣不存卜之，殆非虚语。七月初五日，守护司员于陵外拾得龙袍一袭，审其线迹，凡龙睛及佛字中嵌有珠者皆被拆去，是亦一证，不解孝钦身后何以屡为人所误也。后体偃卧于破椁盖中，左手反戾出于背，白毛毵然及寸，幸无毁伤，惟唇呿而张，殆攫取含珠所致。耆龄传妇差拭敛，命其共张黄绸禅纷紧贴椁盖，徐徐移置玉体于其上，以黄龙缎褥承之，再以黄龙缎被怃之，然启视犹偃卧如故也。时妇差多集椁盖之右，其左颇虚，臣毅因举两手敬擎之，助其移转，幸被褥非异制，虽上下易置无嫌，且丧礼敛用覆荐二衾，其衾制原不别也。既转之后，始见目晗[1]无睛，面色黝败，髻散而发未乱，朱绳宛然，而颧额隆高，不异昔表，望之犹识为当日极尊严之慈禧太后也[2]。中怀感伤，不觉失声而哭，犹幸中棺未毁，内外拭净，即敬谨敛入。载泽乃以旧赏遗念衣二袭献上，加覆之，棺盖故有闩，因令工师用漆黏合，而以金髹之，与旧画金卍字文一律，时七月初十日也。次日吉辰，遂将石门封闭，乃填塞隧道。

人心已难言，地脉亦疑绝。高宗今周王，横被欒水啮。

七月初八日，勘视裕陵，盗所穴在[3]琉璃影壁之下，下距地宫深约丈许。耆龄先梯而入，毅随之，载泽等相继俱入，抵第一重石门，门已洞开，其内水深四尺馀，阻不能前。同人于水边蹲视久之，阴寒凛然，袭人肌骨，归乃改议先勘普陀峪。

悠然见黄华，犹拱朝天笏。胜境无心游，游屐有龙准。

---

① 《中和》版作“眶”。

② “望之”至“太后也”一句，《旧闻》版无，见《中和》版。

③ “在”字，《中和》版无。

陵西黄华山,上有道士庙,胜地也。先是辅国公衔镇国将军溥侗及镇国公恒煦自请谒陵,六月二十二[1]日奉谕派恒煦、溥侗随同行礼,至是溥侗约恒煦往游黄华,过晡始返,时七月十四日,裕陵撤水垂罄,同人方谋入地宫清理也。恒煦,荣纯亲王六世孙,王为高宗第五子,愉贵妃阿里叶赫氏出。溥侗,成哲亲王四世孙,王为高宗第十一子,淑嘉皇贵妃金佳氏出。愉妃葬妃园寝,恒煦尝独入展敬,淑嘉则从葬裕陵。始谕旨称恒煦、溥侗奏请赴陵瞻谒,出于至诚,不知侗诵之亦自愧否也[2]。

同输桔槔智,五日欒始竭。元宫扉洞开,关钥扇扇夺。兕椁饮烧锯,褶衾饱泉沫。

初溥忻见水泉甚盛,谋仍封塞回津请旨。毅与耆龄以为遗骸既久浸不安,而川资亦重费可惜,乃相约坚持借用库存机器汲引之说,无效则遣人赴京津觅购新机,不轻请旨也。自初九日试用机汲一昼夜,减水几及二尺,至十四日才馀三四寸,载泽、溥忻、宝熙及耆龄先后入视,毅患腹疾甚剧,十五日始往。见石门三重皆洞开,第四重近枢阒处,为火药毁伤,附近居民一夕闻轰炮声,盖即因此。当门有金髹卍字朱棺二,门右扇内倾于阈旁而棺压之,其左扇则攲而压于棺之上,棺盖锯有孔,差容一人出入,数日后始审知为高宗梓宫也。其馀棺椁或全或毁,纵横错乱,充满地宫,巾被衣衾,堆弃于污泥积水中者,随在皆是,既惨不忍睹,又不能不急于一睹,尤为惨已。清理弥日,始有置足之所,此则随员徐埴、志林功居多,而联堃亦有力焉。谨案,《皇朝文献通考》叙圣祖景陵于入地宫奉安梓宫后,乃云掩闭元宫石门,然则

① 《中和》版作"廿二"。

② "始谕旨"至"自愧否也"一句,《中和》版无。

地宫为总名，其梓宫所居旧称元宫矣，故特著之。

帝共后妃六，躯惟完其一。伤哉十全主，遗骸不免析。

裕陵地宫内高宗左为孝贤纯皇后富察氏，右为孝仪纯皇后魏佳氏，仁宗圣母也，同奉安于石床正中。其西从葬者，守护员司传说首为淑嘉皇贵妃金佳氏，次为慧贤皇贵妃高佳氏，次为哲悯皇贵妃富察氏。据董恂《凤台祗谒笔记》，慧贤居首，哲悯次之，淑嘉又次之，然毅尝征诸《玉牒》及《皇朝文献通考》，其妃位次序与董记毕合，恐传说为误矣。十五日，于石床西两棺之间，觅得袆服玉体一躯，毫无损伤，龙绣虽黯旧犹完好，足下有绣凤黄靴二，着一落一，耳缀环珥犹存，惟发似被拔脱者，敬审其年貌，既齿未全堕，又颐颏略有皱纹，殆在五十以上。宝熙传妇差来敛，命其陈黄龙缎褥于绸裹之板，徐奉玉体安置其上，怃以黄绸，再以黄龙缎被覆之，为后为妃，疑莫能明。载泽曰："与其后而误认为妃，毋宁妃而误认为后。"于是决议奉安于石床正中之右，而其处适为孝仪故位。臣毅谨案，当时二后三妃，哲悯薨于潜邸，慧贤以乾隆十年薨，孝贤以十三年崩，淑嘉以二十年薨，惟孝仪至四十年始崩，寿四十九，以是证之，实孝仪也。自初五日于石门外拾得肋骨一、膝骨一、趾骨二，初七日于隧道砖石中拾得脊骨一、胸骨一，色皆黑。十二日又于石门旁拾得踵骨一，检验吏审识胸、脊二骨为高宗之体。十四、五日于地宫泥水中拾得遗[1]骨甚多，皆散乱不可纪理，然仅得头颅四，其一连日遍觅不见，诸臣惶急无策。至十六日疑石门所压朱棺内或有遗骼，乃募人匍入探之，果得头颅骨一，命检验吏审视之，确为男体，即高宗也，诸臣始稍慰。下颏已碎为二，检验吏审而合之，上下齿本共

① 《中和》版作"骸"。

三十六，体干高伟，骨皆紫黑色，腿及脊犹黏有皮肉。毅见之心酸涕堕，同人及随员联堃、徐埴、志林等[①]无不泪承睫也。大体虽具，腰肋不甚全，又缺左胫，其馀手指、足趾诸零骸，竟无从觅。高宗圣寿七十以后，自称古稀天子，又自称十全老人，及[②]宾天已[③]百三十年，竟婴此奇惨，凡有血气，孰不感伤？两眼仅存深眶，眶向内转作螺旋纹，执灯遥观，似有白光自眶中出，初不觉也，耆龄语毅，微察果有此异。其一后三妃之骨，十不存五六，且有一头颅后半皆碎损，仅存面颧而已。盖盗军先入攫物，致将全骸散乱，土匪继入拾遗，又筐取灰泥就河滤之，遂致零骸损失也。初少保朱益藩主仿改葬成法，每玉体一躯以绵束之，加服龙衮，而载泽、溥伒主就遗骨所在，各以黄绸紟包裹之，宝熙所持与益藩同，此臣子敬慎之心，毅所佩也。耆龄所持与泽、伒同，诚逆料情势必出于此，亦见事之明也。毅语耆龄，毁而求全，原不足较，但吾辈当自先尽所以求全之道，得全尤善，万一不得全，而心力既穷，自问亦无怍，毅非恤人言也，且朱少保亦非以求全为毁者。耆龄极韪余言，因属毅遣弟业向地方法院检察官祁耀川聘请[④]检验吏。吏名俞源者，固不克称圣手，然当时在京故号为第一者也[⑤]。载泽会此意，而宝熙未察，遽诘之，既得遗骨，又穷诘之。源欲自炫其学，不觉所言失体，遂致溥伒大怒，然遗骨经源识别者已不少矣。先是溥伒以论议纷歧，意在请旨，至是宝熙向毅特申请旨之说，而毅之本志，以为舍此别有良法，诚不妨自上出之，若决无良法，虽上亲临仍必出此者，则吾辈当任其咎，不可留以

① “联堃”至“志林等”，《中和》版无。

② 《中和》版作“乃”。

③ 《中和》版无“已”字。

④ 《中和》版“请”后多“其”字。

⑤ “固不克”至“第一者也”一句，《旧闻版》无，见《中和》版。

归之上也。尝举是说以语载泽、耆龄，泽、龄皆深然之。故毅答宝熙云："公主分棺诚为正义，设帝与后妃支体或有互误，吾心安乎?"宝熙始悟。耆龄故夙主合敛者，其言曰："奉安在一地宫，是谓同穴，既同穴矣，何不可同棺?"载泽、溥伒无异词。既而梓宫陈于石床正中，随员以黄约奉高宗颅骨至，溥伒首敛入棺，载泽敛四支，恒煦、溥侗相继助敛，宝熙当前，和立稍后，预自约中捧骨出，皆亲手敬持之。后妃则于高宗两旁各奉安二位，下荐黄龙缎褥五重，上帨黄龙缎被三重，皆耆龄手自陈设，而毅助焉。载泽又以旧得德宗遗念龙褂、龙袍献上，加覆之。敛讫，命工师黏漆髹金，一如敛孝钦之法，然后督舁孝仪梓宫于右，时七月十六日也。次日吉辰，遂将外三重石[①]门掩闭，召工填塞[②]隧道，用石灰至八千馀斤，较孝钦陵多逾三倍，盖后陵隧道在明楼门洞中，帝陵隧道则上当空院，故防阳水之浸，宜加密也。

臣生好文献，远赓乾隆述。岂谓百载下，亲敛龙凤质。

乾隆间敕撰《皇朝文献通考》，止于五十年，候补京堂刘锦藻私辑五十一年以后事为续编，宣统初进呈，既又托法部尚书劳乃宣重为修订，乃宣卒，遂托毅。毅于是以《刑》属法部郎中吉同钧，以《象纬》《物异》属典礼院直学士柯劭忞，以《兵》《职官》属弟业，皆成书矣。而毅所手订者，《征榷》之《盐法》，《国用》之《漕运》《蠲贷》，增益逾倍。又以乾隆、同治、光绪之训政及同光之归政，为前所未有，谨编入《王礼》，而列于《登极》之次。其《帝系》一考，乃宣自谓精审，然原本《后妃门》高宗下有在妃，云嘉庆三年太上皇封为贵妃。又宣宗下既载孝穆成皇后，其下又云元妃

① 《中和》版无"石"字。
② 《中和》版无"塞"字。

钮祜禄氏,嘉庆年二十五[①]年追封为皇后。毅考高宗妃号无称在妃者,《会典事例·礼部册封门》称,嘉庆三年奉高宗敕旨,颖妃在妃年久,且年近七旬,着加恩封为贵妃。芳嫔亦属年久,着加恩封为妃,十月册封贵妃、芳妃。然则在妃云云,谓颖妃在妃位之年,非以在为妃号也。至孝穆成皇后钮祜禄氏,嘉庆元年册为皇子嫡妃,十三年崩于潜邸,二十五[②]年宣宗即位,九月谕云:"元妃钮祜禄氏应追封为皇后,道光元年以册谥孝穆皇后,礼成颁诏天下。"是元妃即谓孝穆,非别一人也。如此类者,乃宣多未订正,而列圣尊谥亦有漏略,故《王礼》《帝系》毅皆手自校定,惟《皇族门》以假钞《玉牒》,值乱未竟,遂仍乃宣之旧,馀稿创而未脱,因锦藻催急,举而归之,亦可惜已。

帝孙奉玉髅,异姓理章黻。恐贻游屐羞,吞泪心上咽。

载泽初名载蕉,本宗室[③]奕枨子,光绪三年赐今名,嗣镇国公奕询为辅国公,二十年晋镇国,宣统初官度支部尚书。奕询者,仁宗第五子惠端亲王之子也。溥伒本贝勒载瀛子,光绪廿四[④]年懿旨命嗣孚敬郡王为孙,赏固山贝子。初孚王无子,光绪三年谕以奕栋子载煌改名载沛为嗣,四年载沛薨,又谕以奕瞻子载楫改名载澍为嗣,二十三[⑤]年载澍以罪夺爵,明年乃以溥伒嗣孚王为孙。孚王者,宣宗第九子,而载瀛亦宣宗第五子惇勤亲王之子也。溥侗、恒煦均详前,宝熙亦太祖第十五子豫通亲王之裔孙,仅毅与耆龄为异姓。耆龄满洲伊尔根氏,独毅汉人而湘乡

---

①② 《中和》版作"廿五"。

③ 《中和》版无"宗室"二字。

④ 《中和》版作"二十四"。

⑤ 《中和》版作"廿三"。

籍，此前所未有也。游屐，谓溥侗。①

忆曾访陵令，春度万松樾。苍阴兼山深，瑞霭护黄闼。一瞬山皆童，不知何年伐。于礼帝树松，松摧礼竟失。根挛供薪苏，萌嫩佐刍秣。材尽求无厌，纵斤及柱桀。毁瓦上断梼，凿门下侵阑。禾黍纵横生，遂使殿陛没。昔禁舆马地，牛骡今风逸。翁仲倘有知，耻在麟象列。客来吊兴废，重予心寸裂。

陵木多松，间杂柏桧，夹神道列植者曰仪行树，以株计约二十万，而山坡平原所散出，谓之海树，殆近千万。国变后，毅深愤袁世凯所为，时载泽方为守护大臣，毅乃以癸丑三月变易姓名，怀度支部右侍郎陈邦瑞书，密往访之，留信宿而去。初至从龙门口入，两崖壁立，一泓泠然，绝水而驰，溅沫如雪，水侧春草膴茂，夹毂送青。更前则群松蔽山，苍翠弥望，寝殿黄瓦，乍隐乍见于碧阴之中，好风徐来，晴香满袖，清肃之气，祛人烦劳。礼系论坟尊卑之差，谓天子树松，诸侯树柏，《白虎通·崩薨篇》亦云天子坟树以松，诸侯树以柏，可见古人制礼虽微必审矣。自甲子下殿，乙丑蒙尘，其年秋直军遽将南鹿圈与黄华山阴阳两麓之海树戕以为柴，兼及惠陵仪行树（见是年内部委员朱鸿基呈文）②。丙寅，奉军遂大肆翦伐，各陵员役因假借其名号，纷起盗卖（见本年卫戍部员杜孝穆呈文）③，而根株悉拔，自是各隆恩门及隆恩殿之窗棂户牖，亦劈为错薪。昭西陵殿柱大数围者，近础处竟断④小至五六寸。普陀峪陵则门之横阈，亦几锯断。各殿檐则

① “游屐，谓溥侗”几字，《中和》版无。《中和》版有编者注“按诗有‘帝孙奉玉髅，异性【姓】理章黻’之句”。

②③ 此句为《中和》版注释，《旧闻》版无。

④ 《中和》版作“斫”。

以瓦当有铜钉,故鲜不隳之者。甚至定陵玉带河边之石,每岸必摧,惠陵朱砂碑下之砖,全楼胥转,而神厨、神库、班房、朝房,尽化颓垣,仅存断甓。毅谨稽《皇朝文献通考》:山陵隆恩门外,前为神道碑亭,亭前石桥三,桥左右下马石牌各二。桥南神路正中龙凤门,门外文臣武士及麒麟、狮、象、马、驼等石像,左右序列。前为望柱二,又前石桥一,桥前圣德神功碑,神道前为大红门,南石坊一,东西石坊二,左右下马石牌各一。又云:凡神路两旁封以树,十株为行,各间二丈,周垣之外,植红椿[①]以为界限,禁樵采耕种,气象何森严也。今者树木既罄,私垦内侵,距隆恩门远不逾寻,但睹黍稷秫粱,神路依稀,几不可见,宝城左近且有牛马遗粪焉。外距下马石牌所在,已不知道里几何,而石像立龙凤门前者,虽间有毁伤,而序列如故。箕子麦秀之感,索侯荆棘之悲,群集于余怀矣。其时民国人员杜孝穆、刘人瑞、宋汝梅、哈汉宜、徐鸿宝者,亦皆[②]慨叹欷歔,以为惨劫,要皆志在保存古迹,重可悲也。

西辕向石门,古峡终嵽嵲。孟益破贼功,野人犹能说。汉末多英雄,壮采照幽碣。而我恃客军,弥激肠内热。

石门镇隶遵化州,古之石门峡,故渔阳县地也。《水经·鲍邱水》注云:"石门峡山高崭绝,壁立洞开,俗谓之石门口。汉中平四年,渔阳张纯反,杀右北平太守刘政、辽东太守阳纮。五年,诏中郎将孟益率公孙瓒讨纯,战于石门,大破之。"今距镇里许有将军庙,云祀公孙瓒,其碑则云祀孟溢,宝熙亲见之,毅病不果往。"益"作"溢"者,从朱本郦注也。《后汉书·灵帝纪》止作

① 《中和》版作"桩"。
② 《中和》版作"复"。

"益"。毅又考《后汉书》瓒本传，称："瓒追击纯，战于属国石门。"章怀注云："石门，山名，今[1]营州柳城县西南。"胡三省注《通鉴》云："属国，辽东属国也。"然则瓒追破纯，本在辽东属国之石门，郦氏以渔阳石门当之，误矣。乃事更几[2]千载，土人犹知称述郦说，亦良可贵，故特著之。当吾侪赴陵之始，由卫戍司令部给以护照，更遣排长曹养谦挈兵士三十人卫送，乃克首涂，恇懦若此，真令孟益笑人矣。

玉田正酣斗，烽檄四境徼。信宿留古庙，但闻蛩唧唧。瑶华写升平，题壁黦于涅。贵贱曷有异，天潢易戚悦。归云栖复扬，檐端见微月。虽有奋飞心，积淖奈予尼。灅川忽前横，水草互萦结。乱流而涉之，藉以濯輗軏。

玉田县在遵化州东北七十里，为白崇禧军所据，时纷纷征调，云前敌与张宗昌军已启战端。毅所宿庙建于明代，庙后适当龙门口，久雨初[3]霁，街市静寂，惟终夜闻蟋蟀声。毅与载泽共七人联句，而属其末云"凉意满秋轩"，遂去而先寝，不知何人易"凉意"为"凉月"，然实为是夕情景。忆在车微吟，归云栖山，霁色在宇，耆龄赞为极似郦道元语。俄骤雨忽至，则阴晴固难卜也。庙前殿西壁故有诗云："初地重来兴倍赊，琳宫时复焕烟霞。陪游此日春风里，胜境由来羽士家。"末署"乾隆辛巳如月随王父宿石门，恭纪一绝，瑶华主人题"。毅案：瑶华道人名弘旿，固山贝子，其父诚恪亲王，圣祖第二十四子也，乾隆三十八[4]年薨。辛

① 《中和》版"今"前多"在"字。
② 《中和》版无"几"字。
③ 《中和》版作"欲"。
④ 《中和》版作"卅八"。

已为二十六[①]年,是诗盖弘旿随诚王谒陵过此而作,故不称"道人"而称"主人"也。其画工山水,天潢中推第一。溥伒山水,今亦天潢第一也[②]。载泽故能诗,见赏醇贤亲王,然于瑶华无和,和者溥伒、宝熙、耆龄及毅也。毅有句云:"道旁犹识王孙贵,知是承平百姓家。"载泽怃然曰:"此谓瑶华耳。"毅曰:"不然,愚意盖兼公等言之。"次日,宝熙欲放杜甫《桥陵》《昭陵》诸诗为《东陵诗》,溥侗言:"吾辈似不便作诗。"毅盛赞其是,而宝熙面赤。毅旋曰:"公太祖子孙,固不在斯例也。"乃为释然,然即此可知宝熙之多天良也[③]。石门西有一水,无舟无桥,俗呼"淋河",《一统志》作"梨河"。淋、梨双声字也。《水经·鲍邱水》注云:"灅水又东南,径石门峡。"地望适合,毅谓"梨"即"灅"声之转矣。自石门至此,泥垢盈毂,过水乃涤荡净尽,亦艰险中一快意事也。

昨喜介弟至,家书附寒褐。告言溪涨兴,冲波仅乃脱。谓蛟起盘山,东注势若决。劲骑与馈丁,一朝化鼍鳖。戒程我幸迟,不然遘此孽。初闻胆气碎,转思意殊豁。来本不蕲生,岂惮为异物。所惭人臣仆,奇恨莫能雪。

郡王衔贝勒载涛者,醇亲王之弟也。上悬念裕陵积水,七月十五日谕遣载涛驰询。行抵三河阻雨,屏当行李,乘骡车而前。十八日至段家岭,遇雨雹骤至,盘山溪水大下,且及胸矣,避往高邱,水又及之,乃弃车乘驴,于二十一[④]日日午始得相见于石门庙中,盖是晨彼已谒陵折回,追及吾辈也。坐谈俄顷,仍策驴而

① 《中和》版作"廿六"。
② "溥伒"一句,见《中和》版,《旧闻》版无。
③ "然即此可知宝熙之多天良也"一句,《中和》版无。
④ 《中和》版作"廿一"。

去。据言道闻军中饷车多被冲没，士马亦有淹毙者。后毅又闻，盘山有蛟为患，故山洪之大为七十老人所未曾见，诚奇险也。始毅奉命就道，衣物仅携禅夹，故于地官颇感受阴湿之气，载涛至，始获家书及绵衣焉。以彼躬罹水灾，命几不保，犹亲挟书物，殷殷面交于毅，其情至可感念。陵盗之发，载涛袒毓彭甚至，是其咎也。然往还不少休息，可知其性耐劳，而受托若恐遗忘，亦可知其非无信义者。设其人夙近君子，岂非懿亲中之美才乎[1]？《一统志》："盘山在蓟州西北二十五里，圣祖屡经临幸。乾隆元年，以兹山为谒陵经过之道，创建行宫。"《盘山志》云："一名徐无山。"

自兹历村镇，十店十不设。设者即军屯，谁能强与聒？里正为觅居，贵不容折阅。夜醒偶爬搔，满指蚊蚤血。

沿途饭肆，因连年兵燹，多闭门者。忆来时至段家岭，觅宿不得，又行廿里至邦均镇，各店亦为军队占住，往返市间数四，始由商会代觅一小饭肆，而随员徐埴等尚止车中也。归途以廿二日自石门发，竟日驰泥泞中，廿馀里达马伸桥，由司员和琦托其地团总觅得一已歇饭肆宿焉，索值殊昂贵。廿三日既晡至蓟州，戒[2]严未得入城，止城东高家店，蚊蚊极盛，毅有帱未设，终夜为不寐。

求安人情常，念之增惨怛。桃花故行宫，沦落在蓬荜。吾侪本王人，失所讵云屈？虽无多嘉肴，差堪慰饥渴。至尊尚减膳，遑忍厌粗粝。

---

① "设其"一句，《中和》版无。

② 《中和》版"戒"前多一"以"字。

《蓟州志》："桃花寺在州东十八里桃花山上，山有桃花，开时独先，故名。东接皇城[1]陵五十里，为銮舆必经之路。乾隆十八年，建行宫于山半。"《一统志》云："寺旁为行宫。"途中耆龄指而示毅曰："是山亦多松，不云多桃，盖光宣间风景已异于乾隆时矣。"毅尝闻嘉庆十三年庆郡王未晋亲王时，因谒陵私游桃花寺行宫，托言寻茶，因欲瞻仰御笔，旋自求治罪。奉谕："永璘素耽游玩，举朝皆知，既至桃花寺，朕料其必私进行宫游玩。伊于作诗写字并不留心，岂欲瞻仰御笔？实属遁辞。若云口渴寻茶，则山下村店觅饮之处甚多，何用上山寻至庙内？明系欲进行宫游览耳。永璘前为皇子时，原应在阿哥所住宿，此时既已分府，名位悬殊，行宫禁地，何得肆意游观？从前果郡王永瑹因私至昆明湖游玩获咎，永璘事同一辙，自当加以惩戒。所有伊自请治罪之处，着交仪亲王、成亲王议处具奏，并着通谕王公等，嗣后凡遇派往祭陵，均不准擅入行宫，致干咎戾。"当日纲纪何其肃也！乃昨闻溥伒云："此行宫近日传闻有人以银币四百购去。"而杜孝穆呈文则有白涧行宫一夜将全部木料运去之说，是皆可伤者。董恂《笔记》称："《向导册》言蓟州西四十里为白涧庄，建行宫，乾隆中建也。"是役途中食宿，索值俱贵，而马伸桥餐饭尤恶。因念上自六月十八日下谕，变服减膳至善后办竣日止。而办善后诸臣至今尚在途，则玉食何日始得甘耶？

当年翠华临，流惠遍农末。累朝蠲赋恩，亿万赖全活。运衰俗亦薄，生计仗攘窃。衹自救困穷，不解酬赡恤。行矣吾更西，去此群盗窟。

---

[1] 《中和》版无"城"字。

康熙十七年谕:“遵化所属,有附近汤泉之娄子山、袁[1]格庄、启新庄、石家庄、梁家庄,供办徭役,其一年地丁钱粮,俱令蠲免。鲇鱼关城内外居民七十一家,免其一年正供外,仍每户赐银二两。”六十一年,世宗以大兴、三河、通蓟、遵化为陵寝经由之路,谕免明年额赋。乾隆三十三[2]年谕:“乃者恭奉皇太后安舆,展谒两陵,前已降旨蠲免所过地方十分之三。兹跸途所至,小民扶老携幼、欢迎爱戴之忱,时切朕心,深为嘉悦。着加恩将经过州县及天津府属所有乾隆三十一年至三十三年未完尾欠地粮银共五万一千八百馀两,漕[3]粮项下本色谷豆共五千九百馀石,又节[4]年因灾借谷共十二万六千一百馀石,普行蠲免。”五十二年谒东陵,免经过地方额赋十分之三。嘉庆朝自四年至二十五年,中间惟十六年及二十三[5]年未亲谒陵,其馀每岁谒陵后,必谕免经过地方额赋十分之三。其四年、六年免[6]两次,五年全免,七年、十年、十四年免十分之五。道光朝十年免十分之五,其二[7]年、十二[8]年、十六年、十九年、二十七[9]年皆免十分之三,二十四[10]年虽未亲行,亦照免。咸丰二年,同治十二年,光绪十六年、二十八[11]年皆免十分之三。自优待经费积欠历年,致守陵员司

---

① 《中和》版作“梁”,据《清实录》可知应为“袁”。
② 《中和》版作“卅三”。
③ 《中和》版作“年”。
④ 《中和》版作“积”。
⑤ 《中和》版作“廿三”。
⑥ 《中和》版无“免”字。
⑦ 《中和》版作“三”,据《清实录》可知应为道光二年。
⑧ 《中和》版作“十三”,据《清实录》可知应为道光十二年。
⑨ 《中和》版作“廿七”。
⑩ 《中和》版作“廿四”。
⑪ 《中和》版作“廿八”。

薪俸不继,其不肖者遂上下勾结,盗[1]卖金银祭器,军匪见之,因生觊觎之心。其谓侵犯地官为员司钩通者,则军匪自为减轻罪名计,故造蜚谣,非实情也。

路修每多阻,小顺必大拂。骆驿赴敌兵,前遮苦相遏。飞挽生碾涡,致予屡颠蹶。

当裕陵汲水垂尽时,卫陵营长王占元云将他调。占元者,阎锡山部也。比敛葬甫竣,闻来接防者为蒋介石军,连日中途所遇,始则阎军之炮步兵,继则白崇禧军之兵车、饷车,饷车近所谓给养车也。雨后道湿,又辎重纵横以辗之,遂无轨辙可循。故汽车多为损折,有时震荡极烈,致将坐篷[2]高抛,毂与耆龄竟至两首相撞,亦可哂也。

燕齐旧战域,久随泃泇汩。胡为嗜杀者?方诩张士卒。

过段家岭,过泃河草桥,廿四日也。岭东属蓟州,岭西属三河,草桥则三河所辖。董恂《笔记》称为错桥,谓桥下之水为既合泇水后之泃河也。《竹书纪年》"齐师及燕战于泃水,齐师遁",即是水,见《水经·鲍邱水》注。

谁非人子孙?使作马牛割。谁非人父祖?使受狐兔搰。途中多佳景,到眼成黤黮。蹒跚复蹒跚,昧爽忽已昳。坡陀乍起伏,冥行惴其栗。险若悬度栈,深况夜马瞎。生为水乡人,始怯平野溢。

---

① 《中和》版"盗"前多一"至"字。

② 《中和》版作"箄"。

廿四日宿夏店，未至廿里已暝，车灯多震毁，冥索而行。左旋道，迎高坡而上，路殊狭，而傍有积水殊深，其险甚矣。耆龄云："此真可谓'盲人骑瞎马，夜半临深池'也。"夏店以古夏泽得名，隶三河。

鲍邱双河梁，来迹已恍惚。一梁早中断，扶轮就船筏。一梁犹支撑，危响振窸窣。

耆龄《日记》：七月初四日至通州，进西出北，渡潮、白二河，箭簳河。宝熙《日记》亦云："渡潮、白二河，箭簳河。"旋涂去"箭簳河"三字，盖此条宝记原录耆文，以是日于此处仅渡两河，因疑潮、白外不得复有箭簳，遂删之耳。其实耆氏所云潮、白二河，指潮白合流处而言，即谓东浮桥下之河。而箭簳河在潮白河东，自赴陵言之，则先渡潮白，后渡箭簳；自回京言之，则先渡箭簳，后渡潮白。董恂《笔记》云："过东浮桥，桥下潮白河。"自注云："潮河、白河合流，因并称潮白河。"下又云："过箭簳河，上有草桥。"即其明证。因耆、宝同时所记而异，恐滋疑误，故辨正之，河隶通州。初四日，毅偕同人渡两河，均有草桥，廿五日归再过此，则箭簳河桥已拆，遂以舟渡。《一统志》云："潮河即古鲍邱水。"《安澜志》亦云："潮河，古鲍邱水也。"又云："窝头河，一名窝沱河，又名苍头河，亦曰渠水，俗名箭杆河，即古鲍邱水故道。"

监临仰先皇，征艰幸赋毕。回望二百里，如梦不可诘。

过河抵通州，四十里至京，则路较以东坦平矣。

既归关仍讥，吾惜好城阙。大道故坦荡，何意为雍阏。

先是出朝阳门，稽察严而久，归亦如之。同行有携筐[①]梨者，亦索税四角，以啖尽而罢。

有明十三陵，封鬣至今屹。斯仁若可废，安用良史笔。

顺治元年，以礼葬明崇祯帝后及妃袁氏、两公主，并天启后张氏、万历妃刘氏，仍造陵墓如制。先是设看守明十三陵每陵夫二十四名、田二十二顷。至是定制除万历陵不设外，其十二陵各设太监及夫，照役给田，仍命户部量给岁时祭品。二年，设守明太祖陵太监人丁祀田二百晌。三年，昌平民王科等盗发明帝陵伏诛。八年，谕礼部："元年定守明朝诸帝陵寝并祭典，因神宗与我朝有嫌，故裁之。朕思前朝帝王陵寝，理宜防护，况我朝凡事俱从宽厚。今神宗陵着照明十二陵例以时致祭，仍设太监、陵户看守。"十六年，命内大臣索尼祭崇祯帝，复遣官祭明成祖以下陵。谕工部："前代陵寝，神灵所栖[②]，理应严为防护。朕巡幸畿辅，道经昌平，见明代诸陵殿宇墙垣颓圮已甚，近陵树木多被斫[③]伐，向来守护未周，殊不合理。尔部即将残毁诸处尽行修葺，见存树木永禁樵采，添设陵户，令其小心看守。责令昌平道官不时严加巡察，尔部仍酌量每年或一次或二次差官察阅，勿致疏虞。"高宗大修明十三陵，诏言虽费百万不靳。同治初收复江宁，亦诏修明太祖陵。

推之极藩坟，禁卫周以悉。煌煌圣祖语，包孕何宏达。固无期报心，足以愧后哲。坎坷宁待论，德在天地阔。

---

① 《中和》版作"筐携"。

② 《中和》版作"接"。

③ 《中和》版作"砍"。

康熙廿二年刑部题发掘故明废藩墓盗案，上谕大学士等："部议照盗发常人坟墓律拟绞，盗发藩王等坟墓，何得与平人一例？凡历朝俱应称某代，必称故明，深觉未当。以后奏章，凡'故明''废藩'字样应悉除之。其盗发坟墓与拨人看守之处，九卿詹事科道议奏。"

邓之诚序

山陵之称起于秦汉，汉制天子即位作寿陵，供以贡赋岁三之一，徙民置邑，可谓厚终矣。及莽、卓为乱，两京诸陵无能免者，后代发陵之事，史不绝书。魏文帝云千古无不亡之国，无不发之陵，何言之痛也。温韬遍发唐陵，郭崇韬犹谓劫坟罪在不赦，竟获宽宥。杨琏真伽发宋六陵，遗臣义士函骨归葬，树以冬青，播之哀咏，后世闻之，犹为陨涕，然其时东南冢墓被发者众，茹痛不言，言之不传，益可伤已。民国戊辰五月，遂有盗发裕陵、定东陵之事，人同赤眉，事类摸金，盗不得主名，事不克穷究，抢攘之际，势所必有，不足为异，今使有人发紫金山，固当有间矣。湘乡陈毅有纪事诗百十一韵，自注颇详，足备掌固，录而存之，亦欲使世间知有此段公案耳。己卯六月二十有五日，邓之诚。

《中国近现代稀见史料丛刊》已出书目

第一辑

莫友芝日记
汪荣宝日记
翁曾翰日记
邓华熙日记
贺葆真日记
徐兆玮杂著七种
白雨斋诗话
俞樾函札辑证
清民两代金石书画史
扶桑十旬记（外三种）

第二辑

翁斌孙日记
张佩纶日记
吴兔床日记
赵元成日记（外一种）
1934—1935 中缅边界调查日记
十八国游历日记
潘德舆家书与日记（外四种）
翁同爵家书系年考
张祥河奏折
爱日精庐文稿
沈信卿先生文集
联语粹编
近代珍稀集句诗文集

第三辑

孟宪彝日记
潘道根日记
蟫庐日记（外五种）
王癸避难日志　辛卯年日记
嘉业堂藏书日记抄
吴大澂书信四种
赵尊岳集
贺培新集
珠泉草庐师友录　珠泉草庐文录
校辑民权素诗话廿一种

第四辑

江瀚日记
英轺日记两种
胡嗣瑗日记
王振声日记
黄秉义日记
粟奉之日记
王承传日记
唐烜日记
王锺霖日记（外一种）
翁同龢家书诠释
甲午日本汉诗选录
达亭老人遗稿

第五辑

袁昶日记
吉城日记
有泰日记
额勒和布日记
孟心史日记·吴慈培日记
孙毓汶日记信稿奏折(外一种)
高等考试锁闱日录
东游考察学校记
翁同书手札系年考
辜鸿铭信札辑证
郭则沄自订年谱
庚子事变史料四种(外一种)
《申报》所见晚清书院课题课案汇录
近现代"忆语"汇编

第六辑

江标日记
高心夔日记
何宗逊日记
黄尊三日记
周腾虎日记
沈锡庆日记
潘钟瑞日记
吴云函札辑释
新见近现代名贤尺牍五种
稀见淮安史料四种
杨懋建集
叶恭绰全集
孙凤云集
贺又新张度诗文集
王东培笔记二种